Perry Rhodan

DER SCHWARM

Das Jahr 3438: Als Perry Rhodan von einer Fernexpedition in die Milchstraße zurückkehrt, wird er Zeuge eines atemberaubenden Schauspiels. Tausende von Sonnen und Planeten tauchen auf, gehüllt in riesige Blasen – es ist der Schwarm.

Dann verlassen gigantische Raumschiffe, die so genannten Manips, das kosmische Gebilde. Eine Strahlungswelle eilt ihnen voraus, die den Intelligenzen der Milchstraße den Verstand raubt. Ein Rückfall beginnt, der alle galaktischen Kulturen in ein todbringendes Chaos stürzt.

Nur wenige Menschen und Außerirdische erweisen sich als immun, darunter Perry Rhodan. Verzweifelt nehmen sie den Kampf gegen den Untergang auf ...

Perry Rhodan

DER SCHWARM

Pabel-Moewig Verlag KG, Rastatt

Alle Rechte vorbehalten
© 2005 by Pabel-Moewig Verlag KG, Rastatt
www.moewig.de
Redaktion: Klaus N. Frick
Titelillustration: Dirk Schulz
Druck und Bindung: GGP Media GmbH, Pößneck
Printed in Germany 2005
www.perry-rhodan.net
ISBN 3-8118-5540-9

Prolog

Die Milchstraße im Jahr 3438. Nach langen, harten Kämpfen ist es dem Solaren Imperium gelungen, die Invasion der Takerer zurückzuschlagen. Mit knapper Not: Pluto, der äußerste Planet des Heimatsystems der Menschheit, wurde vernichtet; die übrigen Planeten entgingen nur durch eine glückliche Fügung diesem Schicksal.

Während der Kampf um das Solsystem wogte, trug Perry Rhodan mit seinem Flaggschiff, der MARCO POLO, den Kampf in die Heimat der Invasoren. Nach erfolgreicher Erfüllung ihrer Mission befindet sich die MARCO POLO auf dem Rückflug aus der viele Millionen Lichtjahre entfernten Galaxis Gruelfin. Perry Rhodan und seine Gefährten glauben, einer Zeit des Friedens und des Wohlstands entgegenzufliegen – ein furchtbarer Irrtum ...

1.

Juli 3438

MARCO POLO

»Wie benehmen sich Ihre Wandeltaster?«
Oberstleutnant Dr.-Ing. Nemus Cavaldi, Leitender Ingenieur der MARCO POLO, lachte.
»Wie gutezogene Kinder, Sir. Alles in Ordnung. Ich glaube nicht, daß wir nochmals mit Schwierigkeiten zu rechnen haben. Das wäre innerhalb der Dakkarzone auch nicht wünschenswert. Ende, Sir.«
Perry Rhodan schaltete die Bildsprechverbindung ab. Cavaldis feistes Gesicht verblaßte.
»Ein tüchtiger Mann«, stellte Atlan fest. Der Regierende Lordadmiral der USO saß neben Rhodan im zweiten Kommandeursessel des Ultraschlachtschiffes MARCO POLO, das sich auf dem Heimflug zur Milchstraße befand.
»Ein Könner!« verbesserte Rhodan. »Du solltest mit deinem Lob nicht so sparsam umgehen.«
Atlan runzelte die Stirn. Er schaute sich prüfend in der großräumigen Zentrale des terranischen Superriesen um.
Während des Brückenschlags durch die Dakkarzone zwischen der fünften und sechsten Dimension hatten alle drei Emotionauten ihre Manöverplätze eingenommen.
Oberst Elas Korom-Khan flog das Schiff. Der Erste Kosmonautische Emotiooffizier, Oberstleutnant Senco Ahrat, überwachte die auf geistiger Ebene aufgenommenen Schaltvorgänge des Kommandanten.
Major Mentro Kosum, Zweiter Emotiooffizier der MARCO POLO, saß einsatzbereit im dritten Kontursitz. Ebenso wie seine beiden Kollegen trug er eine SERT-Haube, deren Impulstaster die befehlsgebenden Gedankenströme der parapsychisch begabten Männer abnahm, sie weitergab und die entsprechenden Geräte zur Reaktion zwang.
›Simultane Emotio- und Reflex-Transmission‹ nannte man diesen erstaunlichen Vorgang. Nicht einmal die als reaktionsschnell bekannten Haluter oder Ertruser waren fähig, die gedankenschnelle Schaltgeschwindigkeit der Emotionauten annähernd zu erreichen.
Atlan schwenkte seinen Kontursitz herum und schaute erneut auf die großen Bildschirme der Panoramagalerie. Dort draußen war alles und

nichts. Das dunkelrote Wabern und Wallen, in dem zahllose Riesenmoleküle zu schwimmen schienen, war der optisch erkennbare Teil eines dimensionalen Überlagerungsraumes, der bislang nur rechnerisch erfaßt werden konnte, und das nur vage.

Atlan wußte lediglich, daß die MARCO POLO mit milliardenfacher Geschwindigkeit des Lichts durch ein Kontinuum raste, das mit dem gewohnten und begreifbaren Einsteinschen Weltraum nichts mehr zu tun hatte.

Rhodans Frage nach der Funktionstüchtigkeit des derzeit eingeschalteten Pralitzschen Wandeltasters war daher berechtigt gewesen. Diese Geräte waren die wichtigsten Teilaggregate des Dimesextatriebwerks, mit dessen Hilfe man die gigantischen Entfernungen zwischen den Galaxien überwinden konnte.

Bedeutsam an dieser technischen Neuentwicklung war die Tatsache, daß die MARCO POLO das erste von Menschen erbaute Raumschiff war, das über derartige Maschinenanlagen verfügte.

Atlan entschloß sich zu einer verspäteten Antwort.

»Also schön, dann ist Cavaldi eben ein Könner. Einverstanden! Wenn er das Schiff diesmal programmgemäß bis zur Milchstraße bringt, will ich ihm sogar noch mehr ehrenvolle Bezeichnungen zubilligen. Übrigens, gilt der letzte Befehl immer noch?«

Atlan klopfte mit dem Zeigefinger bedeutungsvoll an den zurückgeklappten Panzerhelm seines Schutzanzuges.

»Er gilt noch!« bestätigte Rhodan knapp. »Funksprechverbindung bleibt zusätzlich zum Interkomkontakt bestehen.«

Atlan seufzte in sein vorgeschwenktes Helmmikrophon. Mentro Kosum lachte. Dieser Mann war in der Lage, trotz seiner angestrengten Tätigkeit auch noch die Gespräche auf der Interkom- und Funkfrequenz zu verarbeiten.

»Bitte keinen Knüttelvers, Mr. Kosum«, warnte Rhodan. »Sie haben uns damit ausreichend strapaziert.«

»Wie Sie meinen, Sir«, ertönte eine Stimme aus den Helmlautsprechern.

»Das meine ich nicht nur, sondern das ist eine begründete Vorsichtsmaßnahme! In der Dakkarzone fühle ich mich so wohl wie in einem dunklen Keller. Ich wäre Ihnen sehr verbunden, wenn Sie meine Auffassung teilen würden.«

»Genau, genau, so sprach der Richter, erging es meinem Lieblingsdichter. In Klammern Schüller.«

Rhodan holte tief Luft. Das unterdrückte Gelächter aus etwa achttausend Kehlen klang in seinem Helmlautsprecher wie ein Donnergrollen.

»Ich bitte um Ruhe«, rief der Großadministrator. »Und Sie, Mr. Kosum, Sie sollten sich endlich abgewöhnen, sich für einen Historiker und Altsprachenforscher zu halten. Der Dichter hieß nicht Schüller son-

dem Schiller. Außerdem kann ich mich nicht erinnern, aus seinem Munde jemals etwas derart Absurdes gehört zu haben.«
»Ah, den haben Sie noch persönlich gekannt, Sir?«
Rhodan grinste. Kosum war in seiner Art unschlagbar.
»Kosum, Sie sind ein verkanntes Genie«, sagte Atlan. »Melden Sie sich nach der Heimkehr bei der USO. Ich kann Ihnen auf alle Fälle eine wesentlich bessere Bordverpflegung bieten.«
»Schmutzige Abwerbung eines auf Kosten des Solaren Imperiums geschulten Mannes«, klang es aus den Helmgeräten. »Ja, runzle nur nicht die Stirn, alter Arkonide. Hier spricht Sonderoffizier Guck, auch Gucky genannt. Von wegen unsere besten Leute mit deiner lächerlichen USO-Bordverpflegung ködern. Mein Freund Kosum wird dir etwas husten.«
Tatsächlich hörte man ein Husten. Danach Kosums Stimme, die infolge seiner SERT-Haube verzerrt wurde.
»Verzeihung, Herr Mausbiber, aber ich habe mich soeben entschlossen, das Angebot eines ehrenwerten Mannes mit allen Konsequenzen zu überdenken. Wenn man an diese dehydrierten Nahrungsmittel in terranischen Kampfschiffen denkt, könnte ein kluger Mann sehr wohl zu der Auffassung kommen, daß ...«
»Halt ja den Mund«, vernahm man Guckys schrille Stimme. »Kein Wort mehr, oder ich bin die längste Zeit dein Freund gewesen.«
Atlan rüttelte am Halsverschluß seines Anzugs. »Verflixtes Ding! Wann werden die Terraner endlich Kombinationen bauen, die ihre Träger nicht erwürgen. Was das Angebot betrifft: Es gilt, Mr. Kosum.«
Rhodan achtete nicht mehr auf den Meinungsaustausch. Er wußte nur zu gut, daß die achttausend Männer der MARCO POLO während des riskanten Fluges nichts besser gebrauchen konnten als Ablenkung und nochmals Ablenkung.
Atlan, Kosum und Gucky verhielten sich sehr geschickt. Natürlich waren sie ebenfalls über sie psychologischen Gefahrenmomente orientiert, die eine solche Reise mit sich brachte.
Rhodan duldete das Wortgeplänkel. Auch Korom-Khan unterbrach es nicht, obwohl es seine Aufgabe als Kommandant gewesen wäre, an Bord des von ihm geführten Raumschiffes die unerläßliche Disziplin aufrecht zu erhalten.
Rhodans und Atlans Blicke kreuzten sich. Beide Männer schmunzelten. Sie hatten sich wortlos verstanden.

Captain Verso Honadri, Erster Streifenoffizier vom Dienst an Bord der MARCO POLO, kümmerte sich weder um die Gefahrenmomente der Dakkarreise noch um das Geplänkel. Er hörte es ebenso wie die anderen Männer der Besatzung, nur dachte er nicht daran, seine Aufgabe auch nur eine Sekunde lang zu vernachlässigen.

Zu seiner Streife gehörten zehn Mann des Wachkommandos und fünf Kampfroboter, die er mit Hilfe eines tragbaren Spezialgerätes jederzeit umprogrammieren konnte.

Die Kontrolltrupps waren während der turbulenten Ereignisse in der Galaxis NGC 4594 zusammengestellt worden, als takerische Pedotransferer versucht hatten, unauffällig einzusickern und besonders die führenden Männer des Schiffes geistig zu übernehmen. Das war auch der Grund dafür, daß die Roboter und zusätzlich zwei Spezialisten Geräte mitführten, die einen von Transferern übernommenen Menschen orten konnten.

Eine weitaus bessere Entwicklung war unterdessen auf der Erde herangereift.

Honadri befand sich mit seinem Trupp in Höhe der 22. Etage, Zwischendeck II. Hier lagen die kleineren Stauräume für hochwertige Bedarfsgüter.

Im Labyrinth der Gänge, Aufzüge und Lagerhallen, den benachbarten Maschinenräumen und Ersatzteildepots mußte man sich schon auskennen, um sich nicht rettungslos zu verirren.

Die Raumfahrersage berichtete vom Tod eines neuen Besatzungsmitgliedes, das sich derart verlaufen hatte, bis der Mann schließlich verhungerte. Das aber sollte sich an Bord eines Superschlachtschiffes zugetragen haben. Das Kugelschiff hatte 1,5 Kilometer durchmessen, die MARCO POLO jedoch durchmaß 2,5 Kilometer. Dennoch herrschte in dieser gewaltigen Kugelrundung eine drangvolle Enge. Sie wurde durch die Konstruktion an sich, die Maschinenräume, Lagerhallen, Hangars und tausend andere Einrichtungen hervorgerufen.

Es war daher nicht verwunderlich, daß sich Captain Verso Honadri überwiegend auf seine vielfältigen Ortungsgeräte verließ. Sie arbeiteten auch in der Dakkarzone, denn die Umwelteinflüsse des fünf- und sechsdimensionalen Raumes wurde von dem Sextadimschirm des Brückenschlagtriebwerks reflektiert.

»Ortung Energiestrahl, Sir«, meldete einer der Kampfroboter. »Geringe Leistung. Wahrscheinlich Desintegrator. Handfeuerwaffe.«

Honadri blieb stehen. Mit einer unbewußten Bewegung umklammerte er den Griff seiner Dienstwaffe. Es war ein Kombistrahler.

»Einpeilen, sofort.«

»Peilung steht. Auswertung nach programmiertem Lageplan beendet. Raum VALO-III-sechs. Erneute Energieentwicklung.«

Captain Honadri begann zu rennen. Die Halle *III-sechs* war ihm sehr gut bekannt. Dieses Deck glaubte er wie seine Notation zu kennen, was sich aber gelegentlich als Irrtum erwiesen hatte. *Niemand* konnte die Räumlichkeiten dieses Ultragiganten genau registrieren.

Nach drei Minuten kam das Kommando vor dem Sicherheitsschott der kleinen Lagerhalle an. Die beiden davor stationierten Kampfroboter lagen bewegungsunfähig am Boden. Sie hatten sich erstaunlicherweise selbst zerstört.

Honadri zog wortlos die Waffe. Das Mikrofunkgerät des Helms schaltete er ab. Ein hinweisender Wink wurde von seinen Männern verstanden. Niemand sprach ein Wort. Die Roboter standen reglos im Hintergrund.

»Funksprechverbot«, ordnete der Streifenoffizier an. »Nur normale Verständigung. Wenn dort drinnen jemand ist, wird er auf jeden Funkpiepser lauschen, der ihm eventuell gefährlich werden könnte. Darasch, öffnen Sie die Schleuse mit Katastrophenimpuls. Los schon!«

Er war hochgewachsen, schmal und wirkte zerbrechlich. Blonde Haare quollen unter seinem zurückgeklappten Helm hervor. Seine Stirn war hochgewölbt, verträumt wirkende Augen visierten durch die Optik einer kleinen Waffe sein Ziel an.

Er schoß.

Der fünfte Dakkarkom löste sich unter dem flimmernden Energiestrahl des Desintegrators. Das Gerät zerfiel in seine molekularen Bestandteile.

Er lächelte, sah sich prüfend um und steckte die Waffe durch den geöffneten Magnetverschluß seiner Schutzkombination in eine Außentasche seiner normalen Borduniform.

Ein Fauchen ließ ihn zusammenfahren. Lohende Atomglut zischte an ihm vorbei.

Die Strahlbahn schlug in die Wandung, wölbte einen kleinen Vulkan aus sofort verflüssigtem Material auf und überschüttete ihn mit einem Schauer aus winzigen Glutperlen. Sie hätten ihn sofort getötet, wenn er nicht den Panzerhelm geschlossen und die Magnethalterung verankert hätte. Ein glühender Luftwirbel schleuderte ihn zur Seite.

Er stolperte über ein Ersatzteil, fiel zu Boden und blieb reglos liegen.

»Genauso bleiben, Hände nach hinten strecken, keine Bewegung, oder ich verwandle dich in eine Gaswolke. Liegenbleiben, habe ich gesagt!«

Über sich, aber noch einige Meter entfernt, gewahrte er das verzerrte Gesicht eines Captains.

Die Mündung seiner Energiewaffe flammte ultrablau. Ein winziger Druck auf den Feuerknopf und ...

»Der Kerl hat alle fünf Dakkarkomgeräte mit einem Desintegrator zerstrahlt, Sir«, vernahm er die Stimme eines anderen Mannes. »Das - das kann es doch nicht geben, Sir! Jetzt bekommen wir nie mehr Funkkontakt mit Ganjo Ovaron und der Galaxis Gruelfin. Du verdammter ...«

Er schrie. Er hatte geglaubt, niemals in seinem Leben schreien zu müssen. Jetzt schrie er trotzdem in Todesangst.

Der zweite Mann kam mit schußbereiter Waffe auf ihn zu.

»Ich schieße dich nieder ...!«

»Ruhe, Sergeant!« schrie der Captain. »Beherrschen Sie sich. Oldert, Peytcher, richten Sie den Saboteur auf. Schutzanzug entfernen, nach Waffen durchsuchen.«

Er fühlte sich von vier kräftigen Männerfäusten hochgerissen. Dann stand er wieder auf seinen Beinen, doch dicht vor seinem Körper flammte immer noch die Mündung einer Waffe.

Captain Verso Honadri hatte seine Fassung zurückgewonnen. Er hatte den Strahlschuß abgefeuert, doch jetzt stand er einer neuen Situation gegenüber. Er fühlte, daß sich seine Männer kaum noch beherrschen konnten.

So sprang Honadri zwischen den Saboteur und Sergeant Daraschs Waffe. Nur langsam ließ der schwer atmende Mann den Strahler sinken.

»Sir«, sagte er. »Warum lassen Sie mich diesen Kerl nicht ...«

»Weil es hier nach den Gesetzen der Solaren Flotte ein Bordgericht gibt, Darasch. Deshalb! Kommen Sie zu sich! Sichern Sie vor allem Ihre Dienstwaffe. Na, alles wieder in Ordnung?«

Darasch nickte nur. Ein Blick des Hasses traf den Saboteur. Jetzt erst hatte der Wachoffizier Gelegenheit, seinen Gefangenen eingehend zu mustern.

»Ach, *Sie* sind das! Captain Ricod Esmural, Dimesexta-Ingenieur, Mitglied des Schaltmeisterteams aus Dr. Cavaldis Garde. Warum haben Sie sich in diesen Lagerraum geschlichen und die fünf Dakkarfunkgeräte zerstört? Warum, Mann? Sind Sie wahnsinnig geworden?«

Der Wachoffizier schrie. Esmural überwand seine Todesangst schneller, als sie ihn übermannt hatte.

»Es steht Ihnen nicht zu, mir Fragen zu stellen. Schon gar nicht in einem solchen Tonfall.«

Honadri beherrschte sich mühsam. Er drehte sich um, ging zum nächsten Interkom-Anschluß hinüber und drückte auf die rote Notruftaste.

»Was? Sind Sie betrunken? Ein Saboteur ...?«

Oberst Toronar Kasom, Ertruser und Zweiter Stellvertretender Kommandant der MARCO POLO, war mehr verblüfft als schockiert.

Etwas hilflos sah er zu der Empore mit den großen Hauptschaltgeräten hinüber. Rhodan war aufmerksam geworden.

»Was ist? Schwierigkeiten?«

»Es sieht so aus, Sir. Ein gewisser Captain Esmural, Dimesexta-Ingenieur, soll die fünf Dakkarkomgeräte zerstrahlt haben. Er wurde von der Streife gefaßt.«

Atlan und Perry Rhodan handelten gleichzeitig. Ihre Hände berührten sich auf der Umschalttaste, die eine Verlegung des Interkomgespräches auf die Bildschirme der zentralen Schiffsführung bewirkte. Honadri wurde eingeblendet.

»Wen haben Sie verhaftet?« fragte Rhodan mit unheimlich wirkender Beherrschung. »Berichten Sie.«

Captain Honadri wiederholte seine Meldung. Der Saboteur wurde von zwei Männern des Streifenkommandos vor die Aufnahmekamera des Lagerraumes gestellt.

Rhodan kannte ihn nur flüchtig. Atlan war besser informiert. Er beugte sich weit vor.

»Esmural! Ein Außenseiter. Keinerlei Kontakt mit anderen Männern der Besatzung. Und er hat die unersetzbaren Dakkarkomgeräte vernichtet? Ich ...«

»Unterbrechung«, drang eine andere Stimme aus den Lautsprechern. »Wichtige Meldung. Psychologische Abteilung, Dr. Eysbert spricht. Ich habe die Meldung mitgehört. Ich darf die Schiffsführung darauf aufmerksam machen, daß Esmurals Psychogramm sehr eigentümlich ist. Seine Verhaltensweise ist ...«

»Ebenfalls Unterbrechung«, warf Rhodan ein. Seine Stimme klang lauter als sonst. »Kommen Sie zur Sache. Ihr wissenschaftlicher Kommentar kann später erfolgen. Was gibt es dringend zu sagen?«

Thunar Eysbert, der Chef-Kosmopsychologe der MARCO POLO, galt als überlegener Spötter, der sich selten grob ausgesprochenen Anweisungen unterwarf. Diesmal war er dazu bereit.

»In Kurzform: Esmurals Intelligenzquotient liegt nahezu hundert Prozent über der Norm. Zurückhaltender, abweisender Typ. Er besitzt an Bord nur einen Freund und Vertrauten. Sein Name und Rang: Terso Hosputschan, Captain und Hyperphysiker. Gehört zum Waringer-Bordteam. Es wäre zu überlegen, ob der Sabotageakt des Verhafteten isoliert zu betrachten ist. Ich denke an die Tatsache, daß wir vor einiger Zeit vergeblich versuchten, zur Milchstraße zu starten. Die Wandeltaster versagten aus bislang ungeklärten Gründen. Ende.«

Rhodan bewies erneut, daß man ihn nicht umsonst einen Sofortumschalter nannte. Seine Anweisungen kamen umgehend. Sie wurden gleichzeitig über Helmfunk und Interkom in jede Abteilung übertragen.

»An Kommandant – Dakkarflug sofort unterbrechen. Zurück in den Normalraum. Maschinenhauptleitstand – blockieren Sie alle manuellen Sonderschaltungen aus den Notsteuerzentralen. Nur die Emotionsbefehle durchlassen. Ausführung!«

Rhodan war aus seinem Sessel gesprungen. Seine Hände bebten kaum merklich, als er einige Verschlüsse seiner Kombination öffnete und den Helm zu Boden fallen ließ.

»Sir, wir liegen exakt auf Zielkurs«, vernahm er Korom-Khans Stimme.

»Raus aus der Dakkar-Halbspur!« schrie Rhodan. »Wer sagt Ihnen, daß der laufende Wandeltaster einwandfrei funktioniert? Schalten Sie.«

Korom-Khan befolgte die Anordnung. Gedankenbefehle wurden von der SERT-Haube aufgenommen und auf die ausführenden Positroniken übertragen.

Die Positronik zeigte Rotlicht. Sie war lahmgelegt worden.

Die beiden anderen Emotionauten griffen in die vielfachen Steuervorgänge ein. Sicherheitsschotte schlugen zu. Die normalen Impulstriebwerke des Schiffes sprangen an, noch ehe die optischen Effekte der Dakkarzone auf den Bildschirmen verblaßten.

Der Dakkarflug wurde unvermittelt beendet.

Die MARCO POLO stürzte in das Einsteinsche Normaluniversum zurück. Rhodan wandte den riesigen Bildschirmen der Panoramagalerie den Rücken zu. So konnte er nicht sofort sehen, daß die MARCO POLO nicht wie erwartet dicht vor der Milchstraße stand, sondern inmitten der trostlosen Einöde zwischen den Welteninseln.

Weder die Galaxis NGC 4594 noch die Heimat der Menschen konnte auf Anhieb und mit bloßen Augen erkannt werden. Auf den Schirmen glänzten nur zahllose Leuchtpunkte und milchig strahlende Sternballungen.

Vor dem Raumflugkörper öffnete sich weit die Schwärze des interkosmischen Leerraumes.

Atlan sprang auf. Fassungslos schaute er auf die Schirme.

Rhodan hatte inzwischen die Lage erfaßt und gehandelt. Nur Sekunden nach dem Schock materialisierte Gucky vor ihm.

»Wohin?«

Rhodan riß den nur einen Meter großen Mausbiber mit dem linken Arm hoch, drückte ihn gegen seine Brust und erklärte mit jener seltsamen Ruhe, die für ihn in derartigen Augenblicken typisch war:

»In den Hochenergieraum, wo der zur Zeit eingesetzte Wandeltaster aufgehängt ist. Schnell, Kleiner. Atlan, du kommst mit Ras Tschubai nach.«

Ehe Gucky und Rhodan aus der Zentrale verschwanden, bemerkte der Arkonide noch, daß Perry seine Waffe feuerbereit in der Rechten hielt.

Tschubai materialisierte ebenfalls in der Steuerzentrale. Es geschah in dem Augenblick, als sich Mentro Kosum eigenmächtig entschloß, die wichtigsten Maschinenanlagen der MARCO POLO durch eine Notschaltung stillzulegen. Das war nur in Gefahrenmomenten erster Größenordnung erlaubt.

»Besser ist besser«, erklärte Kosum. Er schien die Ruhe selbst zu sein. »Wenn hier schon sabotiert wird, dann wenigstens nicht bei laufenden Kraftwerken.«

Rhodan und Gucky materialisierten im Ultraenergie-Wandelraum. Die glockenförmig konstruierte Halle wurde von halbmeterstarken Wänden aus Ynkelonium-Terkonitstahl von der nebenan installierten Haupteinheit des Dimesextatriebwerks abgeriegelt.

Drahtlose Dakkarpulsleiter endeten mit ihren isolierenden Sextadim-Röhrenfeldern an den Wandelempfängern. Sie nahmen die Kräfte des Wandeltasters auf und lenkten sie in die Schirmstrahler des Dimesextatriebwerks.

Inmitten der Kuppelhalle hing in tragenden Kraftfeldsäulen der kugelförmige Pralitzsche Wandeltaster.

Das Material der Außenverkleidung hatte sich während der Betriebsschaltung dunkelrot verfärbt. Als Rhodan eintraf, mäßigte sich das kalte Glühen bereits.

Ein hochgewachsener, zerbrechlich wirkender Mann stand mit schußbereiter Waffe vor einer geöffneten Wartungsklappe. Rhodan schoß, ehe der Saboteur sein Vorhaben vollenden konnte.

Captain Terso Hosputschan wurde von dem Lähmstrahl voll getroffen. Er versuchte, mit letzter Muskelkraft den Finger zu krümmen, doch da traf ihn ein zweiter Schuß.

Sein Körper versteifte sich. Mit glasig werdenden Augen erkannte er den Mann, der nur wenige Meter von ihm entfernt so plötzlich aufgetaucht war. Neben ihm stand ein nichtmenschliches Wesen.

Hosputschan stürzte schwer zu Boden.

Rhodan stand noch immer an der gleichen Stelle. Nur Gucky trippelte einige Schritte nach vorn.

»Vorsicht! Nicht zu nahe an die Energie-Tragstützen herangehen«, warnte Rhodan mit beherrschter Stimme.

Der Mausbiber war verwirrt. Er schaute erst auf den paralysierten Wissenschaftler, dann hinauf zu dem Wartungsluk und wieder zurück auf Hosputschan.

»Wenn du mich nicht sofort gerufen hättest, wären wir zu spät gekommen«, stellte Gucky fest. »Kein Mensch hätte diesen Raum schnell genug auf normalem Wege erreichen können.«

»Ja!«

»Ist das alles, was du zu der unglaublichen Geschichte zu sagen hast?«

Rhodan steckte seine Waffe in die Gürteltasche zurück. Als er die hinderlichen Verschlüsse seines Anzugs noch weiter öffnete, bemerkte Gucky das Beben seiner Hände.

Der Kleine lachte humorlos auf.

»Das geht auch einem Rhodan an die Nerven, wie? Frag mich nicht, wie es in mir aussieht. Ich komme mir vor wie narkotisiert. Der wollte doch tatsächlich in den Wandeltaster hineinschießen. Angenommen, wir wären noch in der Dakkarzone gewesen: Was wäre dann passiert?«

Rhodan trocknete sich die schweißbedeckte Stirn ab.

»Nichts, Kleiner, gar nichts! Wir wären lediglich in den Normalraum zurückgefallen. Mir ist es aber wesentlich lieber, diesen Effekt mit einem intakten Wandeltaster bewußt einzuleiten als mit einem zerschossenen in zwangsläufiger Form.«

Der Afroterraner Ras Tschubai traf zusammen mit Atlan ein. Jenseits der Stahlschotte wurden Geräusche vernehmbar. Das Streifenkommando näherte sich.

Atlan betrachtete den Saboteur und die klaffende Wartungsklappe. Dann schob auch er seine Waffe in die Tasche zurück. Er schaute Rhodan in die Augen.

»Nicht jedem Terraner kann man trauen, wie? Es ist mir rätselhaft, wie die beiden Männer durch die Endkontrollen schlüpfen konnten. Wieso ist ihre Geisteshaltung nicht bemerkt worden? Wir haben vor dem Start der MARCO POLO einige Dutzend Tests durchgeführt.«

Rhodan fühlte sich plötzlich schwach und zerschlagen. Er suchte nach einem Sitzplatz. Weiter drüben fand er vor der Kontrollschalttafel einige ausklappbare Wandhocker.

»Wer sagt dir, daß Esmural und Hosputschan schon damals die Absicht hatten, unsere Heimreise zu verhindern?«

Atlan winkte unwirsch ab. Er beachtete kaum die aufgleitenden Sicherheitsschotte. Captain Honadri sprang zuerst in den Hochenergieraum hinein. Als er Rhodan und Atlan bemerkte, senkte er seine Waffe.

Rhodan ließ ihn nicht zu Wort kommen.

»Bringen Sie den Saboteur zusammen mit dem anderen in die Hauptzentrale. Nein, bitte keine Fragen. Ich könnte sie nicht beantworten. Ich kann Ihnen zu diesem Zeitpunkt lediglich verbindlich sagen, weshalb wir am 2. Juli 3438 nicht zur Milchstraße starten konnten. Die Pralitzschen Wandeltaster sind *nicht* auf dem Planeten First Love fehlgeschaltet worden, sondern von diesem Herrn dort.«

Honadri bemühte sich, einigermaßen Haltung zu bewahren. Rhodans bitteres Auflachen verriet ihm genug über den Gemütszustand des Expeditionsleiters.

Rhodan schien gedankenverloren. Er bemerkte auch nicht die Wissenschaftler, die nacheinander den Raum betraten. Es handelte sich um einige Sektorchefs der MARCO POLO, unter ihnen Professor Geoffry Abel Waringer, Dr.-Ing. Cavaldi und der Chef der Mathelogischen Abteilung, Professor Eric Biehinger.

»Da fliegt man nun mit einem Prototyp unter allen möglichen Gefahren zu einer Millionen Lichtjahre entfernten Galaxis, um dort zu versuchen, eine fürchterliche Gefahr für die Menschheit abzuwenden, aber dann, wenn man wieder nach Hause will, tauchen plötzlich zwei Wahnsinnige auf und vernichten jene Geräte, ohne die man diese Riesendistanz nicht überwinden kann. Träume ich?«

Rhodan sah sich um. Niemand antwortete. Waringer stand längst vor der Wartungsklappe des Wandeltasters.

Nebenan rumorte der kleine Schwarzschildreaktor, der für die Energieversorgung der Tragfelder zuständig war. Es war eine der wenigen Kraftanlagen, die Kosum nicht abgeschaltet hatte.

Die MARCO POLO glitt mit annähernd lichtschneller Fahrt und im freien Fall durch das absolute Nichts zwischen den Galaxien.

Waringer drehte sich um. Alle sahen ihn an. Atlan räusperte sich.

»Nun, Geoffry, wie sieht es da drinnen aus? Kann man das noch einmal reparieren, oder sind wir dazu verdammt, bis in alle Ewigkeit mit Unterlicht durch das Universum zu treiben, um dann vielleicht in vielen Millionen Jahren die Milchstraße zu erreichen?«

Waringer, schlaksig und unbeholfen wirkend wie immer, zerrte unschlüssig an seinen Fingern. Es knackte.

»Laß das sein«, bat Rhodan müde. »Ich kann es nun einmal nicht hören. Also, wie lautet das Urteil des Fachwissenschaftlers?«

»Ganz so dramatisch würde es wohl nicht sein«, erklärte Waringer. »In der Dakkarzone werden wir immerhin eine gewisse Strecke zurückgelegt haben. Außerdem wäre die restliche Reichweite der Linearkonverter zu berücksichtigen.«

»Wortspielereien«, wehrte Atlan unwillig ab. »Funktioniert der Wandler noch?«

»Anscheinend ja. Es sieht alles gut aus. Dennoch bin ich sicher, daß Hosputschan eine Manipulation vorgenommen hat. Welche, kann ich jetzt noch nicht sagen. Wenn man mich vielleicht in Ruhe arbeiten ließe ...«

Rhodan stand auf. Honadris Roboter trugen den paralysierten Saboteur hinaus.

»Arbeite, Geoffry, arbeite so schnell und gut wie nie zuvor. Komm aber bitte nicht auf die Idee, dieses Gerät durch ein Reserveaggregat austauschen zu lassen. Ich ahne, daß die drei Reservewandler nur noch Trümmerhaufen sind. Die wird sich Hosputschan zuerst vorgenommen haben. Hätte er den eingeschalteten Wandler, also diesen hier, sofort zerstört, hätte er wohl kaum noch Gelegenheit gefunden, auch die Ersatzeinheiten unbrauchbar zu machen. Wir hätten sehr schnell eingegriffen. Logisch, nicht wahr?«

Es dauerte nur eine Minute, bis ein Techniker aus Cavaldis Stab den Tasterraum betrat. Der junge Ingenieur war blaß.

Rhodan schaute ihn prüfend an, ehe er fragte: »Nun, wie gründlich sind die Ersatzgeräte unbrauchbar gemacht worden?«

»Erledigt, Sir«, berichtete der Ingenieur niedergeschlagen. »Mit Bordmitteln können die Schußschäden keinesfalls behoben werden. Auf einer irdischen Spezialwerft aber sicherlich.«

»Da müssen Sie erst einmal hinkommen. Meine Herren, ich erwarte Ihren detaillierten Bericht. Keine Beschönigungen bitte. Stellen Sie auch fest, wie weit wir uns bereits von Gruelfin entfernt haben. Ja – noch etwas ...«

Rhodan blieb im Schleusenluk stehen und drehte den Kopf. Waringer wußte, welche Bemerkung nun fallen würde.

»Ich möchte gerne erfahren, welche Zeitspanne seit dem Eintauchmanöver in den Dakkarraum vergangen ist. Der Eingriff der Dilatation dürfte ja allgemein bekannt sein, nicht wahr? Versuchen Sie wenigstens eine annähernd exakte Berechnung.«

Rhodan ging. Zweiundzwanzig betroffene Männer blieben zurück.

2.

Jedem Kommandanten eines terranischen Raumschiffs stand es zu, ein Bordgericht einzuberufen, den Vorsitz zu übernehmen und ein straffällig gewordenes Besatzungsmitglied abzuurteilen. Das Bordgericht hatte laut Gesetz aus fünf Personen zu bestehen. Dem Angeklagten war ein Verteidiger zur Verfügung zu stellen. Als Ankläger hatte ein Offizier der Schiffsführung zu fungieren. Juristische Kenntnisse waren erforderlich.

Im Fall der Saboteure Ricod Esmural und Terso Hosputschan hatte der Kommandant der MARCO POLO die Anklagevertretung übernommen. Zum Verteidiger war der Chefmathelogiker Professor Dr. Eric Biehinger berufen worden.

Großadministrator Perry Rhodan war zum Vorsitzenden ernannt worden. Vier weitere Bordrichter hatten ihn in der Urteilsfindung zu unterstützen. Ihre Stimmen waren gleichberechtigt mit der des Vorsitzenden.

Mit Oberst Korom-Khan war für die Saboteure ein harter Ankläger erschienen. Korom-Khans Intellekt war nicht zu unterschätzen. In dem Mathelogiker hatte er jedoch einen ernstzunehmenden Gegner mit hervorragenden geistigen Fähigkeiten gefunden.

Die MARCO POLO glitt noch immer im freien Fall durch den interkosmischen Leerraum. Die Gutachten der Sachverständigen lagen bereits vor.

Erstaunlicherweise hatten die beiden Angeklagten ihre Vergehen unumwunden zugegeben. Sie hatten es gelassen und im vollen Bewußtsein der drohenden Konsequenzen getan.

Im Gegensatz zum Zivilrecht des Imperiums, das die Todesstrafe nicht mehr kannte, war es möglich, an Bord eines im Kampfeinsatz stehenden Raumschiffes (und bis zur Ankunft in der Milchstraße galt dies noch für die MARCO POLO) die Todesstrafe zu verhängen. Das aber war auch nur dann zulässig, wenn die Straftat das Leben aller Besatzungsmitglieder, die Existenz der Menschheit und überdies das betreffende Raumfahrzeug eindeutig gefährdete.

Das war hier der Fall. Die vorliegenden Berichte der wissenschaftlichen Sachverständigen waren vernichtend. Die achttausend Männer der MARCO POLO waren so gut wie verloren.
Das Ultraschlachtschiff war am 16. Juli 3438 Standardzeit mit Heimatkurs gestartet. Nun zeigten die Borduhren den 17. Juli 3438, 3:56 Uhr an. Ob diese Zeitmessung noch richtig war, konnte niemand sagen. Der in Betrieb gewesene Pralitzsche Wandeltaster hatte während des Dakkarfluges zwar funktioniert, aber die große Frage war, wie er gearbeitet hatte. Nach einem nahezu einstündigen Dakkarflug, immer nach der gültigen Bordzeit gerechnet, hätte man sich der Milchstraße schon so weit genähert haben müssen, daß sie als eindeutig erkennbarer Leuchtball von übergeordneter Ausdehnung sichtbar gewesen wäre. Auf den Bildschirmen waren aber nur Lichtpunkte zu erkennen. Jeder davon war eine Galaxis.

Die Saboteure waren verhört worden. Die Zeugenaussagen lagen vor. Perry Rhodan als Vorsitzender des Bordgerichtes hatte sich bislang schweigsam verhalten.
Die Einführungsphase des Prozesses war beendet. Rhodan schien bedrückt zu sein. Die große Offiziersmesse, die als Verhandlungsraum gewählt worden war, war überfüllt. Besatzungsmitglieder aller Dienstgrade hatten sich in den Raum gedrängt. Jene, die keinen Platz gefunden hatten, verfolgten die Verhandlung an der bordeigenen Interkomanlage.
Esmural und Hosputschan saßen vor der improvisierten Richterempore. Vor Rhodan lagen die Gutachten. Er überflog die schriftlich niedergelegten Texte, verzichtete jedoch vorerst darauf, sie wörtlich vorzulesen. Er sah zu den beiden Saboteuren hinüber.
»Die Gutachten der Sachverständigen liegen zwar schriftlich vor, aber das Gericht legt Wert darauf, die darin enthaltenen Aussagen in direkter Form zu hören. Ich darf Professor Geoffry Abel Waringer bitten, seine Feststellungen in Gegenwart aller Beteiligten wörtlich zu wiederholen. Vorher noch eine Frage an die Herren Esmural und Hosputschan: Warum haben Sie diese Sabotageakte begangen? Warum? Ihr Herr Verteidiger möchte Sie als unzurechnungsfähig hinstellen. Schließen Sie sich dieser Auffassung an?«
Weder Hosputschan noch Esmural beantworteten die dominierende Frage. Sie beschränkten sich auf das Sekundäre. Hosputschan erklärte lächelnd:
»Wir widersprechen sehr entschieden dieser Definition. Es liegt weder eine geistige Erkrankung noch eine Affekthandlung vor. Wir haben die Maßnahmen als unerläßlich angesehen und sie daher durchgeführt.«
Rhodan achtete nicht auf das Raunen der Empörung. Atlan fühlte die

innere Verwirrung des Freundes. Es war der seltsamste Prozeß, dem er jemals beigewohnt hatte.

»Eine unglaubliche Arroganz«, flüsterte ihm Mentor Kosum zu. »Die Burschen reden sich um ihren Kopf.«

»Während meiner Zeit hätten sie zehn Minuten nach dem Verbrechen die Schleuse passiert, aber ohne Schutzanzug.«

»Sie urteilen hart, Admiral!«

»Deshalb bin ich auch nicht als Richter zugelassen worden. Saboteure, die ein Schiff mit achttausendköpfiger Besatzung gefährden, verdienen den Tod. Das ist jedenfalls die Meinung eines alten Arkonidenadmirals und Imperators.«

Professor Waringer trat vor den Richtertisch. Rhodan sprach ihn an. Diesmal verzichtete er darauf, den ehemaligen Gatten seiner vor tausend Jahren ermordeten Tochter zu duzen.

»Bitte, fassen Sie sich kurz. Ihre schriftliche Erklärung wird noch vor der Urteilsverkündung in vollem Wortlaut verlesen. Welche Schäden sind aufgetreten?«

Waringer strich sich über die Haare.

»Es dürfte jedermann klar sein, daß nach der Vernichtung der fünf Dakkarkomgeräte eine Funkverbindung mit Ovaron nicht mehr möglich ist. Die Meßergebnisse beweisen, daß wir uns etwa zwölf Millionen Lichtjahre von der Galaxis Gruelfin entfernt haben. Die maximale Reichweite der MARCO POLO beträgt im Einsatz ihrer vier Ultrakomp-Linearkonverter ebenfalls zwölf Millionen Lichtjahre. Infolge der zahlreichen Langstreckenflüge während des vergangenen Einsatzes ist der derzeit installierte Konverter mit etwa fünfzig Prozent seiner Leistung ausgebrannt. Wir haben keine Chance mehr, im Linearflug NGC 4594 zu erreichen. Eine Hilfeleistung durch Ganjo Ovaron ist infolge der fehlenden Funkverbindung ausgeschlossen. Wir stehen mit immer noch fast lichtschneller Fahrt im Normalraum. Die Milchstraße ist etwa vierundzwanzig Millionen Lichtjahre entfernt, also weit außerhalb unserer Reichweite. Diese Distanz kann nur mit dem Dimesextatriebwerk überbrückt werden.«

»Ist ein Hyperfunkkontakt zu Ovarons weit vorgeschobenen Flotteneinheiten möglich?«

Waringer erwiderte: »Ausgeschlossen! Dazu benötigen wir die etwa zwanzigfache Sendeenergie als vorhanden.«

»Unsere Chancen, Professor?«

»Gleich Null, es sei denn, es würde gelingen, die Justierungsverschiebung innerhalb des einzigen nicht durch Strahlschüsse zerstörten Wandeltasters zu beheben. Wir bemühen uns. Die Hilfeleistung von Captain Hosputschan wäre unschätzbar wertvoll. Er weiß als einziger Mann sehr genau, in welcher Form und mit welchen Manipulierungsdaten die Fehlleistung hervorgerufen wurde.«

Rhodan sah erneut zu den Saboteuren hinüber.

»Captain Hosputschan, sind Sie bereit, dem Physikerteam des Schiffes mit genauen Angaben behilflich zu sein?«

Hosputschan lächelte nur. Zu einer anderen Äußerung ließ er sich nicht hinreißen.

»Wir müssen uns wohl selbst helfen, Professor. Bitte, fahren Sie fort!«

»All dies ist noch das geringste Übel. Viel schwerer wiegt die Frage, welche Zeitspanne *tatsächlich* vergangen ist. Die Borduhren zeigten eine Dakkarflugdauer von neunundfünfzig Minuten und achtzehn Sekunden an. Der Wert ist sicherlich irreführend.«

»Weshalb?«

Rhodan hatte Waringer selten so humorlos auflachen hören.

»Infolge der Fehlschaltung des Pralitzschen Wandeltasters erzeugte das Dimesextatriebwerk ein Abschirmfeld, dessen Energiewerte weit von der errechneten und erforderlichen Norm abwichen. Das steht fest. Wir bezeichnen den Effekt als ›Absorptions-Undichte‹. Das Feld wurde gewissermaßen perforiert. Infolge der Undichte kam es innerhalb der Dakkarzone zu einer Erscheinung, die das hyperphysikalische Team mit dem Begriff ›Hochenergie-Impulsstromwiderstand‹ charakterisiert. Es ist vergleichbar mit dem altertümlichen Wellen- und Reibungswiderstand am Rumpf eines alten Seeschiffes, das nicht über eine geeignete und hemmungsmindernde Unterwasserformgebung verfügte.«

Rhodan wußte bereits aus dem Bericht, welche Folgeerscheinungen diese Absorptions-Undichte mit sich bringen würde. Er fragte dennoch danach.

Waringer biß sich auf die Lippen. Seine ineinander gekreuzten Finger knackten in den Gelenken. Niemand achtete darauf.

»Das Phänomen der sogenannten Zeitdilatation ist seit Einstein bekannt und durch die nachfolgende Raumflugpraxis erwiesen. Es darf nicht angenommen werden, daß der Dilatationseffekt ausschließlich und nur im Normaluniversum eintritt, und zwar dann, wenn sich ein Raumflugkörper der einfachen Lichtgeschwindigkeit nähert. Die dadurch bedingte totale Veränderung der bordeigenen Bezugsebene im Verhältnis zur Bezugsebene anderer Beobachter, die beispielsweise auf einem Himmelskörper vom Range der Erde leben, muß in unserem Falle ebenso als gegeben eingestuft werden. Es ist dabei unwesentlich, daß wir uns in einer physikalisch fremden Dimension befanden. Die Fehlschaltung des Wandeltasters bewirkte zweifellos eine Zustandsform, die mit einem Einsteinschen Dilatationseffekt identisch ist.«

»Und Sie glauben, daß wir einer ähnlichen Erscheinung unterworfen wurden?«

»Ja!« bestätigte Waringer. »Nur mit dem Unterschied, daß die Erfahrungswerte des Normaluniversums in unserem Falle ungültig sind. Wir waren mit einem manipulierten Wandeltaster neunundfünfzig Minuten und achtzehn Sekunden innerhalb der Dakkarhalbspur unterwegs. Die zurückgelegte Distanz ist bekannt, nicht aber die dafür benötigte Zeit. Für uns sind nicht mehr als diese neunundfünfzig Minuten vergangen. Welche Zeit unterdessen auf der Erde verstrichen ist, kann niemand beantworten. Es können drei Wochen Standard sein, hundert Monate oder auch zweitausend Jahre. Unsere Präzisionsinstrumente wurden dem Effekt ebenfalls ausgesetzt. Die Borduhren zeigen genau jene Zeit an, die sie im Einflußbereich der Dakkar-Dilatation messen mußten. Es ist zwecklos, zu versuchen, die Erscheinung in ihrer Gesamtheit zu deuten, oder sie gar berechnen zu wollen. An Bord der MARCO POLO gibt es nichts, was sich vor dem Effekt hätte verstecken können. Für uns sind neunundfünfzig Minuten vergangen!«

Rhodan sah auf dem vor ihm stehenden Mikromonitor der Rundumerfassung erregt aufspringende Männer. Es war in allen Abteilungen das gleiche Bild. Den Ton hatte er ohnehin abgeschaltet. Er wußte aus den Berichten der Sektorleiter, wie angespannt die Situation war.

Zu diesem Zeitpunkt versuchte Gucky erneut, den Geistesinhalt der beiden Saboteure auf telepathischer Ebene zu erfassen. Es gelang ihm nicht.

Terso Hosputschan stand unvermittelt auf und hob die Hand. Im Saal wurde es still. Die Diskussionen verstummten. Achttausend Männer verfolgten höchstinteressiert den Vorgang auf ihren Abteilungsbildschirmen.

In Rhodan erwachte eine unsinnige Hoffnung.

»Wollen Sie unseren Wissenschaftlern nun doch behilflich sein? Sie kennen jetzt die Situation.«

»Deshalb verlange ich sofortige Aufmerksamkeit, Perry Rhodan.«

Der Großadministrator stützte die Handfläche auf die Tischkante und erhob sich. Es wirkte auf die Beobachter, als würde er sich mühevoll hochstemmen.

»Bitte? Sie *verlangen* etwas?«

»Es würde Ihrer Arroganz keinen Schaden zufügen, wenn Sie den Vorsitzenden mit dem ihm zustehenden Titel anredeten, Captain Hosputschan!« warf Professor Kaspon ein. Er fungierte als beigeordneter Richter und war Chef der chirurgischen Abteilung innerhalb der MARCO POLO.

Hosputschan blickte ihn nachdenklich an. Dann lächelte er wieder.

»Das widerspräche meiner Mentalität, Kaspon. Nichts kann mich dazu bewegen, Sie oder Rhodan so anzureden, wie Sie es aus dem Munde bedauernswerter Menschen der Gattung des *Homo sapiens* gewohnt sind.«

Wenn Rhodan und die Zuhörer bislang noch nicht verblüfft gewesen waren, dann waren sie es nach dieser Erklärung. Nur *ein* Mann begann blitzschnell zu begreifen. Es war der Kosmopsychologe Thunar Eysbert.

Er hegte seit Stunden einen gewissen Verdacht. Nun glaubte er ihn bestätigt zu sehen.

Eysbert, der Spötter und Zyniker, erhob sich von seinem Sitz. »Ich bitte den Vorsitzenden des Bordgerichts ums Wort«, sagte er.

Perry Rhodan beherrschte sich, so gut es ihm möglich war. Er winkte dem Kosmopsychologen zu.

Eysbert schritt nach vorn. Wenige Meter vor den Saboteuren blieb er stehen. Diesmal zeigte er das gleiche überlegene Lächeln, das bisher nur auf den Lippen der Angeklagten zu bemerken gewesen war.

»Sie gebrauchten soeben den Begriff ›Homo sapiens‹ in betont diskriminierender Form. Damit bezeichneten Sie den heute lebenden Menschen der bekannten Gattung. Darf ich demnach annehmen, daß *Sie* sich als die Vertreter einer anderen und vielleicht besseren oder großartigeren Menschengattung betrachten?«

Hosputschan verfärbte sich. Er stand abrupt auf. Sein gebieterischer Blick war unübersehbar, aber seine Haltung wirkte lächerlich.

»Vorsicht«, warnte Professor Eysbert in seinem süffisanten Tonfall. »Fallen Sie bitte nicht um, wenn ich ausatme.«

Nun stand auch Ricod Esmural auf.

»Ich warne Sie!« sagte Hosputschan. »Sie sprechen mit zwei Vertretern der neuen Menschengattung; dem *Homo superior!* Ich erkläre mich nunmehr zu dieser Auskunft bereit, weil Waringers Auswertung über die hyperphysikalischen Vorgänge an Bord dieses widerlichen Vernichtungsinstrumentes, das Sie MARCO POLO nennen, meinen Berechnungen entsprechen. Sie sind verloren!«

Rhodan fiel bei diesen Worten in seinen Stuhl zurück.

»Nein, nicht das!« stöhnte er.

Auf das Stimmengewirr im Messesaal achtete er nicht. Plötzlich glaubte er, die Situation unter ganz anderen Gesichtspunkten betrachten zu müssen.

»Ich bitte um Ruhe!« drang seine Stimme aus einigen tausend Lautsprechern. »Ruhe bitte! Die Verhandlung sollte nicht ständig gestört werden. Captain Hosputschan, wollen Sie bitte einige Schritte näher treten.«

Die beiden Saboteure verständigten sich mit einem Blick. Schließlich befolgten sie die Aufforderung.

Außer Rhodan war der beisitzende Bordrichter, Major Ataro Kusumi, die Ruhe selbst. Er beobachtete ohne jede erkennbare Emotion.

»Hosputschan, ich bin bereit, mich Ihrer Auslegung der persönlichen Anrede anzuschließen«, sagte Rhodan. »Sie geben sich als Vertreter einer neuen Menschengattung aus, als Vertreter des Homo superior. Ihre erstaunlichen Individualdaten, deretwegen Sie zur Besatzung der MARCO POLO zählen, sind der Schiffsleitung bekannt. Mir wird jetzt klar, weshalb Sie versucht haben, die Heimkehr dieses Raumschiffes zu verhindern. Sie sind keine Saboteure aus niederen Beweggründen, sondern Überzeugungstäter.

Wenn Sie so großen Wert darauf legen, die Maschinenanlagen des Schiffes derart zu manipulieren, daß wir weder nach Gruelfin zurückkehren noch die Milchstraße erreichen können, dürfte das eigentlich nur in *einer* Ursache begründet sein.«

»Sie sehen mich beinahe neugierig.« Hosputschan lächelte.

Der Großadministrator ließ sich nicht beeindrucken.

»Als man Ihren Kollegen Ricod Esmural ertappte, zeigte er Symptome echter Todesangst. Sie sind weder körperlich noch psychisch sehr widerstandsfähig.«

Hosputschan machte eine Handbewegung. Es war, als wolle er diese Bemerkung hinwegwischen.

»Diese Dinge sind für Geisteswissenschaftler der waren Reinheit nebensächlich.«

»Sehr schön. Akzeptiert. Das Bordgericht setzt sich nicht aus Unmenschen zusammen.«

»Aber aus treu ergebenen Dienern eines despotischen Diktators, der es versteht, die Menschheit zu unterjochen und sie derart zu manipulieren, daß er etwa fünfzehnhundert Jahre lang seine absolute Herrschaft erhalten konnte. Ich spreche von Ihnen, Perry Rhodan.«

Perry betrachtete den Angeklagten mit gesteigertem Interesse.

»Ich verstehe. Warum sind Sie plötzlich bereit, die Fragen des Bordgerichtes offen zu beantworten?«

»Das sollten Sie erfaßt haben. Ich weiß jetzt sicher, daß die MARCO POLO nicht mehr zur Erde zurückkehren kann. Meine Geheimhaltungsvorschriften sind somit hinfällig geworden. Ricod Esmural und ich haben unser Ziel erreicht. Sie werden niemals mehr die Erde betreten. Sollten Sie jedoch die restliche Entfernung im einfachen lichtschnellen Flug zurücklegen, werden Ihre Untertanen und Sie nur um wenige Monate altern. Ich erinnere an Waringers Ausführungen. Der Dilatationseffekt wird Ihnen diese Gnade gewähren. Auf der fernen Erde werden aber unterdessen einige Millionen Jahre vergehen. Zeit genug für uns, Ihre technischen und militärischen Anlagen völlig zu demontieren, den normalen Menschen von der aggressiven Wissenschaft zu entfernen und ihn zu seinen Wurzeln zurückzuführen. *Sie* werden nach so langer Zeit keine Chance mehr haben. Deshalb meine Aussage.«

»Aber Sie haben Furcht vor der Hinrichtung nach Artikel 25 des Flottengesetzes!«

Hosputschan erblaßte.

Esmural wechselte ebenfalls die Gesichtsfarbe. Eysbert lauschte angespannt auf die Dialoge.

»Beleidigen Sie uns nicht, Rhodan! Auf der Erde existieren bereits zwei Millionen Vertreter des Homo superior. Wir sind nur langsam herangereift. Wir haben uns verborgen, weil wir wußten, daß Sie uns andernfalls ausrotten würden.«

»Da irren Sie sich aber gewaltig«, entgegnete Rhodan. »Schön, Sie wollen also das Solare Parlament stürzen, mich ausschalten und sämtliche technischen sowie militärischen Anlagen des Solaren Imperiums demontieren. Habe ich richtig verstanden?«

»Nein. Sie übersehen wesentliche Details. Der Mensch an sich muß geändert werden. Jedwede Regierungsform wird abgeschafft. Nur das Individuum hat über sich selbst zu bestimmen. Der Mensch aus der Gattung des Homo sapiens wird zum gesunden Ackerbau zurückgeführt. Alle Güter der Erde gehören jedermann. Friede für jedermann. Ihre Diktatur nähert sich ihrem Ende, Mister Rhodan! Ich darf Ihnen versichern, daß Sie infolge der Zeitdilatation innerhalb der Dakkarzone schon viel länger unterwegs sind, als es Ihre Bordinstrumente anzeigen. Wir, die Vertreter des Homo superior, werden nur noch den Geisteswissenschaften dienen. Die Primitiven dürfen in gesunder Luft arbeiten. Wir werden für sie sorgen.«

»Und wenn eines Tages ein wenig friedfertiger Flottenchef der galaktischen Springer landet - was machen Sie dann? Meditieren?«

»Das lassen Sie unsere Angelegenheit sein!« erklärte Hosputschan.

Professor Eysbert erhob die Hand. Rhodan nickte ihm zu.

»Ich bitte das Bordgericht, die Verhandlung um vier Stunden zu vertagen. Ich möchte die Aussagen der beiden Herren auswerten und das Ergebnis dem Gericht vorlegen.«

Rhodan stand auf.

»Dem Antrag wird stattgegeben. Die Sitzung wird für vier Stunden unterbrochen.«

Nach der Fortsetzung des Verfahrens hatte Eysbert als Sachverständiger auszusagen. Sein Gutachten basierte nicht nur auf seiner Meinung, sondern auf der eines Gremiums von Fachwissenschaftlern.

Eysbert stellte fest, daß die beiden an Bord anwesenden Vertreter des terranischen Homo superior keinesfalls die Endphase dieser Menschengattung repräsentieren konnten. Zweifellos würde es auf Terra eines Tages einen Neuen Menschen geben, jedoch einen, der es kraft seiner überragenden Intelligenz verstehen würde, hohe Ethik und Moral mit zwingenden Notwendigkeiten in Einklang zu bringen.

Die derzeitigen Vertreter des Homo superior seien in ihrem jetzigen Entwicklungsstadium noch keinesfalls in der Lage, die harten Erfordernisse der Praxis annähernd zu erfassen. Ihre Intelligenz sei unbestritten, nicht aber ihre Lebensauffassung, die in einem totalen Pazifismus und unrealistischen Planungen bestünde.

Allein ihre erklärte Absicht, Kraftwerke zu demontieren, die ausschließlich zur Stromversorgung der solaren Bevölkerung dienten, sei im höchsten Grade besorgniserregend. Ihr Vorhaben, nach der Art der Haluter individualautark, also ohne jede Gesetzgebung zu leben, wäre mit einem Selbstmord identisch.

Abschließend führte Eysbert an, der derzeitige Homo superior wäre gut beraten, wenn er sich mit Billigung des Solaren Parlamentes auf einen anderen Planeten zurückziehen und dort seinen Neigungen nachgehen würde. Die Flotte des Imperiums würde den erforderlichen militärischen Schutz für diese Aussiedlungswelt übernehmen.

Hosputschan und Esmural lächelten nur. Sie sprachen kein Wort mehr. Sie wußten, daß die MARCO POLO verloren war.

Diese Meinung änderte sich genau zweieinhalb Minuten vor der Urteilsverkündung.

Waringer, der sich längst wieder in der Stationierungshalle des fehlgeschalteten Pralitzschen Wandeltasters aufhielt, rief über Interkom an. Rhodan, der soeben das Urteil verlesen wollte, schaute zu dem Bildschirm hinüber.

Waringer grinste. Schließlich sagte er betont: »So schlau, wie mein Kollege Hosputschan zu sein glaubt, war er nun doch nicht! Wenn er es vermieden hätte, aus reiner Vorsicht auch noch den überlichtschnellen Leitstrahlprojektor im Kugelfeldtrafo TP-4 kurzzuschließen, hätten wir den eigentlichen Fehler nie gefunden. Zuviel Vorsicht ist manchmal ungesund.«

»Kann der Wandler repariert werden?« rief Rhodan aufgeregt zu den Mikrophonen hinüber.

»Selbstverständlich. Er wurde ja nicht zerschossen wie die drei Ersatzgeräte. Der Kugelfeldtrafo war eine unübersehbare Spur zum eigentlichen Tatort, wenn ich so sagen darf. Die Justierungsverschiebung erfolgte in der Ausgangsschaltung. Äußerst kompliziert. Mein Herr Kollege kann wirklich etwas! Die Beschädigung im Leitstrahlprojektor sollte eine zufällige Neuprogrammierung durch die Dakkarpositronik verhindern. Das wäre zwar niemals möglich gewesen, aber unser Freund konnte es nicht unterlassen, noch ein Zusatzgerät zu beschädigen. Eine Fehljustierung ist nämlich keine Beschädigung im Sinne des Wortes. Wir werden die Neujustierung und die kleine Reparatur in etwa fünf Stunden beendet haben.«

Hosputschan brach zusammen. Er weinte wie ein Kind. Eysbert sah ihn nachdenklich an. Anschließend verkündete Perry Rhodan das Urteil.

»Im Namen des gesetzgebenden Solaren Parlamentes und der von ihm vertretenen Menschheit, diese wiederum vertreten durch das Bordgericht des Ultraschlachtschiffes MARCO POLO, ergeht folgender Beschluß: Das Bordgericht muß aufgrund der Verhaltensweise beider Angeklagten und ihrer Äußerungen auf eine Aburteilung im Sinne des Flottengesetzes verzichten. Captain Ricod Esmural und Captain Terso Hosputschan sind nicht nur als verbrecherisch handelnde Personen an Bord eines terranischen Kampfschiffes zu betrachten, sondern auch als gefährliche Saboteure am Fortbestand der Menschheit. Das Bordgericht hat sich daher entschlossen, die beiden Offiziere zu inhaftieren und sie nach der Heimkehr dem Obersten Solaren Gerichtshof zur endgültigen Aburteilung zu übergeben.«

Die beiden Vertreter des Homo superior brachen endgültig zusammen. Sie wurden von Medorobotern sofort in die Bordklinik eingeliefert.

Rhodan beendete die Verhandlung. Erschöpft begab er sich zu seiner Kabine, wo Atlan bereits auf ihn wartete.

Der Arkonide reichte dem Freund einen Becher Kaffee.

»Nun, wie fühlst du dich?«

»Wie eine aus dem Wasser gezogene Katze.«

»Hm ... Hast du überhaupt noch erfaßt, daß Korom-Khan die Todesstrafe nach Artikel 25 forderte?«

»Allerdings. Es schlug mir auf den Magen.«

»Aber, aber«, spöttelte der Lordadmiral. »Einem Despoten von deiner Art müßte es doch Befriedigung bereiten, zwei Saboteure hinrichten zu lassen, die nicht nur sein kostbares Leben, sondern auch das von achttausend treu ergebenen Sklaven bedrohten! Ferner hätte ein Diktator jetzt schon zu überlegen, wie er die Vertreter des Homo superior nach seiner Rückkehr zur Erde schleunigst ausrotten kann. Ein Psychofeldzug sollte vorbereitet werden! In jedem Normalmenschen müßte abgrundtiefer Haß gegen den Neumenschen entfacht werden. Das wäre doch überhaupt kein Problem. Warum tust du das nicht, mein Freund?«

Rhodan stellte den Becher zur Seite. Seine Augen waren ohne Glanz.

»Entweder du führst sofort eine andere Sprache, oder du bist in drei Sekunden aus meinen Privaträumen verschwunden.«

Atlan schnallte seinen Waffengürtel ab.

»Mit *dem* Mann kann man aber auch wirklich nicht vernünftig reden«, grinste er. »In Ordnung, Terraner, wann ist Waringer mit der Reparatur fertig?«

Während der Gerichtsverhandlung war die Fahrt der MARCO POLO auf ein Zehntel der einfachen Lichtgeschwindigkeit gedrosselt worden. Rhodan hatte weitere unerwünschte Dilatationseffekte innerhalb des Einsteinschen Normalraumes vermeiden wollen.

Vor einer knappen Stunde waren die Ergebnisse der durchgeführten Abstimmung bekanntgegeben worden.

Die Problemstellung hatte gelautet: Soll die Besatzung das Schiff zur Galaxis Gruelfin zurückfliegen, um dort eine völlige Wiederherstellung der Pralitzschen Wandeltaster zu versuchen; oder soll augenblicklich die Weiterreise zur Heimatgalaxis angetreten werden?

Das Resultat der Wahl hatte keine Zweifel aufkommen lassen. Kein Mitglied der Besatzung hatte darauf bestanden, NGC 4594 erneut aufzusuchen. Der Grund dafür war einleuchtend gewesen.

Wenn der vom Waringerteam reparierte und neujustierte Wandeltaster überhaupt noch funktionierte, war es relativ gleichgültig, welche Distanz damit zurückgelegt wurde. Entweder er arbeitete einwandfrei, oder er versagte vollständig. So hatte man sich entschlossen, den Dakkarsprung bis zur Milchstraße zu riskieren. Niemand hatte gegen den Vorschlag der Schiffsführung protestiert.

Rhodans Verantwortungsgefühl war noch mehr als bisher belastet worden. Er war sich darüber klar, welches Wagnis er auf sich nahm.

Dazu warf sich für ihn die quälende Frage auf, ob jedermann an Bord der MARCO POLO die Sachlage so eindeutig erfaßt hatte, um seine Meinung wirklich individuell äußern zu können. Rhodan hatte das unbestimmte Gefühl, als hätten sich mindestens siebentausend Besatzungsmitglieder blindlings auf seinen Vorschlag eingestellt und daher ihre Ja-Stimme abgegeben.

Atlan ahnte, was in dem Freund vorging. Er saß wiederum neben Rhodan im zweiten Kommandeursitz.

Vor einer Minute hatte die MARCO POLO Fahrt aufgenommen. Das Dröhnen der normallichtschnellen Impulstriebwerke war für eine Unterhaltung hinderlich. Die Schutzanzüge waren erneut angelegt worden. Die Funksprechanlagen arbeiteten zuverlässig. Wenn Bildsendungen aus anderen Abteilungen ankamen, wurde der Ton automatisch auf die Helmlautsprecher übertragen.

Im Maschinenhauptleitstand schaltete und beobachtete der Leitende Ingenieur mit gewohnter Präzision. Das Eintauchmanöver in den Dakkarraum stand dicht bevor. Achttausend Menschen wußten, welches Risiko sie auf sich nahmen. Die Milchstraße war immerhin noch vierundzwanzig Millionen Lichtjahre entfernt.

Oberst Korom-Khan leitete das Manöver ein. Die Emotionauten Senco Ahrat und Mentro Kosum überwachten jeden Schaltvorgang. Korom-Khan arbeitete zuverlässig.

Die Absprunggeschwindigkeit zum Dakkarraum war mit genau 2,35967 Prozent Unterlichtfahrt berechnet worden. Das entlastete den Wandeltaster, der als einziges Gerät seiner Art überhaupt noch funktionieren konnte.

»Klar zum Halbspurmanöver«, ertönte Cavaldis Stimme. Sein Gesicht war auf den Interkombildschirmen zu sehen. Die Panoramagalerie zeigte dagegen die Schwärze des interkosmischen Leerraumes. Die Heimatgalaxis war noch weit entfernt. Sie war als Zielpunkt in die Dakkarpositronik eingespeist worden.

»Wenn es diesmal nicht gelingt, dürften die Saboteure ihr Ziel erreicht haben«, erklärte Rhodan. »Ich bin nicht daran interessiert, mit einem

Dilatationsflug Millionen Jahre unterwegs zu sein und dabei selbst nur wenige Monate zu altern. Eine erschreckende Vorstellung.«

Das Tosen der Impulstriebwerke verstummte plötzlich. Ein seltsames Wispern erklang. Die Schwärze des Normaluniversums verschwand. Auf den Bildschirmen tauchte wieder das dunkelrote Wallen auf. Tausende von Universen, jedes einem Riesenmolekül gleichend, fesselten den Blick.

Im Gegensatz zur Hinreise klang das Maschinengeräusch anders. Das Dröhnen der hochgefahrenen Kraftwerke schien in seiner Lautstärke ständig zu variieren. Cavaldi meldete sich erneut.

»Maschinenhauptleitstand. Professor Waringer ist bei mir. Die Meßdaten sind einwandfrei. Die neue Justierung steht. Keine Veränderungen. Das absorbierende Dakkarfeld um die Schiffszelle ist spannungsstabil. Wir kommen durch! Ende.«

Rhodan atmete tief ein. Mentro Kosum drehte sich um. Er lächelte ihm zu.

»Siehste, sagte der Wissende, drei und drei ergibt dennoch sieben.«

Die Stimmung an Bord besserte sich von Minute zu Minute.

Eine halbe Stunde nach dem Einbruch in die 6-D-Halbspur kamen neue Meldungen durch. Der Pralitzsche Wandeltaster arbeitete nach wie vor zufriedenstellend. Die Zielpositronik rechnete ständig mit.

Jenes blasenartige Leuchtgebilde, das anscheinend ›unter‹ dem Schiff hing, war das Universum, zu dem die Milchstraße und auch die Galaxis Gruelfin gehörten.

Die ursprünglichen Befürchtungen, unter Umständen in einem fremden Universum herauszukommen, hatten sich als unbegründet erwiesen. Die energetische Artverwandtschaft des Schiffes verbot es von selbst.

Schließlich war es soweit. Waringer meldete sich nochmals.

»Ich bin jetzt wieder in der physikalischen Zentrale. Der Rücksturz steht bevor. Nach Zielanmessung wird es in drei Minuten geschehen. Ich würde vorschlagen, vorsichtshalber die Sicherheitsgurte anzulegen. Wenn der Wandeltaster doch noch Tücken zeigen sollte, könnte es zu starken Vibrationen kommen.«

»Der Vorschlag wird als Anweisung an alle Abteilungen weitergeleitet«, entgegnete Rhodan. »Drückt die Daumen, Freunde. Die Zentrale ist klar, Cavaldi. Der Kommandant wird sofort nach dem Rücksturz in den Einsteinraum ein Bremsmanöver einleiten. Lassen Sie die Emotiodirektschaltung offen, und verzichten Sie auf eigene Maßnahmen.«

Man hatte etwas Ungewisses erwartet. Atlan hatte mit einem Donnergetöse gerechnet, Rhodan mit diesen seltsamen Flüstererscheinungen, andere Männer mit starken Erschütterungen oder gar schweren Materialbrüchen.

Nichts dergleichen geschah. Die MARCO POLO fiel sanft in das Normaluniversum zurück.

Plötzlich strahlten die Bildschirme auf. Das Raumschiff raste auf eine sternfunkelnde Galaxis zu. Milliarden Sonnen, die wegen der anscheinend noch großen Entfernung wie eine dichtgeballte, ineinander verschmolzene Masse von hoher Leuchtkraft wirkten, bewiesen, daß man angekommen war. Dennoch erkannten die erfahrenen Kosmonauten sofort eine Unregelmäßigkeit, die infolge der Steuerjustierung nicht hätte auftreten dürfen.

»Ich bitte um Ruhe«, rief Rhodan.

Als das Stimmengewirr in seinem Helmlautsprecher immer lauter wurde, öffnete er den Schutzanzug, klappte den Helm zurück und ließ ein Mikrophon der Rundrufanlage vor seinen Mund schwingen.

»Rhodan an alle. Seien Sie doch vernünftig! Ich sehe ebenfalls, daß wir nicht in, sondern vor der Milchstraße herausgekommen sind.«

»Ist das die Milchstraße, Sir?« fragte jemand. Die erregten Diskussionen verstummten.

»Ich hoffe es. Warten wir ab, was die Astronomen und Astrophysiker zu sagen haben. Achtung, Polobservatorium: Haben Sie bereits mit den Messungen begonnen?«

»Selbstverständlich, Sir. Wir geben die optischen Erfassungsdaten soeben in die Vergleichspositronik ein. In drei Minuten wissen wir mehr. Es sieht aber ganz so aus, als hätten wir die Milchstraße erreicht.«

In den vielen Abteilungen, den fünfzig Korvetten und den fünfzig Leichten Kreuzern der Planetenklasse herrschte beklemmende Stille.

Die Astrophysiker meldeten sich. Ihre Radioteleskope waren ausgefahren worden.

»Wir empfangen die Impulse eines Radiosterns. Auswertung kommt soeben an. Es ist ein Pulsar. Außenrandsonne vom Einzelgängertyp. Gehört jedoch noch zur Galaxis. Sekunde bitte ...«

Einen Augenblick später war der Radiostern identifiziert.

»Ortung steht fest. Es handelt sich um das Sonnenleuchtfeuer Hyperon-Gal-Süd, ein roter Riese. Seine Entfernung vom Solsystem beträgt 24 300 Lichtjahre. Die Distanz zwischen uns und dem Leuchtfeuer macht etwa 8000 Lichtjahre aus. Wir sind zu Hause, Sir.«

Wenig später hatten die Astronomen mit ihren riesigen Energiefeld-Linsenteleskopen den Stern erfaßt. Es war das berühmte Leuchtfeuer Galaxis-Süd.

Rhodan gab dem Kommandanten einen Wink. Korom-Khan schaltete. Die mächtigen Triebwerke der MARCO POLO brüllten erneut auf. Das vorgesehene Bremsmanöver wurde eingeleitet, um die fast lichtschnelle Eintauchfahrt zu reduzieren. Das war auch zur Erzielung genauerer Meßergebnisse unerläßlich.

Der normale Bordbetrieb begann wieder. Achttausend grenzenlos erleichterte Menschen beglückwünschten sich.

Die Schutzanzüge wurden abgelegt und verstaut. Rhodan reichte seine

Kombination einem herbeieilenden Roboter. Perry schritt zu den Sitzen der Emotionauten hinüber.

»Mr. Kosum, lösen Sie den Kommandanten ab. Übernehmen Sie die Schiffsführung. Und Sie, meine Herren, sollten jetzt schleunigst Ihre Kabinen aufsuchen. Sie sind übermüdet. Kommen Sie!«

Korom-Khan und Ahrat schwenkten die SERT-Hauben zurück. Die Spuren der Erschöpfung waren in ihren Gesichtern eingegraben. Senco Ahrat war an der Grenze seiner Leistungsfähigkeit angekommen. Korom-Khan fühlte sich etwas besser.

»Das ist der schönste Befehl, den ich je erhalten habe«, erklärte der Emotionaut. »Marschieren wir los, Senco. Unser Frischling wird den Rest besorgen.«

Sie lachten Mentro Kosum an. Er, der nur als Beobachter fungiert hatte, grinste zurück und sagte: »Huch, wieherte das Schäfchen, schon wieder zwei Ochsen weniger.«

»Diesen Menschen sollte man einsperren«, klagte Ahrat. »Haben Sie schon einmal wiehernde Schafe gesehen?«

Korom-Khan nickte ungerührt.

»Hier in der Zentrale. Dort sitzt ein solches Monstrum.«

Er deutete auf Kosum, dessen Gesicht soeben bis zur Höhe der Nasenwurzel unter der SERT-Haube verschwand.

Die MARCO POLO verminderte weiterhin ihre Eintauchfahrt. Die kosmonautischen Positroniken errechneten bereits den günstigsten Anflugkurs zum irdischen Sonnensystem.

Nur wenige Männer erinnerten sich in diesen Minuten an den von Waringer prophezeiten Zeitverschiebungseffekt während des ersten Dakkarfluges. Man war zu Hause!

Rhodan dachte in dieser Hinsicht in anderen Bahnen. Niemand außer Atlan bemerkte seine Sorgen.

Der Großadministrator schwieg jedoch.

3.

Der Schwarm

Der Hyperraum riß in jenem Augenblick auf, als Mentro Kosum die Schwarzschildreaktoren der Impulstriebwerke hochfuhr und die Andruckneutralisatoren mit Arbeitsstrom aus den separaten Kraftwerken versorgte.

Das Dröhnen der Triebwerke und Energieanlagen war plötzlich nicht mehr zu hören. Ein anderes, viel mächtigeres Geräusch brach wie eine Sturmflut über das Schiff herein.

Die in der Zentrale stationierten Strukturtaster schlugen unter ohrenbetäubendem Krachen durch. Die Geräte wurden mitgeführt, um die Transitionen von den alten Überlichtantrieben anmessen zu können. Noch vor zwölfhundert Jahren hatten sie zur Standardausrüstung eines jeden terranischen Raumschiffes gehört.

Nun wurden sie plötzlich zu einer Gefahrenquelle. Die herausfliegenden Sicherungseinheiten wurden durch enorme Hochenergieströme überbrückt. Die Strukturtaster explodierten.

Die Kugelzelle der MARCO POLO wurde bis an die Grenzen der Bruchfestigkeit belastet. Es war, als begännen zehntausend Bronzeglokken zu dröhnen.

Rhodan wurde von den gewaltigen Erschütterungen zu Boden geschleudert. Dies rettete ihm das Leben.

Der junge Mathematiker, neben dem er soeben noch gestanden hatte, wurde von einem glühenden Bruchstück explodierender Strukturmesser durchbohrt und getötet.

Im Flaggschiff der Solaren Flotte brach die Hölle los. Atlan war ebenfalls zu Boden gerissen worden. Die Zelle vibrierte immer noch. Eine Strukturerschütterung von bisher noch nie beobachteten Ausmaßen mußte stattgefunden haben.

Atlan sah Rhodans Mundbewegungen. Er schien mit voller Lautstärke zu schreien. Wahrscheinlich wollte er Anweisungen geben. Niemand hörte ihn.

Mentro Kosum hatte mit der für einen Emotionauten typischen Reaktionsgeschwindigkeit die Sachlage rascher erfaßt als jeder andere Mann an Bord.

Kosum schaltete die mit Vollschub laufenden Triebwerke sofort ab. Die zwölf Großkraftwerke wurden dagegen mit ihren insgesamt sechsundneunzig mächtigen Schwarzschildreaktoren auf Maximalleistung hochgefahren. Der somit erzeugte Kraftstrom – es handelte sich um neunhundertsechzig Millionen Megawatt – wurde im gleichen Sekundenbruchteil auf den Paratronschutzschirm geleitet. Seine Projektoren sprangen an.

Als eine zweite Strukturerschütterung über das Schiff hereinbrach, stand der 5-D-Schirm mit voller Kapazität. Die auftreffenden Energien wurden reflektiert und in den Hyperraum abgeleitet. Gleichzeitig liefen die Triebwerke und Andruckneutralisatoren aus. Jedes Watt Kraftstrom wurde nun für den mächtigen Energieschirm benötigt. Kosum hatte die Abwehrschirme der anderen Gattungen nicht eingesetzt. Sie hätten nur Energie verzehrt und wären innerhalb dieses hyperphysikalischen Infernos nutzlos gewesen.

Rhodan richtete sich auf. Stöhnend betastete er den angeschlagenen

Hüftknochen. Verletzte schrien um Hilfe. Die weißglühenden Bruchstücke der explodierten Strukturtaster hatten wie die Splitter einer detonierenden Granate gewirkt.

Die Medoroboter waren bereits unterwegs. Sie hatten durch Kosums Gedankenbefehl Katastrophenalarm erhalten.

Bevor Rhodan zu dem Platz des diensthabenden Emotionauten taumeln und sich an dessen Sitzlehne festklammern konnte, erfolgte die dritte Strukturerschütterung. Diesmal war sie so heftig, daß der Paratronschirm bis zu neunundneunzig Prozent seiner Absorptionskapazität belastet wurde. Wieder riß der Hyperraum auf, diesmal jedoch durch die von dem Energiefeld abgestrahlten Wirkungskräfte.

Die MARCO POLO schlingerte im freien Fall durch den Raum. Für einige Augenblicke trat der Zustand der Schwerelosigkeit auf. Rhodans Beine flogen nach oben. Er wäre durch die Zentrale getrieben worden, wenn er sich nicht an Kosums Sessellehne hätte festhalten können.

Aber auch diese Situation wurde von dem Emotionauten sofort erkannt.

Die Notstromaggregate sprangen an. Kosum führte den Projektoren zur Erzeugung einer künstlichen Gravitation die Energie so vorsichtig zu, daß sie nur allmählich mit ihrer Leistung einsetzten. Somit wurden die hilflos umhertreibenden Männer von einer langsam ansteigenden Schwerkraft behutsam zu Boden gezogen.

Die Interkomanlagen waren überlastet. Jedermann wollte wissen, was eigentlich geschehen war. Rhodan mußte erneut um Ruhe ersuchen. Als es in den Lautsprechern stiller wurde, erkundigte er sich schwer atmend:

»Kosum, was war das? Haben Sie eine Erklärung?«

Der Emotionaut antwortete zögernd. Er mußte sich nach wie vor voll auf die Maschinenanlagen konzentrieren. Seine Stimme klang leise und stockend.

»Drei Strukturschockwellen. Die letzte war die stärkste. Etwas muß nach der Art unserer alten Transitionsraumschiffe aus dem Hyperraum gekommen sein.«

»Also keine Linearflugsymptome?«

»Auf keinen Fall. Wir wären durch die Gewalt der Schockwellen beinahe vernichtet worden.«

Rhodan begab sich zur Rundrufanlage. Atlan war schon dort. Er unterhielt sich mit Dr. Cavaldi.

» ... alles in Ordnung, Sir. Die Vibrationsdämpfer aller Maschinenanlagen sind robotgesteuert angelaufen. Das war unser Glück. Ich lasse bereits die Reaktorfundamente überprüfen. Es könnten Kapillarrisse aufgetreten sein. Sie können sich auf uns verlassen. Sorgen Sie bitte dafür, daß kein Triebwerk eingeschaltet wird, ehe meine Technikerteams die Festigkeitsmessungen beendet haben. Ich möchte keinen Brennkammerreaktor querkant durch das Schiff sausen sehen. Es wäre peinlich.«

»Verstanden. Kosum, haben Sie mitgehört?«

Der Emotionaut hob bestätigend die Hand.

»Alles in Ordnung, Dr. Cavaldi«, rief Atlan zurück. »Wir warten Ihre Meldung ab.«

Rhodan drückte auf die Ruftaste zur Ortungszentrale. Major Ataro Kusumi erschien auf dem Bildschirm.

»Haben Sie feststellen können, wer uns da so freundlich empfangen hat?«

Der Ortungschef lachte grimmig auf.

»Und ob, Sir! In einer Entfernung von nur eineinhalb Lichtjahren sind insgesamt drei Pulks aus dem Hyperraum gekommen. Sie verwenden jene Transitionstriebwerke, die wir schon vor tausend Jahren auf den Schrotthaufen geworfen haben. Der erste Pulk war der kleinste. Etwa zwanzigtausend Raumflugkörper von völlig verschiedenartiger Größenordnung und äußerer Gestaltung.«

»Was? Wieviel?«

»Zwanzigtausend. Eher mehr als weniger. Der zweite Pulk war dreimal so groß. Der dritte umfaßte die mehr als zehnfache Menge an Objekten aller Art. Ganz in unserer Nähe rasen demnach einige hunderttausend unidentifizierbare Gegenstände mit etwa halber Lichtgeschwindigkeit durch den Raum auf die vor uns liegende Galaxis zu. Das ist heller Wahnsinn! Ich habe die Schiffe, oder was es sonst sein mag, auf meinen Reliefschirmen. Die Konturen sind gut auszumachen. Konstruktionen sind darunter, die ganz sicher mehrfach größer als die Erde sind.«

Atlans Augen tränten, ein Zeichen für seine Nervosität. Rhodan schwieg fassungslos. Dann reagierte er seine Erregung mit einigen kräftigen Flüchen ab.

»Schalten Sie Ihre Reliefbilder auf die Panoramagalerie. Passen Sie weiterhin auf. Orten Sie, was Sie mit Ihren Überlichtgeräten erfassen können. Sind die Flugkörper selbstleuchtend?«

»Einige davon: erstaunlicherweise, Sir! Ich habe noch nie ein Raumschiff gesehen, das wie eine Sonne strahlt. Die überwiegende Zahl der Dinger ist jedoch so schwarz und optisch unsichtbar wie der Leerraum. Triebwerksimpulse können wir aber ständig anmessen.«

»Also ein ganzer Schwarm«, erklärte Atlan, der seine innere Ruhe wiedergefunden hatte. »Woher kommt dieses Gewimmel? Ich – oh, der Herr Mausbiber ist auch schon da.«

Gucky materialisierte unvermittelt. Ras Tschubai folgte ihm. Die Mutanten Takvorian, Merkosh der Gläserne und Fellmer Lloyd trafen durch die Rohrverbindungen der Notausgänge ein. Takvorian fluchte. Für seinen Pferdekörper war selbst die größte Röhre zu eng gewesen. Er massierte seine Vorderbeine.

Zu diesem Zeitpunkt kam die vierte Schockwelle. Wieder brach der Paratronschirm beinahe zusammen.

»Nochmals mindestens hunderttausend Flugkörper«, meldete Kusumi.
»Allmählich glaube ich an Geister.«
Ein Interkomschirm leuchtete auf. Das Gesicht eines Afroterraners wurde erkennbar.
»Oberstleutnant Menesh Kuruzin, Chef Erste Kreuzerflottille an Expeditionsleiter: Ich würde mir diesen Schwarm gerne einmal aus der Nähe ansehen. Kann ich mit meinen zehn Kreuzern ausgeschleust werden?«
»Erlaubnis verweigert. Sie bleiben hier. Wenn Sie draußen von einer fünften Schockwelle erfaßt werden, sind Sie rettungslos verloren. Sie haben ja wohl bemerkt, daß sogar die MARCO POLO beinahe zertrümmert worden wäre.«
»Verstanden, Sir. Ende.«
»Besondere Anweisungen?« erkundigte sich Mentro Kosum.
Rhodan schüttelte den Kopf. Er beobachtete immer noch die Bildschirme, auf denen zahllose grüne Leuchtpunkte zu sehen waren. Da meldete sich die Ortung erneut.
»Selbst wenn Sie mich für einen Narren halten, Sir: Innerhalb dieses riesigen Schwarms befinden sich strahlende Sonnen.«
»Verrückt!«
»Ich überspiele Ihnen die Meßergebnisse. Sir, dort drüben fliegen Sonnen mit!«
Atlan nahm im nächsten Sessel Platz. Auf der Stirn des Arkoniden bildete sich eine große Beule.
»Das haben wir ja wieder einmal glänzend gemacht«, stellte er fest. »Da ist man kaum dem gruelfinschen Hexenkessel entkommen, da hat man mit Mühe und Not zwei Saboteuren einen Strich durch die Rechnung gemacht, und nun, dicht vor der Milchstraße, fliegen uns sage und schreibe hunderttausende fremde Flugkörper vor die Nase. Ist das nichts?«
»Ironie jeder Art ist zur Zeit unangebracht«, wies ihn Rhodan zurecht.
»Sind die Verletzten versorgt?«
»Natürlich. Das haben die Ertruser Toronar Kasom und Hartom Manis organisiert. Icho Tolot versucht, den voraussichtlichen Kurs des Schwarms festzustellen. Es sieht ganz danach aus, als wollten die Herrschaften unsere Galaxis durchqueren. Warum sie das vorhaben, solltest du mich allerdings nicht fragen.«
Die MARCO POLO raste mit nur fünfzig Prozent der einfachen Lichtgeschwindigkeit auf das Sonnenleuchtfeuer Hyperon-Gal-Süd zu.
Ehe Rhodan einen Entschluß fassen konnte, meldete sich die Ortung wiederum.
»Kusumi spricht. Wir haben ein Raumschiff auf den Schirmen. Sehr nahe, kaum zwei Lichtstunden entfernt. Hält ungefähr unsere Fahrt, auch etwa den gleichen Kurs. Einzelgänger. Weitab vom Schwarm. Könnte das ein vorgeschobener Beobachter sein? Das Konturbild der überlicht-

schnellen Reflextaster ist seltsam. Das Ding gleicht einem irdischen Meerestier.«

»Welchem?«

»Etwa einem Stachelrochen, Sir. Nur fliegt es mit dem Stachel voran. Genaue Größendaten können noch nicht ermittelt werden. Der Rochen ist aber auf alle Fälle wesentlich kleiner als die MARCO POLO.«

Rhodan entschied sich in wenigen Augenblicken.

»Achtung, an alle. Wir fliegen das fremde Raumfahrzeug an. Ich möchte wenigstens annähernd erfahren, mit wem wir es zu tun haben. Klar Schiff zum Gefecht. Feuerleitzentrale, peilen Sie den Fremden vorsichtshalber an.«

»Welche Waffen sollen notfalls eingesetzt werden, Sir?« fragte der Erste Feuerleitoffizier, Major Pedro Cuasa, zurück.

»Notfalls – ich betone den Begriff notfalls! – alles, was wir haben. Mr. Kosum, Sie führen weiterhin das Schiff. Korom-Khan und Ahrat sind zu erschöpft. Trauen Sie sich das zu? Wir müssen unter Umständen blitzartig fliehen.«

Kosum nickte. Eine neue Ortungsmeldung kam durch.

»Der Schwarm hüllt sich energetisch ein. Die Ortung wird schwierig, jetzt ist sie fast unwirksam geworden. Alles wirkt verschleiert, schemenhaft.«

»Und das ausgemachte Einzelschiff?«

»Noch klar erkennbar. Es bleibt stur auf Kurs.«

»Woraus zu folgern wäre, daß wir mit einer fünften Hyperschockwelle nicht mehr zu rechnen haben«, meldete sich Professor Waringer. »Der Schwarm hat sich abgesichert. Wenn man dort noch andere Einheiten erwartete, hätte man den Aufbau der Schutzfelder sicherlich noch verzögert.«

»Logisch. Nehmen Sie Kurs auf das Rochenschiff, Mr. Kosum. Und passen Sie auf. Ich möchte mich nicht mit einigen hunderttausend fremden Raumflugobjekten anlegen.«

Die MARCO POLO stieß aus der Librationszone in den Normalraum vor.

Die Besatzungen der Korvetten und der Kreuzer der Planetenklasse waren klar zum Ausschleusen. Rhodan hatte sich jedoch noch nicht entschließen können, die großen Beiboote schon vor dem ersten näheren Kontakt mit der unbekannten Schiffsbesatzung aus den Hangars schießen zu lassen.

Das terranische Flottenflaggschiff erschien nur zehntausend Kilometer von dem Unbekannten entfernt im Einsteinschen Raum. Die Ortung meldete sich sofort.

»Klares Reliefbild. Messungen sind jetzt möglich. Der Fremde gleicht in der äußeren Form tatsächlich einem Rochen. Der als Stachel bezeichnete Auswuchs scheint ein relativ dünnes, bewegliches Gebilde von der Art eines Tentakels zu sein. Länge siebzig bis achtzig Meter. Dreieckform der Zelle. Die Spannweite der Schwingen beträgt zirka hundertfünfzig Meter. Sehr flach, kaum dreißig Meter stark. Verhältnis Spannweite zur Rumpfhöhe etwa eins zu fünf. Keine erkennbare Angriffsabsicht. Ende.«

»Feuerleitzentrale«, meldete sich Major Pedro Cuasa. »Bitte an Schiffsführung: nicht näher herangehen! Wenn ich das Wirkungsfeuer eröffnen muß, sind die zehntausend Kilometer Distanz zwischen uns und dem Ziel bereits gefahrbringend. Eine Transformbreitseite kann uns im überlappenden Kugelausdehnungseffekt noch erfassen.«

»Verstanden, Cuasa. Wir bleiben auf Sicherheitsentfernung«, erwiderte Rhodan. »Schiffsklinik: Wie ist das Befinden der Emotionauten Korom-Khan und Senco Ahrat? Können Sie denn nichts unternehmen?«

Professor Shenko Trestow, Chef der Abteilung für Innere Medizin, wurde auf den Schirmen der Interkomanlage sichtbar. Sein dunkelhäutiges Gesicht war unwillig verzogen.

»Die beiden Männer, die ich vor kaum einer Stunde in einen gesundheitsfördernden Tiefschlaf gelegt habe, kann ich jetzt nicht gewaltsam herausreißen.«

»Entschuldigen Sie.«

»Na also«, meinte Trestow. »Die Patienten sind für fünfzehn Stunden dienstuntauglich. Wenn Sie schon fremde Raumschiffe anfliegen wollen, müssen Sie mir das früher sagen.«

Der Arzt schaltete ab. Atlan lachte verhalten.

Perry Rhodan rief die Hyperfunkzentrale.

»Major Donald Freyer«, kam die Antwort. »Anweisungen, Sir?«

»Ja. Peilen Sie den Fremden mit Ihren Richtstrahlern ein. Hyperfunkspruch. Vorerst in Bild und Interkosmo. Wenn er nicht darauf reagiert, versuchen Sie es mit normallichtschnellen Anrufen auf den geläufigen Frequenzen. Spricht er darauf auch nicht an, wenden Sie die alten Morsezeichen an.«

»Symbolgruppen auf mathematisch begreifbarer Ebene, Sir?«

»Genau das. Intelligente Wesen müssen es verstehen. Fragen Sie nach Art und Herkunft der Besatzungsmitglieder. Stellen Sie uns vor, und betonen Sie, daß wir lediglich neugierig sind. Stellen Sie weder aggressive Fragen noch ein Ultimatum. Alles klar?«

»Vollkommen, Sir. Ich schalte in die Hauptsteuerzentrale um. Hören Sie bitte mit.«

Nur eine Minute später begann Donald Freyer mit seinen Anrufen. Er erklärte, es handle sich um ein terranisches Raumschiff auf der Rückreise zur Heimatgalaxis, stellte den Kommandeur vor und bat die Fremden um nähere Auskünfte.

Der Spruch wurde auf zehn verschiedenen Hyperfrequenzen wiederholt. Niemand antwortete.
Atlan pfiff gedankenverloren vor sich hin. Es war eine uralte Melodie.
»Muß das sein?«
»Eh ...?« Atlan schaute Rhodan verwundert an. »Ach so, entschuldige. Ich störe wohl. Da drüben scheint man taub zu sein. Oder kennt man noch keinen Hyperfunk?«
Rhodan blickte unverwandt auf die großen Bildschirme. Auf ihnen glänzte ein scharfgezeichnetes Reliefbild.
»Die hören uns! Wesen, die mit solchen Flottenverbänden durch den Fünf-D-Raum springen, kennen auch den Hyperfunk. Freyer, versuchen Sie es mit scharfer Laserbündelung auf Ultrakurzwelle. Ausführung.«
Wieder wurde der gleiche Text gesendet. Keine Antwort. Der Schwarm zog unterdessen unbeirrt seines Weges. Seine Gesamtgröße war nicht annähernd abzuschätzen.
»Morsen Sie jetzt, Freyer.«
Die Männer der MARCO POLO sahen sich stumm an. Das Verhalten des Unbekannten war eigenartig.
Gucky materialisierte in der Zentrale. Er trug seinen speziellen Kampfanzug. Er trippelte auf Rhodan zu und blieb neben dem Sessel stehen.
»Keinen Kommentar, bitte«, schnitt er Rhodan das Wort ab. »Ich habe mich kostümiert, weil ich die Absicht habe, mich drüben einmal umzusehen.«
»Du bleibst hier!« befahl Rhodan mit ungewohnter Schärfe. »Das ist eine dienstliche Anweisung, Mr. Guck! Die Unbekannten werden mir allmählich unheimlich. Freyer redet mit Engelszungen. Milder und behutsamer kann man wohl kaum noch einen friedlichen Kontakt anstreben.«
Atlan rief über sein Kommandogerät einen Roboter herbei und ließ sich ebenfalls seinen Kampfanzug bringen. Er legte ihn an, ohne ein Wort zu verlieren.
Rhodan beobachtete ihn unverwandt.
»Darf man fragen, was der Herr Lordadmiral beabsichtigt?«
»Noch nichts. Ich möchte nur nicht gebraten werden. Einschlagende Hochenergieschüsse haben die üble Eigenschaft, beachtliche Temperaturen zu entwickeln. Das kennst du doch, oder?«
Rhodan schwieg verbissen. Freyer morste und sprach immer noch. Die Automatik tastete alle bekannten Frequenzbänder ab und benutzte sie für die wortgleichen Sendungen.
»Das sollte wohl wieder einmal ein Hinweis auf meine überspitzte Humanität sein, nicht wahr?«
Atlan lachte trocken auf.
»Genau, mein Freund, genau! Laß dir von einem erfahrenen Flottenchef sagen, daß dein Vorgehen unsinnig ist. Selbstverständlich hört man

uns drüben. Willst du warten, bis dir die Unbekannten eine bittere Lektion erteilen? Ich bezweifle allmählich deine ...«

»Ortung spricht!« schrie jemand erregt dazwischen. »Das Rochenschiff dreht bei gleichbleibender Fahrt und Kurs um seine Hochachse. Die Flächenkonturen wandern aus. Der Stachelauswuchs bewegt sich.«

»Klar zur Feuereröffnung«, ordnete Rhodan an.

»Objekt-Zielortung steht, ist eingepeilt; Positronik schwenkt die Geschütze nach Kurs, Fahrtstufe und eventuellen Ausweichmanövern des Unbekannten mit«, berichtete der Erste Feuerleitoffizier.

»Energieentwicklung!« teilte die Ortung mit.

»Welche? Strahlbeschuß?«

»Das können wir nicht feststellen, Sir«, antwortete Kusumi zögernd.

»Was soll das heißen?« fragte Rhodan ungeduldig zurück. »Wenn Sie schon eine Energiefreigabe ausmachen können, dann sollten Sie auch wissen, was es ...«

»Unterbrechung, dringend. Etwas trifft unseren Paratronschirm. Er wird aber keineswegs belastet. Verstehe ich nicht, Sir! Die bei uns ankommenden Kräfte sind so schwach, daß ich sie normalerweise ignorieren würde. Es ist, als schösse jemand mit einem Luftgewehr gegen eine Panzerwand.«

»Waringer spricht«, meldete sich das hyperphysikalische Genie der Menschheit. »Könnt ihr mich in der Hauptzentrale sehen? Ich stehe ziemlich verdeckt hinter einem Meßgerät.«

»Ja, wir sehen dich. Was gibt es, Geoffry? Konkrete Feststellungen?«

»Ja und nein. Der Fremde scheint etwas hilflos zu sein. Die auftreffenden Impulse sind auf alle Fälle nicht mit einem gefährlichen Waffenstrahl vergleichbar. In gewisser Weise hat Kusumi recht.«

Rhodan schwenkte seinen Sitz herum und rief die Feuerleitzentrale erneut an.

»Cuasa, lassen Sie unter diesen Umständen die Finger von Ihrer Feuerorgel. Ich möchte nicht zum Mörder werden. Die ...«

»Unterbrechung, dringend, Stufe eins«, hörte man die aufgeregte Stimme des Leitenden Ingenieurs. »Kosum, brechen Sie sofort das Manöver zur Fahrtangleichung ab. Sie wissen, daß bei einem so harten Gegenschub die Andruckneutralisatoren unter Vollast laufen. Die Geräte beginnen zu strahlen, zeigen falsche Meßwerte an und erzeugen hier, in unserer unmittelbaren Nähe, eine Art von Betäubungseffekt. Noch schlimmer reagieren die Gravitationsabsorber. Sie sind ohne jeden Schaltbefehl angelaufen und strahlen ebenfalls, jedoch mit grundfalschen Ausgangsdaten. Schalten Sie ab, oder fliehen Sie. Schnell, Kosum! Verdammt, hört mich denn niemand?«

Rhodan sprang zu dem Emotionauten hinüber. Mentro Kosum saß, seiner

Eigenschaft entsprechend, wie versteinert in seinem Sessel. Seine Hände hatten nichts zu tun. Nur sein Geist arbeitete.

»Befolgen Sie den Ratschlag!« schrie Rhodan. Er bückte sich, näherte seine Lippen dem Rand der SERT-Haube und rief nochmals: »Kosum, Bremsschub aufheben! Alle Geräte abschalten! Hören Sie?«

»Ich höre, Sir. Befehl wird bereits ausgeführt.«

Das Donnern der mit Umlenkschub arbeitenden Triebwerke verstummte schlagartig. Kosum arbeitete mit der Präzision eines Roboters.

Oberst Hartom Manis, Stellvertretender Kommandant, rannte durch die Zentrale. Hinter ihm folgte Kasom.

Wenn Kosum ausfallen sollte, waren die beiden reaktionsschnellen Umweltangepaßten fähig, die MARCO POLO in abgestimmter Teamarbeit zu steuern.

»Kosum!« drang Cavaldis Stimme aus den Lautsprechern. »Kosum, Sie Narr! Handeln Sie doch. Ich finde meine Schalter nicht mehr, oder ich hätte längst eingegriffen, Rhodan ich – ich finde meine Schalter nicht mehr. Perry ...«

Cavaldi schrie verzweifelt. Anschließend begann er zu kichern und wie ein Kind zu singen, was mit dem Singsang eines Fünfjährigen endete.

»Ringelreih, ringelreih, schon kommt unsere Mutti bei; da liegt unser Ball, da hinten, Mutti wird ihn wiederfinden, ringelringelreih ...«

Dr.-Ing. Nemus Cavaldi sang weiter. Seine Stimme wurde immer schriller. Schließlich kreischte er wie ein Kleinkind auf, rief nach einem imaginären Hund, der ihn beschützen sollte, und begann zu weinen.

»Waringer spricht. Ruhe, zuhören. Gefahrenstufe eins«, brüllte der Hyperphysiker über das Interkom. »Unser Paratronschirm wird manipuliert, desgleichen die Andruckneutralisatoren und Gravitationsabsorber. Sie strahlen am härtesten. Der Schirm blieb in seiner Gesamtheit stehen, aber er unterliegt einer fünfdimensionalen Strukturveränderung. Abschalten das Ding, sofort abschalten. Perry, Feuer eröffnen! Wir werden mit einer unbekannten Waffe angegriffen. Die Leute beginnen zu verdummen. So schießt doch endlich!«

Rhodan rannte zu seinem Platz zurück. Fast fiel er über den Schwenkarm des Kommandomikrophons.

»Major Cuasa, Feuer frei. Schießen Sie den Angreifer ab!«

Der Erste Feuerleitoffizier antwortete nicht. Dagegen schalteten sich unverhofft einige Stationen ein, deren Meldungen für die Schiffsleitung schon immer von untergeordneter Bedeutung gewesen waren.

»Warum ist es hier so hell, Vati?« fragte jemand stockend. »Vati, ich habe Angst.« Der Mann schluchzte. »Vati, es ist zu hell.«

Rhodan begann innerlich zu verzweifeln. Wie gehetzt schaute er sich in der riesigen Hauptzentrale um. Techniker, Wissenschaftler und Kosmonauten benahmen sich wie Irre.

Viele saßen stumpfsinnig auf ihren Plätzen. Andere lallten unsinnige

Worte. Eine dritte Gruppe wankte durch den Raum. Einige krabbelten auf allen vieren.

»Kosum!« schrie Rhodan. »Kosum, sind Sie noch klar? Ich spüre nichts von dem Effekt, Kosum!«

»Völlig in Ordnung, Sir«, lautete die Antwort. »Ich bin als Emotionaut indirekt mentalstabilisiert. Wir – zum Teufel - jetzt spielt Cavaldi verrückt. Er schaltet die direkte Emotio-Blocksteuerung ab, Sir ...«

Von Kosums Gesicht waren nur ein Teil der Nase, Wangen- und Mundpartie zu erkennen. Sie waren plötzlich schweißbedeckt. Er aktivierte all seine Kräfte. Es nützte nichts.

Der Ertruser Hartom Manis begann plötzlich zu toben. Bei ihm äußerte sich der fremde Einfluß auf andere Art. Brüllend riß er sich die Anschnallgurte vom Leib, sah sich mit stupiden Augen um und kam auf Atlan zu.

Der Arkonide rief nach Gucky, der nach dem von Rhodan ausgesprochenen Einsatzverbot beleidigt verschwunden war. Jetzt wankte der zweieinhalb Meter große Ertruser auf den Arkoniden zu.

Ein Mann der Zentralebesatzung lief Manis über den Weg. Der Umweltangepaßte blieb für eine Sekunde stehen, blickte den jungen Sergeanten an und schlug ihn dann mit einem fürchterlichen Hieb nieder.

»Hunger!« dröhnte die Stimme des Kolosses. »Ich habe Hunger. In meiner Höhle ist es dunkel, und die Fleischkammer ist leer. Hunger! Du Hund!«

Er rannte auf Atlan zu. Der Lordadmiral wich in letzter Sekunde zur Seite, stürzte, wälzte sich blitzschnell herum, zog den Kombistrahler und schaltete ihn auf Paralysebeschuß.

Der Ertruser schrie wie ein angeschossenes Raubtier. Er sprang. Seine Hände waren weit nach vorn gestreckt. Ehe er auf den Lordadmiral fallen konnte, schoß Atlan.

Der Lähmstrahl traf den Stellvertretenden Kommandanten im Gesicht. Hartom Manis stürzte neben Atlan zu Boden, schrie noch einmal auf und erstarrte.

Atlan richtete sich keuchend auf. Rhodan paralysierte soeben einen tobsüchtig gewordenen Programmierer, der mit einem aus der Wand gerissenen Arbeitshocker auf eine Rechenpositronik einschlug.

»Kümmere dich um Kasom!« schrie Perry.

Atlan rannte mit schußbereiter Waffe zum Steuersitz des zweiten Ertrusers hinüber. Kasom schaltete und schaltete, jedoch kein einziges Bestätigungssignal kam durch.

»Waffe weg«, sagte er mit seiner dröhnenden Stimme. »Ich bin ebenfalls mentalstabilisiert. Beherrschen Sie sich Atlan. Hier scheint nicht jedermann verrückt geworden zu sein. Kosum hat recht. Im Maschinenhauptleitstand ist der Teufel los. Die Männer scheinen ihre Freude daran zu haben, mit allen möglichen Schaltern und Knöpfen zu spielen. Je bunter und auffallender sie sind, um so mehr werden sie betätigt. Wir sind manöverunklar.«

Atlan atmete auf. Er entschuldigte sich hastig.

»In Ordnung, Sir. Jetzt kommt aber noch eine weitere Tatsache hinzu! Zusätzlich zu unseren verdummten Männern beginnen all jene Positroniken falsch zu reagieren, die einen organisch lebenden Plasmazusatz besitzen. Mein Rat: Setzen Sie ausschließlich vollpositronische Roboter ohne biologisch lebende Teilaggregate ein. Die werden wohl noch einwandfrei funktionieren.«

In dieser Sekunde traf Ras Tschubai in der Zentrale ein. Rhodan atmete auf.

Zugleich erfolgte eine schwere Explosion. Irgend jemand hatte eine Maschine oder gar eine Waffe eingeschaltet, die diese Behandlung nicht vertragen hatte.

Die MARCO POLO stand kurz vor der Selbstvernichtung. Beinahe achttausend Menschen, die mehr oder weniger verdummt waren, handelten wie spielende Kinder. Niemand schien mehr zu begreifen, vor welchen Steuer- und Schaltanlagen er saß.

Jene Besatzungsmitglieder, die von dem Verdummungseffekt nicht so schwer betroffen waren, saßen wie benommen auf ihren Manöver- und Gefechtsplätzen. Sie betasteten zögernd ihre Schalter und Instrumente.

Dennoch waren auch sie gefährlich. Ihre restliche Intelligenz sagte ihnen, daß sie diesen oder jenen Befehl auszuführen hätten. Nur wußten sie nicht mehr, wie die Anweisung befolgt werden konnte.

Weitere Explosionen erfolgten. Plötzlich begannen zwei Triebwerke zu tosen. Im Maschinenhauptleitstand schien jemand die Notschalter zur Erzeugung einer Rotationsbewegung um die Polachse betätigt zu haben.

Die MARCO POLO begann zu kreiseln. Hohe Andruckkräfte wurden fühlbar.

Perry Rhodan, der gerade mit Ras Tschubai springen wollte, wurde zusammen mit dem Mutanten hinweggeschleudert. Beide Männer schlitterten durch die Zentrale und schlugen gegen ein Steuergerät.

Diesmal erhielt Mentro Kosum eine Chance. Die Kontrollautomatik zum Ausgleich solcher Manöver war vollpositronisch. Sie reagierte auf seinen Gedankenbefehl, blockierte die Manuellsteuerung der Maschinenzentrale und hob durch einen kurzen Gegenschub die Rotation auf.

Rhodan war besinnungslos. Die entstandenen Beharrungskräfte hatten bereits sechseinhalb Gravos erreicht gehabt.

Bevor Perry Rhodan wieder zu sich kam, wurde er von Ras Tschubai hochgerissen. Der Afroterraner war ebenfalls unempfindlich gegen die Verdummungsstrahlung.

Er teleportierte mit Rhodan in den Maschinenhauptleitstand, ein kaum zu übersehendes Labyrinth verschieden großer Hallen, Schaltstationen und Kontrollpulten.

Hier, zehn Decks unterhalb der inneren Kommandokugel, war die Hölle los. Die einigermaßen intelligent gebliebenen Ingenieure saßen auf ihren Plätzen. Andere Männer sprangen wie ausgelassene Kinder umher, drückten hier und dort auf Schalter und zerschlugen dabei die Sicherungshauben von wichtigen Einheiten.

»Kommen Sie zu sich, Sir«, drängte der Teleporter und schlug mit den flachen Händen kräftig gegen Rhodans Wangen. Sekunden später wurde Perry wieder aktiv. Er erfaßte die Sachlage blitzartig.

Ohne zu zögern, paralysierte er achtzehn Männer, die es besonders toll trieben.

Tschubai eröffnete ebenfalls das Feuer. Dann näherte sich ein dreieinhalb Meter großer Gigant. Icho Tolot besaß einen sehr hohen Intelligenzquotienten und überdies zwei Gehirne, das Ordinärgehirn für seine motorischen Körperfunktionen und ein Planhirn für mathematische Aufgaben.

Beide Gehirne schienen miteinander zu kämpfen. Für einen Augenblick entstand der Eindruck, als ob der Haluter Rhodan begrüßen wollte. Dann aber schien sein Ordinärgehirn wieder die Oberhand zu gewinnen.

Klagend tappte er näher.

»Kleines, mein Kleines!« schrie er. »Warum richtest du deine Waffe gegen mich? Liebe ich dich nicht? Bin ich nicht ein Freund der Menschen? Mein Kleines, du wirst doch nicht auf einen Freund schießen. Perry ...«

»So handeln Sie doch«, rief Rhodan dem Teleporter zu, der vor dem Riesen bereits in Deckung ging. »Ein Haluter verträgt die zwanzigfache Paralysedosis.«

Beide Männer schossen. Sie feuerten mehrmals auf den Körper des Kolosses, aber er wollte nicht besinnungslos werden. Brüllend, seine vier Arme ausgestreckt, sprang er näher. Erst die drei letzten Strahlschüsse brachten ihn zu Boden.

Rhodan richtete sich schweißüberströmt auf. Tschubai paralysierte noch drei Ingenieure, die versuchten, den Anlaufschalter der zwölf Großkraftwerke nach unten zu drücken.

Endlich sprach ein Interkom an. Kosum meldete sich aus der Zentrale.

»Sind Sie unten, Sir? Wenn ja, heben Sie die Emotio-Blockade auf. Das sind die beiden Kippschalter vor Cavaldis Sitz. Sicherungshauben anheben und auf die rote Markierung tippen.«

Rhodan rannte zum nächsten Mikrophon.

»Verstanden, Kosum. Der Ingenieur liegt mit dem Oberkörper darauf. Haben Sie neue Meldungen erhalten?«

»Ja, von Waringer. Die fünfdimensionale Energiekonstante unserer Schutzschirme, Neutralisatoren, vor allem aber jene der künstlichen

Schwerkrafterzeuger ist durch den Waffenstrahl des unbekannten Schiffes manipuliert worden.«

»Sonst noch etwas?«

»Ja! Alle Personen, die entweder mentalstabilisiert oder natürlich mutiert sind, sprechen auf die Verdummungsstrahlung nicht an! Das gilt auch für Aktivatorträger wie Sie und Atlan, sowie für alle Emotionauten. Die Mutanten sperren die Verdummten ein oder betäuben sie. Oberst Joak Cascal kümmert sich um die Hangars der Beiboote. Dort ist allerhand los. Ein Kommandant wollte starten. Er ist gegen die Schleusentore geknallt. Cascal hat ihn paralysiert. Lord Zwiebus und Alaska Saedelaere sind in der Bordklinik. Dort beschießt sich das Personal mit Medikamenten aus Hochdruckspritzen. Die Munitionsräume werden von Takvorian und Merkosh abgeriegelt. Ich habe sämtliche vollpositronischen Roboter umprogrammiert und eingesetzt. Sie betäuben jedermann, der ihnen über den Weg läuft.«

»Mein Gott!« ächzte Rhodan. »Wo ist Atlan?«

»Unterwegs zur Feuerleitzentrale. Er kommt aber nicht durch, da er immer wieder von Verdummten aufgehalten wird. Gucky war vorübergehend bewußtlos. Jemand hat ihm etwas über den Schädel geschlagen. Er ist bei mir in der Zentrale. Er sagt mir soeben, in wenigen Augenblicken könnte er zu Atlan springen und ihn zur Feuerleitzentrale bringen.«

»In Ordnung. Tschubai bleibt bei mir. Ich werde jetzt Ihre Emotioschaltung wieder klarmachen.«

»In Ordnung, Sir. Aber schnell, wenn es geht.«

Gucky traf bei Atlan ein. Der Lordadmiral befand sich in einem Handgemenge mit Verdummten, die ihm unbedingt ihr neuestes Spielzeug vorführen wollten. Es handelte sich um eine schwere Transformkanone vom Kaliber viertausend Gigatonnen TNT. Drei Männer hantierten an den manuellen Auslösungsschaltungen. Dabei entluden sie das Geschütz. Der Verschluß sprang auf, und die zur Abstrahlung gedachte Bombe glitt auf den Entladungsschienen aus der Entmaterialisierungskammer nach unten. Dort blieb sie liegen. Sie war scharf!

Gucky kam noch rechtzeitig genug an, um den Spieldrang der großen Kinder mit Lähmstrahlen zu beenden.

Atlan richtete sich stöhnend auf, sah sich um und hob seine Waffe vom Boden auf.

»Zum Teufel, wo bleibst du denn? Ich muß zur Feuerleitzentrale. Komm!«

Er riß Gucky hoch und entmaterialisierte mit ihm.

Major Cuasa, der schlanke Terraner, saß vor dem Hufeisenpult der Feuerleitorgel. Er hätte nur auf die richtigen Knöpfe zu drücken brauchen, um dem Spuk ein Ende zu bereiten.

Atlan riß den hilflos umhertastenden Mann aus dem Sitz und nahm selbst Platz. Gucky paralysierte jene Männer, die sich nicht so ruhig verhielten wie Cuasa.

Der große Erfassungsschirm der Zielortungspositronik leuchtete hell und klar. Das Rochenraumschiff war konturscharf auszumachen. Die Justierung war richtig. Die Vollautomatik hatte jede noch so winzige Kursabweichung des Fremden verfolgt, sie berechnet und auf die Geschütze übertragen.

Atlan drückte auf die grünmarkierten Knöpfe der Steuerbordseite. Er schoß ausschließlich mit den Transformkanonen.

Die MARCO POLO wurde erschüttert und nach Feuerlee abgetrieben. Die überlichtschnell abgestrahlten Transformgeschosse materialisierten ohne jeden Zeitverlust vor, über und neben dem Ziel. Dort zündeten sie.

Zweiunddreißig Ladungen zu je viertausend Gigatonnen TNT traten augenblicklich in den Kernprozeß. Eine ultrablau flammende Sonne entstand. Sie breitete sich so schnell aus, daß Atlan unwillkürlich die Sessellehne umklammerte.

Das fremde Schiff war verschwunden. Diesen ungeheuren Gewalten hatte es nicht standhalten können.

Genau zu dem Zeitpunkt hatte Rhodan seine Schaltung beendet. Die Maschinen reagierten wieder auf Kosums Emotiobefehle. Atlan hörte das Aufbrüllen der Aggregate. Für einen Moment kamen einige Gravos als Andruckbelastung durch. Dann hatten sich die Absorber eingespielt.

Kosum ergriff die Flucht! Er wich dem rätselhaften Gegner und den Gewalten der eigenen Transformsalve aus.

Das stärkste Schiff der Solaren Flotte floh vor einem Gegner, den man nicht einmal hatte identifizieren können.

Atlan drehte sich um. Jemand hatte ihm auf die Schulter getippt. Hinter ihm stand Major Pedro Cuasa. Seine Augen blickten wieder klar.

»Sir, Sie werden verzeihen, aber ich habe es nicht gerne, wenn andere Leute meine Arbeit verrichten. Sie haben eine Transformsalve ausgelöst! Was ist denn eigentlich los?«

Atlan fühlte sich unendlich müde. Cuasa half ihm aus dem Sitz. Besorgt schaute er den Lordadmiral an.

»Cuasa, haben Sie vergessen, daß Sie wie ein Idiot vor Ihrer Feuerorgel saßen und nicht mehr wußten, was die Knöpfe und Schalter zu bedeuten haben?«

Der Major schaute ihn verblüfft an. »Aber, Sir, wie ...«

»Schon gut, Junge, schon gut«, winkte Atlan deprimiert ab. »Ich nehme an, daß die anderen Männer nun auch wieder vernünftig geworden sind. Wenn ich das fremde Schiff nicht vernichtet hätte, gliche die MARCO POLO nach wie vor einem Kindergarten mit gemeingefährlichen Babys. Nein, lassen Sie mich jetzt in Ruhe. Sie erfahren alles von Perry Rhodan persönlich. Legen Sie Ihre paralysierten Männer auf bequeme Konturlager. Sie werden bald wieder zu sich kommen. Wissen

Sie, wenn verspielte Kleinkinder übermütig werden, dann muß man etwas unternehmen. Schläge auf das Hinterteil hätten in dieser Situation wenig genützt.«

4.

Die MARCO POLO hatte unter Kosums Führung in einem großangelegten Linearmanöver zirka achttausend Lichtjahre zurückgelegt. Kosum war planmäßig nahe dem Sonnenleuchtfeuer Hyperon-Gal-Süd aus der Librationszone herausgekommen.

Nun flog das Schiff im freien Fall und nur mit einem Bruchteil der einfachen Lichtgeschwindigkeit wieder auf die Milchstraße zu.

Perry Rhodan hatte den großen Konferenzraum gewählt. Die Besatzung konnte das Gespräch über Interkom mithören.

Die Chefs der wissenschaftlichen und technischen Teams sowie die verantwortlichen Offiziere der kosmonautischen Schiffsführung waren anwesend. Zu ihnen zählten auch die Kommandeure der Kreuzer- und Korvettenverbände.

Niemand war heiter gestimmt. Das Erlebnis mit dem fremdartigen Rochenraumschiff gab zu denken. Rhodan hatte das Wort ergriffen.

»Die primäre Frage lautet, ob wir zu dem sogenannten Schwarm zurückkehren und eine Identifizierung versuchen sollen, oder ob wir ...«

»Das Vorhaben lehne ich ab«, fiel ihm Waringer ins Wort.

»Bitte lassen Sie mich ausreden. Ich wollte auch die sofortige Heimkehr zum Solsystem vorschlagen. Durch den so plötzlich unterbrochenen Dakkar-Funkverkehr mit Titan und Merceile wissen wir nicht, wie die Pedoinvasion verlaufen ist. Was ist aus den Sammlern und diesem Vascalo geworden? Den Schwarm können wir noch aufsuchen, diesmal jedoch mit einem kampfstarken Verband.«

»Schon besser«, meinte Waringer. »Der Schwarm steht immerhin noch etwa achttausend Lichtjahre von den Grenzen der Milchstraße entfernt. Wenn sich die dortigen Kommandeure, oder was immer sie sind, nicht zu einer erneuten Transition entschließen, werden die Einheiten nicht vor zirka zehntausend Jahren eintreffen.«

»Geoffry, was hast du zu den Vorkommnissen zu erklären?« fragte Rhodan.

»Ich habe keine Ahnung, wie die Fremden den Manipulierungsstrahl erzeugt haben. Ich weiß nur, daß er eine geringe Energieleistung besaß. Dennoch reichte er aus, um unseren Paratronschirm in seinem strukturellen Aufbau zu beeinflussen. Das Paratronfeld ließ den Verdummungsstrahl ohne weiteres passieren, das aber nur deshalb, weil es selbst auf die Schwingungsänderung ansprach. Als Folge davon wurden alle Geräte, die auf fünfdimensionaler Basis arbeiten, ebenfalls manipuliert. Im Schiff entstand eine künstliche Gravitationskonstante, die sowohl von den Sekundärstrahlungen des Abwehrschirms als auch von den mit Falschwerten laufenden Andruckneutralisatoren und Schwerkraftabsorbern erzeugt wurde. Die Meßergebnisse liegen vor. Sie sind erstaunlich. Es hat sich nämlich gar nicht viel geändert.«

Waringer blickte sich etwas hilflos um. Es schien, als wollte er eine andere, bessere Erklärung hören.

»Welche Meßergebnisse?« fragte Rhodan.

»Die Maßeinheit der galaktischen Feldlinien-Gravitationskonstante wird nach meinem verstorbenen Kollegen, Professor Arno Kalup, in Megakalup ausgedrückt. Der Begriff war bis zur Einsatzreife des Lineartriebwerks unbekannt. Er bezeichnet die Schwingungsfrequenz übergeordneter, also fünfdimensionaler Energieeinheiten, die überall anzutreffen sind. Jede Sonne ist ein Hyperstrahler. Das konnte man früher nicht anmessen. Das Geheimnis der Gravitation beruht auf dieser dimensional übergeordneten Basis. Wenn nun die Feldlinien-Konstante manipuliert wird, kommt es zu einem Effekt, auf den menschliche Gehirne offenbar sehr empfindlich reagieren. Wir haben festgestellt, daß sogar unsere bordeigenen Versuchstiere verdummt wurden. Daraus ist zu folgern, daß nicht nur Menschen angegriffen werden.«

»Das betrifft aber wohl hauptsächlich die Galaxis mit ihren vielfältigen Energieströmen!«

»Sicher«, stimmte Waringer zu. »Es hat uns aber ebenfalls betroffen, denn jedes Schiff raumfahrender Völker besitzt Schutzschirme, Andruckneutralisatoren und vor allem Antigravitationsgeräte. Wir waren also eine indirekte Kleingalaxis mit einer eigenen Gravitationskonstante. Die aber wurde um genau 852 Megakalup reduziert. Die Folgeerscheinung: Jede Person, die nicht einen mentalen Schutzblock besaß, mutiert war oder einen Zellaktivator trug, litt unter einer sofort einsetzenden Konzentrationsschwäche, die sich innerhalb weniger Augenblicke zur Verdummung steigerte. Wenn dieser Schwarm in der Milchstraße ankommt, könnte es sehr leicht geschehen, daß einige zehntausend Rochenraumschiffe der bekannten Art die galaktischen Feldlinien-Gravitationskonstante manipulieren und somit eine galaxisweite Verdummung der dortigen Lebewesen hervorrufen.«

»Das scheint mir aber doch stark übertrieben!« wehrte der eigentliche Chefphysiker der MARCO POLO, Professor Dr. Renus Ahaspere ab. »Bedenken Sie die gewaltige Ausdehnung unserer Galaxis.«

Waringer äußerte resigniert: »Ich bin wegen meiner Theorien schon immer belächelt worden. Ich halte es jedenfalls für möglich, daß die Unbekannten die gesamte Milchstraße manipulieren können. Wissen

Sie auch, weshalb ich zu einer derart verrückt klingenden Auffassung kam?«

»Nein.«

»Der Umformungsstrahl, der uns lahmgelegt hat, war derart energiearm und lächerlich schwach, daß ihn normalerweise kein Mensch beachtet hätte. Jede Höhenstrahlung ist intensiver. Man hat einen Schiffsgiganten wie die MARCO POLO gewissermaßen mit einem Nadelstich unbrauchbar gemacht, indem man seine Besatzung verdummte. Meinen Sie nicht auch, daß dieser Effekt bei Anwendung wesentlich energiereicherer Mittel auf eine Galaxis vom Range der Milchstraße ausgedehnt werden könnte? Gravitationsfelder gibt es überall. Wir finden sie sogar im Leerraum zwischen den Sternen.«

»Aber ...«

»Entschuldigen Sie, Professor«, unterbrach Rhodan. »Ich werde nach diesem Erlebnis auf alle Fälle eine Klärung versuchen. Wir sehen uns einer akuten Gefahr gegenüber, mag es nun sein, wie es will. Jedenfalls, so glaube ich, werden die Unbekannten wohl die Macht besitzen, wenigstens ihr Durchzugsgebiet zu verdummen. Das wäre schon schlimm genug. Lassen wir die wissenschaftlichen Streitgespräche. Meine Frage an Sie: Was wollen die Unbekannten? Was haben sie vor? Ist das eine Invasion? Wenn ja – gegen wen ist sie gerichtet? Gilt sie der Menschheit oder anderen Völkern?«

»Das kann zu dieser Stunde noch niemand beantworten«, behauptete der Kosmopsychologe Eysbert gelassen. »Stellen Sie den Komplex zurück, Sir. Vergessen Sie bitte auch nicht die beiden Inhaftierten, die sich als Angehörige des Homo superior ausgeben. Wir sollten schnellstens die Erde anfliegen.«

»Ich glaube, ich hatte einmal etwas von einer Zeitdilatation gesagt«, flüsterte Waringer. Er wurde trotzdem gehört.

Rhodan erhob sich.

»Wir starten sofort zum Solsystem. Die Distanz von etwas über vierundzwanzigtausend Lichtjahren werden wir mit Gewaltmanövern in nur zwei Linearetappen zurücklegen. Hält das Ihr Kompensationskonverter noch aus, Cavaldi?«

»Ich garantiere dafür.«

»Nur sollten Sie nicht wieder mit diversen Schaltern herumspielen«, spöttelte Ahaspere.

Rhodan ließ einige Aufzeichnungen vorführen, die von den automatischen Kameras der Überwachungspositronik gemacht worden waren. Sie zeigten die Schreckensszenen während der Verdummungsperiode. Hier und da begann jemand über seine eigenen Streiche zu lachen.

»Ich bewundere die Menschen«, dröhnte Icho Tolot. »Wer darüber noch lachen kann, ist seelisch und körperlich gesund. Wollten Sie nicht besondere Verhaltensmaßnahmen anordnen?«

Tolots große Augen richteten sich auf Rhodan. Er nickte.

»Ja. Ich bitte um größte Aufmerksamkeit. Die von Tolot ausgearbeiteten Details werden später in Ihre Abteilungen überspielt. Hören Sie trotzdem genau zu.«

Rhodan machte eine Kunstpause.

»Wir müssen vorsichtshalber voraussetzen, daß wir nochmals einem rochenförmigen Raumschiff der Fremden begegnen. Jedes Besatzungsmitglied, dessen Immunität eindeutig feststeht, erhält für den Katastrophenfall einen Einsatzplan. Alle Roboter, die biologische Zusatzaggregate besitzen, werden jetzt schon stillgelegt. Die Explosionen sind erwiesenermaßen von den Kampfmaschinen verursacht worden. Alle normalpositronischen Roboter erhalten sofort eine Sonderprogrammierung, die im Fall einer erneuten Verdummungswelle automatisch aktiviert wird. Eine Spezialpositronik, die im Augenblick angeschlossen wird, legt gleichzeitig alle Aggregate still, die ebenfalls biologisch lebende Zusätze besitzen. Damit haben wir große Gefahrenquellen beseitigt. Es wurde festgestellt, daß der Grad der Verdummung variabel ist. Menschen mit einem hohen Intelligenzquotienten benahmen sich vernünftiger als solche, die von Natur aus keine Genies sind. Das sollte beachtet werden. Die Roboter und solche Personen, die noch einigermaßen klar denken können, erhalten die Anweisung, schwerer geschädigte Besatzungsmitglieder sofort in sichere Räume einzusperren. Wir nehmen die großen Messeräume. Das wäre vorerst alles. Der Einsatzplan wird, wie erwähnt, auf alle Bildschreiber überspielt. Jedermann sollte vorbereitet sein.«

Rhodan beendete die Sitzung. Viele Fragen hatten allerdings nicht geklärt werden können. Kuruzins Bitte, mit einem Kreuzer den Schwarm anfliegen zu dürfen, wurde abgelehnt. Rhodan wollte unverzüglich zum Solsystem zurückkehren.

Eine Stunde später nahm die MARCO POLO Fahrt auf. Unterdessen hatten achttausend Menschen erfahren, was sie im Falle eines erneuten ›Verdummungsangriffes‹ zu tun hatten. Und die immunen Personen wußten nun genau, wann und wie sie sich an ihren Einsatzorten einzufinden hatten. Es war nichts übersehen worden. Die terranische Gründlichkeit feierte wieder einmal Triumphe.

Atlan war skeptisch. Er war zum Notbefehlshaber der Feuerleitzentrale ernannt worden.

»Wo ich doch so miserabel schieße!« hatte sein ironischer Kommentar gelautet.

Rhodan lauschte auf das Donnern des Waringschen Ultrakomp-Linearkonverters. Der Zielstern glänzte als energetischer Reflexpunkt auf dem Librationsbildschirm der Peilautomatik.

Die hyperphysikalische Zentrale hatte soeben durchgegeben, das Eintauchmanöver in den Einsteinraum würde in fünf Minuten und zweiunddreißig Sekunden erfolgen.

Rhodans Überlegungen folgten absonderlichen Bahnen. Er zweifelte nicht am Gelingen der Linearetappe, die immerhin fünfzehntausend Lichtjahre überbrücken sollte.

Perry überdachte vielmehr nochmals alle Vorbereitungen. Er sah die Verdummungskatastrophe wie einen Alptraum vor seinem geistigen Auge aufleuchten.

Er dachte über die getroffenen Anordnungen nach. Waren sie richtig berechnet worden? Hatte man verborgene Gefahrenquellen ebenfalls aufgespürt, waren sie berücksichtigt worden?

Stand jeder Immune genau auf dem richtigen Platz, wenn es nochmals zu einem solchen Effekt kommen sollte? Hatte der Haluter richtig kalkuliert?

War es den rochenähnlich geformten Fremdraumschiffen bereits gelungen, tiefer in die Milchstraße vorzustoßen? Wenn ja – waren dort schon Manipulationen vorgenommen worden?

Rhodans Überlegungen schweiften ab. Das Jetzt war eine erfaßbare Realität. Wie aber war der von Waringer vorausgesagte Dilatationseffekt während des ersten, mißglückten Dakkarfluges zu bewerten? Wieviel Zeit war auf der Erde tatsächlich vergangen? War es gelungen, die takerische Invasion aufzuhalten und Vascalos Sammler zu vernichten? Was würde man vorfinden?

Totales Chaos, eine andere Regierungsform, ein zerbrochenes Solares Imperium oder gar einen sterbenden Planeten?

Die Fragen wurden immer quälender. Die seelische Belastung zeichnete sich in Rhodans Gesichtsausdruck ab.

»Beruhige dich, Freund«, flüsterte Atlan. Seine Finger umspannten Rhodans Handgelenk. »Nichts wird so heiß gegessen, wie es gekocht wird. Ein altes terranisches Sprichwort. Abwarten, konzentrieren und dem Kommenden mit Ruhe und Entschlossenheit begegnen. Wir werden bald wissen, welche Zeit tatsächlich vergangen ist. Außerdem steht die Chance, einem Fremdschiff zu begegnen, eins zu zehn hoch hunderttausend! Die Milchstraße ist groß genug, um selbst zehn Millionen Fremde nicht auffallen zu lassen. Derart unwahrscheinliche Zufälle gibt es nicht. Die Vorsichtsmaßnahmen sind dennoch richtig.«

»Ich danke dir«, Rhodan sprach leise. »Was werden wir auf der Erde vorfinden? Menschen, die unsere Namen nur noch aus einer Sage kennen?«

»Abwarten, habe ich dir geraten. Es wird dir vielleicht helfen, daß ich als Chef der USO fungiere. Es könnte sein, daß ich es einmal war! Das kommt ganz darauf an, wie lange wir nach der Bezugsebene der Erde unterwegs waren. Wenn die Reise zu lange gedauert hat, werden wir von vorne beginnen müssen.«

»Optimist!«

»Schon immer gewesen«, bestätigte Atlan lachend. »Was bleibt einem biologisch unsterblichen Aktivatorträger übrig? Oder hattest du etwa angenommen, du könntest das Schicksal stets nach deinen Wünschen und Vorstellungen beeinflussen? Wenn du das einmal in voller Konsequenz begriffen haben solltest, wirst du auch meine Einstellung verstehen. Ich bin hart geworden, alter Freund! Ich glaube nicht mehr vorbehaltlos an Ideale aller Art. In diesem Universum gibt es nichts, was vollkommen ist. Es kann im ersten Augenblick wundervoll erscheinen; aber dann kommt garantiert der Haken. Du hast jetzt nichts anderes zu tun, als dich voll und ganz auf dein Ziel zu konzentrieren. Das ist die weitverstreute Menschheit mit all ihren Nachkommen, Umweltangepaßten, Störenfrieden und Vernünftigen. Und wenn wir tatsächlich nochmals einem Fremdschiff mit der äußeren Form eines Rochen begegnen sollten, dann ...«

»Was dann?« unterbrach Rhodan.

»Schießen! Sofort!«

»Du siehst nicht nur hart aus, Arkonide; du bist es auch.«

»Das rät mir mein Instinkt, den ich für recht zuverlässig halte. Außerdem besitze ich bekanntlich ein Extrahirn. Es arbeitet zeitweise zufriedenstellender als deine Positroniken und Ratgeber. Abwarten, mein Freund! Tolot ist der gleichen Auffassung.«

»Eintauchmanöver wird eingeleitet«, meldete sich Cavaldi. »Noch zwei Minuten.«

Atlan schaute sich prüfend in der Zentrale um. Korom-Khan und Senco Ahrat saßen unter ihren SERT-Hauben. Mentro Kosum schlief im Bereitschaftsraum der Emotionauten.

»Ich würde mir über diesen Schwarm vorerst überhaupt keine Sorgen machen, Perry. Entscheidender sind die derzeitigen Verhältnisse auf der Erde. Wir wissen nicht, weshalb der Dakkarfunkverkehr mit Merceile so plötzlich abgebrochen ist.«

»Angriff auf Titan!« vermutete Rhodan. »Vascalo der Krumme dürfte wohl Ovarons dortige Geheimstation eingepeilt haben. Ich an seiner Stelle hätte alles darangesetzt, die unwillkommene Nachrichtenbrücke zu Gruelfin zu zerstören.«

»Richtig. Der Tod des Taschkars Ginkorasch und die Machtübernahme durch die Juclas dürften Vascalos Entscheidungen wesentlich beeinflußt haben. Taktisch und strategisch gesehen müßte ihm das Solsystem von der Sekunde an gleichgültig geworden sein.«

»Man kann sich irren, Freund.«

Atlan winkte ab.

»Wir werden sehen. Vor allem solltest du nicht Reginald Bull, Tifflor und Deighton unterschätzen. Sie werden mit den Sammlern fertig geworden sein.«

Die Linearpositronik begann zu zählen. Noch sechzig Sekunden bis zum Eintauchmanöver. Dann würde man endlich wieder daheim sein.

Mentro Kosum wurde jetzt erst geweckt. Er war sofort munter, stand auf und eilte durch die kleine Spezialschleuse zur Zentrale hinüber.

Niemand beachtete ihn. Rhodan rief bereits die Mutanten und Mentalstabilisierten an.

»Ich hoffe, Sie haben bereits Ihre Plätze eingenommen. Ich ... Gucky, was soll das?«

Der Kleine war plötzlich erschienen. Atlan nahm ihn auf den Arm. Der Mausbiber grinste.

»Ich bringe meinen Freund zur Feuerleitzentrale, wenn du nichts dagegen hast. Berühmte Leute reisen heutzutage per Teleporter.«

Kosum begab sich zu seinem Sitz. Rhodan seufzte. Alles geschah in den letzten Sekunden vor dem Rücksturzmanöver.

Das Tosen des Konverters verstummte. Damit erlosch auch das Kompensationskraftfeld, das die energetischen Kräfte der vier- und fünfdimensionalen Zone abschirmte und dem Flugkörper somit erlaubte, die schmale Librationszone zwischen den Kräfteballungen zur weit überlichtschnellen Fortbewegung zu benutzen.

Der Rücksturz erfolgte. Es war ein tausendfach geübtes, völlig alltägliches Manöver. Niemand dachte sich etwas dabei. Das einwandfreie Gelingen war zur Selbstverständlichkeit geworden.

Diesmal aber kam es zur Katastrophe.

Jedermann wartete mit innerer Spannung auf das unverhoffte Auftauchen eines rochenförmigen Fremdraumschiffes. Die MARCO POLO war planmäßig ein Lichtjahr vor dem eingepeilten Zielstern herausgekommen. Der Wiedereintritt in den gewohnten Normalraum wirkte wie ein betäubender Donnerschlag.

Rhodan öffnete erleichtert aufatmend den engen Halsverschluß seiner Bordkombination, die auch als leichter Raumanzug verwendet werden konnte.

Vor sich sah er die Bildschirme der Panoramagalerie aufflammen. Man befand sich nach dem über fünfzehntausend Lichtjahre hinwegreichenden Linearmanöver bereits tief in den Ausläufern der Heimatgalaxis, und zwar in den Grenzgebieten jenes unbedeutenden Spiralarmes, in dem die irdische Sonne eingebettet lag.

»Alles klar, Cavaldi? Hat der Konverter gut durchgehalten?«

Rhodan erblickte auf den kleinen Bildschirmen der internen Bordverbindung ein lachendes Gesicht.

»Du, warum ist das hier so grün? Darf ich da einmal drauffassen? Ach bitte ...«, die Stimme wurde weinerlich, »nur einmal draufdrücken. Ich mag grüne Knöpfe ...«

Rhodan sprang aus dem Kommandeursessel hoch. Kosum schwenkte seine SERT-Haube zur Seite, verließ ebenfalls seinen Platz und zog blitzschnell die Waffe. Sie war längst auf Paralysebeschuß eingestellt.

Korom-Khan blieb ruhig sitzen. Auch er hatte für den Notfall Anweisungen erhalten. Senco Ahrat stand wesentlich langsamer auf, doch dafür eröffnete er zuerst das Paralysefeuer auf den Ertruser Hartom Manis, der schon wieder behauptete, man wolle ihn auf diesem verfluchten Schiff verhungern lassen.

Rhodan aktivierte die vorbereiteten Roboter mit seinem Kommandogerät. Die Maschinen verließen ihre frühzeitig bezogenen Einsatzstandorte und folgten ihrer Programmierung.

Rhodan war grau im Gesicht. Fassungslos schaute er zu Kosum hinüber, der in diesem Augenblick die mit biologisch lebenden Zusätzen ausgerüsteten Spezialpositroniken stillegte.

Senco Ahrat war bereits verschwunden. Er hatte das Kommando über die wichtige Ortungszentrale zu übernehmen, die hilflos gewordene Besatzung mit Unterstützung der Roboter einzusperren und den Weltraum abzusuchen.

Professor Waringer meldete sich.

»Ich bin im Maschinenhauptleitstand eingetroffen. Ich übernehme. Die physikalische Abteilung ist jetzt unwichtig. Die Roboter transportieren die Verdummten ab. Ich habe nur zwei Paralyseschüsse gebraucht. Wie sieht es in der Zentrale aus?«

»Niederschmetternd«, entgegnete Rhodan erregt. »Großer Gott, Geoffry, wie konnte das geschehen? Haben wir schneller Wirkungsfeuer erhalten als gedacht? Aber das ist doch unmöglich!«

Waringer lachte sarkastisch auf.

»Natürlich ist es das. Tatsache ist, daß unsere Besatzung im Augenblick des Wiedereintritts in den Normalraum noch schneller und intensiver verdummte als vorher bei dem Feuerüberfall durch das Rochenschiff. Perry, es tut mir leid, aber meine düstere Prognose hat sich bewahrheitet! Die fünfdimensionale Feldlinien-Gravitationskonstante der Milchstraße ist manipuliert worden. Viel intensiver als angenommen! Wir sind in ein Meer der Verdummung eingetaucht.«

Rhodan setzte sich wieder. Seine Überlegungen jagten einander. Nach dem ersten Schock begann er wieder so rasch und präzise zu reagieren, wie man es von ihm gewohnt war.

»Gut, die Sachlage muß hingenommen werden. Meine Frage an dich: Weshalb trat der Effekt erst jetzt – nach dem Rücksturz – auf? Warum nicht schon während des Linearfluges? Dabei standen wir bekanntlich ebenfalls bereits im Einflußbereich der Galaxis.«

Rhodan hörte das Zischen eines Lähmschusses. Hinter Waringer brach ein um sich schlagender Mann zusammen.

»Verzeihung«, entschuldigte sich Geoffry. »Ich mußte mich wehren. Sind die Emotioschaltungen klar?«

»Alles in Ordnung. Reaktionen völlig normal«, entgegnete Korom-Khan. Er entwickelte eine bewundernswerte Ruhe und Selbstbeherrschung. Es fiel kein überflüssiges Wort. Niemand schrie; niemand brüllte. Jedermann behielt die Nerven. Das war gut so.

»Was deine Frage über den Linearflug betrifft, Perry: Die Librationszone ist ein schmaler, energetisch neutraler Streifen zwischen der vierten und fünften Dimension. Wir wehren durch das Kompensationsfeld beide energetischen Überlappungseinflüsse ab, wir reflektieren und neutralisieren sie. Daher ist die Manipulationskonstante nicht wirksam geworden.«

Rhodan trocknete sich den Schweiß von der Stirn ab. Er achtete kaum auf die Meldungen, die von den einzelnen Notbefehlshabern einliefen. Ihn hatte nur das große Ganze zu interessieren. Er hatte jetzt die Entscheidungen zu treffen. Die Beantwortung der eingehenden Meldungen war Kosums Angelegenheit. Die für eine andere Situation vorgesehenen Sicherheitsmaßnahmen bewährten sich tadellos.

»Vorsicht, Kosum, da will Ihnen jemand an den Kragen«, warnte Rhodan geistesabwesend. Kosum schoß. Ein Mann brach paralysiert zusammen. Ein Transportroboter brachte ihn in die vorbereiteten Verschlußräume der Bordklinik.

»Geoffry, das sind grauenhafte Aussichten! Das bedeutet also, daß sämtliche Besatzungen von Raumschiffen, Raumstationen, planetarischen Stützpunkten und auch die Bevölkerungen aller Planeten verdummt sind?«

Waringer nickte. Rhodan riß die Bordkombination noch weiter auf.

»Geoffry, das ist die größte Katastrophe, die jemals über die Völker der Milchstraße hereingebrochen ist. Das darf doch nicht möglich sein.«

»Unterbrechung. Alaska Saedelaere spricht. Ich habe planmäßig die Funkzentrale übernommen.«

»Ja – was gibt es? Haben Sie neue Unglücksnachrichten?«

»Leider, Sir. Die von Ihnen angedeutete Katastrophe scheint eingetreten zu sein. Ich habe in den vergangenen zehn Minuten etwa tausend Hilferufe aus der näheren galaktischen Umgebung empfangen. Es handelt sich überwiegend um automatische Notsender von Raumschiffen. Außerdem fange ich etwa zehn Sender ein, die offensichtlich von intelligent gebliebenen Lebewesen bedient werden. Die Sprüche sind variabel, indirekte Lagebeurteilungen. Das beweist, daß es nicht nur auf der MARCO POLO immune Menschen gibt.«

»Natürlich nicht. Allein die USO besitzt zahlreiche mentalstabilisierte Spezialisten. Dazu kommen noch die Männer und Frauen der Solaren

Abwehr. Viele Kommandanten mit Sonderaufgaben sind ebenfalls mentalstabilisiert worden.«

Rhodan umklammerte die Lehnen seines Sessels.

Einige Sekunden lang kämpfte er mit sich, bis er die inhaltsschwere Frage aussprach:

»Empfangen Sie auch Notrufe aus dem Solsystem? Von der Erde? Wir sind nur noch knapp neuneinhalbtausend Lichtjahre entfernt. Die großen Sender von Terrania müßten uns erreichen können.«

»Nein, Terra schweigt. Dagegen scheinen aber viele Einheiten der Solaren Flotte zu funken. Es ist furchtbar. Soeben teilt jemand mit, er wolle Selbstmord begehen.«

Augenblicke später veränderte sich die Situation erneut. Atlan meldete sich.

»Ich fühle mich in der Feuerleitzentrale überflüssig. Hier gibt es weit und breit nichts, was mit normalen Waffen bekämpft werden könnte. Cascal und die Mutanten haben Schwierigkeiten mit den vielen Besatzungsmitgliedern der Kreuzer und Korvetten. Ich ...«

Ein Donnerschlag erschütterte die Kugelzelle der MARCO POLO. Anschließend meldete sich Cascal. Er trug einen schweren Kampfanzug und hatte die Waffe in der Hand.

»Ich brauche Hilfe. Wir schaffen es nicht. Ein Jägerpilot ist mit einer Lightning unter Vollschub gestartet. Er hat die Schleusentore durchbrochen und eine explosive Dekompression verursacht. Der Jäger ist verloren. Schicken Sie mir Hilfe.«

Rhodans Befehle kamen rasch. Robotereinheiten, die ihre Aufgabe vollendet oder beinahe erledigt hatten, wurden abgezogen. Sie trafen wenig später in den großen Hangarhallen der Kreuzer und Korvetten ein.

Die beiden Teleportermutanten sprangen von einem Schiff zum anderen. Sie nahmen jedesmal zwei Roboter mit, die mit Paralysewaffen eingriffen.

Allmählich stabilisierte sich die Situation. Es war durchaus nicht einfach, nahezu achttausend Menschen, die überdies noch auf vielen Stationen und großen Beibooten untergebracht waren, rechtzeitig in Sicherheit zu bringen, oder sie davor zu bewahren, grenzenloses Unheil anzurichten.

Fünf Stunden vergingen, bis man die letzten Kranken versorgt hatte. Etwa zweitausend Besatzungsmitglieder hatten paralysiert werden müssen. Die Aufnahmekapazität der Bordklinik war zu klein. So wurden sie von Medorobotern in Hallen und Kabinen gebettet.

Die nächste Aufgabe bestand darin, diese Räume so abzusichern, daß die wiedererwachenden Paralysierten kein Unheil anrichten konnten.

Nach acht Stunden hatten die wenigen immunen Menschen der MARCO POLO gewonnen. Es war ein bitterer Sieg. Sie trafen sich in der Zentrale.

Die Mutanten Gucky, Ras Tschubai, Fellmer Lloyd, Merkosh und Takvorian waren erschöpft.

Die Mentalstabilisierten wie Joak Cascal, Alaska Saedelaere, Lord Zwiebus und Toronar Kasom verrieten deutlich ihre innere Verzweiflung.

Die Aktivatorträger wie Rhodan, Waringer und Atlan bemühten sich um Selbstbeherrschung.

Die drei Emotionauten Korom-Khan, Ahrat und Kosum kümmerten sich unterdessen um die Schiffsführung.

Die verdummten Besatzungsmitglieder befanden sich in guter Obhut. Sie wurden von den speziell programmierten Robotern überwacht und verpflegt. Viele der Raumfahrer hatten jetzt nach einer achtstündigen Einwirkung der Manipulationskonstante eine gewisse psychische Stabilität zurückgewonnen. Man konnte bemerken, daß sie nachzudenken begannen.

Jene, die aufgrund ihres ursprünglich sehr hohen Intelligenzquotienten nicht zu sehr verdummt waren, boten ihre Hilfe an. Als Rhodan von den Robotkommandeuren die entsprechenden Nachrichten erhielt, entschloß er sich augenblicklich, diesen Männern und Frauen eine Chance zu geben.

Die Roboter erhielten die entsprechenden Befehle. So geschah es, daß etwa siebenhundert Besatzungsmitglieder besondere Freiheiten erhielten.

Sie versorgten die völlig Verdummten. Sie öffneten Konservendosen, wärmten sie auf und brachten ihre Schützlinge dazu, Speisen und Getränke zu sich zu nehmen.

Die hochspezialisierten medizinischen Roboter behandelten zahlreiche Knochenbrüche, schwere Prellungen und Verletzungen anderer Art.

Als Rhodan anschließend einen Teil der aufgefangenen Notfunksprüche durchlas, ahnte er, daß an Bord der MARCO POLO noch erstaunlich gute Verhältnisse herrschten. Das gab ihm neue Kraft. Andere Kommandeure der Solaren Flotte, besonders aber die Kapitäne der zahllosen Handelsraumschiffe, waren nicht in der glücklichen Lage gewesen, relativ viele mentalstabilisierte Helfer an Bord zu haben. Über sie war das Chaos mit voller Härte hereingebrochen. Ein Hilferuf war besonders erschütternd.

Der Hyperfunker eines Passagierraumschiffes war als einziger Mensch immun. Er hatte sich in seiner Zentrale eingeschlossen, gefunkt und gefunkt; doch niemand hatte ihm Hilfe bringen können.

Vor etwa zwanzig Minuten war seine letzte Meldung durchgekommen. Dann hatte er das Schiff gesprengt.

Die wenigen Immunen der MARCO POLO saßen beisammen. Die technisch-wissenschaftlichen Faktoren wurden nochmals durchgesprochen. Es schien sicher zu sein, daß diese Rochenschiffe schon lange vor dem Schwarm in der Galaxis eingetroffen waren, um dort Vorarbeit zu leisten. Sie konnte nur in der Manipulierung der galaktischen Gravitationskonstante bestanden haben.

Die Feldlinienfrequenz war wiederum um genau 852 Megakalup abgesunken. Das schien zur Verdummung eines jeden Lebewesens auszureichen. Warum das getan wurde, war nach wie vor unklar. Atlan hielt die Maßnahme für die Vorbereitung zu einem Großangriff.

Waringer war der Auffassung, der vermutete Gegner könnte unter Umständen gar nicht erfaßt haben, welches Unheil er über die Galaxis gebracht hatte. Waringer gebrauchte die Begriffe »Instinkttrieb« und »naturbedingte Handlungsweise«.

Was war richtig? Genau betrachtet, wußten die Immunen nur, daß sie sich in einer Notlage befanden, die sie im letzten Moment noch hatten meistern können. Dann sprach Perry Rhodan jene schicksalsschweren Worte aus, die mindestens Atlan und Waringer schon durchdacht hatten.

»Sie wissen, daß wir noch etwa neuneinhalbtausend Lichtjahre zurückzulegen haben, um das Solsystem zu erreichen. Ich erinnere an Waringers Feststellung über das Abklingen des Verdummungseffektes innerhalb des Linearraumes. Wir müssen aber ein letztes Linearmanöver durchführen, oder wir erreichen niemals die Erde. Sie ahnen, was ich damit sagen will?«

»Ich bin ein Narr!« rief Gucky. »Daran habe ich nicht gedacht. Wenn wir jetzt wieder in den Linearraum gehen, dann müssen unsere Kranken ja plötzlich wieder normal werden, oder?«

Der Mausbiber sah sich fragend um.

Rhodan strich sich mit einer Hand über die Augen.

»Genau das!« bestätigte er. Seine Stimme klang heiser: »Wenn die Vernunft zurückkehrt, werden unsere Leute wissen, was ihnen bei einem erneuten Eintauchen in den Einsteinraum bevorsteht. Sie werden sofort erkennen, daß sie dann wiederum dem Verdummungseffekt ausgeliefert sind. Wie werden sie sich verhalten? Werden sie uns mit Waffengewalt zwingen, im Linearflug die Galaxis erneut zu verlassen? Man wird sich erinnern, daß es im Leerraum zu keiner Beeinflussung gekommen ist. Außerdem hat die POLO Leistungsreserven, um noch mindestens zehn Millionen Lichtjahre überbrücken zu können. Das genügt vollkommen, um den Andromedanebel mit den dortigen terranischen Stützpunkten erreichen zu können. Ferner wird man sich an die mit uns befreundeten Maahks erinnern, die uns sicherlich beistehen würden. Was also werden unsere Leute unternehmen, sobald sie ihre Vernunft wiedererlangt haben?«

»Sie werden uns steinigen«, stellte Atlan fest.

»Das ist ein historischer Begriff. Immerhin trifft er den Nagel auf den Kopf. Arkonide, wärest du freiwillig bereit, dich verdummen zu lassen? Oder würdest du auf einem Weiterflug zum sicheren Andromedanebel bestehen? Notfalls mit Waffengewalt! Würdest du nicht blitzartig begreifen, daß ein Wiedereintauchen nahe der Erde vielleicht eine permanente Verblödung bewirken müßte? Würdest du mir glauben, wenn ich dir versicherte, unsere Wissenschaftler könnten dagegen sicherlich ein Heilmittel entdecken? Könntest du eines vagen Versprechens wegen deinen Selbsterhaltungstrieb unterdrücken? Nun ...?«

Atlan überlegte lange. »Nein! Ich glaube es nicht.«

Rhodan nickte.

»Ich danke dir. Das war ehrlich. Ich könnte für niemand garantieren. Andererseits müssen wir die Erde erreichen!«

»Sind Sie in der Hinsicht ganz sicher, Sir?« warf Joak Cascal ein.

Rhodan sah ihn forschend an.

»Sie haben das Glück, infolge einer früheren Kopfverletzung mentalstabilisiert zu sein. Ihre Frage ist in Ordnung. Was mir weniger gefällt, ist Ihr süffisantes Lächeln. Ja, wir müssen die Erde anfliegen!«

Cascal, als Zyniker bekannt, lächelte weiter.

»Das wäre reiflich zu überlegen. Meiner Auffassung nach sind Sie entschlossen, wieder in den Linearflug zu gehen, die Kranken weiterhin unter Verschluß zu halten, um sie nach dem Eintauchmanöver erneut der Verdummung preiszugeben. Oder sollte ich mich irren, Sir?«

»Ihr Tonfall gefällt mir jetzt noch viel weniger.«

»Das ist mir – mit Verlaub – in der gegenwärtigen Situation gleichgültig.«

»Es steht Ihnen selbstverständlich zu, Ihre Meinung zu äußern. Sie sollten allerdings nicht soweit gehen, die gesamte Menschheit zu gefährden. Hier sind nur achttausend Leute an Bord. Allein auf Terra leben acht *Milliarden* Menschen, die sicherlich unsere Hilfe brauchen.«

»Sie übersehen den Effekt der Zeitverschiebung. Wer garantiert Ihnen, daß Sie die altbekannte Menschheit überhaupt noch vorfinden werden?«

»Mein Gefühl!« entgegnete Rhodan knapp. »Lassen wir das, Oberst. Ich stelle Ihnen jedoch anheim, die MARCO POLO mit einem überlichtschnellen Beiboot zu verlassen, um irgendwo zu versuchen, für unsere Geschädigten eine schnellere Hilfeleistung zu erwirken, als ich sie vielleicht arrangieren kann.«

»Darum geht es mir nicht. Ich glaube, daß jeder Mensch an Bord dieses Schiffes nach seiner Meinung befragt werden sollte.«

»Das Resultat kann ich Ihnen jetzt schon verraten, Oberst!« antwortete Atlan. »Da wir nicht wissen, wann wir eigentlich angekommen sind, wird diese Ungewißheit für die Meinungsbildung der Männer ausschlaggebend sein. Man wird sein eigenes, schlechtes Gewissen damit beruhigen, daß man ohnehin viel zu spät kommen würde, um für die gesamte Menschheit noch etwas tun zu können. Sehen Sie das ein? Also wird man uns zwingen, Fahrt zur Andromedagalaxis aufzunehmen. Lehren Sie mich die Menschen kennen, Sie Jüngling!«

Cascal antwortete nicht. Zehn Minuten später ließ Rhodan abstimmen. Die immunen Besatzungsmitglieder der MARCO POLO waren dafür, die Kranken unter Verschluß zu halten, sie gut zu versorgen; ihnen jedoch während des bevorstehenden Linearfluges keine volle Handlungsfreiheit zu gestatten. Nur Cascal stimmte dagegen.
Rhodan erhob sich. Abschließend erklärte er: »Wir werden sehen, was wir auf der Erde vorfinden. Herrscht dort ausschließlich das Chaos, und ist der Untergang nicht aufzuhalten, müssen wir zum Andromedanebel starten. Unsere unter Schutzhaft stehenden Besatzungsmitglieder werden dann automatisch wieder normal. Sind Sie damit einverstanden, Mr. Cascal?«
Der Oberst wiegte den Kopf. Ein undefinierbarer Brummlaut war seine einzige Äußerung.
»Ich deute diese Antwort als Zustimmung. Jedermann wird die Situation verstehen. Zuerst aber will ich sehen, was im Solsystem geschehen ist. Oberst Korom-Khan, legen Sie den Anflugkurs fest. Wir starten sofort.«

Der Waringsche Ultrakompkonverter arbeitete seit wenigen Sekunden. Die MARCO POLO war bereits in den Linearraum vorgestoßen.
Die gegen die Verdummungsstrahlung immunen Besatzungsmitglieder des Schiffes waren einsatzbereit. Den beiden Teleportermutanten war die Aufgabe zugeteilt worden, im Falle einer gefahrbringenden Situation sofort einzugreifen und Rhodan sowie Atlan mitzunehmen.
Das Schiff wurde von Korom-Khan geflogen. Kosum und Ahrat hatten Bereitschaftsdienst. Drei Minuten waren bereits vergangen. In der Hauptsteuerzentrale sprach niemand ein Wort. Man beobachtete aufmerksam über die Bildschirme die Hallen und kleineren Räume, in denen die Verdummten untergebracht waren. Ihre Verhaltensweise hatte sich nicht geändert. Es wurde gespielt, gelacht und Unfug getrieben. Andere Männer und Frauen saßen schweigend auf ihren Plätzen. Anscheinend bemühten sie sich, die Situation zu begreifen.
Fünf Minuten vergingen. Keine Reaktion. Dann aber, etwa sieben Minuten nach dem erfolgten Linearmanöver, änderte sich die Situation. Nahezu achttausend Menschen wurden plötzlich wieder normal. Anfänglich schauten sie sich nur verwundert um. Wenig später erfaßten sie die Sachlage und reagierten. Auf diesen Augenblick hatte Perry Rhodan mit innerer Furcht gewartet.
Professor Dr. Eysbert eilte zum nächsten Interkom und rief die Zentrale an. Rhodan meldete sich persönlich.
»Schön, Sie zu sehen, Sir«, vernahm Rhodan Eysberts Stimme. »Auf Grund meiner bislang noch oberflächlichen Auswertung nehme ich an, daß wir von einem zweiten Verdummungsstrahl getroffen worden sind.

Die besprochenen Schutzmaßnahmen sind offenbar durchgeführt worden.«
»Das ja!«
Eysbert stutzte bei dieser Auskunft. »Was soll das heißen? Sie weichen aus!«
»Ich hielt es vorerst für richtig. Sie irren sich. Wir sind nicht von einem rochenförmigen Raumschiff angegriffen worden. Waringers Theorie hat sich in schrecklicher Form bewahrheitet. Die Milchstraße scheint in ihrer fünfdimensionalen Konstante manipuliert worden zu sein. Bitte, hören Sie zu. Ich will Ihnen die Vorkommnisse erklären.«
Rhodan schilderte jedes Detail. Er verschwieg auch nicht die Beschlußfassung der immunen Besatzungsmitglieder.
»Ach, so ist das!« entgegnete Eysbert gedehnt. Er gab sich gelassen und selbstsicher.
»Sie wissen«, teilte er schließlich mit, »daß alle wieder intelligent gewordenen Besatzungsmitglieder Ihre Lageschilderung mitgehört haben? Sind Sie sich darüber klar?«
»Ja! Ich habe die Rundumschaltung des Interkoms veranlaßt.«
»Eine sehr kluge Taktik, Sir. Gedenken Sie, die Beschlußfassung der Immunen in die Tat umzusetzen? Moment bitte ...«
Eysbert verschwand für einen Augenblick vom Bildschirm. Dann tauchte er wieder auf. Er gab sich immer noch souverän.
»Mir wurde mitgeteilt, daß mir die betroffenen Besatzungsmitglieder Vollmacht erteilt haben, mit Ihnen zu verhandeln.«
»Das ist mir angenehm, Professor. Ich schätze beherrschte Männer.«
»Ich ebenfalls. Das ändert jedoch nichts an der Tatsache, daß Sie uns bei einem erneuten Eintauchen in den Einsteinraum der Verdummung preisgeben wollen. Wir, die Leidtragenden, sind der Auffassung, daß Sie dazu kein Recht besitzen! Sie haben in anerkennenswerter Offenheit erwähnt, daß unsere Maschinenleistung ausreichend wäre, den Andromedanebel zu erreichen. Das war anständig, Sir! Zur Zeit sind wir jedoch inhaftiert und von Kampfrobotern bedroht.«
»Niemand bedroht Sie. Ich weigere mich nur, wegen der Wünsche von achttausend Angehörigen der Solaren Flotte darauf zu verzichten, die Erde anzufliegen. Dort leben acht Milliarden Menschen, auf den vielen anderen von uns besiedelten Planeten ein Vielfaches davon! Sie alle benötigen Hilfe.«
Eysbert schien sich jetzt nur noch mit Mühe beherrschen zu können. Im Hintergrund schrien Männer, die von der Bildoptik nicht erfaßt wurden.
»Jetzt geht es los«, flüsterte Mentro Kosum. Rhodan gab ihm ein Zeichen.
»Sie weigern sich also!« stellte Eysbert fest. »Unsere Meinung ist Ihnen gleichgültig, nicht wahr?«

»Durchaus nicht. Ich bin nur der Auffassung, daß achttausend Männer und Frauen im Interesse von vielen Milliarden anderen Menschen ein nicht unzumutbares Opfer zu bringen haben.«

»Das sagt der militärisch denkende Oberbefehlshaber der Solaren Flotte und der geschulte Politiker.«

Rhodan atmete tief ein. Er kämpfte um seine innere Ausgeglichenheit.

»Sie irren sich, Professor. Das stelle ich als verantwortungsbewußter Mensch fest. Sie haben nicht das Recht, Ihr persönliches Wohlbefinden in den Vordergrund zu stellen.«

Jemand schrie wie ein Tobsüchtiger. Ein junger Mann, den Rhodan nicht kannte, stieß den Psychologen zur Seite und stellte sich vor der Kamera auf. Das Gesicht des Unbekannten war verzerrt.

»Sie wollen uns wieder der Verblödung ausliefern, nur um Ihre politischen Ziele erreichen zu können. Euch Immunen geht es ja gut, nicht wahr? Ihre Schöntuerei ist Taktik, sonst nichts. Ich verlange, daß Sie im Linearraum bleiben, nämlich dort, wo ich vernünftig bin. Ich verbiete Ihnen, mich nochmals der Verblödung auszusetzen. Ich verbiete es Ihnen, Sie ... Sie ...«

Eine Faust wurde schattenhaft erkennbar, die des Ertrusers Hartom Manis. Der Tobende sank besinnungslos zusammen.

Manis erschien auf dem Schirm.

»Es mußte sein«, entschuldigte er sich. »Das alles übersteigt die Kräfte des Jungen. So ergeht es übrigens vielen. Wie sieht es nun aus, Sir? Wollen Sie uns tatsächlich opfern?«

»Niemand will Sie opfern, ich am allerwenigsten«, entgegnete Rhodan. »Hören Sie zu, was die Immunen gemeinsam besprochen haben.«

Rhodan erklärte den Inhalt der Sitzung nochmals und fuhr fort:

»Wenn wir wissen, wie sich die Verhältnisse auf der Erde entwickelt haben, sehen wir weiter. Ist die Lage unrettbar verloren, starten wir zum Andromedanebel. Vorher aber müssen wir erfahren, wie es im Solsystem aussieht, welche Zeit wir verloren haben und wie die Invasion der Takerer verlaufen ist. Sie werden wieder verdummen, das ist richtig. Aber - haben Sie dabei Schmerzen empfunden? Hat Ihnen jemand Schaden zugefügt? Sind Sie etwa verhungert oder verdurstet? Abgesehen von jenen Personen, die wir paralysieren mußten, ist niemandem etwas geschehen. Können Sie nicht im Interesse der gesamten Menschheit den Manipulationseffekt nochmals auf sich nehmen? Mein Gott, Sie spüren doch nichts davon!«

Rhodan sprach noch etwa dreißig Minuten zu den mehr oder weniger deprimierten Besatzungsmitgliedern. Anschließend bat er um eine Abstimmung. Die Auswertung wurde von einem Wahlgremium unter der Leitung von Professor Eysbert vorgenommen.

Als das Ergebnis endlich ermittelt war, näherte sich die MARCO POLO bereits ihrem Flugziel – dem irdischen Sonnensystem.

Eysbert benahm sich nach wie vor wie ein zivilisierter Mensch. Andere tobten. Man konnte es hören. Hier und da zischten Paralyseschüsse aus Roboterwaffen.

»Sie haben gewonnen!« erklärte Eysbert. »Achtundfünfzig Prozent aller Stimmen befürworten Ihre Theorie, zweiundvierzig Prozent der Stimmberechtigten sind dagegen. Ich nehme an, daß Sie dieses Ergebnis mit großer Freude begrüßen werden.«

»Überhaupt nicht, Professor! Ich beginne nur wieder, an die Vernunft und an das Verantwortungsbewußtsein jener Männer und Frauen zu glauben, die zusammen mit mir den Ganjo Ovaron nach Hause gebracht und in der Galaxis Gruelfin für die gesamte Menschheit gekämpft haben.«

»Nun schön, dann kehren Sie in den Normalraum zurück. Die Blöden grüßen Sie, Imperator!«

Eysbert schaltete ab. Kosum unterbrach zahlreiche Interkomverbindungen, die von den verschiedensten Stationen aus angewählt wurden.

»Es hat keinen Zweck mehr«, entschuldigte sich der Emotionaut. »Schauen Sie nicht so unglücklich, Sir. Sie haben schließlich keinen Hinrichtungsbefehl für achttausend Mann gegeben.«

»Doch, indirekt! Ich möchte nicht in Eysberts Haut stecken. Wir sind tatsächlich die vom Glück Begünstigten. Hoffentlich haben wir die richtige Entscheidung getroffen.«

Nur drei Minuten später stürzte die MARCO POLO in das Einsteinsche Normaluniversum zurück.

Die Verdummung der Besatzungsmitglieder begann erneut. Vor dem Schiff lag das irdische Sonnensystem.

Wenig später erfolgte durch die Ortung die erste erschreckende Entdeckung. Der systemumspannende Paratronschirm existierte nicht mehr!

Auch Pluto, der neunte Planet des Solsystems war verschwunden. Man ortete lediglich eine riesige Trümmermasse. Pluto war offensichtlich explodiert. Aber wieso? Vor allem aber: Wann war das geschehen?

Die wenigen immunen Männer der MARCO POLO sahen bestürzt auf das klare Bild der Hyper-Relieforung und der optischen Erfassung. Rhodan ergriff zuerst das Wort.

»Das ist der Anfang der auf uns zukommenden Überraschungen, Freunde! Wenn das so weitergeht, können wir unsere Rettungspläne getrost aufgeben. Ja, zum Donnerwetter, kann mir denn niemand verraten, welches Datum man auf der Erde schreibt?«

Niemand konnte es. Selbst ein Genie wie Waringer nicht.

»Korom-Khan, lineares Kurzmanöver von einer Minute einleiten. Direkt in das System hineinfliegen. Atlan, bitte in die Feuerleitzentrale zurückkehren. Klar Schiff zum Gefecht, so gut es eben möglich ist. Schutzschirme aufbauen.«

5.

Juni 3441

Terra

Es war fürchterlich.
 Etwa dreißigtausend Raumschiffe der solaren Heimatflotte trieben steuerlos durch den Raum. Ihre Funkstationen schwiegen. Rhodan fragte sich, ob die verdummten Besatzungsmitglieder noch in der Lage gewesen waren, die dehydrierten Nahrungsmittel zuzubereiten. Unter Umständen waren etliche hunderttausend Mitglieder der Solaren Flotte bereits verhungert. Um so zwingender ergab sich der Verdacht, daß die MARCO POLO viel später als gedacht heimgekehrt war.
 Niemand kümmerte sich um das mit rasender Fahrt ankommende Großraumschiff. Früher wäre das undenkbar gewesen. Schon ein unangemeldet einfliegender Frachter wäre spätestens in Höhe der Neptunbahn angehalten worden.
 Alaska Saedelaere saß in der Funkzentrale. Er war alleine. Er bemühte sich, mit der Erde Hyperkomkontakt aufzunehmen; aber niemand antwortete.
 Schließlich erschienen Rhodan, Gucky, Takvorian und Mentro Kosum in dieser wichtigen Abteilung.
 Perry hörte sich fünf Minuten lang die Anrufe des Mannes mit der Halbmaske an.
 »Hören Sie auf, Alaska. Ich hoffe, mit meiner Auswertung recht zu haben. Wenn auf der Erde überhaupt noch Funkstationen mit vernünftig gebliebenen Besatzungen existieren, dann wird man Ihre Hyperkomanrufe ignorieren!«
 »Bitte ...!« entgegnete Alaska fassungslos. »Sagten Sie ›ignorieren‹? Ich verwende seit einer halben Stunde Ihr persönliches Anrufsymbol! Das dürfte wohl für jedermann ein Begriff sein. Hier, sehen Sie ...!«
 Der Automatsender war programmiert.
 Der Großadministrator winkte ab.
 »Keine falschen Vorstellungen, bitte. Wir wissen nicht, zu welcher Erdzeit wir eingetroffen sind. Unter Umständen gibt es niemand mehr, der den Anruf überhaupt identifizieren könnte. Lassen Sie mich mal an das Gerät.«
 Die MARCO POLO raste mit fast lichtschneller Fahrt durch das Son-

nensystem. Rhodan begann zu sprechen. Die Richtstrahler des Schiffes waren auf die Erde eingeschwenkt.

»Geoffry!« rief Rhodan den im Maschinenhauptleitstand weilenden Hyperphysiker an. »Fahr ein Kraftwerk hoch. Maximalleistung auf den großen Hyperkomsender. Wir müssen an Lautstärke alles durchschlagen, was auf Terra sonst noch gehört wird.«

Das Donnern der Schwarzschildreaktoren und der angeschlossenen Umformerbänke war nicht zu überhören. Waringer schaltete schnell und sicher. Jeder Meiler lieferte zehn Millionen Megawatt. Rhodan funkte insgesamt mit einer Sendeenergie von achtzig Millionen Megawatt. Das wäre genug gewesen, um trotz des typischen Energieschwundes im Leerraum ein zehntausend Lichtjahre entferntes Sonnensystem zu erreichen.

»Perry Rhodan, Großadministrator des Solaren Imperiums, spricht. Ich rufe Terrania City oder irgendeine terranische Funkstation. Melden Sie sich. Hier ist das Ultraschlachtschiff MARCO POLO. Ich rufe Imperium-Alpha, das Hauptquartier der Flotte und die Hauptsteuerzentrale zur Verteidigung der Erde. Melden Sie sich!«

Nach dem dritten Anruf wurde plötzlich eine Stimme vernehmbar. Jemand lachte trocken. Danach folgte ein leises Husten. Die Bildschirme blieben jedoch dunkel.

»Hören Sie, mein Bester, spielen Sie mir kein Theater vor. Ich antworte nur deshalb, weil Sie das Kunststück fertiggebracht haben, den Riesensender eines unserer umhertreibenden Ultraschlachtschiffe in Betrieb zu nehmen. Sie sind also normal geblieben, nicht wahr? In Ordnung, Monsieur, was wollen Sie? Einen Banditenüberfall einleiten? Wenn Sie Hunger haben, nehmen Sie sich aus den Vorratslagern der Schiffe, was Sie brauchen. Aber dann verschwinden Sie mit dem winzigen Boot, mit dem Sie wahrscheinlich gekommen sind. Das Großkampfschiff bleibt hier, klar? Wenn nicht, hole ich Sie mit den Festungsgeschützen von Imperium-Alpha herunter, daß Ihnen die Ohren fortfliegen.«

Rhodan schrie nur ein Wort. »Roi ...!«

Einen Augenblick herrschte Stille. Plötzlich flammte ein Bildschirm auf. Das schmale Gesicht eines Mannes war zu sehen. Er trug eine Flottenuniform.

»Wer kennt da meinen Namen? Parbleu, schalten Sie endlich ihre Bildaufnahme ein. Ich will Sie sehen.«

»Hatte ich vergessen, völlig vergessen«, sagte Rhodan erschüttert. »Roi, mein Junge. Du - du bist in Ordnung?«

»Vater!« Ein Schrei tiefster Erlösung drang aus den Lautsprechern der MARCO POLO. »Vater, bist du es wirklich? Kein Roboter in Maskenfolie? Vater, ich hoffe so sehr, daß du wirklich heimgekommen bist, aber ...!«

»Ich bin es«, unterbrach ihn Rhodan. Er hatte seine Beherrschung wiedergefunden.»Neben mir stehen Gucky, Kosum, Takvorian und Alaska. Atlan ist in der Feuerleitzentrale. Geoffry hat den Maschinenstand übernommen. Alle nicht stabilisierten Männer sind verdummt, Roi ...!«

Der nachfolgende Bericht nahm eine Viertelstunde in Anspruch. Rhodan konnte sich eindeutig identifizieren. Auf der Erde schien man äußerst argwöhnisch zu sein. Jetzt erfuhr er, wieso Pluto explodieren konnte. Die Urmutter hatte den Effekt ungewollt hervorgerufen, als sie sämtliche Sammler vernichtete.

Die seelischen Erschütterungen auf beiden Seiten waren vorüber. Die Realitäten traten wieder in den Vordergrund.

»Da ich annehme, daß wir von vorne beginnen müssen, möchte ich einen Begriff gebrauchen, wie er vor fünfhundert Jahren üblich war. ›Okay‹, mein Junge, alles klar. Über die Verdummungswelle brauchst du mir nichts zu erzählen. Habt ihr bereits den Schwarm geortet?«

»Was? Schwarm? Nie davon gehört!«

»Aha! Dann wissen wir also mehr als ihr. Wir sind den Unbekannten nämlich genau in den Anflugkurs geflogen, oder sie in unseren. Jetzt meine wichtigste Frage: Welches Datum schreibt ihr auf der Erde?«

»Ich verstehe. Sitzt du sicher in deinem Sessel? Wir schreiben heute den 4. Juni 3441! Und wann bist du von Gruelfin aus gestartet?«

Rhodan unterdrückte ein Aufstöhnen. Von Atlan hörte man über Interkom eine handfeste Verwünschung.

»Am 16. Juli 3438. Wir sind also um fast drei Jahre zu spät angekommen. Gut, daran ist nichts mehr zu ändern. Wann ist der Verdummungseffekt über die Erde und die Milchstraße hereingebrochen? Wann haben diese Rochenraumschiffe angegriffen?«

»Am 29. November 3440, null Uhr dreiundzwanzig. Da ging es plötzlich los. Wieso Rochenraumschiffe?«

Rhodan schilderte den Überfall im Leerraum mit allen Einzelheiten.

»Daraus wird klar, mit wem wir es zu tun haben. Die takerische Invasion ist erledigt. Nun kommen neue Schwierigkeiten.«

»Schwierigkeiten?« Danton lachte auf. Es klang beinahe hysterisch. »Galbraith Deighton ist zur Zeit mit einem Immunen-Kommando unterwegs, um Banditen und Plünderern das Handwerk zu legen.«

Rhodan schluckte.

»Ja«, sagte Roi bitter, »unsere Lage ist alles andere als rosig. Auf Terra herrscht das Chaos. Es gibt immer wieder Burschen, die noch genügend Intelligenz behalten haben. Sie sammeln Banden von Verdummten um sich, reden ihnen alles mögliche ein und unterweisen sie im Gebrauch von Waffen. Ansiedlungen und Städte mit verdummten Menschen, die wir unter größten Mühen zusammengeführt haben, werden überfallen und ausgeplündert. Und der Homo superior, von dem du ja auch zwei Exemplare an Bord hast, verhält sich passiv.«

»Leisten seine Vertreter keine Hilfe?«

»Doch, das schon. Aber wie! Sie züchten in einem neuen genetischen Schnellverfahren Pferde und Zugochsen, basteln primitive Pflüge und zeigen den Menschen, wie man einen Acker bestellt, à la 18. Jahrhundert, versteht sich. Die riesigen Robotfabriken zur Erzeugung synthetischer Nahrungsmittel werden von hier aus gesteuert. Das nützt aber nicht viel, weil die Demontagekommandos des Superior ständig Sabotageakte durchführen. Wir haben alle Hände voll zu tun, um alleine diesem Wahnsinn einigermaßen Einhalt gebieten zu können. Dafür aber versammeln die Superiors riesige Menschenmassen um sich und halten ihnen Vorträge über die neue Philosophie. Rückkehr zur Natur; Zerstörung der aggressiven Technik; Vernichtung der Raumschiffe und so weiter. Du wirst staunen, alter Herr!«

Rhodan biß sich so stark auf die Unterlippe, daß sie zu bluten anfing.

»Verstanden. Du hast zusammen mit Deighton das Kommando über die Hauptsteuerzentrale des Imperiums übernommen?«

»Aber blitzartig! Als wir in dieser Nacht vom 28. zum 29. November 3440 merkten, was los war, haben wir sofort gehandelt. Während dieser kurzen Zeit haben wir fast Übermenschliches geleistet. Vor allem haben wir sämtliche Immunen nach Imperium-Alpha beordert. Alle mentalstabilisierten Einsatzagenten der SolAb wurden zurückgerufen. Frag nicht, unter welchen Schwierigkeiten die Männer und Frauen hier eintrafen.«

»Ich brauche nur an unsere zu denken. Wo sind Reginald Bull und Julian Tifflor?«

»Seit drei Tagen mit der INTERSOLAR unterwegs.«

»Was? Seid ihr wahnsinnig geworden! Das Ultraschlachtschiff benötigt fünftausend Besatzungsmitglieder. Das Schiff hat fünfzig Korvetten und fünfhundert Lightning-Jäger an Bord.«

»Exakt! Dafür hat die INTERSOLAR aber auch vier Ultrakompkonverter und eine Linearflugreichweite von zehn Millionen Lichtjahren. Wir haben eine Notbesatzung geschult. In der Verzweiflung geht alles. Das mußt du noch lernen.«

»Wie groß ist die Besatzung?«

»Dreihundertzweiundzwanzig Männer und Frauen mit bester Erfahrung. Bully ist unterwegs zum USO-Hauptquartier Quinto-Center. Dort scheint es noch verhältnismäßig viele immune USO-Spezialisten zu geben. Wir haben Funksprüche aufgefangen. Man kämpft um den Fortbestand der unendlich wichtigen Zentrale. Außerdem will Bully versuchen, alle Lebewesen zu bergen, die seit sechs Monaten um Hilfe funken. Die müssen normal sein. Aus diesem Grund haben wir die INTERSOLAR mit ihren vielen Begleitbooten gewählt. Die Tests haben bewiesen, daß acht gute Kosmonauten und Techniker notfalls fähig sind, eine moderne Sechzigmeter-Korvette zu fliegen. Bully wird die Beiboote sternförmig ausschwärmen lassen. Für uns ist jeder Immune wertvoll, gleichgültig woher er stammt.«

»Wie viele Menschen hast du zur Verfügung?« fragte Rhodan.

»Zur Zeit vierhundertzweiundachtzig Männer und zweihundertzwölf Frauen, also sechshundertvierundneunzig Personen. Es waren mehr, aber wir mußten die Besatzung für die INTERSOLAR zusammenstellen. Wenn der Homo superior ein bißchen vernünftiger und realistischer wäre, hätten wir etwa zwei Millionen Gesunde zur Verfügung. Die Superiors weigern sich aber, auch nur eine künstlich betriebene Planierraupe zur Räumung der Schuttberge zu bedienen.«

»Schuttberge?«

Dantons Gesicht verdüsterte sich.

»Ja«, bestätigte er leise. »Schuttberge! Terrania City und andere Städte sind Trümmerhaufen. Nach Eintritt der Verdummung begann das Chaos. Gebäude explodierten, Versorgungslager wurden gestürmt. Hochbahnen flogen in die Luft, Kraftwerke detonierten. Der Homo superior hat kräftig und gezielt mitgeholfen, immer nach dem Motto: Die Technik muß vernichtet werden.«

»Und wenn der Schwarm ankommt, wird man gelassen auf den Tod warten, wie?«

»Du bist noch immer ein kluger Mann. Ich ... Moment!«

Es dauerte einige Minuten, bis Roi vor die Kamera zurückkehrte.

»Da haben wir es. Deightons Flugkommando steht in einem harten Gefecht mit Plünderern. Sie schießen mit transportablen Energiegeschützen auf die Gleiter. Deighton hat soeben das Feuer erwidern lassen. Vater, ich sehe dir an, daß dir das nicht recht ist, aber wir haben keine anderen Möglichkeiten des wirksamen Vorgehens gegen die Banditen.«

Rhodan schwieg lange. Dann kam seine Antwort: »Ich werde mir selbst ein Bild machen müssen. Ist Terrania-Space-Port noch einsatzklar für die Landung eines Großkampfschiffes?«

»Dafür haben wir gesorgt! Bully hat mit seinem Kommando etwa zehntausend der modernsten Schiffe der Heimatflotte auf den Boden gebracht. Hier herrscht also ein ziemliches Gedränge. Dein Landeplatz ist aber frei.«

»Gut. Wir orten etwa dreißigtausend Einheiten nahe der Marsbahn. Wie geht es den Besatzungen?«

»Alle in Sicherheit. Wir haben die Schiffe geentert, jedermann durch ein Spezialgas narkotisiert und die Leute danach durch die Großtransmitter der Ultrariesen zur Erde abgestrahlt. Anschließend wurden die Schiffe robotprogrammiert. Sie fliegen in einer exakten Kreisbahn und im freien Fall nahe der Marsbahn um die Sonne herum. Keine Gefahr, es sei denn, man wird sie erbeuten wollen. Wer aber sollte das noch können?«

Rhodan sah den ersten Lichtblick. Er zwang sich zu einem Lächeln.

»Ihr habt euch wundervoll verhalten. Ich bin trotz der verfahrenen Situation glücklich, solche Mitarbeiter zu haben. Nein – das ist aufrichtig gemeint! Aber jetzt fangen wir an, unseren Gegnern die Zähne zu zeigen. Die Menschheit ist noch lange nicht verloren.«

Roi Danton nickte lächelnd.

»Na endlich! Auf eine solche Äußerung habe ich gewartet. Willkommen zu Hause, Perry! Wir werden den großen Paratronschirm über Terrania-Space-Port öffnen, sobald die Landebeine deines Schiffes noch hundert Meter davon entfernt sind. Keine Sekunde früher!«

»Sieht es denn so schlimm aus?«

»Und ob. Der Homo superior wartet nur darauf, mit seinen Einsatzkommandos an die Raumschiffe heranzukommen. Dann würden sie in die Luft fliegen. Durch einen Paratronschirm kommen auch diese Genies nicht hindurch. Sie sind Geistesgrößen; leider aber psychisch völlig fehlgelenkt. Wir sind hier unten der Meinung, daß dieser Typus nicht die Endstufe der Entwicklung sein kann.«

»Professor Eysbert vertritt die gleiche Auffassung. Ich beginne mit dem Landeanflug. Kurzer Linearsprung, zweimaliger Anpassungsorbit um Terra, dann Zielanflug nach Terrania. Drückt nicht versehentlich auf die Knöpfe der schweren Abwehrforts. Wir haben in letzter Zeit genug einstecken müssen. Alles klar, König der Freifahrer?«

»Die waren einmal. Alles klar. Übrigens – hier ist ein Freudentaumel ausgebrochen. Weißt du, alter Herr, uns ist, als könnten wir plötzlich wieder freier atmen.«

Die weitgespreizten Teleskopbeine, Riesensäulen mit mächtigen Auflagetellern, berührten den zwanzig Meter starken Stahloplast-Belag des Landefeldes so zart, daß nicht einmal Erschütterungen spürbar wurden.

Das Dröhnen der Antriebe verstummte. Der Schirm schloß sich. Die Maschinen der MARCO POLO liefen aus.

Rhodan löste die Anschnallgurte und erhob sich aus seinem Sitz.

»Die Emotionauten haben erstklassige Arbeit geleistet. Ich danke Ihnen. Kommen wir sofort zur Sache. Ich habe mir bereits einige Details überlegt.«

Atlan suchte in seinen Taschen nach einem Gegenstand. Er fand ihn, führte ihn zum Mund und biß herzhaft hinein.

»Der letzte Apfel aus Gruelfin«, sagte er kauend. »Gewissermaßen zur Feier des Tages. Oh, Gucky, ich kann deine verlangenden Augen nicht sehen. Hier, nimm die Hälfte.«

Atlan brach den Apfel in der Mitte durch und warf die eine Hälfte dem Mausbiber zu.

»Natürlich das angebissene Stück, du Barbar«, entrüstete sich der Kleine.

»Nager fressen alles«, meinte der Arkonide lachend.
»Du wirst schon wieder übermütig, eh ...?« fragte der Mausbiber drohend.
»Sicher! Der große Terraner namens Rhodan ist dabei, seine ersten Geistesblitze zu versprühen. Darf man Näheres hören?«
Rhodan bedachte seinen Freund mit einem verweisenden Blick.
»Beherrsch dich! Oberst Korom-Khan, Sie wissen, daß die MARCO POLO ein unersetzbares Schiff ist. Wie wir von Roi hörten, ist kein zweiter Prototyp dieser Klasse gebaut worden. Ich habe Sie dafür vorgesehen, an Bord zu bleiben, die Augen offenzuhalten und im Falle höchster Gefahr sofort zu starten. Bis zu einer einfachen Satellitenkreisbahn rund um die Erde schaffen Sie das alleine. Wir werden Ihnen noch einige Emotio-Sonderschaltungen installieren. Sie können alles von hier aus kontrollieren. Wären Sie zu diesem nicht unerheblichen Opfer bereit? Sie dürften überwiegend auf sich selbst gestellt sein. Es gibt nicht mehr genug intelligente Menschen, als daß Sie mit zahlreichen Besuchern rechnen könnten.«
Elas Korom-Khan überlegte einige Minuten lang. Dann hatte er sich entschieden.
»Ich bleibe, Sir. Ich habe keine Angehörigen mehr. Sie können sich auf mich verlassen. Was soll mit den kranken Besatzungsmitgliedern geschehen? An Bord behalten?«
»Vorerst ja. Hier sind sie besser geborgen als draußen. Der Verpflegungs- und Gesundheitsdienst muß noch sorgfältiger organisiert werden. Frischwasseranschlüsse sofort herstellen, damit die Frauen und Männer ausgiebig baden und duschen können. Lassen Sie die Schläuche mit den Automat-Sucherventilen ausfahren. Ich nehme an, die unterirdischen Zuleitungen sind noch intakt.«
»In Ordnung, Sir. Ich kümmere mich darum. Hier gibt es genug zu tun.«
»Vielen Dank. Ich schicke Ihnen noch zwei oder drei Hilfskräfte. Vielleicht entdecke ich unter den Immunen der Hauptzentrale einige Spezialisten für Versorgungsfragen. Die sanitären Verhältnisse sollten überprüft werden. Ich möchte unsere Leute so lange unter guten Bedingungen an Bord behalten, bis wir über den Schwarm nähere Informationen erhalten haben. Unter Umständen haben wir mit der POLO erneut zu starten. Dann müssen wir sofort auf unsere Spezialisten zurückgreifen können.«
»Ich verstehe, Sir.«
»Darf ein Beuteterraner aus dem Volk der Arkoniden auch einmal etwas sagen?«
»Man hatte sich soeben entschlossen, ihn anzusprechen«, spöttelte Rhodan. »Ich möchte dich bitten, zusammen mit Cascal einen Kreuzer der Planetenklasse fernflugklar zu machen. Das heißt Generalüberholung, genaue Überprüfung aller Geräte und Maschinen; Austausch des

bislang installierten Waringkonverters. Es darf nichts übersehen werden. Das Schiff mit Maximalbedarf ausrüsten. Notversorgung mit in den Stauplan einbauen. Waringer wird die technisch-wissenschaftlichen Arbeiten leiten. Teilt euch die jeweiligen Aufgaben ein.«
Atlan schluckte den letzten Bissen. Er lächelte.
»Sehr schön, mein Freund. Jetzt gefällst du mir wieder. Cascal, ich schätze, wir werden das Flaggschiff der Fünften Flottille nehmen, die CMP-41. Sie war am wenigsten im Kampfeinsatz. Den einen Konverter tauschen wir aus.«
»Einverstanden«, sagte Cascal.
Alaska Saedelaere rief aus der Funkzentrale an.
»Ein Luftgleiter kommt näher. Roi Danton meldet sich an. Können Sie ihm eine Beibootschleuse öffnen?«
Mentro Kosum nahm die notwendigen Schaltungen vor. Oberhalb des riesigen Ringwulstes glitten Stahltore auseinander. Der Gleiter flog ein und landete.
Minuten später begrüßten sich zwei Männer, die sich beim Angriff auf den takerischen Zentralplaneten zum letzten Male gesehen hatten.
Auf Dantons Schultern klammerte sich ein Männlein fest. Es war der Siganese Harl Dephin.
»Wie geht es Ihnen, Herr General?« begrüßte Rhodan den Siganesen.
Lord Zwiebus begann zu grinsen. Er saß in einem Programmierungssessel und jonglierte mit seiner Spezialkeule. Der Pseudo-Neandertaler hatte die Borduniform wieder abgelegt und seinen Fellschurz umgebunden. Er beobachtete die Vorgänge sehr aufmerksam.
Harl Dephin war sichtlich beeindruckt.
»Verbindlichen Dank, Sir«, rief er. Es klang dennoch wie ein Vogelzwitschern. »Alles in Ordnung, Sir. Paladin III mußte leider aufgegeben werden. Ich habe aber bereits Paladin IV erhalten. Bedauerlicherweise sind meine fünf Kollegen nicht recht bei Sinnen.«
»Ich verstehe. Können Sie die schwere Maschine notfalls alleine dirigieren?«
»Sicher, Sir. Mit der SERT-Haube ist das kein Problem. Ich kann auch durch neuartige Schaltungen alle Bordwaffen einsetzen. Leider bin ich ständig gezwungen, in den anderen Abteilungen des Roboters nach dem Rechten zu sehen.«
»Wenn Harl mit dem Robotgiganten auftaucht, ergreifen ganze Banden die Flucht«, berichtete Roi. »Er ist unsere beste Abschreckungswaffe. Natürlich wollen wir Feuergefechte nach Möglichkeit vermeiden. Wenn es aber hart auf hart kommt, dann ...«
Roi schwieg sich aus.
Für Rhodan begann jetzt die Unterrichtung mit Filmaufnahmen. Sie dauerte fünf Stunden.
Rhodan ließ sich bis ins Detail informieren.

Er erblickte zerstörte Städte, explodierte Nachschubdepots der Flotte und ausgeraubte Magazine.

Die Containerverbindung zum großen Handelsplaneten Olymp existierte noch. Die Männer und Frauen im schalttechnischen Nervenzentrum des Solaren Imperiums hatten Übermenschliches geleistet. Es war ein Problem, den hohen Energiebedarf der Riesentransmitter zu erzeugen.

Auch wenn sich der Homo superior nach außen hin friedfertig und pazifistisch gab, verzichtete er doch nicht darauf, Sabotagekommandos auszuschicken.

Die verdummten Menschen waren nicht mehr fähig, ihren bisherigen Aufgaben nachzugehen. Es war zu einer allgemeinen Flucht auf das freie Land gekommen. Das Problem bestand aber darin, daß es auf einem hochindustrialisierten Planeten vom Range der Erde bei weitem nicht mehr so viel offenes Gelände gab, wie es erforderlich gewesen wäre.

Die Ernährungslage war kritisch. Acht Milliarden Menschen mußten versorgt werden.

Die großen Vorratslager der Erde wären noch lange nicht erschöpft gewesen, wenn es nicht ständig zu Plünderungen gekommen wäre.

Der Drang verdummter Menschen nach Nährstoffen aller Art war selbstverständlich. Wenn der Verstand getrübt war, dann reagierten die Urinstinkte. Plünderungen für den Eigenbedarf wurden daher nicht als verbrecherische Delikte angesehen. Dazu hatte Danton zu berichten:

»Unsere Immunen haben sich strikt an Deightons und meine Anweisungen gehalten. Wenn wir Menschen trafen, die in aufgebrochenen Depots herumsaßen und gierig Speisen aller Art verschlangen, haben wir keinen Schuß abgegeben! Wir haben sie essen lassen, und wir haben sie nicht einmal davongejagt. Mehr, als sich den Magen füllen, können sie schließlich nicht. Dann aber entdeckten wir bewaffnete Banden. Sie scheinen den Plan zu haben, riesige Depots anzulegen. Selbstverständlich ist es das Ziel der einigermaßen intelligent gebliebenen Anführer, für ihren eigenen Bedarf so viel wie möglich zu horten. Da haben wir hart eingegriffen.«

»Gab es Kämpfe?«

»Das kann man wohl sagen. Die Banditen stammen überwiegend aus den hier stationierten Raumlandedivisionen mit schweren Waffen. Auch ehemalige Polizeieinheiten sind darunter. Sie können ihre Namen nicht mehr schreiben, aber sie wissen noch sehr genau, wie man mit einer Maschinenkanone umgeht. Kostbarkeiten aller Art sind für die Banden ebenfalls begehrenswert. Wahrscheinlich rechnen ihre Anführer mit einem Abklingen der Verdummungswelle und nachfolgender Normalisierung. Dann wäre es natürlich vorteilhaft, einiges Howalgonium, Sextagonium, Kernbrennelemente und sonstige wertbeständige Stoffe zu besitzen. Mein Rat, Vater: Schau dich um! Überflieg das Land. Du wirst viele Schreckensbilder sehen. Dann ist da aber noch etwas ...«

»Großer Gott, was denn noch?« erkundigte sich Rhodan alarmiert.

»Es handelt sich um die verrückt gewordenen Spezialpositroniken mit Plasmazusätzen. Wir haben eine Transmitterverbindung zum Mond erhalten können. Oben sind zweiunddreißig vernünftige Leute, einundzwanzig Frauen und elf Männer. NATHAN reagiert kaum mehr. All die Billionen Daten, die wir in die Biopositronik eingespeichert haben, sind so gut wie nutzlos. Das Plasma ist stupide geworden.«

»Ja«, bestätigte Rhodan. »Ich kenne den Effekt. Das heißt überdies, daß einige hunderttausend wichtige Steuerelemente für Fabriken aller Art auch nicht mehr funktionieren?«

»So ist es«, erklärte Danton. »Ich bin froh, daß wir uns nicht ausschließlich auf Biopositroniken eingestellt haben. Dann wären wir nämlich erledigt. Die vollmechanischen Geräte, sogar die uralten Elektroniken in verschiedenen Betriebszweigen, funktionieren einwandfrei. Aber gerade darauf haben es die Kommandos des Homo superior abgesehen.«

»Sehr kluge Leute, wie?«

Danton lachte bitter.

»Wenn du mich fragst: die größten Überzeugungssaboteure der Menschheitsgeschichte! Wenn Olymp nicht weiterhin liefert, wenn die Robotfabriken zur künstlichen Photosynthese nicht mit Maximalleistung produzieren, werden viele Menschen sterben. Ein wirklicher Homo superior würde das niemals zulassen. Man will die Massen reduzieren, um sie besser manipulieren zu können. Kein Wunder, daß man dich nicht mehr auf der Erde sehen wollte.«

Rhodan durchschritt nachdenklich die menschenleere Zentrale der MARCO POLO. Sie erschien wenigstens wie ausgestorben, obwohl sich in ihr immerhin einige Personen aufhielten.

»Wir werden wohl etwas härter durchgreifen müssen«, sagte er. »Meine Amtszeit als Regierungschef ist noch nicht abgelaufen. Die letzte Wahl erfolgte kurz vor dem Start der MARCO POLO. Ich bin also berechtigt, von meinen besonderen Befugnissen in Notfällen Gebrauch zu machen. Ich werde als erstes den Ausnahmezustand erklären lassen.«

»Damit kommst du etwas zu spät«, erklärte Danton trocken. »Das haben wir längst getan! Tut mir leid, Großadministrator! So lautet der Abstimmungsbeschluß der normal gebliebenen terranischen Bürger. Du wirst dich den Notwendigkeiten beugen müssen.«

Atlan erhob sich.

»Meine Herren Terraner, ich glaube, wir haben genug geredet. Geben Sie mir Vollmachten für ein Sonderunternehmen in Sachen Homo superior.«

Rhodan schaute Atlan grimmig an.

»Auf Terra wird nur dann geschossen, wenn uns keine andere Wahl bleibt. Du würdest die Superiors töten lassen, oder?«

»Schrei nicht so, Terraner! Ein Kreuzer der Planetenklasse mit einigen schnellen Trägerbooten an Bord würde mir vollauf genügen. Bekomme ich den Kreuzer? Dazu einen Emotionauten, dreißig ausgebildete Besatzungsmitglieder und eine noch intakte Roboterdivision. Bekomme ich das Schiff?«

Atlan schrie jetzt ebenfalls. Die beiden so verschiedenartigen Männer standen sich zornig gegenüber.

»Nein!« Rhodan vertrat seinen Standpunkt mit Entschiedenheit. »Ich denke nicht daran. Ich möchte zuerst mit diesen Leuten verhandeln.«

»Um dich erneut einen Diktator nennen zu lassen, was?«

»Wie man mich tituliert, kümmert mich nicht. Ich habe zu versuchen, beide Parteien zu vereinen. Der Homo superior muß Vernunft annehmen.«

»Wenn du dich nur nicht täuschst«, wandte Danton warnend ein.

Atlan winkte ab. Er drehte sich spontan um und ging zu einem Getränkespender hinüber. Der Automat arbeitete noch einwandfrei.

»Ihr Terraner lernt es nie. Ihr Helden, ihr wollt mit eurer Rücksichtnahme am falschen Platz acht Milliarden unschuldige Menschen dem Untergang ausliefern. Gebt mir den Kreuzer und einige Kampfroboter. Na ...?«

Rhodan war leichenblaß.

»Nein, Arkonide! Du hast für meine Begriffe viel zu lange im Zeitalter der brutalen Gewalt gelebt. Nein!«

Atlan ging. Er sagte kein Wort mehr.

Rhodan gewann schnell sein seelisches Gleichgewicht zurück. Seine Stimme klang kühl.

»Einen Augenblick bitte!« rief er Atlan nach. Der Lordadmiral blieb stehen.

Rhodan schaltete an seinem Armband-Kommandogerät. Die modulationslose Stimme eines Kampfroboters wurde vernehmbar.

»Die beiden Gefangenen Ricod Esmural und Terso Hosputschan sofort in die Zentrale bringen.«

»Jawohl, Sir. In die Zentrale bringen.«

Atlan kam langsamen Schrittes zurück. Er blickte den Freund durchdringend an.

»Ein netter, kleiner Rhodan-Plan, wie? Ich ahne alles. Willst du die feinen Herren freilassen?«

Die beiden Saboteure wurden hereingeführt.

Perry Rhodan begann:

»Meine Herren Besatzungsmitglieder, ich habe mir erlaubt, während der hitzigen Diskussion über den Homo superior die Interkomverbindung zur Kabine der Inhaftierten einzuschalten. Die Herren sind demnach über die Verhältnisse auf Terra informiert. Besonders aber über Atlans ›humanes‹ Vorhaben.«

Der Pseudo-Neandertaler begann brüllend zu lachen.

Roi Danton stutzte, und Mentro Kosum fühlte den Drang in sich aufsteigen, einen skurrilen Vergleich auszusprechen. Atlan fluchte in einer altterranischen Sprache.

»Machen wir es kurz, meine Herren«, ergriff Rhodan das Wort. »Sie kennen die Sachlage.«

Die beiden Superiors neigten die Köpfe.

»Dem Obersten Solaren Gerichtshof kann ich Sie nicht ausliefern. Er existiert nicht mehr. Kraft meiner Befugnisse kann ich jedoch ein Gnadengesuch befürworten. Ich nehme als gegeben an, Sie hätten mir ein solches unterbreitet.«

Terso Hosputschan öffnete den Mund zu einer Antwort. Dann schloß er ihn wieder und preßte die Lippen zusammen.

»Sie scheinen wirklich begriffen zu haben. Schön, hier meine Bitte an Sie. Verlassen Sie die MARCO POLO. Ich stelle Ihnen einen Fluggleiter zur Verfügung. Suchen Sie Ihre Freunde auf und erklären Sie ihnen, warum wir es nicht dulden können, daß die Robotfabriken der irdischen Ernährungswirtschaft zerstört werden. Versuchen Sie, eine Konferenz zwischen Ihrem Regierungschef und mir zu arrangieren. Ich gebe Ihnen dreimal vierundzwanzig Stunden Zeit. Treffpunkt ist die Akademie für Geisteswissenschaften am Südufer des Morin-gol-Flusses. Sind Sie einverstanden?«

Hosputschan und Esmural hatten Einwände. Sie dachten an eine Falle. Außerdem gäbe es in den Reihen des Homo superior keinen Regierungschef, sondern nur eine Abordnung von fünfzig Personen, die sogenannten ›Fünfzig Ersten Sprecher‹. Es stellte sich heraus, daß der Hyperphysiker Hosputschan zu ihnen gehörte.

»Um so besser. Der Neue Mensch sollte begreifen, daß er nicht zum Massenmörder werden darf. Sie sind aber auf dem besten Wege dazu. Helfen Sie! Ihre ehemaligen Ziele sind nichtig geworden. Die Menschheit, zu der Sie schließlich gehören und aus der Sie hervorgegangen sind, hat ihr Existenzminimum erreicht. Helfen Sie den Verdummten und Kranken. Stellen Sie Ärzteteams bereit. Vor allem aber sollten Sie sich erkundigen, ob die vielen Sabotageakte, von denen Mr. Danton berichtete, von Ihren Leuten verübt wurden.«

»Ausgeschlossen!« fuhr Hosputschan auf. »Wir verabscheuen jede Gewalttat.«

»Was Sie nicht daran hinderte, die Dakkarkomgeräte und drei Wandeltaster zu zerschießen«, entgegnete Atlan wütend. »Gut, gut, spielen Sie nicht schon wieder die gekränkten Unschuldigen. Das nehme ich Ihnen nicht ab. Setzen Sie Ihre zwei Millionen Gefährten nutzbringend ein, und vergessen Sie nicht, daß wir im freien Raum den Schwarm geortet haben. Das sollte Sie zum Nachdenken veranlassen. Die Umstände verlangen es.«

Hosputschan stimmte nach längerem Zögern zu.

»Ich werde versuchen, Ihre Wünsche zu realisieren. Verlangen Sie aber nicht, daß wir die Banditen mit der Waffe bekämpfen.«

Rhodan lächelte verbindlich.

»Natürlich nicht. Wir sollten jedoch eine für alle Parteien akzeptable Lösung zu erreichen versuchen. Oberst Korom-Khan, geben Sie den beiden Herren einen Luftgleiter. Paratronschirm öffnen, fernsteuertechnisch übernehmen, damit kein Unfall geschieht. Roi, Nachricht an die Verteidigungsanlagen der Hauptzentrale Imperium-Alpha, damit die Maschine unbehelligt abfliegen kann.«

Danton stand auf. Er seufzte.

»Sehr wohl, Papa!«

Roi tänzelte in der Art eines historischen Höflings aus der Zentrale.

»Jetzt wird wenigstens der wieder normal«, meinte Atlan. »So, und jetzt hätte ich mir gerne Imperium-Alpha angesehen. Dort scheint ja noch alles in Ordnung zu sein. Harl, meinen Sie, eine Hyperfunkverbindung mit Quinto-Center wäre noch möglich?«

Der Siganese flog mit Hilfe seines Antigravtornisters zu Atlan hinüber und landete auf seiner Schulter.

»Entschuldigen Sie, Sir«, schrie der kleine Mann, um sich verständlich machen zu können. »Wenn die großen Richtstrahler noch nicht in die Luft geflogen sind, könnte es gelingen. Nein, halt – die Relaisstationen im freien Raum müßten auch noch in Ordnung sein.«

»Schöne Aussichten. Also, gehen wir, wenn es erlaubt wird.«

Er bedachte Rhodan mit einem trotzigen Blick.

»Ich werde dir nie Vorschriften machen, Lordadmiral!«

»Schluß jetzt«, mischte sich Gucky ein. »Ich bringe dich und Harl Dephin in die Bunkerstadt. Schließlich kenne ich mich ja aus. Oder gibt es mittlerweile zwischengeschaltete Paratronschirme?«

Der Siganese verneinte. Man hatte Mühe genug, das große Schutzfeld über den vielen Raumhäfen, Werften und Depots zu erhalten. Außerhalb liegende Kraftwerke waren ausgefallen.

6.

Imperium-Alpha war das Nervenzentrum jenes riesigen Sternenreiches, das in den vergangenen fünfzehnhundert Jahren aufgebaut worden war.

Für die Versorgung des Planeten Erde und der anderen solaren Himmelskörper waren nur relativ kleine Abteilungen vorhanden. Von hier aus konnten alle wichtigen Vorgänge gesteuert werden, beginnend mit der künstlichen Wetterregulierung bis zum planmäßigen Einsatz zahlloser Robotfabriken für die Ernährungswirtschaft.

Auch andere Industriezweige konnten in den Tiefbunkern kontrolliert und programmiert werden.

Den weitaus größten Raumbedarf beanspruchten die zahllosen Kommandozentralen, Funkstationen, Auswertungsräume für jede nur denkbare raumstrategische Situation, die mächtigen Kraftwerke, Fabriken für eine autarke Lebensmittelversorgung, Frischlufterzeugung und vor allem die Abwehranlagen.

Allein die ausfahrbaren Panzerforts rings um Imperium-Alpha besaßen die Feuerkraft von etwa zweihundert Großkampfschiffen der Galaxisklasse.

Tausende von weiteren Festungen dieser Art waren auf der Oberfläche der Erde verstreut. Sie konnten von Imperium-Alpha aus bedient werden. Die Riesensender der unterirdischen Großanlage, ihre Giganttransmitter und Nachschublager waren schon oft in der Geschichte des Solaren Imperiums entscheidend gewesen. Auch die Abwehr der drei Jahre zurückliegenden Invasion der takerischen Pedotransferer war von dort aus berechnet worden.

Das terranische Kommandozentrum war im Verlauf der Jahrhunderte ständig erweitert worden. Die Grundfläche der ersten und obersten Etage maß fünfzig mal fünfzig Kilometer, also zweitausendfünfhundert Quadratkilometer. Insgesamt waren zwölf Haupttagen angelegt worden.

Naturgemäß hatten die Baumeister dieses terranischen ›Nervenzentrums‹ größten Wert darauf gelegt, es völlig autark zu gestalten. Hier unten hätte eine Million Menschen luxuriös und sorglos leben können. Niemand hätte den gewohnten Lebensstandard zu vermissen brauchen. Die Robotfabriken erzeugten alles, was der moderne Mensch benötigte.

Die Anlagen arbeiteten nach wie vor einwandfrei. Nur solche Aggregate waren nutzlos geworden, die auf Oberflächen-Relaisstationen oder auf bemannte Raumflugkörper angewiesen waren.

Rhodan und die anderen Immunen der MARCO POLO kamen nach Atlan in den Hauptschaltbunkern an.

Noch vor sieben Monaten hatte Imperium-Alpha einem Ameisenhaufen geglichen. Beschwerden über verstopfte Gleiterstraßen, überfüllte Transportbänder und endlose Wartezeiten vor den Kontrollorganen waren an der Tagesordnung gewesen.

Das war nun vorbei! Sechshundertvierundneunzig Menschen ›bevölkerten‹ eine unterirdische Großstadt. Die weiten Gänge, Antigravitationsaufzüge, Spiralstraßen und energetischen Gleiterbahnen waren verödet.

Die Rohrbahnen waren außer Betrieb. Interne Kurzstrecken-Transmitterverbindungen waren längst abgeschaltet worden. Man hatte es nicht mehr so eilig. Außerdem konnte man jetzt mit den normalen Prallfeld-Energiefahrzeugen durch menschenleere Stollen rasen. Die Verkehrsregelung funktionierte nur noch an gefährlichen Kreuzungspunkten.

Unter acht Milliarden Menschen hatte man nur tausendachtundvierzig Immune finden und in das große Überlebensprojekt einplanen können. Dreihundertzweiundzwanzig Spezialisten waren mit der INTERSOLAR gestartet. Zweiunddreißig waren auf dem irdischen Mond. Sechshundertvierundneunzig Unempfindliche bedienten in aufopfernder Tätigkeit die Riesenanlagen von Imperium-Alpha.

Rhodan bot sich ein erschreckendes Bild. Hier und da wurde er von einer Frau oder einem Mann begrüßt. Jedermann schien auf sich selbst angewiesen zu sein. Von einer Forschungsarbeit zur Bekämpfung der Verdummungsstrahlung konnte keine Rede sein.

Dazu kam eine weitere Schwierigkeit. Sie hatte sich zwangsläufig ergeben.

Die immunen Menschen gehörten überwiegend zur terranischen Führungsschicht. Hinsichtlich ihrer Fähigkeiten war das großartig, aber Könner dieser Art waren immer auf Hilfskräfte angewiesen gewesen. Die fehlten nun.

Einem Wirtschaftswissenschaftler wie Homer G. Adams wäre es noch vor wenigen Monaten nicht im Traum eingefallen, einfache Routinearbeiten persönlich durchzuführen. Er hatte Anweisungen gegeben. Er hatte das Wirtschaftsimperium der terranischen Machtballung geleitet, galaktische Großbanken gesteuert und eine Riesenindustrie kontrolliert.

Rhodan fand den Aktivatorträger und Halbmutanten in einem riesigen Rechenzentrum. Adams, der kleine, breitgebaute Mann mit dem verkrümmten Rückgrat, lächelte zaghaft. Er stand auf. Der positronische Computer warf tausendfältige Ergebnisse aus, die gespeichert und auf einem Bildschirm sichtbar wurden.

»Hallo, Homer. Wie geht es Ihnen?« wurde er von Rhodan begrüßt.

Beide Männer, die sich seit dem Aufbau der Dritten Macht in den Siebziger Jahren des 20. Jahrhunderts kannten und schätzten, umarmten sich. Adams schluckte.

»Danke, Perry, natürlich gut. Was sonst! Ich bemühe mich, die Lieferungskapazität der weltweit verstreuten Nährmittelfabriken festzustellen. Es sieht bitter aus. Ich kann Ihnen nicht sagen, wie ich die erzeugten Nahrungsmittel gerecht verteilen soll. Unter Umständen versorge ich Landgebiete, die ohnehin von Plünderern besetzt sind. Ich könnte notleidende Menschen übersehen. Es ist grauenhaft.«

Rhodan stand erschüttert vor diesem verzweifelten Mann.

»Freund, wir werden etwas unternehmen. In drei Tagen treffe ich mich mit den Sprechern des Homo superior. Anschließend starte ich mit einem speziell ausgerüsteten Kreuzer. Haben Sie schon von dem sogenannten Schwarm gehört?«

»Ja, ich bin informiert. Meinen Sie denn, Sie könnten dieses Riesengebilde aufhalten?«

Rhodan überlegte sich die Antwort gut. Unterdessen waren etwa zweihundert immune Menschen im Wirtschaftsrechenzentrum eingetroffen. Für die psychologische Standhaftigkeit dieser Männer und Frauen konnte jedes Wort entscheidend sein.

Rhodan blieb ehrlich.

»Nein, vorerst nicht! Wir besitzen einige zehntausend Raumschiffe, phantastische technische Einrichtungen, aber kaum noch gesunde Menschen. Homer, das ist der genau umgekehrte Vorgang wie vor etwa fünfzehnhundert Jahren. Damals konnten wir auf ein riesiges Reservoir von intelligenten, lerneifrigen Menschen zurückgreifen, aber wir hatten seinerzeit nur ein winziges Schiff. Es war das arkonidische Beiboot namens GOOD HOPE. Wir haben damals die Situation gemeistert. Wir werden auch die derzeitigen Probleme zu überwinden versuchen. Als Symbol für diesen festen Willen werden wir unseren Kreuzer GOOD HOPE II nennen! Ich sehe mir den Schwarm an. Anschließend startet ein Forschungsprogramm.«

»Wo und mit wem?« fragte ein Biochemiker.

Rhodan winkte ihm zu.

»Sie alle hatten bislang genug zu tun, um unsere erkrankten Menschen versorgen zu können. Sie mußten überdies Plünderer bekämpfen. Verständlich, daß Ihnen wesentliche Dinge entgingen. Wir haben gegen die Pedotransferer die Dakkarschleife entwickelt. Weshalb sollte es nicht möglich sein, auch gegen die Manipulation ein Mittel zu finden?«

»Wo und mit welchem Team?« wiederholte der Wissenschaftler seine Frage.

»Ich bin überrascht, daß noch niemand an unsere besten Freunde gedacht hat. Die Hundertsonnenwelt der Posbis steht weit außerhalb der Galaxis! Das System dürfte daher unbeeinflußt geblieben sein.«

»Ich werd' verrückt!« flüsterte der Wissenschaftler vor sich hin.

»Nein, bitte nicht. Wir brauchen Sie dringend. Bully und Tifflor sind unterwegs, um alle immunen Intelligenzwesen aufzusammeln. Es geht vor allem um die mentalstabilisierten Spezialisten der USO, hervorragende Fachleute aller Wissensgebiete. Wir werden schneller ein Forschungsteam aufstellen können, als Sie es zu dieser Stunde für möglich halten. Und dann, meine Damen und Herren, werden wir uns dem noch unbekannten Gegner widmen. Denken Sie daran, daß eine Mentalstabilisierung nicht nur einen schwierigen und gefährlichen neurochirurgischen Eingriff erfordert, sondern auch eine hypnosuggestive Behandlung mit einer Neurosonde. Sie alle sind geistig stabilisiert worden. Warum ...? Weil Sie zur menschlichen Führungsspitze gehören. Wir hielten es für erforderlich, Sie gegen fremde Einflüsse zu immunisieren. Sie kennen die Prozedur also genau.«

»Weshalb diese Erklärung, Sir?« erkundigte sich eine als Kapazität bekannte Gefäßchirurgin.

»Um Ihnen nochmals klarzumachen, daß es dem unbekannten Angreifer nicht gelungen ist, unsere besten Fachleute auszuschalten. Sie werden zuerst jene primitiv gewordenen Menschen schulen, deren früherer Intelligenzquotient Aussicht auf Erfolg bietet. Sie benötigen Hilfskräfte, die beispielsweise bei medizinischen und biologischen Versuchen Ratten und andere Tiere füttern. Sie verstehen mich, nicht wahr? Das ist nicht Ihre Aufgabe! Sie haben zu forschen, und zwar auf der Hundertsonnenwelt mit Hilfe der dortigen Plasmamassen, die bekanntlich eine überragende Intelligenz besitzen. Wir werden außerhalb der Verdummungszone operieren. Aber das hat noch Zeit. Schaffen Sie hier erst einmal Ordnung. Suchen Sie nach weiteren Immunen oder solchen Menschen, die noch einigermaßen intelligent geblieben sind. Sichern Sie die Versorgung mit Nahrungsmitteln. Unsere Terraner dürfen nicht verhungern. Ob sie in zerfetzten Kleidern oder im Gesellschaftsanzug herumlaufen, ist bedeutungslos. Überleben müssen sie!«

Rhodans Ansprache dauerte etliche Stunden. Man war fasziniert. Er war und blieb ein Organisator von hohen Graden.

Zu diesem Zeitpunkt wurde der Kreuzer CMP-41 von Mentro Kosum in eine Spezialwerft geflogen und verankert. Die Generalüberholung und Sonderausrüstung begann. Sieben Männer und Frauen aus der Immunen-Besatzung von Imperium-Alpha programmierten die noch intakten Roboteinheiten. Diese Rechengehirne wurden mit einem Sonderprogramm für den extremen Gefahrenfall betraut. Die Folge davon war, daß der Kreuzer nicht nur generalüberholt wurde, sondern eine Notausrüstung erhielt, die unter anderem die dreifache Nahrungsmittelkapazität, Nachbauten von alten Flugzeugen ohne Hochenergietriebwerke, Maschinenwaffen, ein aufblasbares Luftschiff mit Dieselmotoren und sogar Primitivwaffen enthielt.

Die GOOD HOPE II, die ehemalige CMP-41, glich nunmehr einem fliegenden Depot, in dem sich kaum noch jemand bewegen konnte.

»Wir Terraner geben so schnell nicht auf!« hämmerte Rhodan seinen Leuten ein. »Wir müssen auf alles gefaßt sein. Wenn die Schwarzschildreaktoren nach einer planetarischen Landung ausfallen, will ich wenigstens mit einem Hubschrauber fliegen können. Die GOOD HOPE II wird das am abenteuerlichsten ausgestattete Raumschiff der Menschheit sein. Sehen Sie zu, wie Sie Ihre Quartiersorgen bewältigen. Wenn man wirklich müde ist, schläft man auch auf dem Rücken eines Kampfroboters. Und wenn mein Kombistrahler versagt, dann will ich auf eine Armbrust zurückgreifen können. Üben Sie! Damit kann man sogar Schutzschirme durchschießen. Sie sind nämlich alle zur Abwehr moderner Energiewaffen konstruiert. Atlan wird Ihnen zeigen, wie man im Mittelalter auf der Erde gekämpft hat. Wegen des Platzmangels keine Klagen, bitte. In meiner kleinen Kabine lagern drei Tonnen dehydrierte Lebensmittel. Was denken Sie wohl, wieviel Platz zum Schlafen ich habe?«

»Er ist wieder zum Risikopiloten der US Space Force geworden«, erklärte Atlan nach dieser Ansprache. »Los schon, Freunde, packen wir den Plunder ein.«

»Sehr klug, Herr Lordadmiral, sehr geschickt!« lobte Rhodan den Freund.

Atlan, der noch vor wenigen Stunden entschlossen gewesen war, den Fünfzig Ersten Sprechern des Homo superior mit Kampfanzug und starker Bewaffnung gegenüberzutreten, war in Galauniform erschienen. Von einer Waffe war nichts zu sehen.

Rhodan trug Zivilkleidung.

Atlan musterte den alten Gefährten kritisch.

»Hm – und wo hast du deine Energiespritze verborgen? Du gehst doch wohl nicht ohne, oder?«

»Man wird es notfalls sehr schnell bemerken. Außerdem, so scheint mir, ist eine Akademie für Geisteswissenschaft nicht der rechte Platz, um dort mit Erzeugnissen der modernen Vernichtungsindustrie zu erscheinen. Darf ich bitten?«

Mentro Kosum flog den Leichten Kreuzer. Es war die CMP-1 der MARCO POLO. Alle Mutanten und Mentalstabilisierten des Ultraschlachtschiffes befanden sich an Bord. Roi Danton, Galbraith Deighton und Homer G. Adams waren ebenfalls eingestiegen.

Die neue Besatzung war aus immunen Mitgliedern von Imperium-Alpha zusammengestellt worden. Es waren sechzig Mann aus den Reihen der ehemaligen Sol-Ab-Agenten. Jeder von ihnen hatte ein wissenschaftliches Fachgebiet absolviert. Fast alle waren sie in der Lage, ein modernes Raumschiff zu fliegen.

»Ehe Sie starten, Mr. Kosum: Halten Sie das Robot-Landekommando in Bereitschaft. Zu vertrauensselig wollen wir nicht sein.«

»Aha! Der große Terraner wird vorsichtig.« Atlan konnte sich diese Bemerkung nicht verkneifen.

Die CMP-1 startete, durchbrach die Strukturlücke des Paratronschirms und nahm Kurs auf den weiter nördlich liegenden Morin-gol-Fluß. Er wurde in wenigen Minuten erreicht.

Kosum landete den hundert Meter durchmessenden Kreuzer vorsichtig. Rhodan, Atlan, Danton, Deighton und Adams bestiegen einen Fluggleiter.

Er wurde ausgeschleust und flog unter Rhodans Führung auf den Landeplatz der Hochschule zu. Dort waren schon mehrere Luftfahrzeuge abgestellt worden.

»Man ist bereits angekommen«, stellte Atlan fest. »Sechs Maschinen. Der Homo superior scheint doch sehr gut damit umgehen zu können.«

Rhodan landete, schaltete das Triebwerk ab und ließ die Kabinentür aufschwingen. Fast einen Kilometer entfernt stand der Planetenkreuzer. Er überragte alle Gebäude. Es war ein gewaltiger Eindruck.

»Eine kleine Demonstration der Macht ist ganz angebracht«, sagte SolAb-Chef Galbraith Deighton. »Passen Sie nur auf. Diese Leute sind absolut nicht so harmlos, wie Sie jetzt noch annehmen.«

Rhodan nickte. Man schrieb den 8. Juni des Jahres 3441.

»Das haben wir auf der MARCO POLO deutlich bemerkt. Bitte, richten Sie sich nach meinen Anweisungen. Nur dann sprechen, wenn Ihr jeweiliges Fachgebiet berührt wird.«

Die Männer gingen zum Haupteingang der Akademie hinüber. Hier schien es nicht zu Banditenüberfällen gekommen zu sein.

Die Vertreter des Neuen Menschen warteten in der Vorhalle. Sie trugen weiße, togaähnliche Gewänder. Verschiedenartige Symbole deuteten auf den jeweiligen Rang, oder auch auf das geisteswissenschaftliche Fachgebiet hin.

Ein älterer weißhaariger Mann mit feingezeichneten Gesichtszügen fiel besonders auf. Neben ihm stand der Hyperphysiker Terso Hosputschan.

»Ich begrüße die Vertreter der neuen Menschengattung«, eröffnete Rhodan zwanglos das Gespräch. »Ich bitte um Entschuldigung, aber die Lage auf Terra ist derart prekär, daß wir schnell und entschlossen zur Diskussion kommen sollten. Wie geht es Ihnen, Mr. Hosputschan? Würden Sie mich bitte mit Ihren Begleitern bekannt machen? Ich darf meinerseits vorstellen ...«

Rhodan nannte die Namen und Ränge seiner Delegationsmitglieder. Atlan schmunzelte. Perry trat höflich, aber sehr entschieden auf.

Hosputschan blieb reserviert. Er nannte ebenfalls die Namen seiner Freunde. Der weißhaarige Mann schien die wichtigste Figur in diesem seltsamen Spiel zu sein.

»Der Meister der Fünfzig Ersten Sprecher, der Raum-Zeit-Philosoph Holtogan Loga. Wir nehmen an, Sie sind über die Bedeutung der neuen Wissenschaft informiert.«

»Aber selbstverständlich«, log der Großadministrator.

»Ich darf Sie sehr herzlich begrüßen, Mister Loga.«

Der Weißhaarige neigte den Kopf.

Rhodan begann mit seinem großen Spiel. Es konnte für die Zukunft der Menschheit mitentscheidend sein.

»Ich bewundere die moderne Raum-Zeit-Philosophie, die letztlich die fragwürdigen Erkenntnisse der sechsdimensionalen Dakkarspurtechnik klar widerlegt. Ich habe mich bereits gefragt, wieso man zu der Ansicht kommen kann, der Verlust der materiellen Daseinsform fände seine Inkarnation im pedotransparenten Energiegefüge einer rechnerisch ermittelten Dimension. Meinen Sie nicht auch, Mister Loga, das freiwerdende Sich-selbst-sein wäre eher die Form einer gegen die aufgegebene Materie revoltierenden Erhebung im Verhältnis zur Überzeit-Vergänglichkeit?«

Holtogan Loga war offensichtlich verwirrt. Rhodan lächelte verbindlich.

»Mensch, du redest vielleicht einen Quatsch«, flüsterte Gucky. »Was ist das für ein Ding?«

Rhodan hatte selbst keine Ahnung, aber die willkürliche Wortschöpfung schien gut angekommen zu sein.

»Ich bin angenehm berührt«, entgegnete der Meister der Fünfzig Ersten Sprecher. »Haben Sie sich mit Itschipons Lehre über den Abglanz der endlichen Erhebung beschäftigt?«

Roi Danton begann zu schwitzen. Atlan hustete.

»Aber ja«, schwindelte Rhodan weiter. »Allerdings«, er deutete eine entschuldigende Geste an, »allerdings erst dann, nachdem ich von der Existenz des Homo superior erfahren hatte. Ich würde mich sehr freuen, gelegentlich mit Ihnen über die neue Philosophie diskutieren zu dürfen. Dies allerdings sollte unter würdigeren Umständen geschehen.«

»Ich stehe Ihnen jederzeit zur Verfügung«, beteuerte der ältere Herr. Er schien völlig überrascht zu sein. Nur Hosputschan sah Rhodan argwöhnisch an.

»Dürften wir zur Sache kommen?« bat Rhodan. »Ich bin gekommen, um zu versuchen, mit Ihnen eine Vereinbarung zu treffen, die dem hohen geistigen Niveau des Homo superior würdig ist.«

Roi Danton traute seinen Ohren nicht, als Rhodan mit großer Zuvorkommenheit in die Akademie gebeten wurde. Man hatte sogar einen Imbiß vorbereitet.

»Meine Herren Geisteswissenschaftler, ich kenne Ihre Ziele und Ideale«, begann Rhodan. »Sie wären begrüßenswert und zum Aufschwung der Menschheit unbedingt förderungswürdig, wenn wir nicht plötzlich und unvorbereitet von offenbar negativ denkenden und handelnden Lebewesen überfallen worden wären. Ich spreche von den noch unbekannten Wesen, die den sogenannten Schwarm steuern. Sie sind sicherlich von Hosputschan und Esmural informiert worden?«

Loga bejahte. Rhodan überlegte blitzschnell. Jedes Wort mußte abgewogen werden. Die Vertreter des Superior waren empfindlich.

»Die mir vorliegenden Informationen berichten immer wieder von gesteuerten Sabotageakten gegen lebensnotwendige Industrieanlagen auf der Erde. Andererseits wurde mir mitgeteilt, Sie hätten vielen erkrankten Menschen geholfen, ein Hilfsprogramm aufgebaut und sogar Arbeitstiere wie Pferde und Zugochsen gezüchtet. Dafür möchte ich Ihnen danken. Es war eine glänzende Idee, primitiv gewordenen Menschen Geräte und Tiere anzubieten, mit denen sie noch umgehen können.«

Die Stimmung unter den Fünfzig Ersten Sprechern besserte sich noch mehr.

»Ich kann mich daher der Auffassung der Solaren Abwehr nicht anschließen«, fuhr Rhodan mit betont verzögerter Sprechweise fort. »Es erscheint mir unvorstellbar, daß Männer und Frauen aus den Reihen des Homo superior Sabotageakte begehen, die letztlich zum Hungertod von Milliarden Hilfsbedürftigen führen müßten. Ich vermute, daß intelligent gebliebene Bandenführer versuchen, Ihnen diese Untaten anzulasten.«

»Sie vermuten sehr richtig!« warf einer der Sprecher ein. »Wir sind Gegner der aggressiven Technik, das ist richtig. Wir haben auch in den ersten Wirren einige Kraftwerke, Verteidigungsanlagen und sonstige von der psychischen Unterentwicklung zeugende Anlagen zerstört. Nicht aber Nahrungsmittelfabriken.«

»Dann darf ich annehmen, daß Sie bereit sind, den Notleidenden behilflich zu sein?«

»Das haben wir bereits getan«, entgegnete Hosputschan reserviert. »Sie sollten nicht alles glauben, was Ihnen erzählt wird.«

Die Konferenz dauerte sechs Stunden. Danach erklärten sich die Vertreter von insgesamt zwei Millionen Superiors bereit, auf die Zerstörung weiterer ›aggressiver‹ Techniken zu verzichten, bis man die Ursache der Verdummungswelle erkannt hätte.

Rhodan schien einen ersten Erfolg erzielt zu haben. Man trennte sich in gutem Einvernehmen. Rhodan und seine Begleiter kehrten zu ihrem Fluggleiter zurück. Er startete.

Atlan konnte nicht umhin zu erklären: »Du bist der unverschämteste Schwindler, den ich jemals gesehen habe. Das will etwas heißen. Die Auslegung dieser idiotischen Philosophie war ein echtes Meisterwerk, aber es hätte zum Platzen der Konferenz führen können.«

»Kein Erfolg ohne Risiko, Arkonide!«

Atlan lachte. Danton war schweißüberströmt. Adams kicherte amüsiert.

Deighton schien verärgert zu sein.

»Hat man Sorgen, Galbraith?«

»Und ob, Sir! Die Aussage, der Homo superior hätte niemals Nährmittelfabriken in die Luft gejagt, ist eine glatte Lüge. Ich habe vor drei Monaten ein Kommando von achtzehn Mann erwischt, dann aber wieder freigelassen. Es schien mir zu gefährlich, die Burschen abzuurteilen.«

»Das war sehr vernünftig! Ein kluger Mann läßt andere, die sich für

klug halten, immer in dem Glauben, besonders klug zu sein. Was wollen Sie, mein Lieber? Der Homo superior wird vielleicht sein Wort halten. Die Sabotageakte könnten aufhören.«
»Vielleicht! Aber wenn nicht? Was dann?«
»Dann werden wir die zwei Millionen Übergescheiten mit speziellen Individualtastern orten, sie aus der breiten Menschenmasse herausholen und mit einem Großtransporter der Flotte in fünf bis sechs Reisen zu einem anderen Planeten bringen. Dort sollen sie dann Ackerbau und Viehzucht betreiben sowie ihren Geisteslehren nachgehen. Sie müssen allerdings versorgt werden, oder sie sterben infolge ihrer Lebensuntüchtigkeit in wenigen Jahren aus. Das können Sie als generelle Anweisung auffassen, Deighton!«
Noch ehe der Gleiter die offenstehenden Schleusentore oberhalb des Maschinenringwulstes der CMP-1 erreichte, gab Kosum Alarm. Er wurde auf dem kleinen Bildschirm erkennbar.
»Nachricht vom Luftraum-Überwachungskommando Imperium-Alpha, Sir. Zwei verstärkte Roboterdivisionen, bestehend aus etwa vierzigtausend vollmechanischen Modellen, marschieren von Westen her auf Terrania City zu. Fernsteuertechnische Umprogrammierung ist mißlungen. Die Roboter werden von einem sogenannten Noteinsatzgerät gesteuert. Bezeichnung dafür lautet ›Hektor III‹. Das ist eine halbkugelförmige Großmaschine, die wir früher für den Katastropheneinsatz benutzten.«
Rhodan blieb völlig ruhig. Deighton fluchte. Der Luftgleiter landete in der Hangarhalle.
»Wir kommen in die Zentrale, Kosum. Ich kenne die Hochleistungsroboter der Hektor-Klasse. Sie sind mit Plasmazusätzen ausgerüstet, nicht wahr?«
»Allerdings, Sir. Deswegen spielt Hektor III auch verrückt. Das Riesending schwebt über den marschierenden Kampfrobotern. Sie schießen alles zusammen, was ihren Weg blockiert. Generalrichtung sind die Raumhäfen. Hektor scheint sich an dem Paratronschirm zu stören. Wenn er allerdings die Häfen umgeht und mit seinen Robotern in Terrania City einfällt, sterben dort Millionen Menschen.«
Zehn Minuten später erreichte Rhodan die Steuerzentrale des Kreuzers. Atlan übernahm stillschweigend die Feuerleitzentrale. Kosum hatte bereits unter der SERT-Haube Platz genommen.
»Alarmstart«, ordnete Rhodan an. »Atlan, ist das Schiff voll gefechtsklar?«
»Worauf du dich verlassen kannst!«
»Keine Transformgeschosse verwenden. Versuchen, das Steuergerät Hektor III abzuschießen. Impulskanonen einsetzen. Kosum, vor der Feuereröffnung Zielanflug mit zehnfacher Schallgeschwindigkeit. Das Hektorgerät so dicht wie möglich überfliegen. Vielleicht stürzt es durch die

Druckwelle ab. Funkzentrale: Anfrage an Imperium-Alpha. Wie dicht ist das Einmarschgebiet besiedelt?«

»Die Anweisungen wurden bestätigt. Sekunden später meldete sich die Hauptzentrale des Imperiums.

»Keinerlei Besiedlung, Sir. Die Kampfmaschinen kommen aus den Einsatzdepots in den westlichen Bergen. Dort gibt es nur freies Gelände wegen der nahen Raumhäfen.«

»Danke. Bereiten Sie sich darauf vor, die vierzigtausend Kampfmaschinen nach der Zerstörung der fehlgeleiteten Steuerpositronik sofort zu übernehmen. Wird Ihnen das gelingen?«

»Wir versuchen es, Sir.«

»Gut. Ich möchte die Roboter erhalten. Ende, Imperium-Alpha. Kosum, Start frei. Passen Sie auf, daß Sie die Akademie nicht in die Luft blasen! Selbst ein Kreuzer erzeugt enorme Druckwellen.«

Die Schwarzschildreaktoren der drei Hochenergiekraftwerke brüllten auf. Ihr Kraftstrom wurde vorerst zu den Gravitationsneutralisatoren geleitet. Die CMP-1 wurde schwerelos.

Ein geringer Schub aus den sechs Impulstriebwerken des Ringwulstes genügte, um das Raumschiff abzuheben. Kosum ging auf zwanzig Kilometer Höhe, hörte sich die einlaufenden Meßergebnisse der Ortung an und nahm Fahrt auf.

Ein Donnerschlag erschütterte das Land. Die CMP-1 verschwand innerhalb weniger Augenblicke. Die Fünfzig Ersten Sprecher des Homo superior sahen dem Schiff nach.

»Verachtenswert!« erklärte Holtogan Loga. »Wie dem aber auch sei: Dieser Diktator ist ein kluger Mann. Wir werden sehr vorsichtig operieren müssen.«

Hektor III schwebte fünfhundert Meter über den marschierenden Roboterdivisionen. Hektor gab widersprüchliche Befehle. Seine intakten Positroniken standen in einem aussichtslosen Kampf gegen die organisch lebenden Plasmazusätze.

Hektor III ortete den anfliegenden Kreuzer im letzten Augenblick. Die Positroniken stuften den Flugkörper als Gefahr ein und bauten den Schutzschirm auf. Da Noteinsatzgeräte dieser Art nicht für den außerplanetarischen Einsatz bestimmt waren, besaßen sie nur konventionelle Defensivwaffen.

Jetzt war das Raumschiff am Ort des Geschehens eingetroffen. Es schob einen halbkugelförmigen Ball weißglühender Gase vor seinen Energieschirmen her. Weit hinter ihm entstand infolge der Druckwelle eine endlos lang erscheinende Bahn emporgerissener Materie. Ein heißer Wirbelsturm heulte über den öden Landstrich zwischen den Raumhäfen und den westlichen Bergketten hinweg.

Hektor III schwebte zum Boden hinab und landete. Die Plasmazusätze fuhren in plötzlich erwachender Panik die Ankersäulen aus und bohrten sie in den Felsgrund.

Die CMP-1 donnerte in knapp hundert Meter Höhe über die Roboter und Hektor III hinweg. Allein der nachfolgende Wirbelsturm riß einige tausend Kampfmaschinen zur Seite. Sie eröffneten das Feuer aus ihren Strahlwaffen, aber damit konnten sie den Paratronschirm des Kreuzers nicht durchschlagen.

»Hochziehen, Kosum!« rief Rhodan dem Emotionauten zu. »Das hat keinen Sinn. Wir vernichten nur die wertvollen Roboter. Fahrt drosseln, Zielanflug. Feuerleitzentrale: Klar zum Punktbeschuß aus Impulswaffen.«

Die CMP-1 raste vierzig Kilometer in den blauen Sommerhimmel hinauf, drehte und kam mit Unterschallgeschwindigkeit zurück. Wütendes Abwehrfeuer peitschte in ihre Schutzschirme.

»Atlan, Feuer frei!«

Hektor III versuchte, sich noch fester zu verankern. Sonnenhelle Strahlbahnen schossen auf ihn zu. Sie trafen seinen schwachen Schutzschirm, durchschlugen ihn und griffen seine stählerne Außenhülle an.

Hektor III explodierte, noch ehe seine verwirrten Plasmazusätze die Sachlage erfaßt hatten. Kosum zog das Schiff wieder hoch. Nur einen Kilometer über der offenbar völlig verwirrten Roboterarmee hielt er den Kreuzer an.

»Programmierungszentrale Imperium-Alpha«, meldete sich ein Techniker. »Es sieht so aus, als könnten wir die Roboter nunmehr beherrschen. Wir senden die neue Programmierung auf der Notsteuerfrequenz. Wie verhalten sie sich?«

Es dauerte nur zehn Minuten, bis die Maschinen umgeschaltet waren. Sie zogen sich in geordneter Formation zu ihren Einsatzstützpunkten in den Bergen zurück.

Deighton nickte befriedigt.

»Sehen Sie, Sir, solche Dinge geschehen hier Tag für Tag. Verrückte Maschinen, verdummte Menschen und Banditen. Ich hoffe, daß wir damit auch ohne Ihre Hilfe fertig werden. Wann wollen Sie starten?«

»Sobald die GOOD HOPE II voll ausgerüstet ist und ihre Probeflüge hinter sich hat. Die neue Besatzung muß eingespielt werden. Das wird noch einige Wochen dauern. Kosum, fliegen Sie die MARCO POLO an und bringen Sie den Kreuzer in seinen Hangar zurück.«

7.

Die GOOD HOPE II war vor einer Stunde gelandet. Der vierte Werft-Erprobungsflug hatte bis zur blauen Riesensonne Wega geführt. Die beiden Waringschen Kompensationskonverter hatten in der Wechselschaltung einwandfrei gearbeitet. Kleine Fehlerquellen in den zusätzlich installierten Geräten, die an Stelle der unbrauchbar gewordenen Biopositroniken eingebaut worden waren, hatten noch während der Reise mit Bordmitteln behoben werden können.

Nun befand sich der Kreuzer in der Endabnahme durch das Technikerteam der terranischen Hauptschaltzentrale.

Alle Männer und Frauen, die jemals an der Ausrüstung von Raumschiffen beteiligt gewesen waren, hatten sich zur Verfügung gestellt. Die kleinen Beiboote des Kreuzers, der konstruktionsbedingt nur sechs Mini-Space-Jets mit einem Äquatordurchmesser von acht Metern und zwölf moderne Raumjäger vom Typ Lightning mitführen konnte, waren ebenfalls getestet und generalüberholt worden.

Die sechzigköpfige Besatzung befand sich bereits an Bord. Sie war eingeflogen. Oberst Korom-Khan blieb weisungsgemäß auf der MARCO POLO zurück. Die neuen Zusatzschaltungen würden es ihm notfalls erlauben, das Ultraschlachtschiff auf eine erdferne Kreisbahn zu bringen. Im Gefahrenfall konnte er sogar das Feuer eröffnen. Dieses wertvollste Schiff der Solaren Flotte durfte auf keinen Fall verlorengehen.

Sabotageakte, die während der vergangenen Tage erneut beobachtet worden waren, ließen Rhodan an der Aufrichtigkeit des Homo superior zweifeln. Anscheinend gab es auch unter diesen Menschen Extremisten, die sich über Absprachen jeder Art hinwegsetzten.

Rhodan kam an Bord. Er hatte eine letzte Besprechung mit den Besatzungsmitgliedern von Imperium-Alpha gehabt. Roi Danton und Galbraith Deighton begleiteten ihn.

»Großer Knall von Anno 3440 - ich ziehe mich lieber in eine gefüllte Konservendose zurück!« klagte Roi, als der die Maschinenschleuse der unteren Polklappe betrat. »Was ist denn das? Au ...!«

Ein Techniker hinderte ihn am Sturz.

»Vorsicht, nicht drauffallen«, warnte er Roi. »Das ist ein ziemlich empfindlicher Rotorkopf für den Hubschrauber.«

»Ach – und an meine empfindlichen Knie denken Sie überhaupt nicht?«

Der Techniker grinste nur. »Kommen Sie, Galbraith«, sagte Danton.

»Wollen wir versuchen, uns in der Art von Würmern bis zur Zentrale hindurchzuwinden. Diese Beladung widerspricht jeder Vorschrift. Achtung, da liegt schon wieder etwas!«

»Den linken Gang zum Lift nehmen!« rief jemand. »Der rechte ist vollgestaut.«

Die beiden Männer brauchten fast eine Viertelstunde, bis sie endlich in der Kommandostation der GOOD HOPE II ankamen.

Rhodan war bereits oben. Er hatte stillschweigend einen anderen Weg eingeschlagen.

»Gewußt wie«, meinte er gutgelaunt. »Wenn man es versteht, sich geschickt hier hindurchzuwinden, kommt man schnell an Ort und Stelle an.«

Die Zentrale, im Normalfall vor Sauberkeit blitzend, übersichtlich und natürlich aufgeräumt, glich dem Laderaum eines prähistorischen Segelschiffes nach einem schweren Sturm. Trotzdem wurde von ›Eingeweihten‹ behauptet, man könne jedes Teilchen mit geschlossenen Augen finden.

Rhodan gab letzte Anweisungen. Die Kommandeure der wichtigsten Stationen wurden ernannt.

»Kommandant und Expeditionschef ist ein gewisser Perry Rhodan«, las der Großadministrator vor. »Atlan ist Stellvertretender Kommandant, gleichzeitig Chef der Beiboote. Erster Kosmonautischer Emotiooffizier Senco Ahrat. Zweiter K.E. Mentro Kosum. Chef Maschinenhauptleitstand Abel Waringer. Erster Feuerleitoffizier Toronar Kasom. Chef Ortung Alaska Saedelaere. Chef Funk Joak Cascal. Lord Zwiebus steht als Allround-Mann zur Verfügung. Die Mutanten Gucky, Tschubai, Takvorian, Lloyd und Merkosh bilden ein Sonderkorps für Einsätze oder interne Notfälle. Das wären die technischen Bereiche. Alle anderen Rollen sind bereits klar. Roi!«

Danton schlängelte sich zwischen spritzgußverpackten Maschinenersatzteilen hindurch.

Rhodan reichte ihm die Hand.

»Haltet auf Terra die Stellung. Ich werde versuchen, den Funkkontakt aufrechtzuerhalten. Vielleicht finden wir einige intakte Relaisstationen. Wenn der Superior die Abmachungen nicht einhält, ruhig etwas entschlossener durchgreifen. Deighton ...«

Der Abwehrchef nickte resignierend.

»Alles in Ordnung. Wir tun, was wir mit den wenigen Immunen überhaupt tun können.«

»Sie und Roi haben unumschränkte Vollmachten erhalten. Versuchen Sie, die Transmitterverbindung mit den Mondstationen aufrechtzuerhalten. Das ist wichtig. Wenn sich Bully mit der INTERSOLAR meldet, werden Sie Verstärkung erhalten. Ich bin überzeugt, daß er viele Immune finden wird. Allein auf Quinto-Center muß es mindestens dreihundert mentalstabilisierte USO-Spezialisten geben. So lautet wenigstens Atlans Auskunft. Die Männer und Frauen waren dort stationiert. Die im Einsatz stehenden Spezialisten können sich unter Umständen bis zu einer ausreichend leistungsfähigen Funkstation durchschlagen. Bully und Tifflor werden alles menschenmögliche tun. Und wir, meine Herren – wir sehen uns den Schwarm einmal aus der Nähe an!«

Der Abschied war kurz. Es gab zu viel zu tun, um weitschweifige Reden halten zu können. Roi und Deighton gingen wieder von Bord. Ihr Gleiter war jenseits der roten Gefahrenlinie abgestellt.

Danton sah sich um. Aus dieser kurzen Entfernung betrachtet, wirkte sogar ein Leichter Kreuzer der Planetenklasse wie ein stählerner Berg.

»Immerhin«, sagte Roi leise, »immerhin fliegt er diesmal mit einem wesentlich besseren Schiff los. Zwei Waringkonverter, Reichweite zwei Millionen Lichtjahre. Sehr schnell und kampfstark, dazu vierzig Meter mehr durchmessend als die erste GOOD HOPE!«

»Ich bewerte eine fast fünfzehnhundertjährige Erfahrung noch höher. Kommen Sie, Roi, wir haben ebenfalls unsere Aufgabe zu erfüllen.«

Sie flogen davon und verschwanden im aufgleitenden Luk eines Oberflächenbunkers. Es war einer der vielen Eingänge zu Imperium-Alpha.

Die GOOD HOPE II startete am 5. Juli 3441, 13:30 Uhr Standardzeit. Als sich weit über ihr der Paratronschirm öffnete, liefen die Kraftwerke an. Das Abheben wirkte fast spielerisch.

Erst weit über der strahlenden Paratronblase und der verödet wirkenden Riesenstadt Terrania City nahmen die beiden Emotionauten Fahrt auf.

Der Kreuzer verschwand mit atemberaubender Schnelligkeit. Dumpfes Grollen erschütterte das weite Land.

Verdummte und Intelligente schauten dem davonsausenden Raumschiff nach.

»Viel Glück, alter Herr, viel Glück«, flüsterte Roi vor sich hin. »Du kannst es gebrauchen. Nun denn, Deighton, gehen wir an die Arbeit! Acht Milliarden Menschen haben Hunger.«

Acht Milliarden Menschen kämpften um ihr Überleben. Es waren acht Milliarden Einzelschicksale und täglich spielten sich neue, erschütternde Dramen ab.

So wie das des Mannes, den sie den halbtoten Simon nannten ...

8.

Unmittelbar nach der Katastrophe hatte der halbtote Simon, Genimpulsregistrierter und legitimierter Warenhausdieb von Terrania-City, sein Augenlicht verloren. Die Versorgungszelle des Gebäudes, in dem er mit sechsundzwanzig legitimierten Verbrechern lebte, war durch die falsche Schaltung eines Verdummten explodiert.

Im Wohnzimmer des halbtoten Simon war ein Spalt in der Wand entstanden. Ein glühender Heizdraht war aus der Wand gesprungen und hatte ihn im Gesicht getroffen.

Von diesem Augenblick an hatte der legitimierte Dieb seine Wohnung nicht mehr verlassen und von seinen Vorräten gelebt. Zwar hatte er versucht, einen Arzt zu benachrichtigen, doch merkwürdigerweise konnte er den Telekom nicht mehr bedienen. Auch die anderen technischen Einrichtungen seiner Wohnung bereiteten ihm Schwierigkeiten. Wenn ihm nach vielen Anstrengungen jedoch ein Erfolg gelang, funktionierte das betreffende Gerät nicht, weil es an die Versorgungszelle angeschlossen war.

Etwas Schreckliches war geschehen!

Der halbtote Simon, blind und mit einer schrecklichen Wunde im Gesicht, war einmal auf den Korridor hinausgetorkelt und hatte um Hilfe gerufen.

Im Gebäude war es merkwürdig still geworden. Auch auf den Straßen, von denen früher immer Lärm heraufgedrungen war, blieb es still.

Ab und zu hörte der halbtote Simon Menschen oder Tiere schreien, Explosionen ertönten oder Fahrzeuge krachten aufeinander.

In der Stadt schien das Chaos zu herrschen.

Eine Woche lang war der registrierte und legitimierte Dieb mit hohem Fieber im Bett geblieben, dann hatte seine gute Konstitution die Heilung der Gesichtswunde bewirkt. Doch sein Augenlicht hatte der Mann nicht zurückgewonnen.

Der halbtote Simon hatte seine Wohnung verschlossen. Vor ein paar Tagen war draußen auf dem Korridor gekämpft worden, das zischende Geräusch mehrerer Strahler hatte bedrohlich nahe geklungen.

Überzeugt, daß er verloren war, wartete der Blinde auf ein Wunder.

Doch seine Schwierigkeiten sollten erst beginnen.

Am Morgen des 6. Juli 3441 stellte er fest, daß seine Vorräte aufgebraucht waren. Das bedeutete, daß er entweder verhungern oder sich auf die Suche nach Hilfe oder Nahrung machen mußte. Sein Lebenswille war ungebrochen, und so nahm er allen Mut zusammen und verließ seine Wohnung.

Ein Name tauchte immer wieder in seinen Überlegungen auf: Garrigue Fingal.

Fingal war Galaktopsychologe und hatte Simon wegen dessen kleptomanischer Veranlagung behandelt. Fingal hatte dem Dieb auch die Legitimation beschafft, jeden Monat im Wert bis 100 Solar stehlen zu dürfen. Wenn es ihm gelang, die Praxis des Galaktopsychologen zu erreichen, würde man ihm vielleicht helfen.

Der Blinde tastete sich mit den Händen an der Korridorwand entlang. Am Ende des Ganges befand sich der Antigravlift. Ab und zu blieb Simon stehen und lauschte. Im Gebäude war es still. Auf der Straße lief irgendein Motor.

Der halbtote Simon war ein großer, breitschultriger Mann mit einem Gesicht, das vor der Verletzung sympathisch gewirkt hatte. Alle Halbtoten, die zusammen mit Simon im Gebäude der legitimierten Verbrecher wohnten, sahen gut aus. In den Augen ihrer Ärzte waren sie seelische Krüppel und verdienten das Mitleid jener Gesellschaft, die sie hervorgebracht hatte. Die Psychologen nannten die psychisch Kranken ›Halbtote‹, denn sie waren in verschiedener Hinsicht von der Gesellschaft ausgeschlossen.

Im Hause Simons hatte sogar ein legitimierter Mörder gelebt, der einmal im Jahr einen menschenähnlichen Roboter ermorden durfte.

»Garrigue Fingal!« sagte der halbtote Simon beschwörend vor sich hin.

Er hatte das Ende des Korridors erreicht. Unwillkürlich drehte er den Kopf in alle Richtungen, die typische Reaktion eines erst vor kurzer Zeit Erblindeten. Dann verließ er sich wieder auf seine Hände, tastete sich bis zum Lifteingang vor.

Der halbtote Simon wollte eintreten, aber seine Füße stießen gegen einen Körper.

Im Lift lag ein Toter. Der Körper war kalt, demnach lag er schon längere Zeit hier. Simons Hände ertasteten getrocknetes Blut, stießen in eine große Brustwunde vor.

Simon gab einen unartikulierten Schrei von sich und kroch in die Ecke des Lifts. Eine Zeitlang hockte er dort. Das Nachdenken strengte ihn an. Innerhalb des Lifts war es sehr warm. Er begann zu schwitzen.

Er lauschte angestrengt. Irgendwo in den oberen Etagen spielte jemand Arkna. Der halbtote Simon konnte sich nicht mehr an den Titel des Liedes erinnern, doch die Melodie war ihm bekannt. Er summte sie leise mit. Als er sich aufrichtete, überlegte er, ob er nach oben gehen sollte. Wenn sich dort jemand aufhielt, der Arkna spielen konnte, war Hilfe vielleicht nicht weit.

Doch Simon entschied sich dafür, das Gebäude zu verlassen.

Seine Hände tasteten über die Kontrolltafel des Lifts. Er fand den unteren Knopf und drückte. Er würde zusammen mit dem Toten nach unten fahren.

Die Enttäuschung war groß. Der Lift funktionierte nicht.

Glücklicherweise besaß das Gebäude eine zusätzliche Treppe. Sie war lediglich als Fluchthilfe und psychische Stütze für die legitimierten Verbrecher gedacht. Früher hatte der halbtote Simon sich oft gefragt, warum sich die offiziellen Stellen solche Mühe gaben, um den Kriminellen eine derart perfekte Scheinwelt aufzubauen. Jetzt war er froh darüber.

Die Treppe!

Er verließ den Lift und drang in einen Seitengang ein. Die Arkna war auch hier zu hören. Ihr melodisches Schluchzen begleitete den Blinden auf seinem Weg. Dann verstummte das Spiel Jemand hustete.

Er stieß mit den Füßen gegen am Boden liegendes Gerümpel. Er geriet ins Straucheln und prallte gegen eine offenstehende Tür.

Der Arknaspieler mußte den Lärm gehört haben.

Simon schloß die Tür und blieb stehen. Jemand hatte offenbar den hinter der Tür liegenden Raum geplündert und dabei alle nutzlosen Dinge auf den Korridor geworfen.

Simon ahnte, daß der oder die Unbekannten nach Nahrungsmitteln gesucht hatten. Sein von der Verdummungsstrahlung betroffenes Gehirn konnte die Zusammenhänge nur mühsam erkennen.

Er erreichte die Treppe. Mit dem sicheren Instinkt des Blinden fühlte er, daß jemand in der Nähe war. Er blieb ängstlich stehen.

»Wer sind Sie?« fragte eine Frauenstimme.

Der halbtote Simon zuckte zusammen.

»Was ist mit Ihrem Gesicht los?« fragte die Frau angewidert. »Es sieht schrecklich aus.«

Er hörte das leise Schwingen einer Arkna-Saite und wußte, daß die Frau das Instrument in den Händen hielt.

»Ich bin blind«, erklärte er. »Ich sehe nichts.«

Es war zum erstenmal seit der Katastrophe, daß er mit jemand sprach. Seine Stimme erschien ihm schwerfällig. Es war auch nicht leicht, die Worte richtig aneinanderzureihen. Eine dumpfe Erinnerung sagte ihm, daß er diese Sprechweise schon einmal angewendet hatte: in seiner frühesten Kindheit.

»Haben Sie etwas zu essen?« erkundigte sich die Frau.

Er verneinte. »Ich bin unterwegs zum Arzt. Zu Garrigue Fingal. Er wird die Augen nachsehen.«

»Fast alle Halbtoten haben das Gebäude verlassen«, berichtete die Frau, »aber ich wage mich nicht nach draußen.«

»Sind Sie die halbtote Asythia?« Er hatte diesen Namen einmal gehört.

»Ja«, bekannte sie zögernd. »Ich bin legitimierte Schmugglerin.«

Simon betrat die Treppe.

»Es gibt nichts zu essen. Im gesamten Gebäude nicht. Ich habe Hunger.« Asythia kicherte. »Schade, daß Sie nicht sehen können, was auf der Straße los ist.«

»Ich will es nicht sehen«, erwiderte der halbtote Simon mit kindlichem Trotz. »Ich bin froh, daß ich es nicht sehen kann.«

»Aber ich kann es sehen«, erklärte Asythia fröhlich. »Die Straßen sind leer. Überall liegen abgestürzte und umgekippte Fahrzeuge. Viele sind gegen Häuser geprallt oder wurden in Unfälle verwickelt. Ab und zu ziehen ein paar Plünderer durch die Straßen. Sie haben sich längst zu Banden organisiert.«

Simon lehnte sich gegen das Treppengeländer. Er kam sich einsam und verlassen vor.

»Warum kümmert sich niemand um uns?«

Asythia antwortete: »Jeden Tag fliegen ein paar Gleiter über die Gebäude hinweg. Über Lautsprecher werden alle, die noch in Ordnung sind, dazu aufgefordert, sich in der Zentrale zu melden. Alle anderen werden zur Ruhe angehalten. Jemand versucht, alles wieder in Ordnung zu bringen. Vielleicht werden wir bald mit Nahrungsmitteln beliefert.«

Der Blinde befand sich jetzt mitten auf der Treppe und stieg langsam hinab.

»Soll ich Sie begleiten?« fragte Asythia.

»Das ist mir egal«, erwiderte der Dieb.

Sie begann auf der Arkna zu spielen, folgte ihm aber nicht. Unangefochten erreichte Simon die Zwischenetage.

Das Spiel der Arkna verstummte.

»Sie sollten wirklich aus dem Fenster sehen können«, meinte Asythia. »Dunkle Wolken ziehen auf. Ab und zu zuckt ein feuriger Streifen über den Horizont. Dann ...«

Sie unterbrach sich, denn lang anhaltender Donner drohte ihre Worte zu übertönen.

»Explosionen!« rief der halbtote Simon erregt. »Das sind Schüsse.«

»Sie waren vorher nicht sehr intelligent«, sagte sie nachdenklich. »Ich merke es an Ihrer Sprechweise.«

»Ich bin klüger als Sie!« behauptete der Blinde.

»Es ist das Wetter«, meinte sie beunruhigt. »Das Wetter ist außer Kontrolle geraten.«

Ihre Worte wurden für den halbtoten Simon immer unverständlicher. Er setzte seinen Weg nach unten fort.

Ab und zu hörte er sie noch kichern, dann zog sie sich in ein Zimmer zurück und schlug die Tür zu.

Der Verdummte erreichte die große Vorhalle. Abfälle, Trümmer und andere Hindernisse machten ihm das Vordringen zum Ausgang schwer. Eine Katze, die lautlos auftauchte und dann schnurrend um seine Beine strich, versetzte ihm einen Schreck. Mit klopfendem Herzen erreichte er die Tür.

Glücklicherweise ließ ihn seine Erinnerung nicht im Stich. Er wußte genau, wie es in seiner Umgebung aussah. Die Tür bestand aus Leichtmetall und besaß mehrere kristalline Sichtöffnungen. Sie glitt automatisch nach oben, wenn jemand ein- oder austreten wollte.

Doch diesmal blieb das schleifende Geräusch aus. Die Tür öffnete sich nicht. Die Automatik war beschädigt oder ausgefallen.

Die Hände des Blinden tasteten über das kühle Material. Von draußen kam wieder das langanhaltende Donnergeräusch.

»Ich will hier raus!« schrie der halbtote Simon. Er hämmerte mit den Fäusten gegen die Tür. Sie bewegte sich nicht. Voller Panik warf der Blinde sich mit seinem Körper gegen die Tür. Es war sinnlos.

Allmählich beruhigte er sich wieder. Ihm fiel ein, daß es ein paar andere Ausgänge gab. Notfalls konnte er durch einen Luftschacht nach draußen kriechen.

Er tastete sich an der Wand entlang bis zum Lift. Wenig später stand er vor der Zwischentür, hinter der der zur Versorgungszelle führende Korridor lag. Die Tür ließ sich öffnen. Heißer Dampf quoll Simon entgegen. Der Blinde hustete. Er bekam kaum noch Luft. Hastig schlug er die Tür wieder zu. Er lehnte mit dem Rücken dagegen.

Wahrscheinlich, überlegte er, war irgendwo ein Kessel geplatzt. Oder Wasser verdampfte auf beschädigten Heizröhren.

Wasser!

Simon leckte sich die Lippen.

Abermals öffnete er die Tür und drang ein paar Meter in den Korridor ein. Der heiße Dampf zwang ihn zur Umkehr. Als Simon die Tür wieder schloß, stiegen helle Qualmwolken zur Decke auf. Doch die konnte der legitimierte Dieb nicht sehen.

Das langsam arbeitende Gehirn des Verdummten begann zu planen.

Simon zog seine Jacke aus und riß einen Stoffstreifen aus seinem Hemd. Dann zog er die Jacke wieder an und preßte den Stoffetzen vor sein Gesicht. Er zwang sich dazu, langsam zu atmen. Mit eingezogenem Kopf drang er in den Korridor ein. Er rannte, um die gefährliche Strecke schnell zu überwinden. Hinter ihm wirbelte der Dampf in die Vorhalle. Der halbtote Simon stieß mit den Schultern gegen die Wand, aber er ließ sich nicht aufhalten. Die Atemnot ließ sein Gesicht rot anlaufen. Seine Halsschlagader schwoll an. Als er glaubte, es nicht mehr aushalten zu können, riß er sich den Stoffetzen vom Gesicht.

Er atmete den heißen Dampf ein, hustete und würgte. Dann prallte er gegen ein Hindernis.

Er fiel zu Boden. Sofort spürte er, daß die Luft hier unten besser war. Auf allen vieren kroch er weiter. Allmählich ließ die Hitze nach. Seine Hände, die nach der Wand tasteten, griffen ins Leere. Er atmete auf. Jetzt befand er sich in jenem großen Raum, in dem die Versorgungszelle untergebracht war.

Irgendwo tropfte Wasser. Simon ging mit ausgestreckten Armen weiter. Das Zischen des in unregelmäßigen Abständen ausströmenden Dampfes machte es fast unmöglich, die Stelle zu finden, von der das Wasser tropfte.

Der halbtote Simon stieß gegen die Versorgungsmaschinen und gegen Leitungen. Alles war heiß und feucht.

Plötzlich fiel ein warmer Tropfen in den Nacken des Blinden.

Er blieb stehen und legte den Kopf zurück. Mit offenem Mund fing er die Tropfen auf. Es war warmes, schal schmeckendes Wasser. Simon trank, bis sein Durst gelöscht war. Trotzdem fühlte er sich danach nicht besser.

Es hatte keinen Sinn, in die Vorhalle zurückzukehren. Er mußte durch den Ausgang der Versorgungszelle aus dem Gebäude entkommen. Vielleicht konnte er durch den Schacht zwischen diesem und dem benachbarten Gebäude auf die Straße gelangen.

Nach minutenlangem Suchen fand Simon endlich die Tür der Versorgungszelle. Sie war schwer zu öffnen. Der Blinde mußte seine ganze Kraft aufbieten, um sie weit genug aufzudrücken.

Hier war er noch nie gewesen. Trotzdem wußte er ungefähr, wo er herauskommen würde.

Er tastete sich langsam vorwärts. Nach ein paar Schritten stieß er auf ein Metallgitter. Die Abstände zwischen den Stangen waren breit genug, daß er sich durchzwängen konnte. Aus der Richtung, in der er sich bewegte, hörte er ein eigenartiges Pfeifen.

Er fand eine halboffene Tür und trat in den Hinterhof. Kühler Wind fuhr ihm ins Gesicht. Das war mehr als ungewöhnlich. Der Wind war heftig und verursachte das pfeifende Geräusch.

Der halbtote Simon hob lauschend den Kopf. Große Tropfen fielen in sein Gesicht.

Es regnete.

Ein Donnerschlag ließ den blinden Mann zusammenzucken. Über Terrania-City ballte sich ein Gewitter zusammen.

Vielleicht das erste seit über tausend Jahren! dachte Simon entsetzt.

Coden Opprus wehrte sich gegen das Erwachen. Er war noch unendlich müde. Sein Körper rebellierte gegen die Befehle des Verstandes. Wie lange hatte er überhaupt geschlafen?

Bestenfalls zwei oder drei Stunden.

Der Immune schlug die Augen auf und gähnte. Die Geräusche in seiner Umgebung ließen ihn erkennen, daß etwas Ungewöhnliches geschehen war. Er grinste humorlos. Seit sechs Monaten geschahen ständig ungewöhnliche Dinge. Und seit sechs Monaten hatte er nie länger als drei oder vier Stunden ununterbrochen geschlafen.

Er richtete sich auf. Außer ihm hielten sich noch vier Männer und drei Frauen im Schaltraum auf. Sie waren alle beschäftigt. Ihre Gesichter sahen im Schein der Kontrolleuchten blaß und müde aus.

Kein Wunder! dachte Coden Opprus. Viele von ihnen taten seit über vierundzwanzig Stunden Dienst.

Opprus schwang die Beine von der Liege und stützte den Kopf in beide Hände. Er mußte ein Gähnen unterdrücken.

Die Zwischentür zum Kontrollraum schwang auf. Danton kam herein. Er war unrasiert. Sein Gesicht war eingefallen. Er sah aus wie ein Kranker.

»Was ist jetzt los?« erkundigte sich Opprus mit einem Blick auf die Alarmlampen, die noch immer in regelmäßigen Abständen aufflammten.

Danton lehnte sich gegen eine Speichersäule. »Daß Sie schon wieder auf den Beinen sind?« fragte er verwundert.

Opprus verzog das Gesicht. »Ich schwebe auf rosafarbenen Wolken, Sir.«

Rhodans Sohn winkte ab.

»Ersparen Sie sich das, Sir. Ich werde dafür verzichten, Sie in Zukunft mit Oberst anzusprechen. Welche Bedeutung könnte ein Rang in unserer derzeitigen Situation noch haben?«

Coden Opprus lächelte grimmig und deutete in Richtung der Kontrollen, wo der fette Sergeant Gryndheim saß und auf einem Stück Trockenfleisch herumkaute.

»Daß ich nach wie vor meine Kaffeeportion von diesem Burschen bekomme, zum Beispiel.«

»Pah!« machte Gryndheim verächtlich.

»Vor einer halben Stunde«, informierte Danton die kleine Gruppe, »wurde die meteorologische Hauptschaltstation von Terrania-City überfallen. Jetzt ist ein Unwetter über die Stadt hereingebrochen. Ich fürchte, daß es noch schlimmer wird. Die Wettermanipulatoren im Orbit sind ausgefallen oder arbeiten willkürlich.«

Opprus stand auf und ging mit steifen Beinen quer durch den Raum. Vor den Kontrollen blieb er stehen und schaltete einen Bildschirm ein. Auf dem Rechteck erschien das Bild eines freien Platzes mit einem kuppelförmigen Gebäude dahinter. Regenböen wurden quer über den Platz getrieben.

Opprus stieß einen Pfiff aus. »Haben wir das diesen Weltverbesserern zu verdanken?«

Michael Rhodan schüttelte den Kopf.

»Ich habe mit einem der Sprecher geredet. Sie übernehmen die Verantwortung für diesen Zwischenfall nicht. Wir haben noch keinen stichhaltigen Grund, an der Ehrlichkeit des Homo superior zu zweifeln.«

»Wer hat es dann getan?« erkundigte sich Gryndheim.

»Eine gut organisierte Bande«, behauptete Danton. »Sie haben die Besatzung der Station offenbar erschossen, denn wir bekommen keinen Funkkontakt mehr.«

Die Männer und Frauen innerhalb des Schaltraums hatten ihre Arbeit unterbrochen und blickten in Dantons Richtung.

»Wir müssen damit rechnen, daß es überall auf Terra zu schweren Naturkatastrophen kommt, wenn es uns nicht gelingt, die Situation wieder zu beherrschen.« Danton rollte eine Magnetkarte aus und befestigte sie an der Säule.

»Die ersten Meldungen über Flutwellen sind bereits aus dem Indischen Ozean eingetroffen. Auch die Westküste Nordamerikas ist bedroht. Es wird noch schlimmer werden.«

»Was können wir tun?« fragte Opprus sachlich.

Er war sich darüber im klaren, daß die bevorstehenden Wetterkatastrophen alles nur noch verschlimmern würden. Die verdummte, unorganisierte und hungernde Menschheit wurde von einer neuen Gefahr bedroht. Wie wollten die wenigen Frauen und Männer, die noch richtig denken und handeln konnten, das Unheil von der Erde abwenden?

»Wir wissen nicht, wie groß die Zerstörungen sind, die während des Überfalls auf die meteorologische Station angerichtet wurden«, sagte Danton. »Auf jeden Fall müssen wir nachsehen und unter Umständen die Notstation in Betrieb nehmen.«

Janus Pohklym, bis vor sechs Monaten Agent der SolAb, erhob sich von seinem Platz und trat an die Karte heran.

»Sie sind doch Meteorologe«, erinnerte sich Opprus.

»Meteorologie gehört zu meinen Fachgebieten«, bestätigte der schlanke Mann mit dem ernsten Gesicht.

»Jemand muß zur Station hinüber«, sagte Danton. »Ich schlage vor, daß zwei oder drei Männer gehen. Die Station ist zwölf Meilen von hier entfernt und bedauerlicherweise nicht durch Rohrbahntunnel oder U-Bahn-Schächte zu erreichen. Wer dorthin aufbricht, muß einen Teil des Weges an der Oberfläche zurücklegen.«

»Wir können hier unten niemand entbehren«, sagte Opprus hastig. »Meine Mitarbeiter sind übermüdet. Immer noch werden Funknachrichten aus allen Teilen der Galaxis empfangen. Sie müssen ausgewertet werden, wenn wir uns ein genaues Bild von der Gesamtsituation machen wollen.«

Es war deutlich erkennbar, daß Danton mit dieser Argumentation nicht zu beeindrucken war. Ein Mann, der sich vorgenommen hatte, etwas Unmögliches zu vollbringen, konnte offenbar überhaupt nicht beeindruckt werden.

»Ich werde Ihnen sagen, was wir tun«, eröffnete Danton. »Ab sofort wird nur noch die Hälfte aller Funksprüche ausgewertet. Jemand wird doch in der Lage sein, zu entscheiden, welche Nachrichten wichtig und welche unwichtig sind.«

Opprus meinte gequält: »Das kann bedeuten, daß wir viele Menschen zum Tode verurteilen, weil wir ihnen nicht rasch genug Hilfe bringen.«

Der ehemalige Freihändler lachte bitter auf.

»Haben Sie schon einmal darüber nachgedacht, wer *uns* Hilfe bringen könnte? Solange wir die Erde nicht gerettet haben, können wir nicht an die Menschen im Weltraum und auf den zahllosen Planeten innerhalb unserer Galaxis denken.«

»Das ist bitter!«

»Ja, das stimmt! Aber wir müssen das tun, was im Bereich unserer Möglichkeiten liegt. Ich habe bereits mit Galbraith Deighton darüber gesprochen. Er unterstützt meinen Plan.« Er schaute zu Pohklym. »Wie ich sehe, will sich jemand freiwillig melden. Jemand, der glücklicherweise ein Fachmann ist.«

»Ja, ich werde gehen«, erbot sich Pohklym ruhig.

»Ich begleite ihn!« hörte Opprus sich rasch entschlossen sagen. »Wenn ich meine Aufgabe hier unten nicht richtig ausführen kann, verzichte ich darauf. Kalktorn kann meine Arbeiten übernehmen. Er besitzt genügend Erfahrung, um alles zu leiten.«

»Sie nehmen besser noch jemand mit«, meinte Danton. »Draußen ist es gefährlich. Von dem Unwetter abgesehen, müssen Sie sich auch vor den Plünderern und Banden in acht nehmen. Auch fanatisierte Sektenmitglieder können Ihnen gefährlich werden.«

Gryndheim stemmte sich von seinem Platz hoch.

»Ich werde Sie begleiten«, wandte er sich an Opprus.

Danton sah ihn abschätzend an.

»Ich habe keine Vorurteile gegen dicke Menschen, Gryndheim. Aber wenn sie so dick sind wie Sie ...«

Unbeeindruckt deutete der Funker auf den Bildschirm, den Opprus eingeschaltet hatte.

»Da oben stürmt es! Sie sollten bedenken, daß ein Zweieinhalb-Zentner-Mann nicht so schnell umgeworfen wird. Vielleicht sind meine mageren Begleiter froh, wenn sie sich im Notfall an mir festhalten können.«

»Ich weiß nicht«, sagte Opprus zögernd. »Es müßte ausreichen, wenn Pohklym und ich allein gehen.«

Doch Danton hatte sich schon entschieden.

»Gryndheim soll Sie begleiten. Es ist möglich, daß Sie in Kämpfe verwickelt werden.«

Die drei Männer bewaffneten sich und legten Schutzanzüge an. Für Opprus war die Wichtigkeit dieser Vorbereitungen niederschmetternd. Sie bewiesen, wie schnell sich die Verhältnisse innerhalb kurzer Zeit gewandelt hatten.

»Wer Imperium-Alpha verläßt, begibt sich in gefährliche Gebiete«, warnte Danton. »Sie müssen sich draußen verhalten wie im Dschungel eines fremden Planeten. Dann können Sie vielleicht durchkommen.«
Opprus nickte.
»Wir werden in Funkverbindung bleiben«, fuhr Danton fort. »Sobald Sie die meteorologische Station erreicht haben, überprüfen Sie das Ausmaß der Schäden. Wenn eine Reparatur unmöglich sein sollte, müssen Sie versuchen, wenigstens die Notanlage in Betrieb zu nehmen. Wir müssen die Satelliten wieder unter Kontrolle bekommen, sonst wird es zur weltweiten Katastrophe kommen.«

Er nickte den Männern noch einmal zu und ging hinaus, ein erschöpfter und von Strapazen gezeichneter Mann.

Opprus wandte sich an Gryndheim. »Sind Sie fertig?«

Der dicke Funker reagierte unwillig. »Fangen Sie bereits jetzt an zu drängen? Wir müssen sorgfältig planen und behutsam vorgehen.«

Opprus sah ihn abschätzend an. »Wir warten nicht länger, Gryndheim. Kommen Sie, Pohklym.«

Gryndheim nestelte noch immer an den Verschlüssen seines Schutzanzugs, folgte aber den beiden anderen auf den Korridor hinaus. Mit dem mechanischen Lift fuhren sie in die nächsthöhere Etage. Dort bestiegen sie einen Gleiter, der sie in die oberen Räume von Imperium-Alpha bringen sollte.

Es gab mehrere Stellen, an denen sie die Befehlszentrale verlassen konnten. Nach oben mußten sie auf jeden Fall.

Opprus wußte, daß sie eine tote Stadt vorfinden würden.

Coden Opprus war ein großer, massig wirkender Mann. Seine Bewegungen wirkten eckig, aber kraftvoll. Opprus war ein humorvoller Mann. Doch seinen Humor hatte er in den letzten Monaten fast völlig verloren.

Opprus saß am Steuer des Fahrzeugs, das sie durch einen breiten Tunnel trug. Neben ihm saß Pohklym, ernst und schweigsam wie immer. Sergeant Gryndheim hatte sich auf den hinteren Sitz gezwängt und schaute mißmutig aus dem Fenster. Zu sehen gab es hier nicht viel. Vor der Katastrophe waren Tunnel wie dieser ständig mit Fahrzeugen und Menschen überfüllt gewesen. Jetzt waren nicht einmal die Hauptkontrollstellen besetzt. Letzten Berichten zufolge waren mehrere Tunnel außerhalb von Imperium-Alpha eingestürzt. Die Immunengruppen, die unterwegs waren, berichteten immer wieder von Zerstörungen großen Ausmaßes. Das war nicht allein auf die zunehmende Bandentätigkeit, sondern auch auf das unkontrollierte Arbeiten eines übertechnisierten Apparates zurückzuführen.

»Ich möchte wissen, wie sie an die Wetterstation herangekommen sind«, überlegte Opprus laut. »Sie haben schon mehrere meteorologische

Stationen zerstört, aber ich hatte geglaubt, daß sie das Zentrum nicht finden würden.«

Gryndheim beugte sich nach vorn. »Sie denken also an eine geplante Vernichtung?«

»Homo superior!« sagte Opprus.

»Das wäre gegen die Abmachungen, die Rhodan mit diesen Eierköpfen getroffen hat. Ich denke, wir können uns auf die Ersten Sprecher verlassen.« Gryndheim wurde nachdenklich. »Ich frage mich oft, ob die Neuen Menschen mit ihrer Auffassung über die menschliche Weiterentwicklung nicht recht haben.«

Coden Opprus schaute ihn interessiert an. »Wie meinen Sie das?«

»Es ist eine Sache der Entwicklung«, versuchte Gryndheim zu erklären. »Die Menschheit hat sich der Technik völlig verschrieben. Sie kann ohne diese Technik nicht mehr existieren. Jetzt beherrscht sie das von ihr geschaffene Instrument nicht mehr und wird davon vernichtet.«

Der Wagen bog in eine lange Kurve ein. Opprus umklammerte das Steuer mit beiden Händen.

»Glauben Sie, daß die Pläne des Homo superior eine echte Alternative darstellen?«

»In diesem Stadium sicher nicht«, erwiderte der Sergeant kopfschüttelnd. »Aber stellen Sie sich einmal vor, die Menschen hätten auf eine technische Entwicklung verzichtet und sich nur auf eine geistige Entwicklung konzentriert. Wissen Sie, wo wir heute sein könnten?«

»In der Hölle«, sagte Opprus finster. »Oder im Himmel – wo immer das sein mag.«

Der dicke Mann lehnte sich zurück und verschränkte die Arme.

»Wir haben den Weltraum erobert und schicken Raumschiffe in fremde Galaxien. Aber dieser räumliche Gewinn täuscht. Was haben wir im Endeffekt wirklich gewonnen, Opprus? Ich meine jetzt die Summe unserer Erkenntnisse. Wir wissen, daß zwei und zwei vier ist. Wenn wir etwas dazulernen, glauben wir schon, die Schwelle zum allumfassenden Wissen erreicht zu haben. Dabei erfahren wir nur, daß vier und vier acht ist. Verstehen Sie? Wir vergrößern nur die Summe von Daten, ohne wirklich etwas zu verstehen. Man könnte uns mit Blinden vergleichen, die überall umhertasten, Dinge berühren, ohne sie zu verstehen.«

»Sie sind ja ein Philosoph!« sagte Opprus überrascht.

»Eine geistige Entwicklung hätte uns über die Grenzen des Universums hinausgetragen«, behauptete Gryndheim. »Doch dazu ist es zu spät. Dabei waren die Mutanten ein deutlicher Wink der Natur. Aber wir haben unsere Chance verpaßt. Wir können nicht mehr zurück und einen anderen Weg gehen. Es ist unfaßbar, daß der Homo superior das nicht versteht.«

Opprus lenkte den Wagen an die Seite des Tunnels. Er deutete aus dem geöffneten Fenster auf eine Anzahl von Lifts.

»Hier steigen wir aus!«

»Hätten wir nicht noch ein bißchen fahren können?« beklagte sich Gryndheim. »Ich hasse es, unnötig in der Gegend herumzulaufen.«

Sie stiegen aus. Innerhalb des Tunnels war es bedrückend still. Die Liftkontrollen waren eingeschaltet.

Sie stiegen in einen Lift und fuhren nach oben. Das Summen der Anlage verstummte, als der Tragkasten anhielt. Opprus stieß die Tür auf und spähte hinaus.

»Alles klar!« rief er den beiden anderen zu. »Wir können hier raus.«

Sie betraten eine Konferenzhalle, die noch zu Imperium-Alpha gehörte. Es war fast dunkel. Die leeren Sitzreihen sahen gespenstisch aus.

Die Schritte der Männer hallten durch die Seitengänge.

Über dem Diskussionspodium schwebten Leuchtbuchstaben.

Die Würde des Menschen ist unantastbar, las Opprus.

»Eine kühne Behauptung«, meinte Gryndheim, der den Blick richtig gedeutet hatte. »Es kommt schließlich auf die äußeren Umstände an. Ein in Freiheit lebender Mensch kann seine Würde leichter wahren als einer, der Terror und Gewalt ausgesetzt ist.«

Er stieß Pohklym in die Seite. »Reden Sie eigentlich nie etwas?«

Janus Pohklym schwieg.

Sie durchquerten die Halle. Auf der anderen Seite fanden sie Ausgänge, die zu den Lifts führten. Wie Opprus befürchtet hatte, waren alle Lifts blockiert. Das war eine Vorsichtsmaßnahme der Zentrale. Es sollte unter allen Umständen verhindert werden, daß Verdummte in Imperium-Alpha eindrangen und Zerstörungen anrichteten.

»Was jetzt?« fragte Gryndheim.

»Wir benutzen unsere Antigravs und fliegen durch die Liftschächte nach oben. Eine der Türen wird offenstehen, andernfalls müssen wir eine zerstören, um hinauszukommen.«

»Müssen wir eigentlich schon jetzt an die Oberfläche?«

»Nein, Gryndheim. Aber wenn wir hier in dieser Etage weitergehen, verschwenden wir Zeit. Wir nehmen den direkten Weg.«

Sie traten in den Schacht und glitten nach oben. Wie Opprus befürchtet hatte, mußten sie den Verschlußmechanismus einer Tür zerstrahlen, um weiter oben wieder herauszukommen. Wenig später standen sie in einem obenliegenden Raum. Der Blick durch die Fenster stimmte Opprus nicht gerade optimistisch. Draußen tobte ein Unwetter. Es war fast dunkel. Ab und zu erhellte ein Blitz die Umgebung.

»Ein Gewitter«, stellte Opprus fest. »Ich habe vor zehn Jahren einmal etwas Ähnliches auf einer Dschungelwelt erlebt.«

»Müssen wir trotzdem raus?« fragte Gryndheim.

»Haben Sie eine bessere Idee?«

Der Sergeant kratzte sich am Kinn. »Nein«, gab er zu.

Opprus öffnete eine Ausgangstür. Ein Windstoß nahm ihm den Atem und trieb ihm Regen ins Gesicht. Er zog den Kopf zwischen die Schultern und trat hinaus. Der heftige Wind zerrte an seinem Körper.

»Zusammenbleiben!« schrie er, um das ferne Donnergrollen zu übertönen. »Achtet auf unsere Umgebung.«

Gryndheim fluchte verärgert. »Das ist verdammt ungemütlich.«

Opprus blickte sich wachsam um. Keines der Gebäude ringsum war beleuchtet. Die großen Fenster eines kuppelförmigen Bauwerks waren zertrümmert. Auf dem freien Platz, den sie überqueren mußten, lagen Trümmer und Unrat.

Terrania-City! dachte Opprus beklommen. *Ein Dschungel aus Stahl und Beton.*

9.

Vor sechs Monaten und achtzehn Tagen hatte Dr. Garrigue Fingal seine Praxis zum letztenmal eröffnet. Damals war es ihm schlecht gegangen. Sein Haß hatte kein Ventil gefunden.

Doch das war jetzt anders.

Fingal betrat jenes luxuriös eingerichtete Zimmer, in dem früher seine Patienten darauf gewartet hatten, zu ihm vorgelassen zu werden. Kollegen hatten den Galaktopsychologen, der aus der Flotte ausgestoßen worden war, um seine gutgehende Praxis beneidet. Viele prominente und reiche Patienten wollten von jenem Fingal behandelt werden, der Psychogramme gefälscht und sich mit okkulten Dingen beschäftigt hatte.

In seiner Jugend hatte Fingal einen schweren Unfall erlitten. Sein Leben war gerettet worden, doch er mußte ständig Mikroelektroden auf dem Kopf tragen, die verschiedene Teile seines Gehirns zur Tätigkeit reizten.

Die seltsame Konstruktion, die Fingal selbst als »Blechkappe« bezeichnete, bewahrte den Arzt vor dem Wahnsinn. Bei der Katastrophe hatte sich jedoch herausgestellt, daß Fingal gegen die Verdummungsstrahlung immun war. Er führte dies auf das kleine Gestell in seinem Nacken zurück.

Garrigue Fingal blieb am Eingang des Wartezimmers stehen und betrachtete voller Widerwillen die einundzwanzig abenteuerlich aussehenden Gestalten, die sich eingefunden hatten. Die meisten waren ehemalige Patienten von ihm, die jedoch in den letzten Wochen und Monaten völlig heruntergekommen waren. Fingal hatte sie sorgfältig ausgewählt. Es waren vor allem Männer und Frauen, die vor der Katastrophe über überdurchschnittliche Intelligenz verfügt hatten, also jetzt immer noch halbwegs vernünftig handeln konnten. Doch Fingal hatte nicht nur auf die Intelligenz, sondern auch auf die psychische Veranlagung geachtet. Alle hier Versammelten galten als labil und leicht beeinflußbar. In der jetzigen Situation würden sie alle Befehle und Anordnungen des Arztes ausführen.

Und Garrigue Fingal hatte große Pläne! Er wußte, was ein Mensch erreichen konnte, der seine Intelligenz noch besaß.

Fingal dachte an das alte Sprichwort von dem Einäugigen, der König unter den Blinden war. Eine ähnliche Rolle gedachte er unter den Verdummten von Terrania-City zu spielen. Er würde eine unvergleichliche Organisation aufbauen und seine Rache vollziehen.

Fingal trat mitten in das Zimmer. Neben dem großen Tisch saßen zwei Männer am Boden und spielten mit Papierfetzen.

»Hört mir jetzt zu!« befahl Fingal langsam und deutlich. »Wir hatten mit unserer ersten Aktion Erfolg. Das Gewitter, das jetzt draußen tobt, beweist es eindeutig. Unsere Freunde in Imperium-Alpha werden einige Zeit brauchen, bis sie diesen Schaden behoben haben.« Er lächelte. »Außerdem werden sie den Homo superior anklagen. Sollen sie sich mit den Narren herumstreiten, das kann nur ein Vorteil für uns sein.«

Ein paar Männer sahen ihn verständnislos an. Er erkannte, daß er sich zu einer komplizierten Sprechweise hatte hinreißen lassen, die für die meisten Mitglieder seiner Gruppe unverständlich war.

»Tut immer das, was ich euch befehle!« sagte er ungeduldig. »Dann kann euch nichts passieren.«

Einer der am Boden sitzenden Männer kam auf ihn zu und umklammerte sein Bein.

Fingal stieß ihn zurück.

»Laßt das jetzt! Wir haben keine Zeit für Spielereien. Das Unwetter bietet uns einmalige Chancen.«

Prekor, der Intelligenteste der Gruppe, klatschte begeistert in die Hände.

»Wir werden wieder kämpfen.«

»Ja«, bestätigte Fingal grimmig. »Der Kampf geht los. Diesem Unwetter werden weitere folgen mit neuen Katastrophen. Die Banden werden sich nicht aus ihren Verstecken wagen. Aber wir werden losziehen. Wir werden Imperium-Alpha angreifen. Damit rechnen Danton und Deighton nicht. Sie glauben sicher nicht, daß es jemand wagen würde, offen gegen die Zentrale vorzugehen.«

Er öffnete die Tür und winkte den Verdummten zu.

»Folgt mir jetzt in die Kellerräume, damit ich Waffen und die anderen Ausrüstungsgegenstände verteilen kann.« Er hob warnend einen Arm. »Aber es wird nicht mit den Waffen herumgespielt. Denkt an Prorrish, der sich beim letzten Einsatz erschossen hat.«

Er führte die Verdummten in den Keller. In einem als Arbeitsraum eingerichteten großen Zimmer bewahrte Fingal die Waffen auf, die er unmittelbar nach der Katastrophe aus einem Laden gestohlen hatte. Er hätte mit seinen Beständen zweihundert Menschen ausrüsten können. Das gehörte auch zu seinen Plänen. Er würde später eine Armee führen und jeden Widerstand niederschlagen.

Fingal hörte alle Funknachrichten ab, die nicht verschlüsselt waren. Er wußte daher über die Situation auf der Erde und im Weltraum gut Bescheid. Es gab bestenfalls noch siebenhundert Menschen, die wie er die Katastrophe überstanden hatten, ohne zu verdummen. Sie arbeiteten bis auf wenige Ausnahmen für Imperium-Alpha unter dem Kommando Dantons und Deightons. Ein paar hundert Immune hielten sich an Bord einiger Raumschiffe auf. Die Gruppen Rhodan und Bull untersuchten den mysteriösen Schwarm, von dem in den Nachrichten jetzt immer wieder gesprochen wurde. Oder sie suchten nach weiteren Immunen.

Der Schwarm kümmerte den Galaktopsychologen wenig. Er wollte seine Rache vollziehen und zum mächtigsten Mann der Erde werden. Schon deshalb war es für ihn wichtig, daß sich der Homo superior und die intelligent gebliebenen Terraner bekämpften.

Fingal beobachtete, wie die Mitglieder seiner Bande sich bewaffneten. Den verdummten Männern bereitete der Umgang mit den Waffen ein kindliches Vergnügen. Sie spielten mit Strahlenkarabinern und Handfeuerwaffen. Fingal mußte scharf aufpassen, daß kein Unheil geschah. Glücklicherweise achteten die etwas intelligenteren Bandenmitglieder auf die besonders verspielt wirkenden Männer.

»Jetzt die Bomben!« ordnete Fingal an. »Ich möchte, daß sich jeder die Taschen füllt.«

Ein Geräusch an der Tür ließ den Arzt herumfahren.

Am unteren Ende der Treppe stand ein großer Afrikaner. Der Schwarze trug nur eine völlig durchnäßte Hose. Die Fetzen seines Hemdes hielt er in den Händen. Sein muskulöser Körper glänzte vor Nässe. Er atmete schwer.

»Verdere!« sagte Fingal gedehnt. »Mrozek Verdere.«

Sie starrten sich an, und Fingal hatte den Eindruck, daß der andere intelligent geblieben war. Verdere war vor der Katastrophe einer der intelligentesten Patienten des Galaktopsychologen gewesen - und einer der eigenartigsten. Fingal war aus Verdere nie schlau geworden. Der Schwarze hatte es immer verstanden, sich dem Einfluß Fingals zu entziehen. Auch jetzt schien seine Persönlichkeit ungebrochen zu sein.

»Warum kommst du erst jetzt?« fragte Fingal mit rauher Stimme. »Seit vier Monaten versuche ich, mit dir in Verbindung zu treten.«

»Ich war weg«, sagte der Schwarze. »Jetzt habe ich Angst, Fingal. Es sind Geräusche draußen und Wasser, das vom Himmel fällt.«

Fingal fiel ein Stein vom Herzen. Die Sprechweise bewies, daß Verdere verdummt war. Wie alle anderen. Fingal brauchte sich keine Sorgen zu machen. Verdere mit seinen überlegenen Körperkräften würde für die Gruppe eine nicht zu unterschätzende Verstärkung bedeuten.

Fingal deutete zum Tisch, auf dem noch viele Waffen lagen. »Such dir eine aus, mein Junge.«

Zögernd trat Verdere an den Tisch heran und blickte auf die Waffen.

»Bedien dich!« forderte Fingal ihn auf. »Dort drüben liegt noch ein Kombi-Lader, der so gut wie neu ist. Endlos-Magazin und verstellbare Sicherung.«

»Wollen wir jagen?« erkundigte sich Verdere.

Der Arzt lachte auf.

»Jagen? Ja, wir machen Jagd auf die Besatzung von Imperium-Alpha. Das wird dir gefallen, Mrozek.«

Verdere antwortete nicht. Ruckartig griff er sich den Kombi-Lader. Er hielt die Waffe weit von sich, als fürchtete er, daß etwas passieren könnte. Fingal fragte sich, warum Verdere anders als die übrigen Männer der Bande reagierte. Warum besaß der Farbige keinen Spieltrieb?

Fingal sagte sich, daß Verdere wahrscheinlich noch immer unter den Eindrücken des Unwetters litt. Der Schwarze war schockiert.

»Ich habe noch eine Überraschung für euch«, sagte Fingal zu den Männern. »Wir werden nicht allein gehen. Ich habe unmittelbar nach der Katastrophe vierzig Roboter umprogrammieren können.« Er lachte wild. »Früher wußtet ihr, daß ich auch etwas von Kybernetik verstehe. Doch darüber mit euch zu sprechen, ist wohl sinnlos.«

»Wo sind die Roboter?« fragte Prekor.

»In einer alten Wasnin-Kapelle, ein paar Häuserblocks von hier entfernt. Dort wird sie niemand finden.«

Er begann damit, die Ausrüstung eines jeden Mannes gründlich zu inspizieren. Das Gelingen seines Planes hing davon ab, daß alles so funktionierte, wie er es sich vorstellte. Deshalb mußte er auf jede Kleinigkeit achten. Er überprüfte alle ausgegebenen Waffen.

»Noch etwas!« sagte er dann. »Einige von euch werden draußen Angst bekommen, wenn sie die Blitze sehen und den Donner hören. Solange ich bei euch bin, braucht ihr euch nicht zu fürchten. Befolgt immer meine Anordnungen.«

Er blickte sich um. »Wir brechen jetzt auf.«

Obwohl er glaubte, sich völlig in der Gewalt zu haben, fühlte er sein Herz heftig schlagen. Die Erregung war einfach überwältigend. Vor sechs Monaten hatte er nicht an die Möglichkeit einer Rache geglaubt. Der Zufall war ihm zu Hilfe gekommen.

Fingal ging entschlossen voran. Er würde die Chance, die er bekommen hatte, nicht ungenutzt vergehen lassen.

Natürlich mußte er immer damit rechnen, daß die Verdummung der Menschheit nachließ oder sogar völlig aufhörte. Dann würde er Schwierigkeiten bekommen. Noch deutete jedoch nichts auf eine solche Entwicklung hin.

Es sah vielmehr so aus, als wäre die Verdummung endgültig.

»Wenn wir oben sind, halten wir uns immer in der Nähe von Gebäuden auf«, befahl er. »Die Straße wird nur an einigermaßen sicheren Plätzen überquert. Laßt euch nicht in Schießereien mit anderen Banden ein, denen wir vielleicht begegnen werden. Unser Ziel ist Imperium-Alpha. Dort werden wir genügend Gelegenheit zum Kämpfen bekommen.«

Sie versammelten sich vor der Ausgangstür. Draußen tobte der Sturm. Der Lärm des Donners schien das Haus zu erschüttern. Fingal blickte in ängstliche Augen.

»Denkt daran: Doktor Fingal wird euch schützen, was immer passiert. So war es schon früher. Verdere! Du bleibst an meiner Seite.«

Lautlos trat der Schwarze neben ihn. Wieder hatte Fingal das Gefühl, daß er Verdere weder beeinflussen noch beherrschen konnte. Nervös biß er sich auf die Unterlippe. Er mußte sich von diesen Vorstellungen lösen.

»Hast du Angst?« fragte er.

Der Schwarze nickte. »Ich würde gern hierbleiben.«

»Es wird dir gefallen, Mrozek. Es dauert nicht mehr lange, dann werden wir die Stadt beherrschen. Sobald wir die Stadt haben, kontrollieren wir die Erde. Wie gefällt dir das?«

»Ich weiß nicht«, antwortete der Farbige verlegen.

Fingal öffnete die Tür. Davor befand sich eine überdachte Veranda, über die man in den Hof gelangen konnte. Fingal wappnete sich gegen Sturm und Regen und trat hinaus. Die Tropfen klatschten gegen seinen Körper und durchweichten seine Kleidung in wenigen Augenblicken. Der hagere Psychologe mit den tiefliegenden Augen sah jetzt gespenstisch aus. Er hob das Gesicht gegen den Regen und stemmte seine Schultern nach vorn. Dann fuchtelte er mit der Waffe herum.

»Garrigue Fingal ist unterwegs!« schrie er in den heulenden Wind. Er wandte sich zu den Patienten um, die sich scheu in der Tür drängten.

»Kommt!« schrie er.

Geduckt traten sie ins Freie, einer nach dem anderen. Zwei wagten sich nicht heraus. Fingal kümmerte sich nicht um sie. Es war besser, wenn sie zurückblieben. Sie würden ihm nur Schwierigkeiten machen.

Innerhalb des Sektors, in dem Fingal lebte, war es zu relativ wenig Zerstörungen gekommen. Das lag vor allem daran, daß es in diesem Gebiet keine Kraftstationen und Maschinenanlagen gab, die leicht hätten explodieren können.

Dreimal hatten Plünderer versucht, in Fingals Haus einzudringen. Der Galaktopsychologe hatte das Gebäude jedoch mühelos verteidigen können. Er wußte, daß in der Nähe niemand mehr wohnte. Die Menschen, die einmal Fingals Nachbarn gewesen waren, irrten irgendwo in der Stadt umher oder waren ins freie Land ausgewichen, um etwas Eßbares zu finden. Vielleicht waren sie auch tot; Fingal war das gleichgültig.

Seine Leute hielten sich dicht an der Seitenwand von Fingals Haus. Sie gelangten auf die Straße. Die Transportbänder standen seit sechs Monaten still. Der ein paar hundert Meter entfernte Transmitteranschluß funktionierte längst nicht mehr. Eine Gruppe des Homo superior hatte die davor aufgestellten Ticketspender demontiert. Fingal sah solche Aktionen als sinnlos an, aber er wußte zu wenig von der Mentalität des Homo superior, um sich klare Vorstellungen von den eigentlichen Absichten dieser Gruppe machen zu können. Er hielt die Neuen Menschen für Spinner, die eines Tages wieder verschwinden würden.

Fingal blickte über die Straße. Die Sicht war schlecht. Niemals zuvor hatte der Galaktopsychologe einen derartigen Regen erlebt. Einmal, als er noch in der Solaren Flotte Dienst getan hatte, war er auf einer Ödwelt in einen Sandsturm geraten. Er ahnte, daß die Unwetterkatastrophen, die auf der Erde bevorstanden, nicht damit zu vergleichen waren. Ganze Küstenstriche würden bei Sturmfluten überschwemmt werden. Täler würden unter Wasser gesetzt werden. Millionen Menschen würden sterben.

Wieder fühlte Garrigue Fingal diese Erregung, die zu einem festen Bestandteil seines Lebens geworden war.

Er hatte das Wetter dieses Planeten in Unordnung gebracht und löste damit weltweite Katastrophen aus. Soviel konnte er bereits heute erreichen. Was würde geschehen, wenn er seine Macht erst ausgebaut hatte?

Fingal überzeugte sich, daß die anderen noch bei ihm waren. Sie mußten gegen den Wind marschieren und kamen dadurch nur langsam voran.

Ein paar Häuser weiter lag jemand auf der Straße. Fingal sah, daß es eine alte Frau war. Ihr stumpfer Blick traf Fingal, und er spürte die Gleichgültigkeit dieser Frau gegenüber ihrem Ende. Sie nahm den Tod hin, wie es ein Tier tun würde, das sich irgendwo verkrochen hatte.

Fingal zog ein Nahrungskonzentrat aus der Tasche und hielt es der Frau hin.

Sie reagierte nicht. Er öffnete ihr gewaltsam den Mund und ließ Regenwasser hineinlaufen. Dann richtete er die Frau auf und schob ihr das Konzentrat in den Mund. Sie fiel ihm gegen die Brust und übergab sich. Er stieß sie wütend zurück.

»Verdammte Närrin!« zischte er.

Die anderen gingen an der Frau vorbei, ohne sich um sie zu kümmern. Fingal hatte diese seltsame Gleichgültigkeit bei fast allen Verdummten beobachten können. Diese Menschen besaßen keinen Gemeinschaftssinn mehr. Die Regeln des Zusammenlebens waren vergessen worden.

Außerdem waren fast alle Verdummten ausschließlich auf Nahrungssuche eingestellt.

Fingal beobachtete aufmerksam die Häuser, an denen sie vorbeikamen. Er hatte einen sicheren Instinkt dafür, ob sie bewohnt waren. Die Gefahr, daß die Gruppe in den Hinterhalt einer Bande geriet, war zwar gering, mußte aber beachtet werden.

Ein Blitz zuckte über den dunklen Himmel. Heftige Donnerschläge folgten. Fingal fragte sich, warum die Schutzschirme über der Stadt ausgeschaltet worden waren. Entweder hatten die Anlagen versagt, oder die Verantwortlichen in Imperium-Alpha benötigten die knappe Energie für andere Zwecke.

Fingals Gruppe erreichte ein Geschäftsviertel. Hier war es – im Gegensatz zu Fingals Wohnsektor, wo fast nur Privathäuser standen – zu schweren Zerstörungen gekommen. Die Hoch- und Bandstraßen waren zum Teil mit Trümmern bedeckt. Eine Ringstraße, die um den großen Komplex herumführte, war an einer Stelle eingestürzt und hatte die Seitenwand eines Gebäudes eingedrückt. Dort klaffte jetzt ein großes Loch, aus dem Stahlträger und Regale hervortraten. Ein batteriegespeistes Reklamelicht hing am Gebäude herab.

Fingal wußte, daß sie von nun an vorsichtiger sein mußten. Das Geschäftsviertel gehörte zum bevorzugten Aktionsgebiet der zahlreichen Banden, obwohl es in den Kaufhäusern längst nichts Eßbares mehr zu holen gab.

Fingal deutete über die Straße. »Wir müssen über die Hochstraße«, sagte er zu Verdere.

Der Farbige blickte sich scheu um. Seine Augen wirkten unnatürlich groß.

Fingal untersuchte einen umgestürzten Großtransporter.

»Wenn wir ihn aufrichten könnten, würde er uns sicher noch über die Hochstraße tragen.«

»Überall sind Trümmer«, erinnerte Verdere. »Wir kämen nicht durch.«

Der Psychologe winkte den anderen.

Dort, wo die Hochstraße begann, war ein Fußgängerband geplatzt. Es hatte sich zusammengerollt und hing schlaff über dem Seitengeländer. Die Mechanik darunter lag frei.

Fingal führte seinen Trupp auf die andere Seite der Straße. Der Regen machte den Plastikboden rutschig. Der Psychiater beobachtete, wie der Blitz in ein etwa zweihundert Meter entferntes Gebäude einschlug. Der Regen erstickte sofort die hochzüngelnden Flammen.

Auf der Hochstraße waren auch Fingal und seine Begleiter von Blitzen bedroht. Sie hätten einen Umweg durch Rohrbahnschächte und Tiefetagen machen müssen, wenn sie in Sicherheit bleiben wollten. Fingal war zu ungeduldig, deshalb nahm er dieses Risiko auf sich.

Der Wind beutelte Fingals nasse Hosen und zerrte an der Plastikmütze, die er zum Schutz seines Elektrodengestells weit in den Nacken geschoben hatte.

Mit weitausholenden Schritten führte der hagere Arzt seine Helfer über die Hochstraße. Er wurde angetrieben von unbändigem Haß und von dem Wunsch, Imperium-Alpha zu zerstören.

Deighton kam herein und ließ sich in einen freien Sitz fallen. Roi Danton, der fast eingeschlafen war, schreckte hoch. In der Zentrale von Imperium-Alpha arbeiteten im Augenblick über einhundertzwanzig Menschen. Sie konnten die anfallenden Aufgaben nicht bewältigen.
»Neue Nachrichten von Olymp«, sagte Deighton. »Anson Argyris bekommt noch mehr Schwierigkeiten. Wenn es so weitergeht, wird er bald keinen einzigen Container mehr mit Nahrung schicken können.«
»Was ist passiert?« fragte Roi langsam.
»Bandenbildung wie bei uns«, berichtete Deighton. »Raumschiffe sind auf wichtige Anlagen abgestürzt.«
Mechanisch griff Danton nach einem Becher mit kalt gewordenem Kaffee und trank. Vor ein paar Minuten erst waren neue Schreckensnachrichten und Hilferufe aus allen Teilen der Galaxis eingetroffen. Aber wer wollte all den Unglücklichen auf einigen hunderttausend Planeten, Raumschiffen und Stationen helfen? Jede Gruppe war mit ihren eigenen Problemen beschäftigt.
Der Untergang einer Galaxis, dachte Danton benommen.
»Wenn wir nur wüßten, was mit dem Schwarm los ist«, bemerkte Galbraith Deighton. Tiefe Linien hatten sich in sein Gesicht gegraben.
»Wir können nur hoffen, daß Perry und Bully Erfolg haben«, gab Danton zurück. »Wenn wir erst einmal wissen, woher dieses Gebilde kommt und was die Absichten seiner Besitzer sind, können wir vielleicht etwas unternehmen.«
»Es kann sich nur um eine Invasion handeln«, sagte Clajon, ein in der Nähe sitzender Mentalstabilisierter.
Danton schüttelte den Kopf.
»Es ist etwas anderes. Die Ereignisse rufen eine unbewußte Erinnerung in mir wach.« Er preßte beide Fäuste gegen die Schläfen, um sich besser konzentrieren zu können. »Wenn ich nur wüßte, woran mich dieser Schwarm erinnert. Es gibt etwas in der Vergangenheit, das Assoziationen auslöst. Aber in meinem Kopf ist alles verschwommen. Ich müßte einmal schlafen.«
Deighton warf Danton eine Spule mit Funknachrichten zu.
»Lassen wir den Schwarm vorerst in Ruhe«, schlug er vor. »Für uns ist es vorrangig, die Ernährungsprobleme der verdummten Weltbevölkerung zu lösen. Dazu müssen die Verhältnisse auf Olymp bereinigt werden.«
Es war für Danton jetzt klar, daß Deighton mit seinen ständigen Hinweisen auf Olymp ein bestimmtes Ziel verfolgte.

Rhodans Sohn stieß sich mit den Absätzen ab und rollte mit seinem Sessel zu Deighton hinüber.

»Es ist wegen Argyris«, sagte Deighton dumpf. »Ich mache mir Sorgen.«

Danton brauchte keine weiteren Fragen zu stellen. Der Vario-500 befand sich offenbar in einer Krise. Das war im augenblicklichen Stadium gefährlich. Die Zukunft Olymps, des wichtigsten Nachschubplaneten Terras, konnte von Argyris' Schicksal abhängen.

»Sobald die Sache mit der Wetterstation geklärt ist, werde ich nach Olymp gehen«, kündigte Danton an.

»Ich würde Ihnen diese Arbeit abnehmen«, erbot sich Deighton. »Aber Sie wissen selbst, daß ich es nicht kann.«

»Sie beherrschen nicht die Spezialprogrammierung für Argyris.«

»So ist es«, bestätigte Deighton. »Für diese Aufgabe kommen nur Ihr Vater, Bully, Atlan, Tifflor oder Sie in Frage.«

Danton verspürte wenig Lust, die Erde zum jetzigen Zeitpunkt zu verlassen. Er wurde hier gebraucht. Aber er war der einzige Mensch auf Terra, der Argyris retten konnte, indem er die Spezialprogrammierung anwandte.

»Sie sollten jetzt ein bißchen schlafen«, schlug Deighton vor. »Ich werde Sie wecken, sobald etwas Wichtiges geschieht.«

»Was ist im Augenblick nicht wichtig?«

»So todmüde, wie Sie sind, können Sie nicht nach Olymp gehen.«

Danton nickte und rollte mit seinem Sessel in eine abgelegene Ecke des großen Raumes. Dort ließ er die Lehne zurücksinken und schloß die Augen. Seine überreizten Nerven ließen ihm keine Ruhe. Als er schließlich einschlief, begannen ihn Alpträume zu plagen.

Deighton beobachtete den jungen Mann sorgenvoll. Auch er fühlte sich durch die ständige nervliche Anspannung erschöpft, aber sein Zellaktivator verlieh ihm immer wieder frische Kraft und gestattete ihm, mit einem Mindestmaß an Entspannung auszukommen.

Deighton rollte mit einem Sessel zu Danton hinüber.

Er beobachtete, daß der Körper von Rhodans Sohn heftig zuckte.

»Warum bist du so verteufelt stolz?« fragte Deighton leise. »Dein Vater hätte dir bestimmt einen der Reservezellaktivatoren überlassen, wenn er geahnt hätte, was du hier leistest.«

Das Problem war klar.

Rhodan wollte seinen eigenen Sohn in keiner Weise bevorzugen und dachte deshalb nicht daran, ihm endlich einen Aktivator zu überreichen. Und Danton war zu stolz, dieses Thema auch nur zu erwähnen. Deighton befürchtete, daß Michael einen Aktivator sogar ablehnen würde.

Deighton kehrte zu seinem Kontrollpult zurück. Er winkte einen Mann herbei.

»Sie gehen dort in die Ecke und achten darauf, daß Roi nicht gestört wird. Er soll ein paar Stunden schlafen.«

Der Mann zögerte und wies auf den Stapel Plastikstreifen auf seinem Platz. »Aber ich ...«.

Deighton ließ ihn nicht ausreden.

»Sie achten auf Dantons Schlaf, das ist alles.«

Der Mann ging davon.

Deighton rollte quer durch den Raum zur Funkanlage.

»Neue Nachrichten von Opprus?«

»Sie kommen nur schwer voran, Sir. Aber bisher gab es keine Zwischenfälle.«

Deighton seufzte. Eine der wunderbarsten Fähigkeiten des menschlichen Verstandes war die Möglichkeit des völligen geistigen Abschaltens. Anders hätte sich die Lage wohl kaum ertragen lassen.

Deighton gönnte sich ein paar Minuten völliger Entspannung, dann kehrten seine Gedanken zu den Problemen der Menschheit zurück.

Die Immunengruppen, die von Imperium-Alpha aus aufgebrochen waren, schickten aus allen Teilen der Welt niederschmetternde Nachrichten.

Hunger und Chaos herrschten. Nun kamen noch die Unwetterkatastrophen dazu. In absehbarer Zeit würde ein neues Problem auftauchen: Seuchen.

Es war niemand da, der alle Verhungerten und Getöteten bergen konnte. Zwar waren überall in der Welt Roboter unter der Führung einzelner Immuner im Einsatz, um die Toten zu begraben, doch sie würden bald nicht mehr nachkommen.

Das Solare Imperium existierte nur noch dem Namen nach. Den anderen Sternenreichen erging es nicht besser. Extraterrestrische Völker waren ebenso von der Verdummungswelle betroffen wie die Menschheit.

Deighton schreckte hoch, als jemand seinen Namen rief.

»Wir bekommen Bilder von oben!« rief einer der Funker. »Die flugfähigen Kameras arbeiten wieder.«

Deighton rollte hastig zu der Bildschirmgruppe hinüber. Die meisten der Flugkameras waren abgeschossen worden oder abgestürzt. Die wenigen, die noch funktionierten, arbeiteten über Terrania-City.

Einer der Bildschirme war eingeschaltet. Deighton sah eine Gebäudegruppe von oben. Noch immer tobte das Gewitter. Der Wind hatte orkanartige Geschwindigkeiten erreicht. Jeder Blitz erhellte die Steinwüste, über die die Flugkamera glitt.

Dann verhielt die Kamera über einem von einer durchsichtigen Kuppel überdachten freien Platz. Der Regen ließ die Dinge unter dem Kuppeldach nur verschwommen sichtbar werden. Deighton glaubte Bewegungen zu erkennen.

»Steuern Sie die Kamera tiefer!« befahl er. »Ich möchte sehen, was unter der Kuppel los ist.«

Das Bild veränderte sich, als der Roboter tiefer sank und Aufnahmen dicht über dem Boden machte. Deighton konnte jetzt sehen, was unter dem Kuppeldach geschah.

Etwa dreihundert Menschen hatten sich dort versammelt. Sie waren damit beschäftigt, den Betonboden aufzureißen.

Deighton sah fasziniert zu.

»Was bedeutet das?« fragte einer der Funker verwirrt. »Warum reißen sie den Boden auf?«

Deighton antwortete nicht. Als die Kamera abermals die Position wechselte, sah Deighton einen Mann auf einer Antigravplatte, der dicht über den Arbeitenden schwebte und sie zu diesem sinnlosen Tun antrieb. Ein Mann, der eine Antigravplatte steuern konnte, besaß entweder eine überlegene Intelligenz, oder er war immun.

Deighton konnte beobachten, daß es den Verdummten gelungen war, den Beton an einer Stelle aufzusprengen. Sie warfen sich auf den Boden und wühlten mit den bloßen Händen im freigelegten Sand. Es schien ihnen nichts auszumachen, daß der Wind wehte und Regen unter die Kuppel trieb.

»Wir haben ähnliche Bilder bereits aus einem anderen Teil der Stadt empfangen«, erklärte der Funker. »Damals haben wir uns keine Gedanken gemacht. Warum reißen sie überall den Boden auf?«

Deighton hatte von einer neugegründeten Sekte gehört, die sich den Parolen des Homo superior verschrieben hatte. Die Anführer dieser Sekte verfluchten die Technik und predigten die Rückkehr zur Scholle noch mehr als die Ersten Sprecher der Superiors. Deighton erlebte jetzt einige Mitglieder dieser Sekte in Aktion.

Die Menschen unter dem Kuppeldach hatten inzwischen ihre Arbeit wieder aufgenommen. Nachdem sie die Betonfläche an einer Stelle aufgerissen hatten, fiel es ihnen nicht schwer, nun ganze Fetzen wegzureißen und das freigelegte Stück schnell zu vergrößern.

Wenig später warf der Immune einen prall gefüllten Sack von der Antigravplatte. Der Sack platzte auf, Samenkörner quollen daraus hervor. Die Verdummten packten den Samen mit ihren Händen und streuten ihn im Sand aus.

Deighton wandte sich erschüttert ab.

»Steuern Sie die Kamera in ein anderes Gebiet.«

Das Bild änderte sich schnell.

»Die Saat wird doch niemals aufgehen«, sagte einer der Funker verwirrt.

»Nein«, bestätigte Deighton. »Unter dem Beton liegt Bausand. Wenn sie an die richtige Erde heranwollen, müssen sie sehr tief graben. Aber das werden sie nicht schaffen, denn dann müßten sie die ganze Stadt abtragen. Sie haben nur in den großen Parks von Terrania-City eine Chance.«

»Dort werden sie auch auf Schwierigkeiten stoßen«, vermutete ein ehemaliger Major der SolAb, der jetzt wie alle anderen Mentalstabilisierten für Imperium-Alpha arbeitete. »Sämtliche Obstbäume in den Parks sind längst geplündert. Trümmer und Unrat liegen dort tonnenweise herum.«

In einer düsteren Vision sah Deighton eine völlig verlassene Riesenstadt vor sich. Er wußte, daß es dazu kommen würde, denn auf die Dauer konnte sich kein Mensch in Terrania-City halten. Aber noch gab es Nahrungsvorräte, noch waren nicht alle Verstecke gefunden und ausgeplündert worden. Deighton schätzte, daß erst die Hälfte aller Kühlhäuser geleert worden waren. Die Bilder, die von den fliegenden Kameras übermittelt wurden, erinnerten ihn immer wieder an Erlebnisse auf Welten mit untergegangenen Zivilisationen. Vielleicht würden in einer fernen Zukunft fremde Raumfahrer auf der Erde landen, vor den Trümmern dieser Stadt stehen und sich fragen, was ihr Ende herbeigeführt hatte.

»Einer der Ersten Sprecher bittet um eine Unterredung.«

Deighton blinzelte gegen das Licht der Kontrollen und sah einen jungen Mann vor sich stehen, der die Uniform der Solaren Flotte trug.

»Captain Ergroner?«

»Ja«, bestätigte der Raumfahrer. »Ich wurde zum Verbindungsmann bestellt.«

»Ich erinnere mich.« Deighton richtete sich auf. »Wissen Sie, was der Homo superior von uns will?«

»Er weigerte sich, irgendwelche Auskünfte zu geben. Wie er mir sagte, will er nur mit Ihnen oder Roi sprechen.«

Ein Blick zu dem schlafenden Danton überzeugte Deighton davon, daß er dieses Gespräch allein führen würde.

»Kommen Sie«, sagte er zu Ergroner.

Der Captain führte Deighton in einen der zahlreichen unbesetzten Nebenräume, die jedoch mit Funkanlagen ausgerüstet waren.

»Hier ist es, Sir.«

»Sie können jetzt gehen«, sagte Deighton.

Als er eintrat, sah er auf dem Bildschirm das Gesicht eines der Ersten Sprecher. Es war nicht Holtogan Loga, sondern eine Frau, die ebenfalls zur Führungsgruppe gehörte. Deighton hatte keine Veranlassung, von ihr größeres Verständnis für seine Probleme zu erwarten.

»Wie ich sehe«, bemerkte er spöttisch, »bedienen sich auch die Ersten Sprecher jenes Instrumentariums, das sie so gern abgebaut wüßten.«

Die Augenbrauen der Frau hoben sich. »Sie sind aggressiv, Deighton.«

»Haben Sie etwas anderes erwartet?«

»Ich überlege mir, ob ich das Gespräch, das ich mit ihnen führen möchte, unter diesen Umständen überhaupt beginnen soll.«
Deighton breitete die Arme aus. »Das liegt an Ihnen.«
Er ließ sich vor dem Bildschirm nieder und betrachtete seine Gesprächspartnerin. Er schätzte sie auf fünfzig Jahre, eher älter. Ihre Haare waren im Nacken zusammengehalten und hingen bis auf die Schultern. Ihr Gesicht sah sanft aus, aber die Augen verschwanden fast unter schweren Lidern.
Ein völlig normales Gesicht! dachte Deighton.
Dafür war das, was sich hinter der Stirn dieser Frau abspielte, für ihn sicher unverständlich.
»Wie konnte es zu den Unwettern kommen?« fragte die Frau.
»Jemand hat die Wettersatelliten beeinflußt. Er bediente sich dabei einer brutalen, aber erfolgreichen Methode, indem er die Hauptstation überfiel. Wir dachten zunächst, der Homo superior wäre dafür verantwortlich. Doch wir müssen annehmen, daß es zu einem Kampf gekommen ist und Tote gegeben hat. Das gehört ja wohl noch nicht zu Ihrem Repertoire.«
Sie schüttelte angewidert den Kopf.
»Es sind viele Banden unterwegs. Menschen, deren barbarisches Bewußtsein durch die Verdummung freie Bahn bekommen hat.«
»Sie wollten sagen, ein paar verzweifelte Burschen, denen von halbwegs intelligent gebliebenen Bandenführern der Kopf verdreht wird«, berichtigte Deighton wütend. »Ich habe vor ein paar Minuten einige Narren beobachtet, die mit primitiven Werkzeugen den Beton vom Bausand rissen, um Samen auszustreuen. Das sind die Erfolge einer vom Homo superior betriebenen Propaganda.«
Die Frau senkte den Kopf. »Sie hassen mich.«
»Unsinn!« korrigierte Deighton. »Ich bin nur zornig. Aber es hat wohl wenig Sinn, sich mit Ihnen zu streiten. Aufgrund Ihrer überlegenen Intelligenz glauben Sie das richtige Rezept zur Erneuerung der Menschheit gefunden zu haben.«
Eine innere Zufriedenheit ließ das Gesicht der Frau wieder entspannt aussehen.
»Wir haben Glück«, gab sie zu. »Vielleicht hätten wir noch Jahrhunderte mit der Verwirklichung unserer Pläne warten müssen, wenn uns die Katastrophe nicht eine Chance gegeben hätte.«
Deighton zwang sich zur Ruhe.
»Lassen wir das jetzt! Warum sind Sie gekommen?«
»Ich will Sie warnen!«
Deighton war verblüfft. »Warnen? Ausgerechnet uns?«
»Wir halten uns an unser Abkommen. Außerdem wollen wir nicht, daß noch mehr Menschen sterben. Wir geben zu, daß Sie und Ihre Gruppe viel zur Stabilisierung der Verhältnisse auf der Erde tun.«

Deighton machte eine müde Handbewegung.

»Es ist nichts«, sagte er leise. »Nichts im Vergleich zu dem, was getan werden müßte.« Er begann zu schreien. »Im Grunde genommen sind wir hilflos. Sie wissen das. Und Sie hätten allen Grund dazu, uns noch mehr zu unterstützen.«

Es war deutlich zu sehen, daß es der Frau schwerfiel, ihren Widerwillen zu verbergen. Die Kluft zwischen den Neuen Menschen und den Terranern wurde für Deighton zum erstenmal deutlich spürbar.

»Wir wissen, daß Sie wieder drei Männer ausgeschickt haben«, sagte sie.

»Und? Was kümmert Sie das?«

»*Bewaffnete* Männer!«

»Natürlich!« Deighton nickte. »Sollen sie ohne Waffen gehen und sich umbringen lassen?«

»Das tut jetzt nichts zur Sache. Uns beweist diese Aktion erneut, daß Sie nichts dazugelernt haben. Sie stützen sich weiterhin auf militärische Macht. Das macht Sie zu Gegnern der Neuen Menschheit, obwohl wir aufgrund unserer Mentalität nicht in der Lage sind, Sie mit Ihren eigenen Mitteln zu bekämpfen.«

»Das ist in der Tat bedauerlich«, erklärte Deighton spöttisch.

Es entstand ein Schweigen, und Deighton hatte den Eindruck, daß die Frau das Gespräch beenden wollte. Es war auch deutlich zu erkennen, daß ihre nächsten Worte sie Überwindung kosteten.

»Ich warne Sie vor einer Bande, die unterwegs ist, um Imperium-Alpha anzugreifen.«

»Woher wissen Sie das?« fragte Deighton gespannt.

»Wir wissen es«, wich sie aus.

»Wie stark ist diese Bande?«

»Zweiundzwanzig Menschen«, antwortete sie bereitwillig. Dann schien ihr etwas einzufallen und sie schüttelte, ärgerlich über sich selbst, den Kopf. »Einundzwanzig!«

Deighton mußte lachen.

»Zwanzig Männer können uns nicht gefährlich werden. Da müßte schon die zehnfache Zahl kommen.«

»Ich freue mich über Ihre Zuversicht. Aber die Bande wird von einem Immunen geführt, der früher für die Solare Flotte arbeitete. Er ist hochintelligent und durch sein spezialisiertes Wissen äußerst gefährlich. Wir vermuten auch, daß er bei Bedarf ein paar Dutzend Kampfroboter hinzuziehen kann.«

Auf Deightons Stirn erschien eine steile Falte.

»Das kompliziert die Sache. Was werden ...«

Er unterbrach sich, als er sah, daß die Frau nicht mehr am Bildschirm zu sehen war. Sie war verschwunden, ohne die Verbindung zu unterbrechen.

»Sind Sie noch da?« fragte er, obwohl er wußte, daß er keinen Erfolg haben würde.

Als keine Antwort erfolgte, fluchte er erbittert. Er verließ den Funkraum. Viel konnte er nicht tun. Alle Eingänge waren von Robotern besetzt. Mit den wenigen Menschen, die ihnen zur Verfügung standen, konnten Deighton und Danton Imperium-Alpha nicht vorschriftsmäßig bewachen. Deshalb hatten sie improvisiert. Ein kluger und eingeweihter Bandenführer, der zudem Roboter besaß, konnte unter Umständen zu einer Gefahr für die gesamte Zentrale werden.

Ergroner wartete draußen auf dem Gang.

»Ist etwas Positives geschehen?«

Deighton sah ihn an, ohne ihn richtig wahrzunehmen.

»Geben Sie Alarm. Es kann sein, daß ein Angriff auf Imperium-Alpha unmittelbar bevorsteht.«

»Wird es denn niemals Ruhe geben?« fragte Ergroner bekümmert. »Es klingt sicher verrückt, aber manchmal wünsche ich mir, nicht immun zu sein. Die Verdummten ertragen die Katastrophe doch viel leichter.«

»Es klingt nicht verrückt«, widersprach Deighton. »Ich hatte vor wenigen Augenblicken einen ähnlichen Wunsch.«

10.

Zwischen zwei Säulen, die zu den Stützen einer Brücke gehörten, hatte der halbtote Simon Schutz vor dem Unwetter gesucht. Er saß auf dem Boden und lehnte mit dem Rücken gegen das kalte Metall.

Er war vom Weg abgekommen.

Seine Hoffnung, die Praxis Dr. Fingals zu erreichen, hatte sich nicht erfüllt. Die Bandstraßen, die er früher benutzt hatte, funktionierten nicht mehr. Trümmer türmten sich meterhoch auf den Straßen. Eine Hochstraße, die der Blinde hatte benutzen wollen, existierte nicht mehr.

Als er umgekehrt war, hatte Simon endgültig die Orientierung verloren. Durchnäßt und frierend war er schließlich in sein jetziges Versteck gekrochen.

Er wußte nicht, wie lange er hier schon saß.

Außer dem Toben des Orkans konnte der legitimierte Dieb nichts hören. Niemand schien in der Nähe zu sein. Dabei, so vermutete Simon, lagen die nächsten Wohnhäuser nicht weit entfernt von hier.

Plötzlich glaubte er eine Stimme zu hören. Auf allen vieren kroch er zwischen den Säulen hervor.

»Helft mir!« schrie er. »Ich bin hier!«

Der Sturm übertönte seine Stimme. Simon richtete sich mühselig auf und lauschte angestrengt. Irgendwo schlug ein herabhängendes Trümmerstück gegen eine Metallwand. Der Regen prasselte auf die Straße.

Simon streckte beide Arme von sich und ging in die Richtung, aus der die Stimme gekommen war. Oder hatte er nur das Pfeifen des Windes gehört?

Er spürte, daß die Straße leicht anstieg. Dann stolperte er über eine am Boden liegende weiche Masse. Er fand sein Gleichgewicht wieder und ging weiter. Er ging gegen den Wind und hielt den Kopf gesenkt, um überhaupt atmen zu können. Trotzdem kam er nur langsam voran.

Seine ausgestreckten Hände berührten eine Wand. Sofort blieb er stehen.

Eine Hauswand? Eine Begrenzungsmauer?

Er tastete sich weiter und stieß schließlich gegen eine Vertiefung. Seine Hände berührten Glas. Der Wind verfing sich in der zerstörten Scheibe eines Schaufensters. Simon klammerte sich am unteren Rahmen fest und zog sich ins Innere des Ladens. Das Schaufenster war leer, längst geplündert, von vorbeiziehenden Banden und Einzelgängern.

Simon watete durch die Glastrümmer, die unter seinen Schuhen knirschten.

Wahrscheinlich war der Laden völlig verwüstet. Trotzdem kletterte er aus dem Schaufenster ins Ladeninnere. Er stolperte über zahlreiche Gegenstände. Hier drinnen war es wenigstens trocken. Vielleicht fand er sogar etwas Eßbares.

Simon stieß gegen Aufhängevorrichtungen und warf sie um. Ein Stoffballen fiel herab und begrub ihn unter sich. Der halbtote Simon machte sich frei. Er mußte hier heraus. Der Laden konnte zu einer Todesfalle für ihn werden. Sicher gab es einen Ausgang nach hinten, der in die Privaträume führte.

Der legitimierte Dieb wühlte sich durch Gerümpel und aus Regalen gefallene Gegenstände. Auf diese Weise erreichte er schließlich die rückwärtige Wand.

Plötzlich sagte ihm sein Instinkt, daß jemand in der Nähe war. Er blieb stehen und hielt den Atem an. Draußen donnerte es. Der Regen prasselte in das zerstörte Schaufenster.

Jemand ist da! dachte der halbtote Simon. Er hatte das Gefühl, nur einen Arm ausstrecken zu müssen, um den anderen zu berühren. Im Nakken des Blinden begann es zu prickeln. Er fürchtete sich, denn er war sicher, daß der andere Mensch ihn beobachtete.

Simon überlegte, daß es am besten war, wenn er sich nicht um den anderen kümmerte. Er mußte so tun, als wäre nichts geschehen. Natürlich hatte der andere schon gemerkt, daß der Eindringling blind war, und mußte sich aus diesem Grund überlegen fühlen.

Es fiel schwer, solche Überlegungen anzustellen, noch schwerer war es, alle Emotionen zu unterdrücken. Er mußte sich zwingen, nicht sofort die Flucht zu ergreifen.

Der Verdummte bewegte sich an der Rückwand des Ladens entlang. Er mußte immer wieder nach einem neuen Weg suchen, denn zerbrochene Regale und umgestürzte Einrichtungsgegenstände behinderten ihn. Er gelangte bis zu einer Ecke. Die rechtwinklig wegführende Wand war nicht hoch, Simon konnte ein steil nach oben führendes Geländer ertasten.

Eine Treppe! dachte er.

Er glaubte jetzt zu wissen, wo der Beobachter sich aufhielt. Der halbtote Simon zog sich am Geländer hoch, setzte einen Fuß auf eine Stufe und schwang sich über das Geländer hinweg.

Als er noch nicht richtig auf der Treppe stand, erhielt er einen heftigen Stoß gegen die Brust. Er schrie auf, kippte nach hinten und fiel in ein korbähnliches Geflecht. Das war sein Glück, denn auf was immer er da gestürzt war, es dämpfte den Aufprall und rettete ihn auf diese Weise wahrscheinlich vor schlimmen Verletzungen.

»Bleiben Sie da unten!« rief eine schrille Männerstimme. »Ich bringe Sie um, wenn Sie nochmals versuchen heraufzukommen.«

Der Blinde, der gelernt hatte, feine Nuancen aus einer Stimme herauszuhören, spürte sofort, daß der Fremde ebenfalls Angst hatte.

Simon richtete sich auf. »Ich will nichts tun!« rief er. »Ich suche die Praxis von Dr. Fingal.«

»Die ist nicht hier!« sagte der Mann auf der Treppe abweisend.

Simon versuchte von der Stimme des Mannes auf sein Aussehen zu schließen, aber das war nicht möglich.

»Können Sie mir den Weg beschreiben?« fragte der legitimierte Dieb. »Ich werde gehen, sobald ich weiß, wo ich bin.«

»Dieses Geschäft befindet sich im Kammon-Haus«, antwortete der Mann. Seiner Ausdrucksweise nach zu schließen, mußte er die Verdummungswelle verhältnismäßig gut überstanden haben.

Der halbtote Simon wußte, wo das Kammon-Haus lag. Er hatte sich nur eine Straße weit von seinem Weg entfernt. Die Veränderungen in der Umgebung hatten ihn glauben lassen, daß er viel weiter vom Weg abgekommen war. Er wußte jetzt auch, in welchem Geschäft er sich befand. Oft genug hatte er vor dem Schaufenster gestanden und die Teppiche und Stoffe von fernen Planeten bewundert. Damals hatte er bedauert, daß dieses kleine Geschäft nicht zu einem Warenhauskonzern gehörte. Das hätte ihn legitimiert, etwas daraus zu stehlen.

»Ich bin der Besitzer!« Der Mann auf der Treppe war immer noch voller Angst.

In Simon wurde die Erinnerung an das schwarzhaarige kleine Männchen wach, das er früher durch das Schaufenster im Innern des Geschäfts beobachtet hatte.

»Haben Sie etwas zu essen?« fragte der Mann auf der Treppe. »Man hat das gesamte Kammon-Haus geplündert.« Er begann zu schluchzen. »Seit zwei Tagen hungere ich, aber ich wage mich nicht hinaus.«
»Sie sind überhaupt nicht dumm!« rief Simon überrascht. Er erhielt keine Antwort.
»Warum gehen Sie nicht nach Imperium-Alpha?« fragte der Blinde. »Haben Sie die Aufrufe nicht gehört?«
»Ich gehe hier nicht raus!« erklärte der Mann auf der Treppe trotzig. »Lieber werde ich verhungern.«
Simon dachte angestrengt nach. Früher hätte er diesen Terraner begriffen, doch jetzt war ihm das unmöglich.
Der Dieb bewegte sich in Richtung des Ausgangs.
»Im Seitengang steht mein Fahrzeug«, bot der Geschäftsinhaber an. »Sie können es benutzen, wenn Sie es so eilig haben, zu Dr. Fingal zu kommen.«
Simon antwortete nicht und trat wieder auf die Straße hinaus. Abgesehen davon, daß er blind war, konnte er seit der Verdummung nur die einfachsten Maschinen betätigen. Das hatte er bereits unmittelbar nach der Katastrophe festgestellt.
Er überquerte die Straße. Eine Windbö warf ihn fast zu Boden. Aus der Ferne glaubte er eine Lautsprecherstimme zu vernehmen. Vielleicht war wieder einer der Gleiter von Imperium-Alpha unterwegs, um die verdummte Bevölkerung über neue Ereignisse zu unterrichten und ihnen Hinweise zu geben. Fast alles, was der Dieb bisher aus den Lautsprechern gehört hatte, war ihm unverständlich geblieben, obwohl die Männer und Frauen in den Gleitern sich Mühe gaben, auch für völlig Verdummte verständlich zu sprechen.
Simon wußte, daß auf der dem Kammon-Haus gegenüberliegenden Straßenseite mehrere mechanische Lifts eingebaut waren, die früher Kauflustige in die nächsthöhere Etage getragen hatten. Es war nicht anzunehmen, daß die Lifts noch funktionierten, aber es gab ganz in der Nähe eine Treppe, die ebenfalls zum Ziel führte. Wenn Simon sie fand, konnte er schnell wieder die Straße finden, die in Richtung von Dr. Fingals Wohnung führte.
Die Aussicht, wieder den richtigen Weg zu finden, gab Simon neuen Mut. Das Unwetter schreckte ihn kaum noch, obwohl es noch immer an Intensität zunahm.
Simon konnte keine Uhr zu Rate ziehen, aber er nahm an, daß es noch immer Tag war. Sein Erlebnis im Kammon-Haus schien das zu bestätigen.
Er fand die Lifts. In eine der Lifttüren war ein Toter eingeklemmt. Simon schrie auf, als er aus Versehen über das Gesicht der Leiche tastete. Vor den anderen Lifts lag ein umgekippter Gleiter. Ob er zufällig hier abgestürzt oder als Barrikade gedacht war, ließ sich nicht feststellen.

Simon begriff, daß er hier keine Chancen haben würde und ging weiter in Richtung zur Treppe.

Ein paar Schritte weiter hörte er wieder Stimmen. In der Nähe der Treppe schienen Menschen zu sein. Es hörte sich an, als würden sie singen. Wieder mußte Simon seine Angst niederkämpfen. Er ging entschlossen weiter.

Vor der Treppe blieb er stehen. In seiner unmittelbaren Nähe hielten sich mehrere Leute auf. Ihr Singsang vermischte sich mit dem Heulen des Windes. Die Stimmen klangen monoton. Es gab jedoch einen Vorsänger, der mehr Gefühl in seine Stimme legte.

Die Gruppe schien von Simon keine Notiz zu nehmen, denn sie sang weiter, als er schon die ersten Treppenstufen erstiegen hatte.

Dann brach der Vorsänger sein Lied abrupt ab. »Blinder Mann!« schrie er.

Auch die übrigen hörten jetzt auf zu singen. Es waren ausschließlich stark Verdummte, wie Simon an ihren kindlich wirkenden Äußerungen feststellen konnte.

»Was immer dein Ziel ist, du wirst es nicht erreichen. Der Untergang läßt sich nicht aufhalten.« Die Stimme des Vorsängers überschlug sich im Bemühen, den Sturm zu übertönen. »Du kannst gerettet werden, wenn du dich unserer Gruppe anschließt.«

Der halbtote Simon ging weiter die Treppe hinauf. Sein ganzes Denken war auf Dr. Fingal konzentriert. Er mußte sich an diesem Namen festklammern.

»Du Narr!« schrie ihm der Vorsänger nach. »Du wirst dich nicht retten können.«

Simon begann zu rennen. Dieses Geschrei ging ihm auf die Nerven. Am Ende der Treppe fiel er über ein am Boden liegendes Bündel, das sofort zu schreien begann.

Ein Kind! dachte der legitimierte Warenhausdieb.

Der Gedanke, daß dieses Kind, in durchnäßten Decken eingehüllt, hilflos am Boden lag, weckte Simons Mitleid. Er beugte sich hinab, um das Kind aufzuheben. Es schrie noch lauter. Simon war ratlos. Er trug das Kind ein paar Schritte vor sich her, bis er gegen einen Mast rannte und sich verletzte. Das Kind glitt aus seinen Armen. Er hielt es wieder fest. Er konnte spüren, wie die Händchen des Kindes nach ihm griffen. Es schien etwas zu suchen. Sicher hatte es Hunger.

Der halbtote Simon schrie auf, legte das Kind auf den Boden und rannte weiter.

Obwohl er durch die Bilder der fliegenden Kameras und die Berichte der Immunengruppen über die Verhältnisse in Terrania-City unterrichtet war, hatte Coden Opprus geglaubt, daß sie auf ihrem Weg zur meteorologischen Hauptstation mit mehr Menschen zusammentreffen würden. Das Gebiet, das sie durchquerten, gehörte immer noch zu Imperium-Alpha, aber hier oben gab es weder Schutzschirme noch andere Sperren. Die Tatsache, daß hier die Zentrale lag, schien viele Verdummte davon abzuhalten, in dieses Gebiet einzudringen.

Opprus, Pohklym und Gryndheim waren auf ihrem Weg nur einem völlig verdummten alten Ehepaar begegnet, das ziellos herumirrte und nach Nahrung suchte. Sie hatten ihre Vorräte den alten Menschen übergeben, obwohl sie sich bewußt waren, daß sie damit das Elend der beiden nur für zwei oder drei Tage gemildert hatten.

Das, was sie in ihrer Umgebung sahen, hatte die drei Männer schweigsam gemacht. Außerdem mußten sie gegen Sturm und Regen ankämpfen, was sie viel Kraft kostete.

Opprus blickte mit zusammengekniffenen Augen über die Straße, auf der sie sich bewegten. Alle Transportbänder standen still. Zahlreiche Fahrzeuge standen verlassen am Straßenrand oder mitten auf der Straße. Schräg gegenüber hatte ein abstürzender Gleiter eine Hauswand gerammt und war dann am Boden aufgeschlagen. Das Wrack lag vor dem Eingang einer Kinderlernstätte, seine Insassen waren verschwunden. Opprus glaubte nicht, daß sie den Absturz überlebt hatten. In Terrania-City kamen die Bestattungsroboter mit ihrer Arbeit noch nach.

Opprus blickte auf die Uhr. In zwei Stunden war Sonnenuntergang, aber von der Sonne war an diesem Tag sowieso nicht viel zu sehen gewesen. Es war schon fast dunkel.

Der Oberst hatte den Eindruck, daß der Sturm an Heftigkeit nachgelassen hatte, aber das konnte auch allmählich Gewöhnung an die Wetterverhältnisse sein.

Das Summen des Funksprechgeräts erschreckte ihn, denn er hatte jetzt nicht mit einer Kontaktaufnahme gerechnet.

»Hier ist Deighton!« meldete sich der Abwehrchef aus der Zentrale. »Wie kommen Sie voran?«

»Besser, als wir dachten«, erwiderte Opprus. »Wir werden unser Ziel in einer Stunde erreicht haben, wenn nichts dazwischenkommt.«

Deighton machte eine kurze Pause. Seine Anspannung war für Opprus unverkennbar.

»Wir haben bestürzende Nachrichten aus allen Teilen der Erde erhalten«, sagte Deighton schließlich. »Die japanischen Küstenstädte sind vom Untergang bedroht. Das gleiche gilt für Teile der nordamerikanischen Westküste. In Europa hat es zu schneien begonnen - und das im Juli!«

»Das hört sich nicht gut an«, meinte Opprus.

»Es wird noch schlimmer kommen«, sagte Deighton. »Es wird Zeit, daß wir die Wettermanipulationen im Orbit wieder korrigieren. So, wie sie jetzt arbeiten, bedeuten sie eine Gefahr für die gesamte Menschheit.«

»Warum werden sie nicht abgeschossen?« erkundigte sich Opprus. »Dann können sie keinen Schaden mehr anrichten.«

»Das ist richtig«, stimmte Deighton zu. »Aber Sie wissen ja selbst, daß wir das Wetter seit Jahrhunderten völlig kontrollieren. Auch wenn wir die Manipulatoren vernichten, wird es weiterhin zu Unwetterkatastrophen kommen, denn es würde Jahre dauern, bis sich das Wetter auf der Erde wieder eingespielt hätte. Nein, die Vernichtung der Satelliten würde uns nicht weiterbringen.«

»Wir werden uns beeilen und sehen, was wir tun können«, versprach Opprus.

Als sie weitergingen, sagte Gryndheim: »Es ist so, wie ich behauptet habe: Unsere Abhängigkeit von der Technik kann jetzt den Untergang bedeuten.«

»Sei doch endlich ruhig!« rief Pohklym mit allen Anzeichen stärkster Nervosität. Er hatte lange Zeit geschwiegen, deshalb überraschte dieser Gefühlsausbruch die beiden anderen Männer um so mehr.

»Was nutzt jetzt das Jammern«, fuhr Pohklym fort. »Die Katastrophe ist geschehen, und wir müssen zusehen, daß wir retten, was zu retten ist.«

Opprus hob eine Hand, denn schräg vor ihnen verließen fünf Männer ein Gebäude. Sie waren mit prall gefüllten Beuteln beladen.

»Plünderer!« sagte Gryndheim. »Wir könnten ihnen klarmachen, daß uns Schmarotzer ihrer Art nicht willkommen sind.«

Opprus legte eine Hand auf den Arm des dicken Mannes.

»Ruhig bleiben, Gryndheim! Wir haben keine Zeit uns mit diesen Männern zu beschäftigen. Außerdem – was würde es nützen, wenn wir diese fünf Plünderer zwängen, die gestohlenen Sachen zurückzubringen? An einigen tausend Stellen in Terrania-City passiert in diesem Augenblick etwas Ähnliches.«

Gryndheim grollte: »Also resignieren wir!«

Opprus antwortete nicht. Er beobachtete die Plünderer. Einer der Männer wollte seine Beute wegwerfen, doch der Anführer der kleinen Gruppe redete leidenschaftlich auf ihn ein. Opprus vermutete, daß der Anführer ein relativ intelligent gebliebener Mann war, der eine kleine Bande zusammengestellt hatte.

Plötzlich blitzte es aus einem der Fenster auf der anderen Straßenseite auf. Einer der Plünderer brach zusammen. Die anderen packten ihre Sachen und rannten davon. Erneut wurde geschossen, doch diesmal traf der unsichtbare Schütze nur das ruhende Transportband. Die vier Plünderer verschwanden in einem Hauseingang.

»Dort drüben in den Häusern hat sich jemand verbarrikadiert«, stellte Opprus leidenschaftslos fest. »Wir müssen darauf achten, daß wir nicht ebenfalls unter Beschuß genommen werden.«

»Anarchie!« meinte Gryndheim niedergeschlagen. »Überall herrscht Anarchie.«

Sie hielten sich jetzt dicht an den Häusern. Opprus ließ das Fenster, aus dem die Schüsse abgegeben worden waren, nicht aus den Augen. Dabei war er sich darüber im klaren, daß der oder die in den Gebäuden Verborgenen sich längst eine andere Stelle gesucht haben konnten.

»Achtet auf alle Bewegungen!« schärfte er seinen beiden Begleitern ein.

Gryndheim deutete auf die Straßenbiegung, auf die sie sich zubewegten.

»Dort vorn ist eine Unterführung. Wenn wir sie benutzen, gelangen wir ebenfalls in den nächsten Wohnsektor.«

Opprus schätzte die Entfernung bis zum Eingang der Unterführung. Sie mußten etwa dreihundert Meter zurücklegen, dann würden sie vor Schüssen aus dem auf der anderen Straßenseite liegenden Gebäude sicher sein.

»Wir versuchen es!« entschied Opprus. »Wir fangen auf mein Kommando an zu laufen. Los!«

Ein Blitz zuckte über den Himmel und tauchte die Straßenschlucht für Bruchteile von Sekunden in helles Licht. In der grellen Helligkeit nahm Opprus ihre Umgebung wie ein graphisches Bild auf. Die auf der Straße liegenden Trümmer schienen mit einem feinen Meißel ausgestanzt zu sein. Der bei Tageslicht glatt wirkende Stahlbeton der Gebäude sah schroff und rissig aus, in diesen grauen Flächen wirkten die Fenster wie aufgeklebte Fetzen aus schwarzem Papier.

Der Donner rollte über die Stadt hinweg. Regen peitschte Opprus ins Gesicht. Er griff mit beiden Händen nach seiner Jacke und zerrte sie über den Mund, damit er leichter atmen konnte.

Er hatte etwa hundert Meter zurückgelegt, als die Unsichtbaren das Feuer wieder eröffneten. Daran, daß zwei Schüsse von der gegenüberliegenden Straßenseite den Boden vor Opprus aufpflügten, erkannte der ehemalige Raumfahrer, daß sich mindestens zwei Menschen drüben in den Häusern befanden. Er konnte ihnen ihre Handlung nicht einmal verübeln, denn sie mußten annehmen, daß die drei Männer auf der Straße zu der Bande gehörten, die eines der Häuser ausgeplündert hatte.

Opprus begann Haken zu schlagen. Ein Schatten huschte an ihm vorbei. Es war Pohklym, der unglaublich schnell lief, als gäbe es keinen Sturm und keinen Regen, gegen die sie ankämpfen mußten.

Opprus machte sich Sorgen um Gryndheim. Der dicke Funker war bereits weit zurückgefallen.

Ohne lange zu überlegen, lehnte Opprus sich mit dem Rücken gegen die Hauswand und gab ein paar Schüsse auf die Fensterfront der gegenüberliegenden Gebäude ab. Er wollte nicht treffen, sondern die Unsichtbaren nur von den Fenstern vertreiben.

Gryndheim keuchte heran.

»Weiterlaufen!« schrie Opprus.

Der Sergeant nickte dankbar. Von Pohklym war bereits nichts mehr zu sehen. Opprus runzelte die Stirn. Das Verhalten des SolAb-Mannes gefiel ihm nicht.

Sekunden später war er gezwungen, seine Meinung von Pohklym zu ändern, denn am Eingang der Unterführung blitzte die Strahlenwaffe des schlanken Mannes auf. Pohklym bestrich ebenfalls die Fenster und gab Gryndheim und Opprus auf diese Weise Gelegenheit, die Unterführung zu erreichen.

Gryndheim und Opprus kamen fast gleichzeitig an.

»Ich bin fertig!« ächzte Gryndheim. »So schnell bin ich seit meiner Jugend nicht mehr gelaufen.«

»Und das ist schon lange her!« versetzte Opprus bissig.

Der Sergeant sah ihn mißbilligend an.

»Lassen Sie mich erst wieder im Training sein«, sagte Gryndheim. »Dann laufe ich Ihnen davon.«

Die Spannung fiel von Opprus ab. Er blickte in die Unterführung. Die Lifts und Rolltreppen standen still. Auf der Plastiktreppe in der Mitte türmten sich unnütze Gegenstände, die Plünderer hier abgeladen hatten.

Opprus fragte ich, ob es zu ähnlichen chaotischen Auswüchsen gekommen wäre, wenn die Menschheit ihre Intelligenz behalten hätte und von einer anderen Katastrophe mit ähnlicher Wirkung betroffen worden wäre. Er nahm an, daß sich die Menschen dann nicht viel anders verhalten hätten. Vielleicht wäre es sogar noch schlimmer geworden.

So schnell bröckelte die Tünche der Zivilisation ab.

Pohklym leuchtete mit seinem Scheinwerfer in die Tiefe. Sein Atem ging gleichmäßig, und seine Stimme klang völlig ruhig, als er sagte: »Da ist eine Bombe explodiert. Die Decke ist herabgekommen. Ich weiß nicht, ob wir da durchkommen.«

Opprus stieg ein paar Stufen hinab und sah sich um. Die Unterführung war völlig verwüstet. Die Richtungshinweise hingen in Fetzen von den aufgebrochenen Wänden. Ein großes, an der Decke angelegtes Aquarium war aufgeplatzt und hatte seinen Inhalt über die Trümmer ergossen. Die verwesenden Kadaver der Wassertiere verbreiteten einen unangenehmen Geruch.

Opprus ließ das Licht seines Scheinwerfers über die Explosionsstelle wandern. Die überall angebrachten automatischen Löschgeräte waren durch die während der Explosion entstandene Hitze in Tätigkeit getreten. Die Löschchemikalien hatten zusammen mit der Aquariumsflüssigkeit die Trümmer hier unten zementiert. Opprus ahnte, daß sie Stunden brauchen würden, um sich einen Durchgang zu schaffen. Enttäuscht ging er wieder nach oben, wo Pohklym und Gryndheim auf der Treppe kauerten und die Straße beobachteten.

Opprus erklärte seinen Begleitern, was er von der Situation hielt.
»Wir müssen einen anderen Weg nehmen«, meinte Gryndheim. »Selbst auf die Gefahr hin, daß wir weiterhin als Zielscheiben dienen.«
Opprus schaute auf die Uhr.
»Es wird bald völlig dunkel sein, dann ist die Gefahr, daß man uns angreift, wesentlich geringer.«
»Aber die meisten Banden treiben sich nachts draußen herum«, wandte Gryndheim ein.
»Bei diesem Wetter?« fragte Opprus skeptisch. »Sie werden sich verkrochen haben und auf den nächsten Tag warten.«
Müdigkeit und Erschöpfung übermannten ihn. Er ließ sich auf der Treppe nieder, öffnete seinen Gürtel und nahm ein stimulierendes Konzentrat zu sich.
»Gute Idee!« sagte Gryndheim und bediente sich ebenfalls.
Opprus fragte sich, wie lange sein Körper noch durchhalten würde. In den letzten Wochen hatte er zu immer stärkeren Anregungsmitteln greifen müssen, um mit einem Minimum von drei bis vier Stunden Schlaf auskommen zu können.
»Ich sehe mich ein bißchen um«, erbot sich Pohklym und schlich geduckt davon.
Gryndheim wartete, bis Pohklym außer Hörweite war.
»Was halten Sie von ihm, Opprus?«
Opprus sah Gryndheim überrascht an. »Wie meinen Sie das?«
Der Funker verzog das Gesicht.
»Was wissen wir über ihn? Angeblich ist er von der SolAb. Aber als er zu uns kam, besaß er keine Papiere. Wir konnten seine Identität nicht prüfen.«
Opprus lachte auf.
»Was soll das? Kein Mensch in Imperium-Alpha denkt daran, die Identität eines Immunen zu überprüfen. Wir sind froh um jeden, der zu uns kommt, um uns zu helfen.«
Die Blicke Gryndheims blieben auf die Stelle gerichtet, wo Pohklym bis vor wenigen Augenblicken gekauert hatte.
»Irgendwie ist mir der Kerl unheimlich. Er redet nicht viel, weiß über alles Bescheid und kann eine Menge.«
»Das klingt eher nach einer Qualifikation als nach einer Abwertung«, meinte Opprus.
Gryndheim flüsterte eine Verwünschung und schwieg. Wenige Augenblicke später tauchte Pohklym am oberen Treppenrand auf und winkte ihnen.
Opprus und Gryndheim erhoben sich.
»Dort!« sagte Pohklym und deutete auf einen umgestürzten Prallgleiter neben einem Brunnen. »Zwischen den Säulen und dem Gleiter gibt es einen Durchgang.«

Opprus blickte sich um. Alles blieb ruhig. Vielleicht hatten die Menschen in den Gebäuden ihre Absichten aufgegeben.

Im Prallgleiter lag ein toter Mann. Er hatte das Genick gebrochen. Opprus ahnte, daß es erst vor ein paar Stunden geschehen war. Die Polster des Flugzeugs waren in Brand geraten und sofort gelöscht worden. Der Inhalt der Löschautomatik klebte dem Toten wie Schnee im Gesicht und an den Händen.

Der Brunnen funktionierte nicht mehr. Seine Düsen, die farbiges Wasser in Antigravitationsfelder gesprüht hatten, ragten wie erhobene Arme aus dem gefüllten Becken. Zentrum des Beckens bildete die abstrakte Darstellung der STARDUST I, jenes legendären Raumschiffs, mit dem Perry Rhodan im Jahr 1971 zum Mond geflogen war.

Für Opprus war diese Zeitspanne nicht mehr vorstellbar. Und doch gab es ein paar Menschen, die damals schon gelebt hatten.

Die drei Männer schoben sich zwischen den Brunnensäulen und dem Gleiter auf den freien Platz, in den die Straße mündete. Opprus wußte, daß hier früher eine Freilichtbühne existiert hatte. Doch daran erinnerten nur noch die Einzelteile von Tribünengerüsten, die überall herumlagen. Die große Wand eines Verwaltungsgebäudes im Hintergrund zeigte noch das verwaschen aussehende Bühnenbild der letzten Aufführung.

Auch dieser Sektor gehörte noch zu Imperium-Alpha; früher hatten in den umliegenden Häusern Techniker und Ingenieure aus der Zentrale gewohnt. Kaufhäuser und kulturelle Einrichtungen waren eigens für die Bediensteten von Imperium-Alpha entstanden. Zu diesem Gebiet der Zentrale hatten jedoch alle Stadtbewohner Zutritt gehabt. Das Wohnviertel von Imperium-Alpha war eines der kulturellen Zentren von Terrania-City gewesen.

»Wir bleiben dicht bei den Gebäuden«, befahl Opprus.

Regen und die hereinbrechende Dunkelheit verhinderten, daß sie den großen Platz völlig übersehen konnten. Im Hintergrund schwebten ein paar Leuchtkugeln, die ihre Energie aus einer noch funktionierenden Energiequelle bezogen.

Opprus umklammerte seine Waffe und setzte sich in Bewegung. Er war entschlossen, jedem Kampf aus dem Weg zu gehen. Ihr Ziel war die meteorologische Hauptstation. Sie mußten sie auf dem schnellsten Weg erreichen.

Über den Lärm des Sturmes hinweg vernahm Opprus ein rhythmisches Hämmern, das aus dem Haus kam, an dem sie gerade vorbeigingen. Gryndheim sah ihn fragend an.

»Wir kümmern uns nicht darum!« entschied Opprus.

Quer über den Platz kamen zwei abgemagerte struppige Hunde. Sie knurrten und bellten gegen den Regen. Dann senkten sie die Nasen wieder tief auf den Boden, als witterten sie irgend etwas.

Opprus fragte sich, inwieweit die Tiere von der Verdummung betroffen waren. Darum hatten sie sich noch nicht gekümmert, weil sie keine Zeit dazu hatten. Die Tiere besaßen in jedem Fall noch ihren Instinkt, den die Menschen und andere hochzivilisierte Völker fast völlig verloren hatten.

Während er die beiden Hunde beobachtete, überlegte Opprus, was mit ihren ehemaligen Besitzern geschehen sein mochte. Solange man zurückdenken konnte, hatten Menschen und Hunde zusammengelebt, ihre Freundschaft hatte über Jahrtausende hinweg angedauert. Opprus fragte sich, was Hund und Mensch miteinander verband. War es die Bereitschaft zur Unterwürfigkeit, die den Hund zu einem Freund der Menschen machte?

Die Gedanken des Mannes wurden unterbrochen, als unmittelbar vor ihnen zwei Halbwüchsige aus einem Torbogen traten. Einer von ihnen besaß einen Lähmstrahler. Er hielt ihn, als wüßte er nicht genau, wie er damit umzugehen hatte.

Der junge Mann zielte auf die Hunde. Er traf einen. Das Tier begann zu jaulen, als seine Beine den Dienst versagten und unter ihm wegknickten. Der zweite Hund bellte heftig. Seine Nackenhaare sträubten sich. Als er an seinem gelähmten Begleiter zu schnüffeln begann, wurde auch er von einem Strahl erfaßt und fiel zu Boden. Er lag auf dem Rücken, seine Läufe zuckten konvulsivisch. Die beiden Halbwüchsigen hatten Opprus und dessen Begleiter noch nicht gesehen. Sie stießen unverständliche Schreie aus und rannten auf die Hunde zu. Jeder von ihnen ergriff sich ein Tier und warf es über die Schulter.

»Was haben die vor?« fragte Gryndheim unsicher.

Opprus musterte ihn überrascht. »Wissen Sie das nicht?«

Der Sergeant wich seinem Blick aus. »Ich kann es mir fast denken.«

Einer der Jungen blieb plötzlich stehen und stieß seinen Begleiter an. Er machte ihn auf die zwei Männer in der Nähe des Hauses aufmerksam. Sofort ließ der zweite Halbwüchsige den Hund fallen und griff nach dem Lähmstrahler.

»Aufpassen!« sagte Opprus. Er hob seine Waffe und zielte sorgfältig. Bevor der Junge abdrücken konnte, hatte Opprus ihm die Waffe zerstrahlt. Die Hitze erfaßte die Hand des jungen Mannes. Er schrie auf.

»Kommt!« rief Opprus und rannte auf die beiden Fremden zu.

Der unbewaffnete Halbwüchsige versuchte, seinen Hund vor den Blicken der drei Männer zu verstecken. Seine Unbeholfenheit machte deutlich, in welcher geistigen Verfassung er sich befand.

»Ihr braucht euch nicht zu fürchten!« rief Opprus. »Wir tun euch nichts.«

»Das ist mein Hund«, sagte der Junge, der die Waffe getragen hatte. Er bückte sich und krallte seine Hände in das nasse Fell des bewußtlosen Tieres. »Das ist mein Hund.«

Der zweite Junge begann zu schluchzen.

»Nehmt die beiden mit«, sagte Opprus leise. »Niemand will sie euch abnehmen.«

»Onkel Bea?« fragte der zweite Junge schüchtern. Er trat näher heran und fixierte Opprus aufmerksam. »Onkel Bea?«

»Ich bin nicht dein Onkel«, versetzte Opprus. »Sag mir, wer du bist.«

»Pernick«, sagte der Junge mühsam. Mit dem Namen schienen sich für ihn traurige Erinnerungen zu verbinden, denn er begann noch lauter zu schluchzen. Sein Begleiter packte ihn mit einer Hand und zog ihn auf das Haus zu.

»Manche«, sagte Gryndheim erschüttert, »wissen überhaupt nichts mehr. Wie sollen sie existieren?«

»Wenn wir anfangen, uns darüber Gedanken zu machen, werden wir den Verstand verlieren.«

Sie gingen weiter. Hinter dem Wohnsektor lag ein Gebiet, das früher als Sperrzone gegolten hatte und nur für Mitarbeiter der Zentrale betretbar war. Doch das war jetzt vorbei. Die relativ wenigen Immunen waren nicht in der Lage, die an der Oberfläche liegenden Stationen von Imperium-Alpha ebenfalls zu bewachen. Da dort keine lebenswichtigen Stationen lagen, hatten Danton und Galbraith Deighton dieses Gebiet freiwillig geräumt. Nur ein paar Roboter patrouillierten dort, um eventuell angreifende Banden rechtzeitig entdecken zu können.

Nun hatte sich herausgestellt, daß jemand, der intelligent genug war, um die Verhältnisse genau zu kennen, die Lage genutzt hatte und von dem geräumten Sektor aus in die Wetterstation eingedrungen war. Die Saboteure waren noch nicht einmal von den Robotern entdeckt worden. Für die Besatzung der Wetterstation mußte der Überfall überraschend gekommen sein. Das ließ die Verantwortlichen vermuten, daß die verbrecherischen Eindringlinge genau gewußt hatten, wie sie vorgehen mußten.

Für Opprus war es unbegreiflich, wie jemand so etwas tun konnte. Die Täter – es schien festzustehen, daß es mehrere gewesen waren – mußten gewußt haben, daß sie mit ihrem Vorgehen Millionen Menschen den Tod bringen konnten.

Opprus wurde den Verdacht nicht los, daß der Homo superior mit der Sabotage zu tun hatte.

Als es fast völlig dunkel geworden war, erreichten die drei Männer das ehemalige Sperrgebiet hinter dem Wohnsektor. Der Regen hatte nachgelassen, aber der Sturm blies mit unverminderter Heftigkeit durch die Straßen. Im Westen der Stadt schien eines der großen Vorratslager in Flammen zu stehen, denn dort leuchtete der Himmel rötlich. Die warmen und kalten Luftschichten in der Atmosphäre waren in Bewegung geraten, wo sie aufeinanderprallten, kam es zu Unwettern. Opprus rechnete damit, daß die Gewitter tagelang oder sogar wochenlang toben und damit eine gefährliche Entwicklung einleiten würden. Natürlich würde sich das Wetter auch ohne Zutun der Menschen eines Tages wieder stabilisieren, aber dann konnte es bereits zu folgenschweren klimatischen Veränderungen gekommen sein.

Die Energiebarrieren, die vor der Katastrophe das Sperrgebiet abgegrenzt hatten, existierten nicht mehr. Die rund um den Wohnsektor führende Hochstraße war unbeschädigt. Es lagen auch kaum Abfälle und Trümmer herum.

»Hier haben sich noch nicht viele Verdummte herumgetrieben«, stellte Coden Opprus fest. »Das Wissen um die Sperrbezirke scheint noch tief in ihrem Bewußtsein verankert zu sein.«

Sie betraten das Sperrgebiet durch die Tore eines Wachforts. Im Innern des flachen Gebäudes brannte die Notbeleuchtung. Die Fenster waren zerstört, aber das konnte auch während des Unwetters geschehen sein.

Opprus trat an eines der Fenster und blickte in das bunkerähnliche Gebäude.

»Es sieht nicht so aus, als wäre nach der Katastrophe schon jemand hier gewesen«, meinte er.

Gryndheim trat neben ihn und deutete auf das Kühlfach in der hinteren Wand.

»Da sind bestimmt noch eßbare Dinge drin.«

»Es wird nicht lange dauern, dann werden die Plünderer ihre Raubzüge bis in dieses Gebiet ausdehnen.«

Gryndheim schaute ihn fragend an. »Wollen Sie jeden hungrigen Dieb als Plünderer bezeichnen?«

»Ich weiß nicht recht«, gestand Opprus. »Welche Maßstäbe wollen wir während der Katastrophenzeit überhaupt anlegen? Haben Gesetze, die auf vernünftige und intelligente Menschen anzuwenden waren, jetzt noch Gültigkeit? Können wir einen Verdummten den gleichen Gesetzen unterwerfen?«

»Wir sind keine Juristen«, meinte Gryndheim. »Ich bin außerordentlich froh, daß ich nicht entscheiden muß, was jetzt in einzelnen Fällen geschehen soll.«

Im Licht eines Blitzes leuchtete Opprus' Gesicht auf.

»Die Berichte der Immunenkommandos beweisen, daß die Menschheit sich auf dem freien Land wieder neue Gesetze zu geben beginnt. In vielen Gebieten ist es zur Lynchjustiz gekommen.«

Opprus blieb stehen und blickte sich um.

»Wir sind jetzt im Gebiet der meteorologischen Station. Es gibt mindestens ein Dutzend Eingänge, durch die die Saboteure in tiefere Etagen eingedrungen sein können. Es ist also sinnlos, den richtigen Platz zu suchen. Wir benutzen den ersten intakten Lift oder jeden anderen freien Zugang.«

Sie blieben auf der Straße, die quer durch den ehemaligen Sperrsektor führte. In der näheren Umgebung standen verhältnismäßig wenig

Gebäude. In erster Linie waren es Kontroll- und Sendetürme. Verwaltungsbauten und Maschinenanlagen unter kuppelförmigen Hallen.

»Wo können die Menschen sein, die früher hier gearbeitet haben?« fragte Gryndheim nachdenklich. »Warum ist noch niemand auf die Idee gekommen, sich an seinem Arbeitsplatz umzusehen?«

»Sie wissen, daß die meisten Einwohner Terrania-City verlassen haben«, erinnerte ihn Coden Opprus. »Das gilt auch für die verdummten Mitarbeiter von Imperium-Alpha.«

Überall standen Fahrzeuge herum. Einige waren umgekippt oder gegen die Straßensperrung gefahren. Das bewies Opprus, daß ein paar Verdummte versucht hatten, mit diesen Fahrzeugen aus der Stadt zu fliehen. Doch sie waren nicht mehr fähig gewesen, die Steuerung der Wagen zu bedienen.

»Dort drüben ist eine Liftstation!« rief Pohklym.

»Sie haben Augen wie eine Eule!« stellte Gryndheim fest. »Ich kann nichts sehen.«

Sie gingen in der von Pohklym angegebenen Richtung. Wenig später sah Opprus im Licht der Blitze die Liftstation. Sie bestand aus vier unter einem flachen Dach liegenden Transportlifts und sechs Personenlifts.

»Wahrscheinlich müssen wir mit unseren Antigravprojektoren durch einen freien Schacht fliegen«, vermutete Opprus. »Die Beleuchtung der Liftstation ist außer Betrieb. Ich nehme an, daß die gesamte Station keine Energie mehr zugeführt bekommt.«

Eine schnelle Kontrolle am Ziel bestätigte seine Vermutung. Die drei Männer suchten einen Schacht, der frei war. Opprus zerstrahlte den Verschlußmechanismus einer Lifttür und leuchtete in den Schacht hinab.

»Der Tragkasten ist nicht zu sehen, wir können also tief in die Station eindringen.«

Er befestigte seine Lampe am Gürtel und glitt in die Tiefe. Die beiden anderen folgten ihm.

Ein paar Etagen tiefer sah Opprus eine offenstehende Tür. Er hielt an und landete sicher im Vorraum einer großen unterirdischen Halle. Das Zentrum der meteorologischen Station lag noch drei Etagen tiefer, aber der Raum, den er jetzt betreten hatte, gehörte bereits zur zerstörten Anlage.

Im Licht seines Scheinwerfers sah Opprus schwarze Wände. Hier hatte es vor ein paar Stunden noch gebrannt. Der Geruch nach verschmortem Kunststoff war unverkennbar. Opprus fragte sich, wie es im Zentrum aussehen mußte, wenn bereits hier Schäden feststellbar waren. Wahrscheinlich wäre die gesamte Wetterstation ausgebrannt, wenn es keine feuersicheren Wände und automatischen Löscheinrichtungen gegeben hätte.

Der Lichtstrahl von Opprus' Scheinwerfer huschte über den Boden und blieb an einem menschlichen Körper haften.

»Da liegt jemand!« rief Gryndheim.
Der fette Sergeant watschelte auf den am Boden liegenden Mann zu.
»Aufpassen!« warnte Opprus.
Gryndheim drehte den Mann auf den Rücken.
»Tot!« rief er bitter. »Aber nicht das Feuer hat ihn getötet.«
Opprus war näher herangekommen und sah, was Gryndheim meinte. Das Gesicht des Toten war durch einen Strahlschuß beinahe unkenntlich geworden.
Opprus löschte seinen Scheinwerfer. »Es ist nicht mehr festzustellen, ob dieser Mann zur Besatzung gehörte oder zu den Angreifern.«
»Er trägt eine Uniform«, sagte Gryndheim.
Opprus winkte ab.
»Das ist bedeutungslos. Es ist möglich, daß die Banditen sich mit Uniformen ausgerüstet haben, um leichter überall eindringen zu können.«
Der Boden der Halle war blasig. Die Luft war schlecht und stickig, ein sicheres Zeichen, daß auch die Klimaanlagen nicht mehr funktionierten.
An den hinteren Eingängen standen zwei Löschroboter mit schußbereiten Löschdüsen. Die Türen waren über und über mit chemikalischen Lösungen bedeckt. Ihrer Programmierung gemäß hatten die Roboter versucht, ein Übergreifen des Feuers auf andere Räume zu verhindern.
Opprus mußte sich gegen eine Tür stemmen, um sie zu öffnen. Im Korridor, den er betrat, schlug ihm kühle Luft entgegen. Das Licht seines Scheinwerfers fiel auf ein Schild: ZUM ARCHIV.
Opprus hatte sich einen Lageplan der Wetterstation angesehen und wußte, daß von der Zentrale zahlreiche Schächte und Lifts zum Archiv führten. Im Archiv befanden sich nicht nur alle Wetterkarten, sondern auch die Programmierungsunterlagen für die Wettersatelliten. Das Archiv, so erinnerte sich Opprus, bestand aus einem großen Raum mit kreisförmigem Grundriß. Ein halbes Dutzend kleinerer Räume gruppierten sich gleichmäßig um ihn herum.
Die Lichter der drei Scheinwerfer tanzten über den Boden. Vor den Männern tauchte der Eingang zum Archiv auf. Die Tür war aus den Angeln gerissen und lag am Boden. Ein Teil der Decke war heruntergebrochen.
»Hier sind sie in Richtung Zentrale vorgestoßen«, erkannte Opprus. »Sie haben den Eingang gesprengt. Das bedeutet, daß sie sehr methodisch vorgegangen sind.«
Er kletterte über die Trümmer in den nächsten Raum.
Im Hintergrund des Raumes blitzte es auf.
Opprus ließ sich instinktiv zu Boden fallen. Ein Strahlschuß streifte seine Schulter und ließ den Schutzanzug aufglühen. Gryndheim und Pohklym gingen in Deckung.
Opprus hörte die keuchende Stimme des dicken Funkers. »Sind Sie in Ordnung?«

»Ja«, gab Opprus zurück.
Sie hatten ihre Scheinwerfer gelöscht. Es war jetzt völlig dunkel. Opprus konnte nicht genau sagen, von wo der Schuß abgegeben worden war, außerdem war nicht anzunehmen, daß der Schütze seine Stellung beibehalten hatte.
Opprus überlegte, ob sich hier unten noch Saboteure aufhielten oder ob der Schütze zu den überlebenden Besatzungsmitgliedern der Wetterstation gehörte.
Er beschloß, ein Risiko einzugehen.
»Hier ist Coden Opprus!« rief er in die Dunkelheit. »Zwei Mitarbeiter begleiten mich. Wir kommen von Imperium-Alpha und wollen nachsehen, was hier geschehen ist.«
Die Antwort war ein Schuß.
Opprus kauerte sich tief auf den Boden. Er hörte, wie jemand an seine Seite kroch. Gleich darauf flüsterte Pohklym: »Ich kümmere mich um diese Sache.«
Er wollte weiterkriechen, doch Opprus hielt ihn fest. »Das ist zu gefährlich!«
Pohklym lachte leise. »Meinen Sie? Ich nehme das Risiko auf mich.«
Opprus ärgerte sich über die Gelassenheit des ehemaligen SolAb-Agenten.
»Ich gebe hier die Befehle!« rief er erzürnt.
Pohklym antwortete nicht. Opprus ließ ihn los. Sofort verschwand der schlanke Mann von seiner Seite. Opprus fluchte, denn er ahnte, daß Pohklym davonkroch, um seine Absichten zu verwirklichen.
Neben Opprus polterte ein Stück Metall auf den Boden. Er zuckte zusammen.
»Tut mir leid!« sagte Gryndheim. »Ich habe ein bißchen Schwierigkeiten, hier durchzukommen.«
»Dann bleiben Sie, wo Sie sind!« fuhr Opprus den Funker an.
Gryndheim antwortete nicht, aber er hatte sich offenbar bis in Opprus' unmittelbare Nähe vorgearbeitet. Opprus hörte den dicken Mann heftig atmen.
Er fragte sich, wo Pohklym war. Solange der Meteorologe irgendwo im Archiv herumkroch, mußten Gryndheim und er sich still verhalten.
Plötzlich ertönte ein Aufschrei.
Opprus sprang auf die Beine. »Pohklym!« schrie er alarmiert.
Er gab keine Antwort.
»Da ist etwas passiert!« sagte Opprus in Gryndheims Richtung und ließ seinen Scheinwerfer aufflammen.
Am anderen Ende des Raumes stand Janus Pohklym. Vor ihm lag ein junger Mann auf dem Boden, die Arme weit gebreitet und einen Strahlenkarabiner unter der Brust.
Pohklym grinste. »Er ist noch ein halber Junge.«

Opprus' Gesicht veränderte sich. Er rannte in langen Sätzen durch den Raum.

»Haben Sie ihn umgebracht?« herrschte er Pohklym an.

Pohklym lachte.

»Keine Sorge! Er ist nur bewußtlos. Die Wunden, die überall an seinem Körper zu sehen sind, stammen noch vom Kampf gegen die Saboteure.«

Erst jetzt entdeckte Opprus das Symbol der Meteorologen auf den Ärmeln des Bewußtlosen. Es war die Silhouette eines Wettersatelliten vor dem Hintergrund einer hellen Sonnenscheibe.

»Der arme Bursche«, sagte Gryndheim. »Wahrscheinlich gibt es außer ihm keine Überlebenden mehr.«

Die drei Männer betraten das Hauptarchiv. Umgestoßene Regale versperrten ihnen den Weg. Auch hier hatte es an verschiedenen Stellen gebrannt.

Opprus trat an einen Verbindungsschacht und leuchtete in die Zentrale hinab. Das Licht fiel genau auf eine Schaltanlage. Sie war explodiert und ausgebrannt.

Opprus biß die Zähne zusammen. Es gehörte nicht viel Phantasie dazu, um sich vorzustellen, daß es überall in der Zentrale so aussah.

Das bedeutete, daß es in den nächsten Monaten auf der Erde zu noch schwereren Unwetterkatastrophen kommen würde.

Opprus schaltete sein Funkgerät ein und rief Imperium-Alpha.

Deighton meldete sich sofort.

»Hier ist Coden Opprus«, sagte der Oberst. »Wir haben die Wetterstation erreicht. Die Zentrale ist vollkommen zerstört. Wir werden jetzt versuchen, die Notanlage zu erreichen und in Betrieb zu nehmen.«

Eine Weile blieb es still.

»Tun Sie, was Sie für richtig halten«, sagte Deighton schließlich.

11.

Die Roboter aus der Wasnin-Kapelle hatten zu Fingals Gruppe aufgeschlossen. Garrigue Fingal gab ihnen über ein Funksprechgerät Befehle. Von Fingals Bande waren inzwischen vier Männer zurückgeblieben.

Einer war von einer Windbö erfaßt und über das Geländer der Hochstraße geschleudert worden. Die drei anderen waren in der Dunkelheit verschwunden. Wahrscheinlich hatten sie sich irgendwo verkrochen.

»Wir müssen dichter zusammenbleiben!« schrie Fingal, obwohl er nicht sicher sein konnte, daß er von allen verstanden wurde.

Er packte Verdere am Arm.

»Du bleibst am Schluß unserer Gruppe!« befahl er. »Ich will nicht, daß wir noch mehr Leute verlieren.«

Der Afrikaner nickte.

»Warte!« fuhr Fingal fort. »Schalte den Scheinwerfer ein. Wir werden uns Signale geben. Wenn etwas nicht in Ordnung ist, läßt du dreimal das Licht aufblitzen. Ich zeige es dir.«

Verdere begriff schnell – eigentlich viel zu schnell für einen Verdummten. Fingal erklärte sich die Reaktion des Schwarzen ständig damit, daß Mrozek Verdere früher überdurchschnittlich intelligent gewesen war.

Fingals Bande hatte die Hochstraße längst hinter sich gelassen und bewegte sich entlang der früheren Grenzen von Imperium-Alpha. Wie Fingal vermutet hatte, gab es keine Wachen. Ab und zu sahen sie ein paar Roboter, doch diese hatten offenbar den Auftrag, sich nicht um umherstreifende Menschen zu kümmern. Die automatischen Wächter würden nur eingreifen, wenn ein direkter Angriff auf Imperium-Alpha zu befürchten war.

Fingal wußte, daß er auch auf flugfähige Kameras achten mußte, die jedoch bei diesem Sturm nicht mit der gewohnten Präzision arbeiten würden.

Der Galaktopsychologe war froh, daß sich die vierzig Kampfroboter nicht vom Sturm beeinflussen ließen. Seine Kenntnisse über die Lager und Unterkünfte der Solaren Flotte in Terrania-City hatten ihm die Umprogrammierung dieser Kampfmaschinen unmittelbar nach der Verdummungswelle ermöglicht.

Diese vierzig Roboter sollten im Kampf gegen die Besatzung von Imperium-Alpha eine entscheidende Rolle spielen. Fingal war entschlossen, die Maschinen in einem Scheingefecht zu opfern. Der frontale Angriff der Roboter würde die Verteidiger zu einer Massierung ihrer Abwehrkräfte zwingen. Das würde Fingal und seiner Bande Gelegenheit geben, an einer anderen Stelle tief in die Zentrale einzudringen und dann wichtige Anlagen mit Hilfe der mitgeführten Bomben zu sprengen.

Fingal wußte, daß die Immunen keine Chance mehr haben würden, wenn die Zentrale funktionsunfähig war.

Fingal blieb stehen, um sich zu orientieren. Er kannte sich in dieser Gegend genau aus, denn er war oft hier vorbeigekommen und hatte überlegt, wie er sich rächen könnte.

Die Hinweiszeichen auf dem Boden waren zum Teil unter Trümmern begraben, aber Fingal genügten die Fassaden der verschiedenen Gebäude zur Orientierung. Er ließ den Lichtstrahl seines Scheinwerfers über die Hauswände wandern.

In dieser Gegend hatte früher das Verwaltungspersonal von Imperium-Alpha gearbeitet.

Fingal führte seine Gruppe zwischen zwei Häuserreihen hindurch auf das eigentliche Gebiet der Zentrale. Sie kamen an einem Landeplatz für Fluggleiter vorbei. Auf der Straße lagen umgekippte und ausgebrannte Maschinen.

»Wir werden uns jetzt von den Robotern trennen!« schrie Fingal, als sie einen windgeschützten Hangar durchquerten. »Die Maschinen werden in diesem Gebiet Löcher in den Boden bohren und Betäubungsgas in die unteren Etagen blasen. Danach werden sie selbst in die tieferen Zonen von Imperium-Alpha vordringen. Das wird die Besatzung der Zentrale veranlassen, ihre Kräfte hier zu konzentrieren. Inzwischen werden wir an einer anderen Stelle eindringen.«

Das Scheinwerferlicht glitt über müde, stumpfsinnig wirkende Gesichter, die kein Verständnis zeigten. Fingal erkannte, daß es Zeit wurde, die Leute in den Kampf zu schicken.

Er sprach in sein Kommandogerät. Nachdem er sich überzeugt hatte, daß die Roboter befehlsgemäß aus dem Hangar verschwanden, ließ er seinen zweiten Scheinwerfer aufblitzen. Sie mußten sich jetzt beeilen, wenn sie ihr Ziel rechtzeitig erreichen wollten.

»Kommt!« schrie er.

Die ehemaligen Patienten folgten ihm aus dem Hangar.

Fingal begann zu rennen. Er hielt den Kopf gesenkt. Der Sturm begann ihm Spaß zu machen. Einen besseren Verbündeten hätte er sich in dieser Nacht nicht wünschen können.

Er hörte ein paar dumpfe Geräusche.

Das waren die Roboter, die die ersten Sprengungen und Bohrungen vornahmen. Natürlich würde man die Explosionen auch in der Zentrale von Imperium-Alpha orten, doch es würde einige Zeit dauern, bis die Besatzung merken würde, was tatsächlich geschah. Fingal kicherte. Die Kundschafter, die Deighton und Danton ausschicken würden, mußten in die mit Betäubungsgas gefüllten Korridore laufen. Vielleicht hatten sie noch Zeit, um die Zentrale zu informieren.

Doch auch das war im Sinne von Fingals Plan. Deighton und Danton würden das vermeintlich bedrohte Gebiet mit allen Kräften abzusichern versuchen.

Dadurch würde Fingal Zeit und Gelegenheit bekommen, um das Zentrum von Imperium-Alpha anzugreifen und zu zerstören.

Plötzlich blitzte ein paar Meter vor Fingal ein Scheinwerfer auf. Der Arzt riß seine Waffe hoch.

Er vermutete, daß sich vor ihnen ein paar Immune befanden. Es war ausgesprochenes Pech, daß er mit seiner Bande dieser Patrouille in die Arme lief.

Ein Blitz erhellte das Gebiet über Imperium-Alpha. Fingal sah zwei bewaffnete Männer in der Uniform der Solaren Flotte vor einem flachen, bunkerähnlichen Gebäude stehen.

»Stehenbleiben!« rief einer von ihnen. »Identifizieren Sie sich.«

Fingal lachte höhnisch und gab einen Schuß ab.

Das Licht aus dem Scheinwerfer eines der Raumfahrer beschrieb einen Bogen und kam erst auf dem Boden zur Ruhe. Fingal wußte, daß er getroffen hatte. Er hörte, daß der zweite Raumfahrer einen Fluch ausstieß.

Fingal schoß noch einmal, aber der zweite Mann hatte sich zu Boden geworfen und das Feuer eröffnet. Hinter Fingal brach ein Mitglied der Bande getroffen zusammen.

Fingal feuerte in die Dunkelheit, obwohl er nicht sicher sein konnte, ob er treffen würde.

Wieder tauchte ein Blitz die Stadt über Imperium-Alpha in gespenstisches Licht. Weit im Hintergrund glaubte Fingal die großen Kontrolltürme der Zentrale zu sehen. Der Platz vor dem flachen Bunker jedoch wirkte wie leergefegt. Fingal murmelte einen Fluch. Wo war der zweite Mann geblieben?

Ein Einzelner war unter diesen Umständen in der Lage, alle Pläne des Psychologen zunichte zu machen.

»Bleibt liegen!« rief Fingal seinen Begleitern zu, die inzwischen überall in der Umgebung Deckung gesucht hatten.

Auf allen vieren begann der Arzt auf den Bunker zuzukriechen.

Er zuckte zusammen, als plötzlich jemand an seiner Seite auftauchte, ein Mann, der mit affenartiger Behendigkeit flach über den Boden huschte.

»Mrozek Verdere!« zischte Fingal. »Du hast mich erschreckt.«

Ein Blitz ließ Verderes Gesicht seltsam deutlich erscheinen. Es war naß und schwarz, aber allein der ernste Ausdruck ließ es wie eine Maske wirken.

Verdere legte eine Hand auf Fingals Schulter. »Warten Sie!«

Fingal stutzte. Der Farbige sprach deutlich und bestimmt, nicht wie ein Verdummter.

»Was ist los, Mrozek?«

»Ich bin mit Ihnen gegangen, weil ich damit rechnete, daß Sie verschiedene Anlagen von Imperium-Alpha zerstören würden. Ich hätte Ihnen dabei sogar geholfen.«

»Was, zum Teufel, denken Sie, was ich vorhabe?« Fingal merkte ärgerlich, daß er Verdere jetzt mit ›Sie‹ anredete.

»Ich wußte nicht, daß sie morden wollen«, entgegnete Verdere. »Da mache ich nicht mit!«

Fingal richtete sich langsam auf. Er hatte die Gefahr, die ihm von dem verborgenen Raumfahrer drohte, völlig vergessen. Auch Verdere erhob sich. Er lehnte sich nach vorn, um dem Sturm besser Widerstand leisten zu können.

Er sagte etwas, aber Fingal sah nur die Lippenbewegungen, die Worte gingen im Donnergetöse unter.

Der Galaktopsychologe machte einen Schritt auf den Schwarzen zu, aber Verdere wich nicht zurück. Fingal leuchtete ihm ins Gesicht, ließ aber den Scheinwerfer unwillkürlich wieder sinken, als er die aufgerissenen Augen seines Gegenübers sah.
»Homo superior!« schrie Fingal mit sich überschlagender Stimme. »Sie gehören zu diesen verdammten Narren, Verdere!«
Der Schwarze nickte langsam.
»Verschwinden Sie!« tobte Fingal, der völlig die Beherrschung verloren hatte. »Sie können mich nicht aufhalten.«
Verdere lächelte ihm zu.
»Ich werde es aber versuchen. Auf dieser Welt sollen keine Morde mehr geschehen.«
Fingal begriff, daß er, wenn er seine Pläne verwirklichen wollte, Verdere aus dem Weg räumen mußte. Der Schwarze würde passiven Widerstand leisten. Zumindest konnte er verhindern, daß Fingal sein Ziel rechtzeitig erreichte. Fingal wußte, daß er Imperium-Alpha nicht entscheidend schlagen konnte, wenn er seine Aktionen nicht mit denen der Kampfroboter zeitlich abstimmte.
»Gehen Sie aus dem Weg, Mrozek!« sagte er drohend.
Verdere richtete sich auf.
»Legen Sie die Waffe weg, Fingal.«
Der Arzt schoß. Er hatte so nahe bei Verdere gestanden, daß ein Fehlschuß unmöglich war. Verderes Augen weiteten sich vor Schmerzen. Er preßte beide Hände in den Leib und krümmte sich nach vorn. Mit aufgerissenem Mund sah Fingal zu, wie der andere langsam auf die Knie sank. Dabei blickte er Fingal unentwegt an.
»Ich lasse mich nicht aufhalten!« schrie Fingal. Seine letzten Worte gingen im Donner unter.
Um ihn herum blitzten Lichter auf. Die Bandenmitglieder näherten sich langsam und richteten ihre Scheinwerfer wie unter einem inneren Zwang auf den sterbenden Homo superior.
»Das wird Ihnen nicht weiterhelfen, Fingal!« ächzte Verdere. »Ihre Art ist zum Aussterben verurteilt. Wir, die Neuen Menschen, werden bald allein auf dieser Welt sein. Sie sind ein lebendiges Fossil, Fingal.«
Fingal hatte noch immer den Lauf der Waffe auf ihn gerichtet, aber er brachte es nicht fertig, einen zweiten Schuß abzugeben. Zum erstenmal seit Jahren fühlte er sich unsicher. Er merkte, daß die Bandenmitglieder immer näher zusammenrückten, als wollten sie einen Schutzwall um Verdere bilden.
Verdere hob plötzlich die Hände. Als hätte sich ein unsichtbarer Regisseur für diesen Augenblick helles Licht gewünscht, erhellte ein Blitz die unheimliche Szene. Verderes Hände waren blutig.
»Folgt ihm nicht, wenn er morden will!« rief der Sterbende den Verdummten zu.

Er kippte langsam zur Seite und fiel in eine Pfütze, die sich am Boden gebildet hatte.

Fingal riß sich von dieser Szene los.

»Kommt weiter!« rief er den anderen zu und winkte mit seiner Waffe.

Niemand folgte ihm. Nach und nach erloschen die Scheinwerfer. Die Verdummten rannten in die Dunkelheit davon. Fingal gab ein paar Schüsse ab, aber er war nicht sicher, ob er einen der Flüchtenden getroffen hatte.

Dann war er endgültig allein mit dem toten Homo superior.

Fingal stieg über Verdere hinweg. Er war entschlossen, jetzt nicht mehr umzukehren. Sein Gürtel war voller Bomben. Allein kam er vielleicht sogar weiter wie mit diesen Narren, die bei jeder Gelegenheit die Nerven verloren.

Als er weiterging, blitzte es in der Nähe des Bunkers auf. Ein Strahlschuß streifte Fingal. Er warf sich zu Boden und rollte zur Seite. Der Raumfahrer, der sich irgendwo in der Nähe versteckt hatte, war noch immer bereit, gegen jeden zu kämpfen, der in die Nähe des Bunkers kam.

Fingal öffnete eine seiner Gürteltaschen und nahm eine Mikrobombe heraus. Er drückte den Zünder, richtete sich auf und holte weit aus. Er hoffte, daß die Bombe trotz des heftigen Sturmes ihr Ziel erreichen würde.

Die Explosion fand unmittelbar vor dem Bunker statt. Eine Stichflamme zuckte über den freien Platz. Der Boden wurde aufgerissen.

Fingal sprang auf und rannte los. Als es am Himmel aufblitzte, sah der Psychologe eine Gestalt aus einer Nische in der Bunkerwand taumeln.

Der Psychologe zielte und schoß. Der Raumfahrer brach zusammen.

Fingal lachte irr und stürmte weiter. Der Wind brauste um sein Gesicht, der Regen klatschte gegen seinen Körper. Fingal fühlte sich erleichtert und entschlossen. Die Ereignisse der letzten Minuten machten ihn nur noch zuversichtlicher. Seine Hände tasteten über die Mikrobomben, die er noch in seinen Gürteltaschen hatte. Damit und mit seinem Strahlenkarabiner konnte er ganze Explosionsserien in Imperium-Alpha auslösen, wenn er die Waffen an der richtigen Stelle einsetzte.

Der Alarm wurde ausgelöst in Sektor West und signalisierte den Angriff einer größeren Gruppe auf eine unterirdische Sektion von Imperium-Alpha.

Deighton beobachtete stirnrunzelnd die Kontrollanlagen. Der Gegner, vom Homo superior bereits angekündigt, hatte sich ein verlassenes Gebiet von Imperium-Alpha für seinen Angriff ausgesucht. Trotzdem mußte etwas unternommen werden.

Deighton setzte sich über ein Funkgerät mit Danton in Verbindung, der inzwischen nach Sektor Süd aufgebrochen war, um dort einen geplanten

Flug von drei von Immunen besetzten Gleitern vorzubereiten. Danton war bereits informiert.

»Ich werde zwanzig Roboter und zwei erfahrene Männer losschicken«, kündigte Deighton an. »Dem Ausmaß der signalisierten Zerstörungen entsprechend, sind es vielleicht hundert Männer, die in Imperium-Alpha eingedrungen sind.«

»Hundert?« fragte Danton verwundert. »Mit einer so großen Bande habe ich nicht gerechnet. Die Frau, die Sie gewarnt hat, sprach doch von zwanzig Angreifern.«

»Vielleicht hat sie sich getäuscht«, meinte Deighton.

»Oder sie hat absichtlich eine falsche Zahl genannt, um uns in Sicherheit zu wiegen.«

»Dann hätte sie uns überhaupt nicht zu warnen brauchen.«

»Das ist richtig«, gab Danton zu.

Deighton unterbrach das Gespräch, um die notwendigen Befehle zu geben. Wenige Augenblicke später brachen zwei Männer zusammen mit zwanzig Robotern nach Sektor West auf, um die Eindringlinge zurückzutreiben.

Dann sprach Deighton wieder mit Rhodans Sohn. »Ich gebe Ihnen Nachricht, sobald ich Neuigkeiten erfahre.«

Danton seufzte.

»Diese Schwierigkeiten haben uns noch gefehlt. Ich frage mich, wie wir es auf die Dauer schaffen sollen, die Ordnung auf Terra wiederherzustellen und gleichzeitig gegen angreifende Verdummte zu kämpfen.«

Galbraith lachte humorlos.

»Gal«, sagte Danton leise, »warum, meinen Sie, geben wir es eigentlich nicht zu?«

»Was?« erkundigte sich Deighton. »Wovon sprechen Sie, Roi?«

Eine Weile blieb es still, dann sagte Danton nüchtern: »Warum geben wir nicht zu, daß wir am Ende sind?«

»Davon dürfen wir nicht sprechen, Roi« sagte Deighton schockiert. »Auf keinen Fall dürfen wir jetzt aufgeben.«

Danton begann heftiger zu sprechen.

»Ich rede nicht vom Aufgeben. Natürlich machen wir weiter. Aber wir sind uns über unsere Situation noch nicht richtig klargeworden. Wir gehen immer noch von falschen Voraussetzungen aus.«

»Ja«, gab Deighton zu. Er strich mit den Fingerspitzen über die Schaltknöpfe der Kontrollanlagen. »Es ist möglich, daß Sie recht haben. Vielleicht sollten wir uns von allem lösen, was noch da ist. Einfach die Erde verlassen und versuchen, irgendwo neu zu beginnen. So, wie es der Homo superior hier auf der Erde versucht.«

»Der Homo superior ist nur ein Zwischenstadium, eine unglückliche Lösung, wie sie die Natur bei solchen Katastrophen immer zu produzieren scheint.«

Deighton fragte nachdenklich: »Sie glauben an einen Zusammenhang zwischen dem Schwarm und dem Auftauchen des Homo superior?«
Er erhielt keine Antwort. Danton hatte die Verbindung unterbrochen.
Als Deighton sich wieder den Kontrollen zuwandte, sah er den Siganesen Harl Dephin mit übereinandergeschlagenen Beinen auf einem der Schalthebel sitzen.
»Harl!« rief Deighton überrascht. »Was wollen Sie?«
»Ich hörte von den Schwierigkeiten in Sektor West«, sagte Dephin, als einziger Thunderbolt nicht verdummt. »Was halten Sie davon, wenn ich mit dem Paladin eingreife?«
Deighton winkte ab. »Das steht nicht zur Diskussion, Harl.«
Dephin fragte entrüstet: »Und warum nicht?«
»Sie wissen genau, daß Sie den Paladin allein nicht richtig steuern können. Es kann zu Fehlern kommen, wenn Sie in einen Kampf verwickelt werden. Was wollen Sie ohne einen einsatzbereiten Dart Hulos anfangen?«
Es war offensichtlich, daß Dephin die Entscheidung Deightons nicht hinnehmen wollte. Der Siganese glaubte, daß der Anblick des Paladins genügen würde, um die in Imperium-Alpha eingedrungenen Angreifer in die Flucht zu schlagen.
»Sie brauchen jeden Immunen, Gal«, sagte Dephin. »Sie können auf mich nicht verzichten.«
»Das ist richtig«, stimmte Deighton zu. »Doch ich wäre ein Narr, wenn ich zuließe, daß Sie mit dem Paladin nach Sektor West aufbrechen.«
»Und was kann ich tun?« fragte Dephin aufgeregt.
Deighton breitete die Arme aus.
»Sehen Sie sich um. Arbeit gibt es überall.«
Verärgert verließ Dephin seinen Platz an den Hauptkontrollen. Er hatte einen Antigravprojektor angeschnallt und flog nun quer durch den Raum davon.
Deighton hoffte, daß Dephin nichts auf eigene Faust unternahm. Solange fünf der sechs Thunderbolts verdummt waren, hätte der Einsatz des Paladins ein großes Risiko bedeutet.
Neue Nachrichten aus allen Teilen der Erde lenkten Deighton von seinen Gedanken ab. Die Informationen, die er erhielt, waren teilweise niederschmetternd. An den Küsten Mitteleuropas war es zu verheerenden Sturmflutkatastrophen gekommen. Schiffe mit Verdummten an Bord waren gekentert und untergegangen. Aus den Küstenstädten wurden Verwüstungen gemeldet. Die Zahl der Toten konnte nur geschätzt werden. Verschiedene Vulkane, vor allem der Vesuv, schienen kurz vor einem Ausbruch zu stehen. Aus allen Teilen Asiens wurden Erdbeben gemeldet. Zwischen der ehemaligen Türkei und Syrien war ein Erdspalt entstanden, der ganze Dörfer verschlungen haben sollte.
Deighton konnte nicht beurteilen, ob alle Berichte den Tatsachen ent-

sprachen. Aber auch wenn er Abstriche machte, war die Lage noch immer schlimm genug.

»Wir müssen noch mehr Immune hinausschicken«, sagte er zu Homer G. Adams, der seit ein paar Minuten neben ihm saß.

Der Halbmutant wehrte ab.

»Wir können jetzt nicht mehr helfen. Es kommt nun darauf an, das Wetter zu stabilisieren. Danach können wir vielleicht etwas unternehmen.«

Das Organisationstalent des Halbmutanten sollte den Immunen helfen, auf der Erde ein funktionierendes Versorgungsnetz zu schaffen.

Aber Adams hatte recht, überlegte Deighton. Solange sie die Wettersituation nicht beherrschten, brauchten sie nicht mit dem Aufbau einer Versorgungsorganisation zu beginnen.

Wer wollte die einzelnen Versorgungsstationen erreichen, wenn Unwetter tobten?

Deighton wurde abermals in seinen Überlegungen unterbrochen, als Coden Opprus sich aus der Zentrale der Wetterstation meldete.

»Hier gibt es nichts mehr zu reparieren«, sagte Opprus. »Die Saboteure haben gründliche Arbeit geleistet, Sir. Vor allem die Steueranlagen für die Satelliten wurden völlig zerstört.«

»Und was ist mit der Notanlage?« erkundigte sich Deighton. »Sie wollten versuchen, sie zu erreichen.«

»Hm!« machte Opprus.

»Sprechen Sie!«

»Die Zugänge existieren nicht mehr«, erklärte Opprus. »Entweder sind sie zusammengestürzt oder hinter Trümmermassen verborgen. Durch Explosionen und Brände hat sich das Material so miteinander verschweißt, daß ein Durchkommen unmöglich ist.«

»Sie müssen die Notanlage untersuchen!« drängte Deighton.

»Das ist gefährlich«, sagte Opprus. »Lebensgefährlich. Es gibt nur eine Möglichkeit, zu den Notaggregaten zu gelangen: Wir müssen uns einen Weg freischießen. Dabei kann es zu verheerenden Explosionen kommen.«

Deighton konnte sich jetzt ein Bild machen, wie es in der Wetterstation aussah. Die Bedenken, die Opprus anführte, waren völlig berechtigt.

»Es wäre Selbstmord«, fügte Opprus leise hinzu.

Adams, der mitgehört hatte, sah Deighton fragend an. Galbraith verstand.

»Moment, Opprus! Adams will mit Ihnen reden.«

»Wir brauchen Informationen über die Notaggregate«, begann Adams ohne Umschweife. »Wenn sie noch in Ordnung oder zu reparieren sind, haben wir eine Schlacht gewonnen, denn dann können wir die Satelliten wieder kontrollieren und die Wetterverhältnisse auf dieser Welt korrigieren. Sollte es in der Notstation so aussehen wie in der Zentrale, müssen wir aufgeben. Dann haben alle geplanten Hilfsmaßnahmen sowieso keinen Sinn.«

Deighton und der ehemalige Chef der General Cosmic Company wechselten einen Blick. Es war beiden klar, was sie von Opprus und den beiden anderen verlangten.

»So eine Schweinerei!« rief Opprus impulsiv. »Aber wir versuchen es. Meine Begleiter sind ebenfalls einverstanden.«

»Danke!« sagte Adams.

Deighton fragte sich, ob Adams und er das Recht hatten, jemand in den Tod zu schicken. Vielleicht gründete sich das Recht auf der Hoffnung, daß Opprus und die beiden anderen Glück haben würden.

Völlig atemlos kam Garrigue Fingal im Windschatten eines Kontrollturms an. Er hatte ein paar hundert Meter im Laufschritt zurückgelegt und war dabei durch den schräg von hinten kommenden Wind begünstigt worden.

Obwohl er sich noch nicht weit genug vom Einsatzgebiet der Roboter entfernt hatte, mußte er jetzt handeln, wenn er seinen Zeitplan einhalten wollte.

Er wußte, daß er nur in den Kontrollturm einzudringen brauchte, wenn er in die unteren Etagen gelangen wollte. Doch das erwies sich als schwierig. Der einzige Zugang des Turmes befand sich nicht auf ebener Erde, sondern lag weiter oben hinter einer Plattform. Trotz des Sturmes hätte Fingal diese Plattform erreichen können, wenn ein Flug- oder Antigravfeldprojektor zu seiner Ausrüstung gehört hätte.

Er leuchtete die Turmwände noch einmal ab. Sie bestanden aus glattem Metall. Es war unmöglich, an ihnen hochzuklettern.

Fingal umrundete den Turm, geriet wieder in den Sturm und wurde von dem immer heftiger werdenden Wind gegen die Turmwand gepreßt.

Ich muß weiter! dachte Fingal.

Er rannte in gebückter Haltung los. Sturmböen drohten seinen hageren Körper umzuwerfen oder mit sich zu reißen.

Knapp hundert Meter vom Turm entfernt lag ein anderes Gebäude. Es bestand aus einer flachen Kuppel, an die sich ein winkelförmiges Verwaltungsgebäude anschloß. Fingal hoffte, daß er dort mehr Glück haben würde.

Er wurde von einer Bö zu Boden geworfen, lag sekundenlang atemlos da und zwang sich zum Aufstehen. Ein paar Meter neben ihm wurden dicke Kunststoffballen wie Luftballons über den Platz getrieben. Einer kam wie ein Geschoß aus der Dunkelheit und prallte gegen Fingal. Der Psychologe wurde zu Boden gerissen und von dem Paket überrollt. Diesmal blieb er länger liegen. Der Regen prasselte auf ihn herab.

Die letzten Meter bis zur Kuppel legte Fingal mehr kriechend als laufend zurück. Dann lag er ein paar Minuten an einer windgeschützten Wand und erholte sich.

Er war sich darüber im klaren, daß er bei der zunehmenden Heftigkeit des Sturmes nicht mehr weiterkommen würde. Er mußte hier einen Zugang finden.

Langsam tastete er sich an der Wand entlang. Wenig später fiel der Lichtstrahl seines Scheinwerfers auf ein großes Metalltor. Früher waren hier wahrscheinlich Transporter ein- und ausgefahren.

Fingal untersuchte das Tor. Es ließ sich nicht öffnen. Nachdenklich wog der Arzt seinen Strahlenkarabiner in den Händen. Wenn er gewaltsam eindrang, würde er ein Alarmsignal auslösen. Aber das ließ sich nicht vermeiden. Es würde auf jeden Fall einige Zeit dauern, bis die Besatzung von Imperium-Alpha Gegenmaßnahmen ergreifen würde.

Fingal trat einen Schritt zurück und brannte ein Loch in die große Tür. Die Ränder kühlten schnell ab. Regentropfen verdampften auf dem Metall. Fingal zwängte sich durch die gewaltsam geschaffene Öffnung ins Innere der Kuppel.

Es war dunkel, aber im Licht seines Scheinwerfers konnte Fingal Einzelheiten seiner neuen Umgebung entdecken. Die Kuppel spannte sich über einer großen Halle ohne Trennwände. Einzelne Fahrzeuge standen auf mit Leuchtstreifen und Säulen abgetrennten Plätzen. Fingal erkannte, daß er sich in einer Garage befand. Wenn er Glück hatte, fand er einen Zugang in die unteren Etagen von Imperium-Alpha.

Er rannte weiter. Der Lichtstrahl des Scheinwerfers glitt suchend über den Boden.

Genau im Mittelpunkt der Halle fand Fingal einen großen Transportlift, der früher einmal Fahrzeuge in tiefere Etagen oder hierher zurückgebracht hatte.

Neben dem Transportlift befand sich ein Personenlift. Er war abgeschaltet, aber Fingal konnte die Notleiter benutzen. Ohne zu zögern kletterte er in die Tiefe. Vom Sturm war nichts mehr zu hören, das beherrschende Geräusch war Fingals Atem. Es dauerte einige Zeit, bis er sich an die Stille gewöhnt hatte.

Er strich über seine Gürteltasche. Bald würde er die ersten Bomben im Innern von Imperium-Alpha zur Explosion bringen.

Roi Danton sah zu, wie ein halbes Dutzend Roboter die letzten Ausrüstungsgegenstände in die Gleiter trugen. Die Immunen, die an Bord gehen sollten, waren noch nicht eingetroffen. Danton sah auch wenig Sinn darin, sie jetzt schon loszuschicken. Sie würden erst aufbrechen, wenn das Unwetter vorüber war.

»Fertig!« meldete der junge Mann an Dantons Seite. Er hatte vor der Katastrophe für die Polizei auf Olymp gearbeitet und war zu Besuch auf

Terra gewesen, als die Verdummungswelle das Solsystem erreichte. Er war nur auf Zeit mentalstabilisiert und würde in einem knappen Jahr ebenso verdummt sein wie alle anderen, die nicht immun waren. Der ehemalige Polizist hieß Monuan und hatte sich in den letzten Wochen einen Namen als Organisationstalent gemacht.

Danton legte Monuan eine Hand auf die Schulter.

»Das hätten wir! Die Gleiter sind startbereit und alle Mannschaften zusammengestellt. Sie können aufbrechen, sobald es draußen ruhiger wird.«

Er bemerkte Monuans Zögern. »Was ist?«

»Ich habe mich freiwillig gemeldet«, sagte Monuan. »Ich würde gern an der geplanten Expedition teilnehmen.«

»Sie werden hier gebraucht«, antwortete Roi ablehnend.

»Aber das ist nicht der wahre Grund!« behauptete der junge Mann erregt. »Da niemand genau weiß, wann ich nicht mehr immun sein werde, wollen Sie kein Risiko eingehen.«

»Es ist möglich, daß unsere Entscheidungen auch von solchen Überlegungen beeinflußt werden. Ich will Ihnen jedoch ...«

In Dantons Funksprechgerät wurde das Alarmsignal hörbar. Beinahe gleichzeitig meldete sich Galbraith Deighton.

»Es sieht so aus, als sollten wir überhaupt keine Ruhe mehr finden, Roi. Es gibt einen Einbruchsversuch. Auch er scheint gelungen zu sein.«

»Wo?« fragte Danton.

»In Ihrer Nähe, Roi. Jemand muß durch die Gronor-Opol-Garage eingedrungen sein.«

»Haben Sie Informationen über die Anzahl der Eindringlinge?«

»Nein, aber ich glaube nicht, daß es mehr als ein halbes Dutzend Personen sind.«

Danton überlegte einen Augenblick.

»Geben Sie mir alle Daten der betreffenden Garage, damit ich schnell hinfinden kann«, sagte er dann.

Er konnte hören, wie Deighton den Atem anhielt. Dann brach es aus dem SolAb-Chef hervor: »Aber es ist völlig unnötig, daß Sie sich darum kümmern.«

»Ich habe Monuan bei mir«, erwiderte Danton. »Wir werden uns beide dieser Sache annehmen. Oder ist vielleicht jemand noch näher am Tatort?«

»Wir könnten Alsam schicken, er ist nicht weit von Ihnen entfernt und macht gerade ...« Er unterbrach sich und fügte gereizt hinzu: »Ich kann Sie doch nicht davon abhalten.«

»Nein!« rief Roi und lachte. Er nickte Monuan zu. »Kommen Sie, Vlerkus! Wir nehmen den Wagen. Ich werde jeden Augenblick die Daten bekommen. Wahrscheinlich müssen wir weiter nach oben.«

Vlerkus Monuan sagte: »Aber wir sind nicht bewaffnet.«

»Im Wagen liegen zwei Handfeuerwaffen«, sagte Danton. »Doch das ist nicht so wichtig. Wenn es Verdummte sind, die durch die Garage hereingekommen sind, werden wir auch ohne Waffen mit ihnen fertig.«

Sie verließen den unterirdischen Hangar. Im Korridor brannte nur die Notbeleuchtung. Dantons kleiner Elektrowagen, für hier unten das am besten geeignete Fahrzeug, stand neben der Schleuse.

»Sie werden hinten aufsitzen müssen«, sagte Danton. »Es ist ein Ein-Mann-Wagen.«

Monuan schwang sich auf die kleine Plattform und hielt sich fest. Danton nahm am Steuer Platz. In diesem Augenblick meldete Deighton sich erneut. Es gab keine neuen Nachrichten, aber er hatte die Fahrtroute für Danton berechnen lassen.

»Wenn Sie den angegebenen Weg einschlagen, sind Sie in sieben Minuten am Ziel.« Seine Stimme veränderte sich und nahm einen sarkastischen Unterton an. »Viel Verkehr wird wohl dort unten nicht mehr sein.«

Danton fuhr los. Früher wäre es unmöglich gewesen, auf einem Hauptkorridor von Imperium-Alpha mit Höchstgeschwindigkeit zu rasen. Danton reichte Monuan eine Waffe nach hinten.

»Benutzen Sie sie nur, wenn es nicht anders geht«, ermahnte Roi den jungen Mann.

»Ich bin Polizist«, sagte Monuan ruhig.

Das Fahrzeug bog in einen anderen Korridor ein. Im gleichen Augenblick flammte die Notbeleuchtung an der Decke auf. Deighton hatte schnell reagiert. Von der Zentrale aus ließ er alle Notaggregate, die auf Dantons Weg lagen, mit Energie versorgen.

»Glauben Sie, daß es Verdummte sind, mit denen wir es zu tun haben?« fragte Monuan.

Danton zögerte mit seiner Antwort. Insgeheim verdächtigte er noch immer den Homo superior.

»Ich befürchte, daß wir den Kampf auf der Erde verlieren werden«, sagte Monuan nachdenklich. »Wir sind nicht zahlreich genug. Diese Welt wird früher oder später dem Homo superior gehören.«

Danton lachte bitter.

»Da täuschen Sie sich, Monuan. Der Homo superior wird zusammen mit der übrigen Menschheit untergehen, weil er ausgerechnet jetzt versucht, seine Ideale zu verwirklichen.«

»Ich hoffe, daß wir eine neue Chance irgendwo im Weltraum bekommen«, versetzte Monuan.

Die Worte des Polizisten bewiesen Danton, wie schnell die Menschen sich mit dem vermeintlichen Ende des Solaren Imperiums abgefunden hatten. In den Gehirnen der Immunen begannen sich bereits Vorstellungen von einem neuen Beginn zu entwickeln. Hatte es unter diesen Umständen überhaupt noch einen Sinn, wenn die Besatzung von Imperium-Alpha versuchte, zumindest auf der Erde die alte Ordnung wiederherzustellen?

»Es wird nie wieder so sein wie früher«, fuhr Monuan fort. »Wir müssen von vorn beginnen.«

»Es ist immerhin denkbar, daß die Verdummung ebenso plötzlich aufhört, wie sie begonnen hat«, sagte Danton sachlich.

Monuan antwortete nicht, aber es war offensichtlich, daß er an eine solche Möglichkeit nicht glaubte.

Danton mußte sich jetzt auf den vor ihnen liegenden Korridor konzentrieren. Vor ihnen befanden sich die Lifts, die zur Garage hinaufführten. Es war denkbar, daß die Eindringlinge auf diesem Weg nach unten gekommen waren.

Danton entsicherte seine Waffe. Irgendwo vor ihnen hielten sich Fremde auf.

Galbraith Deighton meldete sich über Funk.

»Bei den Eindringlingen in Sektor West handelt es sich um etwa vierzig Roboter, Roi. Sie haben durch vorher in den Boden geschossene Löcher Betäubungsgas in die unteren Etagen geblasen und sind dann eingestiegen. Glücklicherweise trugen unsere Männer Schutzanzüge.«

»Was ist geschehen?« fragte Danton angespannt.

»Es kam zu einem heftigen Kampf, bei dem in Sektor West beträchtliche Zerstörungen verursacht wurden«, berichtete Deighton.

»Ist jetzt alles vorüber?«

»Nein, unsere Gruppe kämpft noch mit etwa zwanzig Robotern, die sich in Seitengängen und Nischen verschanzt haben.«

Danton sagte überlegend: »Das könnte bedeuten, daß Monuan und ich es auch mit Robotern zu tun bekommen. Ich möchte wissen, wer sie umprogrammiert hat.«

»Das ist nicht so wichtig.« Deightons Stimme klang ungeduldig. »Sie müssen sofort umkehren, Roi. Gegen ein Dutzend Roboter haben Sie keine Chance.«

Danton steuerte den Wagen an die Seite des Korridors und hielt an.

»Hier ist alles ruhig«, antwortete er, ohne auf Deightons Worte einzugehen.

»Ich schicke Ihnen Verstärkung«, kündigte Deighton an. Er schien einzusehen, daß er Rhodans Sohn nicht zur Umkehr bewegen konnte.

»Meinetwegen!« sagte Danton. Er drehte sich zu Monuan um. »Kommen Sie, wir sehen uns hier ein bißchen um.«

Fingal hielt es für einen glücklichen Zufall, daß er schon nach wenigen Augenblicken einen fahrbereiten Wagen fand. Vielleicht gelang es ihm mit Hilfe des Fahrzeuges, schnell bis zum Zentrum vorzudringen und dort Bomben zur Explosion zu bringen.

Ohne zu zögern, stieg er in den flachen Wagen mit dem schalenförmigen Sitz. Geräuschlos setzte sich das Fahrzeug in Bewegung. Fingal fuhr in die Mitte des Ganges. Er bog um eine Kurve. Vor ihm lag ein langer Gang. Weit im Hintergrund sah er einen Elektrowagen. Zwei Männer waren gerade im Begriff, ihn zu verlassen.

Fingal preßte die Lippen zusammen. Wahrscheinlich waren sie gekommen, um sich in der Garage umzusehen. Fingal beobachtete, daß die beiden Männer in seine Richtung blickten. Sie hatten ihn entdeckt.

Fingal griff nach seiner Strahlwaffe, besann sich aber schnell eines Besseren. Wenn er die beiden Unbekannten beschoß, würden sie auf jeden Fall noch Zeit haben, über Funk die Zentrale zu verständigen. Wie Fingal die Raumfahrer kannte – um solche schien es sich zu handeln –, würden sie nicht von sich aus das Feuer eröffnen. Das gab dem Psychologen eine Chance. Er würde den Harmlosen spielen und den beiden entgegenfahren. Vielleicht konnte er sie überraschen und mit seinem Wagen rammen.

Fingal sah, daß die beiden Männer den Elektrowagen bestiegen und ihm entgegenfuhren. Der Arzt triumphierte. Das entsprach genau seinen Plänen. Er hob einen Arm und winkte. Die beiden Männer sollten glauben, daß er mit ihnen sprechen wollte. Aber das hatte er nicht vor. Im letzten Augenblick wollte er das Steuer seines Wagens herumreißen und das Fahrzeug der Immunen rammen.

Fingal lächelte triumphierend. Die Raumfahrer schienen nicht zu wissen, was er vorhatte. Sie reagierten nicht auf sein Winken. Als sie noch zwanzig Meter voneinander entfernt waren, sah Fingal, daß der junge Mann, der hinten auf dem Wagen stand, eine Waffe schußbereit hielt.

»Anhalten!« schrie der Mann am Steuer.

In diesem Augenblick erkannte Fingal, wer der Fahrer war.

Rhodans Sohn!

Fingals Puls ging schneller. Der Zufall half ihm zum zweitenmal. Er mußte sich dazu zwingen, den beiden Männern zuzulächeln.

»Anhalten!« schrie Danton abermals und brachte eine Waffe zum Vorschein.

Mit grimmiger Entschlossenheit riß Fingal das Steuer herum. Er sah, wie Dantons Gesichtsausdruck sich veränderte. Rhodans Sohn schien zu ahnen, was der Eindringling vorhatte. Er hob die Waffe, doch diese Reaktion kam zu spät. Die beiden Wagen prallten aufeinander.

12.

Die Explosion preßte die Luft aus Opprus' Lungen und warf ihn zu Boden. Er rang nach Atem und fühlte Trümmerstücke auf sich herabregnen. Das Knistern von Flammen drang an sein Gehör.
Er richtete sich auf. Rauchschwaden versperrten ihm die Sicht. Neben ihm, ein lautloser Schatten nur, tauchte Pohklym aus dem Qualm auf und winkte ihm zu.
»Wo ist Gryndheim?« ächzte Opprus.
Das Licht ihrer Scheinwerfer konnte den Rauch nicht durchdringen.
Opprus wußte, daß jeden Augenblick neue Explosionen erfolgen und die Decke zum Einsturz bringen konnten. Da die Klimaanlagen nicht liefen, würde es einige Zeit dauern, bis sich der Rauch verzogen hatte.
Opprus wußte nicht, ob sie sich mit ihrer letzten Sprengung einen Weg in die Notstation freigelegt hatten.
Gemeinsam mit Pohklym tastete er sich in Richtung zur Tür, die ihnen bisher versperrt geblieben war.
Opprus vernahm ein Stöhnen. Er blieb stehen und lauschte.
»Das ist Gryndheim!« stellte Pohklym in seiner ruhigen Art fest.
Opprus blickte sich um.
»Gryndheim!« schrie er. Er mußte husten, denn die rauchgeschwängerte Luft drang tief in seine Lungen.
Pohklym war wieder im Qualm verschwunden, offenbar auf der Suche nach Gryndheim. Wenig später hörte Opprus die Stimme des ehemaligen SolAb-Agenten.
»Ich habe ihn gefunden, Opprus.«
Opprus bewegte sich in die Richtung, aus der die Stimme kam. Er fand Pohklym, der neben dem dicken Sergeanten kniete. Eine Metallsäule, in die Schaltanlagen eingelassen waren, lag quer über Gryndheims Brust. Sie war bei der Explosion aus der Verankerung gerissen worden und hatte Gryndheim getroffen.
Opprus ließ sich neben den beiden anderen Männern nieder und leuchtete Gryndheim ins Gesicht. Der dicke Mann schloß die Augen. Sein Gesicht war schmutzig und schweißüberströmt.
Opprus griff schweigend nach der Säule. Sie ließ sich nicht bewegen.
Gryndheim wollte etwas sagen, aber er brachte nur ein Stöhnen zustande.
»Wir müssen die Säule an beiden Enden zerstrahlen, damit wir sie bewegen können«, schlug Pohklym vor.

Opprus packte den anderen am Arm und zog ihn ein paar Schritte von Gryndheim weg. In ihrer unmittelbaren Nähe prasselten die Flammen. Sie drangen nur langsam vor, denn der größte Teil der Einrichtung bestand aus feuersicherem Material.

»Er scheint schwer verletzt zu sein«, sagte Opprus leise.

»Die Säule hat seine Brust eingedrückt!« ergänzte Pohklym. »Bestimmt hat er ein paar Rippen gebrochen. Hoffentlich hat er keine inneren Verletzungen davongetragen.«

»Wenn er sehr schwer verletzt ist, können wir ihn nicht transportieren.« Opprus schaltete sein Funkgerät ein. »Ich werde Deighton bitten, uns zwei Roboter zu schicken, die das übernehmen können.«

Sie kehrten zu Gryndheim zurück, der geduldig wartete, was seine beiden Begleiter unternehmen würden.

Opprus sprach mit Deighton und machte ihn auf die neue Situation aufmerksam.

»Ich schicke zwei Roboter«, versprach der Zellaktivatorträger. »Wie sieht es bei Ihnen aus? Kommen Sie zur Notstation durch?«

Opprus blickte sich um.

»Das läßt sich jetzt noch nicht sagen. Am Unfall, der Gryndheim passiert ist, können Sie ermessen, mit welchen Schwierigkeiten wir zu kämpfen haben. Ich mache jetzt Schluß, damit wir uns um den Sergeanten kümmern können.«

Gemeinsam mit Pohklym zerstrahlte Opprus die beiden Enden der Metallsäule. Danach gelang es den beiden Männern, das Mittelstück von Gryndheims Brust zu stemmen.

»Ich schlage vor, daß Sie hier liegenbleiben, bis die Roboter da sind«, sagte Opprus.

Gryndheims Gesichtsausdruck ließ vermuten, daß der dicke Mann damit nicht einverstanden war. Der Sergeant versuchte sich auf die Ellenbogen zu stützen. Jede Bewegung schien ihm starke Schmerzen zu bereiten, doch er richtete den Oberkörper auf. Opprus wollte ihn zurückdrücken, doch Gryndheim schüttelte den Kopf.

»Lassen Sie mich!« Er stemmte sich hoch. Opprus griff zu und half ihm auf die Beine.

Gryndheim stand schwankend da.

»Hier ist ... es zu gefährlich«, sagte er stoßweise. »Ich werde im Archiv warten.«

Opprus sah ihm nach, wie er im Qualm verschwand.

»Machen wir weiter«, schlug Pohklym vor.

Sie drangen bis zur Tür vor, wo sie gesprengt hatten. Trümmer versperrten ihnen den Weg. Sie kletterten darüber hinweg. In der Nähe der Tür waren die Flammen wieder erstickt, denn sie hatten keine Nahrung gefunden. Ein Teil des Durchgangs lag frei. Opprus zog sich über eine verbogene Leichtmetallwand und ließ sich auf der anderen Seite hinab.

»Wie sieht es aus?« erkundigte sich Pohklym.
Opprus leuchtete die Umgebung ab.
»Nicht viel zu sehen«, antwortete er knapp. »Alles voller Rauch.«
Er zwängte sich durch einen Spalt zwischen der aus der Verankerung gerissenen Tür und der Wand. Der Korridor, in dem er sich jetzt befand, führte zur Notstation. Opprus zog sich jedoch hustend zurück.
»Da ist zuviel Rauch«, erklärte er Pohklym. »Da kommen wir nicht durch.«
Der SolAb-Agent zog ein Tuch aus seinem Gürtel, durchnäßte es mit dem Inhalt einiger Getränkekapseln und preßte es gegen den Mund. Mit beredten Blicken forderte er Opprus auf, es ebenfalls auf diese Weise zu versuchen.
Wenig später drangen sie Seite an Seite in den Korridor ein. Trotz ihrer Scheinwerfer konnten sie kaum etwas erkennen.
Die Tür am Ende des Ganges stand offen.
»Stehenbleiben!« schrie plötzlich eine Stimme aus der Notstation.
»Wir werden offenbar erwartet«, stellte Pohklym fest.
Opprus umklammerte seine Waffe, besann sich aber darauf, daß jeder Schußwechsel weitere Zerstörungen auslösen konnte.
»Wir dürfen es nicht auf einen Schußwechsel ankommen lassen!« raunte er Pohklym zu.
Pohklym klopfte gegen seinen Strahler, der noch im Gürtel steckte.
»Vielleicht ist es ein Meteorologe, der nach dem Angriff hierher geflohen ist.«
»Möglich«, stimmte Opprus zu. »Versuchen wir unser Glück.« Er hob seine Stimme. »Hier sind Coden Opprus und Janus Pohklym von Imperium-Alpha. Ergeben Sie sich.«
In der darauffolgenden Stille war nur das Knistern der Flammen zu hören. Vor den Scheinwerfern der beiden Männer zogen dunkelgraue Rauchschwaden vorbei.
Opprus seufzte. Sie konnten nicht stundenlang hier stehenbleiben. Entschlossen setzten sie sich in Bewegung und betraten die Notstation.

Die Wucht des Aufpralls schleuderte Danton aus dem Elektrowagen. Dabei blieb er mit dem linken Bein an einem Verschlußbügel hängen und wurde ein Stück mitgeschleift. Das Fahrzeug, das Fingal benutzt hatte, besaß einen stärkeren Motor und schob den Elektrowagen gegen die Wand des Korridors. Danton versuchte verzweifelt sein Bein freizubekommen. Er drehte den Kopf und sah Monuan ein paar Schritte entfernt am Boden liegen. Von dem Fremden war nichts zu sehen. Danton vermutete, daß der Angreifer noch in seinem Fahrzeug hockte. Der Zusammenprall war kein Zufall gewesen.
Danton richtete sich auf. Der Verschlußbügel, in dem er festhing, war

durch den Aufprall verbogen worden und klemmte sein Bein oberhalb der Fessel fest.

Ein Geräusch ließ Danton aufblicken. Über die zertrümmerten Wagen hinweg schob sich eine Gestalt. Es war der Fremde. Sein Gesicht war blutüberströmt. Seine seltsame Kopfbedeckung hing auf einer Seite herab. Das raubvogelähnliche Gesicht mit den tiefliegenden Augen war von Schmerzen entstellt.

Trotzdem erkannte Danton diesen Mann. »Dr. Fingal!« rief er überrascht. »Wie kommen Sie hierher? Warum haben Sie das getan?«

Fingal fixierte Danton. »Wissen Sie das nicht?« Seine Stimme war nur ein Flüstern.

»Helfen Sie mir hier heraus, bevor einer der Wagen explodiert oder in Flammen aufgeht«, forderte Rhodans Sohn den Psychologen auf.

Im Hintergrund wurden Geräusche hörbar. Fingal drehte den Kopf zur Seite. Monuan, der am Boden gelegen hatte, versuchte sich aufzurichten.

»Ihr Freund!« stellte Fingal mit einem drohenden Unterton in der Stimme fest. Er zog eine Waffe unter sich hervor.

Danton wurde von einer schrecklichen Ahnung befallen. Er erinnerte sich, daß Fingal vor Jahren aus der Flotte ausgeschieden war, weil man ihm das Fälschen von Psychogrammen hatte nachweisen können. Fingal war einer der berühmtesten Galaktopsychologen. Sein Bild war ein paarmal in der irdischen Presse erschienen, nachdem er als Privatarzt Karriere gemacht hatte.

»Fingal!« redete Roi mahnend auf ihn ein. »Machen Sie keine Dummheiten. Sie sind vollkommen verwirrt.«

»Sie täuschen sich!« gab Garrigue Fingal zurück. »Ich bin in Ordnung. Ich weiß genau, was ich tue. Auf diesen Augenblick warte ich seit Jahren.«

Blinder Haß sprach aus den Worten des Psychologen. Danton begriff, daß Fingal sich für seine Entlassung rächen wollte. Fingal schien immun zu sein – auf jeden Fall besaß er genügend Intelligenz, um seine Pläne zu verwirklichen.

Danton blickte zu Monuan hinüber, der völlig benommen dastand und sich umblickte.

»Lassen Sie ihn in Ruhe, Fingal!« sagte Danton eindringlich. »Sie haben nicht das Recht gegen uns vorzugehen. Kommen Sie zur Vernunft. Wenn Sie immun sind, werden Sie von der Menschheit gebraucht.«

Fingal lachte wild.

»Was bedeutet das?« fragte Monuan fassungslos. Er blickte sich suchend nach seiner Waffe um. Dann deutete er auf Fingal. »Bedroht er Sie etwa?«

»Verschwinden Sie, Monuan!« schrie Danton. »Gehen Sie in Deckung.«

Doch der Polizist hatte seine Waffe entdeckt, die drei Meter von ihm

entfernt am Boden lag. Er ging darauf zu und wollte sich danach bükken.
»Monuan!« schrie Danton verzweifelt.
Fingal schoß. Monuan fiel vornüber und begrub seine Waffe unter sich. Er bewegte sich nicht mehr.
Fingal kicherte histerisch und wischte sich mit der freien Hand über das Gesicht.
»Mein Waffengürtel ist mit Bomben gefüllt«, erklärte er. »Sobald ich Sie getötet habe, dringe ich weiter ins Zentrum von Imperium-Alpha vor und bringe diese Bomben zur Explosion.«
»Sie müssen wahnsinnig sein, Fingal!«
Dantons Funkgerät summte. Auch Fingal hörte es.
»Sie können sprechen«, erlaubte er Danton. »Ihnen kann sowieso niemand mehr helfen.«
»Ist etwas nicht in Ordnung?« klang Deightons Stimme auf. »Adams spricht gerade mit Opprus. Die drei scheinen Schwierigkeiten zu haben, obwohl es ihnen gelungen ist, bis zur Notstation vorzudringen.«
Es entstand eine Pause, dann fragte Deighton beunruhigt: »Warum sprechen Sie nicht?«
Fingal, der mithörte, begann irre zu lachen.
»Was ist das?« erkundigte Deighton sich irritiert.
»Ein Verrückter«, entgegnete Danton. »Galaktopsychologe Garrigue Fingal. Er ist in die Zentrale eingedrungen und will sich für die vermeintliche Schmach rächen. Er hat Bomben bei sich, die er zur Explosion bringen will.«
Deighton schluckte hörbar.
»Er hat Monuan ermordet«, fuhr Danton fort. »Und ich bin ihm ausgeliefert.«
»Oh!« machte Deighton entsetzt.
Fingal winkte mit seiner Waffe.
»Abschalten!« befahl er.
Danton vernahm noch einmal Deightons Stimme, dann unterbrach er die Verbindung.
»Ich habe nicht viel Zeit«, sagte Fingal bedauernd. »Sonst würde ich mit Ihnen über meine Pläne sprechen. Es sind interessante Pläne, Roi Danton. Schade, daß Ihr Vater nicht bei uns sein kann. Er hätte bestimmt sein Vergnügen an dieser Situation.«
Danton antwortete nicht. Er beobachtete, wie Fingal die Waffe hob und auf ihn zielte.
In einer letzten verzweifelten Anstrengung bäumte Roi sich auf, um sein Bein freizubekommen.
Unwillkürlich wich Fingal ein Stück zurück und stieß dabei mit dem Kopf gegen ein Teil des eingedrückten Wagendachs. Seine Kopfbedeckung verrutschte noch mehr. Als Fingal sich wieder nach vorn beugen

wollte, blieb er mit seinem seltsamen Nackengestell an einer Metallstrebe hängen. Die Elektroden lösten sich von Fingals Haut.

Danton konnte sehen, wie der Gesichtsausdruck des Psychologen sich plötzlich veränderte. Aus der von Haß entstellten Maske wurde ein stumpfsinnig wirkendes Gesicht. Die Augen weiteten sich. Fingal schien vergessen zu haben, wo er sich befand. Er ließ die Waffe fallen und begann unverständliche Worte zu lallen.

Nur langsam begann Danton zu begreifen, daß er gerettet war.

Fingal war verdummt.

Innerhalb der Notstation hatte sich der Rauch zur Decke hin verteilen können, so daß die Sicht mit einem Schlag besser wurde. Im Lichtkegel seines Scheinwerfers sah Opprus einen kleinen Mann stehen, der mit einem Thermostrahler auf ihn zielte. Erleichtert erkannte Opprus, daß der Bewaffnete die Uniform der SolAb trug.

»Pohklym!« rief Opprus. »Kommen Sie her. Ich hoffe, daß Sie unseren Freund hier kennen.«

Der Mann beobachtete mißtrauisch, wie auch Pohklym die Station betrat.

Pohklym leuchtete dem kleinen Mann ins Gesicht.

»Das ist Snapper!« stellte er lakonisch fest. »Seinen richtigen Namen kenne ich nicht. Ich bin ihm einmal auf Kallrob begegnet. Die Leute nannten ihn Snapper.«

»Aber ich kenne Sie nicht!« rief der Mann, den man Snapper nannte. »Es stimmt, daß ich einmal auf Kallrob war. Aber was haben Sie dort getan?«

»Rimmicent Daklom«, sagte Pohklym ruhig. »Erinnern Sie sich? Das war der Mann, der Ihre Nachrichten entgegennahm.«

»Wenn Sie das wissen, müssen Sie Rimmicent Daklom sein!«

»Ich bin Janus Pohklym. Aber auf Kallrob nannte man mich nur Daklom.«

Snapper ließ die Waffe sinken. Er gab der Müdigkeit nach und lehnte sich mit dem Rücken gegen die Verkleidung einer Maschine. Er schüttelte den Kopf, als könne er nicht begreifen, daß die beiden Männer gekommen waren.

»Sie gehörten nicht zur Besatzung der Wetterstation?« fragte Opprus.

Snapper verneinte.

»Ich kam vom Raumhafen aus hierher. Ohne es zu wollen, wurde ich in den Kampf um die Wetterstation verwickelt. Vielleicht war es gut so, denn ich habe diese kleine Station gegen zwei Angreifer verteidigt und verhindert, daß sie vollkommen zerstört wurde.«

Opprus gab Pohklym einen Wink.

»Sehen Sie sich um. Ich spreche jetzt mit Deighton.«

Danton wälzte sich zur Seite und zog die Waffe zu sich heran, die Fingal aus den Händen gefallen war. Er zerstrahlte den Verschlußbügel, in dem sein Bein festhing. Fingal sah teilnahmslos zu. Er schien kein Interesse mehr an seiner Umwelt zu haben.

Danton stand auf. Er konnte das verletzte Bein nicht stark belasten, aber immerhin war er in der Lage, sich zu bewegen. Er humpelte zu Monuan, konnte aber nur noch den Tod des jungen Mannes feststellen. Dann kehrte er zu Fingal zurück, ergriff ihn am Arm und zog ihn vom Wagen herunter. Er sprach nicht.

Das Funkgerät summte und erinnerte Danton daran, daß Deighton wahrscheinlich völlig verzweifelt auf Nachrichten wartete.

»Es ist alles in Ordnung, Gal«, sagte er. »Fingal ist verdummt. Er trug eine Art Schutz, der ihn immun machte.«

»Was war es?« fragte Deighton wißbegierig. »Vielleicht können wir damit anderen Verdummten helfen.«

»Ich muß Sie enttäuschen«, erwiderte Danton. »Fingal erlitt in seiner Jugend eine Kopfverletzung. Der Apparat, den er trug, war auf ihn abgestimmt. Bei jedem normalen Gehirn würde er die gewünschte Funktion nicht erfüllen.«

»Ich verstehe«, sagte Deighton.

»Was soll mit Fingal geschehen?« fragte Danton. »Ich schlage vor, ihn vorläufig in ein abgelegenes Zimmer einzusperren. Er ist für seine Taten wahrscheinlich nicht verantwortlich zu machen.«

Deighton war einverstanden.

»Es gibt auch gute Nachrichten. Opprus und Pohklym befinden sich in der Notstation. Pohklym meint, daß wir den dort entstandenen Schaden bei größter Anstrengung in ein paar Tagen beheben können. Das kann bedeuten, daß wir die Wettermanipulatoren bald wieder steuern können. Außerdem sind Opprus und Pohklym mit einem Immunen der SolAb zusammengetroffen.«

Danton zog Fingal mit sich durch den Korridor. Er mußte irgendwo einen abgestellten Wagen finden, mit dem er in die Zentrale zurückfahren konnte.

»Ich denke, daß ich jetzt nach Olymp gehen und mich dort umsehen kann«, sagte Danton. »Wir müssen dafür sorgen, daß die Containerstraße nicht zusammenbricht, denn nur sie kann in den nächsten Monaten die Versorgung der Erdbevölkerung sichern.«

Der halbtote Simon war am Ende seiner Kräfte. Er blutete aus zahlreichen Wunden. Immer wieder stieß er gegen im Weg liegende Trümmer. Regen und Wind beeinträchtigten seinen Orientierungssinn. Trotzdem befand er sich noch auf der Straße, die zur Praxis von Dr. Garrigue Fingal führte. Allein die Tatsache, daß er nicht mehr weit von seinem Ziel entfernt war, hielt den ehemaligen Warenhausdieb auf den Beinen. Wenn ihn seine Sinne nicht trogen, war die Nacht bald vorüber. Es war seltsam, daß man als Blinder ein Gespür für diese Dinge entwickelte.

Seine tastenden Hände fanden einen Türeingang. Der Verdummte stolperte in den Torbogen, um sich einen Augenblick auszuruhen. Er zitterte am ganzen Körper. Immer, wenn ihn die Schwäche zu übermannen drohte, dachte er an Dr. Fingal, der ihm bestimmt helfen würde.

Der halbtote Simon hörte, daß draußen jemand vorbeiging. Er preßte sich eng gegen die Wand, um nicht gesehen zu werden.

Die Schritte verklangen, die Gefahr ging vorüber. Simon hörte sich aufatmen. Es wurde Zeit, daß er etwas zu essen bekam. Seinen Durst hatte er im Regen löschen können.

Als er sich bewegte, hörte er ein drohendes Knurren hinter sich. Er blieb wie angewurzelt stehen.

Ein Hund! dachte er.

War es ein großer oder ein kleiner Hund?

Simon preßte sich mit dem Rücken gegen die Wand und lauschte. Er konnte das Tier schnuppern hören, wahrscheinlich kauerte es nur ein paar Schritte von ihm entfernt am Boden. Der halbtote Simon vermutete, daß der Hund vor dem Unwetter hierhergeflohen war und geschlafen hatte. Der Blinde hatte das Tier geweckt.

Wieder knurrte der Hund.

»Ruhig!« sagte der halbtote Simon mit rauher Stimme. »Ganz ruhig.«

Mit dem Rücken zur Wand bewegte er sich langsam auf den Ausgang zu.

Dann spürte er, daß der Hund springen würde. Es war ein Geräusch wie das Knacken einer sich entspannenden Feder. Der halbtote Simon riß instinktiv beide Arme vor sein Gesicht.

Als das Tier gegen ihn prallte und ihn gegen die Wand warf, wußte Simon, daß es ein sehr großer und schwerer Hund war. Seine Kinnbakken hatten sich über Simons linkem Handgelenk geschlossen. Ein stechender Schmerz fuhr durch den Arm des Verdummten.

Simon verlor das Gleichgewicht und stürzte zu Boden. Der Hund war über ihm, ein dumpfes Grollen kam aus seiner Brust.

Der Blinde umklammerte mit beiden Händen den Hals des Hundes. In seiner linken Hand war kaum noch Kraft, aber es gelang Simon, den Kopf des Tieres nach unten zu ziehen und den Hals mit dem rechten Arm zu umspannen.

Mann und Hund wälzten sich über den Boden. Das Tier hatte Simons Handgelenk zerbissen. Jetzt ließ es los und versuchte, an Simons Hals zu gelangen.

Der Torbogen war vom Lärm des Kampfes erfüllt. Simon wußte, daß er den Hund töten mußte, wenn er nicht selbst getötet werden wollte. Er drückte fester, aber der Hund war kräftig und kam immer wieder frei. Er

biß in Simons Schulter und zerrte daran. Simons nasse und zerfetzte Jacke bot kaum Schutz.
»Verschwinde!« rief der halbtote Simon keuchend. »Du elendes Biest!«
Seine Stimme schien das Tier verrückt zu machen, denn es verstärkte seine Anstrengungen, an den Hals des Mannes heranzukommen. Simon überlegte, ob es der Blutgeruch sein konnte, der das Tier so angriffslustig machte.
Der Hund hatte aufgehört zu knurren. Er konzentrierte sich jetzt vollkommen auf seinen Gegner. Der Kampf wurde immer verbissener. Der Mann spürte, daß seine Chancen mit zunehmender Dauer des Kampfes immer geringer wurden. Er mußte eine Entscheidung herbeiführen, oder er war verloren.
Sie rollten über den Boden. Simon stieß sich mit den Füßen an der Wand ab und kam über dem Hund zu liegen. Der heiße Atem strich über Simons Gesicht. Er drückte fester. Der Hund zappelte und versuchte sich aus der Umklammerung zu befreien. Dabei schnappte er nach Simons Hals.
Nach einer Weile merkte der halbtote Simon, daß die Anstrengungen des Tieres nachließen, aber er ließ nicht los. Es fiel ihm jetzt leichter, den Hund festzuhalten.
Dann starb das Tier.
Der Blinde rollte sich zur Seite. Er fühlte, daß seine Sinne schwanden.

Kälte und Schmerzen weckten ihn zwei Stunden später. Er wußte nicht, daß es draußen inzwischen hell geworden war. Der Wind blies in den Torbogen. Simon streckte die Hand aus und berührte den toten Hund, der sich jetzt ganz kalt anfühlte.
Simons Wunden hatten aufgehört zu bluten, aber sie schmerzten stark. Der Blinde ächzte, als er nach mehreren Anstrengungen auf die Beine kam.
Dr. Fingal! hämmerten seine Gedanken. *Ich muß zu ihm.*
Er schleppte sich ins Freie. Es war kälter geworden, die vom Sturm getriebenen Regentropfen stachen wie Nadeln auf Simons Haut. In einer Entfernung fiel etwas von einem Dach oder aus einem Fenster und zerplatzte mit explosionsartigem Knall auf der Straße. Simon schlug die Richtung zu Dr. Fingals Praxis ein. Sein Glaube an die Fähigkeiten des Arztes waren durch die Verdummung zu einer abstrakten Vorstellung geworden.
Vor Simon war das stillstehende Transportband aufgerissen. Er merkte es zu spät und rutschte in die Tiefe. Er schrie auf. Seine ausgestreckten Arme bekamen eine Strebe zu fassen, aber die Sehnen des linken Unterarms waren während des Kampfes mit dem Hund zerbissen worden und

konnten das Gewicht des Mannes nicht halten. So hing Simon an seinem rechten Arm, unfähig, sich wieder nach oben zu ziehen. Er wußte nicht, wie tief er fallen würde. Seine Kräfte erlahmten schnell. Er öffnete die Finger seiner rechten Hand und stürzte.

Er prallte auf und fiel vornüber. Seine umhertastenden Hände berührten geschliffenen Beton. Er vermutete, daß er auf dem Dach eines Hauses gelandet war.

Vorsichtig bewegte Simon sich über das Dach. Der Zufall führte ihn zu den Lifts. Sie funktionierten nicht, sonst hätten sie ihn nach oben auf das Transportband tragen können. Doch Simon hatte Glück und entdeckte neben den Lifts die Notleiter. Es fiel ihm schwer, sie emporzuklettern, doch er schaffte es, indem er den verletzten Arm in die einzelnen Sprossen hakte.

Als er wieder auf dem Transportband lag, war er so erschöpft, daß er sich eine Stunde lang nicht bewegte. Simon wollte um Hilfe rufen, doch seine Stimme versagte ihm den Dienst.

Als er glaubte, wieder kräftig genug zu sein, um den Rest des Weges zu schaffen, richtete er sich auf und ging weiter. Er mußte sich jetzt häufiger gegen eine Hauswand lehnen und ausruhen.

Endlich bog er in die Straße ein, in der Fingal wohnte. Hier war schon immer ein stilles Gebiet gewesen. Das schien sich auch jetzt nicht geändert zu haben.

Simon mußte sich an den Begrenzungen der Grundstücke orientieren. Fingals Haus war das vorletzte in einer weit gestreuten Reihe.

Die unmittelbare Nähe seines Zieles gab Simon neue Kräfte. Er ging schneller. Noch einmal geriet er in Schwierigkeiten, als er genau in einen abgestürzten Gleiter lief und sich in den Trümmern verfing. In wilder Hast befreite er sich. Es war ihm gleichgültig, daß er dabei seine Kleider endgültig zerriß.

Als er vor dem Haus des Galaktopsychologen stand, blieb der ehemalige Warenhausdieb stehen. Er lauschte, aber außer dem Pfeifen des Windes und dem Prasseln des Regens war nichts zu hören.

Vielleicht, dachte der halbtote Simon benommen, stand Fingal bereits im Eingang des Hauses und erwartete ihn.

Doch die Tür zum Vorgarten war verschlossen. Sie war nicht hoch, und der halbtote Simon kletterte darüber.

Irgendwo schlug eine offene Tür. Mit ausgestreckten Händen ging Simon weiter.

Tränen liefen ihm über das Gesicht, vermischten sich mit dem Regen. Die Erleichterung, endlich sein Ziel erreicht zu haben, war zuviel für Simon. Er fiel auf dem schmalen Pfad, der zum Haus führte, hin.

»Dr. Fingal!« krächzte er.

Nichts rührte sich, bedrückende Stille herrschte.

»Dr. Fingal!« rief der Blinde flehend.

In einer Vision vermeinte er zu erkennen, wie sich die Tür zur Praxis öffnete und Garrigue Fingal langsam herauskam. Simon konnte sich vorstellen, wie Fingal sich umschaute, um nachzusehen, wer ihn gerufen hatte. Jetzt, in diesem Augenblick, mußte er den halbtoten Simon auf dem Weg zum Haus liegen sehen. Simon sah, wie Fingal sich beeilte und auf ihn zukam.

Jetzt mußte Fingal ihn berühren – aber Fingal kam nicht.

Enttäuscht und beunruhigt kroch der halbtote Simon weiter. Schließlich erreichte er die Haustür. Sie war verschlossen. Der halbtote Simon begann sich ernsthaft darüber Sorgen zu machen, ob Dr. Fingal anwesend war.

»Dr. Fingal!« rief er.

Als ihm niemand antwortete, hämmerte er mit einer Faust gegen die Tür. Die dumpfen Schläge hallten durch das Haus, aber es klangen keine Schritte auf, die sich der Tür näherten.

Vielleicht ist Dr. Fingal nur kurz weggegangen, um einen Patienten zu versorgen, dachte Simon und drehte sich beruhigt auf den Rücken.

Vor Erschöpfung schlief er ein.

Ein heftiger Donnerschlag weckte ihn ein paar Stunden später. Er war sehr schwach und fieberte. Niemand schien gekommen oder gegangen zu sein, sonst hätte man ihn bestimmt aufgehoben und ins Haus getragen.

Vielleicht hatte Dr. Fingal geschlafen und war inzwischen wieder aufgewacht.

Simon hämmerte mit der Faust gegen die Tür. Es geschah nichts.

»Laßt mich hinein!« jammerte der Blinde. »Ich will hier nicht liegen. Es ist kalt.«

In einem der nahegelegenen Gebäude explodierte die Versorgungsanlage. Der Lärm mußte weithin zu hören sein. Simon hoffte, daß dieses Geräusch Dr. Fingal endlich herbeilocken würde.

Nach einer Weile hörte Simon tatsächlich Schritte. Es waren feste Schritte. Simon erinnerte sich, daß Fingal sich immer fast lautlos bewegt hatte. Aber seine Zuversicht wuchs, als die Schritte am Tor verharrten.

Dann sprang jemand in den Vorgarten. Der Mann – dem Klang der Schritte nach konnte es nur ein Mann sein – blieb vor Simon stehen.

»Dr. Fingal?« fragte eine erstaunte Stimme. »Sind Sie Dr. Fingal?«

»Was hat man mit Ihnen gemacht?« fragte der Mann bekümmert. Simon hörte, wie der Fremde sich abrupt umdrehte und wieder davonging. Wenig später wurden seine Schritte vom Regen übertönt.

Der halbtote Simon war wieder allein. Er fand sich damit ab, daß Dr. Fingal erst heute abend zurückkehren würde.

Sicher hatte er jetzt viel zu tun.

Simon erlebte die nächsten Stunden in Fieberträumen. Er blieb vor der Haustür liegen. Er wußte, daß er nicht mehr die Kraft haben würde, sich in ein sicheres Versteck zu schleppen. Seine Wunden schmerzten.

Doch der Glaube an die wunderbaren Fähigkeiten Dr. Fingals hielt den halbtoten Simon am Leben.
Er lag da und wartete.
Er wartete bis zum Ende des Tages, die folgende Nacht und den darauffolgenden Tag.
Aber niemand kam.
Da resignierte der halbtote Simon endlich und starb.

Am 8. Juli 3441 erreichte die Nachricht Imperium-Alpha, daß der mysteriöse Schwarm nach einer Transition elftausend Lichtjahre tief in die Milchstraße eingedrungen sei. Dort, im südlichsten Spiralarm und noch mehr als 40 000 Lichtjahre von der Erde entfernt, folgte er seither weiter seinem geheimnisvollen Kurs. Perry Rhodan und seine Begleiter beobachteten ihn mit der GOOD HOPE II und sammelten an Informationen, was sie nur konnten.

Roi Danton machte indessen seine Ankündigung wahr und begab sich nach Olymp, wo er Anson Argyris mit einem neuen, von NATHAN ausgearbeiteten Programm versehen konnte. Vorher hatten militante Angehörige des Homo superior die pseudovariablen Kokonmasken des Vario-500-Roboters zerstört und Argyris dazu gebracht, sich selbst zu desaktivieren. Die Neuprogrammierung und die Zerschlagung der Superior-Organisation auf Olymp garantierten, wenigstens für die nahe Zukunft, die weitere Versorgung Terras mit den wichtigen Handelsgütern von der Containerwelt. Anson Argyris trat nun als ›Grauer Ritter‹ in entsprechender Rüstung auf.

Die Lage auf Terra und den anderen Menschheitswelten verschlechterte sich von Tag zu Tag weiter, und noch war es Perry Rhodan oder Reginald Bull nicht gelungen, mehr über die Fremden zu erfahren, die den Schwarm lenkten. Die Unbekannten schwiegen beharrlich. Das Riesengebilde aus Sonnen, Planeten und Raumschiffen war hinter seinem gigantischen Energieschirm wie etwas, das aus einem anderen Universum in die Milchstraße eingefallen war.

Doch die offensichtliche Vorbereitung seiner Ankunft durch die galaxisweite Manipulation der Gravitationskonstante bewies, daß der Schwarm durchaus real war – und tödlich, wenn es nicht gelang, hinter seine Geheimnisse zu kommen.

13.

GOOD HOPE II

Die GOOD HOPE II tauchte zurück ins Einstein-Universum, um die neuen Kursdaten von den Positroniken errechnen zu lassen. Das Schiff bewegte sich mit halber Lichtgeschwindigkeit durch einen relativ sternenarmen Raum im Randbereich der Milchstraße. Die Fernortung stellte kein künstliches Objekt im Umkreis von mehreren hundert Lichtjahren fest. Die nächste Sonne war sieben Lichtjahre entfernt.
Ruheperiode.
Rhodan hatte sich an diesem 14. Juli in seine Kabine zurückgezogen, um ein paar Stunden zu schlafen. Atlan hatte den gleichen Gedanken, aber irgend etwas bewegte ihn dazu, noch einmal die Hyperfunkzentrale des Kreuzers aufzusuchen, um sich nach dem letzten Stand der Dinge zu erkundigen.
Captain Farside war im Dienst. Er verdankte seine Immunität höchstwahrscheinlich dem Umstand, daß seine Schädeldecke zum größten Teil aus einer Silberlegierung bestand.
Als Atlan die Funkzentrale betrat, kam er ihm entgegen.
»Nur ein kurzer Routinekontakt mit der INTERSOLAR, Sir. Staatsmarschall Bull hat beschlossen, einen der geheimen USO-Stützpunkte anzufliegen, der um Hilfe funkte. Bei denen scheint die Biopositronik durcheinandergeraten zu sein. Von der Erde trafen keine Nachrichten ein.«
»Danke.« Atlan setzte sich in einen der Kontursessel vor den Funkkontrollen. »Ich beginne mich zu wundern, daß es überhaupt noch Funkverbindungen gibt.«
»Sie waren schlecht genug. Die SOS-Rufe von terranischen und anderen Schiffen, die in den Normalraum zurückkehrten und in den Einfluß der unbekannten Strahlung gerieten, reißen einfach nicht ab.« Farside setzte sich ebenfalls.
»Gibt es Anhaltspunkte?« erkundigte er sich.
Atlan schüttelte den Kopf.
»Keine, Captain. Vom Schwarm wissen wir praktisch noch nichts. Sich überlappende Energieblasen, in denen sich zum Teil riesige Körper verbergen. Ein paar Vorhuten, dann die Hauptkonzentration, eine Nachhut – das alles mit einer Ausdehnung von mehreren tausend Lichtjahren. Wie gesagt, Captain, wir wissen zuwenig, und ich wage es nicht, Prognosen

aufzustellen. Jedenfalls ist es etwas, das wir bisher noch niemals beobachten konnten. Es sieht so aus, als hätten sich Tausende von Sonnensystemen auf die große Reise begeben, aber das ist selbstverständlich Unsinn. Es wäre schon rein technisch eine Unmöglichkeit.«
»Was könnten wir, ein einzelnes Schiff und sechzig Menschen, gegen eine solche Gefahr ausrichten?« äußerte Farside pessimistisch. »Wir sind allein, verdammt allein. Die Zivilisation einer ganzen Galaxis geht zum Teufel.«
Atlan verstand die Verzweiflung des Offiziers nur zu gut.
»Wir sind allein«, sagte er nach längerer Pause. »Aber wir sind noch lange nicht verloren. Wir kennen die derzeitige Position des Schwarms, und wir werden ihn weiter untersuchen. Wir sind immun gegen das, was wir die Verdummungsstrahlung nennen. Und vor allen Dingen werden wir vorsichtig sein, sehr vorsichtig sogar!«
»Das beruhigt mich«, meinte Farside trocken. »Außerdem haben wir ja Gucky dabei.«
Atlan unterdrückte das Lachen.
»Ja. Er kann uns bereits eine große Hilfe sein, wenn wir einen Planeten finden wollen, der vom Schwarm bereits passiert und zurückgelassen worden ist.«
Er stand auf.
»Sie wollen schon gehen?« fragte Farside, als habe er Angst davor, allein zu bleiben.
»Ruhepause!« erklärte Atlan. »Ein paar Stunden Schlaf werden auch mir guttun. Wer weiß, wann wir wieder dazu kommen. In wenigen Stunden werden wir wieder den Schwarm auf den Schirmen haben.«
»Natürlich«, murmelte der Funkoffizier.

Atlan suchte Rhodan auf, als die GOOD HOPE II für eine weitere kurze Überlichtetappe in den Linearraum gegangen war.
Rhodan saß angezogen auf seinem Bett.
»Du kommst aus der Kommandozentrale?« erkundigte sich der Terraner.
»Ich habe geschlafen, Perry, aber die Ungewißheit ließ mir keine Ruhe.«
Atlan nahm Platz. »Kannst du mir eigentlich verraten, welche Gefühle dich bewegen? Ich meine, wir haben schon viele Gefahren gemeinsam gemeistert, wir sind mit Problemen fertig geworden, die unlösbar schienen. Aber das jetzt ...!« Atlan schüttelte den Kopf. »Ich bin älter als du, viel älter, aber ich kann mich nicht entsinnen, so etwas schon einmal erlebt zu haben. Etwas, das ganze Galaxien bedroht, denn die Milchstraße ist wohl kaum die erste, die von diesem Schwarm heimgesucht wird. Was ist er? Welche Art von Gefahr stellt er dar? Intelligente Lebe-

wesen? Ein Naturereignis, auch wenn es sich vielleicht teilweise um Schiffe handelt, die den Schwarm bilden?«
»Es *sind* Schiffe!« behauptete Rhodan. »Einem sind wir ja begegnet. Vielleicht werden wir bald mehr wissen, wenn wir den Schwarm wieder erreichen. Allerdings werden wir zunächst nicht den Schwarm selbst aufsuchen, sondern den Teil der Galaxis, den er bereits durchzog.«
Rhodan projizierte eine Übersichtskarte der Milchstraße, farbig und dreidimensional, auf eine weiße Wand. Der Eindruck war unglaublich naturgetreu, man vermeinte, die einzelnen Sterne wirklich hintereinander stehen zu sehen, so wie man sie im All mit freiem Auge sehen konnte.
»Nach dem Eintauchen ins Normaluniversum werden wir hier sein.« Rhodan markierte eine Stelle der Karte.
Sie besprachen noch weitere Einzelheiten ihres Vorgehens, sobald sie den Schwarm erreicht hatten. Aus Erfahrung wußten sie, daß man sie relativ unbehelligt lassen würde, wenn sie nicht zu nah herangingen. Aber es war ja auch diesmal nicht ihre Absicht, in den Schwarm einzudringen.
Der Interkom summte. Mentro Kosum teilte mit, daß in zehn Minuten das Eintauchmanöver beginnen würde.

Die Fernortung sprach sofort an.
Rhodan, Atlan, Alaska Saedelaere und Lord Zwiebus hielten sich in der Kommandozentrale auf. Sonst waren nur die diensttuenden Offiziere anwesend. Als die Orterzentrale den ersten Fernkontakt bekanntgab, eilten sie sofort in den anderen Raum, um sich keine Einzelheit entgehen zu lassen. Rhodan schaute auf die Entfernungsangaben und atmete erleichtert auf.
»Siebzig Lichtjahre Entfernung. Der Schwarm hat also noch keine weitere Transition durchgeführt.«
Eingehend studierten sie die Angaben der verschiedenen Instrumente, um sich ein Bild machen zu können. Es war ähnlich wie damals, als sie den Schwarm zum ersten Mal erblickten, aber diesmal hatte sich die Situation insofern geändert, als sie die Gefahr kannten, die von ihm ausging. Außerdem ließ er sich jetzt in seiner Gesamtheit überblicken.
Seine Ausdehnung war ungeheuer. Sie veränderte sich andauernd, betrug jedoch im Mittel knapp zehn Lichtjahre in Längsrichtung. Zwei gewaltige Energieblasenansammlungen, die durch ihre Überlappung einen einzigen, kristallin schimmernden Schirm bildeten, formten die Vorhut, dann folgte der Hauptteil und schließlich die Nachhut. Auf den Orterschirmen waren natürlich keine Schiffe zu erkennen, nur die Blasen der Energieschirme in Form von Echos. Ähnlich wie beim Anblick der Milchstraße verschmolzen die einzelnen Punkte zu einer Einheit, kristallklar und leuchtend, im Detail nicht mehr unterscheidbar.

»Wie eine riesige Schlange, die gerade mehrere Sonnensysteme verschluckt hat und nun dabei ist, sie zu verdauen«, versuchte Lord Zwiebus einen passenden Vergleich anzubringen. Er stand da, auf seine Keule gestützt, rein optisch ein unglaublicher Anachronismus. »Mir ist sie unheimlich.«

»Sie ist uns allen unheimlich, diese Schlange«, gab Atlan zu. Immer mehr Daten kamen über die Fernortung herein. Der Schwarm zog schweigend mit Unterlichtgeschwindigkeit dahin, seinem unbekannten Ziel entgegen. Eine Kursänderung war nicht festzustellen.

»Ich denke«, schlug Rhodan nach einer kurzen Beratung vor, »wir gehen noch näher heran. Bis auf zehn Lichtjahre vielleicht. Und zwar ans Ende des Schwarms.«

Atlan ging in die Kommandozentrale, um Mentro Kosum zu unterrichten.

Zwei Stunden danach.

Wieder hatten sie sich in der Orterzentrale versammelt, und diesmal waren auch die Mutanten dabei. Als die GOOD HOPE II in das Normaluniversum eintauchte, wurden die Echos auf den Bildschirmen wieder sichtbar, und sie hatten sich entscheidend gewandelt.

Sie waren größer und näher.

Natürlich war jetzt nur noch ein entsprechend kleiner Abschnitt des Schwarms zu sehen.

Alaska Saedelaere trat einen Schritt vor.

»Da steht eine Sonne, dicht hinter der Nachhut und ein wenig seitlich davon. Wenn man den bisherigen Flug des Schwarms zurückverfolgt, läßt sich der Durchgang feststellen.«

»Es war garantiert kein direkter Durchgang«, meinte Rhodan nach kurzem Studium der Bildschirme. »Wenn wir festgestellt haben, um welche Sonne es sich handelt und ob sie bewohnte Planeten besitzt, haben wir genau das Beispiel gefunden, das wir suchten.« Er gab den anwesenden Offizieren der Ortung einige Anweisungen und fuhr fort: »Der Schwarm hat das System nur gestreift.«

Wenig später gaben die Computer das Ergebnis der astrophysikalischen Berechnungen bekannt. Hinzu kamen die Daten der Astronomischen Abteilung. Alles zusammen ergab die Identität des dunkelroten Sterns, dessen Strahlung merkwürdig düster wirkte.

Rubin Omega!

Atlan schaute Rhodan fragend an, als die Bezeichnung bekannt wurde. Rhodan verstand sofort, aber er wußte auch, daß die Zeit der Geheimhaltung endgültig vorbei war. Er sagte:

»Ein geheimes System der USO. Ich weiß keine Einzelheiten darüber, aber wenn ich mich recht entsinne, hat Rubin zwei Planeten, von denen der innere bewohnt ist und eine atembare Sauerstoffatmosphäre besitzt. Es werden dort wertvolle Rohstoffe abgebaut, aber um Ihnen das zu erklären, benötige ich die Unterlagen. Immerhin glaube ich, daß wir Glück gehabt haben. Wir haben einen bewohnten Planeten gefunden, der von dem Schwarm zurückgelassen wurde. Wir werden ihn untersuchen.«

»Und wenn wir uns irren?« fragte Fellmer Lloyd skeptisch. »Es könnte doch sein, daß einige Schiffe des Schwarms zurückblieben und sofort Alarm geben, wenn wir uns dem System nähern.«

»Das Risiko müssen wir in Kauf nehmen, Fellmer. Wir haben keine andere Wahl.«

»Also wieder mal Explorer spielen«, maulte Gucky, obwohl er einmal ausdrücklich betont hatte, gerade das bereite ihm ganz besonderen Spaß.

»Gibt es keine Unterlagen über das System in unserem Archiv?«

»Ich werde sie mir ansehen«, versprach Rhodan und nickte Atlan zu. »Du könntest Kosum darauf vorbereiten, daß er die Etappe bis Rubin Omega berechnen läßt. Wir treffen uns in drei Stunden in der Kommandozentrale.«

In der Speicherpositronik der GOOD HOPE II waren die gewünschten Daten schnell zu finden.

Rubin Omega war eine kleine, altersschwache Sonne mit erstaunlich dichter Masse. Der innere Planet war bewohnbar, der äußere verfügte nur noch über eine gefrorene Atmosphäre und galt als lebensfeindlich. Sie hießen Hidden World I und Hidden World II.

Die Daten über Hidden World I:

»Es existiert eine USO-Station inmitten der wilden, ursprünglichen Landschaft. Die Bewohner sind Nachkommen ehemaliger Siedler des Solaren Imperiums, die in erster Linie vom Bergbau leben.

Abgebaut werden Stoffe, die Eupholithe und Olio hymenopterii genannt werden.

Bei dem Eupholithe handelt es sich um die unter Druck und ohne Lichteinwirkung chemisch veränderten Knochenreste einer Riesentermite, die vor Tausenden von Jahren ausstarb. Die gewöhnlichen Eupholithe sind kleiner, weniger leuchtend und – später – weniger wirksam. Besonders begehrt sind, wie der Bericht aussagt, die seltenen Eupholithe einer ehemaligen Termitenkönigin. Es gehören Spezialisten dazu, sie zu finden. Im allgemeinen wird ein Eupholith-Stein von Psychotherapeuten benutzt, den Patienten bei guter Laune zu halten und ihm das Gefühl absoluten Wohlbefindens zu vermitteln. Nach zehn Jahren etwa verliert ein solcher Stein unter Einwirkung von Sonnenlicht seine merkwürdige Eigenschaft. Aus diesem Grund wurde Hidden World I unter den Schutz der USO gestellt.

Der zweite Stoff, Olio hymenopterii, ist der organische Substanzrest der abgestorbenen Termiten, der sich im Chitinpanzer angesammelt hat. Er dient zur Herstellung von kostbarem Parfüm.

Zusammenfassend: Die Knochen der Termiten verwandelten sich in Eupholithe, und die organischen Substanzen blieben als helles, bernsteinfarbenes Öl, eben Olio hymenopterii, in dem kugelförmigen Chitinpanzer zurück.«

Diese Sachlage hatte bewirkt, daß auf Hidden-World I etwa zehntausend Menschen lebten. Sie wohnten des rauhen Klimas wegen unter der Oberfläche, und zwar in den Gängen und Bauten der ausgestorbenen Riesentermiten, die so groß wie ausgewachsene Schäferhunde waren. In den Wohnhöhlen und Stollen hatten sie sich wohnlich eingerichtet und führten ein ruhiges und friedliches Leben. In regelmäßigen Abständen kamen Schiffe der USO und holten die wertvollen Rohmaterialien ab. Dafür brachten sie Lebensmittel und andere Versorgungsgüter.

So wenigstens war es gewesen, bis der Schwarm auftauchte. Dann änderte sich alles.

Die nächste und vorerst letzte Linearetappe war programmiert worden. Das Ziel: Rubin Omega und seine beiden Planeten.

Atlan stand neben Rhodan, als die GOOD HOPE im Begriff war, in den Linearraum zu gehen. Der Flug würde nur wenige Minuten dauern.

»Glaubst du wirklich, Anhaltspunkte zu finden?«

»Was heißt Anhaltspunkte, Atlan? Ich möchte wissen, wie eine Welt aussieht, an der dieser verdammte Schwarm vorbeizog. Ich glaube, daraus können wir einige Schlüsse ziehen, die unser Verhalten positiv beeinflussen dürften.«

»Oder auch negativ.«

Atlan machte seine Zweifel geltend.

»Warten wir es ab. Jedenfalls halte ich es für überaus wichtig, Informationen zu sammeln, gleich welcher Art. Wir müssen wissen, was geschieht, wenn der Schwarm an einer bewohnten Welt vorbeizieht, ohne daß er offensichtlich eine bestimmte Absicht dabei hat. Daraus können wir schließen, was er überhaupt plant. Verstehst du, was ich damit meine?«

»Natürlich, ist ja einfach genug.«

Der Interkom sprach an: »Eintritt in den Linearraum in drei Minuten!«

Rhodan und Atlan setzten sich in die freien Sessel.

Alles verlief programmgemäß. Die GOOD HOPE verließ den Einsteinraum und verblieb für einige Zeit im neutralen Linearraum, um dann in das normale dreidimensionale Universum zurückzutauchen. In dieser Zeit legte sie zehn Lichtjahre zurück.

Auf dem riesigen Panoramaschirm erschien ein Bild.

Es entstand langsam, fast zögernd, aber dann wurde es klar und deut-

lich. Genau in Flugrichtung, nur knapp zwei oder drei Lichtstunden entfernt, leuchtete Rubin Omega in trübem Rot. Zwei kleine, hell leuchtende Begleiter befanden sich auf entgegensetzten Umlaufbahnpositionen – Hidden World I und II.
Der Schwarm war von hinten als leuchtende Wolke zu erkennen. Alle Berechnungen stimmten. Der Schwarm entfernte sich. Er schien von dem tangierten Sonnensystem keine Notiz genommen zu haben.
»Merkwürdig«, sagte Atlan, als die GOOD HOPE ihren Flug mit knapper Lichtgeschwindigkeit fortsetzte, »es sieht wirklich ganz so aus, als flögen sie einfach in unsere Milchstraße hinein, ohne bestimmte Absicht, ohne einen Plan. Nur so. Verstehst du das?«
»Ich verstehe es nicht, also glaube ich es auch nicht. Es muß eine Absicht dahinterstecken! Wir werden sie herausfinden!«
Die ersten Meldungen aus der Orterzentrale und der Funkzentrale trafen ein. Sie besagten eindeutig, daß sich in der Nähe des Systems Rubin Omega keine Fremdkörper aufhielten und kein Funkverkehr stattfand. Auch von dem Planeten I selbst wurden keine Funksignale ausgestrahlt.
Zumindest das war ein Anhaltspunkt, denn schließlich befand sich auf dem Planeten eine Station der USO, die dazu verpflichtet war, in regelmäßigen Abständen Routinesignale abzustrahlen.
Diese Signale blieben aus.
Das konnte nur bedeuten, daß die Besatzung der Station, also auch die dort vermuteten Immunen, nicht mehr in der Lage war, die Funkgeräte zu bedienen, oder daß die ganze Station vernichtet worden war – wie auch immer.
»Wir werden eine tote, verwüstete Welt vorfinden«, prophezeite Rhodan pessimistisch und befahl den Einflug in das System.
»Wäre es nicht klüger, ein Vorkommando zu schicken?« fragte Atlan.
»Einen Jäger?«
»Nein, diesmal nicht, Atlan. Wir bleiben zusammen, wir sind nur noch sechzig Menschen. Jede Trennung bedeutet erhöhte Gefahr. Wir werden mit der GOOD HOPE landen. Natürlich unter Beachtung der Vorsichtsmaßnahmen, wie sie für Explorerschiffe üblich sind.«
»Vielleicht genügt das«, meinte Atlan skeptisch. »Jedenfalls bin ich dafür, daß wir Hidden World mindestens zehnmal umrunden, ehe wir eine Landung einleiten.«
»Einverstanden«, sagte Rhodan.

Zehntausend Bewohner für einen Planeten waren mehr als nur wenig. Die Zahl erschien fast unwahrscheinlich gering. Aber die Speicherpositronik gab keinen anderen Wert an.
Zehntausend Bewohner, und alle auf einem Punkt konzentriert. Die

übrige Fläche des Planeten, mehr als neunundneunzig Prozent, galt als Ödland.

Dort gab es nur Pflanzen und Käfer.

Die Käfer waren die eigentlichen Beherrscher von Hidden World I, nachdem die Termiten ausgestorben waren. Die Termiten hatten die Vegetation fast vernichtet und sich damit ihrer Hauptnahrung beraubt. Sie verhungerten und starben aus.

Die Käfer überlebten, weil sie zum Kannibalismus übergingen. Die Größeren fraßen die Kleineren, und lediglich die Allerkleinsten blieben Vegetarier. Für sie reichte der spärliche Pflanzenwuchs, der genug damit zu tun hatte, sich dem rauhen Klima und den ewigen Stürmen anzupassen. Kein Wunder also, daß die merkwürdigsten Lebensformen entstanden.

Da gab es, um nur zwei zu nennen, die Windmühlschaufler und die Nachtgräber.

Ein Windmühlschaufler nutzte den stetig wehenden Wind für seine eigenen Zwecke aus. Da er bewegliche Wurzeln besaß, mit denen er seinen Standort wechseln konnte, war er nicht an einen bestimmten Platz gebunden. Statt aber nun von sich aus die Wurzeln zu bewegen und so seine langsame Wanderung anzutreten, hatte die Natur ihm geholfen, die dicken, fleischigen Blätter so zu formen, daß sie breiten Flügeln glichen. Diese wiederum waren derart am Stengel befestigt, daß sie sich gleichmäßig drehen und durch ihn hindurch die Wurzeln über ein kompliziertes Übersetzungssystem hinweg bewegen konnten. Die Folge war, daß die Pflanzen sich mit dem Wind von der Stelle fortbewegen konnten. Je stärker der Wind, um so höher ihre Wandergeschwindigkeit.

Ein Nachtgräber reagierte auf das Sonnenlicht. Sobald es dunkelte, grub er sich in den Sand, die Erde oder in die Vulkanasche ein, um in der wärmeren Tiefe des Bodens die kalte Nacht zu überstehen. Morgens, wenn die ersten Sonnenstrahlen den Boden erwärmten, kroch er an die Oberfläche empor, um das Licht in Nahrung umzuwandeln – eine Art Photosynthese. Käfer und Pflanzen. Und dazu die wenigen Menschen.

Das war Hidden World I.

Immer weiter drang die GOOD HOPE II in das System ein.

Es wirkte – technisch gesehen – total ausgestorben. Nicht ein einziger Funkimpuls konnte aufgefangen werden, und auch die Spezialortung konnte kein intelligentes Leben feststellen. Es war so, als hätte es auf dem Planeten Hidden World I niemals eine Kolonie gegeben.

Der Kurs führte das Schiff weit an Rubin Omega und noch weiter an dem äußeren Planeten vorbei. Im Zielbildschirm stand Hidden World I, ein grünlich schimmernder Ball, der die Konturen von Kontinenten total vermissen ließ.

Eine weitere Stunde verging, dann leitete Mentro Kosum das Bremsmanöver ein und ließ die Daten der Umlaufbahn errechnen.

Gucky, der schweigend den Bildschirm beobachtete, hatte inzwischen seinen Kampfanzug angelegt. Außer daß er den Helmverschluß betätigen mußte, hatte er nun nichts mehr zu tun, falls er plötzlich aus dem Schiff teleportieren mußte. Vorerst allerdings sah es nicht nach einem überraschenden Einsatz aus.

Fellmer Lloyd saß neben ihm und versuchte, Gedankenimpulse aufzufangen. Dabei spielte die Entfernung vom Planeten in diesem Stadium keine Rolle mehr.

»Nichts?« unterbrach Rhodan das gespannte Schweigen.

Der Telepath schüttelte den Kopf.

»Ich kann nichts bemerken. Manchmal kommt es mir zwar so vor, als seien Impulse vorhanden, aber sie sind verschwommen, undeutlich, eben nicht zu identifizieren.«

»Und du, Gucky?«

»Genauso! Es kommt mir so vor, als würden sich die Käfer unterhalten. Aber das ist natürlich Unsinn, denn Käfer sind unter Umständen noch unintelligenter als Menschen.«

Sie waren seine bissigen Bemerkungen gewohnt und nahmen sie nicht so ernst, schon gar nicht Rhodan oder Atlan.

»Dann streng dich gefälligst ein wenig an. Selbst wenn die Leute verdummten – denken können sie immer noch.«

»Doch nur lauter Unsinn!« sagte Gucky mürrisch und versank wieder in seine übliche meditierende Stellung.

Kosum hatte die GOOD HOPE endgültig in der Kreisbahn verankert. Antriebslos flog das Schiff in zweitausend Kilometern Höhe um den Planeten. Die vergrößernden Schirme gaben die Oberfläche in allen Einzelheiten wieder.

Es gab in der Tat keine richtigen Kontinente, nur größere Seen, aber kein einziges Meer. Die zusammenhängende Oberfläche war mit Pflanzenwuchs in den Ebenen und mit Geröll in den höher gelegenen Gebieten bedeckt. Eine trostlose, tote Landschaft, trotz der immer noch guten Sauerstoffatmosphäre.

»Da muß jemand schon verrückt sein, wenn er sich freiwillig auf diese Welt verbannen läßt«, meinte Joak Cascal überzeugt. »Und da soll es zehntausend solcher Verrückter gegeben haben?«

»Jeder Mensch hat seine eigene Vorstellung von Glück und Zufriedenheit«, wies Rhodan ihn ruhig zurecht. »Hier waren sie die Herren einer ganzen Welt, wenn auch einer rauhen, merkwürdigen und total unzivilisierten Welt. Sie waren allein, und niemand machte ihnen Vorschriften. Die Berichte sprechen von Expeditionen in die unbewohnten Gebiete, von aufregenden Abenteuern in den unterirdischen Wohnanlagen der ausgestorbenen Termiten, von einmaligen Naturschönheiten in der Vulkanebene – von Dingen also, die wir auf der Erde nicht mehr kennen und von denen wir nur noch zu träumen vermögen. Können Sie sich nicht vorstellen, Cascal, daß es noch immer Menschen gibt, die das mehr reizt als Bars, moderne Erholungszentren und Frauen?«

»Zugegeben, aber zu der Sorte gehöre ich eben nicht.«

»Mit Toleranz lassen sich *sämtliche* Seiten verstehen, auch die scheinbar unbegreiflichen und sinnlosen. Denken Sie nur an die beiden Männer der USO, die einsam und verlassen hier ihren Dienst absolvieren. Eine Meldung nach Rubin Omega gehört zu den freiwilligen Dienstleistungen. Niemand wird gezwungen, hierher zu kommen. Und nach einer gewissen Zeit werden die Männer abgelöst. Also selbst dann, wenn Hidden World für jemand eine Enttäuschung sein sollte, hat er immer noch die Aussicht, den Planeten wieder verlassen zu können. Echte Gefahren gibt es hier nicht, wie ich im Bericht feststellen konnte.«

»Inzwischen hat sich die Lage geändert.«

»Wir sind hier, um das festzustellen.«

Aus dem Archiv hatte Rhodan eine primitive Karte mitgebracht. Sie war von einem Vermessungsschiff der USO hergestellt worden.

»Wo sind wir jetzt?« fragte Atlan nach der zweiten Umrundung.

»Wir nähern uns abermals der Nachtseite, und diesmal werden wir die Vulkanebene besser beobachten können. Es soll ständig tätige Vulkane geben.«

Sie überquerten ein Gebirge und tauchten in den Nachtschatten ein. Weit vorn am Horizont, am Rande der Oberflächenrundung, leuchteten einzelne Lichtpunkte auf. Die Vergrößerung erst zeigte, daß es sich um ausbrechende Vulkane handelte, die Feuer und flüssige Lava hoch in die Atmosphäre schleuderten. Über der nur matt erleuchteten Landschaft lag staubiger Dunst, und soweit sich die Oberfläche überhaupt erkennen ließ, schien sie nur aus meterdicken Schichten von Lavastaub und Schlacke zu bestehen. Es gab keine Pflanzen.

»Freundliche Gegend.« Joak Cascal gab damit zu erkennen, daß er seinen Standpunkt nicht geändert hatte.

Gucky brach sein ungewohntes Schweigen: »Hier gibt es überhaupt keine verschwommenen Impulse mehr. Alles tot und leer. Beim nächsten Mal werden Fellmer und ich den Bezirk genau abgrenzen, in dem es Impulse und damit Leben gibt.«

Die GOOD HOPE flog weiter, umrundete Hidden World immer wieder, und ganz allmählich begannen sich aus dem Nichts greifbare Zusammenhänge zu formen. Das Gebiet der USO-Station war gefunden, auch die in der Nähe liegende Ansiedlung der Kolonisten. Letztere allerdings war nur durch die schwachen Gedankenimpulse zu bestimmen, die Fellmer und Gucky abzugrenzen versuchten.

Nach der neunzehnten Umkreisung bat Rhodan den Kommandanten, das Landemanöver einzuleiten ...

14.

Vorsichtig schlich Flinder Tex Gruppa weiter und ließ den halb verschütteten Stollen hinter sich. Er wußte, in welche Gefahr er sich begab, denn dieses Gebiet kannte er noch nicht. Die großen und mittleren Käfer waren nicht nur eine Plage: Wenn sie in Massen auftauchten, konnten sie sogar zu einer echten Gefahr werden. Wie Ratten fielen sie dann einen einzelnen Menschen an und versuchten ihn aufzufressen.

Flinder war der sogenannte »Erste Digger« von Hidden World I.

Er war hundertneun Jahre alt und trug das weiße Haar kurzgeschoren, schon aus praktischer Erwägung heraus. Die meiste Zeit seines Lebens verbrachte er unter der Oberfläche, und seine Augen hatten sich an die Dunkelheit gewöhnt. Notfalls hätte er sogar ohne Licht sehen können. Sein weißer Schnurrbart war mit den Spitzen so nach oben gebogen, daß er die Nasenlöcher vor dem überall vorhandenen Staub schützte.

Er war einen Meter und siebzig Zentimeter groß, schien sich aber für größer zu halten, denn auch dann, wenn er durch einen zwei Meter hohen Gang schlurfte, bückte er sich ständig, als habe er Angst, mit dem Kopf gegen die Decke zu stoßen. Das viele Alleinsein trug außerdem dazu bei, daß er die Angewohnheit besaß, Selbstgespräche zu führen. Dabei kam es sehr oft zu heftigen Auseinandersetzungen, und mit der Zeit stellte Flinder fest, daß er mit niemandem so herrlich streiten konnte wie mit sich selbst.

Seine Haut war weiß und blaß. Selten nur hatte er die Sonne gesehen, und er legte auch keinen besonderen Wert darauf.

Flinder war der beste Aufspürer für Eupholithe und Olio hymenopterii, den man sich vorstellen konnte. Als einzigem Siedler auf Hidden World war es ihm gelungen, die Überreste der Termitenkönigin zu finden, das hatte ihm seinen legendären Ruf eingebracht.

Neunzehn dieser kostbaren Steine trug er in Form einer Kette um den Hals – fast faustgroße, federleichte, schillernde Kristalle.

Echte Eupholithe!

Flinder hielt an, als er eine bisher unbekannte Wohnhöhle der ausgestorbenen Termiten erreichte. Sein geübtes Auge entdeckte sofort einige Chitinpanzer, aber jetzt hatte er keine Zeit, nach Eupholithen zu suchen. Zu rätselhafte und unbegreifliche Dinge waren in den vergangenen Wochen auf Hidden World geschehen.

Flinder setzte sich auf einen Stein, der sich aus der Decke der Höhle gelöst haben mußte, und – wie üblich – sprach er mit sich selbst. Er hatte niemanden mehr, dem er Fragen stellen konnte und der sie ihm beantworten würde ...

»Es muß doch dafür eine Erklärung geben, Flinder! Du kannst mir doch nicht einreden, daß zehntausend Menschen von einem Tag auf den anderen einfach verblöden! Bestimmt die Sonne, was sonst ...? Ich habe sie nie gemocht, diesen verdammten rotleuchtenden Ball am Himmel.«
»Du lügst, Flinder! Oft genug hast du dich nach der Sonne gesehnt und ...«
»Das war doch die andere Sonne, die gelbe Sonne von Terra! Du erinnerst dich doch an sie, aus Filmen und Büchern. Das ist doch eine ganz andere Sonne!«
»Na, wenn schon! Sonne ist Sonne!«
Flinder seufzte über seinen eigenen Starrsinn.
»Na gut, du sollst recht haben. Aber rekonstruieren wir doch noch einmal, was geschah. Alles verlief völlig normal. Es gab keine Anzeichen dafür, daß es anders werden könnte. Mit der USO-Station, die wir nicht einmal kennen, hat das alles bestimmt nichts zu tun. Was meinst du?«
»Nein, sicher nicht. Sie kümmert sich nicht um uns, schützt uns lediglich vor einer Landung von Intelligenzen, die hier nichts zu suchen haben. Die fällt also aus.«
»Ja, sie kann nicht für das Geschehen verantwortlich gemacht werden, aber ich bin sicher, sie kann uns helfen. Wir müssen sie finden und dann um Hilfe bitten. Wir gehören noch immer zum Solaren Imperium.«
»Bis jetzt schon. Aber weiter, Flinder ...«
»Gut, weiter. Eines Tages suchten wir doch Herschell Anders auf, um mit ihm einen neuen Plan zu besprechen. Wir vermuteten eine ganze Anzahl unentdeckter Termitengräber weiter östlich im Gebirge. Dazu wäre eine Überlandexpedition notwendig gewesen. Herschell war einverstanden und wollte sie organisieren. Er als Geologe hätte uns eine große Hilfe bedeutet und schon seinen Anteil abbekommen, wenn wir das gefunden hätten, was wir im Gebirge vermuteten.«
»Er brachte zwanzig Leute auf die Beine, die uns begleiten wollten. Sie planten, ihre Familien in der Siedlung zurückzulassen, Lebensmittel mitzunehmen und mit uns zusammen ihr Glück zu versuchen.«
»Genauso war es! Und dann brach die Katastrophe über uns herein, von der wir – du und ich – unverständlicherweise verschont blieben. Wir sind die einzigen Menschen auf Hidden World, die ihren Verstand behalten haben, und darum liegt es auch in unserer Hand, ob etwas geschieht oder nicht.«
»Kein Mensch wollte plötzlich mehr mit ins Gebirge, und fast hätten sie uns erschlagen, als wir sie daran erinnerten. Selbst Herschell, einer der intelligentesten Siedler, redete plötzlich wie ein Kind daher und ver-

langte von uns, wir sollten ihm ein paar bunte Steine zum Spielen mitbringen.«
Es entstand eine winzige Pause in dem laut geführten, seltsamen Dialog.
Dann ging es weiter. »Flinder, eigentlich sind wir verrückt.«
»Wieso?« fragte Flinder sich selbst.
»Weil wir diese USO-Station niemals finden werden. Sie ist geheim, das wissen wir. Es wurde unseren Vorfahren verboten, sich ihr jemals zu nähern, falls wir sie doch einmal entdecken sollten. Sie wacht über uns, aber sie hat offiziell nichts mit uns zu tun. Wir haben nicht einmal Waffen, falls man uns angreift.«
»Das hat doch alles nichts damit zu tun, daß wir verblödeten! Wir benötigen Hilfe, und wer außer den Leuten von der USO sollte sie uns bringen?«
»Da magst du recht haben. Also suchen wir weiter. Zuerst aber möchte ich mir unseren Fund betrachten. Vielleicht ist eine Königin dabei!«
»Wir haben keine Zeit.«
»Ein paar Minuten nur ...«
Flinders Kampf mit der eigenen Versuchung verlief friedlich. Er gab auf.
Er drehte den Panzer auf den Rücken und öffnete ihn dort, wo er besonders weich war, nämlich auf der Bauchseite. Zu seiner eigenen Überraschung kullerten ihm gleich einige der farbigen Kristalle entgegen, die er sogleich in einem Säckchen verstaute und in der Höhle versteckte. Bei dem, was er plante, würden die Eupholithe nur hinderlich sein.
Auch Olio hymenopterii war vorhanden.
Aber dann überwogen wieder die Sorge und die heimliche Furcht, die Flinder sich selbst gegenüber nicht zugeben wollte. Er hatte Herschell von seiner Absicht unterrichtet, war aber auf Unverständnis gestoßen. Der Geologe wollte ihn auf seiner gefahrvollen Wanderung nicht begleiten. Also hatte sich Flinder allein auf den Weg gemacht.
Seinen Berechnungen nach mußte er nach einem weiteren Kilometer wieder auf die Stollen des bekannten Wohngebietes stoßen. Er hatte eine Abkürzung genommen, die relativ unbekannt geblieben war. Flinder kannte mehrere solcher halbverschütteter Stollen, um die sich niemand kümmerte, weil es noch genug andere gab.
»Wenn wir zurückkommen, holen wir uns das Zeug hier ab«, sagte er zu seinem unsichtbaren Partner und ging weiter. »Wollen doch mal sehen, ob unsere Vermutungen stimmen.« Er zögerte. »Ich möchte nur wissen, warum wir nicht auch verblödeten. Warum diese Ausnahme bei einem weltumfassenden Ereignis?«
»Vielleicht sind wir zu intelligent?«
»Angeber!« sagte Flinder zu sich selbst.

Nachdem er abermals eine verschüttete Stelle durchkrochen hatte, kam er wieder in das bekannte und gesäuberte Stollengebiet. Hier brannte sogar noch elektrisches Licht, wenn auch nur sehr schwach. Es genügte aber vollauf für Flinders empfindliche Augen.

In einer der großen Wohnhöhlen traf er mit Angehörigen der Kolonie zusammen. Sie benahmen sich wie die Kinder, spielten mit den mühsam eingesammelten Eupholithen, als handele es sich um Murmeln. Als sie Flinder erkannten, umringten sie ihn und behandelten ihn so, als sei er ihr Kindergärtner. Sie wollten unbedingt, daß er mit ihnen spielte.

Flinder suchte schleunigst das Weite. Mit seinen Freunden war nichts mehr anzufangen.

Ein Glück, daß sie wenigstens nicht verlernt hatten, wie man aß und trank. Aber eines Tages würden die Vorräte verbraucht sein, und sie würden sich nicht mehr um den Nachschub kümmern.

Einen Augenblick lang kam Flinder der Gedanke, alle Menschen in der Galaxis könnten vom gleichen Unglück betroffen worden sein. Dann gab es keine Rettung mehr, denn mit verdummten Siedlern und ohne Verbindung zur USO mußten sie alle verhungern.

Weiter außerhalb kam er zum erweiterten Abbaugebiet. Hier war einst vor zehntausend Jahren vielleicht der Friedhof der Termiten gewesen. Natürlich handelte es sich nicht um einen richtigen Friedhof, wie Menschen ihn einmal angelegt hatten. Die Termiten verkrochen sich, wenn sie ihr Ende herannahen fühlten. Sie gruben einen Gang, der gerade groß genug war, sie durchzulassen. So bohrten sie sich regelrecht in den Boden hinein, meist in waagerechter Richtung, verschütteten den Gang hinter sich mit der gelösten Erde und hielten erst an, wenn sie starben.

Einige der sterbenden Termiten hatten sich dabei verschätzt. Ihr Gang war dann oft kilometerlang, und es wurde immer mühsamer, solche Einzelgänger zu finden.

Was nun den Friedhof anging, so bezeichnete dieser Begriff lediglich die Stelle, an der die meisten dieser Gräbergänge begannen. Die Kolonisten hatten der Einfachheit halber damit angefangen, die ganze Wand abzutragen. Schon nach kurzer Zeit hatten sie die Gänge freigelegt, die wie einfache Löcher aussahen, eins neben dem anderen.

Und am Ende jeden Loches hatte ein Termitenskelett auf sie gewartet, ein Chitinpanzer voller Eupholithe und Olio hymenopterii.

Flinder kümmerte sich nicht um den Friedhof. Er hatte sich nie darum gekümmert, denn dies hier war Routinearbeit. Jeder Dummkopf konnte einem solchen Einzelgang nachspüren und am Ende seine Belohnung finden. Flinder war ein einsamer Jäger. Und er hatte bisher immer die besten Funde gemacht.

Als er weitergehen wollte, tauchten plötzlich aus einem Nebenstollen heraus ein knappes Dutzend Kolonisten auf. Sie waren mit Spitzhacken und Hämmern bewaffnet und nahmen sofort eine drohende Haltung ein, als sie den Ersten Digger erkannten.

»Wohin willst du, Flinder?«

Flinder war es gewohnt, daß man ihm mit Achtung begegnete. Er blieb stehen und sah den Sprecher erstaunt an.

»Was fällt dir ein, James? Warum verstellst du mir den Weg?«

»Du willst zur Oberfläche, zu den bösen Geistern, oder ...?«

Flinder war ehrlich überrascht. Bis jetzt hatte auf Hidden World noch niemals jemand an Geister geglaubt, schon gar nicht an böse.

»Ja, ich will zu den bösen Geistern«, sagte er. »Sie haben den Boden erzittern lassen, und ich werde sie bitten, es nicht mehr zu tun.«

Erdbeben!

In den letzten Wochen hatte es immer wieder Erdbeben gegeben, und gerade diese tektonischen Beben konnten Leute wie sie hier nicht gebrauchen. Sie lebten unter der Oberfläche eines ungastlichen Planeten, und jedes Beben verschüttete hier und dort Gänge und Stollen. Seit es diese Beben gab, waren mehr Kolonisten gestorben als jemals zuvor.

Die Männer beruhigten sich und ließen ihre primitiven Waffen sinken.

»Du wirst mit ihnen sprechen?«

Es war nicht das erste Gespräch dieser Art, das Flinder in letzter Zeit führte. Er hatte versucht, den Verdummten Ursache und Wirkung eines Erdbebens zu erklären, aber es war ihm nicht gelungen. Schließlich, um sie zu beruhigen, war er auf den Gedanken verfallen, irgendwelchen Kräften auf der Oberfläche die Schuld zu geben.

Die bösen Geister von oben – das war also das Resultat seines Unterrichtes!

»Ja, ich will mit ihnen sprechen und sie bitten, den Boden nicht mehr zittern zu lassen. Vielleicht gelingt es mir, sie zu besänftigen. Warum wolltet ihr mich aufhalten?«

»Du bist klüger als wir, und wir wollten nicht, daß du wegläufst.«

»Wenn ich nach oben will ...«

»Du kehrst zu uns zurück?«

Die Leute wirkten total verängstigt und hilflos. Und was für Männer waren sie einst gewesen? Kräftige, kluge und wagemutige Burschen, die durch enge Stollen krochen und sich täglich unsagbaren Gefahren aussetzten, um für sich und ihre Familien zu sorgen.

Und nun ...

»Ich werde bald zurück sein. Aber ich weiß nicht, wie lange es dauert, bis ich die Geister gefunden habe. Habt Geduld, es wird noch alles gut werden.«

»Können wir nicht mit dir gehen?«

Flinder schüttelte den Kopf. »Nein, bleibt hier. Es ist besser, wenn ich allein gehe.«

»Warum ist das besser?« wollte ein anderer wissen.

Wie sollte Flinder es ihm erklären? Er konnte ihm doch nicht mitteilen, daß der andere zu dumm war.

»Ich komme schneller voran, wenn ich allein bin. Ihr wißt, daß ich immer allein auf die Suche nach Termiten ging und die Gegend besser kenne als ihr. Ich kenne auch einen Teil der Oberfläche, und dort muß ich die Geister ja suchen. Sie würden euch vielleicht töten.«

Das war ein Argument, das überzeugte. Die Männer gaben den Weg frei.

»Das stimmt, sie könnten uns töten. Dann geh, Flinder! Und bring uns gute Nachrichten zurück.«

Er nickte ihnen zu und ging weiter, um wenig später in dem breiten Stollen zu verschwinden, der – wie er wußte – zu einer längst ausgebeuteten ehemaligen Termitenstadt führte.

Von dort aus führte ein Stollen schräg nach oben.

Die »Stadt« lag fast zweihundert Meter unter der Oberfläche.

Als man sie erstmals entdeckte, glaubte man, das Werk äußerst intelligenter Urbewohner von Hidden World aufgefunden zu haben. Niemand wollte Insekten ein solches architektonisches Können zuschreiben – ein Grundübel des Menschen, sich für einzigartig zu halten. Aber die späteren Nachforschungen beseitigten jeden Zweifel: Die Termiten hatten diese Stadt unter der Erde angelegt, und von ihr aus führten Stollen und kleinere Gänge in alle Richtungen zu Ansiedlungen, Brutstätten und Nahrungsspeichern.

Ein kleiner Gang hatte zum Grab der Königin geführt, und Flinder hatte ihn entdeckt.

Er wußte, daß es mehrere Königinnen gegeben haben mußte, und es war stets sein Ehrgeiz gewesen, auch die anderen Gräber zu finden, bisher hatte er allerdings vergeblich gesucht.

Dafür hatte er einen anderen Stollen entdeckt – jenen zur Oberfläche.

Die Stadt war von den Diggern restlos ausgeplündert worden.

Nicht alle Termiten hatten sich ihr eigenes Grab gegraben, bevor sie starben. Als die Hungerkatastrophe über sie hereinbrach, hatten sie damit begonnen, sich gegenseitig aufzufressen. Die Überreste blieben liegen, wo das Drama sich abspielte – eine reiche Beute für die Kolonisten.

Eine riesige Halle bildete das Zentrum der ehemaligen Termitenstadt. Ringsum gab es stockweise Rundkorridore, dahinter unzählige Einzelzellen. Die Vermutung lag nahe, daß die Termiten in solchen »Einzelwohnungen« hausten, nicht in Gemeinschaftssälen. Sie mußten eine Zivilisation gekannt haben, wenn auch ohne Technik und Werkzeuge. Sie hatten alles mit ihren scharfen Klauen und Freßkiefern geschaffen.

Lebten sie noch heute, sie wären die erbittertsten Feinde der Kolonisten gewesen.

Irgendwo war ein Geräusch. Flinder blieb stehen und lauschte. Käfer ...?

Es gab welche, die so groß wie Kaninchen wurden, und sie waren Fleischfresser. Noch fielen sie sich nicht gegenseitig an, sondern machten Jagd auf kleinere Käfer. Angehörige der eigenen Sippe waren tabu. Wenn die großen Käfer in Rudeln auftraten, und das kam oft genug vor, schreckten sie auch nicht davor zurück, Menschen anzufallen. Sie bildeten dann eine echte Gefahr.

Zum Glück lebten die Käfer fast ausschließlich auf der Oberfläche, und selten nur wagten sie sich durch alte Stollen in die Tiefe, um hier nach Nahrung zu suchen.

Das Geräusch kam von rechts.

Flinder huschte in einen Seitengang und verhielt sich ruhig. Mit Käfern wurde er fertig, auch wenn er unbewaffnet war. Zwar trug er im Gürtel seiner Arbeitskombination eine kleine Spitzhacke, aber die hätte niemand im Ernst als Waffe bezeichnen können.

Dann sah er den Mann. Es war der Geologe Herschell Anders.

Er kam aus dem Stollen, blieb stehen und sah sich forschend nach allen Seiten um, als suche er jemanden. In der rechten Hand hielt er eine Eisenstange, auf die er sich beim Gehen gestützt hatte.

Flinder war wütend. Früher wäre ihm der Geologe ein willkommener Begleiter gewesen, aber heute konnte er ihm nur eine Last bedeuten. Wie sollte er ihm erklären, daß er statt der bösen Geister lediglich die Station der USO suchen und die Besatzung um Hilfe bitten wollte?

Jetzt war wieder ein Geräusch zu vernehmen, aber es kam von der gegenüberliegenden Seite. Es war auch ein ganz anderes Geräusch als vorher, das von Flinder gleich als der Schritt eines einzelnen Mannes identifiziert worden war.

Diesmal war das Geräusch vielfältiger, so als würde es von vielen hundert Füßen verursacht und ...

Die Käfer!

Die ersten erschienen am Rand der Halle, handgroß etwa und damit nicht gerade die gefährlichste Sorte. Immerhin waren auch sie in der Lage, einen Mann in ein Skelett zu verwandeln, wenn ihm nicht rechtzeitig die Flucht gelang.

Die Käfer konnten nicht sehr schnell laufen, es war nicht schwer, ihnen zu entkommen – falls man nicht von ihnen eingeschlossen und dann von der Überzahl erdrückt wurde.

Zum Glück gab es von der Stadt aus genug Fluchtwege.

Herschell Anders! Auf keinen Fall durfte er jetzt den Geologen sich selbst überlassen! Der Mann verfügte zwar noch über ein wenig Intelligenz, aber wahrscheinlich hatte er alle seine Erfahrungen vergessen und würde ein leichtes Opfer der Käfer sein. Er mußte ihm helfen.

Entschlossen zog er die Spitzhacke aus dem Gürtel, verließ seine sichere Deckung und rannte in die unterirdische Halle, auf Herschell zu. Der Mann schrak zusammen, aber dann huschte Erkennen über seine verwitterten Züge.

»Flinder, ich habe dich gesucht!«

»Komm schon, Herschell! Beeile dich! Die Käfer sind hinter uns her!« Für Erklärungen war später noch Zeit. Herschell begriff sofort. Er hatte also die Gefahr, die von den Käfern ausgehen konnte, noch nicht vergessen. Immerhin ein Pluspunkt.

Er nahm bereitwillig Flinders Hand und ließ sich von ihm führen.

Aber die Käfer hatten ihre Beute längst gewittert. In Scharen strömten sie in die Halle, verteilten sich und besetzten in kürzester Zeit fast alle Ausgänge. Sie versuchten mit unbestreitbarer Intelligenz der Beute den Fluchtweg abzuschneiden.

»Nimm die Stange, Herschell!« rief Flinder seinem Schützling zu und schlug mit der Hacke auf die ersten Käfer ein, die sich ihnen näherten. Mit häßlichem Krachen zersprangen ihre Panzer. »Wir müssen in jenen Gang dort ...«

Es war der Stollen, der zur Oberfläche führte. Es mußte noch weitere solcher Gänge geben, und die Käfer schienen sie zu kennen. Auch diesen. Mehrere Dutzend kamen aus ihm hervor und fielen über die beiden Männer her, die sich aus Leibeskräften ihrer Haut wehrten.

Es war ein ausgewogener Kampf. Trotz seiner Verdummung war Herschell noch immer intelligenter als die Käfer, von Flinder ganz zu schweigen. Die Käfer hingegen waren in der Überzahl. Tausende von ihnen mußten es bereits sein, die quer durch die Halle auf sie zuliefen.

Aber in dem Stollen, der nach oben führte, waren höchstens hundert von ihnen.

Flinder zertrat sie mit den Stiefeln, knackte ihre Panzer mit der Spitzhacke und schleuderte sie durch Fußtritte beiseite. Herschell schlug mit der Stange auf sie ein oder stieß einfach zu und durchbohrte sie.

Endlich hatten sie es geschafft. Ohne sich weiter aufzuhalten, rannten sie weiter, um erst einmal einen Vorsprung zu gewinnen. Die Hauptsache war, daß sie nicht einer neuen Käferarmee begegneten, die auf dem Weg von der Oberfläche zur unterirdischen Termitenstadt war.

Nach fünf Minuten hielt Flinder atemlos an. Er setzte sich einfach auf den Boden und sah den Geologen an.

»Mensch, Herschell, bist du verrückt geworden?«

»Warum, Flinder? Die Leute sagten mir, daß du zu den bösen Geistern willst. Es gibt doch überhaupt keine Geister – das hat mir mein Vater selbst einmal gesagt. Ich wollte dir das nur sagen.«

Flinder griff sich an den Kopf, beherrschte sich dann aber. Ganz klar, daß Herschell so denken mußte. Schließlich war er nicht so dumm geworden wie die anderen. Aber seine Intelligenz reichte auch wiederum nicht aus, Flinders Trick zu erkennen.

Ob er ihm die Wahrheit sagen sollte?
»Herschell, hör zu! Ich will hinauf zur Oberfläche, um dafür zu sorgen, daß der Planet nicht mehr zittert. Wie ich das mache, mußt du schon mir überlassen. Du gehst zurück, verstanden?«
»Zurück?« Nun setzte sich der Geologe auch. »Ich soll zurück zu den Käfern? Die fressen mich doch auf, Flinder!«
»Du hast dich eben tapfer gehalten. Ich glaube nicht, daß sie dich fressen werden ...«
»Dort oben gibt es noch mehr von ihnen, und ich könnte dir helfen, sie zu töten. Aber allein habe ich Angst.«
Kindliche Logik, ganz klar. Flinder mußte zugeben, daß der Geologe ihn beim Kampf gegen die Käfer tatkräftig unterstützt hatte. Vielleicht bedeutete er doch kein Hindernis, wenn er ihn mitnahm.
»Nun gut, du kannst mitkommen, aber unter einer Bedingung.«
»Jede!«
»Du stellst keine dummen Fragen mehr und versuchst nicht, mir gute Ratschläge zu geben. Ich bin der Boß, und was ich sage, das wird auch gemacht. Ist das klar?«
»Das war immer klar, Flinder. Nur das mit den Geistern ...«
»Vergiß die Geister, Herschell! Und nun komm, wir haben keine Zeit mehr zu verlieren, sonst holen uns die Käfer doch noch ein.«
Sie erhoben sich und schritten weiter bergan. Die Luft wurde frischer und kühler.

Als sie die Oberfläche erreichten, war es Nacht.
Der Unterschied konnte den beiden Männern nicht besonders auffallen, sie waren ein Leben in ständiger Dunkelheit oder zumindest im Zwielicht gewöhnt. Flinder empfand das Fehlen der hellen Sonnenstrahlen sogar als angenehm, wenn ihn die plötzliche Kälte auch empfindlich störte.
Die Orientierung war schwer.
Flinder war im Gegensatz zu den übrigen Kolonisten zwar oft an der Oberfläche gewesen, aber die kurzen Aufenthalte reichten nicht zur Orientierung aus. Er wußte nur, daß sein Vater ihm einmal die Stelle beschrieben hatte, an der sich die USO-Station befinden sollte. Klar ausgedrückt handelte es sich dabei um eine Entfernung von ungefähr fünfzehn Kilometern. Die Station stand zwischen zwei nicht sehr hohen Bergen auf dem Sattelpaß.
Berge gab es in allen Richtungen, sogar einige Vulkane, die in den letzten Wochen ihre Tätigkeit wieder aufgenommen und die Beben verursacht hatten.
Wenn er seinen Vater richtig verstanden hatte, standen die erwähnten Berge im Süden, von der Kolonie aus gesehen. Wo war Süden?

Herschell packte seinen Arm. »Dort!« flüsterte er aufgeregt. »Da kommt etwas!«

Flinder schüttelte die Hand ab und hielt die Spitzhacke bereit. Er hatte das leichte, schabende Geräusch ebenfalls vernommen. Ein einzelner Käfer vielleicht, der ihnen kaum gefährlich werden konnte. Aber dann ließ er die Hacke wieder sinken.

Langsam und bedächtig wanderte wenig später im leichten Nachtwind ein Windmühlschaufler vorbei. Er hatte drei Wurzeln, und immer dann, wenn er die vorderste im Boden versenkte, holte er die letzte wieder daraus hervor. Die mittlere diente inzwischen als Stütze.

Ein gespenstisches Bild, aber die Pflanze tat niemandem etwas zuleide.

»Na also«, Flinder atmete erleichtert auf. »Du hast mich schön erschreckt, Herschell.«

»Ich dachte, die Käfer kämen wieder.«

Dein Glück, dachte Flinder, *daß du jetzt keine Fragen stellst. Ich wüßte nicht einmal die Antwort darauf. Vielleicht ist es doch besser, wir warten, bis es hell wird.*

Aber dabei würde zuviel Zeit verlorengehen.

Der Windmühlschaufler!

Flinder wußte, daß die Pflanzen stets dem Licht nachwanderten, immer in der Hoffnung, es einzuholen. Sie wanderten also nach Westen, wenn der Wind günstig wehte. Erst morgens, bevor die Sonne aufging, verharrten sie am Fleck und warteten das volle Tageslicht ab.

Jetzt wußte er, wo Süden war!

»Wir gehen weiter«, sagte er zu Herschell, der ängstlich in die Nacht hinauslauschte, um Flinder die Annäherung eines Feindes sofort melden zu können. »Nach Süden.«

Der Boden war weich, manchmal etwas schlackig und staubig, dann wieder streckenweise hart und felsig. Das Gelände stieg allmählich an. Links am Horizont war ein heller Schimmer zu erkennen, dagegen hoben sich einige Berge ab.

Sie schritten rüstig aus und legten bis Sonnenaufgang fast zehn Kilometer zurück. Dann streikte Herschell. Er blieb stehen, sah sich suchend um und entdeckte einen länglichen Lavablock. Er setzte sich.

»Jetzt machen wir eine Pause«, sagte er und rammte seine Eisenstange in den Boden. »Ich bin müde.«

»Wenn die Käfer kommen, wirst du schon wieder munter werden.«

Aber dann sah Flinder ein, daß es besser war, den Rat seines Freundes zu befolgen. Er setzte sich neben ihn und holte ein Stück in Papier eingewickeltes Konzentrat aus der Tasche. Er teilte es mit dem Geologen.

Dann marschierten sie weiter, nach Süden, wo Flinder zwei dicht beieinanderstehende Berge entdeckt hatte, in deren Mitte der Paß lag.

Dort schimmerte etwas silbern in der tiefstehenden Sonne.

Flinder und Herschell erreichten den Pfad zum Paß um die Mittagszeit. Blutrot fast stand die Sonne Rubin Omega am klaren Himmel, aber es wurde nicht richtig heiß. Von Osten her wehte ein lauer Wind.

»Weißt du übrigens«, sagte Herschell, der sich nun vernünftiger benahm als anfangs, »daß einer der Männer aus der Station mehrere Kolonisten getötet hat?«

Flinder hatte es für richtig gefunden, den Geologen einzuweihen. Hilfe von der Station – das war und blieb die einzige Möglichkeit zur Rettung der Kolonie.

»Ich hörte davon, aber wenn ich mir die Geschichte zusammenreime, war der Mann im Recht. Er muß von unseren Männern angegriffen worden sein. Der Überlebende hat bestimmt nur zu seinen Gunsten geredet.«

»Immerhin wurden sechs Männer getötet. Die Männer in der Station sind unsere Feinde.«

»Unsinn! Sie sind Menschen wie wir und gehören zum Solaren Imperium. Warum sollten sie unsere Feinde sein?«

»Das weiß ich auch nicht. Jedenfalls müssen wir verdammt vorsichtig sein.«

»Natürlich sind wir das. Sie dürfen uns nicht für neue Angreifer halten. Wir werden uns rechtzeitig bemerkbar machen und ihnen zeigen, daß wir nur mit ihnen reden wollen. Komm, gehen wir weiter. Es ist noch ein gutes Stück bis zum Paß.«

Kurz bevor sie die Brücke erreichten, sahen sie zum ersten Mal die Kuppel aus der Nähe. Sie mochten etwa vierhundert Meter von ihr entfernt sein. Das Bauwerk schien unbeschädigt zu sein, aber die überall herumliegenden Felsbrocken sprachen eine deutliche Sprache. Ganz klar, daß eine Art Bergrutsch stattgefunden und die Station halb begraben hatte.

Sie blieben stehen.

»Ein Beben hat die überhängenden Felsen herabstürzen lassen«, sagte Herschell bedrückt. »Vielleicht sind die Männer tot.«

»Wir wollen es nicht hoffen. Wer sollte uns helfen, wenn sie tot sind?«

»Wenn sie tot sind, gehört die Station uns!«

»Wir werden kaum etwas damit anfangen können. Gut, ich verstehe ein wenig von Funk und Technik, aber nicht soviel, um eine wahrscheinlich halbautomatisch funktionierende Station zu betreiben. Nun, wir werden ja sehen.«

Sie überschritten die Brücke und erreichten das Plateau. Der Vormarsch wurde nun wegen der durcheinanderliegenden Felsen immer schwieriger. Manchmal mußten sie darüber hinwegklettern oder sich zwischen ihnen hindurchzwängen. Einmal gab es sogar keine andere Möglichkeit, als unter den aufgetürmten Brocken hindurchzukriechen.

Plötzlich, dicht vor der Kuppel, blieb Flinder, der vorangegangen war, mit einem Ruck stehen. Er schaute entsetzt auf die skelettierten Beine eines Menschen, die unter einem Felsen hervorragten. Der Stoff der Uniformhose hing zerfetzt daneben.

Die Käfer!

»Du könntest recht haben, Herschell.«

Sie suchten, aber den zweiten Mann fanden sie nicht. Er mußte irgendwo unter den übrigen Felsen verborgen sein. Oder er saß in der Station und hatte ihre Ankunft längst bemerkt.

»Hallo!« rief Flinder, in der Hoffnung, daß ihn jemand hörte.

Keine Reaktion.

Noch einmal rief er und erklärte, daß er mit dem Mann von der USO zu sprechen wünsche. Aber wieder erhielt er keine Antwort.

»Der Eingang ist geöffnet«, stellte Herschell fest, der zwischen den Felsen herumsuchte, um den zweiten Mann zu finden. »Das wäre sicher nicht der Fall, wenn sie noch lebten.«

Für einen Halbverdummten immerhin eine Intelligenzleistung.

Flinder kam zu ihm. In der Tat war die Tür zur Kuppel weit geöffnet, und sie konnten in das Innere blicken. Viel allerdings gab es da nicht zu sehen. Eine kahle Vorhalle, im Hintergrund einige geschlossene Türen, und an den Seitenwänden einige Kontrolltafeln. Wahrscheinlich konnte man von ihnen aus die Tür öffnen.

»Dann wollen wir mal«, meinte Flinder und ging voran.

Herschell folgte ihm zögernd.

Vor den Kontrolltafeln blieben sie stehen. Flinder studierte sie und versuchte, einen Sinn in die scheinbar wahllose Einteilung von Hebeln, Schaltern, Knöpfen und Skalen zu bringen. Ganz gelang es ihm nicht, obwohl er einige Zeit in der Hauptschaltstation der Kolonie zugebracht hatte. Aber das war schon lange her.

»Das hier ist für die Türen«, meinte er schließlich ein wenig mutlos, denn von Herschell hatte er in dieser Hinsicht keine Unterstützung zu erwarten. Versuchen wir es ...«

Beim dritten Versuch öffnete sich eine der Türen. Damit war der Bann gebrochen. Nacheinander gingen auch die anderen auf. Flinder fand sich schneller mit der technischen Anlage zurecht, als er gehofft hatte.

Als erstes entdeckten sie einen halbgefüllten Vorratsraum, der langentbehrte Dinge enthielt, darunter sogar richtige Konserven und eine Kühlkammer mit frischem Gemüse und Fleisch. Den beiden Männern lief das Wasser im Mund zusammen, und als Herschell zu guter Letzt auch noch eine Kiste mit alkoholischen Getränken fand, kannte ihre Freude keine Grenzen mehr. Für einen Augenblick vergaßen sie ihre Lage, und selbst Flinder hatte nichts dagegen einzuwenden, daß Herschell eine der Flaschen öffnete.

Ziemlich gut gelaunt untersuchten sie die anderen Räume.

Zum Schluß kamen sie in die genau im Kuppelzentrum gelegene Schaltzentrale und Funkstation des USO-Stützpunktes. Flinder konnte sich mit einem Blick davon überzeugen, daß hier alles so weitergelaufen war, wie es auch bei einer Wartung durch die beiden Männer der Fall gewesen wäre. Die Station arbeitete, soweit es die Funkeinrichtung betraf, sogar vollautomatisch.

Bildschirme waren ringsum an den Wänden angebracht. Die obere Reihe zeigte Ausschnitte aus dem All, die untere die Umgebung der Station in der Art eines Panoramaschirms. Die Bilder lebten. Die Anlage arbeitete einwandfrei. Das Erdbeben hatte keine Schäden angerichtet.

Die Empfängeranlage interessierte Flinder in erster Linie. Die Skalen und Instrumente bewiesen, daß laufend irgendwelche Funksignale empfangen und automatisch gespeichert wurden. In der Speicherablage häuften sich die Aufnahmekristalle und andere Datenträger, säuberlich sortiert und mit dem jeweiligen Datum des Empfanges versehen.

Selbst jetzt, in diesem Augenblick, trafen Funksignale ein.

Vorsichtig trat er näher, um die Handkontrollen zu betrachten. Es war ihm klar, daß er eine Umschaltung vornehmen mußte, wenn er selbst senden wollte, und genau das war ja seine Absicht. Die USO-Leute waren nicht mehr in der Lage, die Station zu bedienen. Man konnte ihm nur dankbar sein, wenn *er* sich jetzt darum kümmerte.

»Kommst du damit klar?« fragte Herschell, der wieder nüchterner geworden war. Er war dabei, den Inhalt einer Fleischkonserve zu verzehren. »Wenn du mich fragst – ich kann dir nicht helfen.«

»Danke, es wird schon gehen. Kümmere dich lieber draußen darum, daß wir nicht überrascht werden. Den zweiten Mann haben wir nicht gefunden, und von unseren eigenen Leuten erwarte ich auch gerade keine Freundlichkeiten, wenn sie uns hier entdecken.«

Nicht gerade begeistert, zog der Geologe ab, und Flinder war froh darüber. Er benötigte jetzt vor allen Dingen Ruhe, um nachdenken zu können. Er wußte, daß er es schaffen konnte, wenn er sich genügend konzentrierte.

Die im Augenblick eintreffenden Signale waren verschlüsselt, und er hatte keine Möglichkeit, sie in Klartext umzuwandeln. Sie waren außergewöhnlich stark und deutlich.

Vorsichtig betätigte er einige Kontrollen, und zu seinem Erstaunen flammten einige bisher dunkel gebliebene Bildschirme auf. Sie saßen ausnahmslos in der oberen Reihe mit den Raum-Ausschnitten.

Auf einem der Schirme erkannte Flinder einen Kugelraumer. GOOD HOPE II stand über dem Wulstring.

Der Name war ihm nicht unbekannt, wenn er auch bereits zur halben Legende geworden war. Aber nicht für eine einzige Sekunde kam Flinder der Gedanke, an Bord könnte sich Perry Rhodan aufhalten.

Immerhin – ein Schiff der Solaren Flotte, vielleicht sogar der USO!

Aber: wo war es? Wie weit entfernt hatten es die automatischen Kameras der Station erfaßt, oder handelte es sich einfach um ein Funkbild?

Flinder hatte keine Ahnung, wie er eine Antwort auf seine Fragen erhalten sollte.
Die Funkzeichen wurden schwächer. Gleichzeitig fiel Flinder auf, daß auch das Schiff auf dem Bildschirm in seinen Konturen blasser und undeutlicher wurde. Dann verstummte der Lautsprecher, und der Bildschirm zeigte nur noch Störungsstreifen.
Flinder konnte nicht wissen, daß die GOOD HOPE II zur letzten Umrundung ansetzte ...

Eine halbe Stunde später hatte er mit Hilfe einer einfachen Anleitung, die er in einer der zahlreichen Schubladen gefunden hatte, den Schaltplan der Funkstation rekonstruiert. Da keine lauten Funksignale mehr hereinkamen, schaltete er um auf Senden. Das Aufleuchten einer Kontrollampe zeigte ihm, daß er richtig geschaltet hatte.
Der Sender war in Betrieb.
Ratlos stand er vor dem eingebauten Mikrophon. Er wußte nicht so recht, was er sagen sollte. Er hatte nicht die geringste Ahnung, welche Reichweite der Sender besaß und wie weit man seine Stimme hören konnte. Die Frequenz hatte er vorsichtshalber nicht verstellt. Er hoffte, daß ihn so das Schiff hören konnte, das er zuvor auf dem Bildschirm gesehen hatte. Es mußte sich in der Nähe befinden.
»Hier spricht Flinder Tex Gruppa!« sagte er endlich in das Mikrophon. »Hidden World, System Rubin Omega. Die Raumkoordinaten sind mir nicht bekannt, aber auf jeder USO-Karte dürften sie eingetragen sein. Ich sende einen Notruf! Die Kolonie ist in Gefahr. Wahrscheinlich bin ich noch der einzige intelligent gebliebene Mensch auf dieser Welt. Die Besatzung der USO-Station wurde von herabstürzenden Felsen getötet. Wir benötigen dringend Hilfe! Wenn Sie antworten, dann bitte in Klartext. Ich besitze kein Kodebuch und kann auch keins finden. Ende.«
Zum Glück konnte Flinder das Tonaufzeichnungsgerät bedienen, das unmittelbar unter dem Mikrophon stand. Er schaltete es auf Wiederholautomatik, und wenig später wurde sein Notruf noch einmal gesendet, dann ein zweites Mal.
Der Vorgang wiederholte sich automatisch.
Flinder hielt es nach einer weiteren halben Stunde nicht mehr für notwendig, auf eine Bestätigung zu warten. Wenn jemand den Ruf empfing, würde er Rubin Omega anfliegen und auf dem ersten Planeten landen, um nach dem Rechten zu sehen. Warum sollte er hier noch weiter seine Zeit verschwenden? Er wollte zur Kolonie zurückkehren und den Leuten mitteilen, daß die »bösen Geister« ihnen Lebensmittel geschenkt hatten. Vielleicht würde sie das beruhigen.
Herschell Anders kam zurück.
»Ich habe den zweiten Mann gefunden«, sagte er und setzte sich,

obwohl Flinder bereits an der Tür stand. »Ein Grab. Er muß schon früher gestorben und dann beerdigt worden sein. Auf dem Kreuz steht sogar sein Name: Leutnant Ferry Dickson.«
»Es stimmt also: Er ist auch tot!« Flinder winkte dem Geologen zu. »Nun komm schon, Herschell, wir müssen zurück zur Kolonie. Wir wollen den Leuten mitteilen, daß Hilfe unterwegs ist und wir Lebensmittel gefunden haben.«

Herschell rührte sich nicht.

»Das willst du ihnen sagen?« Er schien es einfach nicht fassen zu können. »Es sind zehntausend Menschen, Flinder! Für die reichen die Vorräte gerade einen Tag, dann haben sie uns alles weggefressen. Wir beide allein könnten es aber Jahre aushalten.«

Flinder schüttelte den Kopf.

»Du denkst egoistisch, Herschell! In ein paar Wochen haben unsere Leute keine Vorräte mehr. Sie kämen an die Oberfläche und würden uns finden. Was glaubst du, was sie mit uns machen würden?« Er schüttelte nochmals den Kopf, diesmal energischer. »Außerdem läuft mein Notruf pausenlos über den Sender. Jemand wird ihn hören und Hilfe bringen.«

»Trotzdem!« Herschell blieb ostentativ sitzen. »Ich denke gar nicht daran, das alles hier mit den Verrückten zu teilen. Schon gar nicht die Kiste mit den herrlichen Getränken! Nein, ich bleibe hier. Du kannst ja gehen.«

»Gut, dann gehe ich allein. Aber ich werde den anderen sagen, daß du hier bist. Ich muß es ihnen sagen, Herschell!«

»Sage es ihnen. Ich bin bereit, sie zu empfangen.«

Flinder kam zurück und sah ihn an.

»Denke nicht an unsinnige Dinge, Herschell. Ich weiß, daß es hier Waffen gibt, aber ich warne dich: Wende sie niemals an! Empfange unsere Leute friedlich und unbewaffnet. Ich werde ihnen sagen, daß du hier geblieben bist, um mit den Geistern zu sprechen – oder so einen Unsinn. Jedenfalls werden sie, wenn sie kommen, den nötigen Respekt vor dir haben, um dich nicht anzugreifen. Benimm dich genauso vernünftig.«

»Keine Sorge, das werde ich tun. Gehst du jetzt?«

»Ja. Berühre nicht die Kontrollen. Die Sendung muß pausenlos weiterlaufen, sonst besteht die Möglichkeit, daß sie niemand hört. Verstanden? Nichts berühren! Halte dich am besten in den Schlafräumen der beiden USO-Leute auf, meinetwegen auch in der Vorratskammer. Besauf dich, wenn du willst, aber vergiß hier den Kontrollraum. Versprichst du mir das?«

»Ich verspreche es.«

»Gut. Hast du übrigens das Impulsgewehr draußen liegen lassen?«

»Es liegt neben dem Felsblock, der den einen Mann unter sich begrub.«

»Ich nehme es mit. Viel Glück. Laß dir die Zeit nicht lang werden.«
»Auf Wiedersehen, Flinder ...«
Flinder verließ die Station. Er machte sich auf den langen Rückweg zur Siedlung.

15.

Der Hilferuf vom Planeten Hidden World wurde Rhodan schriftlich übermittelt. Atlan las die Mitteilung ebenfalls durch, dann meinte er:
»Die Leute der USO sind tot, und einer der Siedler scheint nicht verdummt zu sein. Wir werden noch herausfinden, warum nicht. Jedenfalls war er klug genug, einen Funkspruch abzusetzen und die Automatik zu bedienen. Ein Hoffnungsschimmer, wenn du mich fragst.«
»Ich habe Mentro Kosum gebeten, weitere Umrundungen anzuhängen. Vielleicht ist es möglich, mit diesem Tex Gruppa direkten Kontakt aufzunehmen.«
»Soll ich mich in der Funkzentrale mal darum kümmern?«
»Ja, eine gute Idee. Vielleicht kann er uns auch die Landekoordinaten angeben.«
Das allerdings war eine Hoffnung, die sich nicht erfüllte. So sehr Captain Farside sich auch bemühte, die USO-Station zu erreichen, er bekam keine Antwort. Pausenlos lief der Hilferuf über die Automatik, aber auf Hidden World schien nur der Sender noch in Betrieb zu sein. Nichts deutete darauf hin, daß auch noch Sendungen empfangen wurden.
Gucky hielt den Augenblick für gekommen, sich wieder bemerkbar zu machen. Er materialisierte in der Kommandozentrale, nachdem Rhodan neben Mentro Kosum vor den Hauptkontrollen Platz genommen hatte.
»Gedankenimpulse gibt es nun massenweise.« Er setzte sich unaufgefordert in den dritten Sessel. »Aber fragt mich nicht, was da so zusammengedacht wird. Jedenfalls existiert die Kolonie noch, wenn auch total verblödet.«
Rhodan schaute ihn verweisend an.
»Du hast die unterirdische Kolonie abgrenzen können? Dicht dabei muß der ehemalige Raumhafen sein, ein Krater, glaube ich. Wir müssen ihn finden, um landen zu können.«
»Wir können, wenn es sein muß, auf jedem Misthaufen landen – hat Bully einmal gesagt«, behauptete der Mausbiber todernst. »Warum also jetzt auf einmal diese ungewohnte Sorgfalt?«
Rhodan blieb ruhig und geduldig, obwohl er andere Sorgen hatte.
»Weil ich dem Bericht entnehmen konnte, daß der Raumhafen genau

in dem Gebiet zwischen USO-Station und Kolonistensiedlung liegt. Damit schlagen wir sämtliche Fliegen mit einer Klappe. Außerdem gehen wir nicht die Gefahr ein, auf einem tätigen Vulkan zu landen. Ist das klar?«

»Wie Hühnerbrühe«, gab Gucky zu und schüttelte sich. »Scheußlicher Vergleich, übrigens.«

»Du hast ihn verwendet«, meinte Rhodan trocken.

Mentro Kosum deutete auf die Kontrollen. »Zwanzigste Umrundung beendet. Gehen in die einundzwanzigste.«

Flinder hastete durch die ersten Stollen.

Er hatte es vorgezogen, die Oberfläche zu verlassen, weil er an dieser Stelle unterirdisch schneller vorankommen konnte. Sehr gut kannte er diese Stollen nicht, da er ja ein Einzelgänger war. Hier wurde systematisch abgebaut, und damit hatte er nur wenig zu tun.

Immerhin gab es einige Förderbänder und automatische Transportbahnen, mit deren Hilfe er noch um einiges schneller vorankam. Er mußte insgesamt eine Strecke von mehr als fünfzehn Kilometern zurücklegen.

Je näher er der eigentlichen Siedlung kam, desto unruhiger wurde er. Er hatte das merkwürdige Gefühl, zu spät zu kommen, obwohl er nicht zu sagen vermocht hätte, wofür und warum zu spät.

Er kam wieder in einen bekannten Stollen und schaltete das seitlich angebrachte Förderband ein. Es bewegte sich mit einer beachtlichen Geschwindigkeit und diente dazu, die Erde abzutransportieren, die beim Graben neuer Gänge anfiel. Ein Stück lief er nebenher, bis er sich gefahrlos auf das Band schwingen konnte. Er legte sich auf den Bauch, das Gesicht in Fahrtrichtung, und ruhte sich erst einmal aus.

Vielleicht hatte Herschell doch recht, daß es nicht gerade klug war, den Diggern die Wahrheit über die Station mitzuteilen. Wie die Wilden würden sie darüber herfallen und vielleicht die lebenswichtigen Einrichtungen zerstören. Dann gab es keine Hoffnung auf Rettung mehr.

Noch wurde das Notsignal ununterbrochen ausgestrahlt, und einmal mußte es jemand auffangen und etwas unternehmen.

Drei Kilometer vor den Wohnhöhlen bog das Förderband rechtwinklig ab. Es brachte die Erde hinauf zur Oberfläche und endete vor einer tiefen Schlucht, die allmählich angefüllt wurde.

Flinder sprang herab, um den Rest des Weges zu Fuß zurückzulegen. Er ließ das Band laufen, denn die nächste Schaltstelle lag einige hundert Meter zurück.

Seit er die Station verlassen hatte, waren mehr als drei Stunden vergangen. Er hatte keine Möglichkeit, Verbindung zu Herschell und damit zur Station aufzunehmen, wußte also nicht, ob dort noch alles in Ordnung war. Auch war er sich noch nicht im klaren darüber, wie er den Diggern die Wahrheit beibringen sollte.

Er begegnete den ersten knapp einen Kilometer vor den Wohnhöhlen. Es war ein ganzer Trupp, alle mit Hämmern, Stangen und anderen Werkzeugen bewaffnet. Als die vorderen den Ersten Digger erkannten, begannen sie auf ihn zuzulaufen. Dabei schwangen sie drohend ihre primitiven Waffen.

Flinder war stehengeblieben. Er entsann sich seines Impulsgewehres. Unschlüssig hielt er es in der Hand, immer noch gesichert. Nur im äußersten Notfall würde er auf seine eigenen Leute schießen, wenn überhaupt.

»Stehenbleiben!« rief er ihnen entgegen. »Was ist passiert?«

Sie schienen alle Hemmungen verloren zu haben. Ihre Unzufriedenheit, die schlechte Lage, Lebensmittelknappheit, die wachsende Ungewißheit, dazu die Verdummung – das alles entlud sich nun in der Entfesselung eines Aggressionstriebes, der unbewußt in jedem Menschen schlummerte.

»Du hast sie gerufen, Flinder!« brüllte ihm einer entgegen. »Statt die bösen Geister zu verjagen, hast du sie gerufen! Zwei der Höhlen sind eingestürzt.«

»Rede keinen Unsinn! Es war ein Erdbeben, nicht mehr. Ich habe oben nicht einmal etwas davon gespürt.«

»Du bist schuld! Geh aus dem Weg oder wir töten dich.«

Flinder hob das Gewehr an.

»Ich werde mich wehren. Hört doch zu, Leute! Ich war in der Station und habe Lebensmittel gefunden, viele Lebensmittel. Sie gehören uns. Herschell ist zurückgeblieben, damit sie uns niemand wegnehmen kann. Seid doch vernünftig und ...«

Die Männer waren stehengeblieben, als Flinder die Station erwähnte. In ihrem einfachen Verstand begann es zu arbeiten, und schon hatten sie ein entsprechendes Argument.

»Wegnehmen! Natürlich wollen sie uns die Lebensmittel wegnehmen, und Herschell allein schafft es nie, sie davon abzuhalten. Wir müssen ihm zu Hilfe eilen! Aus dem Weg, Flinder!«

Sie gingen in drohender Haltung auf ihn zu.

»Von wem sprecht ihr? Wer soll uns die Lebensmittel wegnehmen? Die Käfer vielleicht?«

»Nein, nicht die Käfer, Flinder, sondern die Männer, die eben mit dem Schiff im Krater gelandet sind.«

Flinder stand wie betäubt. Ein Schiff!

Sein Notruf war empfangen worden. Man hatte ihn gehört und war gekommen, um den Kolonisten zu helfen. Und diese Verrückten glaubten, sie wollten ihnen etwas wegnehmen! Hätte er doch nur den Mund gehalten und nichts von der Station gesagt! Aber wahrscheinlich hätten die Digger auf jeden Fall so reagiert, wie sie es jetzt taten.

»Halt, stehenbleiben!« rief Flinder verzweifelt und warf sich den Männern entgegen. »Ihr begeht einen Fehler und ...«
Flinder verspürte einen stechenden Schmerz, als ihm jemand eine Eisenstange in den Oberschenkel bohrte. Er stürzte, und achtlos stürmte die Horde über ihn hinweg. Ein Hammerschlag traf seinen Kopf, dann verlor er das Bewußtsein.
Die Siedler kümmerten sich nicht mehr um ihn. Sie ließen ihn bewußtlos liegen. Sie rannten weiter, um die Fremden mit dem Schiff anzugreifen. Sie sahen in jedem Lebewesen einen Todfeind, der »von oben« kam.
Der letzte der Männer bückte sich, aber nicht etwa, um Flinder zu helfen, sondern um ihm das Impulsgewehr abzunehmen.

Herschell fühlte sich wohl. Er wanderte durch sämtliche Räume der Station und kam sich vor wie der Herrscher eines kleinen Königreiches. Das alles gehörte jetzt ihm, und er dachte nicht daran, noch einmal in die unterirdischen Wohnhöhlen zurückzukehren.
Er nahm eine zweite Flasche aus der Kiste und öffnete sie.
Ein wenig schwankend kehrte er dann in die Kuppelzentrale zurück, setzte sich in den drehbaren Kontrollsessel und betrachtete die Bildschirme.
Draußen auf dem Plateau hatte sich nichts verändert. Alles war ruhig, und nicht einmal Käfer waren zu bemerken. Noch schien die Sonne, aber sie würde bald unter dem Horizont verschwinden.
Auf einem der oberen Bildschirme erschien wieder das Kugelschiff. Es schien größer geworden zu sein und langsamer.
Wie gebannt betrachtete Herschell den Schirm und vergaß sehr bald die Flasche, die er auf dem Kontrolltisch abgestellt hatte. Er sah nur noch das Schiff, das sich offensichtlich immer mehr näherte. Und als er dann die Rundung des Planeten darunter vorbeiziehen sah, wußte er, was geschah: Das Schiff setzte zur Landung an!
Er wollte aufspringen, blieb aber dann wie gelähmt sitzen. Das Schauspiel, das vor seinen Augen abrollte, faszinierte ihn maßlos. Es war schon lange her, seit er das letzte Raumschiff hatte landen und starten sehen.
Endlich erkannte er den flachen Krater, in den das Schiff sich hinabsinken ließ. Die Lähmung fiel von ihm ab. Wenn er sich beeilte, konnte er die eigentliche Landung mit eigenen Augen beobachten. Er griff nach dem elektronischen Fernglas, das er zuvor schon auf dem Wandtisch bemerkt hatte, und verließ die Station. Mühsam erkletterte er den Felsen neben der Brücke und war froh, als er das winzige Plateau in Talrichtung erreichte.
Der Krater lag in fünf Kilometern Entfernung unter ihm, das Schiff stand noch einige hundert Meter darüber und sank weiter.
Er drückte den Knopf unter der Feineinstellung des Glases, das Stativ

schob sich heraus und schnappte ein. Herschell richtete das Instrument ein, und dann sah er das Schiff so, als sei es nur wenige hundert Meter entfernt. Er konnte jede Einzelheit genau erkennen.

Sanft setzte es schließlich auf dem Kratergrund auf. Die Teleskopstützen schoben sich ineinander, dann stand das Schiff ruhig da.

Nichts rührte sich mehr.

Herschell blieb auf dem Felsen. Ob Flinder schon in der Siedlung angelangt war? Wußte er überhaupt schon von der Landung des Schiffes? Wahrscheinlich nicht, denn wie sollte er es erfahren haben, wenn er den Stollen benutzt hatte?

Herschell sah noch einmal durch sein Glas und da entdeckte er etwas, das er bisher noch nicht bemerkt hatte. Am Rande des Kraters begannen sich die Klammerläufer zu sammeln.

Sie waren die einzigen Pflanzen auf Hidden World, die einem Menschen gefährlich werden konnten, wenn er unachtsam war. Die Klammerläufer erinnerten an terranische Schlingpflanzen. Von ihrem schlangenförmigen Hauptstamm aus wuchsen Nebenarme nach allen Richtungen, mit denen die räuberischen Pflanzen ihre Beute fassen konnten. An den Enden der Nebenarme waren die Saugnäpfe, mit denen dem Opfer der Saft ausgesaugt wurde.

Die Klammerläufer waren zwar eigentlich Vegetarier. Sie ernährten sich, indem sie langsamere Pflanzen einholten und verzehrten. Anfangs näherten sie sich auch den Siedlern, tasteten sie ab – und ließen sie wieder frei. Nur wenn sich jemand dieser schmerzlosen Untersuchung widersetzte, konnten sie bösartig werden. Schon mancher Digger war mit blauen Saugflecken nach Hause zurückgekehrt.

Die Klammerläufer besaßen ein wenig Intelligenz, die sich besonders in ihrer steten Neugier ausdrückte. Das gelandete Schiff jedenfalls weckte ihr Interesse, und Herschell war sicher, daß es nicht lange dauern würde, bis sie es untersuchten. Da sie Gemeinschaftswesen waren, versammelten sie sich zu diesem Zweck.

Sobald es dunkel geworden war, würden sie ihren Vormarsch beginnen. Und in einer Stunde würde es bereits dunkel sein.

»Entfernung zur Station fünf Kilometer.«

Rhodan nickte Farside zu. »Danke. Das Notsignal wird noch immer gesendet?«

»Automatisch, Sir. Es bedeutet nicht, daß dieser Gruppa noch in der Station ist. Unsere Aufforderung, sich zu melden, wird von ihm jedenfalls ignoriert.«

Atlan kam herein, von Lord Zwiebus gefolgt. »Werden wir noch vor Sonnenuntergang etwas unternehmen?«

»Nein«, erwiderte Rhodan. »Das wird wenig Sinn haben. Wir wissen

nicht, was hier geschehen ist und welche Gefahren draußen lauern. Wir müssen vorsichtig sein. Wir warten bis morgen. Wenn man uns erwartet, wird man auch die Landung beobachtet haben und sich melden.«
»Richtig, wir versäumen nichts.«
Gucky erschien in der Tür.
»Die Impulse sind deutlicher geworden, aber nicht intelligenter. Ein schreckliches Durcheinander. Einige Impulse verraten Zufriedenheit, andere wieder Wut und Vernichtungswillen. Ich werde nicht klug daraus.«
»Um so mehr Grund für uns, vorsichtig zu sein und bis morgen zu warten«, erklärte Rhodan abermals. »Gucky, versuch es mal in Richtung Station. Mindestens ein Mann muß sich darin aufhalten.«
Gucky machte sich an die Arbeit.
Rhodan ordnete inzwischen für die gesamte Besatzung eine Ruheperiode an. Einige Wachen sollten auf ihren Posten bleiben.
Auf dem Panoramaschirm war nichts Verdächtiges zu bemerken.
Die Sonne ging unter.
Gucky berichtete: »Stimmt, da ist noch einer in der Station, aber ein besonders helles Licht ist er nicht – immerhin nicht so dumm wie die anderen. Aber mit seinen Gedanken stimmt auch nicht alles. Vor allen Dingen habe ich den Eindruck, daß er schwankt.«
»Wie meinst du das?«
»Um es vulgär auszudrücken – er ist besoffen.«
Rhodan fragte weiter: »Glaubst du, daß er intelligent genug gewesen ist, den Sender der Station in Betrieb zu nehmen, oder kann es sich dabei um eine andere Person gehandelt haben?«
»Schwer zu sagen. Jedenfalls werde ich noch einmal in der anderen Richtung suchen.«
»Ruh dich ein wenig aus, wir haben Zeit bis morgen früh.«
Draußen war es dunkel geworden. Mentro Kosum verzichtete darauf, die Bordscheinwerfer einzuschalten. Niemand sollte beunruhigt werden, der die Landung des Schiffes vielleicht beobachtet hatte.
Lediglich die nähere Umgebung wurde mit einem Infrarotsucher ständig kontrolliert. Niemand konnte sich unbemerkt dem Schiff nähern.
Die Nacht verging ohne Zwischenfall.
Als es zu dämmern begann, schaute der diensthabende Offizier in der Kommandozentrale verblüfft auf den Panoramaschirm. Was sich da seinem Blick bot, war unglaublich und so grotesk, daß er seinen Augen nicht zu trauen glaubte.
Vier bis fünf Meter hohe Gestalten, dünn wie Lianen und auch so ähnlich aussehend, näherten sich schwankend und unbeholfen dem Schiff. Sie sahen nicht gerade gefährlich aus, aber auch nicht vertrauenserweckend. Es schienen Pflanzen, keine Tiere zu sein – aber wer vermochte das schon zu entscheiden? Jedenfalls bewegten sie sich.

Vorsichtshalber unterrichtete der Offizier den Kommandanten. Mentro Kosum war nicht gerade erfreut, als er so früh geweckt wurde, aber selbstverständlich tat der Offizier vom Dienst nur seine Pflicht. Aus dem Geheimbericht wußte er, daß es auf Hidden World recht seltsame Lebensformen gab, soweit es die Flora betraf. Er war daher nicht überrascht von der Alarmmeldung und versprach, so schnell wie möglich in der Kommandozentrale zu sein. Inzwischen sollte nichts ohne sein Wissen unternommen werden.

In aller Ruhe wusch er sich, zog sich an und nahm den Lift. Als er den großen Kontrollraum betrat, galt sein erster Blick dem Panoramaschirm.

»Es sind noch mehr hinzugekommen«, erklärte ihm der Offizier. »Es werden immer mehr. Ob sie einen Angriff auf uns planen?«

»Kaum, Leutnant. Es sind harmlose Pflanzen, und ich weiß auch nicht so recht, was sie von uns wollen. Neugier vielleicht.«

Rhodan und Atlan, die später ebenfalls in die Zentrale kamen, äußerten ähnliche Ansichten. Lediglich Joak Cascal meinte, man solle ihnen mit einem Thermostrahler einheizen.

Zwei Stunden später beschloß Rhodan, das Schiff zu verlassen, um die verwaiste USO-Station aufzusuchen und sich um die Kolonisten zu kümmern. Atlan, Ras Tschubai und Gucky begleiteten ihn.

Sie trugen leichte Kampfanzüge ohne Sauerstoffausrüstung, und als Bewaffnung nahmen sie Kombistrahler mit. Rhodan empfahl, sie auf Paralysieren einzustellen.

Die Klammerläufer hatten inzwischen das Schiff erreicht. In dichten Scharen hatten sie sich um die Teleskop-Landebeine des Schiffes versammelt und rankten sich regelrecht daran empor. Sie umklammerten die Metallstützen mit ihren Nebenästen und tasteten sie mit den Saugnäpfen ab.

»Die fressen uns noch das Schiff auf«, meinte Gucky besorgt. »Soll ich sie mal erschrecken?«

»Ja, zeig dich ihnen«, riet Atlan gutgelaunt.

Gucky wollte etwas Bissiges erwidern, aber dann schwieg er verdutzt. Eine der Pflanzen hatte die vier ausgestiegenen Personen bemerkt und kam langsam auf sie zu.

»Ruhig stehenbleiben«, sagte Rhodan leise. »Sie müssen erst feststellen, ob wir harmlos sind, dann werden wir Ruhe vor ihnen haben.«

»Und wie stellen *wir* fest, ob *sie* harmlos sind?« wollte Gucky wissen.

Der Klammerläufer zögerte eine Sekunde, als er nahe genug herangekommen war, dann entschied er sich für den Mausbiber.

»Ruhig bleiben!« warnte Rhodan gedämpft. »Laß dich untersuchen.«

Gucky blieb bewegungslos stehen und duldete es mit Heldenmut, daß sich die schlangenförmigen Äste um ihn wanden. Ganz wohl fühlte er sich bestimmt nicht in seiner Haut, aber er verließ sich auf die drei Männer, die den ganzen Vorgang interessiert beobachteten.

Die Saugnäpfe blieben an dem Stoff des Anzugs nicht haften, und zum Glück kam der Klammerläufer nicht auf die Idee, auch noch Guckys Gesicht abzutasten. Nach einer gründlichen Inspektion lösten sich die gummiweichen Äste, und der Klammerläufer wanderte wieder zu den anderen zurück.

»Puh!« machte Gucky erleichtert. »Das war vielleicht ein Gefühl!«

»Wenigstens wissen wir jetzt, daß sie keine bösen Absichten haben«, stellte Atlan befriedigt fest.

»Ja, weil ich noch lebe«, piepste Gucky empört.

Die anderen Klammerläufer kümmerten sich nicht mehr um Gucky und die drei Männer. Über Telekom nahm Rhodan Verbindung zu Mentro Kosum im Schiff auf.

»Die Pflanzen sind harmlos und bilden keine Gefahr. Wir werden uns ein wenig umsehen. Machen Sie inzwischen einen Gleiter für uns startklar. Wir bleiben in Verbindung.«

Dicht am Kraterrand, fünfhundert Meter vom Schiff entfernt, entdeckten sie den Eingang zu einem unterirdischen Stollen. Noch während sie sich ihm näherten, kamen plötzlich daraus zwei Dutzend Männer hervorgestürmt. Sie schwangen Eisenstangen und schwere Hämmer und machten alles andere als einen friedlichen Eindruck.

Rhodan war stehengeblieben. »Nicht feuern! Abwarten!«

Vergeblich sahen sie sich nach einer Deckung um, aber es gab weder Felsen noch Mulden. Die Angreifer waren noch hundert Meter entfernt, aber schon kamen die ersten Steine geflogen.

»Denen brenne ich aber eins auf den Pelz!« rief Gucky wütend und achtete nicht auf Rhodans abwehrende Handbewegung. »Hüpfen sollen sie!« Und sie hüpften.

Der Strahler hatte natürlich nur die lähmende Wirkung. Das genügte immerhin, den ersten Angriff so weit zu stoppen, daß Rhodan ihnen zurufen konnte. »Was wollt ihr von uns? Wir sind gekommen, um euch zu helfen.«

»Böse Geister!« brüllte einer von ihnen wütend. »Geht dorthin zurück, wo ihr hergekommen seid!«

»Wir müssen wissen, was auf Hidden World geschehen ist.«

»Geht! Wir wollen euch nicht!«

Und erneut griffen sie an, diesmal wütender und entschlossener als zuvor. Fünfzig Meter rannten sie, dann schleuderten sie ihre primitiven Waffen. Sie zielten nicht schlecht, Gucky konnte einem Speer nur mit knapper Not ausweichen, den nächstfolgenden packte er telekinetisch und lenkte ihn so um, daß er den Mann, der ihn geworfen hatte, am Kopf traf.

Die anderen jedoch stürmten stur weiter vor.

»Paralysefeuer!« befahl Rhodan und schoß mitten hinein in die angreifende Gruppe.

Die Getroffenen fielen zu Boden und blieben dann bewegungslos liegen. Sie würden mindestens eine Stunde »schlafen«. In wenigen Sekunden war alles vorbei.

»Da hat einer sogar ein Strahlgewehr, wie die USO es benutzt«, stellte Ras Tschubai fest. »Ob es aus der Station stammt?«

»Mit Sicherheit, Ras. Sehen wir uns den Gang an?«

Gucky stand vor dem Eingang und sah hinein.

»Gedankenimpulse, ziemlich schwach und sicher weit entfernt. Der Mann hat Schmerzen und ist halb bewußtlos. Er denkt an die Station und an ein Schiff – vielleicht meint er die GOOD HOPE. Er macht einen ganz vernünftigen Eindruck, aber er scheint verletzt zu sein.«

»Kannst du ihn anpeilen?«

»Natürlich kann ich das. Soll ich ihn holen?«

»Begib dich nicht unnötig in Gefahr«, meinte Rhodan. »Vielleicht sind noch weitere Kolonisten unterwegs, um uns anzugreifen.«

»Denen werde ich schon helfen, verlaß dich darauf!«

Und noch ehe Rhodan ein weiteres Wort zu der Angelegenheit sagen konnte, entmaterialisierte der Mausbiber.

Atlan deutete zurück zum Schiff.

»Ich denke«, meinte er eindringlich, »wir warten dort auf ihn. Wenn die Männer hier wieder zu sich kommen, könnte es noch mehr Ärger geben.«

»Gut. Dann nehmen wir den Gleiter und sehen uns die Station an.«

Ohne etwas Greifbares herausgefunden zu haben, gingen sie zur GOOD HOPE II zurück.

Als die von den Lähmstrahlen außer Kraft gesetzten Kolonisten wieder zu sich kamen, erhielten sie unerwartete Verstärkung. Aus dem Stollen drangen etwa vierzig Männer hervor, alle bewaffnet und zum Äußersten entschlossen. Zum Glück besaßen sie nicht mehr die Fähigkeit, sich einen wohlüberlegten Plan auszudenken. Sie glaubten, mit ihren Stangen, Schaufeln und anderen Werkzeugen ein Raumschiff angreifen zu können.

Nach einer kurzen Unterredung, die mehr dem Geschnatter einer Horde Affen ähnelte, ergriffen auch die Männer der ersten Gruppe ihre verstreut herumliegenden Waffen und schlossen sich der zweiten Gruppe an.

Ihr Ziel war das Schiff, keine fünfhundert Meter entfernt.

Mentro Kosum sah sie kommen, aber der Angriff erfolgte keineswegs überraschend. Die Feuerleitstelle der GOOD HOPE war vorbereitet.

Die Klammerläufer hatten sich inzwischen zurückgezogen. Sie wirkten enttäuscht, als sie schwankend dem Kraterrand zustrebten und zwischen den Felsen verschwanden. Wahrscheinlich hatten sie das Kugelschiff für eine besonders schmackhafte Art von Riesenkohl gehalten.

Natürlich hätten die angreifenden Kolonisten dem Schiff keinen ernsthaften Schaden zufügen können, aber bereits leichte Beschädigungen an den Landestützen konnten zu zeitraubenden Reparaturen und Unannehmlichkeiten führen.

Paralysestrahler richteten sich auf die wild heranstürmenden Männer, und dann gab Mentro Kosum das Kommando, das Feuer auf sie zu eröffnen. Die unsichtbaren Energiebündel erfaßten einen Kolonisten nach dem anderen, lähmten sein Nervensystem und ließen ihn sofort bewußtlos werden. Es war eine Prozedur, bei der niemand zu Schaden kam.

Joak Cascal, der die Vorgänge auf dem Panoramaschirm beobachtete, sagte zu dem Kommandanten: »Zuerst die laufenden Gummibäume, jetzt verrückte Siedler. Ich bin gespannt, was wir noch alles auf dieser Welt erleben werden. Was passiert, wenn sie wieder aufwachen?«

»Nichts«, erwiderte Mentro Kosum. »Wenn sie dumm genug sind, stehen sie auf und rennen weiter. Dann erhalten sie eben die zweite Lektion. Es kann aber auch sein, daß die Erfahrung sie klüger macht. Dann werden sie ihre sinnlose Absicht aufgeben und vielleicht mit uns reden wollen.«

In diesem Moment materialisierte Gucky mit Flinder Tex Gruppa, den er bereits notdürftig medizinisch versorgt hatte.

Sie brachten Flinder ins Hospital, wo sich die Ärzte sofort um ihn kümmerten. Diese stellten eine Gehirnerschütterung fest. Die Wunde im Oberschenkel erforderte eine Operation.

Flinder wurde entkleidet. Seine Sachen lagen auf einem Stuhl, und als Gucky neugierig erschien, um zu sehen, wie es seinem Schützling erging, entdeckte er die Kette mit den buntschillernden Eupholithen.

Spätere wissenschaftliche Untersuchungen ergaben:

Die Steine der Kette dämpften die Eigenimpulse der Menschen, die in ihre Nähe kamen. Es war auch die Kette gewesen, die Flinder vor der Verdummung bewahrt hatte. Nun war er immun geworden und würde die Kette nicht mehr benötigen. Sie hatte ihm vielleicht, ohne daß er es wußte, das Leben gerettet. Auf jeden Fall aber war es ihr zu verdanken, daß er das Notsignal absenden konnte.

16.

Der Gleiter landete unmittelbar an der Eisenbrücke, am Rande des halb verschütteten Plateaus. Rhodan bat den Piloten, hinter den Kontrollen zu bleiben und das Fahrzeug startbereit zu halten.

Dann verließ er mit Atlan und Ras Tschubai das Fahrzeug.

Über Felshindernisse hinweg näherten sie sich dem Eingang der Kuppel, die weit geöffnet war. Obwohl sie hier oben mit keiner Gefahr rechneten, trugen sie ihre Waffen feuerbereit. Wenn Gucky recht behielt und der Mann, der sich in der Station befand, wirklich betrunken war, konnte er Schwierigkeiten verursachen.

In der Vorhalle war alles ruhig. Erst als sie in die Kuppelzentrale gelangten, hörten sie Geräusche, die man unschwer als Schnarchen identifizieren konnte.

Sie fanden Herschell Anders vor den Funkgeräten. Er saß im Sessel, den Kopf auf die Tischplatte gelegt. Vor ihm lief noch immer der Tonaufzeichner, und der automatische Sender strahlte unaufhörlich den gespeicherten Funkspruch ab.

»Na also, das hätten wir«, sagte Atlan und schaltete die Automatik aus. »Kein Wunder, daß wir niemals eine Antwort auf unsere Fragen erhielten.«

»Soll ich ihn wecken?« fragte Ras Tschubai.

Rhodan deutete auf die halbleere Flasche. »Versuchen könnten wir es ja.«

Herschell erwachte nach einigem Rütteln und schaute die drei Männer verwundert an. Trotz seiner Trunkenheit stellte er fest, daß sie keine Siedler waren. Es mußten die Leute aus dem Schiff sein, dessen Landung er beobachtet hatte. Kamen sie im Auftrag der USO?

Stockend berichtete er dann, was geschehen war, obwohl er selbst keine Erklärung für das Phänomen der plötzlichen Verdummung wußte, von dem auch er nicht gänzlich verschont geblieben war. Dann schien er auf einmal wieder einigermaßen nüchtern zu werden.

»Flinder! Er ist zurück in die Siedlung.«

»Wir haben ihn, Mr. Anders. Er ist in Sicherheit.«

»Und die Kolonisten?«

»Haben vergeblich das Schiff angegriffen. Ich nehme an, wir werden noch mehr Ärger mit ihnen bekommen, wenn wir sie nicht zur Vernunft bringen können. Sie sollten uns helfen.«

»Und wie?«

»Sie kennen die Leute. Sprechen Sie mit ihnen. Es kann sehr gut sein, daß sie auch hierher kommen. Flinder wird sie unterrichtet haben.«
Während sie mit Herschell sprachen, materialisierte Gucky bei ihnen. Sein plötzliches Erscheinen löste bei Herschell zwar Erstaunen aus, aber ansonsten nahm er die Situation mit Gelassenheit hin. Für ihn war wichtig, daß er vorerst keine Lebensmittelsorgen mehr hatte.
»Mindestens zweihundert Mann sind auf dem Weg hierher«, berichtete Gucky, nachdem ihm Herschell vorgestellt worden war. »Sie haben den Pfad erreicht und werden in einer halben Stunde bei der Brücke sein.«
»Wir verlieren nur unsere Zeit, wenn wir uns mit ihnen aufhalten«, sagte Atlan. »Ich schlage vor, wir zerstören die Brücke, dann können sie nicht mehr auf das Plateau. Einen anderen Weg hierher gibt es nicht, und wir haben schließlich die Gleiter und unsere beiden Teleporter.«
»Ein guter Vorschlag«, stimmte Rhodan zu. »Wir werden einige Spezialisten hierherbringen, die sich um die Station kümmern. Ich habe den Eindruck, daß sie in manchen Teilen überholt werden muß. Wenn wir Hidden World verlassen, muß eine reibungslos funktionierende Station zurückbleiben, mit der wir jederzeit Kontakt aufnehmen können. Also los, kümmern wir uns um die Brücke.« Er wandte sich an Gucky. »Wie geht es Flinder?«
»Die Operation ist noch nicht beendet, aber ich glaube, er kommt durch. Er ist der einzige vernünftig gebliebene Mensch auf diesem Planeten.«
Zu Fuß gingen sie zur Brücke. Herschell kam mit ihnen.
Vor ihnen lag die breite Schlucht, mehrere hundert Meter tief und mit glatten Felswänden, die senkrecht nach unten fielen. Die Brücke war eine einfache Metallkonstruktion.
Sie setzten drei Waffen gleichzeitig ein. Die grellweißen Impulsstrahlen zerschmolzen die Hauptstreben, dann löste sich die Brücke aus ihren Verankerungen und polterte mit donnerndem Getöse in die Tiefe. Sie brach beim Aufschlag auseinander.
»Das hätten wir«, sagte Ras Tschubai. »Nun können sie kommen. Der Abgrund ist fünfzig Meter breit. Das schaffen sie nicht einmal mit ihren Eisenstangen.«
Sie kehrten zum Gleiter zurück.
»Es wird am besten sein, wenn Sie mit uns kommen, Mr. Anders«, sagte Rhodan zu dem Geologen. »Flinder wird sich freuen, Sie zu sehen.«
Der Gleiter erhob sich und schwebte über den Abgrund. Ein wenig später glitt er in fünfzig Metern Höhe über die Kolonisten hinweg, die dem Pfad zur Station folgten. Sie suchten Deckung, ließen es dann aber sein, als kein Angriff erfolgte. Nach einigem Zögern marschierten sie weiter.
»Die werden sich wundern«, meinte Atlan lakonisch.

Die Operation war beendet.

Flinder lag in seinem Bett und gab Rhodan seinen ersten umfassenden Bericht. Allmählich setzte sich das Mosaik zu einem verständlichen Gesamtbild zusammen. Mit den anderen bereits bekannten Tatsachen in Verbindung gebracht, ergaben sich Antworten auf bisher ungelöste Fragen und Erklärungen für die Vorgänge auf Hidden World.

Atlan, der Rhodan begleitet hatte, deutete auf Flinders Kette.

»Sie hat Sie vor den Auswirkungen der Verdummungsstrahlung bewahrt. Sie wurden immun. Würden Sie uns die Kette leihweise überlassen? Ich habe eine Idee.«

»Ich schenke sie Ihnen«, sagte Flinder und streifte die Kette ab, um sie Atlan zu überreichen.

Rhodan fragte: »Was ist das für eine Idee, Atlan?«

»Ich weiß nicht, ob ich recht habe. Vielleicht irre ich mich auch. Aber wenn die Eupholithe Flinder vor der Verdummung bewahrten, so bewirken sie eventuell eine Heilung bei Icho Tolot. Bekanntlich wirkt die Strahlung bei ihm nur zu fünfzig Prozent. Es wäre doch günstig, wenn wir wieder einen hundertprozentigen Haluter bei uns hätten.«

Rhodan nickte.

»Ein guter Gedanke.« Nachdenklich betrachtete er die Kette in Atlans Hand. »Eupholithe! Ich glaube, wir haben einen wichtigen Faktor im Kampf gegen das Unbekannte entdeckt. Icho Tolot wird unsere Hoffnungen entweder bestätigen – oder zerstören.«

Der Haluter war trotz seiner Verdummung immer noch intelligenter als ein Normalterraner. Freudig akzeptierte er Atlans Vorschlag und legte sich die Kette um, als er darum gebeten wurde. Es trat noch keine sichtbare Wirkung ein, aber Tolot versicherte ernsthaft, er verspüre ein wohltuendes Kribbeln in allen Gliedern. Er versprach, die Kette nicht eher abzulegen, bis man Klarheit gewonnen habe. Mit diesem Versprechen zog er sich in seine Kabine zurück.

Rhodan stellte eine Gruppe von Spezialisten zusammen, mit denen er am Nachmittag zur Station fliegen wollte.

Flinder befand sich auf dem Weg der Besserung. Morgen würde er dank der fortgeschrittenen Behandlungsmethoden der Terraner wieder auf den Beinen sein.

Icho Tolot teilte Rhodan und jedem, der es hören wollte, am nächsten Tag mit, daß er sich wieder gesund und ganz normal fühle. Seine Worte waren in der Freude allerdings so laut, daß man sie im ganzen Schiff hören konnte. Einer der übernervösen Offiziere wollte schon Alarm geben, denn er nahm an, Raubtiere wären in die GOOD HOPE eingedrungen. Das Mißverständnis konnte im letzten Augenblick aufgeklärt werden.

Atlan nahm die Kette mit den Eupholithen erneut an sich.

Flinder war wieder auf den Beinen. Zusammen mit Rhodan und einigen Offizieren hatte er versucht, die Kolonisten zur Vernunft zu bringen, aber die ersten Versuche waren gescheitert. Die Leute ließen sich nicht davon abbringen, daß die »Fremden vom Himmel« an ihrem Unglück schuld waren. Nur sie konnten es gewesen sein, die einige ihrer Höhlen verschüttet und viele Stollen unbegehbar gemacht hatten.

Sie blieben in ihren Stellungen vor der zerstörten Brücke und hofften auf ein Wunder, das sie über den Abgrund brachte.

Andere Gruppen hatten sich im Kraterrand verschanzt. Sie wagten es nicht, die GOOD HOPE offen anzugreifen, denn die erste Lehre steckte ihnen noch in den Knochen.

Erst allmählich und mit viel Geduld gelang es Flinder, sie von der Sinnlosigkeit ihres Wahns und der Unschuld der Raumfahrer zu überzeugen.

Die Immunen zogen ein Fazit, bevor sie starteten.

Im kleinen Tagungsraum der GOOD HOPE waren sie zusammengekommen. Rhodan, Atlan, Cascal, Saedelaere, die Mutanten, einige Wissenschaftler und der Kommandant.

Herschell und Flinder waren als Gäste dabei.

»Vorerst besteht kein Grund zu der Hoffnung, daß sich die Verhältnisse auf Hidden World oder sonstwo wieder normalisieren«, begann Rhodan mit seinen Ausführungen, denen eine interne Beratung vorangegangen war. »Flinder bleibt weiterhin Chef der Kolonie, Herschell sein Assistent. Was die GOOD HOPE und ihre Besatzung angeht, so werden wir in Zukunft vorsichtiger sein müssen. Wir haben Glück gehabt, denn auf Hidden World sind wir keiner echten Gefahr begegnet. Auf anderen Welten hingegen könnte es anders sein, denn dort gibt es Waffen.«

»Was die USO-Station angeht«, fuhr Atlan fort, »so sind die Aufgaben bekannt. Mit einer Ablösung durch regulär ausgebildete Männer ist vorerst nicht zu rechnen. Auf vernünftige Anfragen hin sind alle verfügbaren Daten über den Schwarm bekanntzugeben. Die Landung von Schiffen ist zu verhindern, es sei denn, es handelt sich um hilfesuchende Frachter oder um militärische Einheiten, die unter dem Kommando eines normal gebliebenen Mannes stehen. Die von uns geborgenen Tonaufzeichnungen konnten noch nicht voll ausgewertet werden, aber wir haben Grund zu der Annahme, daß sie wertvolle Informationen enthalten. Die Kolonie von Hidden World muß versuchen, ohne fremde Hilfe auszukommen, also energiemäßig und in Hinsicht auf ihre Ernährung autark zu werden. Es kann Jahre oder gar Jahrzehnte dauern, bis wieder ein Schiff hier eintrifft und Nachschub bringt. Der Abbau der Eupholithe und des Öls muß weiter betrieben werden. Flinder trägt dafür die Verantwortung.« Atlan setzte sich. »Das wäre alles, was ich dazu sagen möchte. Ich bin überzeugt, Flinder und Anders werden ihre Pflicht tun. Sonst noch Fragen?«

Flinder hatte eine: »Was ist mit den künftig gesammelten Eupholithen, wenn niemand sie abholt? Wo sollen wir sie lagern?«
»An einem sicheren Ort, Flinder. Am besten in der USO-Station. Versuchen Sie, die Kolonisten noch mehr zur Vernunft zu bringen. Geben Sie ihnen Lebensmittel, wenn sie dafür Eupholithe abliefern.«
»Und eine Flasche Schnaps, wenn sie uns eine Königin bringen!« rief Herschell Anders begeistert. Dann stutzte er, machte ein betroffenes Gesicht und meinte: »Ach, lieber nicht!«
Ein sicheres Zeichen, daß sein Verstand wieder normal arbeitete.

Die GOOD HOPE startete zwei Tage später. Am 28.7.3441. Hidden World blieb zurück. Vielleicht konnte Flinder die Kolonisten dazu bewegen, ihre Arbeit wiederaufzunehmen, vielleicht auch nicht.
»Haben wir gelernt?« fragte Atlan, als Rubin Omega nur noch ein roter Stern war.
»Wir haben eine Menge gelernt«, antwortete Rhodan. »Wir werden nicht mehr so schnell auf einem fremden Planeten landen. Wir werden besser doch kleine Vorkommandos schicken, die sich umsehen. Große Schiffe erregen Aufsehen und bringen die Leute durcheinander. Hier haben wir noch Glück gehabt, aber es hätte auch anders aussehen können. Jedenfalls sammelten wir Informationen, insofern hat sich also das Risiko gelohnt.«
Nach der ersten Linearetappe sahen sie wieder den Schwarm.
Über Tausende Lichtjahre hinweg erstreckte er sich und zog scheinbar unendlich langsam vor dem Gewimmel der Sterne daher. Seine Richtung schien leicht verändert. Atlan gab dem Navigationsoffizier kurz einige Anweisungen.
Sie warteten. Dann kam das Ergebnis.
Der Schwarm nahm Richtung auf die galaktische Westside – und somit die Position des Solsystems.
Rhodan gab Anordnung, die zweite Etappe einzuleiten. Sie sollte die GOOD HOPE ein gutes Stück weiterbringen. Vor den Schwarm ...

17.

Der Treck

Mühsam kämpfte sich der Mann, dessen Körper zu großen Teilen aus Prothesen bestand, die von einer Hochleistungsbatterie mit Arbeitsstrom versorgt wurden, durch die wild wuchernden Gewächse des Hydroponikgartens; schließlich riß er ein paar Ranken ab und warf sie in die Richtung der Kaninchen. Es gab über dreihundert dieser fetten, faulen Tiere an Bord dieses Schiffes. Man roch es seit siebeneinhalb Monaten. Der einzige Vorteil dieser Kaninchen war, daß sie sich von den zahlreichen Pflanzen des verwilderten Hydroponikgartens ernährten und in einem fabelhaften Tempo vermehrten.

»Mist, verdammter! Ein Kindergarten mit Experimentalfarm ist das, aber kein Schiff!« fluchte der Mann.

Der ehemalige Kommandant des Saturnmondes Titan ging weiter.

Das ganze Schiff war völlig verschmutzt. Man hatte beim Bau zwar Stahl verwendet, der nicht rosten konnte, aber die Abnutzungserscheinungen zeigten sich jetzt, nach drei Wochen Flug im Normalraum, besonders deutlich.

Von weiter vorn hörte er das Quietschen der Schweine, es befand sich auch eine Schweinezucht von zwölf Tieren an Bord, die von den reichlich vorhandenen Abfällen trefflich lebten und dabei dick und schlachtreif wurden. Der Verantwortliche dieses Schiffes dachte mit dem Ausdruck der Verzweiflung darüber nach, wie er nach dem dreißigsten November vorigen Jahres zwei Robotern beigebracht hatte, wie man Schweine schlachtete, aufbrach und verwertete. Das Ganze war in einer Art Unterweisungsprogramm für Demontage eines Lebewesens ausgearbeitet.

»Lange halte ich das nicht mehr durch!« sagte er.

So war es.

Lange konnten das Schiff und die Mannschaft dieses unlogische und kräfteverzehrende Verfahren nicht mehr durchhalten. Abgeschnitten von allen Nachrichten, ausgenommen die zahlreichen Hilferufe aus allen Teilen der Galaxis, war es gestartet und hatte versucht, die Erde zu erreichen – bisher vergebens. Doch halt – nicht so sehr vergebens. Man war dem Solsystem nahe gekommen, aber schon der nächste Linearflug konnte diese hoffnungsvoll geringe Entfernung wieder vergrößern.

Die Schweine quiekten schon wieder. Sie waren hungrig.

Zweiundzwanzig Tage lang war er, Edmond Pontonac, der einzige Mann an Bord des Schiffes gewesen, der seinen Verstand im vollen Umfang behalten hatte. Außerdem waren seit dem dreißigsten November die periodisch wiederkehrenden Kopfschmerzen ausgeblieben. Mühsam, Mosaiksteinchen um Mosaiksteinchen, hatte sich Edmond zusammenreimen können, was in dieser Galaxis geschehen war.

»Ich komme schon, Piggies!« sagte er zerstreut, kontrollierte die Instrumente der drei ineinandergehenden Lagerräume, aus denen er den Hydroponikgarten gemacht hatte.

Luftfeuchtigkeit, Sonnenlichtlampen, Luftzirkulation, Wasserdurchsatz, Humusnährstoffe – alles stimmte, wenn auch die Pumpen hin und wieder versagten. Das Schiff zerfiel schneller, als man es reparieren konnte, und die Zeit, in der Reparaturen möglich waren, wurde immer kürzer. Pontonac sehnte sich geradezu danach, wieder einmal einige Tage lang normale, vernünftige Menschen um sich zu haben und keine Erwachsenen, deren Verstandespotential dem von siebenjährigen Kindern entsprach. Edmond verschloß sorgfältig das Schott, klinkte das Nummernschloß ein und verdrehte die Kombination. Schon mehr als einmal hatten seine spielenden, herumlaufenden »Kinder« die Stahltüren geöffnet, und eine Kanincheninvasion war über das Schiff hereingebrochen. Die Tiere zernagten sogar die Isolierungen von Starkstromleitungen, riefen Kurzschlüsse hervor und wurden dabei selbst getötet.

Überall lagen Dreck, Abfälle, Papiere und »Spielsachen« herum.

Im Normalraum arbeiteten nur wenige Roboter.

Das hatte seinen Grund darin, daß Edmond sämtliche Maschinen, die noch funktionierten, wegsperrte und abschaltete. Die rund hundertzwanzig Männer in der GIORDANO BRUNO JUNIOR spielten gern mit den Robotern, verwirrten sie und hatten dadurch zwei Desintegrationen hervorgerufen.

Sorgfältig kontrollierte Edmond sämtliche Schlösser aller Türen und Schotte, an denen er vorbeikam. Dann ging er in den Schweinestall hinein, wo ihn betäubender Gestank und kreischender Lärm empfingen.

Er öffnete die Futterluke, und der zerkleinerte Brei der Abfälle ergoß sich in einen langen Trog, den Willshire im Linearraum geschweißt hatte. Dann öffnete Pontonac den Wasserhahn und bemerkte bei sich, daß die Wasservorräte auch nicht mehr lange reichen würden, höchstens noch zwanzig Tage.

»Nicht mehr lange ...«, meinte er.

Er war unausgeschlafen und gereizt. Seine Stimmung war am untersten Ende der Skala. Er konnte einfach nicht mehr. Länger als sieben Monate, rund zweihundertzehn Tage lang, befand er sich auf dieser Odyssee des Wahnsinns, die damit begonnen hatte, daß ihn Galbraith Deighton Mitte Juni 3438 als Sonderkurier des Solaren Imperiums losschickte. Mit seinem damaligen Schiff, der DARA GILGAMA, sollte er die Sternenreiche der Menschheit anfliegen und zur Hilfe für das von Takerern und Sammlern arg bedrohte Imperium bewegen. Bei der Föderation Normon und der Zentralgalaktischen Union war das relativ leichtgefallen. Nachdem Pontonac und seine Begleiter dann auch noch die Unterstützungszusage des Carsualschen Bundes hatten, wurde die DARA GILGAMA von einem Schiff des Shomona-Ordens aufgebracht. Pontonac und ein Teil seiner Männer wurden als Pfand für eine finanzielle Forderung gegenüber Terra auf dem Planeten Caudor II interniert.

Sie säßen noch heute dort fest, wenn sie nicht ...

Er wollte jetzt nicht daran denken und sah den Schweinen zu, wie sie fraßen und soffen, dann kontrollierte er auch die Anzeigen der Klimaanlage und des Luftdurchsatzes. Die Filter ließen auch schon nach, und der stechende Ammoniakgeruch der tierischen Abfälle verbreitete sich langsam durch das kleine Schiff.

»Ich werde eines Tages zusammenbrechen, und dann sind wir alle verloren!« stellte er leise fest. Er fühlte sich wirklich so, er war unrasiert, ungewaschen, seine Kleidung war verschmutzt und abgerissen, unter den splitternden Fingernägeln befand sich schwarzer Schmutz, und leider war auch die Zahnpasta ausgegangen, als einer der Männer versuchte, mit dem Inhalt der Tuben die kleinen Vierecke des Luftdurchlasses einer Klimaanlage zu verstopfen.

Pontonac verschloß den Schweinestall und ging zwanzig Meter weiter in Richtung auf die Zentrale. Er stolperte über leere Kisten, mit denen die Mannschaften Häuser bauten, um sich darin zu verstecken und miteinander zu spielen.

Pontonac sah auf die Uhr; noch zwanzig Minuten. Die GIORDANO BRUNO JUNIOR raste mit neun Zehnteln der Lichtgeschwindigkeit auf jenen Raumkubus zu, den man inzwischen als richtig erkannt hatte – dort befand sich Sol: in vielen Lichtjahren Entfernung.

Pontonac kam schließlich in die Zentrale. Von allen Teilen des Schiffes schlängelten sich, mit Klebeband und Drahtverbindungen gehalten, dicke Kabel aus dem Notvorrat heran. Sie endeten in primitiven, zum Teil aus anderen Anlagen ausgebauten, aber funktionierenden Schaltungen. Durch dieses Netz von Energiezuleitungen und Steuerleitungen konnte Edmond V. Pontonac die GIORDANO von seinem Sessel aus dirigieren.

Er mußte in den Linearraum gehen, obwohl auch dieser Entschluß wieder ein erhöhtes Risiko darstellte.

Erschöpft setzte sich Pontonac in den Kontursessel, aus dessen Nähten bereits der zerstörte Schaumstoff bröckelte.

»Verdammt!« sagte er wütend, stand wieder auf und schloß hinter sich das Schott zur Zentrale.

Dann setzte er sich ein zweites Mal ruhig hin. Kaffee gab es erst wieder, wenn sie in der Librationszone waren.

Pontonac wußte, daß er ein Risiko einging, aber er rechnete sich mehr Chancen für ein Gelingen als für ein Mißlingen aus. Er schaltete die Biopositronik ein und betrachtete unter hochgezogenen Augenbrauen die Tastatur.

Biopositroniken funktionierten im Linearraum hervorragend, nach einer Erholungszeit von zweihundert Sekunden. Im Normalraum benahmen sich sämtliche biopositronischen Schaltungen wie menschliche und tierische Gehirne – sie fielen in das Stadium früherer Kindheit zurück. Für eine Biopositronik und damit für den genauen Linearkurs des Schiffes bedeutete das: abhängig sein vom Zufall.

Langsam und in kleinsten Schritten programmierte Pontonac Erdkurs.

Er gab die genauen Koordinaten mehrfach ein, programmierte Test- und Korrekturprogramme. Dann drehte er die Regler und setzte die relative Geschwindigkeit des Schiffes herauf, wartete einige Minuten und drückte, als die auf elektronischer Basis funktionierenden Instrumente die wahren Werte zeigten, den Schaltknopf.

Das Schiff ging in den Linearraum.

Pontonac sagte, nur um wieder einmal seine Stimme, irgendeine menschliche Stimme, zu hören:

»Noch zehn oder fünfzehn Sprünge, dann sind die Maschinen für den Linearflug restlos zerstört. Und nicht ein einziges Ersatzaggregat an Bord. Dafür haben wir eine Ladung von besten Dakkarschleifen!«

Es war ein fabelhaftes Spielzeug, seine Männer machten daraus plumpe Mobiles, die sich nicht drehten, und sie verwendeten es zu allen möglichen Spielereien und auch dazu, um damit in winzige Schlitze von Maschinen hineinzubohren und dort Verwüstungen hervorzurufen. Pontonac wartete einige Minuten, dann drückte er den Knopf für Schiffsalarm.

Die Männer wachten auf, und als erster erschien Willshire in der Zentrale, nachdem Edmond die Tür aufgeschlossen hatte.

»Guten Tag, Kommandant!« sagte er mit einem Gesichtsausdruck, der auf seine wahren Gefühle schließen ließ. Er war von seiner Kabine hierhergerannt und hatte unterwegs gesehen, in welchem Zustand sich das Schiff schon wieder befand. Dieser Zustand resultierte nur zu geringem Teil aus der normalen Materialermüdung und aus den bekannten Abnutzungserscheinungen. Am meisten waren die Männer daran schuld, die im Augenblick, da das Schiff sich wieder im Normalraum befand, zu Kindern wurden. Jetzt erwachten einhundertzwanzig Menschen und wußten, daß sie wieder normal waren.

»Guten Tag, Drosen«, sagte Edmond. »Es ist wieder einmal soweit.«

»Was soll ich tun?«

Pontonac zählte auf: »Zehn Mann in die Küche. Sie sollen den Robot abschalten und ein gutes, reichhaltiges Essen zubereiten. Dreißig Mann reinigen das Schiff und werfen alle eßbaren Abfälle in den Zerkleinerer. Wir sind genau fünf Stunden im Linearraum, in dieser Zeit muß das Schiff wieder bewohnbar gemacht werden. Fünf Stunden, Drosen!«

Der ehemalige Zweite Offizier der DARA GILGAMA nickte.

»Gut. Wie steht es mit der mechanischen Ausrüstung?«

Pontonac erwiderte: »Vierzig Männer sollen Reparaturkommandos bilden. Ich habe hier eine Liste, nach der sie vorzugehen haben. Sie müssen die Pumpen, Turbinen und Ventilatoren schaffen, auf alle Fälle, sonst überstehen wir die nächsten Tage nicht.«

Drosen sah auf die Instrumente und die dunklen Bildschirme.

»Wo befindet sich die GIORDANO BRUNO?« fragte er kurz.

»Zuletzt waren wir dreihundert Lichtjahre von Sol entfernt«, antwortete Pontonac. »Wir haben immerhin einige Chancen, dem System einige gute Schritte näher zu kommen.«

»Ausgezeichnet«, sagte Willshire und ließ seine Blicke durch die Zentrale gleiten. Da hier selten jemand hineingelassen wurde, gab es hier nur wenig Unordnung. »Chef...«, sagte er dann zögernd, »ich werde die Tür schließen. Versuch die nächsten vier Stunden zu schlafen. Ich werde schon mit den Problemen fertig.«

Pontonac sagte leise: »Bring mir einen Kaffee, ja? Und ein großer Vorrat soll gekocht werden!«

»Drei Minuten!«

Drosen verließ schnell die Zentrale und lief hinunter ins Zentrum der Mannschaftsquartiere. Überall war zu merken, daß sich die Männer duschten, die beschmutzte und zerrissene Kleidung wechselten, sich rasierten und versuchten, ihre chaotisch aussehenden Kabinen aufzuräumen. Es war jedesmal der gleiche Schock: Einhundertneunzehn Männer erwachten und wußten, daß sie wieder zu vollwertigen Erwachsenen geworden waren.

Der Schock war um so tiefer, weil er sich bisher ständig wiederholt hatte. Es war eine andauernde Zickzacklinie mit negativen Minima und positiven Maxima. Der Zustand des Erwachsenseins war künstlich auszudehnen, aber die Konverter für den Linearflug besaßen nur eine bestimmte Lebensdauer. Pontonac mußte zweimal eine Meuterei der Erwachsenen niederschlagen, und er tat dies mit Bedauern, aber rücksichtslos mit einem Betäubungsstrahler.

Willshire leistete unwahrscheinlich viel Arbeit.

Er teilte die Männer ein, schilderte ihnen die Schwierigkeiten. Die verschiedenen Pumpen wurden ausgewechselt und in fliegender Eile repariert. Die Männer in der Küche fühlten sich ebenfalls für die Magazine verantwortlich und räumten dort auf. Eine eigentümliche Scham beherrschte die Gedanken, obwohl die Leute wußten, daß sie für ihren Zustand während des Normalraumfluges nicht verantwortlich waren.

Willshire rannte mit einer Kanne Kaffee, Dosensahne und Zucker und frisch gereinigten Bechern zurück in die Zentrale. Pontonac lag erschöpft in seinem Sessel und sah zu, wie Drosen einen Becher vollschüttete und die Zutaten hineinrührte.

»Danke, Drosen. Wie sieht es aus?«

»Ich habe alle einteilen können, und die Männer duschen und rasieren sich in Schichten. Es sieht verdammt schlecht aus – die Eßvorräte nehmen rapide ab. Glücklicherweise ist der Alkohol inzwischen ausgetrunken, teils aus Spielerei an die Schweine ausgegeben worden. Mit Schaudern erinnere ich mich ...«

Auch Edmond erinnerte sich schaudernd an den Nachmittag, Bordzeit, an dem die Schweine, zum Teil mit menschlichen Reitern, im Galopp durch die Korridore des Schiffes gerannt waren, betrunken und taumelnd. Die Männer schrien vor Vergnügen, wenn sie abgeworfen wurden.

Pontonac schaffte es, einen Becher Kaffee auszutrinken und dann einzuschlafen. Er schlief vier Stunden lang.

In der ersten Stunde wurde das Essen gekocht und zubereitet. Die Kombüse des Schiffes, in der zehn Männer wie die Rasenden arbeiteten, verwandelte sich binnen sechzig Minuten aus einem chaotischen Bezirk voll schmutzigen Geschirrs, Speiseresten, verschütteten Getränken und anderen Abfällen wieder in eine blitzende, saubere Abteilung. Schmutz und Abfälle wanderten in die Zerkleinerer und Konverter, und die Messe des Schiffes wurde ebenfalls gereinigt und für das Essen der hundertzwanzig Menschen eingerichtet.

Heruntergerissene Zuführungen wurden wieder befestigt, zahlreiche Schaltungen repariert und erneuert, wobei man die Feststellung machte, daß sämtliche Notvorräte des Schiffes geradezu rapide abnahmen. Viele Geräte waren derart zerstört, daß man sie abmontierte, die besten Teile aussortierte und den Rest in einen leeren Laderaum warf.

In der zweiten Stunde schlachteten die Roboter die Kaninchen, nahmen sie aus und legten das Fleisch in die Tiefkühltruhen, deren Pumpen hin und wieder aussetzten. Das Schiff war praktisch ein Wrack, das nur noch von Klebeband und von kleineren Wundern zusammengehalten wurde. Nur die eigentliche Zelle war unzerstört, aber sehr überholungsbedürftig. Im Augenblick dachte keiner der Männer daran, daß man ihnen wieder eine Gnadenfrist eingeräumt hatte.

In der dritten Stunde gelang es, die Wasseraufbereitungsanlage zu überholen, neue Filter einzusetzen und sämtliche Pumpen wenigstens provisorisch zu reparieren. Sie würden es wieder einige Tage tun. Man setzte auch neue Filter in die Lufterneuerungsanlage ein und entstaubte die Klimaanlagen und ihre Zuführungen. Die Männer verschlossen die aufgeräumten Teile des Schiffes sehr sorgfältig und gingen dann weiter. Roboter und Menschen arbeiteten zusammen, um das Schiff zu reinigen. Langsam ließ der betäubende Gestank nach, und Stück für Stück arbeiteten sich die Raumfahrer dem untersten Dreck entgegen.

Am Ende der vierten Stunde weckte Drosen K. Willshire den Kommandanten auf und sagte halblaut: »Chef, kommen Sie in die Messe. Das Essen ist fertig, und wir haben soviel geschafft, wie nur gerade möglich war.«

Pontonac schaute auf die Uhr. Seine Nase registrierte, daß der verheerende Geruch nachgelassen hatte, und schon nach einigen Metern sah er, daß das Schiff wieder tadellos aufgeräumt war.

Plötzlich graute ihm vor dem Augenblick, in dem es wieder in den Normalraum zurückkehren würde. Dieser Augenblick war nur noch achtundfünfzig Minuten entfernt.

»Wo werden wir diesmal landen?« fragte er sich.
Seine Visionen darüber waren von sehr trüben und niederschmetternden Erlebnissen beeinträchtigt.

Nach dem Essen, während die Roboter abräumten, stand Pontonac auf. Er fühlte sich alles andere als ausgeschlafen, aber etwas erfrischt hatten ihn die vier Stunden Schlaf trotzdem.
»Freunde!« sagte er laut. »In wenigen Minuten gehen wir wieder in den Normalraum zurück, und wenn wir sehr viel Glück gehabt haben, befinden wir uns in der Nähe des Solsystems. Keiner von euch wird dies bewußt wahrnehmen, denn ihr werdet wieder, um ein altehrwürdiges Buch zu zitieren, wie die Kindlein sein. Gibt es Einwände?«
Ein Mann in der hintersten Reihe stand auf und fragte etwas verlegen: »Läßt sich der Aufenthalt im Linearraum wirklich nicht verlängern?«
»Im Moment nicht«, bedauerte Willshire. »Unsere Konverter reichen nur noch für kaum mehr als fünfzig Stunden im Linearraum. Diese Reserve brauchen wir, um die Erde zu erreichen, wenn uns auch dieses Manöver nicht näher gebracht hat – ihr wißt, in welchem Zickzackkurs wir durch die Galaxis getrampt sind.«
Sie erinnerten sich, denn nur etwa hundert Mann waren aus der Stammbesetzung der alten DARA GILGAMA. Der Rest war auf vier Zwischenlandungen aufgepickt worden und gehörte zu anderen Schiffen, die inzwischen untergegangenen terranischen Posten oder Handelsvertretungen angehört hatten.
Ausnahmslos waren dies Männer, deren Verstand unter der galaxisweiten Welle der Verdummung litt.
»Wir haben nur zwei Alternativen«, sagte Pontonac deutlich. »Die eine heißt: Wir bleiben als Erwachsene so lange im Linearraum, bis die Konverter und Maschinen durchbrennen und uns in den Normalraum zurückwerfen. Dann sind wir wieder im Stadium der Verdummung, und außerdem haben wir keine Chance mehr, einen weiteren Linearsprung durchzuführen.«
Er schwieg, und der ehemals Zweite Offizier Willshire fuhr fort: »Das kann, wenn wir uns genügend weit von einem Planeten oder meinetwegen von der Erde entfernt haben, für uns alle tödlich sein. Energie und Vorräte reichen nicht länger als maximal dreißig Tage.«
Pontonac dachte an den Datenträger, auf dem er sämtliche Funksprüche aufbewahrte, aus denen hervorging, daß die gesamte Galaxis verdummt war. Die Sprüche stammten ausnahmslos von Männern oder Frauen, die unbeeinflußt geblieben waren. Sie schilderten unter Angabe des Ortes die besonderen Schwierigkeiten und die Minimallösungen, hier Abhilfe zu schaffen.

Er sagte laut: »Die zweite Möglichkeit ist, weiterzumachen wie bisher. Wir haben uns zwar gegenseitig sehr strapaziert, aber wir sind bisher ohne ernsthafte Schäden mit dem Leben davongekommen. Solange ich mich gegen eine Meuterei wehren kann, werde ich dies tun, denn ich weiß, daß die unbequemere Lösung lebensrettend ist.«

Die Männer fügten sich murrend, aber das war hauptsächlich darauf zurückzuführen, daß Willshire aus der Bordapotheke, die verschlossen in der Zentrale stand, eine Portion Beruhigungsmittel in den Kaffee gekippt hatte. Die Energien der Männer würden hier und heute nicht zum Ausbruch kommen.

Pontonac sagte: »Freunde, es tut mir leid, aber ich verspreche euch, daß ich nötigenfalls mein Leben daransetzen werde, euch zu retten. Geht zurück in eure Kabinen, nehmt euch etwas Sinnvolles vor, und ich werde hinter euch zuschließen.«

Er wußte, daß diese Möglichkeit nur sehr schwache Garantien für Ruhe und Ordnung an Bord bot, aber er konnte im Augenblick nichts anderes tun.

»Willshire?« fragte er.

»Edmond?«

»Du kümmerst dich um alles, meldest dich dann bitte in der Zentrale und versuchst anschließend, mit deiner eigenen Kindheit zu leben.«

Willshire nickte und grinste bitter. »Ich versuch's«, sagte er.

Edmond versuchte, während er langsam den breiten, jetzt aufgeräumten und nach dem letzten Reinigungsmittel riechenden Korridor entlangging, sich die Gedanken und Gefühle vorzustellen, die diese Männer haben mußten. Sie waren jetzt nicht anders als vor dem 29. November des Vorjahres, als auf Caudor II alles schlagartig zum Stillstand kam, weil die Intelligenz der Menschen plötzlich und auf unerklärliche Weise absank oder abgesenkt wurde. Niemand hatte auch nur eine Ahnung gehabt, wer dafür verantwortlich war. Aber es hatte die Flucht ermöglicht.

Der Augenblick des Eintauchens in den Normalraum kam immer näher.

»Fertig, Chef!« sagte Willshire. »Im Moment ist alles in Ordnung, und wir sind noch alle ruhig. Wieviel Zeit bleibt noch?«

Pontonac beobachtete das Bordchronometer, das noch zuverlässig funktionierte.

»Noch sieben Minuten«, sagte er.

»Hoffentlich kommen wir der Erde näher, Chef. Was hältst du davon?«

Einmal duzten sie sich, dann fielen sie wieder, ohne nachzudenken, ins *Sie* zurück.

»Sechzig zu vierzig für einen Erfolg. Ich werde wahnsinnig ... ich halte das nicht mehr lange durch, Drosen!«

»Was ist nur geschehen?« sinnierte Drosen. »Die ganze Galaxis ist

verblödet, und nur du bist, abgesehen von anderen Einzelpersonen, normal geblieben. Das war der Cappin, nicht wahr?«
»Durchaus möglich. Keine Ahnung. Noch fünf Minuten.«
Im Schiff war es noch immer still, obwohl Edmond fürchtete, daß jede Sekunde wichtige Geräte oder Maschinen ausfallen konnten. Beide Männer spürten die Unruhe und die Unsicherheit. Für sie hing so sehr viel davon ab, daß die GIORDANO die Erde erreichte, denn nur der Heimatplanet konnte den zu Kindern gewordenen Menschen eine gewisse, wenn auch wahrscheinlich sehr fragwürdige Sicherheit bieten. Ein Schiff im Raum, gesteuert von einem einzigen Mann, war jetzt eine tödliche Falle.
»Trink aus!« sagte Pontonac rauh. »Und dann zurück in die Kabine.«
Willshire schlürfte den Kaffee aus, stellte den Becher zurück und verließ schnell die Zentrale.
Pontonac wartete, bis sich das Schott geschlossen hatte, dann sah er auf die Uhren und Skalen.
»Hundertachtzig Sekunden ...«
Hatten die Biopositroniken kurz vor dem Eintritt in den Linearraum verhängnisvolle Fehler gemacht? Pontonac merkte, wie sein Herz schnell und hart zu schlagen begann. Er hatte feuchte Handflächen. Das Chronometer tickte die Sekunden herunter, und der kritische Punkt näherte sich ...
Jetzt!
Das Schiff glitt mit einem leichten Schütteln in den Normalraum zurück. In derselben Sekunde krachte irgendwo dicht unterhalb der Zentrale eine Sicherung durch. Auf den trüben Schirmen der Panoramagalerie erschienen die Sterne.
Schweigend durchsuchte Pontonac die Sternflut nach bekannten Konstellationen.
Pontonac drehte den Kontursessel, als ein Summen ertönte, verschüttete den Kaffee und schaute auf den Schirm des Ortungsgerätes, das sie während der ersten Linearetappe mit vereinten Kräften hier heruntergeschleppt und angeschlossen hatten. Er zählte und stellte dann fest:
»Verdammt! Neun Echos!«
Es waren verschiedenartige Echos. Also waren es verschieden große Schiffe, die zusammenhanglos durchs All trieben. Pontonac stellte die Richtung fest, griff in die Steuerung und bremste die Geschwindigkeit des Schiffes ab, während er auf Kollisionskurs ging. Die Raumer waren einige Millionen Kilometer entfernt, und die Impulse deuteten darauf hin, daß es terranische Schiffe waren.
Pontonac wechselte wieder, nachdem er den Kanal der Flottenfrequenz eingestellt hatte und das Funkgerät eingeschaltet war, zum flackernden Ortungsschirm über. Er sah, wie sich langsam hinter den nunmehr größeren Echos andere, kleinere hervorschoben. Insgesamt zählte er fünfzehn Schiffe verschiedener Größe. Sie alle drifteten in dieselbe Richtung,

taten dies aber mit verschiedenen Geschwindigkeiten, und deutlich war zu sehen, daß zumindest an einem der Schaltpulte ein »Kind« hantierte. Das Schiff schlingerte in einem gefährlichen Kurs zwischen den anderen hin und her und kam ihnen gefährlich nahe.

»Wahnsinn!« rief Edmond stöhnend.

Er konnte sich vorstellen, wie es dort im Innern der fünfzehn Einheiten aussah. Die Verdummten schienen die Macht übernommen zu haben – ein passender Ausdruck für dieses Chaos, das nicht durch Aggression, sondern durch kindlichen Spieltrieb und durch die vollkommene Ahnungslosigkeit der Handelnden hervorgerufen wurde.

Edmond schlug mit der flachen Hand auf das Pult, in das der Monitor eingebaut war. Störungen des Bildes folgten daraufhin, und der Kommandant knurrte wütend:

»Und ich schaffe es!«

Er wollte es schaffen. Der Anblick der Schiffe hatte ihm wieder neuen Mut gegeben.

Er war in der Zentrale allein, und jetzt begann für ihn die Arbeit. Er stellte das Mikrophon auf äußerste Leistung ein, desgleichen die Lautsprecher, und dann, während er die Konstellationen mit den Sternkarten verglich, sagte er laut:

»Hier Edmond Pontonac an Bord der GIORDANO BRUNO JUNIOR. Ich befinde mich im Anflug auf die Gruppe von fünfzehn Schiffen. Falls mich jemand hört, bitte antworten! Bitte antworten, ich befinde mich in derselben Lage wie Sie dort drüben!«

Er wartete.

Er war jetzt nicht mehr gewillt, auch nur einen Gedanken an die Aufgabe des Schiffes und seiner freiwilligen Mission zu verschwenden. Die Informationen, die er nach dem Fluchtstart von Caudor II im System der Sonne Syordon bekommen hatte, waren wichtig für Rhodan. Falls Rhodan noch lebte.

Jemand antwortete. Freudiger Schreck ließ Pontonac zusammenzukken.

»Hier ist Davyd Leppa, ehemaliger Magaziner der PROTEUS. Ich habe Sie im Sucher, Kommandant! Kommen Sie bitte näher, aber bleiben Sie von diesem Selbstmörderschiff weg. Wir begrüßen Sie.«

»Ich begrüße Sie ebenfalls, Davyd!« rief Pontonac. »Sind Sie in der Lage, das Schiff zu steuern?«

»Ich habe schließlich sechseinhalb Monate Zeit gehabt, es zu lernen. Für die nächsten zwölf Lichtjahre wird es reichen, hoffe ich. Dann lassen wir einen Spezialisten von der Erde kommen, der uns herunterholt.«

Ein heißer Schrecken, der sich sofort in Freude verwandelte, durchfuhr den einsamen Mann in der Zentrale.

»Heißt das«, fragte er leise und mißtrauisch, »daß wir uns in Erdnähe befinden?«

»Ja. Mehr als zwölf Lichtjahre entfernt. Das schaffen wir notfalls zu Fuß, Partner!«

Pontonac atmete auf.

»Zwölf Lichtjahre!« sagte er erleichtert. Seine Knie gaben plötzlich unter ihm nach, und er lehnte sich schwer auf die Kante des Pultes. Seine Stirn war schweißnaß.

»Sie sagen es. Ich sehe Sie bereits. Übrigens ist die PROTEUS das größte Schiff!«

»Verstanden. Ich fliege ein Manöver und gleiche Geschwindigkeit und Richtung an, dann unterhalten wir uns weiter!«

»Ist klar, Kommandant!« meinte der ehemalige Magazinverwalter.

Pontonac lachte ironisch auf; vermutlich hatte Davyd Leppa das Schiff aus dem Handbuch zu steuern gelernt. Er war Autodidakt, und als Pontonac das reale Bild der Schiffe auf den flackernden Schirmen hatte, wuchs seine Hochachtung vor der Leistung des Mannes. Dort schwebte ein Fünfhundert-Meter-Schiff, so groß wie die hochmoderne DARA GILGAMA. Dann begriff er: Die Besatzung war ebenfalls größer. Davyd Leppa hatte noch ganz normal geklungen, aber verglichen mit Leppas Aufgabe hatte er, Pontonac, ein leichtes, angenehmes Leben. Die GIORDANO war nur ein Hundert-Meter-Schiff.

Pontonac zwang sich zur Ruhe.

Er setzte sich vor die Steuerung, schaltete auf *Manuell* um und brachte sein Fahrzeug in die gewünschte Position. Er schwebte jetzt zwei Kilometer vom anderen Schiff entfernt, hinter der PROTEUS, von ihm aus gesehen, drifteten die anderen Schiffe mit knapp der Hälfte der Lichtgeschwindigkeit.

Er wartete, bis alle Werte konstant waren, dann nahm er das Mikrophon und sagte: »Kommandant Leppa, diese Bezeichnung meine ich nicht ironisch. Ich habe eine Menge Fragen.«

»Nur zu, Partner!« meinte Leppa. »Können Sie ein Bild herzaubern?«

»Entschuldigung!« rief Pontonac und nahm die entsprechenden Schaltungen vor. Zwischen den Schiffen bestand nun eine Bildfunkverbindung.

»Jetzt sehen wir uns. So anonym miteinander zu plaudern ist nicht besonders angenehm«, sagte Leppa.

Pontonac sah einen mittelgroßen, breitschultrigen Mann in einer schwarzen, modischen Lederjacke vor dem Pult sitzen. Leppa schien nicht besonders mitgenommen zu sein, aber er zeigte natürlich Spuren der Strapazen, die hinter ihm lagen.

»Ich hatte Sie mir schon fast als ein Skelett vorgestellt, Kommandant«, bekannte Pontonac. »Wie schaffen Sie es mit Ihren Leuten?«

»Schlecht. Im Augenblick habe ich sie eingeschläfert, indem ich Gas durch die Anlage blies. Sie hätten sonst das Schiff ruiniert. Wie wilde, ungehorsame Kinder, die sich austoben wollen.«

Edmond nickte. »Wir sind in Erdnähe«, stellte er fest. »Zwölf Lichtjahre. Welches Datum haben Sie?«

Leppa brauchte nicht auf die Uhr zu sehen.

»Den dreizehnten Juli.«

»Dann stimmen wenigstens meine Uhren«, meinte Pontonac. »Wenn ich die Situation richtig einschätze, dann haben insgesamt sechzehn Schiffe das gleiche Problem: Wie kommen wir zur Erde?«

»So ist es. Wie kommen wir zur Erde?«

Sie brauchten sich nicht weiter zu unterhalten, auf allen Schiffen bestand die gleiche Problematik. Eine riesige Mannschaft, die verdummt war, und bestenfalls ein oder zwei Immune. Ebenfalls gab es den Dualismus zwischen dem Flug im Normalraum und im Linearraum. Das alles war bekannt und brauchte nicht mehr diskutiert zu werden. Jedenfalls waren sie jetzt eine kleine Gruppe, und einer konnte dem anderen helfen.

Edmond versuchte, einen Plan zu entwickeln, der den geringen Möglichkeiten entsprach.

»Warum sind Sie normal?« fragte er.

Leppa sagte entschuldigend, als sei es ein Verbrechen gewesen: »Einst bei der Solaren Abwehr angefangen und dort künstlich mentalstabilisiert worden. Das geschah, bevor ich mich nach einem ruhigen Job umsah.«

»Den haben Sie jetzt endlich gefunden!« meinte Pontonac, und sie lachten beide sarkastisch. »Ich wurde vor einigen Jahren von dem König der Pedotransferer übernommen und hatte seitdem Kopfschmerzen. Sie hörten am dreißigsten November auf, aber ich behielt meinen Verstand. Wie viele Normale sind wir eigentlich?«

Leppa zählte an den Fingern ab und sagte schließlich:

»Fünfzehn. Bis auf ein Schiff befindet sich in jeder Einheit ein einziger Mann. Das ist ein Zufall.«

Pontonac hatte noch hundert Fragen, aber er schwieg. Er überlegte, wie sie aus dieser Lage herauskommen konnten.

18.

Fünfzehn Immune also. Alle sechzehn Schiffe aber hatten das Problem, möglichst schnell auf Terra zu landen oder auf einem anderen Planeten des Systems. Wenn die Schiffe einen gemeinsamen Sprung durch den Linearraum wagten, war es so gut wie sicher, daß sie, falls sie überhaupt näher ans Ziel herankamen, dies an sechzehn verschiedenen Stellen taten.

»Eine Frage, Davyd«, meldete sich Pontonac nach einiger Zeit wieder.

»Gern, Kommandant. Was wollen Sie wissen?«
»Sie alle haben den Plan, zur Erde zu kommen. Richtig?«
Leppa bejahte.
»Sehr richtig. Wir fürchten nur, daß die Biopositroniken uns im letzten Moment einen Streich spielen.«
»Wir haben ein Schiff voller Verdummter bei uns, das wir mitnehmen müssen. Wie steht es bei Ihnen mit der Lernfähigkeit?«
Wieder gab Leppa Auskunft, er schien sich mit allen Problemen ausgesprochen konsequent beschäftigt zu haben.
»Geringe Lernfähigkeit im Rahmen der jeweiligen relativen Altersstufe. Wenig Chancen. Was planen Sie?«
»Alle Schiffe zusammenzubündeln und in Richtung Erde zu starten. Wir könnten einen Trick mit einfachen positronischen, nicht biopositronischen Rechnern versuchen, indem wir sie zusammenschalten.«
»Und bis dahin?«
»Fast lichtschneller Flug. Jemand muß in das sechzehnte Schiff hinein und den Antrieb lahmlegen.«
Leppa schien zu überlegen, dann meinte er: »Das ginge eventuell. Aber wie wollen Sie es durchführen? Es wird eine Arbeit, die uns alles abverlangen wird.«
»Das ist das geringste Problem. Viel wichtiger ist, ob wir die sechzehn Schiffe zu einer Kette zusammenfügen können, mit der großen PROTEUS an der Spitze.«
Sie unterhielten sich noch etwa eine Stunde lang.
Niemand von ihnen, und das hatte Leppa schon festgestellt, wußte, was genau passiert war. Sie kannten einzelne Aspekte der Situation nur aus zufällig aufgefangenen Funksprüchen. Ein Schwarm von fremden Schiffen und riesigen Körpern war es also, der, eingehüllt in farblos durchsichtige runde Schirme, wie ein langgezogener Streifen von Schaumperlen schräg die Galaxis durchraste und vor sich her die Dummheit, die Retardierung der Intelligenzen, ausbreitete. Niemand hier wußte etwas von Rhodan, niemand hatte den Schwarm selbst gesehen, und sie alle befanden sich am Rand ernsthafter Nervenkrisen und kurz vor dem körperlichen Zusammenbruch.
Aber alle Kommandanten, ausnahmslos Mentalstabilisierte oder Männer mit künstlichen Schädeldecken nach schweren Kopfverletzungen, »Immune« also, dachten nicht daran, aufgeben zu wollen. Ihr Ziel: die Erde. Sie wollten und würden es erreichen, und sie sahen auf den Ortungsschirmen und auf den Schirmen der Panoramagalerien deutlich den Stern, der als Zielfeuer diente.
Sol ...
Dann besprachen die beiden Männer die Planung. Sie wollten versuchen, durch das Einschalten der Traktorstrahl-Projektoren die Schiffe durch ein unsichtbares Netz miteinander zu verbinden. Je ein Schiff hielt

das andere, und dieses Verfahren, entsprechend durchgeführt, würde verhindern, daß der Verband auseinanderbrach. Langsam nahm der Plan Konturen an. Er war technisch möglich – dachten sie.

»Ich muß versuchen, vorher noch ein paar Stunden Schlaf zu erwischen«, sagte Pontonac. »Ich bin total erschöpft, und wenn ich anschließend durchs Schiff rasen muß, um verschiedene Schaltungen vorzunehmen, dann breche ich vermutlich zusammen. Ich ...«

Im selben Augenblick riß die Bildfunkverbindung ab. An dem Kabel, das sich durch die Zentrale wand und durch ein herausgebranntes Loch nahe dem Schott geführt wurde, merkte Edmond einen schweren Ruck, dann einen zweiten, und schließlich flog der komplizierte, schwer isolierte Stecker wie der Kopf einer Schlange über den Boden.

»Sie spielen schon wieder!« brüllte er. Er nahm die Waffe, deren Ladung bereits zur Hälfte verbraucht war, riß das Schott auf und stürmte in den Korridor hinaus. Er schob einen Mann zur Seite, der gerade versuchte, mit einem abgebrochenen Messer eine ungefüge Zeichnung in die Kunststoffbeschichtung des Bodens zu kratzen.

»Weg!« rief Pontonac und verfolgte das dicke, gelbe Kabel mit den Augen. Er ging dicht neben den Röhren, die durch den Gang verlegt waren. Zwanzig Meter weiter sah fünf Männer, die sich aus ihren Kabinen befreit hatten und wie beim guten alten »Seilziehen«-Spiel an dem Kabel zerrten.

In seiner Wut paralysierte er sie.

Dann lief er möglichst schnell den Weg zurück und befestigte die Verbindung wieder, vertrieb noch drei Männer aus der Zentrale und rammte den Stecker wieder in das Gerät hinein. Sekunden später war das Bild wieder klar.

Leppa vertrieb gerade mit vielen Gesten, mit lauten Worten und gutem Zureden vier seiner Männer aus dem Raum, die ebenfalls mit ihm spielen wollten. Das Narkosegas hatte seine Wirkung verloren.

»Davyd! Die Verbindung steht wieder!« sagte Pontonac laut.

Der andere Kommandant beendete seine Arbeit, drehte das Handrad der Schleusenmechanismen und ging langsam auf die Linsen zu. Er trocknete sich die schweißnasse Stirn ab.

»Was war denn los?« fragte er.

Pontonac erklärte es ihm. Dann fragte er:

»Fangen wir ernsthaft an? Die Lust auf einen Vormittagsschlaf ist mir allerdings vergangen.«

Der andere Kommandant sah auf die Uhr und meinte: »Die Pause ist erst in zwei Stunden vorbei. Sollten wir unseren Kollegen die wenigen Stunden Schlaf nicht gönnen?«

»Natürlich!« bestätigte Pontonac. »Sehr gern. Aber mit dem Schlaf wird es gleich vorbei sein. Schauen Sie einmal auf den Grünsektor Ihrer Bildschirme.«

Der Ton klang alarmierend.

Leppas Kopf fuhr herum, dann schlug er mit der Faust in die flache Hand und rief: »Wir haben es erwartet! Und wir können nichts tun. Sie haben nicht einmal die Funkgeräte eingeschaltet.«

Das kleinste Schiff war jenes, in dem kein Geretteter am Steuer saß und sich um die Männer kümmerte. Edmond wagte nicht daran zu denken, wie es dort drüben aussah. Das Schiff hatte sich genähert, dann flammten die Triebwerke auf, und mit starkem Schub fegte das Kugelschiff auf ein zweites zu. Der Zusammenstoß stand unmittelbar bevor. Und dann erfolgte er auch.

Geräuschlos bohrten sich die Bordwände ineinander.

Kurz vor der Berührung waren die Triebwerke noch einmal stärker aufgeflammt und dann abgeschaltet worden.

Beide Schiffe vibrierten stark.

Die Bordwand des größeren Schiffes wurde eingedrückt, und die des kleineren faltete sich an einigen Stellen zusammen wie Stanniolpapier. Aber es sah nur aus der Entfernung so aus, in Wirklichkeit konnte dieses Ramm-Manöver tödlich sein. Losgerissene Gegenstände konnten Männer erschlagen, Luft konnte austreten, Gasleitungen konnten reißen. Pontonac sah zu, wie beide Schiffe nach verschiedenen Richtungen davontrieben, aber die grundsätzliche Richtung auf die ferne Sonne beibehielten. Dann sagte er hart:

»Davyd Leppa – Sie befehligen die Ruine eines Kampfschiffes. An Bord sind Lähmstrahler, die Sie ferngesteuert einsetzen können. Bevor die armen Kerle sich dort drüben noch ganz umbringen, sollten Sie die Geschütze einsetzen. Vielleicht gibt es Tote, wenn das Schiff ein anderes noch einmal rammt. Sehen Sie sich den Kurs an!«

Leppa sagte: »Gute Idee. Nicht gerade fein und rücksichtsvoll, aber besser als hundertfacher Tod. Wir werden dieses Schiff ohnehin entern müssen, bevor wir starten.«

»Einverstanden. Beeilen Sie sich!«

»Ich bin gleich wieder am Bildschirm.«

Leppa verließ schnell die Zentrale, und Pontonac beobachtete weiter seine Bildschirme. Zwei davon waren ausgefallen und zeigten nur flirrende, stumpfgraue Flächen. Edmond versuchte, sie neu einzuregeln, gab es aber auf und schaltete die betreffenden Sektoren endgültig ab.

Die Zeit drängte.

Je länger sie sich hier aufhielten, desto größer war die Gefahr, daß die Schiffe sich gegenseitig gefährdeten und daß die spielenden Menschen wichtige Schaltungen durcheinanderbrachten. Pontonac sehnte sich geradezu danach, einige Stunden lang entweder im Linearraum oder unter »normalen« Menschen zu sein und nicht diese Art von Verantwortung zu spüren. Aber dann dachte er an Davyd Leppa und ging zur Rückwand einer Instrumententafel.

Er zog einen leichten Raumanzug aus dem Schrank, breitete ihn auf dem Boden aus und begann, die einzelnen Sektoren und Aggregate zu testen. Der Anzug taugte auch nicht mehr viel, aber er funktionierte immerhin noch. Mühsam suchte und fand Pontonac Batterien, Werkzeug und Sauerstoffflaschen.

Leppa schien lange zu brauchen.

»Sehen wir einmal nach – oder besser: Hören wir, ob sie schon wieder anfangen, das Boot zu ruinieren!« sagte Edmond, ging zum Schott und öffnete es.

Im Schiff war es ausnahmsweise nicht viel lauter als sonst, dieser Geräuschpegel zeigte ihm, daß die wenigsten der hundertneunzehn Männer außerhalb ihrer Kabinen waren und dort Unfug anstellten. Sie langweilten sich, das war klar, und alle Spiele, die sie hatten erfinden können, waren inzwischen alt und bedeutungslos geworden. Sie brauchten flaches Land, um ihre Energien verbrauchen zu können.

Felder, dachte Edmond bitter, *die sie bestellen können.*

Langsam ahnte er, in welches wirtschaftliche Chaos diese Welle von Intelligenzverminderung die Galaxis mit allen ihren Planeten gestürzt hatte.

Auf der Erde würde es nicht viel anders sein, mutmaßte er, aber dort gab es sicher auch den höchsten Prozentsatz von Geretteten.

»Wann kommt denn Leppa zurück?« fragte er verwundert.

Er setzte sich wieder und dachte nach. Seine Gedanken gingen zurück zum 30. Juli 3438.

Caudor II ...

Sie hatten ihren Fluchtversuch natürlich unternommen. Sie besorgten sich auf abenteuerlichen Wegen Uniformen der Raumflotte, fuhren getrennt und in Abständen zum Raumhafen hinaus und kamen, nachdem sie den Posten weggeschickt hatten, auch in das Schiff, das sie sich ausgesucht hatten. Sie konnten auch die Maschinen starten, aber dann kam der Alarm. Auch dann hätten sie noch fliehen können, aber gerade, als Pontonac die Landestützen einzog und durch die Lufthülle raste, flog ein Kampfschiff, das von einem anderen Planeten dieses Systems kam, in Richtung auf den Raumhafen ein.

Vier Schüsse vor den Bug – dann zwang das Kampfschiff die GIORDANO BRUNO JUNIOR zur Landung.

Das war der erste Versuch gewesen, und dann wurden so viele wichtige Teile aus der GIORDANO ausgebaut, daß ein Start für die hundertfünfzig Männer mit diesem Schiff unmöglich wurde.

Und sie versuchten es, ein knappes halbes Jahr später, ein zweites Mal. Sie ... Pontonacs Erinnerungen wurden abgeschnitten.

»Vierundzwanzig Stunden lang sind wir vor weiteren Manövern dieser Art sicher«, sagte Leppa. »Ich denke, wir rufen die anderen Kommandanten.«

Nacheinander schaltete er, und dann meinte er zu Edmond: »Ich werde Ihnen zuerst alle Kommandanten vorstellen. Ich habe, glaube ich, im Augenblick die besten technischen Möglichkeiten dazu.«
»Einverstanden!«
Einige Stunden später stand es fest: Sie wollten die Schiffe durch die bordeigenen Traktorstrahlen aneinanderfesseln und so, im Geleitzug, einen Massenstart versuchen. Es war unter anderem die einzige Möglichkeit, das kleine Schiff voller betäubter Männer mitzunehmen.

Eine Handvoll Schiffe, verstreut über ein kugelförmiges Stück Weltraum von hundert oder mehr Kilometern. Ringsherum die Dunkelheit des Alls, durchsetzt mit Millionen von Sternen. Einer davon war die heimatliche Sonne, das Ziel dieser Schiffe. Sie unterschied sich nicht von den anderen Lichtpunkten, aber für fünfzehn Männer nahm sie den Charakter eines Symbols an. Dorthin mußten sie, diesen Stern mußten sie erreichen. Alles andere schied aus.

Sie hatten sich einander vorgestellt, und Edmond Pontonac hatte jetzt eine Vorstellung davon, daß es in allen anderen Schiffen, die sich im Raum befanden, so oder noch schlimmer aussah als in seinem eigenen Schiff. Gespannt und unruhig wartete er darauf, daß die PROTEUS Fahrt aufnahm.

»PROTEUS an alle!« sagte Leppa. »Ich fange an. Ich setze mich an die Spitze und nehme die TARA QUEEN in Schlepp.«

Der Kommandant der TARA bestätigte müde: »Einverstanden.«

In der Zwischenzeit hatte Pontonac seine Männer beruhigt, hatte mit ihnen gespielt und ihnen Essen gegeben. Sie hatten zwölf Stunden lang geschlafen, dank der starken Schlafmittel im Essen. Es waren die letzten Vorräte aus der Bordapotheke gewesen. Jetzt blieb Edmond nur noch die Waffe, wenn er für Ruhe an Bord sorgen mußte. Dieser Zeitpunkt sollte auf andere Art und Weise kommen, als er es sich vorstellen konnte.

»Start!«

Das größte Schiff des Pulks bewegte sich. Die Partikeltriebwerke feuerten kurz, dann erfolgten einige Richtungskorrekturen, und die Fünfhundert-Meter-Kugel mit dem charakteristischen Ringwulst glitt langsam an den anderen Schiffen vorbei. Einige Minuten vergingen, während Pontonac gebannt auf seine schlecht funktionierenden Bildschirme sah. Dann bremste der Mann, der das Steuern eines Raumschiffes mit Hilfe des Handbuchs gelernt hatte, stark ab. Etwas zu stark, also mußte er wieder durch Schub auf der Gegenseite korrigieren. Dann, nach einer kleinen Kurve, befand sich das Schiff vor dem nächstgrößten Raumschiff, der TARA QUEEN.

Pontonacs Finger legten sich hart um die Lehnen des Sessels. Obwohl er tief geschlafen hatte, war er nervös und wußte aus Erfahrung, was bei diesen sechzehn Manövern alles schiefgehen konnte. Er kannte die Schwierigkeiten, die ein Laie wie Leppa haben mußte.

Aber Leppa hielt sich ausgezeichnet. Der Mann in der modischen, schwarzen Lederjacke sagte ins Mikrophon: »PROTEUS hier. Ich rufe die TARA.«

»Sie werden gehört, Leppa. Was haben Sie vor?«

Leppa berichtete bedrückt.

»Unsere Schiffe treiben jetzt ohne Fahrt voreinander. Ich gehe in die Schaltzentrale der Traktorstrahlprojektoren und versuche, Ihr Schiff etwa einhundert Meter weit von meiner Bordwand entfernt festzulegen. Klar?«

»Klar.«

»Verbinden Sie Ihr Nebenfunkgerät mit der Zentrale, in der Zentrale finden Sie die entsprechenden Schaltknöpfe. Sie können die Manöver meines Schiffes auf dem Bildschirm beobachten. Nehmen Sie die blaubeschrifteten Schaltknöpfe. Darunter befinden sich ...«

Leppas Stimme verriet die Anspannung, in der sich dieser Mann bewegte. Er wußte, daß von seinem richtigen Handeln viel, wenn nicht alles abhing. Mehr als zweitausend Menschenleben waren es in diesem konkreten Fall.

»Danke. Ich habe schon verstanden.«

Dann folgte eine Pause, die genau fünfundzwanzig Minuten dauerte. Edmond hatte den Aufbau eines der Schiffe des DARA-GILGAMA-Typs im Kopf und wußte, daß Davyd Leppa jetzt die Zentrale verließ, durch die Schiffskorridore lief und den Raum der Traktorstrahlprojektoren betrat. Dort waren Hauptschalter zu betätigen, Nebenschaltungen, Funkleitungen und die Zieloptik des Strahles selbst. Vermutlich mußte Leppa im Handbuch nachschlagen, das aus der linken Jackentasche des Mannes hervorsah. Endlich meldete sich Leppa wieder.

»PROTEUS ruft TARA.«

»TARA hier. Alles klar?«

Leppa sagte schwer atmend: »Ich richte jetzt den Strahl genau ins Zentrum Ihres Schiffes, Kommandant Teerpa.«

»Verstanden.«

Atemlos sah Edmond zu, wie sich nach kurzer Zeit die Wirkung der Anziehungskraft zeigte. Beide Schiffe trieben langsam aufeinander zu, als würde man zwischen ihnen eine unsichtbare Trosse gespannt haben, die von einer Winde gedreht wurde. Wieder vergingen Minuten voller Spannung. Die Entfernung zwischen der TARA und der PROTEUS schrumpfte zusammen.

Pontonac öffnete den Mund, um über Funk etwas zu sagen, aber er besann sich anders. Es war wenig sinnvoll, Leppa zu stören.

Fünfhundert Meter ...

Dreihundert Meter ...

Dann sagte Leppa stockend: »Ich schalte ab und arretiere den Strahl. Nach meinen Instrumenten ... Entfernung stimmt.«
»Verstanden, Leppa. Jetzt komme ich an die Reihe, nicht wahr?«
»Ja.«
Zwei Schiffe waren jetzt mit einer unsichtbaren Fessel verbunden. Die Raumschiffe hatten alle ihre Schutzschirme ausgeschaltet, weil erstens ihre Erzeugung sehr viel Energie verschlang und die Maschinen beanspruchte, Pontonacs Schiff war außerdem in einem derart desolaten Zustand, daß er es nicht einmal in Momenten der unmittelbaren Gefahr gewagt hätte, den Schutzschirm einzuschalten. Jetzt sah er zu, wie die TARA QUEEN versuchte, ihrerseits das nächste Schiff mit dem Traktorstrahl heranzuziehen. Während Kommandant Teerpa schaltete und sich mit der G. JARRING unterhielt, sagte Leppa müde:
»Edmond ... Sie haben die denkbar schlechte Aufgabe, mit Ihrem Traktorstrahl das kleine Schiff mit der betäubten Mannschaft abzuschleppen. Sie stehen in günstiger Position, und Ihnen muß ich dieses schwierige Manöver anvertrauen, weil wir nur drei wirkliche Fachleute unter uns haben.«
Edmond winkte ab; das konnte er ohne weiteres leisten.
»Wird gemacht, Leppa. Mann, freue ich mich schon auf Terrania City! Wir werden erst einmal ausschlafen, dann besaufen wir uns gemeinsam bis zur Bewußtlosigkeit!«
Leppa bemerkte trocken: »Sofern wir auf Terra dazu Gelegenheit haben. Dort herrscht ein ebensolches Chaos wie hier an Bord. Bis wir fertig werden, vergeht sicher noch ein Tag.«
»Sicher. Ich kümmere mich wieder um meine Leute.«
»Ich auch.«
Während die TARA versuchte, die G. JARRING an sich heranzuziehen, verließ Pontonac die Zentrale und machte einen langen Rundgang durchs Schiff. Er versorgte die Kaninchen, schaltete zwei Roboter ab, die von den spielenden Männern aktiviert und mit gelber Farbe angesprüht worden waren, gab den Schweinen, die noch übrig waren, Futter und Wasser. Überall wurde er aufgehalten. Die Männer zeigten ihm stolz die Zeichnungen auf den Korridorwänden, ihre Bastelarbeiten, und einer las ihm einige Sätze aus »Moby Dick« vor. *Ausgerechnet!* sagte sich Edmond. *Ausgerechnet die Story von Käpten Ahab und dem weißen Wal.*
Er trank Kaffee und schlief unmittelbar darauf zwei Stunden, während sich der Verband der aneinanderhängenden Schiffe um drei Einheiten vergrößerte.
Am Ende dieses dritten Tages, zwölf Lichtjahre vor der rettenden Erde, bestand der Konvoi aus insgesamt neun Schiffen. Sieben andere Einheiten trieben noch weit verteilt hinter der fast gerade ausgerichteten Perlenschnur – von der Erde aus gesehen.

Edmond Pontonac war der erste, der das Energieecho auf dem Ortungsschirm bemerkte. Etwas näherte sich dem Konvoi.

Pontonac schaltete schnell. Er drückte die Funktaste und rief: »GIORDANO BRUNO an alle! Aus dem Grünsektor meiner Bildschirme nähert sich ein Flugkörper unserem Konvoi. Geschwindigkeit: acht Zehntel Licht. Er kommt von schräg vorn auf die Spitze des Konvois zu.«

»PROTEUS. Ich habe verstanden. Wartet einige Sekunden, ich gehe in die Ortungsabteilung!«

Dies war ein Marsch von dreihundert Metern, und schließlich sagte Leppa aufgeregt: »Ich habe die Vergrößerungen. Jetzt bremst er ab. Hier, Edmond, das Bild!«

Er schickte die Vergrößerung über den offiziellen Flottenfunkkanal.

Pontonac betrachtete verblüfft den drei Quadratmeter großen, unruhig flackernden Bildschirm. Eine dunkle Ahnung überkam ihn, dieser Gegenstand, den er noch nie in seinem Leben gesehen hatte, schien Gefahr geradezu auszustrahlen.

»Was ist das, Leppa?« fragte er. »Kennen Sie ein solches Objekt?«

»Nein, aber ich vermute ...«

Leppa machte eine lange, beredte Pause.

Das gestochen scharfe Bild lieferte für die Dauer von vier Sekunden eine wertvolle Information. Dann zogen wieder Störungsstreifen über den Schirm, und die Helligkeit nahm ständig ab und zu.

Edmond hatte etwas gesehen, das wie ein näher kommender Rochen aussah. Ein Stachelrochen, der sich drehte, jetzt aber rückwärts »schwamm«, den langen Peitschenschwanz steil und nadelförmig nach vorn gerichtet. Ein vergleichsweise walzenförmiger, spindelförmig zulaufender Körper mit zwei dreieckigen Schwingen. Ein tödlicher Metallfisch, der jetzt die Geschwindigkeit verringerte und auf Kollisionskurs näher kam. Das Bild sprengte mit seinen Umrissen den Schirm, und Leppa schaltete auf die nächstkleinere Vergrößerung um. Dann sagte er leise:

»Das muß einer der Manipulatoren sein, von denen in den Funksprüchen die Rede war.«

Jetzt erinnerte sich Edmond Pontonac, er hatte diesen Begriff mehrfach gehört, aber ihm eine andere Bedeutung unterlegt. Er dachte an Wesen oder an Menschen, die etwas manipulierten ... jedenfalls hatte er niemals an einen Raumflugkörper mit dieser unbekannten und untypischen Form gedacht. Aber ... wenn jener Schwarm aus einer anderen Galaxis kam, dann waren auch die Formen seiner Kulturen wesentlich anders.

»Ein Manipulator!« sagte er. »Was ist die Folge?«

»Pontonac«, schrie jemand über Funk, »das sind die Schiffe, von denen die Verdummung ausgeht!«

Jetzt wußte er es.

»Leppa – was werden wir unternehmen?«
»Er ist allein. Wir lassen ihn nahe genug herankommen, dann versuchen wir, ihn abzuschießen.«
Pontonac nickte.
»Vielleicht erhalten wir dadurch eine Frist, innerhalb der wir uns von hier entfernen können. Ich versuche, meine Transformkanone abzufeuern.«
»Gut. Versuchen wir es.«
Pontonac war bereits aus der Zentrale draußen, rannte durch das Schiff und stieß seine Männer zur Seite. Er schloß mit fliegenden Fingern das Schott zum Feuerleitstand auf, versperrte es hinter sich und dachte eine Sekunde lang daran, daß jetzt die Zentrale offen war. Er schaltete fieberhaft die Anlage ein, blickte auf den Spezialschirm der Zielerfassung und lud ein leichtes Projektil, wegen der geringen Entfernung. Dann bewegte er die Hebel und richtete das Fadenkreuz des Geschützes auf den näher kommenden Flugkörper ein. Die positronischen Geräte arbeiteten einwandfrei, aber das Geschütz war weder neu noch gepflegt. Außerdem hatten in den ersten Tagen des Fluges die Männer damit herumgespielt.
Das Umrißbild wurde deutlich.
»Vielleicht schaffen wir es noch ...«, sagte Pontonac voller Hoffnung.
Er wartete und verfolgte den heranschießenden Manipulator mit dem Zielgerät der Transformkanone. Die Form dieses Raumschiffes war wirklich ungewöhnlich, und jetzt bremste das Schiff ab, etwa dreißig, vierzig Kilometer entfernt. Der lange Stachel an der Vorderseite bewegte sich und tastete wie ein Tentakel durch den Raum, deutete auf die Gruppe der aneinanderhängenden Schiffe. Pontonac wußte es nicht, aber je länger er das Verhalten dieses Flugkörpers studierte, desto mehr kam er zu der Überzeugung, daß der Manipulator robotisch war oder ferngesteuert.
Aus einem Lautsprecher kam die Durchsage Leppas. »Die Triebwerke sind ausgeschaltet worden, der Manipulator treibt schnell näher.«
»Verstanden. Warten Sie noch, Davyd?« fragte Edmond gespannt.
»Ja. Je näher, desto besser.«
Beide Geschütze zielten auf den näher kommenden Manipulator. Der Stachel des Rochens bewegte sich jetzt schneller und schien nach den Schiffen greifen zu wollen. Vermutlich flutete aus einem Projektor dieses Stachels jene Strahlung, von der man wußte, daß sie für die Verdummung verantwortlich war – einer der Kommandanten besaß diese Information und hatte sie weitergegeben.
Pontonac wartete weiter.
Schweiß lief von seiner Stirn. Seine Handflächen, die an den Griffen der Steuerung lagen, waren feucht. Er flüsterte etwas Unverständliches vor sich hin. Was diesen Gegner so unheimlich machte, war, daß man ihn nicht kannte. Falls aus dem Tentakel, aus der wild schlagenden Nadel, jene verdummende Strahlung kam, würde sie nichts bewirken, denn die

Männer in den Schiffen waren bereits ihrer Intelligenz beraubt. Und den Geretteten machte es nichts mehr aus. Sie waren immun.

Leppa sagte, als das Schiff nur noch hunderttausend Meter entfernt war: »Jetzt!«

Fast gleichzeitig feuerten Leppa und Pontonac. Die Transformkanonen erzeugten in den Schiffszellen laute, hallende Geräusche, und dicht vor Pontonac schlug ein meterlanger Funke durch, traf die Wand, und dann rauchte es aus einer Abzugsöffnung. Der Zielschirm fiel aus, und sämtliche Zeiger fielen plötzlich auf Null zurück. Das Geschütz hatte nach dem ersten Schuß versagt, hatte sich zerstört. Pontonac schaltete die Energiezufuhr ab, schloß das Schott auf und wieder zu und rannte in die Zentrale zurück.

Aus dem Funkgerät drangen die aufgeregten Stimmen der Männer, die diese Treffer mit beobachtet hatten.

»Ausgezeichnet. Beide Schüsse haben getroffen.«

Dann beobachtete Pontonac die Schirme. Die Geschwindigkeit des Objektes hatte sich nicht verringert, aber an beiden Seiten des Rumpfes, dort, wo er in die dreieckigen Tragflächen überging, klafften Löcher und hingen verdrehte, ausgeglühte Fetzen der Hülle nach außen. Die Bewegung des Stachels hatte aufgehört.

»Gratuliere, Davyd!« sagte Edmond halblaut. Sie hatten wirklich die Bomben mit der geringsten Sprengkraft abgestrahlt, sonst gäbe es keinen Rochenraumer mehr – aber vielleicht auch keinen Treck aus Kugelschiffen.

Aber die Gefahr war noch nicht vorüber. Der Manipulator drehte sich um die Längsachse und kam näher, genau auf die VARIUS zu. Kollisionskurs? Pontonac kniff die Augen zusammen und versuchte, den Kurs des Objektes genau abzuschätzen. Die VARIUS, ein zweihundert Meter durchmessendes Schiff, befand sich genau in der Flugbahn. Und dann ging alles viel zu schnell.

Der Manipulator schlug schwer gegen den Triebwerkswulst des Schiffes, wurde abgelenkt und drehte sich über zwei Achsen.

Das andere Schiff wurde durchgeschüttelt, und ein Teil der Verkleidung war aufgerissen worden, aber die Schäden sahen hier, auf den Schirmen, nicht besonders schwer aus. Der Manipulator war langsamer geworden und krachte nach einigen Minuten hart gegen das Schiff, in dem die eingeschläferten Männer saßen.

Dadurch wurde der Rest kinetischer Energie aufgezehrt, und nur ganz langsam trieb das fremde Objekt von dem jetzt schon an zwei Stellen angeschlagenen und eingedrückten kleinen Kugelschiff weg.

Leppa meldete sich: »Wir sollten machen, daß wir wegkommen, Freunde. Fahren wir mit unseren Manövern fort, ja?«

»Verstanden.«

Die Kommandanten der acht anderen Schiffe hatten im Augenblick nichts zu tun und konnten sich wieder ums Innere ihrer Raumer kümmern.

Und zwischen den noch nicht in den Verband eingegliederten Einheiten schwebte der Manipulator.

Wie ein Ding aus einem anderen Kosmos, in dem unbegreifliche Gefahren lauerten.

Edmond Pontonac blickte auf die Schirme der Panoramagalerie und schaute den Flugkörper an. Er wußte nicht, was jetzt geschehen sollte. Er wartete kurze Zeit und beobachtete, wie sich die Linie der Schiffe um weitere zwei Einheiten vergrößerte, dann sagte er ins Funkgerät:

»Ich rufe die BARRACUDA, Kommandant Lerinck!«

Er mußte einige Minuten warten, dann meldete sich Lerinck und fragte:

»Wer spricht?«

»Pontonac in der GIORDANO. Ist Ihr Traktorstrahlprojektor in Ordnung?«

Lerinck zögerte etwas, dann sagte er aber: »Ich denke schon. Was haben Sie vor, Kommandant?«

Edmond spürte aus der Stimme des Mannes Zögern und Unsicherheit heraus, aber das war in Anbetracht der gefährlichen Situation kein Wunder. Sie alle waren unsicher und fürchteten sich vor dem, was kommen konnte. Der Manipulator hatte zweifellos Meldung erstattet, und vielleicht mußte man schon in den nächsten Minuten mit einer Aktion des geheimnisvollen Gegners rechnen.

»Hat jemand von Ihnen schon einmal einen solchen Manipulator gesehen?« fragte Pontonac.

»Nein, niemand!«

Edmond fühlte, wie sein Herz rasend schnell zu schlagen begann. Dies konnte zu einer einmaligen Chance für sie alle werden und – für die Menschheit. Wenn aus einem unbekannten Feind einer wurde, den man kannte, über dessen technische Möglichkeiten man Bescheid wußte, dann war dies ein unschätzbarer Vorteil. Wenn es gelang ... Er dachte diese Überlegung nicht bis zum Ende durch und konzentrierte sich auf das Naheliegende.

»Es hat dann also auch noch niemand einen Manipulator betreten und versucht, dessen Wirkungsweise festzustellen?«

»Keiner von uns hier, Edmond, und wenn ich die aufgefangenen Funksprüche richtig deute, dann wissen die meisten Immunen nicht einmal, daß ein solcher Raumschiffstyp überhaupt existiert.«

Edmond fragte weiter:

»Können Sie mit dem Traktorstrahlprojektor gut umgehen?«

»Ich denke schon«, meinte Lerinck.

»Trauen Sie sich zu, dieses Objekt heranzuziehen und an einem Schiff, meinetwegen an der BARRACUDA, festzuhalten?«

Lerinck begriff, worauf Pontonac hinauswollte.
»Sie meinen, daß wir den Manipulator zur Erde mitnehmen sollen?«
Edmond sagte hart: »Genau das meine ich. Falls aber vorher die anderen Manipulatoren kommen und ihrem Genossen helfen wollen, so wäre das fatal.«
Lerincks Stimme nahm einen beschwörenden, eindringlichen Charakter an. Er fragte hartnäckig:
»Was haben Sie vor, Edmond?«
»Ich werde versuchen, den Manipulator zu betreten und soviel Informationen zu bekommen, wie es mir möglich ist.«
Kopfschüttelnd schwieg Lerinck. Er kannte Pontonac aus der Zeit, in der Edmond noch der Leiter des Saturnmondes Titan gewesen war. Diesem Mann war alles zuzutrauen.

19.

Was er jetzt unternahm, mußte er ganz allein tun. Niemand war in der Lage, ihm zu helfen; abgesehen von vierzehn anderen Männern würde ihn jedes andere Wesen in diesem Bezirk des Alls nur stören. Edmond Pontonac sah sich in der Zentrale um und dachte nach. Er mußte sehr überlegt vorgehen. Kein Detail durfte vergessen werden.
Der Raumanzug.
Er hatte ihn durchgetestet und ausgerüstet, und der Anzug war in Ordnung.
»Aber da sind noch gewisse Details«, fiel ihm ein.
Zuerst ging er hinunter in den Raum, von dem aus die gesamte Luftversorgung des Schiffes kontrolliert werden konnte. Wie durch ein Wunder hatte keiner seiner Männer hier gespielt oder irgendwelche Knöpfe und Schalter gedrückt; die Anlage funktionierte noch ausgezeichnet. Abgesehen davon, daß es hier nach Schweinen und verfaulendem Fleisch stank.
Edmond schloß ein Fach auf und nahm einen flachen Kanister heraus – es war der letzte, den er besaß.
Er schob den Kanister zwischen Halteklemmen, schraubte einen dicken, flexiblen Schlauch an die Öffnung und schloß den Hahn, der den Schlauch mit der Aufbereitungsanlage verband. Dann drehte er das Ventil des Kanisters auf. Das Gas konnte jetzt in den Schlauch strömen. Edmond verband den Hahn mit einer Schaltung, die er oben in der Zentrale aktiviert hatte. Drückte er dort auf einen Knopf, würde das Gas in den Luftkreislauf des Schiffes strömen.

Edmond versperrte sorgfältig das Schott und ging weiter in eines der unaufgeräumten Magazine hinein.

Er nahm einen schweren, zweihändig zu benutzenden Desintegrator aus dem Waffenschrank, lud ihn neu und steckte eine zweite Energiezelle ein. Eine zweite Hochleistungsbatterie wurde in einen schweren Handscheinwerfer gesteckt, der Scheinwerfer probiert. Nur die Batterien für seinen eigenen Bewegungsmechanismus machten ihm Sorgen. Er besaß nur noch zwei oder drei Sätze und einige alte Batterien, die aber fast leer waren. Im Augenblick reichte die Reserve, die er in verborgenen Fächern in seinen Oberschenkeln trug, noch aus.

Er belud sich mit seiner Ausrüstung und ging zurück in die Zentrale.

Langsam zog er den Raumanzug an, dann schnallte er sich das kleine Triebwerk auf den Rücken, testete es kurz und steckte den Scheinwerfer an den Gürtel, hängte das Seil ein, befestigte die schwere Waffe und zog die Handschuhe an. Er nahm den Helm unter den Arm und stellte sich vor die Linsen der Aufnahmeapparatur.

»BARRACUDA«, sagte er. »Ich versuche jetzt, den Manipulator zu entern.«

Kommandant Lerinck kam auf den Schirm und fragte: »Und was tun Sie mit Ihren Leuten?«

»Ich sorge dafür, daß sie sich ruhig verhalten«, entgegnete Pontonac grimmig.

Er hob die Hand, ging zum Pult und drückte den Schalter hinunter. Im Kontrollraum für die Luftumwälzanlage begann das Narkosegas in den Luftstrom zu sickern. Pontonac setzte sich den Helm auf, schaltete die Anzugsversorgung ein und verließ die Zentrale.

»Das wird schwierig werden«, meinte er und aktivierte das Helmfunkgerät. Es lief über die Flottenwelle, und er konnte jederzeit um Hilfe nachsuchen. Ob er sie erhielt, war indes fraglich.

Pontonac ging in seine Kabine und holte die Kamera heraus; ein rechteckiges Ding mit eingebautem Minicomputer für Blende und Belichtung und der Blitzlichteinrichtung für Dauerbetrieb. Er befestigte sie an seinem linken Oberarm und ging zur nächsten kleineren Schleuse.

»Vielleicht schaffe ich es!« sprach er sich selbst Mut zu.

Das kleinere Schott schloß sich hinter ihm. Edmond schaltete alle Lichter ein, um nachher, wenn er zurückkam, das Schiff schneller zu finden und beim Einsteigen nicht erst lange suchen zu müssen. Dann rollte das Außenschott auf. Pontonac hatte vor sich den schwarzen Weltraum. Suchend bewegte er die Augen, und das Geräusch seines eigenen Atems im Raumanzug kam ihm auf einmal fremd und ungewohnt vor.

Dort drüben war das kleine Schiff, und links davon, von seiner gegenwärtigen Lage aus gesehen, befand sich der Manipulator.

Pontonac schaltete das kleine Triebwerk ein und warf sich nach vorn. Er regulierte die Antriebsstärke ein und steuerte vorsichtig auf den Manipulator zu. Dieses »Ding« drehte sich noch immer langsam im Kreis, nur der lange Stachel, der sich tentakelähnlich bewegt hatte, blieb gekrümmt und starr.

Pontonac näherte sich dem spitzen Teil der Tragfläche oder des Teiles, der wie eine Tragfläche aussah.

Er war ganz allein.

Er bemühte sich, seine Fluglage nicht zu verändern, zog die Beine leicht an und schaltete dann das Triebwerk aus. Im freien Fall flog er weiter. Die schwach von den Sternen beleuchteten Formen des Schiffes tauchten vor ihm auf, und er sah, als er den Scheinwerfer einschaltete und langsam bewegte, unter sich die stumpfschimmernde Fläche der Metallmasse. Direkt vor Pontonac klaffte im harten Licht des Scheinwerfers das Loch, das eine der Transformbomben gerissen hatte.

»Vorsichtig näher gehen«, sagte er sich.

Er gab kurzen Gegenschub, stemmte die Beine geradeaus und prallte leicht gegen die Außenhülle. Er nahm den Scheinwerfer in die rechte Hand, schwang sich, indem er sich an einem zerrissenen Stück Material festhielt, zurück nach links.

Der Strahl der Lampe glitt über die aufgerissene Fläche zwischen dem Körper und der Tragfläche des Schiffes. Edmond sah den runden, weißen Kreis über aufgebogene Tragelemente huschen, über geschmolzene Materialien, und zum erstenmal glaubte Edmond zu bemerken, daß er sich hier nicht vor Metall befand, sondern vor einem Material, dessen physikalische Eigenschaften er nicht kannte.

Aber sie müssen so ähnlich wie die hochwertiger Metalle sein, dachte er.

An dieser Stelle, das sah er ziemlich bald ein, kam er nicht in dieses rätselhafte Schiff hinein. Zerschmolzenes und zerfetztes Material und geborstene Träger versperrten ihm den Weg. Er berührte gerade mit den Raumstiefeln die Trennlinie zwischen Schiffskörper und Flügel, ging leicht in die Knie und stieß sich ab. In einem weit ausholenden Kreis flog er einmal um die Mitte des langgezogenen Rumpfes herum und kam zum anderen Loch. Es war wesentlich größer, vermutlich der Treffer der PROTEUS.

»Sieht ziemlich schlecht aus!« sagte er.

Eine ferne Stimme erreichte ihn. Es war Leppa.

»Sagten Sie etwas, Sie Risikoraumfahrer?«

Edmond erklärte grinsend: »Ihr Schuß hat offensichtlich gut getroffen. Das Schiff ist restlos demoliert.«

»War meine Absicht. Was wollen Sie tun?«

Pontonacs Scheinwerfer bestrich die Oberfläche des Rochens. Edmond drehte sich langsam in der Dunkelheit, zwanzig Meter war er jetzt von dem Fremden entfernt.

»Ich suche einen Eingang!«

»Viel Glück!«
»Danke. Kann ich brauchen.«
Pontonac verwendete eine halbe Stunde und länger darauf, einen Einstieg zu finden. Schließlich, nachdem er fast die gesamte Oberfläche des Rochens abgesucht hatte, entdeckte er eine Schleuse.
»Ich hab's!« sagte Pontonac.
»Gratuliere!« kommentierte Leppa. »Kommen Sie hinein?«
»Notfalls mit Gewalt!«
»Wie ist Ihr Luftvorrat?«
»Er reicht aus!«
Edmond Pontonac zündete kurz sein Triebwerk und näherte sich der leicht konvex gekrümmten Klappe. Sie hatte etwa fünf Meter Durchmesser. Es waren keinerlei Griffe oder Schalter zu sehen, was Pontonacs Verdacht bestätigte, dieses Schiff sei robotisch.

Der Tentakel war schätzungsweise fünfundsiebzig Meter lang und bildete jetzt eine Art Fragezeichen.

Pontonac hatte Öffnungen sehen können, die wahrscheinlich die Aussparungen für die Triebwerke waren.

Während er an den Rumpf herantrieb, versuchte er die Länge dieses Raumfahrzeugs abzuschätzen. Er kam auf etwa hundertfünfzig Meter, die Breite betrug schätzungsweise ebensoviel.

An verschiedenen Stellen des rochenartigen Körpers waren ihm halbrunde warzenähnliche Kuppeln von goldgelber Farbe aufgefallen. Mit einiger Sicherheit entsprachen sie eingebauten Linsensystemen. Pontonac berührte die Außenhülle, stieß sich mit den Fußspitzen ab und trieb jetzt wenige Meter vor dem Schott. Langsam bewegte er seine Lampe. Der Lichtkreis glitt über die schmale Rille in der glatten Fläche, aber es gab keine Klappe, keinen Griff, keinen Schalter.

»Merkwürdig ...«
Eine menschliche oder wie auch immer geartete Besatzung hätte eine Möglichkeit haben müssen, das Schiff zu betreten. Vermutlich wurde das Schott oder die Luke durch einen Funkbefehl geöffnet.

Pontonac war jetzt etwas ruhiger, aber er rechnete nach wie vor mit Überraschungen. Für einen Augenblick wurde er abgelenkt, gerade als er den Scheinwerfer abschaltete und ihn mit dem elastischen Band wieder am Oberarm befestigte.

Licht kam aus dem Bezirk jenseits des Manipulators. Ein weiteres Schiff hatte seine Triebwerke gezündet und gliederte sich in den Verband ein. Jetzt waren nur noch drei Schiffe frei schwebend. Das kleine Kugelschiff, die BARRACUDA und die GIORDANO BRUNO JUNIOR! Die anderen Raumschiffe wirkten tatsächlich wie eine Schnur von Perlen in unregelmäßigen Größen. Dann erlosch das Feuer der Partikelströme wieder, und Edmond nahm vorsichtig die schwere Waffe von den Schultern.

Er entsicherte den Desintegrator, drehte ihn herum und setzte ihn an seiner rechten Hüfte an. Dann zielte er auf die Vertiefung und drückte den Auslöseknopf.

Der Strahl der vernichtenden Waffe fraß sich wie ein Schneidbrenner durch das Material. Es schmolz in breiten Bahnen weg, und hinter der breiten Spur wurden die Umrisse von technischen Einrichtungen sichtbar. Sie lösten sich ebenso auf wie das Material der Schiffshülle.

Pontonacs Verdacht, daß es sich hierbei nicht um Metall handelte, wurde nunmehr zur Gewißheit. Er hatte schon sehr häufig Desintegratoren gegen Metall gerichtet – dieses Material verhielt sich in der Zerstörung wesentlich anders.

Der Spurstrahl fraß sich tiefer, die Rille verbreiterte sich.

Die Platte hatte plötzlich ausgefranste, verbogene Ränder. Pontonac hörte zu feuern auf, stabilisierte durch Körperdrehungen und durch das Einschalten seines Triebwerkes seine Position und schoß dann weiter. Langsam umrundete er die Konturen der Schleusentür. Eine Minute später war die Ladung erschöpft. Vermutlich lagerten die Hochleistungszellen schon seit dem Zeitpunkt, da das Schiff vor Jahren die Werft verlassen hatte.

»Verdammt! Jetzt auch noch im schwerelosen Zustand nachladen!« stöhnte Pontonac.

Sekunden später, als er das alte Magazin herausgeholt und mit einer kurzen Handbewegung weggeschoben hatte, meldete sich wieder Kommandant Lerinck.

»Probleme, Edmond? Soll ich helfen?«

»Nein«, sagte Edmond. »Ich muß nur ein Energiemagazin auswechseln. Ich komme schon klar.«

»Verstanden.«

Er bewegte sich langsam um seine Achse, als er das Magazin hervorholte, festhielt und dann einsetzte.

Dann brachte er sich wieder in Position.

»Es geht weiter. Irgendwie werden wir den Manipulatoren schon auf die Spur kommen!« meinte er, jetzt seiner ständig ausgeglichenen Gemütsverfassung wesentlich näher als vor Tagen.

Er drückte den Auslöser, und wieder fraß sich der Desintegratorstrahl lautlos in das Material. Auch das letzte Drittel wurde aufgelöst, der Spalt breitete sich aus, die Ränder zerschmolzen. Alles löste sich auf und zog wie ein leichter Nebel davon durch das Licht des Scheinwerfers. Dann merkte Pontonac, daß die Luke nur noch leicht in dem zerstörten Rahmen hing.

»Wie komme ich hinein?« fragte er sich.

Das war die Frage. Die anderen Kommandanten meldeten sich nicht, sie wußten, daß dies nur Selbstgespräche waren, mit denen Pontonac seine Nerven beruhigte.

Er näherte sich dem Rand, klammerte sich fest und stemmte den Lauf der Waffe zwischen die beiden Flächen. Er sicherte sich mit einer Hand und beiden Füßen und benutzte die Waffe als Hebel. Da sowohl das Schiff als auch die Schleusenplatte schwerelos waren, bewegte sich der kreisförmige Ausschnitt. Er bewegte sich stärker und hob sich endlich aus der Aussparung hervor.

Pontonac ließ die Waffe los, sicherte sich mit dem linken Arm und verwendete seinen rechten, stählernen Arm dazu, die Platte zu kanten. Er zwängte die Finger um eine Kante und spannte seine elektromagnetischen Muskeln an, dann zog er kräftig. Langsam bewegte sie sich ihm entgegen und an ihm vorbei. Er atmete tief ein und gab der Platte einen Stoß. Sie drehte sich etwas, schlug hart gegen den zerschossenen Rahmen und kippte dann zeitlupenhaft langsam aus dem Bereich des Scheinwerfers.

»Endlich!« sagte er laut.

Er hielt sich fest, ließ die Waffe los. Sie segelte lautlos der Platte nach. Dann stand Edmond Pontonac auf dem Boden der Schleuse. Er bemerkte, daß es keine innere Schleusentür gab. Vorsichtig zog er sich nach vorn, richtete den Lichtkegel nach unten und tastete sich weiter. Er schwebte langsam tiefer in das Schiff hinein. Meter um Meter ging es weiter.

»Pontonac?« fragte Leppa laut und alarmiert.

Sein Schiff befand sich in einer Position, die es ihm nicht gestattete, zu sehen, wie Pontonac eindrang.

»Hier. Ich bin im Schiff, fünf Meter weit.«

»Alles klar?«

»Im Augenblick noch ... Achtung!«

Plötzlich schaltete sich das Licht ein. Es war ein hellgrünes, stechendes Licht, das aus der Decke und den Wänden kam und wie Phosphor leuchtete. Edmond konnte keine Lichtquelle feststellen.

»Gefahr?«

»Licht!« antwortete Edmond. »Aber was für eins!«

»Sie sollten sich ein bißchen beeilen«, meinte Leppa. »Wir warten nur noch auf Ihre Aktionen.«

»Gern, sofern möglich!« bestätigte Edmond. »Aber zuerst sehe ich mir an, was ich gefunden habe. Außerdem bin ich mit einer ausgezeichneten Kamera gesegnet.«

»Meinetwegen. Die Erde kann ja warten!«

»Mann!« sagte Pontonac fast ehrfürchtig. »Ich bin in einem Luxusschiff gelandet. Im Augenblick gibt es hier sogar Schwerkraft.«

Er wurde langsam zu Boden gezogen. Der Boden befand sich oben. Oben, das bedeutete, daß er sich jetzt langsam um seine Querachse drehte und plötzlich mit beiden Beinen auf einem glatten, schimmernden Boden stand. Sein Eintreten oder das Passieren von versteckten

Lichtschranken hatte die Beleuchtung und das Einsetzen der Schwerkraft eingeschaltet.

Edmond Pontonac blieb stehen, schaltete den Scheinwerfer aus und atmete langsam durch.

»Sehr schön!«

Er schaute sich um. Vor und hinter ihm erstreckte sich ein etwa fünf Meter breiter und drei Meter hoher Korridor. Boden, Wände und Decke waren spiegelglatt wie Glas. Von ihnen strahlte jenes phosphoreszierende, stechendgrüne Leuchten aus. Der Korridor war länger als hundert Meter, und an seinem Ende sah er eine kleine, entfernt humanoid aussehende Gestalt. Er erschrak. War in diesem Schiff eine lebende Besatzung? Er zog die Handwaffe aus der Schutzhülle und wich zur Wand des Korridors zurück.

Edmond Pontonac war keineswegs ein Mann, dessen Mut sprichwörtlich genannt werden konnte. Aber seit dem Tag, an dem er seine Beine verloren hatte, schätzte er die Gefahren des Lebens richtiger und kühler ein. Er wußte, daß er sich hier im Einflußbereich einer fremden Macht, einer vollständig andersartigen Zivilisation befand.

»Pontonac an Davyd Leppa«, sagte er. »Ich bin im Schiff. Es ist möglich, daß etwas passiert, was nicht im Programm geplant war. Ich melde mich sofort, wenn ich etwas sehe. Kommandant Lerinck könnte inzwischen versuchen, den Manipulator mit dem Traktorstrahl heranzuziehen.«

Leppa sagte laut. »Ich werde es weitergeben. Machen Sie möglichst viele Aufnahmen, Edmond – wir werden sie brauchen!«

»In Ordnung. Ich hatte nichts anderes vor.«

Pontonac ging, die entsicherte Waffe in der rechten Hand, langsam auf die dunkle Figur zu. Als er fünf Schritte zurückgelegt hatte, öffnete sich rechts neben ihm ein Stück der Wand, sie wich einfach an beiden Seiten entlang einen Spalt zurück.

Pontonac erschrak, sprang nach links und riß die Waffe hoch. Aber niemand war hinter dem Spalt, der langsam immer breiter wurde. Der Kommandant faßte sich wieder, näherte sich vorsichtig der Öffnung und blickte durch die Scheibe des Helmes auf die merkwürdige technische Szenerie, die unter dem giftgrünen Licht lag.

»Ein Schiff der Wunder!« sagte er ironisch. »Bis jetzt noch immer menschenleer. Oder einfach leer.«

Er nahm die Kamera vom Gürtel, schob die Schutzhülle zurück und steckte die Waffe hinter den Gürtel. Langsam ging er in den Raum hinein, der sich hinter der Öffnung erstreckte. Die Ausmaße waren so groß, daß er glaubte, der Raum würde unmittelbar an die jenseitige Bordwand anstoßen.

Er ging fünfzehn Meter geradeaus und sah sich verwundert um. Dann machte er zehn Aufnahmen.

Er sah sich einer merkwürdigen Einrichtung gegenüber.
Wie ein surrealistisches Bühnenbild, dachte er.

Aus dem glatten Boden erhoben sich, als würden sie daraus hervorwachsen, schräge, runde Säulen. In diesen Säulen, die wohl aus dem gleichen glasähnlichen, grünlich leuchtenden Material bestanden, befanden sich schwarze Fensterchen. Neben den Säulen gab es kleine, würfelförmige Elemente, die scheinbar sinnlos im Raum verteilt waren. Von den Wänden und der Decke stachen und hingen Dinge herunter, die gewisse Ähnlichkeit mit geschwungenen Spitzkegeln hatten. Sie trugen an ihren sehr dünnen Spitzen kopfgroße, schwarze Kugeln mit verschieden großen, verschieden geformten Öffnungen.

Pontonac hörte keinen Laut und spürte keinerlei Vibrationen.

Er ging langsam in einem Kreis durch den Raum, fertigte weitere Aufnahmen an und kam schließlich zu einer Konstruktion, die den Boden mit der Decke verband und so aussah, als habe eine Sanduhr zum Vorbild gedient. Von der dünnsten Stelle aus spannten sich bogenförmig dicke Drähte und verschwanden wieder im Boden, in der Decke oder in diesen kleinen Würfeln.

Alles leuchtete grün.

Keinerlei Lichtreflexe, keine Uhren, keine Sitze, keine Schaltpulte. Er ahnte nicht einmal, wozu diese Dinge hier gut waren, was sie bewirkten oder ob sie einfach nur Dekoration darstellen sollten. Aber er verwarf diesen Gedanken sofort wieder.

Bei einem Robotschiff, dessen einziger Zweck die Ausbreitung der Verdummungsstrahlung war, hatte eine dekorative Verzierung nichts zu suchen.

Andererseits - was dachte ein fremdes Volk? Er konnte es nicht sagen.

Pontonac erinnerte sich an die zeitlich begrenzte Wirkung des Narkosegases, an das Vorhaben und spürte, als er den Raum verließ, einen schwachen Ruck. Also griff das Feld des Traktorstrahls bereits nach dem Manipulator.

Er ging wieder auf den Zentralkorridor hinaus und weiter seinem Ende zu. Nach drei Metern öffnete sich ein anderer senkrechter Spalt, diesmal auf der linken Seite des Korridors. Edmond erkannte, daß er mit seiner Schätzung recht gehabt hatte – er sah am Ende dieses Raumes die Verwüstungen des Treffers und zwischen den leuchtenden Trümmern hin und wieder ein kleines Stück Weltall. Ausschnitte, durch die zerfetzten Bauelemente sichtbar geworden.

»Der zweite Saal – ebenfalls unverständliche Formen.«

»Verstanden. Machen Sie möglichst viele Aufnahmen. Der Manipulator wird inzwischen an die BARRACUDA herangezerrt.«

»Tadellos, Lerinck!« lobte Edmond. »Ich versuche, mich zu beeilen.«

In diesem Raum gab es nur senkrechte Säulen, die so dick waren wie Bäume. An ihnen waren schachtelförmige Elemente befestigt. Sie verliefen etwa in der Höhe des Raumanzuggürtels und enthielten viele parallel zueinander angeordnete Reihen von dunklen Löchern. Pontonac streckte seinen Finger aus, zuckte aber zurück – er konnte nicht einmal ahnen, was er auslösen konnte.

Ein Teil des Saales war restlos zerstört, und aus den Trümmern eingedrückter, verkrümmter und verschobener Elemente ringelten sich viele dünne, schwarze Fäden. Es sah wie ein zerstörtes Spinnennetz aus. Als Edmond den Raum durchsuchte, fiel ihm eine große, runde Öffnung in der Wand auf, die von allen Säulen aus gleich gut zu sehen war. Als er daran vorbeiging, spiegelte er sich darin.

Aber ... er war nicht seitenverkehrt.

Der Spiegel verhielt sich vollkommen irrsinnig, wenn Edmond die Hand hob, die rechte, dann hob sein Bild in diesem verwirrenden Zerrspiegel die Hand, die seiner linken Hand gegenüberlag.

Er filmte, wie er sich filmte.

Er hob die rechte Hand mit der Kamera, drückte den Auslöser und führte einen kurzen Schwenk aus. Dann nahm er die zerstörten Teile auf und verließ den Saal wieder. Er lief jetzt langsam auf das Ende des Ganges zu und kümmerte sich nicht um die Spalten, die sich öffneten, sobald er eine Kontaktschwelle überschritten oder einen unsichtbaren Strahl unterbrochen hatte.

Nach einigen Minuten Lauf im Raumanzug, der ihm den Schweiß auf die Stirn trieb, war er am Ende des Korridors angekommen.

Dann sah er den Gelben Götzen.

Fünfmal blitzte die Kamera auf. Edmond Pontonac ging näher heran. Es war eine Vollplastik, etwa einen Meter hoch. Sie befand sich auf einem Sockel, der wie ein Altar wirkte. Auch er wuchs aus dem Boden heraus, berührte fast die Kopfwand des Korridors und hörte in der Höhe von Edmonds Knieverstärkung auf.

Der Götze ... Edmond blickte ihn fasziniert an. Sein Atem wurde schneller, und der Schweiß trocknete. Die Stirn und die Handflächen fühlten sich auf einmal eisig kalt an. Edmond stand da, vermochte nicht zu denken und war ganz von dem Anblick gefangen, der sich ihm bot.

Der Götze ... er hatte annähernd humanoide Züge.

Er kniete auf dem linken Knie und hatte den Unterschenkel hochgezogen. Die drei Zehen der rechten Fußspitze berührten den Sockel an der Vorderkante, und das rechte Knie trug, fast an die spitze Brust des Götzen gepreßt, einen langen Stachel. Der Stachel bohrte sich tief in die Brust unterhalb des Halses. Die Arme waren leicht angewinkelt.

Edmond zählte insgesamt neun Finger, fünf rechts, vier links.

Sie waren ausdrucksvoll nach vorn gerichtet und sahen wie die Fänge eines Raubvogels aus, der sich unmittelbar vor dem Augenblick befand,

231

in dem er sich auf ein Beutetier stürzte. Die Fingerspitzen liefen nadelfein aus.
Die Adern der Arme traten deutlich als hartes, rundes Netzwerk hervor.
Aus der spitzen, bugförmigen Brust wuchs ein dünner, kurzer Hals heraus, der einen Schädel von seltsamer Eindringlichkeit trug. Fast oval, mit einem sehr spitzen Kinn und großen, detailliert naturalistisch ausgeformten Augenpartien. Die Nase war völlig gerade und verlief von einem Punkt, wo die Stirn in ein Gewürm von sich schlängelnden, dicken Haaren überging, bis knapp über den Mund.
Der Mund und die Augen ...
Es war ein grausamer Mund, irgendwie sinnlich, pervers, mit spitzen Zähnen dahinter. Der Mund ließ sich in seiner Stellung mit dem eines Psychopathen vergleichen, der sich gerade auf sein Opfer stürzt. Gleichzeitig waren zwei große Tränen abgebildet, die aus den Augenwinkeln nach unten tropften.
»Ich werde wahnsinnig«, keuchte Pontonac. »Ein Götze in einem Robotschiff.«
Er ging drei Schritte nach links, hob die Kamera und schoß nochmals einige Bilder. Der Gelbe Götze rührte sich nicht.
»Phantastisch!«
Rings um den Kopf des Götzen, wie eine Gloriole oder ein Sternenkranz, waren in die grünschillernde Wand neun Totenschädel eingelassen. Sie wirkten wie eine Halbplastik. Auch sie schienen einer entfernt humanoiden Rasse gehört zu haben, aber wesentliche Merkmale waren anders. Die Kiefer trugen keine Zähne, die Nase bestand aus einer geraden Knochenleiste, und ausnahmslos waren diese Schädel gespalten.
Man mußte, als diese Wesen noch lebten, ihre Schädel mit einem axtähnlichen Gegenstand und mit aller Wucht geöffnet haben, alte Knochen splittern auf andere Art als solche, die unter lebendem Gewebe lagen.
Edmond mußte versuchen, sich von diesem niederschmetternden Eindruck zu lösen.
Und gerade als er sich abwenden wollte, hörte er ein Flüstern. Es war mehr ein Zischen, als würden anormale Schallemissionen seinen Anzug schütteln.
Eine Stimme, deren Charakter er nicht erklären oder deuten konnte, sagte:
»*Das ist der Gelbe Götze.*
Es ist Y'Xanthymr, das tötet und dabei rote Steine weint.«
»Träume ich?« fragte Pontonac laut.
»Haben Sie etwas gesagt?«
Pontonac atmete durch und beruhigte seine fliegenden Nerven. Dann fragte er langsam und betont: »Leppa?«
»Ja?«
»Haben Sie eben eine andere Stimme als meine gehört?«

»Nein.«
»Danke«, sagte der Kommandant. »Das war's.«
Leppa schien sich jetzt ernstliche Sorgen zu machen. Er schrie: »Edmond – gehen Sie dort hinaus, ehe ein Unglück passiert! Sie hören schon Stimmen, die es nicht gibt! Raus, Mann, schnell!«
»Gut Ding will Weile haben, Kamerad. Wir haben diese Chance nur einmal!«
Lerinck schaltete sich ein und meldete: »Pontonac – der Manipulator ist in der Nähe der BARRACUDA festgehalten. Und als nächstes und vorletztes Schiff ist Ihre GIORDANO BRUNO JUNIOR an der Reihe. Verstanden?«
»Klar verstanden, Lerinck. Danke. Ich habe hier noch zu tun ... Vielleicht verlieren wir den Manipulator unterwegs. Ich höre nicht auf, ehe ich nicht meinen ganzen Speicher voller Bilder habe.«
Edmond betrachtete ein letztes Mal den Gelben Götzen.
Der grausame Mund schien eben gelächelt zu haben, aber dies war nur eine optische Täuschung gewesen, hervorgerufen durch Schatten und durch Edmonds Standortwechsel. Die neun schwarzen Schädel – wer hatte schon einmal schwarze, wie polierter Stein wirkende Schädelknochen gesehen? – umgaben den Götzen *Y'Xanthymr.*
»Das tötet und dabei rote Steine weint ... ein Götze mit individualistischen Zügen. Früher pflegten unsere terranischen Götzen immer höchst zufrieden zu grinsen, wenn man ihnen Kinder, Ochsen oder Jungfrauen opferte. Brrr!« Edmond schüttelte sich.
Noch immer konnte er sich dem Bann der Szenerie nicht entziehen.
Auch deshalb, weil sie so sehr untypisch war. Ein menschlicher Verstand, nicht gerade einspurig, weigerte sich, die einzelnen Bedeutungen zu erfassen und erst recht ein Gesamtbild herzustellen. Langsam bewegte sich Pontonac rückwärts. Hoffentlich gelang es ihnen, diesen Manipulator nach Terra abzuschleppen. Dort würden sich die Wissenschaftler darauf stürzen, die zu den Geretteten zählten.
Pontonac wartete, bis sich neben ihm ein weiterer Spalt geöffnet hatte. Dies mußte ein Raum an der Spitze des Raumfahrzeugs sein. Oder am Heck?
Während des Anflugs hatte der Stachel des Rochens nach hinten gewiesen, also nicht auf den Schiffsverband. Dann hatte diese Konstruktion scharf abgebremst und sich um hundertachtzig Grad gedreht; bereits an dieser Stelle hatte Pontonac gedacht, daß dieses Schiff unbemannt war.
Zurück zu den Schädeln – es war der letzte Eindruck, den er hatte, bevor er in den Saal hineinging.
Die Schädel hatten etwa die Größe von Schädeln terranischer Kinder. Nahm man ein analoges Körperverhältnis an, dann war das Volk, aus dessen Kultur der Manipulator kam, kleiner, als ein erwachsener Terraner durchschnittlich war.

Die Stimme?
Edmond betrachtete den Saal. Er war fast rund, und auch hier gab es keine scharfen Ecken. Boden, die halbrunden Wände und die Decke verliefen gerundet ineinander. Viele hundert verschieden große Öffnungen befanden sich in der Wand, und sie hoben sich, weil sie schwarz waren, scharf von der grünleuchtenden Masse ab. Im schwarzen Material befanden sich wieder unzählige Öffnungen, durch die man gerade einen Finger stecken konnte. Lautlos, ohne funktionelle Elemente, ohne technisches Leben, das Edmond identifizieren konnte. Er machte seine Aufnahmen und verließ den Raum.
Die Stimme?
Wieder erinnerte er sich daran.
Wie war es möglich, daß er in einem geschlossenen Raumanzug eine eindringlich flüsternde Stimme hören konnte, die zudem noch in Terranisch gesprochen hatte? Funk? Das war möglich, wenn er sich in das Strahlungsfeld einer Induktionsschleife hineinbewegt hatte. Aber in diesem Fall hätte es erst Rückkopplungsgeräusche gegeben, und zweitens hätten die anderen Kommandanten etwas hören müssen. Dies war nicht der Fall.
Telepathie? In einem Robotschiff?
Zweifellos etwas in dieser Art. Und zweifellos hatte seine Fähigkeit, Unsicherheiten und Lügen, Ausflüchte und Zögern bei lebenden Gesprächspartnern aufspüren zu können, ihm helfen können. Schließlich hatte er eine Sonderbegabung. Dadurch war er für unterschwellige Empfindungen besonders aufnahmefähig. Er betrat den gegenüberliegenden Raum und spürte, selbst als er die Fingerspitzen gegen das Material legte, keinerlei Vibrationen.
»Was ist das?«
Edmond Pontonac stand vor einer Reihe von Kugeln mit einem Durchmesser von drei oder mehr Metern. Sie waren miteinander verbunden und ruhten auf rechteckigen Fundamenten, die ihrerseits wieder ohne Fugen und Kanten aus dem Boden wuchsen. Von jeder Kugel gingen etwa fünfzig Stacheln nach allen Seiten, wurden dünner und dünner, dann wieder kräftiger und verschmolzen mit Decke und Wänden. Dieser Raum vermittelte Pontonac den Eindruck von Kraft, Stärke, Macht und ähnlichen Begriffen.
»Die Maschinenstation etwa?«
Er hob die Kamera, ging einige Schritte zurück und filmte. Plötzlich knackte es im Gerät, er spürte es durch das Material des Handschuhs, eine rote Warnlampe leuchtete auf, und die Schrift darauf besagte:
Computer ausgefallen.
»Auch das noch!« sagte Pontonac. Offensichtlich war alles, mit dem er sich umgab, derart alt und gebrechlich, daß es mitten während der Benutzung ausfiel.

Er hoffte, daß der Film trotzdem belichtet würde, und schoß weiter einige Bilder, filmte einen Schwenk und verließ den Raum.

Bevor er den nächsten Raum betrat, blickte er durch das transparente Fenster am Handgelenk seines Raumanzugs.

Die fünf Stunden, in denen der letzte Vorrat von Narkosegas seine Wirkung behalten würde, waren fast vorbei. Er mußte sehen, daß er zurück in die GIORDANO BRUNO kam.

20.

Nach dem verhängnisvollen Datum, an dem schlagartig alles auf dem Planeten Caudor II zusammenbrach, hatte sich Edmond V. Pontonac in einer eigentümlichen Situation befunden.

Er war einer von zwei Männern, die auf einem ganzen Planeten normal geblieben waren. Zuerst wußten sie nichts voneinander. Erst Minuten vor dem Start der GIORDANO trafen sie sich - durch einen Zufall.

Pontonac hatte tagelang geschuftet, um das Schiff klarzumachen.

Zuerst hatte er alle die ausgebauten Teile gesucht und schließlich gefunden. Tagelang versuchte er, die Schaltkästen einzubauen und richtig anzuschließen. Endlich hatte er es geschafft, und dann begann er mit einer gründlichen Inspektion des Schiffes. Es fehlten Nahrungsmittel und zahllose Ausrüstungsgegenstände. Pontonac brauchte länger als zwei Wochen, um die Ausrüstung zusammenzusuchen und ins Schiff zu bringen.

Dann suchte er in der Stadt seine Männer, brachte sie im Gleiter in die GIORDANO und hatte ständig zu tun, um entlang seiner Wege die anderen, ebenfalls verdummten Menschen zu beruhigen, ihnen zu zeigen, wo es etwas zu essen gab. Die Stadt war an verschiedenen Stellen verödet, an anderen bahnte sich die langsame Zerstörung an, wie sie dort entstand, wo eine hochtechnifizierte Welt durch unüberlegte und falsche Schaltvorgänge getroffen werden konnte.

Er hatte zu tun, um die Männer im Schiff zu halten. Mehr als dreißig fand er nicht mehr, sie hatten sich in der Stadt oder in der näheren Umgebung verlaufen.

Damals, vor mehr als sieben Monaten, war er gestartet und hatte schon bei der ersten Etappe durch den Linearraum gemerkt, daß offensichtlich alles organische Leben, also auch die komplizierten Biopositroniken, geschädigt war. Sicher fand ab einer gewissen Stufe die Verdummung nicht mehr statt, also war die Voraussetzung für die Wirkung jener Strahlen eine gewisse Höhe der Evolution. Während also vielleicht Würmer oder niedere Tiere nicht geschädigt wurden, verdummte jedes höhere Lebewesen. Primaten, Säugetiere und auch der Mensch. Der Homo war nicht mehr sapiens.

Mühsam fand Edmond Pontonac zurück in die Wirklichkeit. Er befand sich im letzten Saal oder letzten Raum dieses bemerkenswerten, fremden Schiffes.

Die Kamera funktionierte nicht mehr zufriedenstellend. Jetzt hörte er Lerincks Stimme: »Edmond! Beeilen Sie sich! Wir sind in Sorge!«

Pontonac hob die Kamera und hoffte, daß sich die Blende trotzdem einregelte.

»Ich bin gleich fertig!« sagte er.

»Alles in Ordnung?« erkundigte sich Lerinck.

»Ja. Ich habe erstaunliche Beobachtungen machen können.«

Eine Pause entstand. Dann bat Lerinck müde: »Kommen Sie zurück! Bald!«

»Ja.«

Pontonac betrachtete den Raum. Er war ebenso unbegreiflich fremdartig wie die vorhergehenden Säle. Die grünleuchtende Masse war wie ein gewaltiger, aufgeblähter Schwamm geformt. Unregelmäßig große und gerundete Hohlräume gingen zum Teil ineinander über, getrennt durch dünne Wände mit großen, runden Löchern. Zum anderen Teil waren sie durch transparente Folien voneinander getrennt. Edmond verbrachte noch zehn Minuten in diesem Irrgarten aus Licht und halben Schatten, machte seine letzten Aufnahmen und verstaute die Kamera wieder. Wenn er im Schiff war, besaß er einen entwickelten und hoffentlich richtig belichteten Bild- und Tonträger.

»Zurück ins Schiff!« sagte er zu sich.

»Bravo!« kommentierte Leppa von Bord der PROTEUS.

In der Schwerkraft des rochenähnlichen Fluggerätes, die etwa zwei Drittel der gewohnten irdischen betrug – wenigstens errechnete Edmond diesen Wert –, ging er in die halbzerstörte Schleuse hinein, nahm einen kurzen Anlauf und stieß sich ab, sobald er die Trennlinie erreichte. Sein Rückentriebwerk zündete, und ziemlich schnell steuerte er um den Rochen herum und orientierte sich.

Nur noch ein Schiff schwebte außerhalb der Kette. Das kleine Schiff voller betäubter Männer.

Auch die GIORDANO BRUNO JUNIOR war bereits herangezogen. Sie befand sich im energetischen Schlepptau der BARRACUDA, und etwa fünfzig Meter von Lerincks Schiff entfernt, »oberhalb« der Kette aus Schiffen, schwebte der gefesselte Manipulator. Sein Rochenschwanz berührte fast die Bordwand.

»Pontonac an alle«, sagte Edmond und drehte sich etwas, nachdem er den Antrieb abgestellt hatte. »Ich habe den Manipulator verlassen und befinde mich im Anflug auf die Schleuse meines Schiffes!«

Leppa sagte: »Endlich. Wir warten auf Sie!«
»Und auf mich warten meine Männer. Sie dürften aus der Narkose erwacht sein.«
»Bleiben Sie in Funkverbindung.«
»Natürlich«, sagte er. Jetzt sah er das strahlende Rechteck der offenen Hangarschleuse, steuerte darauf zu und befand sich Minuten später auf dem relativ sicheren Boden seines eigenen Schiffes.

Edmond erreichte die Zentrale, setzte sich und klappte den Sessel nach hinten. Im Schiff herrschte noch immer eine Totenstille. Die verängstigten Männer hatten sich versteckt. Der erschöpfte Kommandant goß den letzten Rest des kalten Kaffees in den Becher. Dann stürzte er das Getränk hinunter und schloß die Augen.

Völlig erschöpft schlief er ein.

Etwa eineinhalb Stunden später wachte er auf und brauchte Minuten, um sich zurechtzufinden. Er war unrasiert, und als er in einen ausgeschalteten Bildschirm blickte, sah ihm ein bleiches, ausgezehrtes Gesicht entgegen, das von der Erschöpfung gezeichnet war. Außerdem fühlte er einen Hunger, der ihn schwach werden ließ.

Er sah auf die Uhr. Es war sehr spät.

Vor mehr als fünf Tagen war er hier angekommen. Fünf? Nein, inzwischen waren es fast sieben Tage, wie er bestürzt nachrechnete. Was in diesen Tagen geschehen war, schien diese Zeitspanne nicht ausfüllen zu können, aber die kleinen, anscheinend unwichtigen Dinge an Bord der sechzehn Schiffe hielten auf und zwangen immer wieder zur Unterbrechung.

Essen kochen oder kochen lassen.

Mühsam die spielenden, unzufriedenen und hilflosen Männer beruhigen, mit ihnen sprechen, auf die Probleme eingehen, die ausgesprochen kindlich waren – das hielt auf, erschöpfte und kostete wertvolle Stunden. Dann wieder der unterbrochene Schlaf, der Versuch, etwas Ruhe zu haben.

Fast hundertsiebzig Stunden ...

Edmond schüttelte den Kopf; er fühlte sich ein wenig besser, und seine Finger zitterten nicht mehr. Er atmete durch, nickte seinem Spiegelbild zu und verließ die Zentrale.

Einhundertneunzehn Männer warteten auf ihn. Und – eine Aufgabe, die mit dem Weiterleben von einigen tausend Menschen eng verflochten war.

In den nächsten Stunden wiederholte er mit einer an Unglaubwürdigkeit grenzenden Geduld, was er seit langen Monaten tat. Er versorgte seine Männer. Als er nach Stunden damit fertig war, war seine Stimmung dicht vor dem absoluten Nullpunkt. Das ließ sich weniger auf die Überlastung zurückführen als darauf, daß es ihn zutiefst schmerzte, mit ansehen zu müssen, was aus seinen Besatzungsmitgliedern geworden war. Er wankte erschöpft in seine Kabine und schlief, als habe man ihn betäubt.

Zwölf Stunden später saß Pontonac wieder vor dem Bildschirm, der ihn auch optisch mit Kommandant Leppa an Bord der PROTEUS verband.

Der Mann mit der glänzenden Lederjacke sagte: »Ich glaube, in diesem Anlauf könnten wir es schaffen, Edmond.«

Pontonac war derselben Ansicht.

»Ja. Ich ziehe das kleine Schiff mit Hilfe des Traktorstrahls heran, dann beschleunigen wir und nehmen den Manipulator mit. So führen wir es durch, Partner. Immerhin sind wir einige Lichtstunden näher an die Erde herangekommen.«

»Immerhin!« wiederholte Edmond sarkastisch.

Er lehnte sich zurück und sah auf die Bildschirme. Abgesehen von den Störungen konnte er deutlich erkennen, daß fünfzehn Kugeln eine Reihe bildeten.

»Ich gehe also in den Leitstand des Traktorstrahls und ziehe das kleine Schiff heran, arretiere das Feld und gebe dann Vollzugsmeldung durch«, kündigte er an.

Edmond verließ die Zentrale, beruhigte einige Männer und spielte etwas mit ihnen, bis er sie in die Kabinen schieben konnte. Anschließend kam er in den abzweigenden Korridor und öffnete mit dem Impulsschlüssel den kleinen Raum, der die Steuerung der Traktorstrahlanlage enthielt.

Edmond setzte sich, drehte den Zentralschalter herum und wartete auf das Aufleuchten der Kontrollampen.

Nichts.

Er schaltete ein zweites Mal, kein einziges Instrument bewegte sich. Edmond stand wieder auf, und ein widersinniger Verdacht kam in ihm hoch. Er kauerte sich nieder und löste eine Platte an der Seitenwand, und da sah er es.

»Daran hätte ich denken müssen«, sagte er leise.

Der Würfel, in dem die elektronische Steuerung der Schaltvorgänge erfolgte, fehlte. Die Männer von Wandte Artian, dem Sicherheitschef auf Caudor II, hatten ihn vermutlich ausgebaut und versteckt, und Edmond hatte vor dem Start nicht einmal im Traum daran gedacht, nachzusehen, ob auch er fehlte.

»Aus!« sagte er und schaltete das Pult aus.

Er verließ den Raum, ohne ihn abzuschließen. Er kehrte in die Zentrale zurück und stellte sich vor die Linsen. »Pontonac an Kommandant Lerinck!« Er wartete einige Minuten, bis Lerinck erschien.

»Sie machen ein Gesicht wie der Zorn der Galaxis«, meinte Lerinck lakonisch. »Ich entnehme Ihrer Miene, daß Sie wieder einmal Sorgen haben.«

»Erraten«, sagte Edmond. »Aber diesmal finde ich es wirklich nicht komisch.«

»Sondern?«

Die Männer schauten sich ernst an. Sie wußten, was sie von der Situation zu halten hatten.

»Tragisch. Hören Sie zu, Lerinck - Sie müssen uns helfen. Ich habe eben feststellen müssen, daß meine Traktorstrahlanlage nicht funktioniert, und ich kann sie auch nicht reparieren. Ich bin also hilflos. Schauen Sie einmal auf den Grünsektor Ihrer Panoramaschirme!«

»Ich sehe, daß ich mit dem bordeigenen Gerät das kleine Schiff heranziehen kann, aber ich kann es nicht arretieren, weil die obere Polkrümmung Ihres Schiffes dazwischen steht.«

»Um nichts anderes wollte ich Sie bitten.«

Lerinck zwinkerte überrascht und sagte, nachdem er sich geräuspert hatte: »So weit, so gut. Aber wie wollen Sie das Schiff festhalten?«

»Mechanisch!« sagte Edmond.

»Trefflich!« meinte der andere. »Sie greifen einfach nur aus Ihrem Schiff hinaus, strecken Ihre Rechte aus und zerren das Boot hinter sich her.«

Edmond lachte und wünschte sich nichts sehnlicher als einen heißen Kaffee.

»Genauso, wie Sie es sagten, Partner. Bitte, fangen Sie gleich an – ich bin schon auf dem Weg. Wir müssen endlich hier verschwinden.«

»Gemacht!« rief Lerinck.

»Kann ich mich auf Sie verlassen?«

Lerinck erwiderte verdrossen: »Wer kann das schon sagen in diesen unsicheren Zeiten?«

Edmond nickte. »Wahr gesprochen!« sagte er. »Y'Xanthymr sei mit Ihnen.«

Er erntete einen langen, nachdenklichen Blick von dem anderen Kommandanten, als er die Zentrale verließ.

Eine halbe Stunde später stand er in der Frachtluke eines offenen Laderaumes.

Er trug einen neuen Raumanzug, hatte einen transportablen Scheinwerfer in Stellung gebracht, und um ihn herum lagen Rollen und Haufen, die nicht genau zu erkennen waren. Die Frachtluke stand weit offen, und dann flammte der Scheinwerferstrahl auf. Er torkelte eine Weile durch die Dunkelheit, dann prallte das Licht gegen die Bordwand des kleinen Schiffes.

»Tadelloses Manöver, Kollege!« kommentierte Edmond.

Lerinck hatte das kleine Schiff mit dem Traktorstrahl erfaßt und zog es näher heran. Es bewegte sich ziemlich schnell, kam direkt auf die GIORDANO BRUNO JUNIOR zu und wurde abgebremst, als es zweihundert Meter weit entfernt war. Während aller dieser Manöver, auch derjenigen der letzten Woche, war die Gruppe der Schiffe weiterhin mit halber Lichtgeschwindigkeit in Richtung Sol weitergeflogen, aber der Stern blieb, was er war – ein winziges Lichtpünktchen unter vielen anderen.

»Von mir ist nichts anderes zu erwarten!« sagte Lerinck.

Das kleine Schiff war abgebremst worden und zog jetzt, außerhalb der Reichweite aller Traktorstrahlen, gleich.

Edmond hatte sich einen simplen Plan zurechtgelegt. Er faßte das Ende eines dicken Seiles, klinkte es im Gürtel ein und zündete das starke Rükkentriebwerk.

Langsam flog Edmond aus der Luke hinaus, dabei spulte er das Kunststoffseil mit Stahlkern hinter sich her.

Schon vor dem Start von Caudor II hatte er darüber nachgedacht, warum dieser Laderaum mit Seiltrommeln, Seilen, schweren Terkonitstahlketten und überschweren Stahltrossen fast ausgefüllt war.

Vermutlich war dies ein Teil der Ladung gewesen, die von der GIORDANO zu einem terranischen Stützpunkt transportiert werden sollte. Es waren keine Ladepapiere vorhanden gewesen. Langsam drehte sich die Seiltrommel im Vorlauf, während das Triebwerk mit äußerster Leistung arbeitete.

Hundert Meter ...

Zweihundert Meter ...

Die eingedrückte Bordwand des anderen Schiffes kam näher und füllte das Blickfeld aus. Pontonac sah seinen eigenen Schatten und den des Seiles, da er durch den Lichtkegel flog. Der Schatten wurde immer kleiner und war so groß wie er selbst, als der Mann die vertieft eingebauten Handgriffe neben einer unzerstörten Schleuse erreichte.

»Gut angekommen?« fragte Lerinck.

Pontonac wunderte sich, daß die anderen Kommandanten noch nicht die Gelassenheit verloren hatten.

»Ja. Ich bin hier.«

Zuerst befestigte er das Seil, während das Triebwerk arbeitete, an dem Griff. Dann tastete er sich weiter bis zu einer Vertiefung, in der sich eine dicke Plexolhalbkugel über einem handgroßen Knopf, der rot war, wölbte.

Edmond las den Text. *Sprengkopf, Schleuse A III. Achtung!*

»Dieser Knopf«, sagte er leise, »ist eine der besten Ideen im terranischen Schiffbau gewesen.«

Das war richtig.

Ein solcher Knopf war für Gelegenheiten wie diese gebaut worden. Er funktionierte unter extremen Bedingungen, allerdings auch dann, wenn die Plexolkuppel durch ein Rammanöver zerstört wurde.

Während sich die Hand um die beiden Knebel spannte, während Edmond drehte, suchte er das All nach ankommenden Manipulatoren ab, nach näher kommenden Lichtpunkten, nach Raumschiffen – er wußte nicht, was er suchte, wovor er sich fürchtete.

Die Schutzhülle segelte aufblitzend durch den Lichtstrahl davon, dann hielt sich Pontonac mit der linken Hand fest, holte mit der rechten aus und schlug kräftig auf den Knopf.

Eine lautlose Erschütterung war die Folge der sofort erfolgenden Explosion.

Die Stahlplatte des Schotts torkelte schnell durch den Raum, berührte zweimal das Seil, das sich in leichten Windungen zwischen den Schiffen spannte. Edmond schwang sich, nachdem er das Seilende ergriffen hatte, in den Bereich normaler Schwerkraft.

Dann sagte er: »Ich bin im anderen Schiff. Hoffentlich öffnet nicht jemand das Schott, sonst erfolgt eine explosive Dekompression, was meine Aufgabe schnell beenden würde.«

Er sah sich um.

Seine Kenntnis von den Bauplänen terranischer Schiffe hatte ihm bei seinem Plan geholfen. Er zog das Seil bedächtig hinter insgesamt fünf mannshohen und dicken Trägern hindurch, die von der Decke durch den Boden verliefen und zum Aufbau der Außenhülle gehörten. Dann befestigte er das Seilende, durchquerte die Schleuse und nahm den Strahler hervor.

Methodisch verschweißte er an etwa zwanzig Stellen die Rahmen des Schotts mit dem Schottmetall.

Von innen war diese Schleuse nicht mehr zu betreten.

Er nickte zufrieden, dann stellte er sich neben den ersten Träger und zog an dem Seil. Er brachte soviel Kraft auf, um etwa dreihundert Meter des drei Finger dicken Seiles von der Seiltrommel zu ziehen, die inzwischen langsam weitergelaufen war.

Die nächste Arbeit bestand darin, daß er diese dreihundert Meter auch um sämtliche anderen Stahlträger zog, bis sich vor der Schleuse ein riesiges Seilbündel ringelte und im schwerelosen Zustand bewegte wie einige schwimmende Schlangen.

»Ich komme zurück!« sagte er. Dann schaltete er die künstliche Schwerkraft des Hangars aus.

»Verstanden!«

Er nahm das Seilende, schaltete das Triebwerk ein und schoß durch den Weltraum davon. Er landete in dem Laderaum, befestigte das Seilende und atmete auf.

Bis hierher war alles gutgegangen.

Trotzdem hatte er seit drei Stunden ein Gefühl, als nähere sich diesem kuriosen Schleppzug eine Gefahr, die noch größer war als ein Manipulator.

Er dachte fieberhaft darüber nach, was er tun könnte.

Zuerst ließ er die Seiltrommel ablaufen, anschließend befestigte er das Ende des Seiles an dem letzten Glied einer Kette, deren Durchmesser fünfzehn Zentimeter nicht überschritt. Das Ende des Seiles, das er wieder mitgebracht hatte, befestigte er auf der Trommel, stellte sich daneben und ließ die Trommel rotieren.

Die Energie bezog die Trommel vom Schiffsgenerator; Pontonac hatte sie angeschlossen.

Schnell wickelte sich der Seilvorrat auf, dann spannte es sich, die Winde begann zu vibrieren, und schließlich zog das Seil die dünne Kette aus dem Laderaum. Jetzt war es wichtig, daß es nicht übermäßig beansprucht wurde.

Es dauerte lange, bis die ersten Glieder der Kette die Hangarschleuse des kleinen Schiffes erreichten.

Dort, im ebenfalls schwerelosen Bereich, wurden sie langsam um die stählernen Träger gezogen, hakten sich mehrmals fest, lösten sich wieder, und schließlich bemerkte Pontonac, daß die Kette wieder zu seinem Schiff herankam. Die aufgewendeten Kräfte waren so wenig stark, daß sich die beiden Schiffe um höchstens einige Meter aus ihrem Kurs bewegt beziehungsweise sich genähert hatten.

Dasselbe Manöver wiederholte er mit der schweren Kette, dann befestigte er sie um die Träger des eigenen Laderaumes.

Beide Schiffe waren aneinandergefesselt.

Und als seine Hand den Hebel berührte, mit dem er die Schleuse zur Hälfte zufahren lassen wollte, verwendete er dazu den Rest seiner Batterieenergie.

Es gelang ihm noch, sich an die Wand zu lehnen und den Knopf wieder loszulassen, ehe er bewegungsunfähig wurde.

»Nicht ganz«, sagte er.

Er konnte noch den linken Arm bewegen, alle Finger, er konnte den Kopf drehen und den Rumpf abknicken. Mehr nicht.

Er saß in der Falle. In der Falle seiner eigenen Ungeschicklichkeit.

Er begann lautlos zu fluchen ...

Zweifellos war Drosen K. Willshire der intelligenteste Mann der Besatzung beziehungsweise derjenigen Männer, die früher einmal zur Besatzung der DARA GILGAMA gehört hatten, und derjenigen, die Pontonac anläßlich einiger Landungen mitgenommen hatte.

Drosen besaß einen ausgezeichneten Verstand. Die Erinnerung daran hatte nicht gelitten, er entsann sich hin und wieder einer Zeit, in der er den Verstand besessen hatte, der seinem Körper entsprach. Aber was er auch immer begann oder anfaßte, es blieb das Werk eines Kindes. Alles rutschte ins Spielerische, ins Experimentelle ab, als versuche er, die für ihn neue und aufregende Umwelt zu begreifen, ihren konstanten Wert zu ertasten.

So auch jetzt.

Er hatte keinen Plan, er wollte nur Ed suchen, den Mann, der immer so nett zu ihm war und ihn so merkwürdig und traurig und müde anblickte.

Also tat er es.

Er suchte ihn zuerst in dem großen, runden Raum, aus dem man hinaussehen konnte und die vielen Lichter sah. Sterne nannte man sie, und die Fenster waren nicht wirklich Fenster.

Drosen kam in die leere Zentrale, blickte sich um und sah Ed nicht. Es war weg.

Drosen ging zu dem Sessel, in dem Ed immer zu finden gewesen war. Dort sah er eine umgefallene Kaffeekanne und leere Becher.

Auf dem Pult standen zwei schwarze Kästchen, kleiner als seine Hand. Er nahm sie auf, versuchte, die schweren Dinger aufeinanderzustellen, um einen Turm zu bauen, aber die runden Ausbuchtungen auf der Oberfläche verhinderten es.

Was war das?

Batterien.

Plötzlich hatte er in seinem Verstand dieses Wort gefunden. Jetzt suchte er nach der Bedeutung. Wozu brauchte man Batterien?

Batterien für Taschenlampen, für Waffen.

Er kannte kein Spielzeug, sonst hätte er gesagt: für Spielzeugrobots. Aber an die Zeit, in der er wirklich ein Kind gewesen war, erinnerte er sich nicht mehr. Er erinnerte sich nur noch daran, daß Ed diese Batterien wirklich notwendig brauchte. Aber wozu?

Drosen steckte sie in die Taschen seiner Hose. Eine rechts, die andere links. Sie beulten den Stoff aus und zogen schwer am Gürtel.

Wo war Ed?

Er ging hinaus in den Korridor, fragte seine spielenden Kameraden, die mit Messern aus dem Eßraum versuchten, die Isolation von einem langen, grünen Kabel herunterzuschneiden.

Nachdem er zwanzigmal gefragt hatte, kam er an eine Tür, neben der eine rote Lampe leuchtete.

Solch eine Lampe wie in der Duschkabine, wenn jemand sich eingeschlossen hatte.

Also befand sich Ed dahinter.

Rote Lampe!

Er durfte die Tür nicht öffnen, denn dahinter war eine verbotene Zone. Plötzlich reizte es ihn, sie doch zu öffnen, aber er erinnerte sich daran, daß Ed gesagt hatte, jeder müsse sterben, der dies tat. Er las ohne Mühe die Aufschrift auf der Tür.

Frachtraum III.
»Ich weiß schon, wie ich es mache! Ich will Ed sprechen!« sagte er.
Er ging zurück in seine Kabine und zog den silbernen Anzug an, mit dem er schon lange nicht mehr gespielt hatte.
Er erstickte fast, als er sich den Helm aufsetzte. Seine Finger bewegten sich, und er fand auch den Hebel, mit dem er Luft aus dem Anzug zaubern konnte. Dann erinnerte er sich der Batterien.
»Ich muß Ed die Batterien bringen!« sagte er.
Plötzlich hörte er Eds Stimme. »Drosen!«
»Ja, Ed?« fragte er.
»Drosen! Hör zu! Ich brauche die beiden Kästchen, die auf dem Pult vor meinem Sessel stehen! Du hast den silbernen Anzug an?«
»Ja«, sagte Drosen eifrig. »Ich kann sogar atmen darin!«
»Die schwarzen Kästchen, Drosen!«
»Die Batterien?«
Die Stimme Eds fragte verwundert: »Du weißt, daß es Batterien sind? Ich brauche sie unbedingt, Drosen!«
Drosen sagte pflichteifrig: »Ich bringe sie dir, Ed!«
»Gut. Du weißt, wo ich bin?« fragte Eds Stimme aus der Ferne.
»Ja.«
»Gut. Komm her und bleib vor der Tür stehen, hörst du? Auf keinen Fall aufmachen!«
»Ja, ich komme.«
Drosen nahm die zwei Batterien in die Hand und ging. Minuten später war er an der Tür zu Frachtraum III und blieb stehen.
»Ich bin da, Ed«, sagte er.
»Hast du die Batterien dabei?«
»Ich habe sie in der Hand, Ed.«
»Gut. Höre jetzt genau zu. Tue nichts, ehe ich es dir nicht sage.«
»Ja!«
Pontonac holte tief Atem, dann sagte seine Stimme, die gepreßt klang und müde: »Zuerst wartest du, bis ich an der Tür bin. Ich werde klopfen. Hast du verstanden?«
»Ja«, wiederholte Drosen gehorsam. »Ich warte, bis du klopfst.«
»Gut. Warte.«
Pontonac zog sich die etwa zwanzig Meter vom Schalter bis zur Tür. Dazu brauchte er eine Minute pro Meter, und er benutzte Schultern, sein Gesäß und alle seine Kraft. Dann stemmte er sich dort, wo die Schottür in die ebene Fläche überging, in die Ecke. Er lehnte jetzt mit dem Rücken gegen die Wand. Schwer atmend sagte er: »Drosen?«
»Ja, Ed? Wo warst du so lange?«
»Ich erzähle es nachher«, sagte Edmond. »Du unternimmst nichts, bis ich *Jetzt!* sage, ja?«
»Ich habe verstanden.«

»Also.« Edmond riß sich zusammen. Noch zwei oder drei solcher Energieleistungen, und er starb an Erschöpfung. »Du öffnest die Tür und hältst sie ganz fest. Sie wird dir aus der Hand gerissen werden, und ein Sturm wird dich in den Laderaum blasen. Du kommst schnell hinein und schlägst die Tür wieder zu. Verstanden?«

»Ja.«

Edmond hoffte inbrünstig, daß Willshire keine Anweisung vergessen hatte und mit der körperlichen Reaktionsgeschwindigkeit eines Erwachsenen handeln würde.

»Jetzt!«

Die Tür flog auf, ein silberner Schatten wirbelte herein, und Edmond rammte seine Hand gegen den Boden, scharrte mit der Schulter an der Wand entlang und bewegte dann seinen Rücken gegen die Tür. Das Gewicht von eineinhalb Körpern ließ die Tür wieder zuschnappen.

»Schön!«

Dann fragte Edmond: »Hast du die Batterien?«

»Hier!« sagte Drosen eifrig und stellte sie neben Edmond auf den Boden. Edmond kontrollierte mit Blicken den Raumanzug des anderen, aber instinktiv hatte Drosen alles richtig gemacht. Das ließ hoffen ...

Edmond sagte, was Drosen zu tun hatte. Als er schließlich mithalf, die Klappe in seinem Oberschenkel zu öffnen, und fühlte, wie Luft durch den abgebundenen Anzug strömte, war er einem Ohnmachtsanfall nahe. Die neue, fast volle Batterie berührte die Kontakte, und plötzlich konnte er sich wieder bewegen.

Der Rest war einfach.

Er hinkte hinaus, mit halbgeöffnetem Raumanzug, schloß die Schottür ab und ging in die Zentrale hinein. Er half Drosen aus dem Anzug, wechselte auch die andere Batterie aus und war schließlich so müde, daß er während der Unterhaltung mit Leppa einschlief. In der Zwischenzeit schliefen auch die Männer seines Raumschiffes.

Wieder vergingen Stunden. Und schließlich brach der siebenundzwanzigste Juli an.

Edmond sah Leppa in die Augen, dann betrachtete er Lerinck, mit dem er über einen kleinen Monitor sprechen konnte. Er schilderte, was ihm passiert war, und zum erstenmal erfuhren die beiden Männer, daß er drei Prothesen trug.

»Jedenfalls können wir starten!« sagte Pontonac. »Wir brauchen nur noch eine sorgfältige Abstimmung.«

Sie einigten sich auf eine Beschleunigungszeit von vier Stunden. Die genaue Beschleunigung beziehungsweise die Relation von aufgewandter Energie und benötigter Zeit sollten die kleinen Kursrechner übernehmen, die positronisch, nicht biopositronisch arbeiteten. Damit verbrachten sie mehrere Stunden, dann schalteten sie, nach einem erneuten Uhrenvergleich, die Triebwerke an.

Die Schiffe wurden schneller.

Die GIORDANO ächzte unter der Anstrengung in allen Verbunden, als sie Fahrt aufnahm, aber sie würde aushalten. Das kleine Kugelschiff am Ende wurde mitgezerrt, und auch dort bogen sich die Stahlträger.

Eine Kette von sechzehn Schiffen setzte sich entlang einer Geraden in Bewegung.

Halbe Lichtgeschwindigkeit.

Schneller ... aber nur ganz vorsichtig und nach den Werten der Kursrechner, die mit einem anderen Rechenprogramm gefüttert worden waren. Fünfzehn Männer beobachteten aufmerksam die Instrumente und verständigten sich ununterbrochen.

Die zurückgelegte Entfernung war unbedeutend – aber jetzt rückte das Ziel in greifbare Nähe.

Pontonac schwor sich, nach der Ankunft ein Schwein schlachten zu lassen. Er hatte Sehnsucht nach einem gewaltigen Schnitzel.

Die Fahrt ging weiter.

Zufällig sah Edmond auf seine Schirme, und als er den Manipulator erblickte, reagierte er wieder mit gewohnter Schnelligkeit.

Er warf sich aus dem Sessel, rannte auf das betreffende Pult zu und schaltete dort die Aufzeichnung ein.

Das Gerät speicherte, was der entsprechende Bildschirm der Panoramagalerie zeigte. Er zeigte ein sehr merkwürdiges Bild.

»Pontonac an alle!« schrie Edmond. »Schaltet die Aufzeichner ein und beobachtet den Manipulator!«

»Verstanden!«

»Was ist das?«

»Das Ding brennt ja!«

Das »Ding« brannte nicht, aber es verhielt sich merkwürdig. Es leuchtete auf.

Der Manipulator, der sich im energetischen Schlepptau des Zugstrahles befand, hing nun zwischen der BARRACUDA und der GIOR-DANO. Die ungewöhnliche Form des Raumflugkörpers wurde scharf umrissen und deutlich sichtbar, denn der Manipulator begann grün zu leuchten.

»Es ist das gleiche Licht, das auch im Innern herrschte«, sagte Edmond.

Langsam drehte sich der Manipulator. Edmond dachte an kosmische Bomben und daran, daß jetzt vermutlich ein Sender die Zerstörung bekanntgab und eine Flotte der merkwürdigen Fremden heranrasen und die terranischen Schiffe unter Beschuß nehmen würde.

Dann erlosch das grüne Leuchten langsam.
Aber ein Kern blieb, der sich farblich veränderte. Das Material wurde durchsichtig, und nur der Ort, an dem Edmond den Gelben Götzen wußte, erstrahlte in einem stechenden, gelben Licht. Dann sah er auch *Y'Xanthymr, das tötet und dabei rote Steine weint*. Das Y'Xanthymr leuchtete auf, wurde größer und größer und mußte jetzt schon an die Decke des Korridors stoßen.

»Das ist unmöglich!« rief Pontonac erschrocken.

Er stand mitten in der Zentrale und sah auf die Schirme. Aus den Augen des Götzen schossen glühende, rote Kugeln und rasten durch das durchsichtige Material, als ob es Papier wäre. Das Bild wurde diffus, undurchsichtig, und die roten Kugeln zerschmetterten auf ihrem Weg die glasähnliche Masse. Alles zerfiel. Immer neue Kugeln schossen aus den Augen, rissen alles in Stücke und schwirrten durch den Raum davon.

Pontonac ging zurück zu seinem Pult. Er ließ den fremden Raumkörper nicht aus den Augen.

Es dauerte nicht lange.

Wenige Minuten später trieben nur noch gläserne, durchsichtige Trümmer im Raum. Keines der Stücke war größer als etwa ein menschlicher Körper, auf keinen Fall größer als ein Kubikmeter Masse. Edmond sah es auf dem Ortungsschirm.

Innerhalb weniger Minuten hatte sich das Schiff zerstört, aufgelöst, und jetzt erstarb auch das intensive Leuchten, das von dem aufgeblähten Götzen ausgegangen war. Eine Kristallwolke zerstob im All.

Einige Zeit lang herrschte Schweigen. Dann meldete sich Leppa.

»Habt ihr gesehen, was ich gesehen habe?« fragte er.

Teerpa aus der TARA QUEEN sagte: »Ja, aber nicht genau. Ich kam zu spät an die Schirme.«

Pontonac erklärte: »Ich habe die Szene aufgezeichnet. Wir haben ein einzigartiges Dokument.«

Die sechzehn Schiffe wurden schneller.

Der genaue Kurs war mit identischen Daten für jedes der Schiffe, ausgenommen das letzte, das an die GIORDANO BRUNO JUNIOR gefesselt war, programmiert worden. Aus der halben Lichtgeschwindigkeit wurden zwei Drittel, und die Automatiken arbeiteten ausgezeichnet. Als feststand, daß es mit größter Wahrscheinlichkeit keine Pannen geben würde, verließ Leppa als erster seinen Platz in der Zentrale. Dann folgte Pontonac.

Schließlich hatten alle fünfzehn Immunen dieses merkwürdigen Schiffsverbandes zu tun.

Edmond erinnerte sich, daß sich seine Männer genauso hungrig fühlen mußten wie er selbst. Sein erster Weg führte an einigen Schlafenden vorbei, die auf dem Boden der Korridore lagen und sich zusammengerollt hatten.

Edmond schloß die Kombüse auf und aktivierte die Roboter.

»Die Vorräte gehen zur Neige«, überlegte er laut. »Andererseits haben wir noch Schweine an Bord. Und tiefgefrorenes Fleisch. Wäre Gulasch eine Möglichkeit?«

Er programmierte die Robots, gab detaillierte Befehle und hoffte, daß er nichts übersehen hatte. Die meiste Arbeit wurde von den Maschinen verrichtet, und es war unwesentlich, ob das Essen richtig gewürzt war oder ob die Teigwaren vielleicht ein wenig zu pappig gerieten. Es war besser als die Konzentrate, auf die sie zum Glück noch immer nicht angewiesen waren.

»Essen für hundertzwanzig Mann!« sagte er.

Er war froh, daß er seine Leute nicht noch füttern mußte. Nicht alle konnten zwar mit Messer und Gabel essen, aber auch hier war die Hauptsache, daß sie satt wurden. Pontonac öffnete den Kühlschrank, schnitt von einer der letzten Schinkenkonserven eine zwei Finger dicke Scheibe ab, aß sie und trank einen halben Liter Fruchtsaft. Dann, nachdem er eine dritte Kontrolle des Programms durchgeführt hatte, ging er, um die Kaninchen zu füttern und den Schweinen Wasser zu geben.

Stunden später, als sich die Geschwindigkeit des Geleitzuges wieder um einige Prozent erhöht hatte, saß Edmond Pontonac wieder in der Zentrale. In einer oder zwei Stunden war die Messe vorbereitet, und dann konnte er seine Schützlinge aus allen Teilen des Schiffes zusammenholen und zum Essen führen.

Pontonac meinte nachdenklich: »Eines Tages werden wir herausbekommen, wer dafür verantwortlich ist. Hoffentlich artet dann die Erkenntnis nicht wieder in einen blutigen Krieg aus!«

Edmond konnte sich inzwischen ziemlich gut vorstellen, wie es auf Terra aussah, einem der bis vor kurzem höchsttechnisierten Planeten der Galaxis.

Er betrachtete die Bildschirme, auf denen Teile des nächsten Schiffes zu sehen waren, das kleine Schiff, das an der schweren Kette aus Terkonitstahl hing, und auf denen die vertrauten Konstellationen erschienen waren, von denen die irdische Sonne umgeben war.

Pontonac kannte nicht mehr alle Koordinaten und keineswegs sämtliche Daten, aber er konnte deutlich Alpha Centauri sehen. Dicht daneben Proxima Centauri. Dies waren die Sterne in Erdnähe.

Die Schiffe befanden sich auf dem Heimweg.

Minutenlang gönnte sich Pontonac die Ruhe, eine kurze Phase der Entspannung und der Hoffnung kam über ihn.

Als dann einige hungrige Schützlinge in die Zentrale gestürmt kamen und darüber klagten, daß sie schon lange nichts mehr zu essen bekommen hatten, nickte Edmond nur und ging mit ihnen in die Messe.

21.

Mit einer Stimme, aus der die grenzenlose Verzweiflung ebenso wie die Erleichterung darüber zu spüren war, daß die Ungewißheit vorüber war, meldete sich Davyd Leppa von der PROTEUS: »Edmond?«
Pontonac zuckte aus einem leichten Schlaf hoch, blinzelte und sah dann das Bild des anderen Kommandanten an. »Ja?«
Als er Leppas Gesicht sah, wußte er, ohne daß er die Stimmung des Mannes vor ihm zu analysieren brauchte, daß etwas geschehen sein mußte.
»Wir bekommen Besuch!« sagte Leppa.
Pontonac kippte langsam seinen Sessel nach vorn.
»Erzählen Sie!«
Leppa sagte: »Ein ziemlich starkes Echo auf meinen Ortungsschirmen. Ich habe eben etwas Zeit und Ruhe gehabt und konnte die Instrumente der Ortungsabteilung benutzen, ohne mich mit dem Ablegerschirm hier in der Zentrale plagen zu müssen. Ein Objekt, fast auf Kollisionskurs.«
Edmond nickte.
Er tippte auf einen Knopf. Anschließend ging er hinüber zum Schirm der Ortung, der ununterbrochen in Betrieb gewesen war. Das Bild war leidlich scharf.
»Ich sehe es!« sagte er.
Er schaltete den Rechner ein, und dann sah er zu, wie in den Feldern die digitalen Zahlen erschienen.
Es war ein riesiges Raumschiff, erkennbar an der großen Masse und an der Stärke der Triebwerksimpulse. Es war einhundertneunzig Lichtminuten entfernt, bewegte sich im Normalraum und kam auf einem Kurs heran, der es seitlich an dem Konvoi vorbeiführen würde, in einigen hunderttausend Kilometern Entfernung. Die Geschwindigkeit betrug neun Zehntel Licht.
»Zweihundertsiebzigtausend Kilometer in der Sekunde. Ein verdammt schwerer Brocken. Es scheint, als ob er von der Erde käme, aber das kann natürlich auch nichts zu bedeuten haben. Schließlich kann man auch Kurven fliegen.«
Leppa meinte bitter: »Sie haben ein goldenes Gemüt, Partner. Was sollen wir tun?«
Pontonac breitete beide Arme aus und sagte nur: »Nichts.«
»Das ist nicht Ihr Ernst, Edmond?«
Pontonac knurrte wütend: »Haben Sie einen besseren Vorschlag? Die

Schirme einschalten?« Dadurch sprengen wir unseren Verband, denn nur die wenigsten Schiffe werden mit einer Schaltung ausgerüstet sein, mit der man den Durchmesser des Schutzschirmes derart stark erweitern kann und dennoch volle Abwehrleistung hat!«

Leppa überlegte. »Sie haben recht, Edmond«, sagte er dann.

»Oder glauben Sie, es würde uns helfen, wenn wir alle an die Transformkanonen rennen und dieses Riesenschiff unter Beschuß nehmen würden? Der Kommandant dort würde nicht einmal lächeln.«

»Flucht scheidet auch aus!« bemerkte Lerinck verstimmt.

»Ebensowenig können wir hoffen, daß sie uns nicht bemerkt haben«, warf Kommandant Teerpa ein.

»Sie haben den besten und stärksten Sender, Leppa«, sagte Edmond. »Funken Sie auf der Flottenwelle. Das ist ein Test. Wenn sich jemand meldet, dann ist es mit Sicherheit ein terranisches Schiff, auf dem dieselben Zustände wie bei uns herrschen.«

Leppa stimmte zu und entgegnete leise: »Ich werde es versuchen.«

Edmond blickte den Schirm an, drückte auf einen Schalter und sah die neu ausgeworfenen Zahlen an. Das Schiff kam immer näher, und sie flogen genau darauf zu. Das verringerte die Entfernung drastisch. Trotzdem würde es noch mehr als eine Stunde dauern, wenn der Fremde dort, jenes riesige Raumschiff mit den starken Triebwerksemissionen, nicht in den Linearflug überging und sich plötzlich hier in ihren Kurs schob. Pontonac wartete einige Minuten, dann riß es ihn förmlich aus dem Sessel.

Mitten in das Murmeln von Leppa, der die Schiff-zu-Schiff-Verbindung auf geringere Leistung umgestellt hatte, kam eine klare, laute Stimme:

»Hier ist die Funkstation der INTERSOLAR unter Staatsmarschall Bull und Julian Tifflor. Wir rufen die Schiffskarawane ...«

Eine Pause entstand, dann fuhr dieselbe Stimme fort:

»Jawohl, ich höre! Ich höre Ihren Funkspruch, PROTEUS!«

Leppa fing an zu schreien. Er war nahe davor, durchzudrehen.

»Bull! Es ist der Staatsmarschall!«

Teerpa schrie dazwischen: »Das kann eine Falle sein. Vorsicht! Ich glaube nicht, daß es die INTERSOLAR ist.«

Edmond Pontonac wartete. Er verfluchte dieses Warten, dem er ausgeliefert war; nichts konnte er tun. Jede Gegenwehr war zwecklos. Und auch er konnte es nicht fassen, daß es Reginald Bull war, der da dem Konvoi entgegenkam.

Wieder warteten sie.

Was sich in den Gedanken der Immunen abspielte, konnte nur vermutet werden. Die Reaktionen auf den Funkspruch schwankten zwischen äußerstem Mißtrauen und reiner Euphorie. Die eine Alternative hieß Tod und Vernichtung, die andere endgültige Rettung.

Dann meldete sich wieder Leppa.

Er sagte ruhig: »Freunde, es ist Reginald Bull. Ich habe ihn auf den Schirmen und schalte das Bild um.«

Sekunden später wechselte das Bild auf den großen Kommunikationsschirmen, und während sich die Schiffe einander weiterhin mit rasender Geschwindigkeit, aber immer noch viel zu langsam näherten, sah auch Edmond Pontonac auf seinem Bildschirm den Oberkörper des Staatsmarschalls Reginald Bull. Edmond hatte, so glaubte er jetzt, in seinem Leben noch keinen Menschen lieber gesehen als heute und hier Reginald Bull.

Er sagte in sein Mikrophon: »Leppa, übernehmen Sie die Konversation. Sie sind von uns allen der Höflichste!«

»Sie Scherzbold!«

Leppa holte Atem. In einigen Sätzen schilderte er die Situation, die hier innerhalb des Schiffsverbandes herrschte. Bull unterbrach ihn.

»Wir gehen in den Linearraum, Kommandant. In einigen Sekunden haben wir einen Kurs ausgerechnet. Wir fliegen neben Ihnen her! Das muß ich mir aus der Nähe ansehen!«

»In Ordnung, danke, Sir.«

Das Bild verschwand, und dann verschwand auch die INTERSOLAR von den Bildschirmen der Normalraumortung. Kurze Zeit später sah Edmond auf seinen Panoramaschirmen, wie das große Schiff aus dem Linearraum kam, ein Anpassungsmanöver ausführte und dann mit gleicher Geschwindigkeit neben dem Konvoi entlangflog.

Die Funkverbindung bestand weiterhin.

»Sir, wir brauchen Ihre Hilfe«, sagte Leppa.

Pontonac hörte aufmerksam zu.

»Sie bekommen die Hilfe, die Sie brauchen, aber versprechen Sie sich nicht zuviel davon. Wir haben viel zuwenig Menschen an Bord. Die INTERSOLAR ist nur sehr schwach bemannt.«

»Ich meinte es auch nur vorübergehend. Unsere Biopositroniken ...«

Bull winkte ab. Er freute sich, daß er helfen konnte, das spürte Pontonac, aber gleichzeitig tobte in ihm die Wut über die geheimnisvolle Macht, die für diesen Zustand verantwortlich war.

»Wir wissen Bescheid. Diese Strahlung erstreckt sich auf alle Lebewesen ab einer gewissen Evolutionshöhe. Wir haben ein Verfahren ausgeknobelt, mit dem man die Positroniken zu einwandfreiem Arbeiten bringen kann. Wir eliminieren einen Großteil der Bio-Anteile.«

»Helfen Sie uns? Das heißt ... wir haben am Schwanz der Kolonne ein Schiff, dessen Besatzung wir nicht kennen. Dort ist nicht ein einziger Immuner an Bord. Sie sollten ein Kommando dorthin schicken und ...«

Bull sagte, während er sich umdrehte, zu einem unsichtbaren Gesprächspartner: »Ihr habt mitgehört. Rüstet das Notkommando aus, beladet eine Jet, und jemand soll, wenn möglich, das Schiff zur Erde fliegen und sofort wieder hierher starten.«

Das Gespräch ging hin und her.

Die Männer in den Schiffen fragten, und Bull und Tifflor antworteten. Dann erkundigte sich der Staatsmarschall nach den Erlebnissen, und wieder registrierte Pontonac hilflose Wut. Endlich erwähnte Teerpa den Manipulator, und das rief bei Bull eine Reaktion hervor, die Edmond nicht erwartet hatte: Kannte auch Bull diese Flugkörper nur aus Berichten?

»Wo ist der Manipulator?«

Pontonac beugte sich vor, drückte seinen Kontaktknopf und schaltete sich in das Gespräch ein.

»Sir«, sagte er. »Der Manipulator hat sich hinwegmanipuliert, aber wir haben vermutlich eine reiche Bildausbeute über diesen Raumflugkörper und sein Ende.«

Während er mit Bull sprach, sah er, wie das Riesenschiff eine Jet ausschleuste. Die Space-Jet nahm direkten Kurs auf das kleine Schiff, und der Pilot bremste ruckartig ab, als er im Licht der vielen Landescheinwerfer die stählerne Kette sah, die sich zwischen den Schiffen spannte. Pontonac mußte grinsen, als er sich die Gesichter der Männer in der Jet vorstellte.

»Wie war das? Sie haben Bilder?«

»Ja«, sagte Pontonac.

Bull schaute ihn zweifelnd an, dann fragte er verblüfft: »Sagen Sie ... sind Sie nicht der militärische Leiter des Mondes Titan?«

»Ich war es«, antwortete Pontonac. »Aber widrige Umstände haben mich aufgehalten.«

Bull sagte nachdenklich: »Deighton hat Sie als terranischen Kurier und Diplomaten ausgeschickt, um Hilfe herbeizuholen. Ist das richtig? Aber das war vor drei Jahren!«

»Seit dieser Zeit trieb ich mich auf Planeten des Shomona-Ordens herum.«

Bull sagte entschlossen zu ihm: »Hören Sie zu, meine Herren. Ich lasse Sie abholen, und Kommandos aus der INTERSOLAR kommen in Ihre Schiffe und helfen Ihnen! Bringen Sie Ihre gesamten Aufzeichnungen mit, es sind wichtige Informationen für uns. So etwas haben wir gesucht.«

Edmond nickte bestätigend, holte die Träger mit den Aufzeichnungen und die inzwischen entwickelten Aufnahmen aus der Kamera.

Während er den Raumanzug anzog, sah er hin und wieder auf die Schirme.

Aus der Jet kamen mehrere Männer in Raumanzügen, öffneten mit der Sprengschaltung eine andere Hangarschleuse und schleusten dann die Jet ein. Die Portale schlossen sich wieder. Pontonac würde erfahren, welches Chaos die Männer dort angetroffen hatten. Er glaubte, daß sie sehr schnell den Kurs programmieren und dann in den Linearraum starten würden, um sich selbst die Arbeit dadurch zu erleichtern, daß sie miterlebten, wie aus den Verdummten wieder hochintelligente Raumschiffsbesatzungen wurden.

Pontonac packte die Aufzeichnungen in eine Bordtasche und wartete. Der Raumhelm lag auf dem Pult.

»Leppa, sind Sie fertig?« fragte er dann.

»Ja, nur nicht ungeduldig werden. Jetzt ist alles in Ordnung. Vermutlich werden wir den Konvoi wieder auflösen müssen. Es ist fast schade darum.«

Pontonac konnte noch nicht ganz glauben, daß die Probleme ein Ende hatten.

Er ging langsam zur nächsten Schleuse und beruhigte unterwegs einige Männer, die mit Sprayfarbe versuchten, ein Bild von Ed im Raumanzug an die Wände zu bringen. Er sicherte die innere Schleusentür ab und setzte den Helm auf, schaltete Funkgerät und Versorgung ein und ließ dann die äußere Platte aufrollen. Er aktivierte die Beleuchtung – die Jet, die ihn abholte, würde den Weg jetzt schnell finden.

Vorausgesetzt, dachte er, *es gelingt den Männern unter Bull, die Biopositroniken zu beeinflussen. Was dann?*

Die sechzehn Schiffe würden sich voneinander lösen und in wenigen Stunden durch den Linearraum zur Erde rasen.

Dort mußten die Kommandanten die Schiffe vermutlich mit der Handsteuerung landen. Wo das geschehen würde, konnte man mit dem Staatsmarschall absprechen.

Und dann ...?

Die Erde besaß wieder fünfzehn Immune mehr, aber einige tausend Menschen, die verdummt waren. Aber sie waren, wenn auch in gewissen Grenzen, lernfähig. Pontonacs Gedanken wurden unterbrochen, als vor ihm ein grelles Licht aufflammte und mehrmals blinkte.

Er hob den Arm und sagte: »Ich habe die Flottenwelle in meinem Anzuggerät eingestellt – wir müßten uns verständigen können.«

»Verstanden, Pontonac. Wir kommen halb in die Schleuse hinein. Sie steigen in die Polschleuse der Jet ein, und wir fliegen zurück in die INTERSOLAR. Klar?«

»Ich habe verstanden«, meinte Edmond und wartete.

Die Jet kam näher, verlangsamte den Anflug und manövrierte sich dann mit kleinen Korrekturstößen in die Hangarschleuse hinein. Die kleine Polschleuse öffnete sich, und Pontonac bückte sich und stieg ein. Eine Hand griff nach ihm und zog ihn hoch. Noch während sich das Schott wieder schloß, schwebte die Jet rückwärts aus der Schleuse heraus, drehte sich und raste schräg davon, der riesigen Kugelzelle der INTERSOLAR entgegen.

»Willkommen, Edmond Pontonac!« sagte ein hakennasiger Mann mit blauschwarzem, kurzem Haar und schüttelte Pontonacs Hand. »Sie sehen ziemlich mitgenommen aus.«

»Nicht anders fühle ich mich«, sagte Edmond. »Wie geht es bei euch?«

Der Mann lachte verbittert.

»Kommen Sie in die Kuppel hinauf. Bei uns im Schiff ist natürlich alles in Ordnung – soweit man von Ordnung sprechen kann, wenn dreihundertzweiundzwanzig Männer und Frauen in einem solch riesigen Schiff zu steuern und zu arbeiten versuchen. Ganze Sektoren sind verödet.«

Sie schwebten durch den Schacht nach oben.

Der Weltraum zwischen INTERSOLAR und den sechzehn Schiffen war von den Diskussen der Jets, von Scheinwerfern und Licht erfüllt. Die Kommandos aus den Reihen der über dreihundert Immunen um Bull und Tifflor schwärmten aus, insgesamt etwa achtzig Frauen und Männer mit ihren Gerätschaften.

»Außer Bull und Tifflor haben wir Corello und Balton Wyt an Bord«, sagte der schwarzhaarige Mann. »Haben Sie hier die Aufzeichnungen untergebracht?«

Er deutete auf Pontonacs Tasche.

»Ja.«

Zwei Jets schleusten sich hintereinander ein. Endlich war Edmond in der Lage, Kommandant Leppa die Hand zu schütteln. Der Mann war fast so groß wie er selbst, aber breiter in den Schultern. Er hatte zuviel Fett um den Bauch und hielt es mit einem auffallend breiten, modischen Gürtel zusammen.

Er fragte sofort jemanden aus Pontonacs Begleitung: »Warum ist die INTERSOLAR eigentlich hier unterwegs?«

Die Erklärung war einfach.

»Bull wollte versuchen, überall dort, von wo aus er Hilferufe hörte, Menschen zu sammeln. Wir müssen alles völlig neu organisieren. Aus den technifizierten Planeten müssen, wenigstens zum Teil, Agrarwelten werden, sonst verhungern Milliarden.«

Während sie zu den Privaträumen Bulls geführt wurden, hatten sie ausgiebig Gelegenheit, sich in einem sauberen Schiff umzusehen, das in allen seinen Teilen erstklassig funktionierte. Die Biopositroniken schienen ausnahmslos durch Positroniken ersetzt worden zu sein. Sie erfuhren auch mehr über die Einsätze der INTERSOLAR.

Das Schiff war Anfang Mai gestartet und hatte bereits Kontakt mit Rhodan gehabt.

»Rhodan ist also zurück!« stellte Pontonac fest.

»Er kam in eine total verwirrte Galaxis«, sagte einer der Männer. »Wir fliegen auch USO-Stationen an und helfen, wo es geht. Aber es bleibt bei allen intensiven Bemühungen immer nur Stückwerk, wir sind zuwenig Leute.«

»Ich verstehe.«

Endlich saßen sie, nach einer herzlichen Begrüßung, Bull gegenüber. Sie befanden sich in einer Kabine, die geradezu auffallend von ihrer seit Monaten gewohnten Umgebung abstach. Auf die Frage, ob sie etwas zu essen haben wollten, antworteten sie einstimmig: »Ja, Sir.«

Minuten später standen ausgezeichnete Essensportionen, groß, heiß und würzig, vor ihnen. Dazu eine Auswahl von Getränken, die sie glauben ließen, sie wären in einem Luxusrestaurant in Terrania City.

»Wir haben Zeit«, sagte Bull ruhig. »Essen Sie und berichten Sie mir dann. Zuerst interessieren mich die Schiffsnamen und besondere Vorfälle.«

Davyd Leppa begann zu erzählen.

Er schilderte dem Staatsmarschall, wie sich zufällig vier Schiffe gefunden hatten. Dies war zu einer Zeit gewesen, als die einzelnen Immunen die Situation an Bord noch lange nicht beherrscht hatten. Häufige Pannen waren die Folge gewesen. Immerhin entschloß man sich, zunächst einmal eine Weile lang zu beschleunigen und im Normalraum auf Erdkurs zu gehen. Man sagte sich, Zufall oder nicht, daß hier, wenn überhaupt an einer Stelle, die Schiffskonzentrationen am dichtesten seien.

Die vier Kommandanten hatten recht behalten.

Nach und nach kamen aus allen Gegenden elf weitere Schiffe. Der Zufall hatte sie entweder nahe dieser Stelle oder in noch solch günstiger Entfernung aus dem Linearraum kommen lassen, daß man sich per Funkkontakt verständigen und sammeln konnte. Die anderen Schiffe schlossen sich dem langsamen Flug in Richtung Sol an.

Als letztes Schiff kam endlich die GIORDANO BRUNO.

Dann berichtete Bull, was passiert war. Neue Begriffe tauchten auf.

Der Schwarm ...

Der Homo superior ...

Schließlich beendete Bull seinen Bericht. Er sagte: »Jetzt wissen Sie, was Sie auf der Erde erwartet. Versuchen Sie, mit Roi Danton Kontakt aufzunehmen. Er wird Ihnen eine Aufgabe zuweisen, die sich von denen kaum unterscheidet, die Sie sieben Monate lang hatten. Ich muß Ihnen allen meine Hochachtung aussprechen, denn was Sie geschafft haben, war fast übermenschlich.«

Edmond lächelte und sagte endlich in seiner bekannten, liebenswürdigen Art: »Nach dem Essen und im Bewußtsein, daß wir in wenigen Stunden auf Terra landen, ist jede Aufgabe lösbar, Sir.«

Ein Bildschirm flammte auf: Ein Sprecher meldete sich.

»Sir, das Kommando, das in die GOLDEN GATE eingedrungen ist, bittet Sie, einen Bildfunkanruf entgegenzunehmen!«

»Schalten Sie durch«, sagte Bull und zu den beiden Männern gewandt: »Entschuldigung!«

Edmond und Davyd sahen sich an.

Wohltuende Müdigkeit hatte sie ergriffen. Das Gefühl, daß sie alle Schufterei hinter sich hatten, trug dazu bei, ihre Spannung abzubauen. Wenn sie sich nicht zusammennahmen, würden sie hier im Sessel einschlafen und vierundzwanzig Stunden lang nicht wieder aufwachen. Ein Mann im Raumanzug ohne Helm erschien auf dem Bildschirm.
»Sir, Sie müssen uns helfen. Wenn wir das Schiff starten wollen, dann müssen wir zuerst die Kette abschießen, die zwischen der GOLDEN GATE und der GIORDANO BRUNO JUNIOR hängt. Diese einfallsreichen Raumkapitäne haben zwei Schiffe einfach aneinandergebunden wie zwei Spielzeuge.«

Bull setzte sich kerzengerade hin, musterte Leppa und Pontonac und brach dann in ein dröhnendes Gelächter aus.

Pontonac erklärte Bull, wie es zu er Verwendung der schweren Terkonitstahlkette gekommen war. Kopfschüttelnd hörte Bull zu, und dann fragte er verbüfft: »Sie allein haben die Kette ins andere Schiff hinübergezerrt?«

»Ich habe lediglich eine Winde und einen alten Pfadfindertrick angewandt. Dünnes Seil, dickeres Seil, dünne Kette, dann schwere Kette.«

Die INTERSOLAR nahm Fahrt auf und näherte sich seitlich den beiden letzten Schiffen des dahintreibenden Konvois.

Eine Geschützstation war bemannt, und ein gezielter Schuß schnitt die Terkonitkette schon beim zweiten Versuch auseinander. Dann war die GOLDEN GATE frei.

Sie sahen zu, wie sich die Jet wieder ausschleuste, in die INTERSOLAR flog, dort, bis auf einen, alle Frauen und Männer absetzte und schließlich in der kleinen, zerbeulten GOLDEN GATE verschwand.

Die Triebwerke flammten auf.

Das kleinste und letzte Schiff des Verbandes scherte aus, überholte die anderen fünfzehn energetisch gefesselten Schiffe und raste mit flammenden Partikeltriebwerken davon. Minuten später hatte es Lichtgeschwindigkeit erreicht und ging in den Linearraum. Das erste Schiff war gerettet.

»Zufrieden?« fragte Bull.

Leppa strahlte ihn an.

»Unser Sorgenkind ist außer Gefahr. Die Menschen, die zweimal mit anderen Schiffen kollidiert sind, werden jetzt wieder normal. Aber wir haben nicht gehört, wie es im Innern des Schiffes aussah.«

Bulls gute Laune verschwand schlagartig.

»Meine Leute sind solche Szenen gewohnt. Wenn es Tote gegeben hätte, wäre eine Meldung erfolgt. Sie haben also Grund zu der Annahme, daß soweit alles im Rahmen des Üblichen ist.« Seine Stimme wurde eindringlich und beschwörend. »Stellen Sie sich vor – so geht es Tausenden von Schiffen! Ein solches Chaos hatten wir nicht einmal während der Kämpfe mit den Blues!«

Dann stand Bull auf.

»Ich habe die wichtigsten Leute des Schiffes in einen kleinen Sitzungssaal zusammengerufen. Sie haben Gelegenheit, Ihre Aufnahmen zu kommentieren, Edmond. Wir sind sehr gespannt.«

Pontonac schaute seine Tasche an.

»Die erste Information dieser Art?«

»Ja«, sagte Bull und nickte. »Und ich glaube, auch die beste, die wir haben konnten. Wie gesagt: Wir kennen kaum etwas über die Natur dieser Leute innerhalb des Schwarmes. Wir wissen nur, wie gefährlich sie sind. Obwohl ...« Er zögerte und fuhr nachdenklich fort: »Obwohl das, was für uns gefährlich und lebensfeindlich erscheint, für sie vielleicht keinerlei Bedeutung hat. Aber eine Macht, die in der Lage ist, eine Galaxis zu durchqueren, muß wissen, welche Auswirkungen diese Manipulatoren haben.«

Pontonac griff in die Tasche und nahm die Datenträger hervor. Er stellte sie auf Bulls Schreibtisch.

»Sir, das hier ist genau, was Sie suchen. Funksprüche und Notrufe, die ich von wenigen Immunen auf verschiedenen Planeten erhalten habe. Sie baten, die Situationsberichte weiterzuleiten. Die Frauen und Männer befinden sich in verzweifelter Lage – es fehlt ihnen hauptsächlich an den Kenntnissen der Bodenbearbeitung und an den nötigen Maschinen und Techniken, um ihre Leute am Leben zu erhalten.«

Bull sagte leise und bedauernd: »Wir werden tun, was wir können. Wenige, ich betone *wenige,* Dinge haben sich sicher schon erledigt. Gehen wir.«

Langsam gingen sie etwa zweihundert Meter weit, dann befanden sie sich in dem kleinen Sitzungssaal des Schiffes. Ein riesiger Projektorschirm war eingeschaltet worden, und Edmond gab einem Techniker die Datenträger. Etwa fünfzig Frauen und Männer waren anwesend.

Bull stellte Pontonac vor, und der ehemalige Leiter des Saturnmondes erkannte Wyt und Tifflor, er sah auch in seinem Spezialstuhl den Mutanten Ribald Corello sitzen. Dann wurde der Saal verdunkelt, und das erste Bild erschien.

Edmond setzte sich, bog das Mikrophon zu sich heran und räusperte sich. Dann fing er an, die Bilder zu kommentieren.

Er erlebte noch einmal seinen Weg durch das rätselhafte Raumschiff mit. Schließlich stand der Gelbe Götze auf dem Bildschirm. Gestochen scharf, wie Edmond bemerkte.

»Das ist eine Gottheit oder ein Götze, dessen Geschlecht sächlich ist«, sagte Edmond.

Die böse, eindrucksvolle Fratze des Götzen erschreckte die Frauen und Männer.

»Woher wissen Sie das?« fragte Tifflor aus seinem Sessel.
»Eine Stimme hat es mir zugeflüstert. Ich weiß nicht, wie dieser Effekt zustande kam, aber ich habe nicht geträumt.«
»Was sagte sie?«
»*Das ist Y'Xanthymr, das tötet und dabei rote Steine weint*«, sagte Pontonac. »Sie werden später sehen, was es mit diesen roten Steinen auf sich hat.«
»Haben Sie das gehört?« fragte Wyt verblüfft. Er glaubte es nicht.
»Ja. Das ist sicher. Ich bin Halbmutant und reagiere empfindlich auf gewisse unterschwellige Ausstrahlungen«, meinte Edmond. »Ein Götze mit sächlichem Geschlecht. Nicht *die* oder *der* Y'Xanthymr, sondern *das* Y'Xanthymr.«
Dann drückte er wieder auf den Knopf, und das nächste Bild erschien.
Edmond kommentierte weiter, und erstmals sah auch Leppa, was sein Kamerad dort in dem rochenähnlichen Raumschiff erlebt hatte.
Schließlich kamen die Bilder, deren Belichtung nicht mehr korrekt war.
Edmond erklärte, daß der Computer ausgefallen war, und er schilderte, so gut er konnte, die umrißhaften Bilder, die alle unterbelichtet waren, aber das grüne Leuchten sehr gut erkennen ließen. Die vollkommen fremden Formen und der Umstand, daß keinerlei Technik zu sehen war, verblüfften die Fachleute in dem kleinen Saal.
Zwischenfragen wurden gestellt. Edmond beantwortete sie, dann sagte er:
»Das waren die Aufnahmen, die ich machen konnte. Wir zogen den Manipulator dann an ein Schiff heran, programmierten unsere Beschleunigung und erhöhten die Geschwindigkeit. Zufällig sahen wir, was dann plötzlich begann.«
Edmond streckte seine Beine aus, die Nerven begannen zu schmerzen, hoch oben über dem Becken, neben der Wirbelsäule.
Dann erschienen auf beiden Schirmen die Sterne. Sekunden später sahen die Immunen, wie der Manipulator zu glühen begann.
Und dann erlebten alle Anwesenden eine verblüffende Überraschung. Die Bilder ließen jede Unterhaltung verstummen. Sie waren faszinierend.

Reginald Bull sah:
Er saß in seiner Administration in seinem Sessel, schaltete gerade den Pultkommunikator aus und grinste. Dann rief er: »Nur herein, Perry!«
Rhodan kam herein, setzte sich, und die beiden Männer unterhielten sich. Die Themen, über die sie sprachen, wurden illustriert.
Bull sah Bilder aus der Welt des Planeten Erde.
Raumschiffe starteten und landeten, die letzten Schäden der Beben, die nach der Selbstzerstörung der Urmutter aufgetreten waren, wurden besei-

tigt. Von allen Teilen der Galaxis trafen Botschaften und Handelsgüter ein. Es war eine Zeit des Friedens.

Der Sonnenschein, der über der Szene lag, war charakterisierend. Er symbolisierte die heitere Ruhe, die über den Planeten lag.

Der Paratronschutzschirm lag um das System wie eine schillernde Blase, die alle Gefahren forthielt.

Kunst und Kultur blühten.

Aus allen Teilen der Milchstraße kamen Besucher und Studenten. Die Zahlungsbilanz war positiv, und die Erde war und blieb ein reicher Planet, der es sogar geschafft hatte, seine eigenen Krisen und Störungen abzuschaffen. Es gab keine kleineren oder größeren Kriege, weder auf den Planeten noch im Einflußbereich des Solaren Imperiums. Alles war in einer vorbildlichen Ordnung.

»Schließlich«, sagte Rhodan zufrieden, »haben wir uns lange und intensiv darum bemüht. Hoffentlich hält dieser Zustand einige Jahrhunderte lang an.«

»Du scheinst dich danach zu sehnen, wieder mit der MARCO POLO irgendwelche Abenteuer zu erleben, und wenn sie ausbleiben, ihnen nachzurasen, nicht wahr?« fragte Bull.

Zu Bulls Überraschung sagte Perry Rhodan: »Keineswegs, mein Freund. Ich habe nachgerade genug erlebt in den letzten eineinhalb Jahrtausenden.«

Dann verschwamm das Bild, und Bull sah einen halbdurchsichtigen Schleier, der aussah, als treibe eine kristallene Wolke zwischen den Sternen dahin. Er setzte sich auf und drehte sich um.

Edmond Pontonac sah:

Langsam ging er über einen der breiten Boulevards in Atlan Village, Terrania City. Er befand sich im Schatten der riesigen, uralten Bäume und steuerte auf eine Rampe zu, an deren Ende sich ein überdachtes Restaurant befand.

Seine Prothesen bewegten sich, als ob sie nicht aus Stahl bestünden, sondern aus Knochen, Fleisch und Muskeln.

Dort oben, an einem reservierten Tisch, wartete eine alte Freundin auf ihn, sie waren zum Essen verabredet.

Edmond Pontonac freute sich über die heiteren Farben, über die Kleidung der exotischen Besucher dieser Stadt. Er freute sich, daß er wieder hier war, nach den Jahren auf Caudor II. Und er freute sich noch mehr darüber, daß sie alle Gelegenheit hatten, Wochen und Jahre lang nicht an Sammler oder Pedotransferer zu denken.

Er ging die Rampe hinauf, sah sich suchend um und entdeckte Caryna an einem Tisch, der ebenfalls im Schatten stand. Ein weißer Kellnerrobot stand neben ihr und hörte sich geduldig an, was sie aussuchte.

Er winkte, sie sah ihn und winkte zurück. Langsam ging er zwischen den Tischen, zwischen anderen Gästen hindurch und setzte sich. Caryna bestellte halblaut einen Mokka.

Der Robot beeilte sich.

Pontonac schloß die Augen, weil ihn ein Reflex blendete, der von der Frontscheibe eines vorbeifahrenden Gleiters kam. Als er sie wieder öffnete, sah er, wie auf der Panoramagalerie eine glitzernde Wolke vorbeizog.

»Das ... das ist vollkommen unmöglich!« flüsterte er.

Reginald Bull sagte laut und deutlich: »Sie scheinen bemerkenswerte kinematographische Experimente angestellt zu haben, Pontonac.«

»Nein«, sagte Edmond. »Das war nicht ich, das war der Manipulator. Fragen Sie Ihre Frauen und Männer hier – jeder hat etwas anderes gesehen. Richtig? Was haben Sie gesehen, Ribald Corello?«

Corello antwortete etwas verlegen: »Ich habe mich mit meiner Mutter unterhalten, Kommandant.«

Pontonac nickte.

»Wenn Sie weiterfragen, Sir, werden Sie so viele Antworten bekommen, wie hier Menschen diesen Film gesehen haben. Das ist ein teuflischer Trick der Fremden aus dem Schwarm.«

»So scheint es zu sein!« sagte Davyd Leppa.

Eine aufgeregte Diskussion folgte.

»Jedenfalls steht nach dieser Auseinandersetzung folgendes fest«, sagte Leppa. »Jeder von uns Kommandanten hat mehr oder weniger deutlich gesehen, wie dieses verdammte Ding aufglühte, durchsichtig wurde und wie schließlich aus den Augen des Götzen rote Geschosse herausflogen und den Rochen zertrümmerten.«

Das Schlußbild entsprach wieder den Tatsachen – es war tatsächlich ein kristallen aussehender Schleier, der davonwehte.

Tifflor wandte ein: »Vermutlich ist während der Explosion eine Strahlung frei geworden. Das ist eine verschwommene These von mir, ich weiß. Der Manipulator oder die hier existierende Strahlung auf der Basis der Gravitationskonstante hat in unseren Vorstellungen diesen Effekt hervorgerufen. Wir werden, wenn wir Zeit haben, unsere Wissenschaftler darauf ansetzen.«

»Früher oder später finden wir es heraus!« sagte Bull, aber seine Stimme klang nicht sehr überzeugt.

Leppa stand auf, dankte dem Techniker und sagte: »Sir, wir genießen diese Stunden, in denen wir vor unseren Kindern Ruhe haben, aber wäre es nicht besser, wir würden die Schiffe starten?«

Reginald sah den anderen Besatzungsmitgliedern zu, wie sie den Saal verließen.

»Ja. Das ist sicher richtig«, sagte er.

Sie gingen in die Zentrale, und nacheinander ließ Bull die einzelnen Mannschaften in den fünfzehn Schiffen abrufen.

»Der Austausch ist beendet«, sagte er dann. »Die Biopositroniken sind blockiert, und der Linearflug zur Erde wird keine Schwierigkeiten machen. Wir haben so lange Zeit, bis der Pilot der GOLDEN GATE zurückkommt. Wir brauchen ihn.«
Pontonac sah auf die Uhr.
»Es ist kurz vor Mitternacht«, sagte er leise. »Wir sollten starten.«
Bull nickte nur.
Die Spezialisten hatten in den Kursrechnern und den angeschlossenen Schaltungen Blöcke installiert, die auf rein positronischer Basis funktionierten. Dadurch waren Fehlschaltungen ausgeschlossen; die Schiffe würden genau das programmierte Ziel erreichen. Ein kurzer Linearflug war es nur bis ins Solsystem.
Pontonac und Leppa zogen ihre Raumanzüge wieder an und ließen sich von Bull bis zum Hangar begleiten.
»Sicher haben Sie wie wir die pausenlos durchgegebenen Hilferufe gehört, Sir?« erkundigte sich Davyd Leppa besorgt.
»Selbstverständlich«, sagte der Staatsmarschall. »Wir werden tun, was wir können. Ich befürchte aber, daß wir selbst in Kürze noch viel größeren Problemen gegenüberstehen werden.«
Leppa verschwand in der Schleuse der Space-Jet. Pontonac blieb neben dem Landebein stehen und fragte alarmiert zurück: »Wie meinen Sie das?«
Bull schaute ihn beunruhigt an.
»Ich fürchte, daß die Erde und das Solsystem in der Flugrichtung des Schwarms liegen. Früher oder später werden dessen Herren auch über unser System herfallen. Verdummt sind schon alle Menschen, Terrania City ist eine Stadt, in der das Chaos grassiert, und ich sehe keine Möglichkeit, das alles zu ändern. Dennoch werden wir mit der INTERSOLAR im Weltraum bleiben.
Es ist eigentlich die Aufgabe der GOOD HOPE II, den Schwarm zu beobachten. Aber auf der Basis Ihrer Beobachtungen werden wir uns einen Abstecher erlauben, auch um Perry Rhodan zu unterrichten.«
Pontonac verstand. Er drückte Bulls Hand und stieg ein.

Die Jet schwebte davon und setzte zuerst Kommandant Leppa ab.
Dann kletterte Pontonac hinaus, winkte und schloß die äußere Schleusenpforte.
»Es geht los, Edmond«, sagte er, als er sich wieder im Bereich der gewohnten Umgebung befand, »einer höchst ungewissen Zukunft entgegen.«
Er sah auf die Uhr, als er die Zentrale betrat. Alle seine Männer schienen zu schlafen, und das war gut so.
Kurz vor Mitternacht.

Edmond Pontonac setzte sich, registrierte verwundert, daß sein Platz gesäubert war, und nahm die notwendigen Schaltungen vor. Fast gleichzeitig mit der GIORDANO setzten sich auch die anderen Schiffe in Bewegung und verteilten sich, nachdem die Traktorstrahlen ausgeschaltet worden waren.

Zuerst raste die PROTEUS davon, und Pontonac rief Leppa zu: »Gute Landung! Seite neunundsiebzig des Handbuchs!«

Leppas Laune war ansteckend.

»Ich zahle eine Runde, wenn ich eine Bruchlandung baue!«

Schiff um Schiff verschwand im Linearraum.

Endlich folgte auch Pontonac.

22.

Der Schwarm

Als Powee Froud-Crofton aufwachte, stellte er fest, daß er an den Pilotensitz gefesselt war. Er stemmte sich gegen die Stricke, die um seine Brust und die Lehne des Sessels geschlungen waren. Seine Beine waren zusammengebunden und unter dem Sitz festgehakt. Sicher wäre es Froud-Crofton früher leichtgefallen, sich aus diesen Fesseln zu befreien, doch jetzt war sein Gehirn verdummt und konnte die Zusammenhänge nur schwer begreifen.

Über eines war sich der Mediziner im klaren: Die Fesselung war eine neue Schikane des Stobäers.

Powee Froud-Crofton unterbrach seine Anstrengungen. Er ließ sich im Sitz zurücksinken.

Durch die Kuppel des kleinen Raumfahrzeugs konnte er den Weltraum sehen. Die ANNIOK flog seit der Katastrophe mit einem Zehntel Licht. Nur einmal im Verlauf der vergangenen sechs Monate hatte Froud-Crofton sich an den Kontrollen zu schaffen gemacht. Dabei wäre die ANNIOK fast explodiert. Der Mediziner hatte sich damit abgefunden, daß er nicht mehr in der Lage war, die Steuer- und Kontrollinstrumente seines Schiffes zu bedienen.

Er war zu dumm dazu!

Froud-Crofton fühlte sich schwach. Der Stobäer gab ihm immer weniger Nahrung, denn die Vorräte gingen zur Neige, ohne daß sich von irgendeiner Seite Hilfe abzeichnete.

Froud-Crofton war Mediziner und Fachmann auf dem Gebiet der Strahlenkrankheiten. Er war ein kleiner, temperamentvoll wirkender

Mann. Er besaß künstliche Lungen und eine Brustplatte aus einer Ynkelonium-Legierung.

Die ANNIOK war Froud-Croftons Schiff, aber er wünschte, er hätte sie nie besessen. Ohne ein eigenes Schiff wäre der Mediziner gezwungen gewesen, Tapmedie Ulpanius an Bord eines Passagierraumers zu bringen. Dann wären Froud-Crofton alle Unannehmlichkeiten, die er in den letzten Monaten hatte erdulden müssen, erspart geblieben.

Froud-Crofton hörte ein Geräusch. Er drehte den Kopf und sah Tapmedie Ulpanius in die kleine Kommandozentrale kommen. Der Stobäer war nur einen Meter groß. Aus seinem kugelförmigen Körper ragten dicke Beine und kurze Ärmchen. Die überlangen Spinnenfinger des Stobäers bewegten sich wie Schlangen über die lederartige Haut des unbekleideten Körpers. Der Kopf des Fremden war im Verhältnis zum Körper klein, kugelförmig und mit zwei großen Triefaugen, einer flachen Nase und einem lippenlosen Schnappmund ausgerüstet.

Tapmedie Ulpanius war Demonstrationskranker. Er litt an einer Strahlenkrankheit, die er sich beim Knacken eines mit Strahlen gesicherten Tresors zugezogen hatte. Er besaß so ziemlich alle schlechten Charaktereigenschaften, die ein intelligentes Wesen auf sich vereinigen konnte.

Es war Froud-Croftons Pech, daß das strahlenverseuchte Gehirn des Stobäers nicht so stark auf die Verdummungsstrahlung reagiert hatte wie das des Mediziners.

Vor der Katastrophe hatte Froud-Crofton es sich erlauben können, Tapmedie Ulpanius frei an Bord der ANNIOK herumlaufen zu lassen. Er hatte den Stobäer immer unter Kontrolle gehabt.

Ulpanius griff nach einem Becher, der auf der kleinen Positronik stand, und näherte sich damit dem gefesselten Mann.

»Trinken?« fragte er, wobei seine flippende Zunge schnalzende Geräusche erzeugte.

Froud-Crofton war leidenschaftlicher Teetrinker, aber Ulpanius hatte ihm seit der Katastrophe nie etwas anderes als Wasser gegeben.

Ulpanius drückte den Kopf des Mannes nach vorn und goß ihm den Inhalt des Bechers in den Nacken. Froud-Crofton spürte, wie die Flüssigkeit über seinen Rücken lief und schließlich von der Stoffunterhose aufgesaugt wurde.

»Binde mich los!« ächzte er.

Der Stobäer watschelte um ihn herum und beobachtete ihn. Seine leuchtenden Augen bewiesen, daß er sich wieder Teeblätter aufgekocht und die Flüssigkeit injiziert hatte. In diesem Zustand war der Stobäer besonders gewalttätig und niederträchtig. Er befand sich in einer Art Rausch, ohne das Verständnis für seine Umwelt völlig zu verlieren.

»Binde mich los!« forderte Froud-Crofton erneut. »Ich will mich bewegen können. Ich habe Hunger.«

Tapmedie Ulpanius zwickte ihn in die Waden und kletterte dann auf

die Kontrollinstrumente. Sein Körper verformte sich dabei wie ein wassergefüllter Sack.
»Wann wirst du fliegen können, Terraner?«
Powee Froud-Crofton schüttelte verzweifelt den Kopf.
»Ich kann nicht, das weißt du. Ich weiß nicht, wie alles funktioniert.«
Er bemühte sich immer, deutlich und verständlich zu sprechen, doch seit der Katastrophe hatte er seine Redegewandtheit verloren und war froh, wenn er ein paar vernünftige Sätze zustande brachte.
Tapmedie Ulpanius trat ihm gegen die Beine. »Du willst nicht fliegen!«
»Das ist nicht wahr!« beteuerte Froud-Crofton. »Ich kann es nicht. Du weißt, daß ich es versucht habe.«
Tapmedie Ulpanius fluchte in der Sprache seines Volkes.
»Ich habe Hunger!« wiederholte Froud-Crofton.
»Du bekommst nichts«, sagte der Demonstrationskranke. »Ich gebe dir nichts mehr. Meinetwegen kannst du sterben.«
Diese Drohung hatte der Stobäer schon oft ausgesprochen, aber bisher noch nicht verwirklicht. Er wußte, daß er ohne Froud-Crofton verloren war. Mit seinem auf Diebstähle spezialisierten Wissen hätte Ulpanius die ANNIOK niemals steuern können.
Diesmal schien Ulpanius jedoch Ernst zu machen. Die Vorräte reichten noch für zwei Wochen – wenn sie beide davon aßen. Wenn Ulpanius dem Mediziner weitere Rationen verweigerte, konnte er seine Lebenserwartung auf vier Wochen steigern und hoffen, daß ein Zufall ihm zu Hilfe kommen würde.
In einem plötzlichen Wutanfall sprang Tapmedie Ulpanius auf den Mediziner los. Die Spinnenfinger klatschten in Froud-Croftons Gesicht. Er wehrte sich, so gut das in seiner jetzigen Lage überhaupt möglich war. Als der Stobäer von ihm abließ, blutete er aus der Nase. Es war nicht das erstemal, daß Ulpanius ihn auf diese Weise mißhandelte. Sein Körper wies zahlreiche Prellungen und Wunden auf.
Froud-Crofton war infolge seiner Verdummung nicht in der Lage, die Situation auf ihre psychologische Bedeutung zu überprüfen. Sein Haß auf den Stobäer wuchs von Tag zu Tag.
Atemlos stand Ulpanius neben dem Pilotensitz. Mit seinen Triefaugen erinnerte er entfernt an einen treuen Hund.
»Wirst du jetzt fliegen?« rief er wütend.
Froud-Crofton ließ den Kopf nach vorn sinken.
Er hörte, daß Ulpanius sich entfernte. Wieder stemmte er sich gegen die Fesseln, aber der Stobäer hatte die Stricke geschickt verknotet.
Der Mediziner atmete auf, als Ulpanius die Zentrale verließ. Der Stobäer begab sich jetzt in die kleine Kombüse der ANNIOK. Dort, unter dem warmen Erhitzer, war sein Lieblingsplatz. Vor der Katastrophe hatte Froud-Crofton niemals zugelassen, daß Ulpanius dort lag, denn die

Wärme öffnete die Flüssigkeitsporen in Ulpanius' Haut und ließ deren übelriechenden Inhalt auslaufen.

Froud-Crofton zwang sich zum Nachdenken. Sein Erinnerungsvermögen war nicht beeinträchtigt. Er wußte noch genau, wie er von Parsid II aus aufgebrochen war, um Tapmedie Ulpanius nach Waron zu bringen. Die Klinik auf Waron galt als führend auf dem Gebiet von Strahlenkrankheiten. Froud-Crofton hatte an Tapmedie Ulpanius eine neue Heilmethode demonstrieren wollen. Als jedoch vor ungefähr sieben Monaten die ANNIOK aus dem Linearraum gekommen war, hatte Froud-Crofton am eigenen Körper erfahren, wie gefährdet ein Individuum durch eine die Galaxis umspannende unerwartete Katastrophe war.

Powee Froud-Crofton war mit einem Schlag verdummt und hatte sich als unfähig erwiesen, die ANNIOK weiter zu fliegen. Deshalb war das kleine Schiff auch nicht in den Linearraum zurückgekehrt.

Es war Froud-Croftons Pech, daß Tapmedie Ulpanius, der sich bis zum Augenblick der Katastrophe unterwürfig benommen hatte, von der Verdummungswelle nicht im gleichen Maße wie der Mediziner betroffen worden war.

Von diesem Augenblick an hatten sich die Verhältnisse an Bord der ANNIOK gründlich gewandelt. Der Stobäer hatte schnell begriffen, wie hilflos der Mediziner war. Tapmedie Ulpanius hatte alle Unterwürfigkeit abgelegt und damit begonnen, Froud-Crofton zu schikanieren.

Froud-Croftons künstliche Lungen pfiffen, als er sich im Sitz hochstemmte und abermals versuchte, die Fesseln zu sprengen. Es gelang ihm, seine Füße unter dem Sitz hervorzuziehen. Er stemmte sich hoch. Als er fast stand, verlor er das Gleichgewicht und kippte seitwärts aus dem Sessel. Die Stricke, die um die Lehne des Sitzes geschlungen waren, gaben nach. Froud-Crofton rutschte neben dem Sitz auf den Boden. Er spähte in Richtung des Eingangs, denn er war sich darüber im klaren, daß Tapmedie Ulpanius den Lärm hören mußte.

Der Mediziner bekam die Hände nicht frei, aber er konnte in die Hocke gehen und in dieser Stellung ein paar Meter durch die Zentrale hüpfen. Sein Ziel war die Positronik, auf der ein paar Nahrungskonzentrate lagen.

Als er den Computer fast erreicht hatte, kam Ulpanius in die Zentrale gewatschelt. Er blieb im Eingang stehen und sah zu, wie Froud-Crofton mit zusammengebundenen Armen und Beinen durch die Zentrale hüpfte.

Unfähig, sich auf etwas anderes als auf den einmal gefaßten Entschluß zu konzentrieren, näherte Froud-Crofton sich der Positronik. Als er sie erreicht hatte, stellte er fest, daß er die Konzentrate mit den Händen nicht erreichen konnte. Er ließ sich auf den Rücken fallen und schob die Beine über den oberen Rand des Rechengerätes. Doch die Konzentrate lagen zu weit hinten, so daß Froud-Crofton nicht herankam.

Tapmedie Ulpanius brach in schrilles Gelächter aus.

Der Mediziner wälzte sich auf die andere Seite. Die Beine angewinkelt, schob er sich, mit dem Rücken an die Außenwand der Positronik gepreßt, langsam nach oben. Auf diese Weise gelangte er mit dem Kopf über den oberen Rand der Anlage. Er konnte die vier Nahrungskonzentrate sehen. Sie lagen einen halben Meter von seinem Gesicht entfernt. Froud-Crofton war schweißgebadet. Die Anstrengungen hatten seinen ohnehin geschwächten Körper erschöpft.

Nachdem er sich einen Augenblick ausgeruht hatte, setzte er seine Bemühungen fort. Die ganze Zeit über war er sich darüber im klaren, daß Tapmedie Ulpanius im letzten Augenblick eingreifen und verhindern würde, daß er an die Nahrungskonzentrate herankam.

Er stemmte sich noch höher, bis er sich langsam auf die Positronik schieben konnte. Es gab ein hohles Geräusch, als er mit der Brust voran gegen das Gerät fiel.

In diesem Augenblick kam Ulpanius heran und packte ihn von hinten an den Beinen. Mühelos zog der Stobäer den Terraner wieder von der Positronik.

Froud-Crofton stieß einen Schrei der Enttäuschung aus. Er schlug mit dem Kinn gegen die obere Kante des Computers. Seine Hände zuckten in den Fesseln, aber er konnte sie nicht ausstrecken, um den Sturz zu bremsen. Rasselnder Atem war zu hören, als er auf den Boden schlug.

»Es gibt nichts mehr zu essen!« schrie Ulpanius. Er hüpfte auf den Rücken des Terraners und trampelte auf ihm herum. »Es gibt nichts mehr!«

Er begann in eine dem Mediziner unbekannte Melodie zu verfallen und schrie immer wieder: »Es gibt nichts mehr!«

Froud-Crofton schloß die Augen. Er sehnte ein Ende herbei, denn er fühlte, daß er von Ulpanius weder Verständnis noch Hilfe zu erwarten hatte.

Der Stobäer wurde müde und sprang vom Rücken des Gefesselten herunter. Ohne sich noch länger um Froud-Crofton zu kümmern, kehrte der Demonstrationskranke in die Kombüse zurück.

Die ANNIOK war für ihre beiden Passagiere zu einer schrecklichen Welt geworden.

Ohne ihren Kurs zu ändern, schwebte sie durch den Weltraum. Der Zufall oder ein vorherbestimmtes Schicksal führte sie in die Nähe des Schwarms.

Der Schwarm bedeckte den Hintergrund des Universums. Für die Männer, die von der Zentrale der INTERSOLAR aus den Weltraum beobachteten, sah es aus, als türmten sich vor ihnen gewaltige Berge überdimensionaler Seifenblasen. In einer Entfernung von einer halben Million Kilometern raste die INTERSOLAR entlang des Schwarms.

Der Schwarm bewegte sich im Augenblick entschieden langsamer, durch seine Größe erweckte er den Eindruck eines fast stillstehenden Gebildes.

Reginald Bull blickte auf die Uhr. Vor zwei Stunden hatte Edmond Pontonac die INTERSOLAR verlassen, um die Erde anzufliegen. Bull dachte an die Aufzeichnungen, die Pontonac vom Manipulator mitgebracht hatte. Er war entschlossen, sie sich in Ruhe ein paarmal hintereinander anzusehen. Vielleicht fiel ihm dann etwas auf.

»Ortung, Sir!« Die nüchterne Stimme des Ortungsoffiziers riß Bull aus seinen Gedanken.

»Ein Schwarm Manips voraus!« rief Tifflor alarmiert. »Acht ... nein, es sind neun.«

»Manips« – das war der Begriff, der sich inzwischen für die Rochenschiffe des Schwarms eingebürgert hatte.

Bull orientierte sich. Die Ortungsimpulse blinkten auf den Bildschirmen der Raumortung. Ein Stück darüber, auf dem Panoramabildschirm, zeichneten sich die Umrisse der Manips als dunkle Silhouetten mit hellem Strahlenkreuz ab.

Bulls Hände schlossen sich.

»Wenn wir nur etwas über diesen Schwarm herausfinden würden«, sagte er verbissen. »Irgendeinen Hinweis, an dem wir uns orientieren könnten.«

Jemand, der schräg hinter ihm saß, lachte rauh.

»Dieses Rätsel ist zu groß für die Menschheit, fürchte ich.«

Bull strich über seine Haare.

»Kurswechsel!« befahl er. »Ich habe keine Lust, noch näher an den Manip-Verband heranzugehen.«

Ribald Corello rollte in seinem Spezialstuhl heran. Er blieb neben Bull stehen.

Seltsam! dachte Bull unbehaglich. *Es ist nicht feststellbar, ob er so erschöpft ist wie die anderen.*

»Wenn Sie mich jetzt ausschleusen, kann ich mit einem Beiboot an die Manips heranfliegen«, sagte Corello.

»Nein«, lehnte Bull ab. »Sie sind eine Waffe, die wir nicht unbedingt jetzt schon in einen riskanten Einsatz schicken sollten.«

Corello schlug die Augen nieder. Unter dem mächtigen Kopf wirkte der Körper des Mutanten zerbrechlich.

»Verstehen Sie mich als Waffe?«

Bull blickte in die großen Augen.

»Wir können später darüber diskutieren.« Er beobachtete wieder den Bildschirm. »Seht euch die Manips an! Ich möchte wetten, daß sie auf dem Rückflug von einem Auftrag sind. Sie nähern sich dem Schwarm und werden zweifellos durch einen Schutzschirm verschwinden. Endlich können wir beobachten, was dabei geschieht.«

Doch seine Erwartungen wurden zunächst enttäuscht. Die Manipulatoren, die versetzt hintereinander auf den Schwarm zuflogen, änderten plötzlich den Kurs und begannen sich fächerförmig zu verteilen.
»Achtung!« rief der Navigator.
Bull schaute ihn an.
»Wir sind nicht blind, Franciskon. Aber es sieht nicht so aus, als wäre die INTERSOLAR der Grund für dieses Manöver.«
Das große Schiff erzitterte, als Bull es beschleunigen ließ. Mit zunehmender Geschwindigkeit entfernte sich die INTERSOLAR vom Verband der rochenähnlichen Raumfahrzeuge.
»Sie machen keine Jagd auf *uns!*« stellte Julian Tifflor fest. »Sie haben ein *neues* Ziel.«
Die Rochenschiffe flogen jetzt drei und drei hintereinander wieder vom Schwarm weg.
Bully nagte nervös an seiner Unterlippe. Was hatte diese plötzliche Kursänderung zu bedeuten? Hatten die Rochenraumer entsprechende Befehle vom Innern des Schwarms aus erhalten?
Die INTERSOLAR fiel ein paar tausend Meilen durch den Raum – wieder näher an den Schwarm heran. Das Dröhnen der Impulstriebwerke konnte von den Absorptionsanlagen nicht völlig gedämpft werden. Für Bull war die Stimme des Schiffes jedoch beruhigend, er hatte gelernt, feine Nuancen zu unterscheiden.
»Ortungsobjekt!« meldete der Ortungsoffizier. Seine Stimme klang nervös. In der Ortungszentrale der INTERSOLAR hielten sich nur sieben Männer und drei Frauen auf. Um alle Ortungsanlagen korrekt zu bedienen, wären vierzig Spezialisten nötig gewesen.
Inzwischen war ein Bild des neu aufgetauchten Objekts in die Zentrale gegeben worden.
Bull erhob sich und ging am Panoramabildschirm entlang. »Was ist das?« fragte er stirnrunzelnd.
»Irgendein Beiboot«, bemerkte Ralson Korjason, der vor sechs Monaten noch Fabrikant für Erntemaschinen gewesen war.
»Die Manips fliegen darauf zu«, stellte Tifflor fest.
Balton Wyt, der am Ende der Kontrollen saß, sagte auffordernd: »Wir müssen etwas unternehmen, Mr. Bull. Die Manips haben es auf das Kleinraumschiff abgesehen.«
Bull warf sich in einen Sitz und holte ein Mikrofon zu sich heran.
»Funkspruch an das unbekannte Flugobjekt!« ordnete er an. »Warnung an den Piloten. Empfehlen sofortige Umkehr.«
Die Hyperkomanlage der INTERSOLAR begann zu senden.
»Sie müssen uns hören«, sagte Bull eindringlich.
»Was halten Sie davon?« fragte Tifflor. »Natürlich ist es nicht irgendein Beiboot. Sieht eher nach einer Privatjacht aus.«
»Ja, aber das Schiff ist terranischer Herkunft.«

Sie beobachteten schweigend. Der Funkspruch wurde pausenlos wiederholt, aber es erfolgte keine Reaktion der kleinen Jacht.

»Zweifellos sind die Besatzungsmitglieder verdummt«, sagte Bull nach einiger Zeit.

Die Manipulatoren hatten sich der Jacht bis auf 100.000 Meilen genähert. Die INTERSOLAR stand noch drei Millionen Kilometer davon entfernt. Das bedeutete, daß sie nicht eingreifen konnte.

»Noch immer ist Zeit«, sagte Tifflor. »Wenn der Pilot der Jacht jetzt reagiert, kann er sein Schiff noch in Sicherheit bringen.«

»Die Rochen fliegen verhältnismäßig langsam«, fügte Wyt hinzu.

Bull befahl dem Funker, den Text des Funkspruchs zu ändern und zu vereinfachen. Aber auch diesmal erhielten sie keine Antwort.

»Vielleicht ist niemand an Bord«, meinte Corello. »Dann machen wir uns nur unnötig Sorgen.«

Bisher hatte Bull noch nicht von einem Fall gehört, daß die Rochenschiffe ein fremdes Schiff direkt angegriffen hatten. Die Funknachrichten aus allen Teilen der Galaxis sprachen vielmehr dafür, daß die Manipulatoren sich auf die Veränderung der Gravitationskonstante beschränkten.

Aber vielleicht, überlegte Bull angestrengt, verhielten sie sich in der Nähe des Schwarms anders. Hier mochten sie sich sicher genug fühlen, um ein kleines Schiff direkt anzugreifen.

Die neun Rochen schwärmten jetzt aus. Bull fragte sich, warum sie sich eine so große Mühe machten, wenn sie die Jacht vernichten wollten. Sie mußten doch schon festgestellt haben, daß ihre Besatzung keine Anstalten zur Flucht machte.

Oder hatten die Geheimnisvollen etwas anderes vor?

»Wenn wir einen direkten Vorstoß wagen, können wir die Jacht vielleicht retten«, sagte Tifflor nachdenklich. »Allerdings gefährden wir dabei unser Schiff.«

Bull wußte, was Tifflor vorhatte. Wenn sie in den Linearraum vordrangen und dann unmittelbar neben der Jacht herauskamen, konnten sie das kleine Schiff vielleicht blitzschnell an Bord nehmen und verschwinden. Viel größer jedoch war die Möglichkeit, daß sie während der Rettungsaktion von den Manips mit noch völlig unbekannten Waffen angegriffen wurden.

Bull wußte, was auf dem Spiel stand. Er konnte wegen eines vielleicht ohne Besatzung fliegenden Schiffes nicht 322 Immune in eine lebensgefährliche Situation bringen. Bull gestand sich jedoch ein, daß dies nicht der einzige Grund für sein Zögern war.

Er wollte sehen, was jetzt geschehen würde.

Die Manipulatoren waren inzwischen so weit ausgeschwärmt, daß sie sich der Jacht von drei Seiten näherten. Noch immer hatte die Besatzung nicht auf die Funksignale der INTERSOLAR geantwortet.

»Funksprüche einstellen!« befahl Bull. »Jetzt hat es keinen Sinn mehr.«

Die Rochenschiffe kreisten die Jacht ein. Für Bull stand längst fest, daß es nicht zu einem Feuerüberfall kommen würde. Entweder wollten die Besatzungen der Rochenschiffe die Jacht sofort untersuchen oder sie zum Schwarm mitnehmen.

Die Vorstellung, daß sich letzteres bewahrheiten könnte, war erregend. Bull begann zu bedauern, daß er sich nicht an Bord dieser Jacht befand. Vielleicht hätte er dann die Möglichkeit gehabt, ins Innere des Schwarmes zu gelangen.

»Zweifellos wollen sie das kleine Schiff mitschleppen«, erkannte Tifflor, der mit seinen Rückschlüssen schon immer vorsichtiger als Bull gewesen war.

»Hm!« machte Bull. »Warten wir ab.«

»Wenn sie die Jacht mitnehmen, lassen sich aus dieser Handlungsweise einige Rückschlüsse ziehen«, bemerkte Ribald Corello. »Die wichtigste Erkenntnis für uns ist, daß die Fremden, wer immer sie sind und wo immer sie herkommen, nun etwas über uns in Erfahrung bringen möchten.«

»Von unserem Standpunkt aus ist das die logischste Erklärung für das Vorgehen der Manips«, stimmte Wyt zu. »Aber wir dürfen nicht vergessen, daß die Schwarmbewohner ganz andere Gründe haben können.«

Diesen Worten folgte erneut eine Pause. Die Männer und Frauen in der Zentrale sahen gespannt zu, wie der Ring der Raumer sich allmählich um das kleine Schiff schloß. Noch immer war durch nichts bewiesen, daß sich an Bord der Jacht eine Besatzung aufhielt.

Bull beobachtete den Schwarm.

Es war sicher vermessen, dort irgendwelche Einzelheiten zu erhoffen, die einen direkten Hinweis auf die Absichten der Schwarmbewohner geliefert hätten. Alles, was dort geschah, spielte sich hinter den seifenblasenähnlichen, kristallin schimmernden Schirmen ab, die den Schwarm umhüllten. Unter diesen Schirmen befanden sich Hunderttausende, vielleicht sogar Millionen verschiedener Körper, die alle zum Schwarm gehörten und mit ihm durch den Raum flogen.

Aber warum machte sich jemand die Mühe, eine derartige Masse zu bewegen?

Bull konnte sich vorstellen, daß die Technik, mit der dieser Effekt erreicht wurde, ungeheuer kompliziert sein mußte.

Waren die Dinge innerhalb des Schwarmes alle eingefangen worden, wie es jetzt mit der unbekannten Jacht geschehen sollte?

Waren die Fremden Plünderer, die in einer von verdummten Völkern bewohnten Galaxis leichte Beute erhofften?

Bull bezweifelte, daß er der Wahrheit auch nur im Ansatz nahe kam.

Die Manipulatoren setzten sich wieder in Bewegung. Wie Bully erwartet hatte, machte das kleine Schiff ihre Bewegungen mit.

»Traktorstrahlen!« rief Korjason grimmig. »Jetzt ist die Jacht verloren.«
Bull gab den Befehl, noch einmal eine Serie von Funksprüchen abzusetzen. Vielleicht gelang jetzt ein Kontakt.
Die Rochenschiffe flogen mit dem eingefangenen Schiff in Richtung Schwarm. Nach einer kurzen Unterbrechung würden sie also ihr ursprüngliches Ziel anfliegen.
»Nichts!« rief der Funker enttäuscht. »Wir machen nur die Manips auf uns aufmerksam.«
»Funkkontaktversuche abbrechen!« befahl Bully. »Es hat keinen Sinn.«
Sie mußten den Schwarmschiffen die leichte Beute überlassen.

23.

Froud-Crofton lag am Boden neben der Positronik und spürte, daß ein leichter Ruck durch die ANNIOK ging. Dann – und auch das war eine instinktive Feststellung und nicht das Ergebnis von Überlegungen – stellte er fest, wie das Raumschiff seinen Kurs änderte. Unter normalen Umständen hätte Froud-Crofton sofort erkannt, daß äußere Einflüsse auf das Schiff einwirkten. Doch sein verdummtes Gehirn arbeitete nur langsam.

Zunächst glaubte er, Tapmedie Ulpanius hätte sich unbemerkt zum Pilotensitz geschlichen und die Steuerelemente manipuliert. Als er sich jedoch zur Seite drehte, sah er, daß der Stobäer sich nicht in der Zentrale aufhielt.

Der Mediziner hielt den Atem an und lauschte. Aus der Kombüse klangen Schnarchgeräusche herüber. Ulpanius lag an seinem Lieblingsplatz und schlief. Er hatte nicht gemerkt, daß etwas mit dem Schiff geschah.

Froud-Crofton gelangte mit seinen schwerfälligen Überlegungen jetzt an einen Punkt, wo er das Eingreifen einer fremden Macht nicht mehr ausschließen konnte. Aufgeregt wand er sich in seinen Fesseln. Schnell wurde ihm die Sinnlosigkeit seiner Bemühungen bewußt. Er ging gezielter vor. Die Arme an den Körper gepreßt, rollte er bis zum Pilotensitz.

Er wälzte sich auf den Rücken, damit er aus der Kuppel der ANNIOK in den Weltraum blicken konnte. Er sah jedoch nur ein paar Sterne und einen Ausschnitt des galaktischen Zentrums.

Entschlossen, sich einen besseren Beobachtungsplatz zu beschaffen, schob er sich zwischen Pilotensitz und Funkanlage auf die Kontrollwand zu. Dort lehnte er sich mit dem Rücken gegen einen Teil der Wand, wo er nicht Gefahr lief, die Stellung einiger Schalthebel zu verändern. Langsam schob er sich in die Höhe. Als er sicher sein konnte, beim Seitwärtsfallen auf den Pilotensitz zu stürzen, gab er sich einen Ruck. Er kippte zur Seite und landete vornüber auf dem Sitz. Seine künstlichen Lungen pfiffen.

Tapmedie Ulpanius erwachte von dem Lärm und kam herein.

»Was ist los?« erkundigte er sich interessiert. »Hast du dich endlich entschlossen, das Schiff zu steuern?«

Froud-Crofton sagte: »Binde mich los! Draußen ist etwas. Ich will es sehen.«

Tapmedie Ulpanius watschelte auf die Kontrollen zu und schwang sich in den Sitz. Trotz seines unförmigen Körpers konnte er eine erstaunliche Beweglichkeit entwickeln.

Der Stobäer stand auf Froud-Croftons Rücken und blickte durch die Kuppel in den Weltraum hinaus.

Seine Zunge machte ein schnalzendes Geräusch.

»Unheimlich!« rief er interessiert. »Das ist wirklich unheimlich.«

Froud-Crofton versuchte den Stobäer abzuwerfen, aber Ulpanius klammerte sich fest und versetzte ihm einen Tritt.

»Ruhig!« befahl er. »Ich will sehen, was das ist.«

Froud-Crofton bekam kaum noch Luft.

»Ich sage dir gleich, was es ist«, versprach er dem Demonstrationskranken.

Der Stobäer schien zu überlegen. Was immer er sah, es schien ihn in Erregung zu versetzen. Dann rutschte er endlich neben Froud-Crofton in den Sesselboden. Die graue, stinkende Haut des Stobäers ließ den Terraner vor Ekel würgen. Er drehte den Kopf weg.

»Komm hoch!« knurrte Ulpanius. »Sieh dir das an!«

Powee Froud-Crofton drehte sich zur Seite, aber die Lehnen des Sitzes hinderten ihn daran, sich noch höher aufzurichten.

»Warte!« Ulpanius kroch hinter ihn und zerrte an den Fesseln. Seine Spinnenfinger lösten die Knoten. Gleich darauf waren die Arme des Mannes frei. Ulpanius sprang vom Sessel und beobachtete Froud-Crofton aus sicherer Entfernung.

»Laß mich in Ruhe!« warnte er. »Ich werde dich schon wieder festbinden, sobald du eingeschlafen bist.«

Unschlüssig beobachtete der Mediziner das seltsame Wesen.

»Laß mich in Ruhe!« sagte Ulpanius abermals. Er ergriff ein am Boden liegendes Werkzeug und warf es in Froud-Croftons Richtung.

Der Mediziner zuckte zusammen. Er stemmte beide Hände gegen die Lehnen und blickte aus der Kuppel.

Seine Augen weiteten sich. Er gab einen erstickten Laut von sich. Schräg vor ihm verlief ein leuchtendes Band aus unzähligen Blasen durch den Weltraum.

»Was ist das für ein Ding?« erkundigte sich Ulpanius. »Sind es Sonnen?«

Froud-Crofton antwortete nicht. Er sah, daß die ANNIOK von zahlreichen fremdartig aussehenden Flugkörpern begleitet wurde. Die genaue Form dieser Schiffe war nicht auszumachen, denn sie reflektierten das Licht der unzähligen Leuchtblasen nur mit der diesen zugewandten Seite, während alle anderen Teile in völliger Dunkelheit lagen.

Froud-Crofton ließ sich zurücksinken.

»Ich habe noch nie davon gehört, daß es so etwas gibt«, sagte Tapmedie Ulpanius. »Es gefällt mir nicht. Es ist riesig. Ich hasse alles, was riesig ist.«

Froud-Crofton hörte nicht zu. Sein Verstand war blockiert. Er versuchte sich zu erinnern, doch in seinem Gedächtnis gab es keine Hinweise, die ihm weiterhelfen konnten.

Der Blasenschwarm schien sich von einem Ende der Galaxis zum anderen zu erstrecken, weder ein Anfang noch ein Ende waren zu sehen. Froud-Crofton richtete sich noch weiter auf und blickte abermals in den Weltraum hinaus. Der Schwarm lag schräg unter ihnen. Auch in seiner Breite war er von Froud-Croftons Position aus nicht zu überblicken.

Der Mediziner hatte das Gefühl, als würde ihm die Kehle zugeschnürt. Seine künstlichen Lungen rasselten, von seiner Ynkelonium-Brust ging ein dumpfer Druck aus. Die Beklemmung ließ erst nach, als er seine Blicke gewaltsam vom Schwarm löste.

Er stützte den Kopf in beide Hände.

Ulpanius kam heran und goß ihm Wasser über den Kopf. Diesmal war Froud-Crofton seinem Peiniger sogar dankbar. Er schüttelte sich und schaute Ulpanius an.

Die Triefaugen glänzten. Furcht sprach aus dem Blick des Stobäers.

»Was ist das, Terraner?«

Froud-Crofton hob die Schultern.

»Ich weiß es nicht.«

Sie blickten sich an, sie haßten sich und waren sich gleichzeitig einer übergeordneten Drohung bewußt. Die Nähe des Blasenschwarms und der neun fremden Schiffe hatte mit einem Schlag alles geändert.

Froud-Crofton grinste plötzlich.

»Es ist gefährlich!« rief er wild. »Vielleicht wird uns das Ding töten.«

»Hör auf!« Die Stummelarme mit den Spinnenfingern bewegten sich unruhig. »Ich habe keine Angst. Es ist sicher besser, wenn wir davonfliegen.«

Froud-Croftons Gelächter hallte durch die kleine Zentrale. Die lange in ihm aufgestaute Spannung löste sich. Er schrie vor Lachen und begann schließlich zu schluchzen. Ulpanius sah ihm zu. Als er sich beruhigt hatte, kam der Stobäer auf ihn zu. Seine Spinnenfinger waren drohend ausgestreckt, doch er griff nicht an.

»Wir fliehen, Terraner!«

»Das geht nicht«, antwortete Froud-Crofton. Er suchte nach Worten, aber sein Gehirn, von der Verdummungswelle betroffen, war durch den vor wenigen Augenblicken erlittenen Schock wie gelähmt.

Ulpanius berührte einen Steuerhebel.

»Du brauchst nur zu fliegen. Du kannst es.« Seine Stimme wurde beschwörend. »Du bist doch früher geflogen. Ich will hier weg.«

Impulsiv griff Froud-Crofton zu. Er packte einen Hebel und drückte ihn nach unten.

Es geschah nichts.

Froud-Crofton schrie auf und ließ seine Hände über die Tastatur der Hauptkontrollen gleiten. Willkürlich drückte er Knöpfe, schob Hebel zur Seite und strich über Lichtzellen.

Die ANNIOK zeigte keine Reaktion.

»Was ist los?« erkundigte sich Ulpanius mißtrauisch.

»Keine Energie!« stellte Froud-Crofton fest. »Die anderen Schiffe sind stärker als die ANNIOK.«

Besser konnte er es nicht ausdrücken. Aber Ulpanius protestierte nicht. Er hatte gesehen, wie der Terraner fast alle Kontrollen betätigt hatte, ohne daß etwas geschehen war. Das hatte ihn beeindruckt. Er kletterte neben Froud-Crofton auf die Kontrollen, so daß sein Körper wie ein prall gefüllter Sack unter der Kuppel lag.

»Wir bewegen uns auf diese leuchtende Blasenwand zu«, stellte er nach einiger Zeit fest.

»Die fremden Schiffe ziehen uns mit«, versuchte Froud-Crofton zu erklären. »Sie gehören zu dem Gebilde.«

Einem plötzlichen Entschluß folgend, verließ Ulpanius seinen Platz und verschwand in der Kombüse. Er brachte einen Becher mit Wasser und aufgeweichte Dehydriertabletten. Wortlos stellte er alles neben Froud-Crofton ab.

Der Mediziner vermutete eine neue Teufelei, nur zögernd griff er nach dem Becher. Dann kippte er den Inhalt gierig hinunter. Dabei vergaß er die Ereignisse draußen im Weltraum fast völlig.

»Willst du noch mehr?« erkundigte Ulpanius sich unfreundlich.

Froud-Crofton hielt ihm den leeren Becher hin.

Der Stobäer ging in die Kombüse und kam mit einem gefüllten Becher zurück. Er sah zu, wie der Terraner trank.

»Es geht mir besser«, sagte Froud-Crofton zufrieden. Er betrachtete den Strahlenkranken argwöhnisch. Der plötzliche Gesinnungswandel war ihm unerklärlich.

Die Erinnerung an den Blasenschwarm drängte sich wieder in sein Bewußtsein. Er hatte zu schnell getrunken und gegessen. Übelkeit ließ Schweiß auf seine Stirn treten, doch er richtete sich auf und blickte aus der Kuppel.

Die Kristallblasen füllten jetzt das gesamte Blickfeld des Terraners aus, ein sicheres Zeichen, daß die ANNIOK direkt darauf zuflog. Im Innern einiger Riesenblasen schienen dunkle Gegenstände zu schwimmen, in anderen pulsierten nur konturenhaft sichtbare Gebilde. Es war aber auch möglich, daß Froud-Crofton nur Schatten sah, die sich auf der Außenhülle der Blasen abzeichneten.

Der Mediziner begriff, daß die Blasen nichts anderes als unzählige ineinander übergreifende Schutzschirme waren.

Was war darunter verborgen? Raumschiffe? Stationen? Oder sogar Planetensysteme?

An diesem Punkt begann Froud-Croftons verdummtes Gehirn zu streiken.

»Was sollen wir tun?« drang die Stimme Ulpanius' in seine Gedanken.

»Wir müssen abwarten«, gab der Terraner zurück. »Wir fliegen auf diesen Schwarm zu. Vielleicht verschwinden wir darin.«

»Und dann? Was geschieht dann?«

Froud-Crofton wußte es nicht. Er strengte seine Phantasie an, aber sein Gehirn produzierte nur furchterregende Visionen.

Der Stobäer deutete auf das Funkgerät. »Warum strahlst du keinen Hilferuf ab?«

Froud-Crofton hatte schon mit diesem Gedanken gespielt, doch er wußte nicht, wie er die Funkanlage bedienen mußte.

»Ich kann nicht. Ich weiß nicht, wie es funktioniert.«

»Das ist nicht wahr!« behauptete Ulpanius.

»Ich habe es vergessen«, sagte Froud-Crofton hilflos. »Ich weiß, daß es eine Funkanlage ist, aber ich weiß nicht, wie ich sie bedienen muß.«

Einen Augenblick dachte er, Ulpanius würde sich auf ihn stürzen, doch der Stobäer schnalzte nur mit der Zunge und strich sich mit den Spinnenfingern über den lippenlosen Mund. Das Licht des Schwarms fiel durch die Kuppel in die Zentrale. Zusammen mit der Notbeleuchtung schuf es seltsame Reflexe auf poliertem Metall und glatten Wänden.

Froud-Crofton bückte sich und löste die letzten Fesseln von seinen Beinen. Der Demonstrationskranke hinderte ihn nicht daran. Froud-Crofton massierte seine strangulierten Gelenke und betastete seine zahlreichen Wunden.

Als er wieder aus der Kuppel blickte, sah er eines der fremden Schiffe in eine Leuchtblase eindringen. Es war ein phantastischer Anblick.

Der kristalline Schirm schmiegte sich dicht um das seltsame Schiff. Alle Teile, die sich innerhalb des Schirms befanden, waren unsichtbar geworden. Fugenlos glitt das Schiff ins Innere der Blase.

Froud-Crofton fragte sich, warum das so unheimlich langsam ging.

Zweifellos wurde durch diesen Vorgang ein völliges Abschalten des Schirmes vermieden. Froud-Crofton fand trotzdem keine Erklärung, und er bezweifelte, daß ihm das gelungen wäre, wenn er noch seine ursprüngliche Intelligenz besessen hätte.

Als das fremde Schiff völlig verschwunden war, schloß sich der Kristallschirm hinter ihm, als hätte es nie eine Öffnung gegeben.

Das Wort *Strukturriß* kam Froud-Crofton ins Gedächtnis. Aber die Öffnung, durch die das fremde Schiff in die Energieblase eingedrungen war, ließ sich wohl kaum mit einem Strukturriß vergleichen.

Die ANNIOK hatte sich einer der Kristallblasen so weit genähert, daß Froud-Crofton nur noch die schillernde Außenfläche dieses einen Schirms sehen konnte.

»Wir werden verschlungen!« schrie Tapmedie Ulpanius.

Helles Licht breitete sich in der Zentrale aus. Der Schirm, in den die ANNIOK jetzt eindrang, schien das Schiff zerquetschen zu wollen. Während die ANNIOK vom freien Weltraum ins Innere des Schwarmes vorstieß, fühlte Powee Froud-Crofton, wie etwas Erstaunliches mit ihm geschah.

Er gewann seine Intelligenz zurück.

An Bord der INTERSOLAR beobachteten die in der Zentrale versammelten Immunen, wie die ANNIOK zusammen mit den Manipulatoren in den Schwarm tauchte.

Bully und die anderen wußten nicht, daß es sich bei dem kleinen Schiff um die ANNIOK handelte, sie wußten auch nicht, daß sich an Bord der Jacht ein terranischer Mediziner und ein stobäischer Strahlenkranker aufhielten.

Die Art und Weise, wie die Schiffe in den Kristallschirm eindrangen, verblüffte die Raumfahrer an Bord der INTERSOLAR.

»Einen solchen Energieschirm habe ich noch nie gesehen«, sagte Julian Tifflor erstaunt. »Sehen Sie, wie er sich um die in ihn eindringenden Körper schließt, ohne sie zu zerstören?«

Seine Frage galt Bully, der fasziniert zusah.

»Die Energie schmiegt sich an die Außenhülle der eindringenden Körper«, schilderte der Ortungstechniker mit erregter Stimme. »Dabei läßt sich nicht feststellen, ob sich die Auflaufkapazität des Schirmes verändert.«

Bully dachte an Pontonacs Aufzeichnungen und fragte sich, ob das, was sie sahen, den Tatsachen entsprach. Aber die Ortungsgeräte der INTERSOLAR ließen sich nicht so leicht täuschen wie die menschlichen Sinne, deshalb konnten Bully und die anderen Immunen sicher sein, daß drei Millionen Kilometer von ihnen entfernt etwas Erstaunliches passierte.

»Was tun wir jetzt?« fragte Corello. »Wenn wir näher an den Schwarm herangehen, besteht die Gefahr, daß man uns angreift.«

»Haben Sie schon einmal überlegt, daß die Jacht vielleicht zum Schwarm gehört?« überlegte Bully, ohne auf die Frage des Mutanten einzugehen.
»Eine sehr abwegige Theorie«, meinte Balton Wyt.
»Ich schlage vor«, äußerte Tifflor, »daß wir die Position der INTER-SOLAR nicht verändern. Vielleicht wird die Jacht in absehbarer Zeit vom Schwarm wieder ausgestoßen.«
»Ich stimme Tiff zu«, sagte Bully. »Wir warten einige Zeit, ob etwas geschieht.«
»Warum schleusen wir kein Beiboot aus und gehen damit näher an den Schwarm heran?« fragte Loosan Heynskens-Oer, ein mentalstabilisierter Fachmann für Edelmetalle, der von der SolAb gekommen war.
Zustimmendes Gemurmel bewies, daß sich niemand in der Zentrale befand, der es abgelehnt hätte, mit einem Beiboot den Schwarm anzufliegen.
»Wir haben gesehen, was mit der Jacht geschah«, gab Bully zu bedenken. »Ein Beiboot der INTERSOLAR könnte ein ähnliches Schicksal erleiden. Wir brauchen jeden Immunen an Bord. Deshalb dürfen wir keine Risiken eingehen. Wir beschränken uns darauf, in dieser Gegend zu warten und zu beobachten.«
»Es ist aber möglich, daß die Jacht den Schwarm durchfliegt und an einer völlig anderen Stelle herauskommt«, gab Korjason zu bedenken.
»Es ist so ziemlich alles möglich«, sagte Bully mutlos.
Er blickte auf den Panoramabildschirm, auf dem ein Ausschnitt des Schwarms deutlich zu sehen war.
Was geschah hinter den Energieschirmen, für die man nun die Bezeichnung »Schmiegeschirm« prägte?
Wer lebte dort?
Eines erschien Reginald Bull sicher: Die Unbekannten hätten mit einer weitergehenden Manipulation der Gravitationskonstante alles Leben in dieser Galaxis töten können. Sie hatten sich jedoch darauf beschränkt, intelligentes Leben zu verdummen. Das ließ Bully hoffen, daß man mit den Unbekannten verhandeln konnte, wenn es erst zu einer Kontaktaufnahme gekommen war.
Der Grund für die allgemeine Verdummung schien ja klar zu sein. Wenn der Schwarm durch die Galaxis zog, brauchte er verdummte raumfahrende Völker nicht als mögliche Angreifer einzuplanen. Das konnte bedeuten, daß die Verdummung in dem Augenblick aufhören würde, da der Schwarm die Galaxis verließ.
Aber wann würde das sein? In zehn Jahren? In zehn Jahrtausenden?
Für die Menschheit konnten schon zehn weitere Monate in absoluter Verdummung den Untergang bedeuten.
Der Ortungsoffizier hatte die Stelle, wo die Jacht im Schwarm verschwunden war, auf dem Bildschirm markiert.

Hinter der leuchtenden Kristallwand hielten sich jetzt vielleicht Menschen auf, die dem Geheimnis wesentlich näher waren als Bully. Doch den Teil eines Rätsels zu lösen bedeutet im allgemeinen nur, das Geheimnis noch zu vertiefen.

24.

Im Alter von zwölf Jahren hatte Powee Crofton zum erstenmal die Erde verlassen. Sein Vater Abski Crofton hatte ihn auf die Reise mit ins galaktische Zentrum genommen.

»Vergiß alles, was du bisher gesehen hast«, hatte sein Vater damals zu ihm gesagt. »Eine neue Welt wird sich für dich auftun.«

Ihr Schiff war auf Marlin abgestürzt, einer heißen, fast atmosphärelosen Welt im Zentrumsgebiet. Ein Prospektor namens Froud hatte den einzigen Überlebenden, Powee Crofton, gerettet und in sein Team aufgenommen. Drei Jahre war Powee Froud-Crofton, wie er sich nach dem Zusammentreffen mit Froud genannt hatte, an der Seite des Prospektors durch den Weltraum gereist. Dann war Froud an einer Strahlenseuche gestorben, ein Mann mit riesigen Händen und dunklen Augen, schweigsam und herrisch und von dem Drang erfüllt, möglichst viele Planeten aufzusuchen.

Damals hatte Powee Froud-Crofton den Entschluß gefaßt, Mediziner zu werden und sich auf Strahlenkrankheiten zu spezialisieren. Er war einer der bekanntesten Ärzte auf diesem Gebiet geworden, obwohl er erst mit sechzehn Jahren zu studieren begonnen hatte.

Vergiß alles, was du bisher gesehen hast. Eine neue Welt wird sich für dich auftun.

Die Worte seines Vaters schlugen ihn in Bann, als er langsam aufstand und mit seiner zurückgewonnenen Intelligenz zu begreifen versuchte, was er durch die Kuppel der ANNIOK sah.

In einer Flut von Licht schwammen ein paar Raumschiffe. Weit im Hintergrund leuchteten ein paar Sonnen.

Sonnen!

Powee Froud-Crofton blinzelte.

Aber es war keine Täuschung. Zwischen den Sonnen und den Raumschiffen schwebten noch andere Gebilde, teilweise fremdartig und skurril geformt. Als Froud-Crofton den Kopf drehte, sah er ein halbes Dutzend miteinander verbundener Plattformen über der ANNIOK.

Er war sich darüber im klaren, daß er nur einen Teil jener Dinge sah, die sich unter dem Kristallschirm befanden, durch den die ANNIOK in den Schwarm eingedrungen war. Spiegelungen und Lichtreflexe verhinderten eine exakte Beobachtung.

Völlig unter dem Eindruck dieses phantastischen Anblicks stehend, ließ Froud-Crofton sich in den Pilotensitz zurücksinken und umklammerte mit beiden Händen die Steuerkontrollen. Mehr unbewußt als überlegt bewegte er die Schalthebel.

Doch die ANNIOK reagierte nicht.

Der Arzt stieß eine Verwünschung aus und schaltete das Notaggregat ein. Auch diesmal geschah nichts. Das Kleinstraumschiff stand völlig unter dem Einfluß jener Kräfte, die von außen darauf einwirkten.

Die ANNIOK glitt an den sechs Plattformen vorbei. Froud-Crofton schätzte, daß jede von ihnen fast tausend Meter durchmaß. Sie waren versetzt übereinander angebracht. In ihrer schwarzen Außenfläche waren weder Öffnungen noch Erhebungen zu sehen. Sie verschwanden schnell aus dem Blickfeld des Mediziners.

Tapmedie Ulpanius, der sich von seiner Überraschung nur langsam erholte, machte sich mit einem schnalzenden Geräusch bemerkbar.

Froud-Crofton fuhr herum.

Das Wesen, das ihn sieben Monate lang gequält hatte, stand nur ein paar Schritte neben dem Pilotensitz und schaute ihn aus Triefaugen unsicher an.

Als könne Ulpanius ahnen, daß der Terraner seine Intelligenz zurückgewonnen hatte, wich er ein Stück zurück und bedeckte mit seinen dünnen Fingern das Gesicht.

Froud-Crofton stand auf.

Er machte ein paar Schritte auf Ulpanius zu und schlug ihm dann heftig gegen den Kopf. Ulpanius kreischte schrill und warf sich nach vorn. Er umklammerte Froud-Croftons Beine und versuchte, den Terraner zu Fall zu bringen. Froud-Crofton schlug ihm nochmals auf den Kopf. Der Stobäer schrie, aber er ließ nicht los. Froud-Crofton riß ein Bein aus der Umklammerung und trat zu. Jetzt kam er völlig frei.

Schwer atmend stand er vor dem Demonstrationskranken, der ängstlich auf einen neuen Angriff wartete.

»Ich bin nicht länger verdummt!« Die Lungen des Arztes pfiffen. »Du hast mich lange genug gequält.«

Die Spinnenfinger deuteten in Richtung der Kuppel.

»Wir sind verloren«, jammerte Ulpanius. »Warum kümmerst du dich nicht um das Schiff?«

Froud-Crofton packte den Stobäer an den Oberarmen und hob ihn hoch. Ulpanius wog siebzig Pfund, aber der Arzt hielt ihn fast mühelos fest.

»Du bist ein widerwärtiges Ding!« rief er voller Abscheu. »Ich wollte dir helfen, obwohl du ein Krimineller bist. Aber kaum hattest du Gelegenheit dazu, hast du mich gequält. Du hättest mich verhungern lassen.«

»Das ist nicht wahr!« beteuerte Ulpanius. »Das ist alles nicht wahr. Ich wollte nur einen Spaß machen.«

Froud-Crofton warf Ulpanius auf den kleinen Kartentisch und drückte ihn dort nieder.

»Ich sollte dich töten!« keuchte er.

Die Triefaugen des Stobäers verdunkelten sich. Er wimmerte vor Entsetzen.

Froud-Crofton ließ plötzlich von ihm ab.

»Steh auf!« befahl er. »Es ist schon schlimm genug, daß ich mich deinetwegen so vergessen habe.«

Zögernd hob Ulpanius den Kopf.

»Ich bin dir sehr dankbar«, versicherte er, »daß du mir verziehen hast.«

Der Arzt winkte verächtlich ab.

»Sollte ich durch einen unglücklichen Zufall erneut verdummen, wirst du mich wieder quälen. Da kannst du nicht anders, Ulpanius.«

Sie blickten sich an. Froud-Croftons Haß war verflogen, er spürte nur Abscheu. Er wußte jedoch, daß der Stobäer ihn jetzt noch mehr hassen und auf eine Gelegenheit warten würde, sich zu rächen.

Ausgerechnet mit einem solchen Wesen mußte er in diese Situation geraten!

Er kehrte zum Pilotensitz zurück und blickte aus der Kuppel. Geblendet schloß er die Augen. Die ANNIOK flog jetzt dicht unter einem Schirm. Von der Umgebung war kaum etwas zu sehen.

Ulpanius schlich sich an den Sitz heran und fragte demütig: »Wo sind wir jetzt?«

Der Arzt antwortete nicht. Er merkte, daß er vor Aufregung zitterte. Es war ein Fehler gewesen, Ulpanius auf so primitive Art zu bestrafen. Andererseits konnte Froud-Crofton seine Reaktion verstehen. Besser wäre in jedem Fall jedoch gewesen, wenn er sich sofort um die Umgebung gekümmert hätte.

»Können wir von hier entkommen?« erkundigte Ulpanius sich hoffnungsvoll.

Abermals durchdrang die ANNIOK einen Energieschirm, aber nicht, um wieder in den freien Weltraum einzutauchen, sondern um in ein anderes Gebiet des Schwarmes überzuwechseln. Froud-Crofton begriff, daß die Schirme ineinander übergingen, sich berührten, Halb-, Viertel- und Achtelkugeln bildeten, Kugelausschnitte nur an manchen Stellen, aber alles durchdacht und geordnet.

Ein Ding, das wie ein metallener Baum aussah, flog an der ANNIOK vorbei. An mächtigen Trossen hingen Kugeln daran herab. Die Kugeln waren beleuchtet. Hinter den Bullaugen glaubte Froud-Crofton Bewegungen zu erkennen. Der Metallbaum verschwand. Weit im Hintergrund drehte sich ein mondgroßer Himmelskörper heran. Seine Oberfläche war mit durchsichtigen Kuppeln bedeckt, darunter befanden sich Städte.

Die ANNIOK drang tiefer in den Schwarm ein. Es wurde dunkler. Der Arzt hatte den Eindruck, wieder durch den Weltraum zu fliegen. Drei der Rochenschiffe, die zusammen mit der ANNIOK in den Schwarm eingeflogen waren, begleiteten die Jacht weiterhin.

»Sind wir im Weltraum?« begann Ulpanius wieder zu fragen.

Froud-Crofton schüttelte den Kopf. Er erinnerte sich, daß er vor fünfzig Jahren einmal auf einer Brücke gesessen und in einen schnell strömenden Fluß geblickt hatte. Irgendeine chemische Substanz hatte an den Brückenpfeilern zu schäumen begonnen, ganze Schaumberge waren hochgestiegen, bis der Wind einzelne Blasenbündel davongeweht hatte. Es war kein Zufall, daß ihm das jetzt einfiel, die ineinanderreichenden Energieschirme erinnerten den Arzt an die Schaumblasen damals im Fluß.

»Wir sind nicht im Weltraum«, erwiderte Froud-Crofton.

»Und wo«, fragte der Stobäer scheu, »sind wir?«

»Ich weiß es nicht«, erwiderte der Mediziner.

Eine Sonne, auf die die ANNIOK jetzt zuflog, überflutete die gesamte Umgebung mit ihrem Licht. Das Panzerplastmaterial, aus dem die Kuppel der ANNIOK bestand, verhinderte, daß die Augen der Passagiere beschädigt wurden, aber Froud-Crofton senkte dennoch den Kopf, so stark wurde er geblendet.

»Wir können jetzt nichts mehr sehen«, sagte er bedauernd. »Die Sonne ist zu nahe.« Seine Hände glitten über die Kontrollen. »Schade, daß die Bildschirme keine Energie führen.«

Die ANNIOK erzitterte. Froud-Crofton begriff, daß das Schiff den Kurs abermals wechselte. Minuten später ließ die Helligkeit der Sonne nach, und Froud-Crofton wußte, daß sie sich wieder von ihr entfernten. Alle diese Manöver schienen keinen Sinn zu haben, obwohl sie doch offensichtlich einem bestimmten Zweck dienten.

»Man bringt uns irgendwohin«, vermutete Ulpanius. »Man hat etwas Schlimmes mit uns vor.«

Powee Froud-Crofton lächelte.

»Das Jammern hilft uns wenig. Wir müssen herausfinden, was unsere Entführer beabsichtigen.«

»Und wie wollen wir dabei vorgehen«, fragte der Stobäer, »wenn nicht einmal die Funkanlage funktioniert?«

Das war ein berechtigter Einwand. Froud-Crofton tröstete sich damit, daß ihre Entführer offenbar nicht vorhatten, sie zu töten, denn das hätten sie längst tun können.

Der Arzt hatte den Eindruck, daß sie noch nicht sehr tief in den Schwarm eingedrungen waren, denn in der Ferne konnte er jetzt, da sie sich immer weiter von der hellen Sonne entfernten, die leuchtenden Kristallschirme sehen.

Der Terraner schaute auf die Borduhr.

Sie war kurz nach Mitternacht am 28. Juli 3441 stehengeblieben. Froud-Crofton schätzte, daß seit ihrem Zusammentreffen mit den seltsamen Raumschiffen schon ein paar Stunden vergangen waren.

Tapmedie Ulpanius watschelte unruhig in der Zentrale auf und ab. Er konnte seine Furcht vor den unbekannten Dingen innerhalb des Schwarms nicht unterdrücken.

Froud-Crofton bedauerte, daß sie bei ihren Beobachtungen allein auf den Ausblick durch die Panzerplastkuppel über der Zentrale angewiesen waren. Mit einwandfrei funktionierenden Ortungsanlagen hätten sie sicher weitaus mehr beobachten können.

Weit vor ihnen im Weltraum – Froud-Crofton blieb bei dieser Bezeichnung, obwohl er nicht sicher war, ob es tatsächlich der ihm vertraute Weltraum war, durch den sie flogen – tauchte jetzt ein seltsames Gebilde auf.

Aus der Ferne erinnerte es Froud-Crofton an das überdimensionale Modell eines Atoms. Als die ANNIOK jedoch näher kam, erkannte der Raumfahrer, daß das Geflecht, aus dem das Gebilde bestand, nicht um einen Mittelpunkt angeordnet war, sondern wirr durcheinander in verschiedenen Richtungen verlief. Es sah aus, als hätte jemand willkürlich eine große Anzahl von Drähten zu einer riesigen Kugel verflochten.

Zwischen den Drähten hingen kastenförmige Gegenstände, die Froud-Crofton an Vogelnester im Geäst eines kahlen Baumes erinnerten. Jedes dieser Nester besaß beachtliche Ausmaße. Zum Teil waren Dutzende solcher Kästen übereinandergestapelt.

Froud-Crofton sah, daß diese Kästen nicht nur an der Außenfläche der Kugel klebten, sondern auch in deren Innerm verteilt waren. Ein Zentrum schien es nicht zu geben.

Drei oder vier künstliche Sonnen umkreisten die Riesenkugel, spendeten Licht und Wärme.

Es bestanden keine Zweifel daran, daß die ANNIOK sich dem mysteriösen Kugelgebilde näherte.

Froud-Crofton spürte, daß sein Pulsschlag sich beschleunigte. Bisher hatte er die rätselhaften Körper innerhalb des Schwarmes nur aus der Entfernung beobachtet, jetzt flog er mit seinem Schiff gezwungenermaßen auf eines dieser Gebilde zu.

Der Arzt riß sich von diesem Anblick los und betrachtete die andere Seite ihrer Umgebung. Ein paar kleine, sehr weit entfernte Flugkörper erregten seine Aufmerksamkeit. Es handelte sich zweifellos um Raumschiffe, die ihren Kurs verfolgten. So, wie es von Bord der ANNIOK aussah, waren sie aneinandergekoppelt. Noch weiter im Hintergrund leuchtete eine blasse Sonne.

Froud-Crofton richtete seine Aufmerksamkeit wieder auf die Kugel. Sie hatten sich ihr inzwischen so weit genähert, daß nur noch ein Ausschnitt davon zu sehen war. Nun konnte der Terraner deutlich erkennen, daß überall im Geflecht diese Kästen aufgehängt waren, die ihm zunächst wie Nester erschienen waren. Die Kästen bestanden aus farblosem Metall, das das Licht der künstlichen Sonne nur schwach reflektierte. Das, was aus der Ferne wie Drähte ausgesehen hatte, waren Röhren von zwei bis zwanzig Metern Durchmesser.

»Das sieht aus wie ein Gefäßklumpen«, bemerkte Ulpanius. »Welchen Sinn kann es haben?«

»Sei still!« befahl Froud-Crofton.

Die ANNIOK flog jetzt langsamer, von den Begleitschiffen war nichts mehr zu sehen.

»Wir haben unser Ziel anscheinend bald erreicht«, sagte Froud-Crofton beklommen. »Ich bin gespannt, ob wir irgendwo landen werden. Vielleicht auf einem dieser seltsamen Kästen.«

Der Strahlenkranke zog sich in die Kombüse zurück und verkroch sich dort. Froud-Crofton fühlte sich unbehaglich. Auf Tapmedie Ulpanius konnte er sich nicht verlassen. In der jetzigen Situation bedeutete der Stobäer nur eine zusätzliche Belastung.

Der Arzt verschloß die Tür zur Kombüse, um sicher zu sein, daß Ulpanius ihn nicht stören würde. Ulpanius protestierte nicht gegen diese Maßnahme, obwohl das Fehlen jeglicher Schnarchgeräusche bewies, daß er nicht schlief.

Froud-Crofton kehrte an seinen Beobachtungsplatz zurück. Die ANNIOK machte jetzt kaum noch Fahrt, sie hatte eine Umlaufbahn um die Riesenkugel eingeschlagen.

Der Strahlenspezialist fragte sich, ob er von irgendwelchen Fremden beobachtet wurde. Interessierten sie sich für ihn oder für Tapmedie Ulpanius? Oder nur für das Schiff?

Die Ungewißheit war schlimmer als alles andere. Froud-Crofton erinnerte sich noch genau an jenes Gefühl, das er früher beim Betreten fremder Planeten empfunden hatte. Im Verlauf vieler Jahre und zahlloser Forschungsaufträge war dieses Gefühl abgestumpft, aber jetzt kehrte es zurück – und es war stärker als jemals zuvor.

Die Beklemmung, die Furcht vor dem Unbekannten, legte sich als dumpfer Druck auf seine Brust. Er zwang sich dazu, langsam zu atmen, denn er wußte um die Nachteile seiner künstlichen Lungen, die schon längst wieder hätten konditioniert werden müssen.

Das kugelförmige Geflecht, um das die ANNIOK kreiste, wies außer den darin aufgehängten Kästen keine Besonderheiten auf. Es stand still im Raum, die künstlichen Sonnen umkreisten es auf festgelegten Bahnen.

Obwohl er sich der Sinnlosigkeit seines Tuns bewußt war, überprüfte

Froud-Crofton abermals die Kontrollen. Keines der Geräte reagierte, das Schiff war nach wie vor ohne Energie.

Mathematische Symbole, erinnerte sich Froud-Crofton, waren am besten dazu geeignet, Kontakt mit fremden Intelligenzen aufzunehmen. Aber wie sollte er solche Nachrichten an die Unbekannten übermitteln, wenn außer der Notbeleuchtung an Bord der ANNIOK fast alle wichtigen Anlagen außer Funktion waren?

Der Mediziner öffnete das Wandfach, in dem sein Raumanzug untergebracht war. Er überprüfte den Energietornister.

»Nichts!« rief er verzagt.

Er warf den Anzug zur Seite.

Ich muß es mit der Notbeleuchtung versuchen, überlegte er. Er ließ sich im Pilotensitz nieder. Dann schaltete er das Licht aus, zählte bis neun und ließ es wieder aufflammen. Diesen Vorgang wiederholte er zwanzigmal hintereinander. Seine Hoffnung, daß eventuelle Beobachter das schwache Licht überhaupt sahen, war gering. Aber es war die einzige Möglichkeit, die Unbekannten auf sich aufmerksam zu machen.

Als nichts geschah, wiederholte Froud-Crofton das Experiment erneut. Er fühlte sich in der Rolle eines winzigen Insekts, das auf einer Tischplatte herumkroch und versuchte, die Menschen, die es zerquetschen wollten, um Gnade zu bitten.

Zum erstenmal berührte Froud-Croftons Hand den Auslöser der Selbstvernichtungsanlage der ANNIOK. Sie würde funktionieren, denn sie war völlig unabhängig von den Energiestationen des Schiffes und wurde mechanisch gezündet.

Froud-Crofton zog seine Hand zurück. Warum sollte er jetzt Selbstmord begehen? Es bestand keine unmittelbare Gefahr.

Ein Ruck ging durch das kleine Schiff.

Der Mediziner zuckte zusammen und hielt sich an den Lehnen des Pilotensitzes fest. Tapmedie Ulpanius in der Kombüse begann gegen die Tür zu trommeln. Die Bewegungen des Schiffes schienen ihn zu ängstigen.

»Laß mich raus!« schrie er. »Ich will nicht eingesperrt sein!«

»Ruhe!« befahl Froud-Crofton. Er schaute aus der Kuppel, um festzustellen, was jetzt geschehen würde. Tapmedie Ulpanius schrie unausgesetzt weiter. Der Terraner ignorierte den Lärm, den der Strahlenkranke machte.

Er sah, daß die ANNIOK sich dem kugelförmigen Geflecht näherte. Unwillkürlich hielt er nach einem Platz Ausschau, wo das kleine Schiff vielleicht hätte landen können. Dazu kamen nur die Oberflächen der im Geflecht aufgehängten Kästen in Frage.

Froud-Crofton überlegte, welche Schwerkraftverhältnisse ihn auf einer Kastenoberfläche erwarteten. An Bord der ANNIOK war die Schwerkraft auf unter ein Gravo abgefallen, aber das störte Froud-Crofton wenig.

Solange die Energieanlage des Rückentornisters nicht funktionierte, brauchte der Arzt den Schutzanzug nicht anzulegen.

»Laß mich raus!« hörte er den Stobäer toben. »Ich will hier nicht sterben.«

Der Mediziner öffnete die Kombüsentür, weil er das Geschrei nicht länger hören wollte. Ulpanius zwängte sich an seinen Beinen vorbei in die Zentrale und watschelte auf den Pilotensitz zu.

»Wir sind noch näher an dem Ding«, stellte er fest, nachdem er aus der Kuppel geblickt hatte.

Froud-Crofton sagte: »Wir werden wahrscheinlich irgendwo landen.«

»Landen?« fragte das kugelförmige Wesen erschrocken. »Wo sollen wir landen?«

»Zwischen dem Geflecht oder auf einem der kastenförmigen Gebilde«, vermutete Froud-Crofton.

Er blickte wieder aus der Kuppel und sah, daß es überall in diesem Gerüst aus Röhren und Streben dünne antennenähnliche Auswüchse gab. Diese Stäbe waren verhältnismäßig dünn, so daß Froud-Crofton sie erst jetzt sehen konnte.

Seltsamerweise beruhigte ihn diese Entdeckung, denn sie bedeutete schließlich, daß dieses Geflecht irgendeine Funktion besaß oder einem technischen Zweck diente.

»Wir fliegen in dieses Ding hinein!« schrie Ulpanius.

Er stolperte rückwärts und preßte sich gegen die flache Speicherbank neben der Positronik.

Die ANNIOK flog jetzt sehr langsam, sie war noch ein paar hundert Meter von der Oberfläche des Kugelgerüstes entfernt.

Froud-Crofton fragte sich, ob es einen Grund hatte, daß man sie ausgerechnet hierher brachte. Die Unbekannten waren sich offenbar von Anfang an darüber im klaren gewesen, wohin sie die ANNIOK fliegen wollten.

Je näher die ANNIOK dem Geflecht kam, desto langsamer wurde ihr Flug. Froud-Crofton war sicher, daß seine Jacht jetzt von Traktorstrahlen gelenkt wurde, die ihren Ursprung in Kraftstationen innerhalb des kugelförmigen Gerüstes hatten.

Die Abstände zwischen den Röhren und Streben des Gerüsts waren groß genug, um die ANNIOK durchzulassen. Das schlanke Schiff glitt an den äußeren Verästelungen vorbei und näherte sich zwei schräg übereinander aufgehängten Kästen.

Froud-Crofton sah, daß sich einer der Kästen öffnete. Das Tor, in das der Arzt blickte, war nicht mit einer Schleuse zu vergleichen, denn es gab keine Druckausgleichskammer und keine doppelten Wände. Eine Stahlwand war zur Seite geglitten. Trotzdem konnte Froud-Crofton nicht ins

Innere des Kastens blicken, obwohl das Licht der künstlichen Sonnen normalerweise durch das offene Tor hätte scheinen müssen.

Froud-Crofton erklärte sich den rätselhaften Anblick mit einer Energiebarriere, die nicht lichtdurchlässig war.

Die ANNIOK flog auf den geöffneten Kasten zu. Der Arzt schätzte, daß das Tor dreißig Meter breit und zehn Meter hoch war.

»Eine Falle!« heulte Ulpanius. »Das ist eine Falle, Terraner.«

»Schon möglich«, gab Froud-Crofton gelassen zurück, »aber was wollen wir dagegen tun? Wir müssen abwarten, was jetzt geschieht.«

Ulpanius begann sich im Kreis zu drehen und schrille Schreie auszustoßen. Der Mediziner beobachtete ihn und fragte sich, ob der Stobäer vor Angst den Verstand verloren hatte. Bei Ulpanius war man nie sicher, ob hinter solchen Auftritten nicht irgendeine Teufelei steckte. Der Strahlenkranke begann um sich zu schlagen. Dabei verletzte er sich an einer Hand, was ihn halbwegs zur Vernunft brachte.

»Deine Anfälle helfen uns nicht weiter«, sagte Froud-Crofton ärgerlich. »Nimm dich jetzt zusammen. Es ist möglich, daß ich dich brauche.«

Er hielt zwar wenig davon, mit dem stobäischen Kriminellen zusammenzuarbeiten, aber wenn er dadurch eine Chance bekommen konnte, seine Freiheit zu retten, wollte er sie nutzen.

Ulpanius zog sich in eine Ecke der Zentrale zurück und bedeckte seine Triefaugen mit beiden Händen.

Die ANNIOK war nur noch wenige Meter von dem Tor entfernt. Die Jacht stand jetzt still. Froud-Crofton blickte aus der Kuppel. Schräg über ihm führten Röhren und Streben in die verschiedensten Richtungen. Es gab antennenähnliche Auswüchse, die so dünn waren, daß sie wie Haare wirkten.

Froud-Crofton war sich der Anwesenheit fremder Wesen bewußt. Dieses Gefühl hatte sich noch verstärkt, als das Tor aufgeglitten war. Trotzdem konnte der Arzt niemand sehen. Er vermutete, daß die Fremden sich hinter dem Tor aufhielten.

Plötzlich erlosch die Notbeleuchtung. Die Unbekannten hatten eine Möglichkeit gefunden, auch den Dynamo zu beeinflussen, von dem diese Anlage versorgt wurde. Froud-Crofton befürchtete, daß die Fremden noch nicht alle Kontrollmöglichkeiten eingesetzt hatten.

Hätte der Rückentornister seines Schutzanzugs funktioniert, wäre Froud-Crofton jetzt ausgestiegen. Während er noch überlegte, wie er die unsichtbaren Entführer der Jacht zu einer Reaktion zwingen konnte, setzte die ANNIOK sich langsam wieder in Bewegung. Als sie das Tor passierte, schien sich eine schwarze Masse um die Jacht zu legen. Es wurde vollkommen dunkel.

Ulpanius stöhnte vor Angst.

Froud-Crofton ahnte, daß sich das Tor noch nicht geschlossen hatte.

Trotzdem reichte das Licht der künstlichen Sonnen nicht bis ins Innere des Kastens.
Es gab einen kaum spürbaren Ruck, als die ANNIOK auf dem Boden aufsetzte.
Draußen war es still.
Plötzlich wurde es hell.
Die Lichtquelle war nicht zu entdecken, aber sie erhellte den Raum, in dem die ANNIOK gelandet war.
Froud-Crofton blickte aus der Kuppel.
Die Wände im Hintergrund waren gelb. Es gab Stellen, an denen sie völlig glatt aussahen, aber der größte Teil der Oberfläche war von seltsam geformten Auswüchsen bedeckt. Froud-Crofton blickte nach oben. An der Decke hing ein kreisförmiges Gebilde. Es durchmaß etwa zehn Meter. In seiner Mitte ragte eine Spitze von einem halben Meter Länge nach unten.
Froud-Crofton konnte keine weiteren Einrichtungsgegenstände entdecken. Der Boden war überall dort, wo Froud-Crofton ihn übersehen konnte, völlig glatt.
»Niemand ist zu sehen«, bemerkte Ulpanius, der wieder Mut gefaßt hatte. »Ob wir aussteigen und uns draußen umsehen?«
Der Arzt schaute zu den Kontrollen.
»Wir wissen nicht, welche Verhältnisse außerhalb des Schiffes herrschen. Die Kontrollen führen keine Energie und zeigen nichts an.«
»Glaubst du, daß wir von hier entkommen können?«
Froud-Crofton lachte spöttisch.
»Unter diesen Umständen? Wir müssen abwarten, was weiterhin geschieht.«
»Wir könnten ...« Ulpanius wurde von einem durchdringenden Summen unterbrochen. Er drehte sich um die eigene Achse, um festzustellen, wodurch der Lärm ausgelöst wurde.
Froud-Croftons Gesichtsmuskeln zuckten. Die Töne bereiteten ihm Schmerzen. Er preßte beide Hände gegen die Ohren. Das Summen wurde nicht leiser.
»Was ist das?« schrie Ulpanius.
Froud-Crofton ließ beide Arme sinken. Sein Gesicht spiegelte sich in den dunklen Scheiben der Bildschirme. Zum erstenmal war er dankbar, daß er sich nicht allein an Bord der ANNIOK befand. Ulpanius war zwar alles andere als ein Freund, aber er gehörte zu den Lebewesen dieser Galaxis. Die Bewohner des Schwarms, so ahnte Froud-Crofton, kamen aus unermeßlichen Fernen des Universums.
Das Summen wurde dumpfer und damit erträglicher.
»Da!« schrie Ulpanius. Seine Spinnenfinger deuteten nach oben.
Das kreisförmige Gebilde an der Decke senkte sich langsam auf die ANNIOK herab. Der Stab in der Mitte schien zu glühen.

In diesem Augenblick erlosch das Licht in der Halle. Froud-Crofton konnte nur noch den glühenden Stab sehen, der langsam näher kam.

»Wir sollen getötet werden!« kreischte der Stobäer in panischer Angst.

Froud-Crofton preßte die Lippen aufeinander, bis es weh tat. Er wollte nicht die Nerven verlieren. Nur wenn er seinen Verstand gebrauchte, konnte er diese und folgende Schwierigkeiten überstehen. Bestimmt wollte man ihn und Ulpanius nicht töten. Das wäre einfacher gegangen.

Direkt über der Kuppel der ANNIOK kam der kreisförmige Deckeneinsatz mit dem Stab in der Mitte zur Ruhe. Die Spitze des Stabes schien noch stärker zu glühen.

In der Kuppel der ANNIOK entstand ein Loch, das sich schnell vergrößerte.

Unwillkürlich riß Froud-Crofton die Arme vor das Gesicht. Aber der erwartete Druckverlust fand nicht statt.

Ungläubig sah der Arzt zu, wie das Loch in der Kuppel immer größer wurde. Das Panzerplast wurde zerstrahlt, ohne daß Hitze oder Rauch frei wurden. Außerdem geschah die Vernichtung vollkommen lautlos.

Der glühende Stab begann zu kreisen. Er erfaßte jetzt die Außenränder der Kuppel und löste sie ebenfalls auf. Auf diese Weise wurde der gesamte Aufsatz über der Zentrale sauber herausgetrennt.

Die Präzision, mit der alles geschah, ließ Froud-Crofton vermuten, daß die ANNIOK nicht das erste Schiff war, das man auf diese Weise behandelte.

Der Stab hörte auf zu glühen. Froud-Crofton ahnte, daß der eigenartige Strahler wieder unter die Decke zurückglitt.

Der Arzt lauschte angestrengt. Unter der offenen Kuppel kam er sich wie nackt vor. Er rechnete jeden Augenblick mit einem Angriff der unbekannten Entführer.

»Terraner!« flüsterte Ulpanius.

»Ja?«

Es gab ein klatschendes Geräusch. Froud-Crofton schloß daraus, daß der Stobäer versuchte, die Zentrale zu verlassen.

»Hierbleiben!« sagte er leise. »Was willst du draußen unternehmen, Ulpanius?«

Der Demonstrationskranke stöhnte vor Anstrengung. Ein dumpfes Geräusch bewies dem Arzt, daß Ulpanius auf die Außenhülle der ANNIOK gefallen war.

»Terraner!« schrie Ulpanius plötzlich. Seine Stimme überschlug sich fast. »Etwas hält mich fest. Ich komme nicht mehr los.«

Der Mediziner antwortete nicht. Er hatte damit gerechnet, daß Ulpanius nicht weit kommen würde. Aber wer oder was hatte ihn angegriffen?

»Hilf mir doch!« flehte Ulpanius. »Du darfst mich nicht allein lassen.«

Froud-Crofton zwang sich zur Ruhe. Wenn er jetzt antwortete, machte er die Fremden auf sich aufmerksam, obwohl er kaum zu hoffen wagte, daß sie ihn nicht sahen.

Froud-Crofton vernahm einen Laut wie von einer an der Wasseroberfläche eines stillen Sees zerplatzenden Luftblase. Das Geräusch kam aus unmittelbarer Nähe.

Etwas war in die Zentrale eingedrungen!

Der Terraner spürte, wie ihm ein kalter Schauer über den Rücken lief. Er ließ sich zu Boden sinken und kroch auf allen vieren in Richtung des kleinen Kartentisches.

In seiner Nähe schleifte etwas über den Boden.

Froud-Crofton erstarrte in seinen Bewegungen. Er wagte kaum noch zu atmen, weil er befürchtete, daß das Atemgeräusch seiner künstlichen Lungen die Eindringlinge auf ihn aufmerksam machen könnte.

Nach einer Weile wagte er weiterzukriechen. Er erreichte den Kartentisch und zog sich darunter zurück. In einer entfernten Ecke der Zentrale knirschte etwas. Metall schien über Metall zu gleiten.

Von Ulpanius war nichts mehr zu hören. Entweder war der Stobäer tot, oder die Unbekannten hatten ihn betäubt. Vielleicht war er auch weggeschleppt worden.

Etwas, das sich anhörte wie ein nasser Lappen, fiel über Froud-Crofton auf den Kartentisch. Die Nerven des Mediziners waren bis zur Unerträglichkeit angespannt. Sein Herz jagte. Er krallte seine Finger in die Oberschenkel. Fast wäre er mit einem Aufschrei aufgesprungen und blindlings geflohen.

Die Fremden wußten längst, wohin er sich verkrochen hatte.

Froud-Crofton wußte, daß er nur die Hand auszustrecken brauchte, um etwas zu berühren, was nicht in die Zentrale der ANNIOK gehörte. Trotzdem blieb er, ohne sich zu bewegen, in seinem Versteck.

Irgendein Ding glitt über den Rand des Kartentischs. Ein Lufthauch streifte das Gesicht des Arztes.

Er hielt den Atem an.

Es gab einen fast explosionsartigen Knall, als der Kartentisch mit einem Ruck aus seiner Bodenverankerung gerissen wurde. Froud-Croftons Spannung entlud sich in einem Aufschrei.

In einigen Metern Entfernung krachte der Tisch wieder auf den Boden. Froud-Crofton verlor endgültig die Beherrschung und sprang auf. Zu einer weiteren Aktion kam er nicht. Etwas schloß sich um seinen Oberkörper, umklammerte ihn sanft, aber nachdrücklich und hob ihn vom Boden hoch. Er bekam die Arme nicht frei. Das Zappeln mit den Beinen half ihm nicht viel.

Er stieß eine Verwünschung aus, war aber trotzdem erleichtert. Endlich nahmen die unheimlichen Dinge um ihn herum Gestalt an. Noch wußte Froud-Crofton nicht, ob das, was ihn festhielt, organisch oder mechanisch war, aber es war immerhin ein greifbares Etwas.

Er wurde aus der Zentrale gehoben und schwebte ein paar Sekunden über der ANNIOK.

»Ulpanius!« rief er.

Keine Antwort.

Wieder ein schleifendes Geräusch. Das Ding, das Froud-Crofton festhielt, setzte sich in Bewegung. Der Arzt konzentrierte sich. Er mußte feststellen, wohin man ihn brachte. Im Augenblick, so vermutete er, wurde er quer durch die Halle geschleppt, in der die ANNIOK gelandet war.

Immer mehr verstärkte sich Froud-Croftons Überzeugung, daß er von einer Art Roboter festgehalten wurde. Diese Überzeugung stützte sich vor allem auf das Vorgehen des fremden Dinges. Jedes lebende Wesen, auch wenn es noch so fremdartig war, hätte sich vollkommen anders benommen.

Kurze Zeit später hielt Froud-Croftons Entführer abermals an. Der Arzt nahm an, daß sie vor einer Wand standen. Er wurde auf den Boden gestellt, ohne daß sich die Klammer um seinen Oberkörper löste. Dann wurde er um den Bauch gepackt. Die Klammer um seine Brust öffnete sich. Sofort griff Froud-Crofton mit beiden Händen nach dem Ding um seinen Bauch.

Im gleichen Augenblick wurde er von den Beinen gerissen und mit hoher Geschwindigkeit weggeschleppt. Er ahnte, daß er sich jetzt im Innern einer der zahllosen Röhren befand, aus denen das kugelförmige Geflecht bestand.

Froud-Croftons Hände schlossen sich um hartes Material.

»Loslassen!« rief er.

Das Ding, das ihn transportierte, reagierte nicht. Nach einiger Zeit wurde es noch schneller. Froud-Crofton spürte, daß ihm schwindlig wurde. Ein paarmal wurde er gegen die Röhrenwand gestoßen. Wenn er sich jedoch ruhig verhielt, passierte das nicht.

Die ganze Zeit über spürte Froud-Crofton die Nähe von etwas Lebendigem. Seltsame Geräusche, die zweifellos nicht von seinem Entführer verursacht wurden, ließen ihn vermuten, daß die Bewohner dieser Riesenkugel sehr aktiv waren.

Endlich kam das Ding zur Ruhe. Froud-Croftons Lungen pfiffen. Obwohl man ihn getragen hatte, war der Transport alles andere als angenehm gewesen. Ohne jede Rücksicht auf die Konstitution des Terraners war der Roboter durch Röhren und Gänge gerast.

Jetzt schien er sein Ziel erreicht zu haben. Froud-Crofton wurde mit einem Ruck hochgehoben und auf einem flachen Untergrund abgelegt. Bevor er irgend etwas tun konnte, schlossen sich elastische Bänder um seinen Körper und hielten ihn fest.

Ein stechener Schmerz drang in seinen Kopf. Dann verlor er das Bewußtsein.

Bully hatte in der letzten Stunde immer öfter auf die Uhr geblickt. Seine Hoffnung, daß die im Schwarm verschwundene Jacht vielleicht wieder auftauchen könnte, hatte sich bisher noch nicht bestätigt.

Tifflor bemerkte die Unruhe seines Freundes.

»Wir warten vergebens, Bully! Die Fremden werden ihre Beute nicht mehr freigeben.«

»Ich befürchte fast, daß Sie recht haben, Tiff!« Bully blickte zögernd über die Kontrollen. Für die INTERSOLAR und ihre Besatzung gab es noch viel zu tun. Vor allem *anderes,* nämlich die Suche nach Immunen. Im Grunde genommen war das Warten auf eine Rückkehr der Jacht Zeitverschwendung.

Andererseits erhoffte Bully sich eine einmalige Chance. Etwas untersuchen zu können, was sich innerhalb des Schwarms befunden hatte, wäre für die Terraner ungemein wertvoll gewesen.

»Wir warten noch!« entschied er.

Corello sagte nachdenklich: »Wir sollten endlich zurückfliegen und versuchen, alle Immunen irgendwo zusammenzuziehen. Ich meine jetzt nicht nur die immunen Menschen, sondern auch andere Völker.«

»Glauben Sie, daß immune Akonen und Blues mit uns arbeiten würden?« fragte Tifflor skeptisch.

»Ich könnte mir vorstellen, daß sie unter den gegebenen Umständen dazu bereit wären.« Corellos großer Kopf bewegte sich ein wenig. Die Männer und Frauen an Bord der INTERSOLAR hatten sich längst an sein ungewöhnliches Aussehen gewöhnt.

»Es wäre einen Versuch wert«, stimmte Bully zu. »Aber wie wollen wir in der augenblicklichen Lage mit den Immunen aller raumfahrenden Völker Kontakt aufnehmen? Bisher ist es uns noch nicht einmal gelungen, mit unseren größten Kolonien in Verbindung zu treten.«

Tifflor seufzte.

»Unsere einzige Chance liegt darin, mit den Bewohnern oder Beherrschern des Schwarmes in Kontakt zu kommen.«

Bully schaute Tifflor forschend an. »Mit anderen Worten: Sie möchten versuchen, in den Schwarm einzudringen!«

Der Zellaktivatorträger nickte entschlossen.

»Ich befürchte, daß dies den Tod eines jeden Freiwilligen zur Folge hätte.«

»Dann«, sagte Tifflor entschlossen, »sollten wir den Schwarm mit allen zur Verfügung stehenden Schiffen angreifen, um seine Bewohner zu einer Reaktion zu zwingen.«

Bully schüttelte den Kopf.

»Wo sollten wir angreifen? Unsere wenigen Schiffe könnten nur eine winzige Stelle des Schwarmes unter Beschuß nehmen. Dadurch würden wir bestenfalls erreichen, daß man uns für streitlustige Barbaren hält. Nein, dieses Problem muß auf andere Weise gelöst werden.«

Ein Blick in die Gesichter der in der Zentrale versammelten Menschen ließ Bully erkennen, daß keiner von ihnen an eine Lösung glaubte. Rhodans bester und ältester Freund senkte den Kopf.

»Vielleicht müssen wir wirklich ganz von vorn beginnen«, überlegte er laut. »Irgendwo, auf einer Welt, die nicht vom Schwarm bedroht wird.«

Tifflor blickte ihn fassungslos an.

»Das würde bedeuten, daß wir alles, was die Menschheit seit Perry Rhodans erstem Raumflug erreicht hat, aufgeben müssen!«

»Ja«, bestätigte Bull. »Aber das scheint das Gesetz des Universums zu sein. Kein Volk kann immer weiter wachsen und sich immer weiter ausdehnen. Eines Tages geschieht etwas, das seine Expansion zum Stillstand bringt. Ich habe mich schon gefragt. warum es nicht viel früher zu einer ähnlichen Katastrophe gekommen ist.«

»Ich bin nicht bereit, das zu akzeptieren!« sagte Tifflor verbissen.

Bully lachte humorlos. »Sie werden es nicht glauben, Tiff: Es fällt mir ebenfalls schwer, es zu akzeptieren. Und ich habe noch nicht aufgegeben.«

»Das ist immerhin etwas«, bemerkte Tifflor erleichtert.

Bully konzentrierte sich wieder auf die Kontrollen. Der Schwarm wanderte jetzt nur sehr langsam. Manchmal sah es aus, als würden sich die blasenähnlichen Kristallschirme in ihrer äußeren Form verändern, doch das war eine Täuschung, hervorgerufen durch die langsame Drehung des Schwarms.

Bully befahl dem Funker, abermals Signale in seine Richtung abzustrahlen. Er rechnete nicht damit, daß es ihnen jetzt noch gelingen würde, mit der Besatzung der Jacht Verbindung aufzunehmen, doch es bestand immerhin die schwache Hoffnung, daß jemand aus dem Schwarm antworten würde.

Die INTERSOLAR funkte eine volle Stunde, ohne daß dort jemand reagierte. Die Funksprüche, die an Bord des Ultraschlachtschiffes aufgefangen wurden, kamen weiterhin aus allen Teilen der Galaxis. In fast allen Fällen handelte es sich um Notsignale.

Nur innerhalb des Schwarms schien Funkstille zu herrschen.

Bull befahl, die Versuche wieder abzubrechen.

»Was jetzt?« fragte Tifflor. »Nun können wir aufgeben und weiterfliegen.«

»Wir haben jetzt so lange gewartet, daß wir noch ein paar Stunden opfern können«, sagte Bull.

Er spürte, daß sein Vorhaben bei Tifflor auf immer stärkere Ablehnung stieß. Auch die anderen Besatzungsmitglieder innerhalb der Zentrale schienen nicht mit Bullys Entscheidung einverstanden zu sein.

Nur Corello sagte: »Vielleicht ist es doch gut, wenn wir ein bißchen warten. Ich werde das Gefühl nicht los, daß sich noch etwas ereignen wird.«

»Was soll schon geschehen?« fragte Wyt. »Der Schwarm ignoriert uns. Das ist bei seiner Ausdehnung kein Wunder. Die Fremden, die den Schwarm steuern, können alles mögliche ignorieren, sogar eine Riesenflotte von Ultraschlachtschiffen.«

»Diesmal sind *wir* die Ameisen«, sagte Jamie Dkanor, eine immune Karthographin. »Und der Riese, der unser Reich mit einem Tritt zerstört, denkt sich nichts dabei.«

25.

Wir sind eine unbekannte Anzahl miteinander verschmolzener Individuen. Wir dienen dem Y'Xanthomrier. Manchmal fällt es uns schwer, unsere Aufgaben zu bewältigen. Dann helfen uns andere Völker, die dem Y'Xanthomrier ebenfalls dienen. Ständig sterben Individuen, die zu uns gehören. Nicht alle, die man als Ersatz heranschafft, sind auch für unsere gemeinsame Aufgabe geeignet.

Das Y'Xanthomrier weiß jedoch, was zu tun ist. Es wird immer dafür sorgen, daß wir funktionsfähig sind. Gibt es eine schönere Aufgabe, als Nachrichten für das Y'Xanthomrier zu empfangen und weiterzugeben? Wir wissen, daß wir nicht einzigartig sind. Das Y'Xanthomrier hielt es für klug, an anderen Stellen ähnliche Einrichtungen zu schaffen. Gebilde wie das unsere sind an vielen Orten entstanden. So ist es möglich, daß alle Diener des Y'Xanthomrier miteinander sprechen können.

Wir haben eine sehr wichtige Funktion in der Gesamtheit.

Ein paar von uns sind schon sehr lange dabei. Das ist erstaunlich, wenn man bedenkt, wie schnell manche Neuankömmlinge absterben. Aber auch jene, die nur ganz kurze Zeit in unseren Funktionskreis eingeschlossen sind, machen vor ihrem Ende einen sehr glücklichen Eindruck. Sie spüren, daß sie einer großen Sache dienen.

Am schönsten ist der Dank des Y'Xanthomrier. Auch die Geringsten unter uns empfangen diesen Dank. Dabei kann das Y'Xanthomrier jeden in jedem Augenblick töten. Das Y'Xanthomrier erreicht jeden Punkt innerhalb und außerhalb unseres Systems.

Das Y'Xanthomrier ist mächtig, und gelb ist seine Farbe.

Viele von uns haben vergessen, was früher war. Die Erinnerung an ihr früheres Leben ist verblaßt. Das ist gut so, denn es hat sich herausgestellt, daß jene, die sich am schnellsten in unser System einfügen, am längsten überleben.

Wir, die wir Nachrichten empfangen und weitergeben, gehören verschiedenen Völkern an. Das ist in unserem jetzigen Zustand natürlich völlig bedeutungslos. Man könnte uns als körperlos bezeichnen, obwohl das natürlich nicht stimmt. Das System ist unser Körper. Wir sind innerhalb des Systems eingeschlossen. Jeder von uns übt eine bestimmte Funktion aus, aber wir können unsere Aufgabe nur einwandfrei erfüllen, wenn wir vollzählig sind.

Am häufigsten fällt der Selektor aus. Das liegt weniger an der Aufgabe, die dieser Teil des Systems zu erfüllen hat, als an der Sensibilität der als Selektor eingesetzten Wesen. Ein Selektor muß zahlreiche Fähigkeiten haben, die nur selten in einem Wesen vereinigt sind. Die Kontrolleure des Systems haben das längst erkannt.

Wir haben deshalb zwei Selektoren. Einer davon kann durch eine Systemschaltung im Bedarfsfall eingeschaltet werden, der zweite dient als Reserve.

Diesmal ist jedoch der seltene Fall eingetreten, daß der Selektor und dessen Ersatz gleichzeitig abgestorben sind. Wir haben keinen Selektor, was mit anderen Worten bedeutet, daß wir nicht voll funktionsfähig sind.

Die Kontrolleure haben angekündigt, daß sie einen neuen Selektor aufgegriffen haben. Vielleicht sogar zwei, obwohl es im zweiten Fall mehr als unwahrscheinlich zu sein scheint, daß eine Verwendung möglich ist. Wir lernen mit der Zeit, die Angaben der Kontrolleure richtig zu interpretieren.

Wir warten mit größter Spannung auf den neuen Selektor. Die Einpassung eines Neuen ist immer erregend. Oft sterben die Individuen schon zu diesem Zeitpunkt.

Wir glauben, daß das Y'Xanthomrier rechtzeitig ein oder zwei neue Selektoren für unser System finden wird. Natürlich überbewerten wir unsere Aufgabe innerhalb der Gesamtheit nicht. Betrachtet man den gesamten Komplex, ist unser System nur ein winziger Bestandteil. Aber unsere Funktion ist überaus wichtig.

Wir schätzen, daß es innerhalb der Gesamtheit ein paar hundert Systeme wie das unsere gibt. Sicher haben alle anderen auch ihre Schwierigkeiten mit den Selektoren.

Wir sind wirklich gespannt auf die beiden Neuen – wenn sie überhaupt zu verwenden sind.

Als Tapmedie Ulpanius wieder klar denken konnte, lag er in einer Art Nische am Boden und hatte beide Hände im Gesicht. Er spreizte behutsam seine dünnen Finger, um mehr von der Umgebung sehen zu können.

Er zitterte jetzt nicht mehr. Er hatte jenes Stadium der Furcht erreicht, wo an die Stelle der Angst eine gewisse Gleichgültigkeit tritt. Das bedeutete, daß er sich mit seinem Ende abgefunden hatte.

Über ihm verlief eine gewölbte Decke. Sie war, wie fast alles innerhalb dieser Räume und Gänge, von gelber Farbe. Es war eine Farbe, die eine beunruhigende Wirkung auf Tapmedie Ulpanius hatte.

Er richtete sich ein wenig auf, immer damit rechnend, wieder auf den Boden geworfen zu werden. Doch nichts geschah. Er blieb auch unbehelligt, als er sich schließlich auf seine kurzen Beine stellte.

Der Stobäer war allein. Er stand in einem schrägen Gang, unmittelbar vor einer scharfen Kurve. Der Gang mußte sich im Innern einer Röhre befinden, denn Decke und Seitenwände waren nach außen gewölbt. Als der Strahlenkranke sich bewegte, stellte er fest, daß der Gang sehr steil nach oben verlief. Ulpanius geriet ins Rutschen, sobald er die Bodennische verließ. Er glitt hastig an den relativ sicheren Platz zurück.

Er überlegte, warum man ihn hierhergebracht hatte.

»Terraner!« rief er leise.

Er erhielt keine Antwort. Powee Froud-Crofton war entweder tot oder weit von Ulpanius entfernt.

Der Stobäer wußte, daß er nicht ewig in dieser Nische bleiben konnte. Die Geräusche, die an sein Gehör drangen, bewiesen ihm, daß die Station belebt war.

Er wußte nicht, was ihn hierhergeschleppt hatte, aber das Ding war ihm an Kraft weit überlegen gewesen.

Immerhin gab es jetzt Licht, so daß Ulpanius seine Umgebung sehen konnte.

Ein neues Geräusch in seiner unmittelbaren Nähe ließ ihn herumfahren. Etwas kam den Gang herauf.

Tapmedie Ulpanius wartete darauf, daß der Urheber des Lärmes um die Kurve biegen würde.

Doch dann wurde es plötzlich ruhig. Jemand schien hinter der Kurve zu lauern. Tapmedie Ulpanius kroch langsam aus der Nische hervor. Er blickte den Gang hinauf und überlegte, ob er im Ernstfall auf diesem Weg fliehen konnte.

Zumindest mußte er es versuchen.

Er ließ sich nach vorn sinken und kroch mehr, als er ging, über den glatten Boden.

Hinter ihm kam etwas um die Kurve.

Er blickte sich um. Ein Gebilde, das wie eine flache Schale auf einer Rolle aussah, glitt den Gang herauf. Es schien keine Schwierigkeiten bei der Überwindung der Steigung zu haben, so daß es nur eine Frage der Zeit war, bis es Ulpanius eingeholt haben würde.

Der Stobäer kauerte sich auf den Boden und wartete darauf, daß ihn das Ding angreifen würde. Doch dann kam alles anders, als er es sich vorgestellt hatte. Der Boden, auf dem er lag, sackte plötzlich nach unten. Es entstand eine Nische, wie Ulpanius sie vor wenigen Augenblicken verlassen hatte. Die Schale, die auf den Demonstrationskranken zurollte, machte einen Satz, wobei sie umkippte und auf Ulpanius herabfiel. Sie schloß mit ihren Außenrändern genau mit denen der Bodennische ab.

Um Ulpanius herum wurde es dunkel. Er warf sich gegen die Schale, aber sie gab nicht nach.

Plötzlich wurde Tapmedie Ulpanius durchsichtig. Er schien von innen heraus zu leuchten. Die Helligkeit übertrug sich nicht auf seine Umgebung, so daß der Stobäer wie ein leuchtender Ballon aussah. Völlig verwirrt wollte Ulpanius seine Augen mit den Händen bedecken. Aber auch seine Finger waren durchsichtig, sie glühten wie Leuchtdrähte. Die Organe in seinem Körper sahen wie dunkle Klumpen aus. Nach einiger Zeit erschienen dunkle Flecken auf dem Körper des Stobäers. Irgend jemand schien nach einem bestimmten Plan einzelne Körperstellen abzudunkeln. Irgendwie erinnerten Ulpanius diese Vorgänge an die Untersuchungen in der Praxis von Dr. Froud-Crofton.

Vom oberen Rand der Schale senkten sich glühende Pfeile herab und durchbohrten seinen Körper, ohne daß er Schmerzen empfand. Dann wurde er von kleinen Scheiben berührt, die sich an seiner Haut festsaugten.

Ulpanius ließ alles geduldig über sich ergehen, denn er war sich seiner völligen Wehrlosigkeit bewußt. Die glühenden Pfeile in seinem Körper waren Lichtsäulen einer unbekannten Strahlung.

Nach einer Weile erloschen die Lichtsäulen. Der Körper des Stobäers hörte auf zu glühen. Die Scheiben lösten sich mit schmatzenden Geräuschen von seiner Haut. Wenig später löste sich die Schale von der Nische.

Tapmedie Ulpanius konnte in den gelben Gang blicken. Er ahnte, daß die Untersuchung vorüber war. Welchen Sinn hatte sie gehabt? Was wollten seine Entführer herausfinden?

Der Demonstrationskranke spürte, wie der Boden sich unter ihm glättete. Die Nische verschwand. Ulpanius wurde an die Oberfläche des Ganges zurückgestoßen. Im Hintergrund sah er die Schale um eine Kurve rollen.

Er war wieder sich selbst überlassen.

Langsam kroch der Strahlenkranke den Gang hinauf. Er wußte, daß er nicht entkommen konnte. Er war in dieses Gewirr unzähliger Röhren und Streben eingeschlossen, in irgendein technisches System, dessen Sinn nur die Erbauer verstanden.

Ulpanius rief ein paarmal nach Froud-Crofton, rechnete aber nicht mit einer Antwort. Nach einiger Zeit erreichte er das Ende des Ganges. Durch eine metergroße Öffnung konnte er in das Innere eines großen Raumes blicken. Ulpanius wußte, daß er einen jener Kästen erreicht hatte, die zwischen den Verstrebungen des kugelförmigen Gebildes hingen. Das Innere des Kastens war beleuchtet. An den Wänden und mitten im Raum standen fremdartige Geräte. Ulpanius kletterte durch die Öffnung in den Raum hinüber. Er war erstaunt, daß sich niemand um ihn kümmerte oder sich ihm abwehrend entgegenstellte. Die Unbekannten schienen Ulpanius für völlig ungefährlich zu halten. Sie hatten ihn untersucht und danach offenbar jedes Interesse verloren.

Ulpanius betrachtete die überall aufgestellten Maschinen. War die Einrichtung der ANNIOK für den Stobäer schon verwirrend gewesen, so erschienen ihm die Anlagen in seiner Umgebung völlig fremdartig. Er konnte nicht einmal ahnen, welche Bedeutung sie hatten. Aufmerksam musterte er die Metallblöcke. Nirgends gab es Vorrichtungen, die mit Kontrollinstrumenten und Schalttafeln vergleichbar gewesen wären.

Alle Maschinen gehörten offenbar einem in sich geschlossenen System an, das von einer Zentrale oder von außen gesteuert wurde.

Aber wo waren jene Wesen, die das System für sich benutzten? Lebten sie überhaupt hier?

Ulpanius durchquerte den Raum. Er war erschöpft und durstig. Sicher gab es hier keine Nahrung für ihn. Er fand einen halbwegs bequemen Platz und ließ sich nieder. Er legte beide Hände über die Augen. Das war seine Lieblingsstellung. Trotzdem konnte er nicht einschlafen. Seine überreizten Nerven ließen es nicht zu.

Er überlegte, ob es nicht eine Möglichkeit geben könnte, den Terraner gegen die Fremden auszuspielen. Das Schicksal Froud-Croftons war ihm gleichgültig. Aber wo war der Arzt?

Ulpanius nahm die Hände vom Gesicht. Sicher hatte es keinen Sinn, wenn er jetzt nach Froud-Crofton suchte.

Ein dumpfes Dröhnen ließ ihn aufhorchen. Der Boden des Raumes begann zu vibrieren. Die Vibrationen gingen jedoch nicht von diesem Raum aus.

Dann vernahm Tapmedie Ulpanius einen schrecklichen Schrei. Irgendwo schrie ein Wesen in höchster Not. Ulpanius riß die Hände vors Gesicht. Er winselte vor Entsetzen.

Nur langsam kam ihm zum Bewußtsein, daß er die Stimme von Powee Froud-Crofton gehört hatte.

Wir können zufrieden sein. Natürlich ist nur einer der beiden Neuen als Selektor verwendbar, aber dafür verrät er mehr Talent als alle seine Vorgänger. Wir können es kaum abwarten, daß er an das System angeschlossen wird. Wie alle Selektoren scheint auch er sensibel zu sein. Wir werden hart kämpfen müssen, damit er nicht sofort abstirbt. Wenn er sich mit seiner Aufgabe erst einmal abgefunden hat, kann er lange Selektor bleiben.

Der zweite Ankömmling ist für uns völlig uninteressant. Er ist unbrauchbar, selbst als Leiter kommt er nicht in Frage. Er wird in absehbarer Zeit sterben, dann werden seine Überreste beseitigt. Niemand wird ihn töten, das erledigt er von selbst.

Wir warten.

Das Y'Xanthomrier wird sich wieder voll und ganz auf uns verlassen können, sobald die Position des Selektors besetzt ist. Der gelbe Gott, der rote Steine weint, wird seine Schützlinge sicher ans Ziel bringen.

Die Kontrolleure haben schon mit der Präparation des neuen Selektors begonnen. Naturgemäß sträubt er sich sehr. Wir *alle* haben uns gesträubt, bis wir verstanden, wie schön es sein kann, an ein solches System angeschlossen zu sein.

Wir sind gespannt darauf, mehr über den Neuen zu erfahren.

Die Kontrolleure: »*Achtung jetzt!*«

Wir wissen, daß auch wir Verantwortung tragen. Wir müssen den Neuen vorbereiten, ihn vor allem gegen den psychischen Druck schützen, dem er ausgesetzt sein wird. Unnötig, daß die Kontrolleure uns immer wieder darauf hinweisen.

Aber das ist mehr oder weniger eine Routineangelegenheit.

Die Kontrolleure sprechen für das Y'Xanthomrier. Und die Stimme des gelben Gottes ist unüberhörbar.

Die Kontrolleure: »*Stufe Eins!*«

Wir werden still. Jeder von uns hängt seinen eigenen Gedanken nach, die er natürlich nicht vor den anderen verschließen kann.

Ich ...

Ich ... Es fällt mir schwer, so zu denken.

Wie lange ist es jetzt schon her, daß ich zum System gestoßen bin?

Ich habe Glück gehabt. Von Anfang an.

Ich ...

Ich bin Richtstrahler. Ich bin in uns Richtstrahler. Wir haben alle eine besondere Funktion.

Ich glaube, daß ich sogar meinen Namen vergessen habe. Es fällt mir sehr schwer, von mir als Individuum zu denken.

Richtstrahler, so glauben wir, ist neben Leiter die ungefährlichste Aufgabe. Die Körperlosigkeit der Richtstrahler und Leiter ist geringer als die der anderen.

Die Kontrolleure: »*Stufe Eins erfolgreich beendet.*«

Die Kontrolleure sind Maschinen, die uns beobachten und ständig im Auftrag des Y'Xanthomrier mit uns und allen anderen Systemen unserer Art in Verbindung stehen. Aber die Kontrolleure gehören nicht zu uns. Sie sind ein eigenes System und werden von Dienern des Y'Xanthomrier gelenkt.

Die Kontrolleure: »*Stufe Zwei führt zu Schwierigkeiten.*«

Wir lauschen angespannt. Es wäre eine Katastrophe, wenn der neue Selektor schon jetzt Schwierigkeiten bereiten würde. Dann kann er sich unmöglich ins System einfügen.

Wir lauschen.

Noch können wir nichts von dem Neuen spüren – das ist frühestens nach Stufe Sieben möglich.

Die Kontrolleure: »*Die Schwierigkeiten sind noch nicht behoben.*«

Ich ...

Es fällt uns sehr schwer, als Individuen zu denken. Dabei waren viele von uns früher ausgesprochene Einzelgänger. Vor allem ein Zwischenschalter hatte es sehr schwer, sich von seiner ursprünglichen Identität zu lösen.

Es ist tatsächlich so, daß wir zusammen ein *neues* Wesen bilden, ein übergeordnetes Ich, das uns alle einschließt.

Ich ...

Ich ... gehöre dazu. Ich gehöre dazu. Den anderen gehöre ich ebenso, wie ich mir gehöre.

Was noch nicht körperlos geworden ist, gehört uns allen.

Ein Kollektiv. Ein System. Das Y'Xanthomrier kann mit uns zufrieden sein.

Wir empfangen Nachrichten. Wir speichern sie. Wir geben sie weiter. Ein paar hundert Systeme wie das unsere garantieren die Kommunikation innerhalb der Gesamtheit.

Aber wir können nur einwandfrei arbeiten, wenn wir komplett sind.

Komplett – das bedeutet, daß wir unter allen Umständen einen Selektor brauchen.

Die Kontrolleure: »*Stufe Zwei trotz Schwierigkeiten abgeschlossen. Wir warten mit Stufe Drei bis zum Ausgleich ab.*«

Das kann nur bedeuten, daß die Kontrolleure bei Stufe Drei noch größere Schwierigkeiten erwarten.

Wir sind entsetzt.

Dieser wertvolle Selektor! Dieses unvergleichliche Talent. Es darf nicht verlorengehen.

Ich ... wir ... ich ... muß versuchen, mich ganz auf den Neuen zu konzentrieren. Er liegt wahrscheinlich noch auf der Anrichte. Ich halte es für unmöglich, daß man ihn bereits eingeführt hat – bei diesen Schwierigkeiten!

Die Kontrolleure: »*Wir warten noch mit Stufe Drei!*«

Die Ungewißheit ist schlimmer als alles andere.

Wir können den Selektor sehen. Dabei ist der Begriff »sehen« natürlich nicht für unsere Körperlosigkeit zutreffend. Aber es gibt auch bei unserem Zustand kein besseres Wort.

Wir sehen den neuen Selektor.

Was ist das für ein Wesen?

Wir haben die Erinnerung an unsere Körper weitgehend verloren, obwohl Teile dieser Körper noch im System funktionieren. Körper, mit denen man herumgeht, springt, kämpft und ißt, sind für uns abstrakt.

Wir betrachten den Selektor.
Es fällt mir ... mir ... uns schwer, seine Größe richtig einzuschätzen. Aber es ist letzten Endes bedeutungslos, ob dieses Wesen groß oder klein ist. Sogar seine geistigen Fähigkeiten sind zweitrangig. Wichtig ist allein seine Fähigkeit, als Selektor zu arbeiten.
Der Neue kann differenzieren. Blitzschnell wird er ankommende Nachrichten auf ihren Gehalt überprüfen und an die entsprechenden Stellen im System weiterleiten. Nicht nur das, der Selektor wird alle gewünschten Nachrichten blitzschnell aus den Speichern heraussuchen. Ein guter Selektor kann das System entscheidend entlasten.
Die Kontrolleure: »Wir warten noch mit Stufe Drei!«
Wollen sie ewig warten?
Wir müssen endlich Klarheit haben. Ich ... wir ...
Der neue Selektor. Ein Talent für das System.
Die Kontrolleure: »Stufe Drei beginnt.«
Das Y'Xanthomrier, das tötet und dabei rote Steine weint, der gelbe Gott wird uns beschützen.
Der neue Selektor liegt noch immer auf der Anrichte. Sein Platz ist vorausbestimmt. Die Maschinen sind vorbereitet.
Wir warten ...

Der Schrei war noch nicht verhallt, als Tapmedie Ulpanius schon auf den Beinen stand und sich umblickte. Aus welcher Richtung war der Schrei gekommen?
Es gab insgesamt sieben Ausgänge.
Ulpanius schnalzte mit der Zunge.
Hatte er nur ein Echo gehört? Oder eine Stimme über mehrere Lautsprecher?
Ulpanius watschelte auf einen der Ausgänge zu und schaute in den anschließenden Gang hinaus.
»Terraner!«
Seine Stimme klang merkwürdig hohl. Er rief ein paarmal den Namen des Arztes und ging dabei von Eingang zu Eingang. Es blieb alles still, aber als Ulpanius unschlüssig in die Mitte des Raumes zurückkehrte, begann der Boden erneut zu vibrieren.
»Wo seid ihr?« kreischte Tapmedie Ulpanius. »Zeigt euch endlich, damit ich weiß, gegen wen ich kämpfen muß!«
Er warf sich gegen eine Maschine und begann an den Erhebungen zu zerren, die aus der Verkleidung ragten. Schließlich hämmerte er mit beiden Fäusten dagegen. Es gab dumpfe Geräusche, doch die Anlage erwies sich als unverletzlich.
Der Anfall des Stobäers ging vorüber. Er begann über seine Lage nachzudenken. Zweifellos war die Untersuchung anders ausgefallen, als die

Fremden erwartet hatten. Nun wurde er ignoriert. Niemand kümmerte sich um ihn. Für die Fremden war er ein ungefährliches Individuum, das sie sogar in ihrer Station herumlaufen ließen, weil sie wußten, daß es keinen Schaden anrichten konnte.

Ulpanius zitterte.

Man würde ihn verhungern lassen. Vielleicht hatte der Terraner sich inzwischen mit den Fremden geeinigt und ihn geopfert. Diese Vorstellung versetzte den Strahlenkranken in immer größere Wut. Schließlich rannte er auf einen der Ausgänge zu und kletterte in einen steil nach unten führenden Gang.

Sofort verlor er das Gleichgewicht, fiel auf den Rücken und rutschte in die Tiefe. Die Decke schien über ihm wegzugleiten. Seine Haut begann zu brennen. Trotzdem versuchte er nicht, seine Fahrt zu bremsen. Ein paar hundert Meter weiter »unten« wurde der Gang flacher. Tapmedie Ulpanius stand auf und blickte sich um. Ein paar Schritte von ihm entfernt befanden sich die Öffnungen zu mehreren Seitengängen, die irgendwohin in das kugelförmige Geflecht führten.

Der Stobäer lauschte. Wieder vernahm er Geräusche – aus weiter Ferne und aus unmittelbarer Nähe. Aber niemand war zu sehen.

Alles schien sich hinter den Wänden des Ganges abzuspielen. Aber lag dort nicht der offene Raum?

Ulpanius schüttelte den kugelförmigen Kopf. Er wußte, wie nahe er daran war, den Verstand zu verlieren.

Entschlossen, trotz allem weiter nach Froud-Crofton zu suchen, stieg er durch eine Wandöffnung in einen Seitengang.

Plötzlich erschien über ihm an der Decke eine leuchtende Kugel. Sie tanzte hin und her und schien ihn zu beobachten. Ulpanius blickte zu ihr hinauf. Schließlich merkte er, daß es keine Kugel war, sondern nur ein kreisförmiger Lichtfleck, der über die Decke glitt und einen dreidimensionalen Effekt besaß.

Das Licht wanderte langsam davon.

Ulpanius folgte ihm zögernd. Es war offensichtlich, daß die Fremden erwarteten, daß er diesem Licht folgte. Er sollte an einen bestimmten Platz geführt werden. Aber diesmal überließen die Unbekannten die Entscheidung Ulpanius. Sie zwangen ihn nicht. Der Lichtfleck glitt davon.

Ulpanius setzte sich in Bewegung. Auch wenn er in eine Falle gelockt werden sollte, er mußte dem Licht folgen. Er mußte herausfinden, wohin es wanderte.

Der leuchtende Fleck an der Decke bedeutete eine Kontaktmöglichkeit. Bald merkte Ulpanius, daß er seine Geschwindigkeit vergrößerte. Es fiel dem Strahlenkranken immer schwerer, dem Ding an der Decke zu folgen. Er beschimpfte die Unsichtbaren, die ihn auf diese Weise quälten, sah aber bald ein, daß es sinnlos war und ihn nur zusätzliche Kraft kostete.

Als vor Ulpanius eine Kurve auftauchte, verlor er das Licht endgültig. Es bog vor ihm um die Kurve, und als er ebenfalls dort angelangt war, konnte er es nicht mehr sehen.

Er stand in einem Röhrengang, der leicht nach oben anstieg. Ulpanius ging weiter. Die Aktion der Fremden mußte irgendeinen Sinn haben.

Eine Welle heftiger Übelkeit überfiel ihn unerwartet. Er hatte seine Krankheit völlig vergessen. Seit Tagen war dies der erste Anfall. Die Medizin, die ihm an Bord der ANNIOK zur Verfügung gestanden hatte, fehlte ihm jetzt. Ulpanius wußte, daß sich die Anfälle jetzt häufiger ereignen würden, es sei denn, er würde zurück zur ANNIOK finden und sich mit den nötigen Medikamenten versorgen.

Ulpanius bog um die nächste Kurve und sah vor sich den Einstieg des nächsten zwischen den Streben aufgehängten Kastens. Er zögerte, denn er wußte, daß das Licht ihn hierherlocken wollte.

Niemand tauchte auf, um sich ihm entgegenzustellen. Jeder weitere Schritt schien ihm überlassen zu sein. Er schnalzte mit der Zunge und ging weiter.

Er blickte in den Eingang. Er sah einige seltsam geformte Maschinen und Energieanlagen. Die meisten ragten wie Höcker aus dem Boden oder hingen tropfenförmig von der Decke.

In einem entfernten Winkel leuchtete der Fleck, der Ulpanius hergeführt hatte. Die fremden Maschinen klangen wie ferne Stimmen. Das Licht wechselte ständig seine Helligkeit. Manchmal wurde es fast völlig dunkel.

Ulpanius betrat den Raum. Es roch eigenartig – wie nach versengter Isolierung. Ulpanius mußte niesen. Er berührte sein Gesicht mit den dünnen Fingern und blickte sich um.

Zwischen zwei Maschinenhöckern lag die Kleidung von Powee Froud-Crofton.

Ulpanius gab einen erstickten Laut von sich und rannte darauf zu. Als er die Kleider durchwühlte, gab es ein klirrendes Geräusch. Die künstlichen Lungen des Terraners wurden unter den Kleidern sichtbar. Sie lagen in einem schalenförmigen Gebilde: Froud-Croftons Ynkeloniumbrust.

Der Stobäer hatte die Brust einmal gesehen, als der Terraner sich gewaschen und die Bioplasthaut von seinem Oberkörper gezogen hatte. Dabei hatte Froud-Crofton die Klappe in der Brust geöffnet, um Ulpanius die künstlichen Lungen zu zeigen.

Ulpanius hob die relativ leichte Brust mit den beiden künstlichen Lungen auf. Seine Füße wühlten in den Kleidern, stießen aber nicht auf weiteren Widerstand.

Er hatte Froud-Croftons Kleidung gefunden – die Ynkeloniumbrust und die künstlichen Lungen des Arztes. Alles andere war verschwunden.

Wir wissen, daß Stufe Drei planmäßig abläuft. Es geht langsamer als in anderen Fällen, aber wir sind geduldig. Inzwischen kümmern sich die Kontrolleure auch um das Schiff, mit dem die beiden Fremden angekommen sind. Es ist eine einfache, aber praktische Konstruktion, die auf einen relativ hohen Entwicklungsstand des Herstellers schließen läßt.

Natürlich wissen wir nicht, ob dieses Schiff vom Volk unseres neuen Selektors oder vom Volk seines Begleiters hergestellt wurde. Da es der Anatomie des neuen Selektors besser entspricht, könnte man annehmen, daß es sein Schiff ist.

Doch in dieser Beziehung haben wir uns schon oft getäuscht. Deshalb sind wir mit Vermutungen vorsichtig.

Inzwischen wissen wir, warum es während Stufe Zwei und zu Beginn von Stufe Drei Schwierigkeiten gab. Der Fremde, den wir als neuen Selektor bekommen sollen, besaß körperfremde Teile, die mit ihm verbunden waren.

Ungeheuerlich!

Das bedeutet nicht mehr und nicht weniger, als daß der Fremde ein winziges System war, natürlich auf einer völlig anderen Basis. Wenn er zu uns gehört, wird er uns sagen müssen, welche Bindung er mit jenen körperfremden Teilen eingegangen war.

Und das in lebendigem Zustand!

Kein Wunder, daß die Kontrolleure in ihm ein unvergleichliches Talent sehen.

Die Zentrale, in der das Schiff der Fremden gelandet ist, wird von den Kontrolleuren geöffnet. Die kleine Flugmaschine gleitet hinaus und wird aus dem System gebracht. Niemals würden die Kontrolleure ein Schiff innerhalb des Systems zerstören, denn das könnte schlimme Folgen haben.

Manchmal glauben wir, daß die Kontrolleure uns besser verstehen als wir uns selbst.

Aber sie sind schließlich dazu da, um das System zu bewachen und um zu verhindern, daß es zu einer Katastrophe kommt.

Ich ...

Wir sehen, wie das kleine Schiff der Fremden vor dem System ankommt und verpufft.

Eine kleine Energiewolke entsteht, die sich rasch verflüchtigt.

Wir wenden uns von diesem Schauplatz ab.

Ein paar Nachrichten kommen aus dem Zentrum an. Es dauert einige Zeit, bis sie in die richtigen Kanäle geleitet werden können, denn der Selektor fehlt uns sehr.

Alle Völker innerhalb der Gesamtheit, die dem Volk des Y'Xanthomrier dienen, werden jetzt viel Arbeit bekommen. Das Ziel der Gesamtheit ist fast erreicht.

Wir haben unglaubliches Glück, daß wir ausgerechnet jetzt im System arbeiten können. Unsere Vorgänger erlebten alle nur einen Teil der Reise, nicht aber ihre Erfüllung.

Manchmal können wir förmlich fühlen, wie die Gesamtheit dem Augenblick der Ankunft, der gleichzeitig die Erlösung und die Erreichung des höchsten Zieles bedeutet, entgegenfiebert.

Wir wünschen uns oft, die Gesamtheit verstehen zu können, aber was wir auch den Nachrichten entnehmen, es reicht nicht aus, um alles zu begreifen. Sicher ist es keine Absicht, daß man uns im unklaren läßt. Als mehr oder weniger körperlose Mitglieder unseres Systems sind wir auch zu kurzlebig, um alles zu lernen.

Ich ...

Ich ... wir glauben, daß wir in einen ungeheuerlichen, kaum vorstellbaren natürlichen Prozeß eingespannt sind. Aber das ist natürlich nur eine Vermutung, die sich auf ein paar Nachrichten stützt.

Die Kontrolleure: »Wir beginnen mit Stufe Vier.«

Wir vernehmen es mit Erleichterung. Nachdem die ersten Schwierigkeiten, die niemand vorhersehen konnte, endlich überwunden sind, geht alles sehr schnell. Bald wird der Neue zu uns gehören. Er wird als Selektor in unserem System arbeiten.

Wir warten ...

26.

Hinüberdämmern ...
Erwachen ...
Orientieren ...

Powee Froud-Crofton fühlte sich seltsam körperlos. Der Zustand, in dem er sich befand, war noch am ehesten mit einem Traum zu vergleichen.

Er schien irgendwo zu schweben, im Nichts, schwerelos. Trotzdem konnte er sehen.

Er blickte in einen Raum, in dem seltsam geformte Maschinen standen. Die Wand im Hintergrund war gelb.

Aber von wo aus konnte er sehen?

Es gab keinerlei Bezugspunkte. Alles war so unwirklich.

Er vermißte etwas. Als er seine Arme bewegen wollte, reagierten sie nicht. Seltsam, auch seine Beine, sein gesamter Körper, alles war gefühllos. Die Verbindung von seinem Gehirn zu den einzelnen Teilen des Körpers schien unterbrochen zu sein.

Froud-Crofton wollte etwas sagen, aber es wurde keine Stimme hörbar.

Von dem seltsamen Platz, an dem er sich befand, löste sich eine Art Impuls und schwang davon.

Ein Traum ...

Ein realistischer Traum, denn das Bild, das er sah, veränderte sich nicht.

Nach einer Weile geriet Bewegung ins Bild. Tapmedie Ulpanius erschien innerhalb des Raumes mit der gelben Wand im Hintergrund. Er blickte sich suchend um und trat dann zwischen zwei Maschinen in der Nähe. Er bückte sich, um etwas aufzuheben.

Froud-Crofton sah höchst interessiert zu. Als der Stobäer sich nach einiger Zeit aufrichtete, hielt er die Ynkeloniumbrust des Arztes in den Händen. In der schalenförmigen Brust lagen die beiden künstlichen Lungen.

Ein Alptraum ...

Hinüberdämmern ...

Erneutes Erwachen ...

Froud-Crofton erinnerte sich. Das Traumgefühl war noch immer nicht vorüber. Wenn er nur herausgefunden hätte, wo er sich befand. Tapmedie Ulpanius lag in einiger Entfernung von ihm am Boden. Tot oder bewußtlos.

Ulpanius! Froud-Crofton wollte ihn rufen, aber es wurde wiederum nur ein Impuls daraus, der ins Nichts glitt und den Stobäer nicht erreichte.

Eines war sicher: Froud-Crofton hatte seinen Platz nicht gewechselt. Er spürte seinen Körper nicht, konnte aber sehen.

In seiner Kindheit hatte er einen immer wiederkehrenden Traum gehabt: Er war über eine Wiese gelaufen. Die hohen Grashalme hatten sich im Wind bewegt. Froud-Crofton hatte riesige Sätze gemacht, fast schwerelos war er bis zu den Wolken hinaufgeschwebt und dann langsam zurückgefallen. Auf diese Weise war er immer näher an den dunklen und drohenden Wald im Hintergrund herangekommen. Der merkwürdige Kontrast zwischen der hellen Wiese und dem dunklen Wald war niemals aus Froud-Croftons Erinnerung gewichen. Mit zunehmendem Alter hatte der Arzt diesen Traum immer seltener erlebt, schließlich war er ganz ausgeblieben.

Obwohl die äußeren Umstände jetzt anders waren, erinnerte Froud-Crofton sich an diesen Traum. Er selbst war leicht und körperlos in einer hellen Umgebung, aber irgendwo im Hintergrund gab es eine dunkle Drohung, eine unfaßbare Gefahr.

Die Umgebung explodierte plötzlich. Froud-Crofton hörte auf zu denken.

Die Kontrolleure: »Die letzte Stufe beginnt.«

Zwischendurch war der neue Selektor bei Bewußtsein. Er ist bereits eingepaßt und verhält sich wunderbar. Aber noch immer besteht die Gefahr, daß er nicht standhält. Der entscheidende Augenblick kommt nach der letzten Stufe.

Dann wird der Selektor ins System eingeschaltet. Wir wagen noch nicht, uns mit dem Neuen in Verbindung zu setzen. Die Kontrolleure haben das auch nicht gern. Seit wir einmal einen Speicher verdorben haben, weil wir uns zu schnell bei ihm meldeten, sind wir vorsichtiger geworden und richten uns nach den Anweisungen der Kontrolleure.

Jeder Neue bedeutet eine Sensation für uns. Er bedeutet Abwechslung und neue Geschichten. Wenn wir nicht arbeiten, erzählen wir einander unsere Geschichten. Viele Erzählungen sind schon so oft wiederholt worden, daß sie langweilig wirken. Wir wissen, daß es vor allem die Geschichten der Neuen sind, die uns über alle psychischen Schwierigkeiten hinweghelfen. Psychische Schwierigkeiten kennen wir kaum. Wenn jemand aus dem System ausscheidet, geschieht das in den seltensten Fällen wegen technischen Versagens.

Die Kontrolleure: »Die letzte Stufe wird unterbrochen.«
Wir lauschen in unseren Gehäusen. Was bedeutet das?
Die Kontrolleure: »Der Neue setzt sich zur Wehr!«
Was?
Ich ... ich ... wir ... wir ...
Wir erinnern uns. Haben wir uns ebenfalls gewehrt? Warum überschneiden sich unsere Gedanken? Warum kann nicht jeder von uns in Ruhe über alles nachdenken?
Wir ...
Ich sehne mich danach, einen Augenblick allein zu sein mit meinen Gedanken, um zu mir selbst finden zu können. Ich muß nachdenken, über die Vergangenheit.
Wie war das damals bei ... mir ... uns?
Wir resignieren. Es läßt sich nicht mehr ergründen. Wir sind ein System geistig gleichgeschalteter Individuen, die eine Aufgabe zu erfüllen haben.

Das Individuum ist in diesem Fall uninteressant. Nur das Kollektiv ist wichtig.

Das Y'Xanthomrier wird den Neuen ausstoßen, wenn er sich nicht einfügen will.

Unsere Erregung läßt nach. Wir können wieder klarer denken und sogar ein paar eintreffende Nachrichten auswerten, speichern oder weitergeben. In letzter Zeit hat das Kommunikationsbedürfnis innerhalb der Gesamtheit zugenommen.

Die Kontrolleure: »Die letzte Stufe wird beendet, sobald der Neue seine Gegenwehr aufgibt.«
Wir warten ...

Ulpanius wußte nicht mehr genau, warum er das Bewußtsein verloren hatte. Wahrscheinlich waren es Auswirkungen des Schocks gewesen.

Eines war sicher: Froud-Crofton lebte nicht mehr! Ohne Lungen und mit einer offenen Brust konnte kein Mensch überleben. Aber warum hatten die Fremden alle Überreste des Terraners bis auf die Kleidung und die Prothesen entfernt?

Sosehr sich der Stobäer auch anstrengte, er konnte die Zusammenhänge nicht erkennen. Die Fremden schienen völlig willkürlich zu handeln.

Oder lagen Froud-Croftons Überreste ein paar Schritte weiter hinter anderen Maschinen?

Ulpanius mußte darüber Klarheit gewinnen. Er richtete sich auf. Er merkte, daß sein Zustand sich erheblich verschlechtert hatte. Die Strapazen der vergangenen Stunden waren zu groß gewesen für ihn, den Schwerkranken. Trotzdem begann er sich umzusehen. Er untersuchte den gesamten Raum, konnte den Terraner jedoch nicht finden.

»Wohin habt ihr ihn gebracht?« schrie er. »Wo ist Froud-Crofton?«

Seine Stimme hallte durch den Raum, aber er erhielt keine Antwort. Die Maschinen summten und murmelten. Für ein paar Minuten wurde es völlig dunkel. Ulpanius fragte sich, was er jetzt noch tun konnte. Er war vollkommen hilflos. Was nutzte es ihm, wenn er weiterhin durch alle möglichen Räume und Gänge irrte? Hier kam er niemals mehr heraus.

Er legte sich auf den Boden und stand auch nicht wieder auf, als es wieder hell wurde. Über ihm an der Decke erschien wieder jener Lichtfleck, der ihn in diesen Raum geführt hatte. Ulpanius schnalzte mit der Zunge.

»Nein!« erklärte er entschieden. »Diesmal gehe ich nicht weiter. Ich bleibe hier. Ihr werdet mich schon tragen müssen, wenn ich hier verschwinden soll.«

Seltsamerweise erlosch der Lichtfleck sofort. Ob die Unbekannten verstanden, was Ulpanius sagte?

Der Stobäer bedeckte seine Augen mit den Händen. Was kümmerte es ihn noch, was um ihn herum geschah? Wenn er schon sterben mußte, wollte er wenigstens von jener Welt träumen, auf der er früher gelebt hatte.

Es fiel ihm jedoch schwer, sich auf vergangene Dinge zu konzentrieren. Manchmal wurde der Lärm der Maschinen lauter und lenkte ihn ab. Dann wieder nahm die Intensität des Lichtes derart zu, daß Ulpanius es trotz der Hände vor den Augen merkte.

Was muß noch alles geschehen, bis ich sterben kann? fragte sich der Stobäer.

Plötzlich zuckte er zusammen. Er hatte den Eindruck, daß jemand seinen Namen rief. Erschrocken richtete er sich auf. Er befand sich noch immer allein innerhalb des großen Raumes.

Er mußte sich getäuscht haben. Sein überreiztes Gehirn nahm Dinge wahr, die es nicht gab.

Außerdem – wer sollte hier seinen Namen kennen, außer Froud-Crofton? Und der Terraner war tot!

Ulpanius ließ sich zurücksinken. Er dachte daran, daß er in den vergangenen zehn Jahren Güter im Wert von über zweihunderttausend Solar gestohlen hatte. Mehr als die Hälfte davon lag noch in Verstecken auf Orlan III und Cap Winther. Vielleicht würde niemals jemand einen Nutzen davon haben.

Warum hatte er als Dieb gelebt?

Nur deshalb hatte ihn der Schutzstrahl eines Tresors getroffen. Nur deshalb war er bei Dr. Powee Froud-Crofton in Behandlung gekommen. Eine lange Kette unglücklicher Umstände würde jetzt zu seinem Tod führen.

Ulpanius war verhältnismäßig jung. Vor sieben Monaten hatte er noch nicht an seinen Tod gedacht. Dann hatte die Verdummungswelle die Galaxis erfaßt. Schon damals, er hatte sich bereits an Bord der ANNIOK aufgehalten, hatten ihn Todesahnungen heimgesucht. Im Grunde genommen war es gleichgültig, ob er innerhalb des Schwarms starb oder auf einer Welt von Verdummten verhungerte.

Froud-Crofton spürte, daß etwas Unfaßbares mit ihm geschah. Er wehrte sich instinktiv dagegen, doch der Prozeß ließ sich nicht aufhalten. Zunächst hatte er geglaubt, irgend jemand wolle Besitz von seinem Körper ergreifen. Doch das war nicht die richtige Beschreibung des seltsamen Vorgangs. Richtiger war, daß sein Körper in irgend etwas eingegliedert wurde. Nicht sein gesamter Körper, stellte er voller Entsetzen fest, sondern nur bestimmte Teile.

Wo bin ich? dachte Froud-Crofton.

Ab und zu spürte er beruhigende Impulse. Der Eindruck, daß er einen Traum erlebte, war jetzt vorüber. Er konnte auch nichts sehen, war aber sicher, daß er seinen Platz inzwischen nicht gewechselt hatte. Sein Körper oder das, was davon übriggeblieben war, reagierte auch jetzt nicht auf die Befehlsimpulse des Gehirns.

Was geschieht mit mir? fragte sich der Arzt.

Es war ein quälender Gedanke, aber Froud-Crofton kam nicht von der Vorstellung los, daß er auf dem Seziertisch eines phantastischen Chirurgen lag. Er sollte nicht getötet, sondern nur so weit verändert werden, daß er in ein bestimmtes System paßte. Aber war das überhaupt durchführbar?

Die Unbekannten, die ihn entführt und ins Innere des Schwarms gebracht hatten, besaßen sicher Möglichkeiten, an die terranische Wissenschaftler nicht zu glauben wagten. Oder war alles, was er im Innern des Schwarms erlebt hatte, nur eine Illusion?

Froud-Crofton spürte, daß der Prozeß, dem er ausgeliefert war, langsamer verlief oder sogar zum Stillstand kam, wenn er mit seiner ganzen Willenskraft dagegen ankämpfte.

Er wußte jedoch, daß er auf diese Weise nur einen Aufschub erreichen konnte. Schließlich würden die Unbekannten ihre Pläne doch verwirklichen.

Was hatte man mit ihm vor? Sicher wollte man ihn nicht töten. Er sollte für einen bestimmten Zweck verwendet werden. Deshalb wurde er präpariert. Er empfand keine Schmerzen, aber die seelischen Qualen waren um so stärker. Es waren weniger Angst und Entsetzen, die seinen Verstand zu lähmen drohten, als eine unermeßliche Einsamkeit.

Allmählich wurde er sich darüber klar, daß er sich *in* etwas befand, in irgendeinem mechanischen Körper. Er war mit diesem Körper verbunden. Zwischen ihm und dem Ding, in das man ihn gesteckt – nein *eingepflanzt* hatte, bestand eine Art Symbiose. Das Ding hielt seinen Körper oder die Überreste davon am Leben, und er sollte dafür bestimmte Arbeiten erledigen.

Noch wußte er nicht, was man von ihm erwartete, denn sein Verhältnis zu seinem Aufenthaltsort war noch gestört, er hatte sich noch nicht völlig damit abgefunden.

Ich muß klar denken! befahl er sich.

Was war in chronologischer Reihenfolge geschehen? Seine Jacht war von fremdartig aussehenden Schiffen mit Traktorstrahlen ins Innere des Schwarms entführt und in eine riesige Gerüstkugel gebracht worden. Etwas – wahrscheinlich ein Roboter – hatte ihn aus der Jacht gehoben und hierhergebracht. Er war von fremdartigen technischen Einrichtungen untersucht worden. Dann hatte man ihn betäubt und zerstückelt. Was dabei von ihm geblieben war, wurde offenbar mit einem unfaßbaren technischen Aufwand funktionsfähig erhalten.

Er befand sich jetzt in einem Behältnis, unfähig, auch nur eine Bewegung zu machen.

Vielleicht, überlegte er, *existiert nur noch mein Gehirn.*

Doch das war unwahrscheinlich. Schließlich hatte er, als er zum erstenmal aus der Bewußtlosigkeit erwacht war, sehen können. Jetzt war es zwar dunkel um ihn herum, doch das schien ihm eher die Folge technischer Vorgänge als mangelnder körperlicher Fähigkeiten zu sein.

Er überlegte weiter.

Die Fremden machten sich diese Mühe, weil sie etwas von ihm erwarteten. Oder wollten sie auf diese Weise Kontakt mit ihm aufnehmen? Waren sie so fremdartig, daß sie keine andere Verständigungsmöglichkeit besaßen?

Froud-Crofton merkte, daß seine Willenskraft allmählich erlahmte. Das ständige Drängen der Fremden gewann die Oberhand.

Der Terraner gab nach und entspannte sich. Vielleicht würde er auf diese Weise schneller erfahren, was man mit ihm vorhatte. Sofort wurde seine Verbindung mit seinem Behältnis stärker, er ahnte mehr, als er spürte, daß sich weitere Anschlüsse in seinen geschundenen, aber gefühllosen Körper senkten.

Er wollte schreien, doch seine Lippen – wenn er sie noch besaß – bewegten sich nicht.

Da löste sich die Dunkelheit um ihn herum auf. Er konnte sehen. Wieder blickte er in den Raum mit der gelben Wand im Hintergrund und den Maschinen, die wie Höcker aus dem Boden wuchsen.

Zwischen den Maschinen lag noch immer Tapmedie Ulpanius. Der Stobäer bewegte die Hände. Er lebte also.

Die Umgebung, die Froud-Crofton sah, wirkte jetzt weniger traumhaft, sie war ein Teil jenes Systems, in das man Froud-Crofton einzupassen versuchte.

Wieder konnte er nicht feststellen, von wo aus er eigentlich beobachtete. Aus dem Innern seines Behältnisses, das wußte er inzwischen, aber wie sah dieses Ding aus?

War es ebenfalls eine höckerartige Erhebung inmitten dieses Raumes?

Der Arzt spürte, daß die Macht, die ihn bedrängte, noch immer mit dem entscheidenden Schritt zögerte.

Man wollte ihm Zeit lassen. Das bedeutete, daß er geschont werden sollte. Es bedeutete außerdem, daß der Prozeß, dem er ausgesetzt war, von tödlichem Ausgang sein konnte.

Froud-Crofton starrte in den Raum. Womit beobachtete er eigentlich?

Zögernde Impulse drangen in sein Gehirn. Er sträubte sich dagegen. Sie zogen sich sofort zurück.

»Tapmedie Ulpanius!« rief er.

Er erschrak.

Er hatte nicht erwartet, daß seine Stimme diesmal funktionieren würde. Aber es war nicht seine gewohnte Stimme.

Doch Ulpanius schien ihn gehört zu haben, denn er richtete sich auf und blickte sich um.

Der Stobäer schien ihn nicht zu sehen, obwohl er doch nur ein paar Schritte von ihm entfernt war.

Er kann mich nicht sehen, weil ich in diesem verdammten Ding stecke, versuchte Froud-Crofton sich zu beruhigen. Er wollte sich nicht eingestehen, daß der eigentliche Grund die schreckliche Veränderung war, die mit ihm vorgegangen war.

Er hatte sich so sehr verändert, daß Ulpanius ihn nicht mehr erkannte.

Nach einer Weile legte sich der Stobäer wieder auf den Boden.

Froud-Crofton sehnte sich danach, mit dem Demonstrationskranken zu sprechen. Ulpanius war die einzige Verbindung zur Wirklichkeit.

Doch der Terraner zögerte, abermals nach Ulpanius zu rufen. Er fürchtete, daß der Stobäer triumphieren würde, wenn er entdeckte, in welcher Situation Froud-Crofton sich befand.

Aber die Bedenken des Mediziners verloren schnell an Überzeugungskraft.

»Ulpanius!« rief Froud-Crofton. Wieder hatte er seine seltsame neue Stimme benutzt. Er merkte, daß das Ding, mit dem er in Verbindung stand, seine Gedankenimpulse empfing und in Worte umsetzte.

Hörte Ulpanius etwa eine Lautsprecherstimme?

Froud-Crofton zwang seine Gedanken in andere Bahnen, denn er fühlte, daß er den Verstand verlieren würde, wenn er weiterhin über sein Schicksal nachdachte.

Der Stobäer richtete sich wieder auf. Er kam auf Froud-Crofton zu.

Er sieht mich aber nicht! dachte Froud-Crofton benommen.

»Ulpanius!« sagte er mit seiner neuen Stimme. »Ich bin hier.«

»Froud-Crofton!« Die Stimme des Stobäers schien zu klirren. Der Arzt fragte sich, auf welchen Umwegen sie schließlich für ihn hörbar wurde.

»Wo bist du, Terraner?« Ulpanius' Triefaugen bewegten sich angstvoll.

»Du stehst vor mir«, sagte Froud-Crofton zögernd.

Der Stobäer berührte das Behältnis, in dem Froud-Crofton sich befand. Der Mann konnte das nicht spüren, aber er erkannte aus den Bewegungen des Stobäers, was außerhalb des Dinges geschah.

»Ich kann dich nicht sehen«, antwortete Ulpanius verzweifelt. »Bist du in der Maschine?«

Maschine? Froud-Croftons Gedanken wirbelten durcheinander.

Was sah Ulpanius?

»Du bist doch tot«, sagte Ulpanius schrill. Seine Zunge flippte über den lippenlosen Mund. »Ich habe deine Brust und deine Lungen gefunden. Du kannst nicht mehr leben.«

Nein! dachte Froud-Crofton, obwohl er es selbst gesehen hatte. *Nein!*

Es wurde dunkel um ihn herum. Das Ding, in das man ihn eingepflanzt hatte, wollte offenbar verhindern, daß er noch länger mit Ulpanius in Verbindung blieb.

»Ich kann so nicht leben«, sagte Froud-Crofton. »Ulpanius, du bist nie mein Freund gewesen. Du haßt mich. Aber wenn du nur einen Funken Mitgefühl für ein anderes Wesen aufbringen kannst, mußt du mich töten. Hörst du? Du darfst mich nicht am Leben lassen.«

»Wie soll ...« Die Stimme wurde zu einem Rauschen, das schnell verstummte.

Froud-Crofton konnte die Antwort des Stobäers nicht mehr hören. Aber die beiden Worte, die ihn noch erreicht hatten, waren deutlich genug gewesen.

Selbst wenn Ulpanius ihm helfen wollte – er konnte es nicht.

Froud-Crofton gab jeden Widerstand auf. Die Verbindung zwischen ihm und dem Ding wurde endgültig.

Die Kontrolleure: »Die letzte Stufe ist abgeschlossen.«
Jetzt, da es endlich vollendet ist, wagen wir nicht, mit dem neuen Selektor in Verbindung zu treten. Die übliche Scheu ist größer als sonst. Wir haben den verzweifelten Kampf des Fremden miterlebt. Dieser Kampf hat unangenehme Erinnerungen in mir ... mir ... uns geweckt. Auch wir sind schließlich nicht freiwillig in dieses System eingetreten. Doch jetzt sind wir zufrieden.
Das Y'Xanthomrier sorgt für uns. Die Kontrolleure haben nichts anderes zu tun, als uns zu bewachen und uns zu beschützen. Das gibt uns ein Gefühl vollkommener Sicherheit.
Der Fremde wird das alles begreifen, sobald er sich an uns gewöhnt hat. Natürlich fürchtet er sich vor der Zukunft. Er fürchtet die Zeit, in der er im System arbeiten muß. Er weiß noch nicht, daß ein Individuum sich in eine Aufgabe für die Gesamtheit einfügen kann.
Die Kontrolleure: »Die letzte Stufe ist abgeschlossen.«
Natürlich!
Wir wissen es längst. Den Kontrolleuren fehlt jede Sensibilität, sonst würden sie nicht so drängen. Der Neue ist noch verschreckt. Wir müssen uns langsam an ihn herantasten. Schließlich werden die Kontrolleure ihn auch noch einige Zeit schonen, bevor sie ihn für Arbeiten einsetzen.
Ich ...
Wir tasten uns langsam zu dem Fremden vor. Sein Zustand ist besorgniserregend.
Wir sind überzeugt davon, daß der neue Selektor ein Talent ist, wie ihn kein anderes System in der Gesamtheit besitzt. Das ist natürlich Glück, aber es macht uns trotzdem ein bißchen stolz.
»Ich will nicht als Homunkulus weiterleben!« denkt der Neue. »Ich sterbe, bevor ich hier bleibe.«
Seine Entschlossenheit ist unverkennbar. Wir fragen uns, ob er in der Lage ist, sein Bewußtsein zu töten. Wir hatten schon Individuen in unserem System, die dazu fähig waren.
Wir strahlen beruhigende Impulse ab. Es ist sinnlos, jetzt eine Unterhaltung zu beginnen. Unsere Erfahrung lehrt uns, daß der Fremde nicht darauf reagieren würde.
»Was soll ich hier?«
Diese Frage ist ein gutes Zeichen. Der Fremde – er denkt von sich als Froud-Crofton – beginnt sich für seine neue Umgebung zu interessieren. Er ist fast körperlos, ein weiterer Beweis für sein Talent. Er wird seinen Teil des Systems ohne Schwierigkeiten in Ordnung halten können.
Wir sind uns nicht einig. Ein Paar von uns wollen nicht länger warten. Ich ... ich ... gehöre zu jenen, die möglichst schnell mit dem Fremden in Verbindung treten wollen. Das macht die Gier nach neuen Erlebnissen, nach den Informationen, die uns der neue Mitarbeiter bringen wird.
Froud-Crofton denkt noch zuviel an das Wesen, das zusammen mit

ihm im System angekommen ist. Man sollte ihm klarmachen, daß dieses Individuum nutzlos ist. Es wird sterben. Es paßt nicht in unser System. Froud-Crofton scheint dieses Wesen früher gehaßt zu haben.
Die Kontrolleure: »Die letzte Stufe ist beendet.«
Es sind wirklich nur stumpfsinnige Roboter, auch wenn sie im Auftrag des gelben Gottes handeln. Sie werden ihre Meldung so lange wiederholen, bis wir Verbindung mit dem Neuen haben.
Nun gut, fangen wir an.
Ich ... wir ... ich kann es kaum abwarten.
»Froud-Crofton – kannst du uns verstehen?«

Tapmedie Ulpanius schaute die Maschine an und überlegte, ob es möglich war, daß Froud-Crofton sich in ihrem Innern aufhielt. Je länger er nachdachte, desto mehr gelangte er zu der Überzeugung, daß die Fremden ihn aus irgendeinem Grund belogen. Vielleicht wollten sie verheimlichen, daß sie Froud-Crofton umgebracht hatten.

Die Stimme, die zu ihm gesprochen hatte, war nicht die Stimme des Terraners gewesen. Und trotzdem ...

Was bedeutete die seltsame Bitte des Wesens in der Maschine? Es wollte umgebracht werden. War das auch ein Trick?

Die Maschine war fast eineinhalb Meter hoch. Ein konisch geformter Sockel mit zahlreichen halbkugelförmigen Erhebungen ging in eine Art Doppeldreieck über, auf dem noch einmal ein halbrundes Gebilde saß. In allen Vertiefungen leuchteten Linsen. Um das Doppeldreieck verlief ein Ring, der an mehreren Stellen innerhalb der Maschine verschwand.

Tapmedie Ulpanius war zu klein, um zu sehen, wie es auf der Oberfläche der Maschine aussah.

»Froud-Crofton!« rief er leise. »Kannst du mich hören?«

Wieder keine Antwort. Wenn die Fremden ihn überlisten wollten, hätten sie sich jetzt melden können. Oder gehörte auch das Schweigen jetzt zu ihrem Plan?

»Froud-Crofton!«

Ulpanius streckte vorsichtig die Arme aus und berührte die Außenhülle der Maschine. Das Material fühlte sich kalt an. Als Ulpanius fester zustieß, merkte er, daß es nicht so hart war, wie man es von Metall hätte erwarten können.

Aber vielleicht war es kein Metall.

Er wußte, daß er nichts zu verlieren hatte. Entschlossen schwang er sich auf den oberen Höcker. Dort entdeckte er eine Art Blase, die leicht vibrierte. Sie fühlte sich an wie ein Stück straff gespannter Kunststoff.

Ulpanius ballte seine Hände zu Fäusten und schlug zu.

Die Blase hielt stand. Ulpanius hörte ein summendes Geräusch. Von einem der Eingänge flog ein kugelförmiger Gegenstand in seine Rich-

tung. Das Ding glänzte und funkelte. Es prallte gegen Ulpanius und hätte ihn fast von der Maschine geworfen. Er klammerte sich fest und schlug abermals gegen die Blase.
Inzwischen hatte der Angreifer gewendet. Unmittelbar über Ulpanius blieb er in der Luft hängen. Ein blasser Strahl ging von ihm aus und hüllte den Stobäer ein.
Ulpanius fühlte, daß ihn die Kraft verließ. Seine Arme wurden steif. Er mußte loslassen und fiel hintenüber. Er konnte den Sturz nicht abfangen und prallte heftig gegen den Boden.
Der Flugkörper sank tiefer auf ihn herab. Abermals wurde Ulpanius in einen blassen Strahl gehüllt. Sein Körper war jetzt völlig gelähmt. Der Flugkörper, der ihn angegriffen hatte, glitt bis unter die Decke zurück und blieb dort abwartend in der Luft hängen. Ulpanius wußte, daß er jetzt nichts mehr tun konnte. Auch wenn die Lähmung schnell nachlassen sollte, konnte er keinen zweiten Angriff auf die Maschine riskieren. Der Flugkörper würde sofort wieder eingreifen.
»Ich habe alles versucht!« rief Ulpanius. Er war erstaunt, daß seine Stimme nicht ihren Dienst versagte. »Ich kann dir nicht helfen, Terraner.«
Die Maschine – oder Froud-Crofton – blieb still.
Ich habe genug! dachte Tapmedie Ulpanius. Er hatte die Fremden herausgefordert, aber auch das hatte sie nicht dazu veranlassen können, Kontakt mit ihm aufzunehmen. Sie hatten ihn nicht getötet, obwohl ihnen das sicher leichtgefallen wäre.
Ulpanius merkte, daß die Lähmung bereits wieder nachließ. Arme und Beine prickelten. Trotzdem blieb er liegen, denn er war sich der Nähe des Flugkörpers bewußt.
Die Zeit verrann.
Tapmedie Ulpanius lag neben der Maschine am Boden und wartete auf den Tod.

Das zurückliegende Leben zog wie ein Film an seinem Bewußtsein vorbei. Irgend jemand hatte ihm einmal erzählt, daß dies im Augenblick seines Todes geschehen würde.
Aber er starb ja nicht!
Sein Bewußtsein lebte in diesem Ding weiter, das mit vielen anderen Dingen verbunden war und irgendein System bildete.
Er sah Froud neben sich auf einem Hügel stehen und in ein paradiesisches Tal hinabblicken, wo Frouds Roboter gerade damit begonnen hatten, den Boden aufzureißen, um irgendein Mineral an die Oberfläche zu bringen.
»Warum weinst du, mein Junge?«
Der junge Crofton wandte sich ab.

»Es ist so schön! Wie kannst du es zerstören wollen? Es ist so schön!«
Froud hatte wild gelacht.
»Würdest du Tag für Tag hier leben, würde dir das Tal bald nicht mehr schön vorkommen. Es gibt weder Schönheit noch Häßlichkeit, sondern nur Wertmaßstäbe der Menschheit.« Er packte Crofton an den Schultern und zwang ihn, in das Tal hinabzublicken. Eine Detonation warf den Boden gen Himmel und verdunkelte für Minuten die helle Scheibe der Sonne am Horizont. Ein paar Tiere flüchteten panikartig aus dem Tal.
»Froud-Crofton!«
Froud-Crofton ignorierte die drängenden Impulse und klammerte sich an die Bilder der Vergangenheit. Da war Froud, der unerschütterliche Froud, den er mit einer Spitzhacke in einer Grube stehen sah, obwohl Froud wahrscheinlich in seinem ganzen Leben niemals eine Spitzhacke angerührt hatte.
»Wir wollen Verbindung mit dir aufnehmen. Du gehörst jetzt zu uns. Gib endlich deinen Widerstand auf.«
»Laßt mich in Ruhe!« schrie Froud-Crofton, aber diesmal gab es keine Stimme, die seine Gedanken in Worte formte. Aber die anderen, die Individuen innerhalb des Systems, verstanden ihn auch so.
»Wir lassen dir Zeit!«
Die Kontrolleure: »Wir werden dir erklären, wie alles zusammenhängt.«
Eine neue Stimme!
Eine Stimme von außerhalb des Systems. Wie drang sie in seinen Verstand?
Die Kontrolleure: »Kannst du zuhören?«
»Ja, natürlich!«
»Die Kontrolleure sprechen mit ihm. Aber wir wollen deshalb die Verbindung nicht aufgeben. Das Y'Xanthomrier kann froh sein, ein solches Talent gefunden zu haben.«
Froud-Croftons Bewußtsein sträubte sich erneut gegen die Impulse, die auf ihn eindrangen.
»Ich will hier heraus!«
Das Gefühl bedrückender Enge wurde immer stärker. Obwohl er seinen Körper – wenn er überhaupt noch etwas besaß, was diesen Namen verdiente – nicht spürte, fühlte er sich eingeengt.
Die Kontrolleure: »Das ist die Krise. Sie geht bald vorüber.«
Warum akzeptiert mein Verstand das, was mit mir geschieht? fragte sich Froud-Crofton. *Warum werde ich nicht wahnsinnig? Gibt es keine Schutzvorrichtung in meinem Bewußtsein, die mich den Verstand verlieren läßt?*
Um ihn herum wurde es wieder hell. Ein paar Schritte von ihm entfernt lag Tapmedie Ulpanius am Boden. Im Hintergrund des Raumes ragte die gelbe Wand in die Höhe.

Warum war hier alles gelb?
»Ulpanius?«
Der Stobäer drehte den Kopf in seine Richtung.
»Du mußt mir helfen, Ulpanius. Ich will nicht in dieser Maschine weiterleben! Das ist schlimmer als der Tod.«
»Ich kann dir nicht helfen, Terraner«, antwortete Ulpanius. »Ich habe es versucht. Siehst du die Maschine unter der Decke?«
Wie bei einem Filmschnitt änderte sich plötzlich Froud-Croftons Blickfeld. Er sah nicht mehr Ulpanius und die gelbe Wand im Hintergrund, sondern die Decke des Raumes, unter der ein Flugkörper hing.
»Das Ding hat mich gerammt und verschießt paralysierende Strahlen«, hörte er Ulpanius sagen. »Bevor ich richtig auf den Beinen bin, wird es mich wieder gelähmt haben.«
Aus der Stimme des Stobäers sprach Resignation. Tapmedie Ulpanius hatte seine ehemalige Aggressivität völlig verloren.
Warum, fragte sich Froud-Crofton, hatte man Ulpanius nicht so behandelt wie ihn?
»Er ist unfähig. Wir können ihn auch nicht als Leiter verwenden.«
Diesmal nahm Froud-Crofton die Impulse gierig in sich auf.
»Und was wird mit ihm geschehen?«
»Nichts!«
»Was heißt das?«
»Er kann sich innerhalb des Systems frei bewegen, solange er nichts beschädigt.«
Froud-Croftons Blickwinkel änderte sich abermals, und er sah wieder Tapmedie Ulpanius, die überall stehenden Maschinen und die gelbe Wand im Hintergrund.
»Wird er ausreichend mit Nahrung versorgt?«
»Er bekommt nichts.«
»Dann wird er sterben«, erklärte Froud-Crofton. »Das ist Mord. Ihr laßt ihn verdursten und verhungern.«
Er spürte, daß die fremden Individuen nicht darüber urteilen konnten, ob seine moralische Entrüstung gerechtfertigt war. Für sie war das Wort »Mord« ein abstrakter Begriff.
Froud-Croftons Bewußtsein zog sich wieder zurück. Er wußte viel zuwenig, um mit den Fremden Verbindung aufnehmen zu können.
Die Kontrolleure: »Wir erklären dir alles!«
»Dann fangt endlich damit an!«
Er erfuhr, daß er Nachrichten und Informationen empfangen und diese auswerten sollte. Je nach ihrem Gehalt sollte er sie an andere Systeme oder an andere Orte innerhalb der Gesamtheit weitergeben oder sie in die Speicher leiten lassen. Die Kontrolleure behaupteten, daß er für diese Aufgabe ein natürliches Talent mitbringe.
Er hörte geduldig zu.

Allmählich fing er an zu begreifen, was mit ihm geschehen war. Er befand sich innerhalb eines Systems, in dem technische Anlagen und die Bewußtseinsinhalte verschiedenartiger Wesen miteinander gekoppelt waren. Nicht nur die Bewußtseinsinhalte, wurde Froud-Crofton korrigiert, sondern auch bestimmte Körperteile. Kaum eines der Wesen war völlig körperlos. Froud-Crofton bildete eine Ausnahme. Bei ihm war man mit einem Minimum an körperlicher Substanz ausgekommen. Kein Wunder, meinten die Kontrolleure, er war auch ein unvergleichliches Talent.
Ein Talent! dachte Froud-Crofton.
Er erfuhr, daß es kein Zurück mehr für ihn gab. Er würde den Rest seines Lebens in diesem Behältnis verbringen, Nachrichten empfangen, auswerten und weiterleiten.
Im Grunde genommen war er nichts als ein winziges Modul in einer phantastischen Funkstation.
Ein Diener des Y'Xanthomrier! verbesserten die Kontrolleure.
In Froud-Croftons Bewußtsein begann sich ein Plan zu formen.

Die Kontrolleure: »Wir stehen mit dem Selektor in Verbindung.«
Wir wissen es.
Wir hatten ebenfalls schon Verbindung. Eine angenehme Verbindung. Der neue Selektor ist nicht nur ein Talent, sondern er ist auch sehr anpassungsfähig. Sobald wir die Anfangsschwierigkeiten überwunden haben, werden wir uns gut mit ihm verstehen. Er wird wie wir sein. Er wird wir sein.
Sein Gedächtnis enthält eine Fülle von unwahrscheinlichen Geschichten.
Er hat den Raum befahren. Er hat die Körper anderer Wesen untersucht und geheilt. Er nennt das Arzt.
Die Kontrolleure sprechen mit ihm. Sie erklären ihm alles. Wir sind ungeduldig. Wir möchten ihn endlich für uns haben, ihn auch geistig in unser System aufnehmen.
Wir spüren, daß etwas nicht in Ordnung ist.
Die Kontrolleure: »Wir müssen ihn noch beobachten.«
Sie verschweigen uns, was tatsächlich geschieht. Es ist nicht die übliche Krise, denn die könnten sie leicht beheben. Der neue Selektor hat irgend etwas vor, soviel können wir erfahren. Einen gefährlichen Plan.
Die Kontrolleure: »Wir regeln das.«
Was geschieht im Augenblick?
Ich ... ich ... wir wissen es nicht. Aber es beunruhigt uns. Wir wollen das Talent nicht verlieren.
Seine Geschichten! Nicht auszudenken, wenn wir seine Geschichten verlieren würden.

Wir dürfen jetzt nicht stören. Eine Einmischung würde gefährliche Folgen haben.
Die Kontrolleure: »Er ist sich über seine Funktion im klaren.«
Das ist gut, sehr gut. Dann kann nichts mehr geschehen. Er weiß, wo er sich befindet und was er zu tun hat. So schnell ging das noch nie. Wir können zufrieden sein.
Die Kontrolleure: »Er will seine Funktion mißbrauchen. Das ist sein Plan.«
Ratlosigkeit bei uns. Was bedeutet diese Information? Wie könnte ein Selektor seine Funktion mißbrauchen? Denkt Froud-Crofton an Sabotage? Selbst wenn er das tun sollte, warum sind die Kontrolleure deshalb besorgt? Niemand, der zum System gehört, kann etwas gegen das System tun.
Plötzlich ziehen sich die Kontrolleure zurück. Das geschieht völlig unerwartet.
Freie Bahn für uns.
Wir ... ich ... wir ...
Ich ...
Wir tasten uns vor, behutsam, denn das Verhalten der Kontrolleure ist ungewöhnlich.
Die Kontrolleure: »Das können wir nicht entscheiden.«
Sie sind ratlos! Sie werden den Rat des gelben Gottes einholen müssen. Das geschah bisher noch nie.
»Froud-Crofton!«
»Was wollt ihr? Ihr seid armselige Kreaturen! Warum habt ihr euch niemals gegen euer Schicksal aufgelehnt? Ihr seid Sklaven!«
Wir antworten sanft: »Wir sind ein unvergleichliches Kollektiv. Wenn du aufhörst, dich gegen diese Vorstellung zu sträuben, wirst du glücklich sein.«
Wir spüren, daß sein Bewußtsein rebelliert. Er ist alles andere als eine ausgeglichene Persönlichkeit. Doch das wird sich ändern.
»Ich werde niemals ein Sklave sein!« Seine Impulse sind intensiv, sie beunruhigen uns. »Ich bin nicht dazu geboren, in diesem Ding zu leben und das zu tun, was andere mir vorschreiben. Ich will mich bewegen und sehen, hören und riechen können. Ich werde niemals ein Sklave sein.«
Wir müssen ihm Zeit lassen. Wenn seine Erregung abgeklungen ist, wird er uns bestimmt freundlicher behandeln.
Warum will er nicht begreifen, daß es schön sein kann, gemeinsam für das Y'Xanthomrier zu arbeiten?
»Was ist das?« fragte er uns. »Ein Götze? Eine Maschine oder ein Überwesen?«
»Das Y'Xanthomrier tötet und weint dabei rote Steine. Es führt sein Volk.«

»Das verstehe ich nicht. Ich will es auch nicht verstehen.«
Wir versuchen ihm zu erklären, daß wir keine Sklaven sind. Unser System funktioniert freiwillig. Wir funktionieren gern. Ich ... wir haben die Erfüllung gefunden.
Die Kontrolleure: »Er will mit außerhalb der Gesamtheit sprechen.«
Schock!
Die Kontrolleure: »Ruhe bewahren!«
Der Schock klingt in uns nach. Wir erholen uns nur sehr langsam davon. Aber wir wissen jetzt, welchen Plan der Selektor hegt.
Er will unser System dazu benutzen, um mit anderen Wesen seines Volkes Verbindung aufzunehmen. Er will Informationen über die Gesamtheit an sein Volk weitergeben.
Das müssen wir verhindern. Nötigenfalls müssen wir ihn absterben lassen.
Glücklicherweise hat er noch nicht gelernt, wie man sich des Systems bedienen kann.
Aber er ist hoch intelligent. Vielleicht beherrscht er das System bereits. Wir dringen mit unseren Impulsen auf ihn ein. Wir beschwören ihn. Es ist ihm nicht recht, daß wir bereits von seinem Plan wissen. Aber nichts von dem, was in seinem Bewußtsein vorgeht, bleibt uns verborgen. Wir spüren, daß seine Entschlüsse irgendwie mit der starken Persönlichkeit von Froud zusammenhängen.
Ein schwieriger Fall.
»Wir können dich nicht mit Wesen außerhalb der Gesamtheit sprechen lassen. Die Gesamtheit darf nicht gefährdet werden.«
»Das ist meine Sache!« Er ist jetzt völlig gelassen. Er kennt nur noch ein Ziel. »Wenn ihr euren eigenen Willen bewahrt hättet, könntet ihr mir jetzt helfen. Wahrscheinlich werde ich bald so sein wie ihr, ein armseliger Sklave. Doch zuvor werde ich es versuchen. Ich werde eine Nachricht abstrahlen. Nach draußen. Sie muß außerhalb des Schwarms empfangen werden.«
Er will diesen schrecklichen Plan verwirklichen. Und es macht ihm nichts aus, dabei zu sterben.

Froud-Crofton wußte, daß er seine Absichten nicht verheimlichen konnte. Das war bedauerlich, ließ sich aber nicht ändern. Er wurde innerhalb dieser Funkstation gebraucht, wenn sie einwandfrei funktionieren sollte. Das gab ihm eine gewisse Sicherheit, denn die Fremden würden ihn nur töten, wenn ihnen keine andere Wahl mehr blieb. Es war sinnlos, sich eine List auszudenken, denn jeder seiner Gedanken war auch der Gedanke der anderen Individuen innerhalb dieser Station.
Deshalb mußte er zielstrebig und hochkonzentriert auf die Verwirklichung seines Planes hinarbeiten.

Rücksichtslos schaltete er sich in die Impulse der anderen ein. Er lernte schnell, wie er das Behältnis, in das man ihn eingepflanzt hatte, mit Gedanken steuern konnte. Die Maschine, mit der man ihn verbunden hatte, reagierte sofort. Sie funktionierte, wie Froud-Crofton es sich vorgestellt hatte. Sie hatte nie gelernt, Widerstand zu leisten.

Froud-Crofton empfand ein schwaches Triumphgefühl. Er beherrschte dieses Ding – und nicht umgekehrt.

Er war der Selektor, und die Maschine, in der er sich befand, war nur ein Hilfsmittel für ihn.

Er orientierte sich.

Die Kontrolleure: »Du mußt sofort damit aufhören.«

Er ignorierte sie. Es waren Roboter, die auf den Befehl anderer Intelligenzen handelten. Sie brauchten ihn jetzt nicht zu interessieren. Wichtig waren die anderen, die Sklaven. Er mußte sie verstehen lernen. Er mußte begreifen, wie dieses Kollektiv funktionierte.

Jedes Individuum hatte eine bestimmte Aufgabe. Zusammen ergaben sie das System, die Funkstation.

Da waren Module, Leiter, Speicher, Antennen, Richtstrahler.

Froud-Crofton schätzte, daß sich ein paar tausend Individuen innerhalb der Station aufhielten. Die genaue Zahl war nicht festzustellen, denn fast alle Mitglieder hatten ihre Identität verloren.

Wenn er Erfolg haben wollte, mußte er erreichen, daß das Kollektiv für ihn funktionierte.

Nur ein einziges Mal.

»Froud-Crofton, gib deinen Plan auf!«

»Ihr solltet mithelfen!« antwortete er wütend. »Habt ihr vergessen, daß man euch gewaltsam hierhergebracht hat? Niemand von euch ist freiwillig hier. Man hat euch gezwungen, euer ursprüngliches Leben aufzugeben. Ihr kennt keine eigenen Interessen mehr. Ihr seid zu Maschinen geworden.«

Während er die Impulse ausstrahlte, orientierte er sich weiter. Er war Selektor und hatte eine der wichtigsten Funktionen inne. Das bedeutete, daß die Maschine, in die man ihn eingepflanzt hatte, ebenfalls wichtig war.

Er konnte viel erreichen. Er mußte jedoch wissen, wie alles funktionierte. Nur dann konnte er einen Funkspruch abstrahlen.

Das wird meine Rache sein! dachte Froud-Crofton. *Ich werde alles verraten, was ich in Erfahrung bringen kann.*

»Das darfst du nicht tun! Das Y'Xanthomrier wird dich absterben lassen.«

Froud-Crofton fragte spöttisch: »Denkt ihr wirklich, daß ihr mich auf diese Weise aufhalten könnt?«

Er stellte Untersuchungen an. Dann begann er, die Maschine, mit der man ihn verbunden hatte, zu testen.

Nach einer Weile merkte er, daß das System ständig funktionierte. Er war jedoch noch nicht in diese Funktion einbezogen. Aber das lag an ihm. Er brauchte nur ...
Plötzlich empfing er unzählige Nachrichten. Sie kamen aus allen Gebieten des Schwarms. Der größte Teil davon war mehr oder weniger unverständlich. Es war jedoch herauszuhören, daß innerhalb des Schwarms viele Völker lebten. Die meisten schienen bereitwillige Sklaven eines übergeordneten Volkes zu sein. Innerhalb des Schwarms herrschte große Betriebsamkeit. Froud-Crofton erfuhr, daß zahlreiche Vorbereitungen getroffen wurden. Etwas sollte jedoch noch getestet werden, bevor die Erfüllung der langen Reise kommen konnte.
Worin bestand diese Erfüllung?
Froud-Crofton vergaß fast seinen eigentlichen Plan, so gespannt nahm er die ankommenden Nachrichten in sich auf. Er hatte instinktiv bereits damit begonnen, bestimmte Nachrichten an die Speicher abzuleiten.
Die Kontrolleure: »Er ist unglaublich. Einen besseren Selektor gab es noch in keinem System.«
»Wir wissen, daß er ein Talent ist. Aber er darf die Gesamtheit nicht nach draußen verraten. Sonst wird er absterben.«
Froud-Crofton nahm an, daß er nur eine kurze Nachricht abstrahlen würde, denn zu viel mehr würde man ihm kaum Gelegenheit geben. Sobald er sendete, würde man ihn töten.
Aber damit hätte er nur erreicht, was sowieso in seiner Absicht lag.
»Warum machst du dir so viele Gedanken?« fragten die anderen. »Schließ dich uns endlich an. Wir helfen dir über alle Schwierigkeiten hinweg. Wir freuen uns auf dich. Einen besseren Selektor gibt es nicht.«
»Nein!« schrie Froud-Crofton. Aber wieder war es nicht seine eigene Stimme. Er besaß keine Stimme mehr.
Ich muß die Menschen außerhalb des Schwarms vor dieser Gottheit warnen, überlegte er weiter.
Das Y'Xanthomrier!
Vielleicht konnten die Immunen etwas damit anfangen. Vielleicht lieferte er damit einen Hinweis.
Er konzentrierte sich auf die Maschine, in die man ihn eingepflanzt hatte. Er wußte genau, welche Impulse er benutzen mußte, um bestimmte Reaktionen zu erreichen.
Die Kontrolleure: »Wir warnen dich. Wir werden es nicht zulassen.«
Froud-Crofton bemühte sich, nicht auf diese Drohung zu achten. Er mußte es versuchen. Wenn er sich anstrengte, konnte er es schaffen.
»Tu es nicht!« flehten die anderen. »Wir wollen dich nicht verlieren. Du gehörst zu uns.«
Froud-Crofton merkte, daß er in seinem Entschluß schwankend wurde.

Er mußte schnell handeln. Das Kollektiv gewann immer größere Macht über ihn.
Er konzentrierte sich auf »seine« Maschine.

Tapmedie Ulpanius lag auf dem Rücken und litt unter einem heftigen Anfall, der viel früher gekommen war, als er erwartet hatte. Er konnte nichts mehr sehen und zitterte am ganzen Körper. Seine Zunge war völlig trocken.
Jetzt, da sich der Tod ankündigte, erwachte noch einmal der Lebenswille in Ulpanius. Er wälzte sich mühevoll auf den Bauch und kroch langsam auf die Maschine zu, in der sich Froud-Crofton befinden mußte. Der Stobäer sah die Maschine nicht, aber er wußte, in welche Richtung er sich bewegen mußte. Er wunderte sich, daß er vorankam und nicht wieder gelähmt wurde. Vielleicht wußten seine Gegner, wie es um ihn stand.
Eine von Tapmedies dünnen Händen berührte die Maschine.
Ulpanius sank wieder in sich zusammen.
»Terraner!«
Er sehnte sich danach, jetzt mit jemand zu sprechen. Es war schrecklich, in diesem Raum sterben zu müssen, der so fremdartig wirkte und so weit von seiner Heimat entfernt war.
»Froud-Crofton!«
Er bekam keine Antwort.
Alles wäre anders, wenn Froud-Crofton sich nicht für mich interessiert hätte, dachte er verzweifelt. Er wäre lieber an seiner Strahlenkrankheit gestorben, als jetzt auf diese Weise zu enden.
Ulpanius sah ein paar Schatten, vielleicht war es auch nur der Wechsel des Lichts.
Ich kann nicht träumen! dachte er traurig. *Nicht einmal das.*
Er wollte noch einmal nach Froud-Crofton rufen, aber ihm fehlten die Kraft und die Entschlossenheit. Er hörte das Murmeln und Summen der Maschinen ringsum. Es schien lauter geworden zu sein.
Er hätte jetzt den Traum der Ahnen träumen müssen, doch er konnte es nicht. Seine Gedanken waren zu verworren. Er konnte sich nicht in sich selbst versenken. Die Umgebung war zu fremd. Sie belastete ihn.
Das Pulsieren seiner Organe kam ihm übermäßig laut und schnell vor.
Dann hörte es plötzlich auf.
Und Tapmedie Ulpanius starb.

27.

Froud-Crofton merkte, daß er als Selektor nicht nur seine eigene Maschine beherrschte, sondern auch Einfluß auf viele andere Teile der Funkstation hatte. Das Kollektiv wehrte sich gegen seine Absichten, aber es gab sehr viele biologisch-technische Verbindungen, die keine andere Wahl hatten, als im Sinne des Selektors zu funktionieren.

Die Kontrolleure schwiegen seltsamerweise, aber Froud-Crofton war überzeugt davon, daß sie ihn beobachteten.

Die Impulse des Kollektivs wurden immer wirrer.

»Komm jetzt zu uns! Du darfst diese Nachricht nicht abstrahlen.«

Froud-Crofton spürte, daß es ihn ungeheure Anstrengung kostete, überhaupt etwas zu veranlassen. So, wie er seine Maschine und Teile des Kollektivs in seine Funktion mit einbeziehen konnte, vermochten andere Teile des Systems ihn zu beeinflussen. Und diese Individuen taten alles, um ihn an der Ausführung seiner Pläne zu hindern.

Es war ein stummer, aber erbarmungsloser Kampf.

Die anderen hatten den Vorteil, schon wesentlich länger innerhalb des Systems zu leben und sich genau auszukennen. Außerdem hatten sie Erfahrung in der Behandlung von Neuen.

»Wir lassen es nicht zu«, dachten die innerhalb der Funkstation vereinigten Individuen. »Wir wollen dich nicht verlieren.«

Froud-Crofton bemühte sich, das alles zu ignorieren. Er war noch immer mit der Formulierung der Nachricht beschäftigt. Unter dem geistigen Druck, dem er ausgesetzt war, fiel ihm eine sinngemäße Aneinanderreihung von Worten ausgesprochen schwer. Aber er bemühte sich weiter. Die Maschine, in der er sich befand, war bereit. Sie bedeutete kein Problem für den Arzt.

»Nein!« Jetzt war es nicht allein die Angst um den neuen Selektor, der die anderen verzweifelte Impulse abstrahlen ließ. »Tu es nicht!«

Der Druck, den Froud-Crofton schon einmal gefühlt hatte, kehrte zurück. Eine Beengung, die ihn zu zerquetschen drohte. Er ahnte, daß dies nicht die Folge einer physischen Krise, sondern ein von den Kontrolleuren ausgelöstes Gefühl war, das zum Ziel hatte, ihn gefügig zu machen. Er wehrte sich dagegen.

In diesem Zustand fiel ihm kaum noch etwas ein. Seine Gedanken waren verworren. Und es wurde immer schlimmer.

Bald würde er überhaupt nicht mehr senden können.

Er mußte es jetzt tun!

Die Kontrolleure verstärkten den Druck. Obwohl Froud-Crofton keine Lungen mehr besaß, glaubte er ersticken zu müssen. Er konnte die Impulse des Kollektivs nicht mehr hören.
Alles um ihn herum schien zu versinken.
Senden! dachte er.
Mit einer übermächtigen Willensanstrengung veranlaßte er seine Maschine zum Abstrahlen einiger Signale. Er sendete, was ihm gerade einfiel. Dann wurde der Druck unerträglich.
Er konnte nicht weitersenden. Um ihn herum wurde es dunkel.

Die Kontrolleure: »Er ist nicht tot. Er ist widerstandsfähiger, als wir dachten.«
Wir sind erleichtert. Vielleicht wird jetzt doch noch alles gut.
Was mag er gesendet haben?
Die Kontrolleure: »Es war mehr oder weniger unverständlich, wahrscheinlich sogar bedeutungslos.«
Wir spüren, daß unsere Impulse ihn nicht erreichen können. Er ist nicht bei Sinnen. Aber er lebt noch.
Ich ... wir ... ich ...
Wir müssen weiter warten. Natürlich ist der Neue ein unvergleichliches Talent, aber niemand von uns hätte gedacht, daß er zu einem solchen Problem werden könnte.
Er hat uns als Sklaven bezeichnet!
Sind wir das?
Die Kontrolleure: »Er soll am Leben bleiben.«
Das galt natürlich nur für den Fall, daß Froud-Crofton nicht noch einmal versuchen würde, mit Wesen außerhalb des Schwarms in Verbindung zu treten.
Es wird sicher einige Zeit dauern, bis er sich erholt hat. Die Kontrolleure haben ihm einen schweren Schock zugefügt, den ein anderer vielleicht nicht überlebt hätte.
Die Kontrolleure: »Er wird es überstehen.«
Diese Versicherung kann reine Beruhigungstaktik sein. In Wirklichkeit wissen die Kontrolleure vielleicht schon, daß der neue Selektor sterben wird, bevor er seine Aufgabe richtig erfüllen kann.
Wir haben keinen Grund, an der Aufrichtigkeit der Kontrolleure zu zweifeln. Trotzdem müssen wir immer wieder über verschiedene Bemerkungen des Fremden nachdenken.
Er haßt uns nicht, sondern bedauert uns. Er ist verzweifelt darüber, daß er mit uns funktionieren soll. Er wehrt sich gegen eine endgültige Eingliederung, weil er keine Sklavendienste verrichten will.
Die Kontrolleure: »Das Y'Xanthomrier hat keine Sklaven.«
Aufgeschreckt unterbrechen wir unsere Überlegungen. Bisher ist es

kaum geschehen, daß sich die Kontrolleure auf diese Weise in unsere Gedanken mischten. Sie meldeten sich eigentlich nur, um uns Informationen oder Anordnungen zu geben.
Wir erkennen, daß wir glücklich sind. Wir funktionieren. Wir funktionieren für das Y'Xanthomrier, das tötet und dabei rote Steine weint.
Dabei hätte ich ... ich ... wir ...

Bully blickte auf die Uhr und schüttelte enttäuscht den Kopf.
»Es sieht so aus, als hätte ich die Lage falsch eingeschätzt«, gab er zu. »Es hat keinen Sinn, wenn wir noch länger warten.«
»Wir hofften alle, daß wir die Jacht wiedersehen würden oder zumindest eine Nachricht von ihr erhalten würden«, sagte Julian Tifflor. »Doch damit brauchen wir jetzt nicht mehr zu rechnen.«
Der Schwarm wanderte langsam weiter. Seine Geschwindigkeit war nicht konstant, und Bull vermutete, daß er früher oder später wieder transistieren würde.
Wußten die Ameisen, was ein Mensch, der auf ihren Straßen herumtrampelte, als nächstes tun würde?
»Wir fliegen jetzt zurück!« kündigte Bull an. Da meldete sich Groysken Asnker, der früher auf der Erde als Kybernetiker gearbeitet hatte, jetzt aber an Bord der INTERSOLAR zusammen mit zwei Männern und einer Frau die Funkanlage bediente.
»Warten Sie noch, Mr. Bull!«
Bully fuhr herum. In der Zentrale herrschte knisternde Atmosphäre.
»Was ist geschehen?«
»Einen Augenblick!« Asnkers Stimme klang gespannt. »Ich lege um.«
Aus den Empfängern in der Zentrale kam ein ungleichmäßiges Rauschen.
»Was ist das?« fragte Bully verwirrt.
»Schwer zu sagen«, antwortete Asnker langsam. »Es wäre auch sicher bedeutungslos, wenn es nicht aus dem Schwarm käme.«
Bully richtete sich auf. »Aus dem Schwarm? Sind Sie sicher?«
Asnker erklärte beleidigt: »Ich bin zwar Kybernetiker, aber soviel kann ich noch feststellen.«
Bull mußte lächeln. Das Rauschen im Empfänger verstärkte sich. Dann wurde ein undeutliches Summen hörbar. Es kam in unregelmäßigen Abständen durch.
»Impulse!« rief Balton Wyt erregt.
»Ruhe!« befahl Bully.
Sie lauschten.
Nach einer Weile brachen die Summtöne ab, dann hörte auch das Rauschen auf.

»Hat das Summen etwas zu bedeuten?« fragte Bully.
»Die Auswertung liegt bereits vor mir«, erklärte Asnker. »Die Positronik hat schnell gearbeitet.« Seine Stimme wurde lauter, als er hinzufügte: »Wir haben eine Nachricht aus dem Schwarm erhalten. Sie wurde im Kode der terranischen Weltraumärzte abgefaßt.«
Bulls Kinn fiel herab.
»Was sagen Sie da?«
»Ein Irrtum ist ausgeschlossen«, antwortete Asnker. »Sie können sich gern von der Richtigkeit meiner Behauptung überzeugen.«
»Er soll erst die Nachricht durchgeben«, mischte Tifflor sich ein.
»Ja«, sagte Bull. »Wie lautet die Nachricht, Mr. Asnker?«
»Sie lautet: *Schützt euch vor den Y'Xanthomrier!* Das ist alles.«
Bully fragte nervös: »Sind Sie sicher, daß es Y'Xanthomrier heißt und nicht Y'Xanthymr?«
»Ja, Mr. Bull.«
»Dann muß es sich um einen Übertragungsfehler handeln«, sagte Reginald Bull. »Pontonac sprach einwandfrei von dem Y'Xanthymr.«
Asnker räusperte sich durchdringend.
»Das Wort kam einwandfrei durch. Es besteht kein Zweifel, daß es in dieser Form gesendet wurde.«
»Hm!« machte Bull. Er blickte sich im Kreis jener Frauen und Männer um, die sich in der Zentrale der INTERSOLAR versammelt hatten.
»Sie haben alles gehört! Was halten Sie davon?«
Niemand antwortete.
»Ja«, sagte Bull. »Es handelt sich um eine Warnung. Um eine Warnung, die zweifellos von einem Passagier der verschwundenen Jacht abgestrahlt wurde.«
»Es kann auch ein Trick sein«, sagte Tifflor.
Seine Worte lösten den Bann, der über allen zu liegen schien. Jetzt redeten mehrere Menschen gleichzeitig.
»Langsam!« rief Bull. »So kommen wir nicht weiter. Wir müssen uns darüber im klaren sein, daß es sich bei dem Y'Xanthomrier eines Unbekannten um ein ähnliches Ding oder Wesen handelt wie bei dem Y'Xanthymr Pontonacs.«
»Mich wundert, daß die Fremden zugelassen haben, daß ein Entführer eine solche Nachricht abstrahlt«, bemerkte Korjason.
Dieser Einwand war richtig. Bull überlegte, wie es zu der Funkbotschaft gekommen sein konnte. Die Jacht, die sie beobachtet hatten, besaß sicher nur durchschnittlich starke Funkgeräte. Abgesehen davon, daß sie *ihm* vor dem Verschwinden nicht geantwortet hatten – waren diese Geräte in der Lage, die Schutzschirme um den Schwarm zu überwinden? Und warum ließen die Herren des Schwarms eine solche Nachrichtenübermittlung zu?
»Ich schließe mich Tifflors Meinung an«, sagte Bully schließlich. »Es

handelt sich offenbar um ein Täuschungsmanöver. Die Fremden wollen uns glauben machen, daß ein Terraner innerhalb des Schwarms ist, der ein Funkgerät besitzt.«

»Aber der Funkspruch war in einem nur den terranischen Ärzten und der Solaren Flotte bekannten Kode abgefaßt«, wandte Balton Wyt ein.

»Das bedeutet gar nichts«, erwiderte Bully. »Es spricht nichts dagegen, daß die Fremden diesen Kode nicht in Erfahrung gebracht haben sollen. Warum sollte der Entführte kein Arzt gewesen sein? Noch dazu einer, der den Flotten-Kode kennt?«

Er merkte, daß niemand überzeugt war. Aber niemand wußte eine bessere Erklärung für das Ereignis.

»Wenn Sie recht haben sollten, wirft sich die Frage auf, warum die Fremden uns diese Botschaft, die doch ziemlich nichtssagend ist, geschickt haben«, meinte Ribald Corello.

Natürlich hatte der Mutant recht, dachte Bully. Aber sie durften nicht von der Voraussetzung ausgehen, daß die Unbekannten aus ähnlichen Beweggründen handelten wie die Menschen. Für die Fremden besaß diese Nachricht – wenn sie wirklich von ihnen kam – vielleicht eine tiefe Bedeutung.

Sicher war nur eines: Wesen oder Dinge wie das Y'Xanthomrier oder Y'Xanthymr spielten innerhalb des Schwarms eine besondere Rolle.

Bully lehnte sich in seinem Sitz zurück. Er ahnte, daß sie keine weiteren Nachrichten empfangen würden.

»Wir fliegen in die Galaxis zurück und suchen Immune!« befahl er.

Er erwachte aus der Bewußtlosigkeit. Dankbar registrierte er die Nähe der anderen, die sich sofort seiner annahmen. Froud-Crofton nahm die Impulse des Kollektivs in sich auf.

Er hatte resigniert, denn er wußte, daß er ein zweites Mal nicht die Kraft aufbringen würde, eine Nachricht zu senden.

Warum sollte er sich jetzt noch unnötig quälen? Am vernünftigsten war es jetzt, die Vorteile zu genießen, die das System bot.

Die anderen waren seine Freunde, sie warteten auf ihn. Er würde als Selektor eine bedeutende Funktion erfüllen. Die Maschine, in die man ihn eingepflanzt hatte, erschien ihm plötzlich wie ein gefügiges Wesen, das für ihn arbeiten wollte.

Froud-Crofton empfing wieder Nachrichten. Er wertete sie aus, gab sie an Speicher weiter oder begann zu senden. Wenn er sich konzentrierte, war alles ganz einfach.

Er spürte die Begeisterung der anderen. Endlich war er einer der Ihren. Er hatte aufgehört, sich zu sträuben.

Ich war ein Narr, dachte Froud-Crofton. Er verschloß sich nicht länger, sondern richtete freundliche Impulse an das Kollektiv.

»Ich will euch etwas mitteilen«, sendete er. »Ich habe angefangen ... ich werde ... WIR FUNKTIONIEREN.«

Während Reginald Bull mit der INTERSOLAR zu seiner eigentlichen Aufgabe zurückkehrte, nämlich der Suche nach immun gebliebenen Menschen, arbeiteten Perry Rhodan und sein Team weiter an der Erforschung des Schwarms. Bevor die GOOD HOPE II am 30. Juli das Lignan-System anflog und auf dem unbewohnten dritten Planeten, Caraprien, landete, hatte es den Schwarm erstmals völlig umrundet und dabei festgestellt, daß er an der Kopfrundung achthundertzwanzig und in der Mitte knapp zweitausend Lichtjahre breit war. Diese Werte galten auch für die Höhe und waren wie die ermittelten knapp elftausend Lichtjahre seiner Länge als Durchschnittswerte anzusehen. Sie änderten sich wegen der beweglichen Himmels- und Flugkörper im Schwarminnern fortlaufend.

Die Zahl der im Schwarm enthaltenen Sonnen und Planeten wurde inzwischen auf rund achthunderttausend geschätzt, die der Raumschiffe, Stationen und so weiter auf über eine Million. Dies waren Zahlen, die jene weit in den Schatten stellten, die bei dem Erscheinen des Schwarms in unmittelbarer Nähe der MARCO POLO, im Leerraum vor der Galaxis, genannt worden waren. Ein Grund für die Diskrepanz lag ganz sicher darin, daß bei den ersten Hyperortungen viele Objekte sich gegenseitig verdeckt und energetisch überlagert hatten – eine Sonne ihre Planeten, eine Gigantstation viele Raumschiffe.

Zur Landung auf Caraprien kam es aufgrund der Ortung einiger Rochenschiffe im Lignan-System. Die GOOD HOPE verlor die Manipulatoren vorübergehend. Als sie dann wiederauftauchten, sandten sie eine Strahlung aus, die auf allen drei Welten des Systems schwerste Erdbeben und Vulkanausbrüche hervorrief. Die GOOD HOPE wurde dabei beschädigt und konnte erst am 20. August wieder starten. Perry Rhodan nahm Hyperfunkverbindung mit Reginald Bull auf und veranlaßte, daß die INTERSOLAR die intelligenten Bewohner des zweiten, infolge der Beben zum Untergang verurteilten Planeten aufnahm und nach Hidden World I evakuierte.

Auf der Erde und den vielen tausend anderen besiedelten Welten war kein Ende des Chaos abzusehen. Und wie immer in solchen Zeiten, sahen Scharlatane und Psychopathen ihre große Chance, Macht zu erringen. Garrigue Fingal war einer davon gewesen – doch ein Nichts gegen das Monstrum, das sich nun anschickte, alles Bestehende zu zerschlagen und über eine Welt zu herrschen, auf der nichts mehr so war wie zuvor ...

28.

August 3441
Terra

Es ist ein verdammt harter Job, mit einer Bande von hundert Verdummten durch den Betondschungel zu ziehen. Sie sind schwerer zusammenzuhalten als ein Sack voll Flöhe, und noch schwerer sind sie abzurichten. Selbst eine so einfache Sache wie die Beschaffung von Nahrung kann zu einem lebensgefährlichen Unternehmen werden.

Dabei lagen Tonnen von Frischfleisch direkt vor unserer Nase. Wir brauchten nur in den Zoo zu gehen und uns Exemplare jener Tiergattungen auszusuchen, die uns als eßbar erschienen.

Während ich mit dem Gros meiner Leute außerhalb des Zoos wartete und die Gegend absicherte, schickte ich Moro, Ole und Vast los, die sich auf dem Gelände nach einem Wärter umsehen sollten. Es war nicht anzunehmen, daß Danton und Deighton einen ihrer Männer abgestellt hatten, um den Zoo zu bewachen. Denn erstens waren sie knapp an halbwegs intelligenten Leuten und zweitens wurde der Tiergarten von Terrania City während des Chaos vollautomatisch versorgt. Doch wollte ich kein Risiko eingehen und schickte deshalb die drei los. Ich hatte ausdrücklich angeordnet, daß sie von barbarischen Spielereien Abstand nehmen sollten.

Vielleicht klingt es bei einem Mann meiner Sorte, der schon vor dem Zusammenbruch der Zivilisation ein Außenseiter der Gesellschaft war, seltsam, aber ich hielt nichts von greulichen Extravaganzen. Wer den eigenen Interessen im Weg stand, mußte beseitigt werden ... Als die drei nach zwei Stunden zurückkamen, merkte ich ihnen schon von weitem an, daß sie meinen Befehl mißachtet hatten.

Memo, das verdummte Genie und meine rechte Hand, sagte an meiner Seite: »Die befinden sich jetzt noch im Blutrausch.«

Voll böser Ahnungen erkundigte ich mich bei den drei Kundschaftern: »Hat es Schwierigkeiten gegeben?«

Sie schüttelten die Köpfe und kicherten dabei wie Jungen, die sich einen albernen Scherz geleistet hatten.

»Keine Schwierigkeiten, Dada«, antwortete Moro schließlich. Er gehörte zu meinen intelligentesten Leuten, obwohl er sich geistig kaum mit einem normalen achtjährigen Jungen hätte messen können.

»War kein Wärter da?« fragte ich nun geradeheraus.
»Ach wo«, sagte Moro mit einem unangenehmen Grinsen.
Meine Stimme bekam einen drohenden Unterton. »Du weißt, daß ich euch untersagt habe, euch an einem Wärter abzureagieren.«
Auf Moros Gesicht zeichnete sich grenzenlose Überraschung ab. »Das hast du gesagt, Dada? Ich habe es glatt vergessen. Aber es macht nichts, denn es gab sowieso keinen Wärter.«
»Glaubst du ihnen so ohne weiteres?« stichelte Memo. »Ich sehe diesen Kerlen doch an, daß sie irgendeine Teufelei inszeniert haben.«
Ich überhörte Memos Einwand. Manchmal fiel er mir so auf die Nerven, daß ich ihn am liebsten zum Teufel geschickt hätte. Aber leider benötigte ich seine Unterstützung.
»Dann ist die Luft im Zoo rein?« fragte ich Moro.
»Die Luft ist rein«, versicherte er.
Vast fügte eifrig nickend hinzu: »Ja, ja, und wir haben auch schon die Vorbereitungen für das große Halali getroffen.«
Moro wirbelte herum und schlug Vast mit einem Faustschlag nieder.
»Du Idiot!« schrie er ihn wütend an. »Das war doch als Überraschung für Dada gedacht.«
Ich sah rasch zu Memo. »Welche Überraschung?« fragte ich.
Moro blickte zu Boden und scharrte unruhig mit dem Fuß über den staubigen Straßenbelag.
»Nun«, begann er zögernd. »Als wir den Zoo durchstreiften, stießen wir auch auf das Hauptgebäude. Du weißt schon, dort befinden sich die ganzen Schaltanlagen, mit denen man die Schutzschirme und die Käfige für die Tiere kontrollieren kann. Ich wollte dir die Arbeit erleichtern, deshalb haben wir an den Schaltern herumgefummelt.«
Jetzt strahlte Moro über das ganze Gesicht. »Und es ist uns ausgezeichnet gelungen!«
Ich brauchte nicht mehr zu fragen, was ihnen gelungen war. Wir alle sahen in diesem Augenblick das Ergebnis von Moros Bemühungen. Durch das Tor des Tiergartens kam ein Rudel exotischer Kleintiere gepres(ch)t und verschwand zwischen den Häuserschluchten. Dann erklang ein lang anhaltendes Röhren, die Bäume im Park des Zoos teilten sich, und ein Saurier kam angestampft. Es schien, als hätte das Erscheinen des Monstrums einer Urwelt den Bann gelöst. Denn nun brachen aus allen Teilen des Parks Tiere: Raubkatzen, Riesenspinnen, Echsen und Exoten von Tausenden verschiedenen Planeten der Galaxis. Raubvögel und Aasfresser aller Arten und Größen stiegen von den Bäumen auf und verschwanden im Luftraum von Terrania City.
Und dann erblickte ich den Welsch, auf dessen zartes und saftiges Fleisch ich es abgesehen gehabt hatte. Das Raubtier mit dem schlangenförmigen Körper und den zehn muskulösen Beinen verharrte für Sekundenbruchteile am Rande des Tiergartens. Als es uns mit seinen drei auf

der zurückfliehenden Stirn zu einem Dreieck angeordneten Augen erblickte, hetzte es in weiten Sprüngen davon.

Ich hob den Strahler und schoß. Aber ich verfehlte mein Ziel. Der Welsch war für mich verloren, verschwunden im Betondschungel von Terrania City.

»Aus dem geplanten Festessen wird nun nichts werden, Dada«, ließ sich Memo an meiner Seite hören. »Dein kluger Moro hat die Energiebarrieren abgeschaltet, welche die Tiere in ihren Gehegen gefangenhielten. Es ist wahrlich jammerschade, daß er ausgerechnet den Hauptschalthebel erwischt hat! Aber du kannst dich damit trösten, daß er dir damit eine Freude bereiten wollte, Dada.«

»Du sollst mich nicht Dada nennen«, fuhr ich Memo an. »Du weißt, daß das nur für die Verdummten gilt, die sich meinen Namen nur schwer merken können.«

»Okay, Arlon«, sagte Memo. »Aber denke du bitte auch daran, daß ich ebenfalls einen Namen besitze.«

»Klar, Memo«, erwiderte ich. »Du heißt Grielman Long und bist Professor der Extra Zerebralen Integration ... und wahrscheinlich der einzige Ezialist, der nicht gänzlich verdummt ist.«

Als ein behäbiger Dickhäuter aus dem Tiergartengelände ausbrach, gab ich meinen Leuten das Zeichen. Sie stimmten ein wildes Geheul an, schwangen ihre Brechstangen und Keulen und luden ihre Steinschleudern.

Zehn Minuten später war das Tier erlegt, und wir waren für einige Tage mit Fleisch versorgt.

Aber es ärgerte mich doch, daß es sich nicht um zartes, saftiges Welschfleisch handelte.

Ich suchte nach Moro, der mich um diesen Genuß gebracht hatte. Als er mir in die Augen blickte, wußte er sofort, was ihm blühte.

Das war vor zwei Tagen gewesen.

Jetzt schrieben wir den 21. August. Es war Mittag in Terrania City. Wir merkten nichts davon, denn wir hatten uns in die Station einer Rohrbahn zurückgezogen. Meine Männer waren an allen Zugängen und in dem Rohrbahntunnel postiert. Auf diese Art und Weise schützte ich mich vor unliebsamen Überraschungen. Außerdem hatte ich in jede Richtung des Tunnels je eine vierköpfige Gruppe ausgeschickt, die die nähere Umgebung erkunden sollte.

Der Grund, warum ich ausgerechnet diese Station zu unserem Lagerplatz auserwählt hatte, war, daß hier die Deckenbeleuchtung noch funktionierte. Elektrisches Licht war in Terrania City zu einem Luxus geworden. Diese Rohrbahnstation war auch sonst noch ganz gut erhalten, wenn man von den unzähligen Kritzeleien an den Wänden absah. Memo nannte die Schmierereien an den Wänden »Betonmalereien«, was in Anlehnung an die Höhlenmalereien der Steinzeit geschah.

Ich stand vor einer Wand, auf die in ungelenken Schriftzügen geschrieben worden war:
TOD DER ZIWILISAZION.

Das entlockte mir ein abfälliges Lächeln. Meine Intelligenz hatte durch die allgemeine Verdummungswelle zwar auch gelitten, aber immerhin merkte ich die Rechtschreibfehler der Inschrift.

Ich betrachtete Memo. Er war klein und verwahrlost wie wir alle. Aber er unterschied sich in einem wesentlichen Punkt von den verdummten Kreaturen in meinem Gefolge: In seinen Augen spiegelte sich die Intelligenz, die ihm im Gegensatz zu den anderen erhalten geblieben war.

»Warum gehorchst du mir so bedingungslos?« fragte ich ihn. »Du hättest es gar nicht nötig, dich von mir herumkommandieren zu lassen. Du bist intelligent und verschlagen genug, um dich in diesem Tollhaus durchzusetzen.«

»Ich gehöre zu dir«, entgegnete er. Nachdem er sich die Lippen beleckt hatte, fuhr er fort: »Du bist immer noch mein Patient, Arlon. Egal, was passiert, ich fühle mich für dich verantwortlich.«

»Du hast wohl einen Schuldkomplex auf dich geladen«, sagte ich ihm ins Gesicht. »Du fühlst dich schuldig, weil du mich, einen vielfachen Verbrecher, aus dem Gefängnis befreit und für deine ungesetzlichen Experimente verwendet hast. Gib es doch zu, du fürchtest dich davor, mich auf die Menschheit loszulassen.«

»Ich habe nichts Ungesetzliches getan«, verteidigte sich der Ezialist. »Meine Methode, durch einen operativen Eingriff in das Gehirn die Resozialisierung eines Asozialen zu erwirken, ist nicht ungesetzlich. Sie ist lediglich noch nicht anerkannt. Aber an deinem Beispiel sehe ich, daß ich den richtigen Weg beschreite.«

Ich lachte. »Nennst du es einen erfolgreichen Resozialisierungsprozeß, wenn ich mit einer Bande plündernd und mordend durch Terrania City streife?«

»Ich sehe in dir nur ein Opfer der Umweltveränderung«, entgegnete er. »Aber meine Operation war erfolgreich. Denn während Millionen verdummten, hast du den Großteil deiner Intelligenz behalten.«

»Und wie kam es, daß du selbst nicht degeneriertest?« wollte ich wissen.

»Ich habe die gleiche Operation schon vorher an mir selbst vornehmen lassen«, antwortete Memo. »Dazu war nicht mehr als ein entsprechend programmierter Medo-Robot nötig.«

»Du bist wirklich ein Genie«, sagte ich. Manchmal haßte ich den Professor, aber ich war auf ihn angewiesen. Seine Überheblichkeit, die Art, wie er mir zu verstehen gab, daß ich ihm geistig nicht das Wasser reichen konnte, das fiel mir auf die Nerven. Aber andererseits hatten mir seine

Ratschläge schon oftmals geholfen. Angenehm an ihm war auch, daß er mir nie mit Gesetzesparagraphen, mit Moral und Ethik kam. Er war anscheinend mit mir einer Meinung, daß die neuen Lebensbedingungen auch nach neuen Maßstäben verlangten.

»Ich bin kein Genie, nur ein Ezialist«, widersprach Memo. »Alles, was ich kann und was ich geleistet habe, verdanke ich der Extra Zerebralen Integration. Der Ezialismus ist eine alte Wissenschaft. Schon vor mehr als tausend Jahren versuchte ein Mann namens Flensh Tringel der Menschheit die Gefahren des Spezialistentums vor Augen zu halten. Er wollte mit dem Ezialismus bei den Menschen eine Zusammenfassung aller Gehirnfunktionen zu einem Ganzen erreichen. Er wollte, daß sich die Menschen nicht auf ein Gebiet spezialisierten, sondern sich ein umfassendes Allgemeinwissen aneigneten. Das ist Ezialismus. Ein Ezialist sollte Psychologe, Biologe, Kybernetiker und Handwerker zugleich sein. Natürlich weiß ein Ezialist nicht soviel wie beispielsweise ein Galaktopsychologe auf seinem Gebiet. Aber der Ezialist sollte genügend Begriffe aus der Galaktopsychologie kennen, um wirkungsvoll improvisieren zu können. Ich glaube, der Ezialismus hat sich nur deshalb nicht durchgesetzt, weil er eine Kampfansage an das Spezialistentum ist ...«

»Halt jetzt endlich den Mund!« unterbrach ich Memo, sonst hätte er sich wohl noch stundenlang über sein Lieblingsgebiet ausgelassen.

Eine Stunde später kamen meine Kundschafter zurück. Vast, der die eine Gruppe angeführt hatte, berichtete aufgeregt über eine unterirdische Halle, in der Rohrbahnzüge abgestellt waren. Aus seinen Worten ging hervor, daß sie mit Energie versorgt wurde.

Wir brachen sofort auf und verlegten unseren Lagerplatz in die Halle.

»Was willst du denn hier?« erkundigte sich Memo. »Diese gigantischen Räumlichkeiten lassen sich mit den hundert Mann, die du hast, doch überhaupt nicht verteidigen.«

»Darauf kommt es gar nicht an«, erwiderte ich. »Wir werden hier ohnehin nicht lange lagern. Mir geht es nur um die Rohrbahnzüge. Mit einem von ihnen könnten wir den Stadtrand um vieles schneller erreichen.«

Es geschah selten, daß ich eine Idee hatte, noch bevor Memo auf den gleichen Gedanken gekommen war. Aber diesmal konnte ich mit Befriedigung registrieren, daß ich ihm um Längen voraus gewesen war.

»Ja, du hast recht«, stimmte mir Memo zu. »Mit einem Rohrbahnzug könnten wir viel schneller Imperium-Alpha erreichen.«

Der Traum kam jede Nacht wieder:
Ich sitze Danton-Deighton gegenüber. Zwischen uns steht ein 3-D-Schach. Ich kann nur verschwommene Umrisse meiner beiden Gegner

erkennen. Wenn sie Bewegungen mit den Händen machen, dann zeigt sich das mir nur durch einen verwischten Streifen an.
Danton zieht den Königsbauern auf. Ich springe mit dem Pferd auf C3 hoch 3. Da macht Deighton einen seltsamen Zug. Er schlägt mit dem Turm den im Weg stehenden eigenen Bauern und geht damit auf H5 hoch 6. Das irritiert mich.
Ich schwitze. Der Schweiß rinnt mir in Strömen von der Stirn.
Ich komme nicht hinter den Sinn des Danton-Deighton-Zuges.
Wie kann ich kontern?
Setze sie schachmatt! fordert meine innere Stimme.
Ja, das werde ich tun. Aber wie?
Geh aufs Ganze! rät meine innere Stimme.
Jawohl.
Aber wie kann ich sie schlagen?
Fege sie vom Brett! befiehlt meine innere Stimme.
Ich bäume mich mit einem Wutschrei auf, stürze mich in den Kubus des 3-D-Schachs und befördere alle gegnerischen Figuren mit Händen und Füßen hinaus.
Danton-Deighton verblassen. Ich bin der strahlende Sieger.
So ist es richtig, lobt meine innere Stimme. Vernichte ihre Station, zertrete ihre Helfer und töte Danton und Deighton. Unternimm alles, um die Versuche, Recht und Ordnung wiederherzustellen, schon im Keim zu ersticken.
Ich schwöre, daß ich dies tun werde!
Mit diesem Eid verblaßte der Traum.

Jemand rüttelte mich wach.
»Ole ist zurück«, hörte ich Memos Stimme. »Er hat eine interessante Entdeckung gemacht.«
Ich war sofort bei der Sache.
»Was gibt's, Ole?«
Ole, der in seiner Tasche noch einen Identitätsausweis trug, der auf den Namen Joannes Olennson lautete, wischte sich mit dem Handrücken den Speichel vom Mund.
»Ich habe mit Tyll und Rick den Fernverbindungstunnel durchstreift. Wir verhielten uns so vorsichtig dabei, wie du es uns befohlen hast, Dada. Ehrenwort, wir haben uns an deinen Befehl gehalten. Zwei Echsen aus dem Zoo, die uns im Tunnel entgegenkamen, haben wir lautlos getötet. Tyll mußte dran glauben. Aber er schrie nicht mal, bevor er starb. Siehst du, Dada, so haben wir uns an deinen Befehl gehalten. Und es war gut so. Denn bald darauf sind wir zu einer Rohrbahnstation gekommen, in der eine andere Bande ihren Lagerplatz aufgeschlagen hat.«
»Weißt du, um welche Bande es sich handelt?« wollte ich wissen.

Ole nickte eifrig. »Es ist Neikos Bande. Ich habe den Fettwanst selbst gesehen.«

Mich durchfuhr es siedendheiß. »Besteht kein Irrtum?«

»Ehrenwort, Dada, ich habe ihn mit eigenen Augen gesehen.

»In Ordnung, Ole, du bist ein guter Junge.« Ich gewährte ihm eine Sonderration Fleisch und schickte ihn weg. Ich schaute Memo an.

»Du willst Rache an ihm nehmen«, sagte er. Es war eine Feststellung. Als ich nichts antwortete, fuhr er fort: »Ich kann dir nachfühlen, daß du ihn haßt. Er war es schließlich, der unseren Unterschlupf zerstört und geplündert hat, als wir beide noch allein waren. Aber glaubst du, daß du schon stark genug bist, um dich mit ihm messen zu können? Ihm unterstehen doppelt so viele Leute wie dir.«

»Ich fürchte mich nicht vor ihm.«

»Mut allein genügt nicht«, gab Memo zu bedenken. »Außerdem haben wir uns die Zerstörung des Hauptquartiers von Danton und Deighton zur Aufgabe gemacht. Wie willst du das schaffen, wenn Neiko Garnish deine Bande aufreibt?«

»Du wirst dir eine List einfallen lassen«, sagte ich. »Du wirst dir etwas einfallen lassen, wie wir Neikos Bande vernichten können, ohne unsere eigenen Leute zu gefährden.«

»Das werde ich nicht tun«, widersprach Memo. »Ich habe schon zuviel auf mein Gewissen geladen. Jetzt will ich nicht auch noch ein Massenmörder werden.«

Ich sprang auf, faßte Memo an der Gurgel und drückte ihn gegen die Wand.

»Du wirst einen Plan ausarbeiten, wie ich Neiko vernichten kann!« befahl ich wütend.

Memo war schon ganz blau im Gesicht, als er nickte.

»Gott möge mir verzeihen«, flüsterte er. »Aber ich habe keine Wahl.«

»Doch, du könntest als Märtyrer sterben!« Ich lachte schallend. Dann wurde ich sofort wieder ernst. »Wir werden jetzt einen Ausflug machen und die Umgebung von Neikos Lagerplatz auskundschaften. Und dann wirst du in kürzester Zeit einen Plan ausarbeiten.«

»Wir können uns den Weg sparen«, erklärte Memo. »Ich habe das Robot-Stellwerk gefunden. Dort sind sämtliche Rohrbahntunnel mit den Stationen in einem Plan eingezeichnet.«

Ich folgte ihm von meinem Schlafplatz in einem der Waggons zu den Räumen mit den technischen Anlagen. Im Stellwerksraum führte mich Memo zu einer zwei mal zwei Meter großen Projektionswand aus milchigem Kunststoff. Er stellte sich vor ein Bedienungspult und bediente es mit solcher Leichtigkeit, als hätte er sein ganzes Leben hindurch nichts anderes getan.

»Ich habe mich, während du schliefst, hier ein wenig umgesehen«, erklärte er mir. Dann deutete er auf die Bildwand, auf der eine schematische Darstellung des Rohrbahntunnelnetzes von Terrania City erschienen war. »Hier sind sämtliche Tunnel eingezeichnet. Wir befinden uns im ungefähren Zentrum.« Er trat zur Projektion und deutete auf eine eingezeichnete Station. »Und hier befindet sich Neikos Lagerplatz – also an die sieben Kilometer von uns entfernt. Ich werde dir jetzt eine Vergrößerung dieser Station zeigen.«

Er drückte einige Tasten an dem Pult nieder, und die Grundrißzeichnung einer Station erschien auf der Bildwand. Ich stellte fest, daß es sich um eine kleinere Station handelte, die von keinem anderen Rohrbahntunnel gekreuzt wurde. An Zugängen gab es eine abwärts und eine aufwärts führende Rolltreppe und eine Nottreppe. Ein Antigravlift war nicht vorhanden. Es gab aber einen eigenen Zugang für das Instandhaltungspersonal und eine weitere Treppe für die Angestellten der in der Station etablierten Geschäfte.

Während ich diese Fakten noch aufnahm, begann in mir ein Plan zu reifen. Ich hörte Memos Ausführungen kaum zu, der mir gerade zu erklären versuchte, wie wir durch Sprengung des Tunnels Neiko in der Station einschließen und zur Kapitulation zwingen könnten.

»Dabei kannst du dich an Neiko rächen, ohne viele Menschenleben zu opfern«, sagte er. »Wenn er keinen Ausweg mehr sieht, wird er sich dir zum Zweikampf stellen müssen. Dann besiegst du ihn und kannst seine Leute in deine Bande eingliedern.«

»Dein Plan gefällt mir nicht«, sagte ich. »Ich möchte, daß mein Triumph ein totaler ist. Ich will Neikos Bande mit Stumpf und Stiel ausrotten.«

Memo wurde blaß, als er mein entschlossenes Gesicht sah.

»Das willst du tun?«

Ich nickte. »Ich wüßte auch schon, wie. Nur muß ich noch wissen, ob der Tunnelabschnitt, in dem sich Neiko aufhält, ebenfalls mit Energie versorgt wird. Kannst du mir das sagen?«

Memo zögerte, gab aber nach, als ich ihm drohte. Er ließ einen Plan von der weiteren Umgebung der durch Neiko besetzten Station auf die Bildwand projizieren. Darauf waren klar und deutlich die energieführenden Leitungen eingezeichnet. Zwar handelte es sich um den Stand vor dem 29. November 3440, also bevor die Verdummungswelle über Terra gekommen war, aber Memo behauptete, daß die Halle und Neikos Station von der gleichen Stelle mit Energie versorgt würden.

Er fügte hinzu: »Und diese Energiestation, die zweifellos von Immunen bedient wird, liegt nur wenige hundert Meter von Neikos Lagerplatz entfernt.«

»Das ist interessant«, sagte ich. »Wenn es stimmt, daß Neikos Station in das Energienetz einbezogen ist, dann läßt sich mein Plan durchführen. Ich werde sie alle mit einem einzigen Handstreich zerquetschen.«

»Was hast du vor?«

Ich erklärte ihm mein Vorhaben.

»Ich werde einige Leute mit unseren gesamten Sprengstoffvorräten losschicken. Sie sollen die Sprengladungen über der Station anbringen, so daß sie durch die Explosion zum Einsturz gebracht wird. Neiko und seine Leute müssen daraufhin in den Tunnel flüchten, um von den Trümmern nicht erschlagen zu werden. Sie werden glauben, daß ihnen zwei Fluchtmöglichkeiten zur Verfügung stehen. Aber das stimmt nicht. Wenn sie in die uns entgegengesetzte Richtung flüchten wollen, erwartet sie eine peinliche Überraschung. Denn dort werde ich sämtliche Bogenschützen und alle Männer mit Steinschleudern postieren. Neiko kann den Tunnel also nur in unserer Richtung benutzen. Und hier warte ich mit einem Rohrbahnzug. Wenn sich Neiko tief genug im Tunnel befindet und nicht mehr zurück kann, starte ich den Rohrbahnzug.«

Als ich sah, daß Memo zu zittern begann und sich den Schweiß von der Stirn abtrocknete, wußte ich, daß mein Plan erfolgversprechend war.

Ich begann mit den Vorbereitungen.

Nachdem die Reihe von Detonationen verklungen war und die schwachen Ausläufer der Druckwelle uns erreicht hatten, begann das große Warten.

Ich hatte den Rohrbahnzug bis auf einhalb Kilometer an Neikos Lagerplatz herangefahren. Wir hatten alle Lichter abgeschaltet. Vollkommene Dunkelheit umgab uns. Memo stand neben mir in der Führerkabine. Ich merkte seine Anwesenheit nur durch seinen rasselnden Atem.

Das Fenster zu meiner Linken war herabgelassen, und ich lauschte angestrengt. Meine Leute verhielten sich auftragsgemäß ruhig.

Von Ferne erklang noch Kampflärm, aber es waren auch Geräusche dabei, die von ziemlich nahe kamen. Und dann gab es für mich keinen Zweifel mehr – Neiko und seine Leute näherten sich meinem Standort.

Sie waren ahnungslos in die Falle getappt!

Meine Hände zitterten ein wenig vor Aufregung. Jetzt kam die Stunde der Abrechnung. Vor mehr als fünf Monaten war Neiko Garnish mit einigen Männern in das Ezialistische Institut eingedrungen, wo sich Memo mit mir verbarrikadiert hatte. Ich glaubte damals noch daran, daß ich durch die Gehirnoperation zu einem wertvollen Mitglied der menschlichen Gesellschaft werden konnte. Aber dann kam Neiko, nahm das Ezialistische Institut im Sturm, plünderte es und schlug uns zusammen.

Damals brach etwas in mir. Ich schwor Rache.

Nun war der ersehnte Augenblick gekommen.

Ich hörte aus der Finsternis Rufe und das Trampeln von Schritten. Ich schätzte die Entfernung auf fünfzig Meter – und schaltete die Beleuchtung und den Antrieb gleichzeitig ein. Der starke Strahl des Scheinwerfers am Bug des Rohrbahnzuges erfaßte ein Rudel zerlumpter Gestalten.

Als hätte das Licht eine magische Kraft, blieben sie wie gelähmt stehen. Die Köpfe geduckt, die Arme vor die geblendeten Augen haltend, so verharrten sie.

Der Rohrbahnzug rollte an. Ich erhöhte die Geschwindigkeit. In diesem Augenblick wurde die Menge geteilt. Ein großer, fetter Mann stieß die Verdummten zur Seite und trat hervor. Neiko Garnish! Er schaute blinzelnd in den Scheinwerfer. Plötzlich richtete er sich auf, brüllte etwas und drehte sich um. Er mußte erkannt haben, daß sich der Scheinwerfer ihm näherte, und bestimmt hatte er den richtigen Schluß gezogen. Er wollte seine Leute zur Seite drängen, um rascher flüchten zu können, aber sie bildeten eine dichte Mauer.

Ich erhöhte die Geschwindigkeit weiter.

»Das kannst du nicht tun, Arlon!« schrie mir Memo zu, als die ersten von Neikos Bande nur noch fünfundzwanzig Meter entfernt waren.

»Und ob ich es tun kann, Professor!« Ich steigerte weiter die Geschwindigkeit.

Vor mir, im Scheinwerferlicht, stoben die Verdummten auseinander. Sie wollten sich eng gegen die gewölbte Wand pressen. Aber das würde ihnen nichts nützen, denn der Zwischenraum zwischen der zylinderförmigen Hülle des Zuges und der Tunnelwand war nicht groß genug, außerdem herrschte dort ein starker Luftdruck und -sog.

Die Neiko-Bande war verloren!

Bremse!

Ich sträubte mich gegen diesen Befehl und wollte die Geschwindigkeit weiter steigern – aber meine Finger, die den Regler bedienten, gehorchten mir nicht.

Halt ein!

Der Befehl verstärkte sich. Der Zwang, die Bremse zu betätigen, wurde so stark, daß ich mich ergeben mußte. Ich unternahm noch einen letzten Versuch, mich gegen die innere Stimme aufzulehnen. Ich versuchte, nur an Neiko Garnishs Tod zu denken, ich rief mir die Dinge ins Gedächtnis, die er Memo und mir angetan hatte. Aber das half nichts.

Mein Wille konnte sich nicht durchsetzen. Die innere Stimme, die mich dirigierte, war stärker.

Ich bremste die Wagengarnitur abrupt ab.

Einen Meter vor dem regungslos dastehenden Neiko Garnish kam der Zug zum Stehen. Im Licht des Scheinwerfers wirkte sein Gesicht totenblaß. Aber trotz der Grelle waren seine Augen groß und unbewegt geradeaus gerichtet.

Ihr dürft nicht gegeneinander arbeiten, sondern müßt zusammenhalten, meldete sich meine innere Stimme. *Vereint seid ihr stark genug, um den gemeinsamen Gegner zu schlagen. Ihr könnt euch Kriege untereinander nicht leisten.*

Ich stieg aus dem Zug und ging zu Neiko. In mir suchte der angestaute

Haß nach einem Ventil. Ich hatte das Bedürfnis, mich auf Neiko zu stürzen. Aber ich tat es nicht.
Ich ging zu ihm und schüttelte ihm die Hand.
Gegen meinen Willen sagte ich: »Ganz in der Nähe gibt es eine Energiestation, die von Immunen betrieben wird. Ich habe die Pläne darüber im Kopf, ich kenne die Station in allen Einzelheiten. Es wird ein leichtes sein, sie zu zerstören. Willst du dich daran beteiligen, Neiko?«
Ich machte dieses Angebot ganz gegen meinen Willen.
Neiko reagierte nicht gleich. Als er den Kopf ein wenig schief hielt, so als lausche er einer lautlosen Stimme, da wußte ich, daß er von dem gleichen unheimlichen Zwang befallen war wie ich.
»Nein, ich habe mit meinen Leuten etwas anderes vor«, sagte Neiko.
Wir trennten uns in Freundschaft. Aber in mir suchte der unstillbare Haß immer noch nach einem Ventil.

Ich plünderte nicht, um zu leben, sondern aus Freude an der Gesetzlosigkeit. Ich zerstörte nicht, weil ich neu aufbauen wollte, sondern um der Zerstörung willen.
Meine einzige Entschuldigung war, daß ich nicht aus eigener Initiative handelte, sondern unter einem unheimlichen Zwang. Ich war eine willenlose Marionette. Mir lag persönlich überhaupt nichts an der Zerstörung der Energiestation. Trotzdem würde ich sie vernichten, dessen war ich sicher. Die Macht, die irgendwo hier in Terrania City saß und mich mit ihrem Bann belegte, verlangte es von mir.
Zerstöre!
Und ich gehorchte.
Auf mein Zeichen hin warfen die an den Entlüftungsschächten postierten Männer die Bomben mit dem Nervengas in die Schächte der unterirdischen Anlage. Bevor die Männer in der Station noch den Schutzschirm einschalten konnten, mußte das Nervengas gewirkt haben.
Vast und ein anderer stiegen in die Station ein. Wir anderen warteten am Haupteingang. Wenige Minuten später öffnete Vast das Tor von innen. Er hatte schwere Brandwunden, die von Strahlwaffen herrührten, seine Bewegungen waren schwach – eine Wirkung des Nervengases. Trotzdem war es ihm gelungen, uns den Eingang zu öffnen.
Ich sagte Vast noch einige belobigende Worte, bevor er starb, dann stürmten wir die Station. Wir stießen nur noch auf geringe Gegenwehr. Die Mannschaft der Energiestation litt unter dem Nervengas und hatte nicht mehr die Kraft, die Waffen gegen uns zu richten. Lediglich in der Funkstation befand sich ein Mann, an dem das Gas keine Wirkung zeigte.
Er gab gerade einen Notruf an Galbraith Deighton ab. Er kam nicht weit damit.
Nachdem die Station gesäubert war und wir das Rohrbahnsystem nach

oben verlassen hatten, bereitete ich alles für eine Sprengung vor. Meine Leute hatten die Waffen an sich genommen, die ich später an die intelligentesten verteilen würde. Die Verwundeten waren ebenfalls ins Freie geschafft worden. Ich verließ als letzter die Station.

Einige hundert Meter weiter an der Oberfläche traf ich auf Memo, der dort auf mich gewartet hatte. Er lehnte mit kreidebleichem Gesicht an der Wand und hatte gerade erbrochen.

»So schlimm war es gar nicht«, versuchte ich ihn zu beruhigen. »Ich habe den überlebenden Männern die Freiheit geschenkt. Richtet dich das nicht wieder auf, Professor?«

Er winkte ab. »Mir ist von etwas ganz anderem übel«, sagte er mit zitternder Stimme. Er deutete die Häuserfront empor. Ich folgte der ausgestreckten Hand mit den Blicken und sah eine bunt zusammengewürfelte Schar von geierähnlichen Vögeln, die sich auf Simsen und in Öffnungen von eingeschlagenen Fenstern niedergelassen hatten.

»Es sind die Tiere, die aus dem Zoo ausgebrochen sind«, fuhr Memo fort. »Es scheint, als hätten sie eine Seuche verbreitet, deren typische Symptome Erbrechen und Juckreiz sind. Diese Symptome habe ich schon seit einigen Stunden an mehreren unserer Leute beobachtet.«

Ich klopfte ihm beruhigend auf die Schulter.

»Es wird schon nicht so arg sein. Kopf hoch, Professor, jetzt werden wir uns die Köpfe von Danton und Deighton holen«, sagte ich und kratzte mir die Brust, da ich plötzlich einen heftigen Juckreiz verspürte.

Der unheimliche Zwang trieb mich weiter: *Zerstöre!*

29.

Bericht Galbraith Deighton:
»... die Atmosphäre ist mit Nervengas durchsetzt. Ich konnte mich als einziger in die Funkzentrale zurückziehen. Wenn dieser Notruf unterbrochen wird, dann wißt ihr, daß mich die Eindringlinge gefunden haben. Diese Verbrecher gehen methodisch vor. Wir haben es offenbar mit einer verdammt gut organisierten Bande zu tun, deren Anführer ein hervorragender Stratege ...«

Ich stellte das Band mit der Aufzeichnung des Notrufes ab. *Verdammt gut organisiert ... hervorragender Stratege ...,* hallte es in meinem Kopf nach. Wenn es sich bei dem Überfall auf die Energiestation um einen Einzelfall gehandelt hätte, dann wären diese Worte für mich nicht so bedeutungsschwer gewesen. Aber die Überfälle auf unsere Versorgungseinrichtungen und Stationen aller Art häuften sich in letzter Zeit in solchem Maße, daß die Situation bedenklich wurde. Und immer wurden die Angriffe mit solcher Präzision geführt, daß sie unmöglich von Verdummten geplant worden sein konnten.

Dahinter mußte tatsächlich ein kluger Kopf stecken. Wahrscheinlich handelte es sich um einen Mentalstabilisierten mit verbrecherischen Ambitionen, der die Notstandslage für sich ausnutzte. Die Anführer der verschiedenen Banden waren durchweg verhältnismäßig intelligente Männer, die von der allgemeinen Verdummung nicht so betroffen waren wie der Großteil. Aber sie waren nur ausführendes Organ. Es mußte im Hintergrund neuerdings eine Macht geben, die sie lenkte und die einzelnen Überfälle organisierte und koordinierte.

Ich wollte gerade die Funkzentrale verlassen, als mich der Funker anrief, der am Hyperkom Dienst versah.

Der Funker teilte mir mit, daß Perry Rhodan von Bord der GOOD HOPE II mit uns in Verbindung getreten war und einen Situationsbericht wünschte.

Ich wechselte mit dem Funker den Platz am Hyperkom.

Das Gesicht, das mir vom Bildschirm des Hyperkoms entgegensah, war ernst und verschlossen. Aber der Ausdruck ließ erahnen, welche Sorgen und Nöte Perry Rhodan plagten.

Nach einer knappen Begrüßung sagte ich zur Einleitung: »Am Horizont der guten alten Erde beginnt sich wieder ein heller Streifen abzuzeichnen.«

Perry Rhodan lächelte. »Als sogenannter Gefühlsmechaniker können Sie wohl die Emotionen der anderen erkennen, aber die eigenen vermögen Sie nur schlecht zu verbergen. Heraus mit der Sprache!«

Ich seufzte. »Also beginne ich mit den Schreckensnachrichten. Das Bandenunwesen in Terrania City nimmt immer dramatischere Formen an. Zwar gibt es auch in den anderen Städten weiterhin Plünderer und Terroristen, doch in Terrania City organisieren sich die Banden. Ich denke, daß ein unbekannter Drahtzieher dahintersteckt.«

»Wie groß ist der Schaden, den diese organisierten Banden anrichten?« erkundigte sich Perry Rhodan.

Ich erklärte wahrheitsgetreu: »Unüberschaubar. Erst vor vier Tagen drangen sie in den Zoo ein und zerstörten die Schaltzentralen. Die Tiere konnten ausbrechen, als die Energieversorgung für Barrieren und die energetischen Schlösser der Spezialkäfige zusammenbrach. Nun streunen Tausende von ihnen durch die Stadt und machen sie unsicher. Außerdem haben sie eine Seuche hervorgerufen, die zwar nicht lebensgefährlich ist, aber recht unangenehme Folgeerscheinungen mit sich bringt.«

Ich machte eine kurze Verschnaufpause und fügte noch hinzu: »Was die organisierten Banden betrifft, werde ich schnellstens handeln. Ich habe einen USO-Spezialisten bei der Hand, der in der Verbrecherbekämpfung ausgezeichnete Erfahrungen hat. Von seiner Tätigkeit im Untergrund erhoffe ich mir viel.«

»Ich wünsche Ihnen Glück. Ich hoffe, Sie sind in Imperium-Alpha vor den Banden sicher. Es ist wichtig, daß Sie die Bunkeranlagen halten können, denn sie müssen uns im Kampf gegen die Hauptgefahr – den Schwarm – als Kontakt- und Kommunikationszentrum dienen. Bei Ihnen laufen alle Fäden zusammen, Deighton.«

»Ich bin mir der Bedeutung von Imperium-Alpha vollauf bewußt«, versicherte ich. »Deshalb tun wir alles menschenmögliche, um unsere Stellung zu halten. Darüber hinaus organisieren wir überall auf der Erde Stabilisierungskerne, um eine Normalisierung des Lebens schnellstens zu erreichen. Einige meiner Leute machen ständig Inspektionsreisen zu den Kolonien, die wir überall auf Terra errichtet haben. Leider gibt es noch zuwenig solcher Zellen der Neuordnung, weil es uns an entsprechenden Leuten mangelt, die sie leiten können. Wir haben einfach nicht genügend Immune zur Verfügung. In der Agrarwirtschaft setzen wir bereits etliche angelernte Kräfte ein, die aus den Reihen der überdurchschnittlich intelligent gebliebenen Verdummten stammen. Mit ihnen haben wir ganz gute Erfahrungen gemacht. Und trotz all der Schwierigkeiten kann ich sagen, daß diese Stabilisierungskerne ein außerordentlich vielversprechender Beginn sind.«

»Bekommen Sie vom Homo superior Unterstützung?« erkundigte sich Perry Rhodan.

Ich nickte zurückhaltend. »Etliche Mitglieder der Gattung Homo superior lassen uns tatkräftige Unterstützung zukommen. Allerdings würde ich mir wünschen, daß uns der Homo superior noch mehr Hilfe gewährt. Vielleicht ergeben sich durch neuerliche Verhandlungen mit den fünfzig Ersten Sprechern neue Aspekte.«

»Wenn ich recht informiert bin, hat sich die Wetterlage auf der Erde wieder normalisiert«, meinte Rhodan.

»Das Wetter ist wieder in Ordnung«, bestätigte ich. »Die Aufräumungsarbeiten sind in vollem Gange. Die von uns eingesetzten positronischen Roboter haben bereits einen Großteil der durch die Unwetter entstandenen Schäden wieder behoben. Die heimatlos gewordenen Menschen befinden sich in Notunterkünften. Ich bin mit den bisher erzielten Ergebnissen zufrieden.«

»Sehen Sie zu, daß sich die Bandengefahr nicht ausweitet«, riet mir Rhodan. Dann wechselte er das Thema. »Ich befinde mich weiterhin mit der GOOD HOPE II im Raum und beobachte den Schwarm. Leider haben wir bisher noch nichts Definitives über ihn herausgefunden. Aber vielleicht lohnt sich unser Warten. Wenn es meine Zeit erlaubt, werde ich irgendwann in nächster Zukunft der Erde einen Besuch abstatten.«

»Das wäre für unsere Leute eine ungeheure moralische Unterstützung, die sie auch bitter nötig hätten«, sagte ich. »Inzwischen werde ich Sie über die Lage auf Terra auf dem laufenden halten.«
Wir beendeten das Hyperkom-Gespräch. Ich rief über Interkom nach Serkano Staehmer und bestellte ihn in mein Büro.

Serkano Staehmer war galaktischer Dolmetscher, der für die USO gearbeitet hatte. Als Mentalstabilisierter war er von der Verdummungswelle nicht betroffen.

Er war von dürrer Gestalt, besaß jedoch Bärenkräfte. Ebensowenig, wie man in ihm Körperkraft und Zähigkeit vermutete, sah man ihm seine Intelligenz an. Kaum jemand würde Serkano Staehmer ohne Beweis glauben, daß er zwanzig verschiedene Sprachen und dreiundvierzig Dialekte beherrschte.

»Setzen Sie sich, Staehmer«, bat ich ihn, als er in mein Büro kam. Nachdem er Platz genommen hatte, ließ ich mich in meinen Sitz hinter dem Arbeitspult nieder. Ich hatte meinem Adjutanten gesagt, daß er nur dringende Angelegenheiten zu mir durchstellen sollte, um mich nicht unnötig zu stören.

Staehmer war ein Mann, der nicht viele Worte machte. Er hatte früher öfter auf Lepso zu tun gehabt und beherrschte zusätzlich zu seinen Sprachkenntnissen auch noch die Angewohnheiten und den Slang der Unterwelt. Er war der richtige Mann für diesen Auftrag.

Ich erklärte ihm die Lage in Terrania City und händigte ihm alle Unterlagen aus, die wir über die Banden gesammelt hatten. Staehmer blätterte sie durch, während ich weitersprach:

»Hätten wir genügend Leute oder positronische Roboter zur Verfügung, dann könnten wir Terrania City systematisch durchkämmen und die Banden in ihren Unterschlupfen ausheben. Ich persönlich verspreche mir in dieser Situation von großangelegten Razzien immer noch den größten Erfolg. Doch Sie wissen so gut wie ich, daß uns nicht die entsprechende Anzahl von Männern für dieses Unternehmen zur Verfügung steht. Der Not gehorchend, müssen wir also versuchen, mit geringen Mitteln den größtmöglichen Erfolg zu erzielen.«

Ich machte eine Pause. Staehmer sah von seinen Unterlagen auf und blickte mich an.

Ich fuhr fort: »Sie können sich denken, warum ich Sie kommen ließ, nicht wahr? Ich möchte, daß Sie die Bekämpfung des Bandenunwesens übernehmen. Gehen Sie hart vor, aber vergessen Sie dabei nicht, daß der Großteil der Verbrecher Verdummte sind, Mitläufer, die nur plündern, um sich am Leben zu erhalten. Uns geht es hauptsächlich darum, die Bandenführer ausfindig und unschädlich zu machen. Wenn wir die Köpfe der Banden ausschalten, dann haben wir schon gewonnen. Ich lasse Ihnen in der Wahl Ihrer Mittel und Methoden völlig freie Hand, nur muß Ihre Arbeit darauf hinauslaufen, daß Sie den großen Unbekannten finden, der die Banden lenkt.«

Nach dieser langen Rede machte ich eine Pause, holte Atem und fügte abschließend hinzu:»Ich verlange viel von Ihnen, Staehmer, aber ich kann Ihnen nur geringe Unterstützung anbieten. Waffen können Sie haben, soviel Sie wollen – nur die nötigen Leute kann ich nicht abstellen. Es ist mir leider nicht möglich, Ihnen mehr als fünf Männer zuzuteilen. Hinzu kämen noch zwanzig Roboter Ihrer Wahl. Was sagen Sie dazu, Staehmer?«

Noch bevor er eine Antwort gab, empfing ich seine ablehnenden Gefühle.

»Tut mir leid«, begann er,»aber das ...«

Ich unterbrach ihn.»Sprechen Sie nicht weiter. Ich weiß, daß es eine Zumutung ist, ein halbes Dutzend Menschen gegen terrorisierende Horden loszuschicken. Deshalb will ich Ihnen die doppelte Anzahl von Männern und Robotern überlassen. Mehr kann ich leider nicht tun. Bevor Sie sich entscheiden, möchte ich Ihnen nur noch vor Augen halten, was für uns alle davon abhängt, den Unbekannten auszuschalten, der die Banden dirigiert.«

Ich legte eine Pause ein und wartete neugierig auf seine Stellungnahme. Diesmal beging ich nicht den Fehler, seine Emotionen zu filtern. Ich wollte mich überraschen lassen.

Staehmer ließ sich nicht lange mit der Antwort Zeit.

»Tut mir leid, aber ich kann Ihre Bedingungen nicht annehmen«, sagte er.

Ich verbarg meine Enttäuschung nicht, konnte ihm aber andererseits keinen Vorwurf machen.

»Ich verstehe Ihre Lage«, erklärte ich, um nicht erst Gewissensbisse in Staehmer aufkommen zu lassen. Ich konnte ihn nicht zu etwas überreden, gegen das er sich innerlich sträubte.

»Das bezweifle ich eben«, meinte Staehmer lächelnd.»Sie ließen mich leider nicht ausreden, denn sonst wäre es erst gar nicht zu diesem Mißverständnis gekommen. Ich bin nämlich nicht der Meinung, daß Sie mir zuwenig Leute zur Verfügung stellen, sondern daß es zu viele sind. Ich würde diesen Auftrag gerne im Alleingang erledigen.«

Für einen Moment war ich sprachlos.

Staehmer nickte.»Es ist eine bewährte Methode der USO, einzelne Agenten in den feindlichen Reihen einzuschleusen und den Gegner in seiner inneren Struktur zu schwächen. Und warum sollte diese Methode nicht auch in diesem Fall wirksam sein?«

Wir waren uns einig. Nur noch in einem Punkt hatten wir eine unterschiedliche Meinung. Ich wollte Serkano Staehmer eine umfangreiche technische Ausrüstung mit auf den Weg geben, doch er lehnte ab. Er

bestand darauf, nur einen Paralysator und ein kleines Funksprechgerät mitzunehmen, das er bequem in der Tasche verstauen konnte.
»Wenn ich zuviel mit mir herumschleppe, dann werde ich womöglich noch zu einem begehrten Beuteobjekt«, begründete er seine Ablehnung.

Bericht Serkano Staehmer:
Der Mann lag mit verrenkten Gliedmaßen da. Auf den Simsen der umliegenden Hochhäuser warteten die Geier. Ich konnte nichts für ihn tun. Er war nur einer von vielen Toten in den Straßen.
Der Abend dämmerte bereits, und ich mußte mir ein Versteck für die Nacht suchen. Da die Stromversorgung fast überall in Terrania City ausgefallen war, lag die Stadt im Dunkeln. Das war die Zeit der Nachträuber, die aus dem Zoo ausgebrochen waren. Und es war die Zeit der Wegelagerer.
Die Straße lag wie ausgestorben vor mir. Plötzlich bemerkte ich zu meiner Linken in einem Hausportal einen Schatten. Ich zog den Paralysator aus dem Gürtel und schoß, bevor ich mein Ziel noch richtig erkennen konnte. Ich traf.
Ein schriller Schrei ertönte, und aus dem Hausportal kam ein kleines Mädchen gerannt und warf sich schluchzend auf das schwarze Etwas, das ich niedergestreckt hatte.
Ich steckte den Paralysator weg und ging zu dem Mädchen. Als ich dicht davorstand, sah ich das tränennasse Gesicht. »Sie haben Peter getötet«, sagte das Mädchen mit erstickter Stimme. Seine großen Augen waren eine einzige Anklage.
»Peter« war ein schwarzer Kater. Ich bückte mich und strich über das glatte Fell des hingestreckten Tieres.
»Er ist nicht tot«, sagte ich zu dem Mädchen. »Er schläft nur und wird bald wieder erwachen.«
»Ist das wahr? Stimmt das wirklich?« In ihren Augen glomm ein Hoffnungsschimmer.
»Du kannst mir ruhig glauben.«
»Ich will es tun«, sagte sie und strich dem Kater über das Fell. Dabei berührten sich unsere Finger. Plötzlich ergriff sie meine Hand und drückte sie fest. »Ich will dir glauben, denn du hast ein ehrliches Gesicht. Nicht ein so brutales wie die anderen Männer, die immer meine Katzen töten.«
Ich wurde hellhörig.
»Hast du viele Katzen?« fragte ich.
Sie schüttelte den Kopf. »Nein, immer nur eine. Wenn sie getötet wird, bekomme ich eine andere.«

Während ich noch vor dem Mädchen kniete, suchte ich die gegenüberliegende Häuserfront ab. Nirgends war eine Bewegung zu entdecken.

»Wir sollten deinen Peter von hier fortbringen«, sagte ich und hob den Kater auf. »Wo wohnst du?«

Sie deutete auf das Hausportal, aus dem sie gekommen war.

»Bist du allein?«

Sie schüttelte den Kopf. »Ich bin mit meiner kranken Mutter zusammen.« Sie zögerte, dann fuhr sie fort: »Uns geht es gut. Wir haben viele Lebensmittel, ausreichend Wasser und auch elektrischen Strom. Kommst du mit?«

Ich begleitete sie in das bezeichnete Haus, den paralysierten Kater im Arm.

Als wir durch das Portal in die dunkle Halle traten, stürzten sich zwei Gestalten auf mich.

Damit hatte ich gerechnet.

Während ich dem ersten Angreifer den regungslosen Kater entgegenwarf, holte ich den Paralysator hervor und schoß den anderen ins Bein. Er schrie vor Überraschung auf und ging in die Knie.

Der erste Angreifer hatte sich inzwischen des Katers entledigt. Als er sich mit einem Wutschrei auf mich stürzen wollte, rannte er genau in den Strahl meines Paralysators. Er wurde voll ins Gesicht getroffen und brach gelähmt zusammen.

Das Mädchen hatte den Kampf nicht beobachtet, sondern war zu seinem Kater geeilt.

Ich ging zu dem Mann, dessen Beine ich gelähmt hatte. Er lag bäuchlings auf dem Boden. In der einen Hand ein Messer, schleppte er sich auf mich zu, die gefühllosen Beine hinter sich nachziehend.

Als ich ihn erreichte, holte er mit dem Messer zum Stoß aus. Ich trat es ihm aus der Hand. Er fluchte und ruderte mit den Armen wild um sich. Er beruhigte sich erst, als ich ihm den Paralysator vors Gesicht hielt.

»Ihr wolltet mich eben umbringen«, sagte ich nüchtern. »Warum?«

Er deutete auf die Waffe.

»Ihr wolltet also meine Waffe«, stellte ich fest. »Habt ihr den Trick mit der Katze schon oft angewandt?«

Der Mann nickte.

»Haben Sie die Sprache verloren?« erkundigte ich mich drohend und hob die Waffe.

Der Mann gab einen unartikulierten Laut von sich, öffnete weit den Mund und deutete mit dem Zeigefinger hinein. Ich wandte mich ab – wo seine Zunge sein sollte, befand sich nur ein narbiger Stummel.

»Schon gut«, sagte ich und blickte ihn erst wieder an, nachdem er den Mund geschlossen hatte. Ich fragte: »Gehört ihr einer Bande an?«

Er schüttelte verneinend den Kopf.

Ich hätte es mir denken können. Eine vielköpfige Bande wäre nicht darauf angewiesen gewesen, mit List und Tücke Opfer anzulocken.

Objektiv betrachtet war der Trick mit der Katze und dem Mädchen ganz gut – wenn auch abstoßend.

Man ließ die Katze in Sichtweite eines auserkorenen Opfers los. Das Opfer ging in der ersten Schrecksekunde sofort in Verteidigungsstellung, und dadurch lernte man seine Bewaffnung kennen. Dann trat das Mädchen auf den Plan. Es berichtete von seiner kranken Mutter und den Lebensmittelvorräten und gab so dem Opfer die Illusion von einer leichten Beute. Es war kaum anzunehmen, daß ein Verdummter den Trick durchschaute. Bestimmt folgte er dem Mädchen in den Hausflur.

So wie ich. Nur war ich kein Verdummter. Aber der Mann, der die Falle ersonnen hatte, mußte auch über eine gewisse Intelligenz verfügen.

An sie appellierte ich, als ich sagte: »Du bleibst hier im Hausflur und bewachst den Eingang. Ich werde in diesem Haus die Nacht verbringen. Versuch nicht, dich heimlich davonzumachen, denn dann wird es das Mädchen büßen. Ich behalte es als Geisel.«

Zuerst konnte ich den flehenden Blick des Stummen nicht deuten. Erst als ich mich mit dem Mädchen in einen Büroraum zurückgezogen hatte, bekam ich Klarheit.

Ich fragte sie, in welchem Verhältnis sie zu dem Mann stand, und sie antwortete: »Er ist mein Vater.«

Das Mädchen schlief auf drei Stühlen, die ich zusammengestellt hatte. Sie umschlang im Schlaf den Kater, von dem die Paralyse abgefallen war und der sich eng an sie kuschelte.

Ich hatte in einem Büroraum einen Funkempfänger gefunden und ihn auf die Frequenz des Hauptquartiers eingestellt. Dann setzte ich mich ans Fenster, schaute in die dunkle Straße hinaus und lauschte auf den Funkverkehr.

Terrania City war eine Geisterstadt. Nur hinter manchen Fenstern brannte Licht. Es stammte hauptsächlich von Kerzen, in einigen Fällen aber auch von elektrischer Beleuchtung. Da das Stromnetz zusammengebrochen war, mußte der Strom von Aggregaten oder Batterien stammen, die einige wenige Glückliche irgendwo organisiert hatten.

Die monotone Stimme aus dem Funkempfänger machte mich müde. Die stets gleichlautenden Schreckensnachrichten deprimierten mich.

Von einem Bergwerksplaneten funkten zwei normalgebliebene Ingenieure, die sich gegen eine Horde vollkommen durchgedrehter biopositronischer Roboter zu verteidigen hatten, unermüdlich ihre Notrufe.

Ein Passagierschiff, das seit Anbeginn der Verdummungswelle im Gebiet der Blues vollkommen hilflos durch das All trieb, bat um Hilfe für tausend verdummte Menschen. Der Funkruf wurde von einer Frau abgegeben, die sich nach wochenlangem Versteckspiel mit den Verdummten endlich in die Kommandozentrale retten konnte.

Von einem Kolonialplaneten kam die Meldung, daß ein führungsloses Schlachtschiff der Solaren Flotte über dem einzigen Raumhafen abgestürzt sei.

Es kamen nur selten Meldungen, die dazu angetan waren, Hoffnungen zu wecken. Eine solche traf von Olymp ein. Sie stammte von Roi Danton, der sich noch zu Anson Argyris' Unterstützung auf dem Handelsplaneten befand, und lautete sinngemäß: *Die Ernte dürfte in Bälde gesichert sein.*

Ich mußte irgendwann am Fenster eingeschlafen sein.

Als ich die Augen aufschlug, war es heller Morgen. Aus dem Lautsprecher des Funkempfängers kamen immer noch Hiobsbotschaften. Das Mädchen schlief so, wie ich es am Abend zuvor hingebettet hatte. Die Katze saß auf dem Boden und leckte sich die Pfoten.

Ich zückte den Paralysator und stieg über die Treppe hinunter in den Hausflur. Der Stumme stand hinter einem Pfeiler, eine schwere Eisenstange in der Hand. Von dem anderen fehlte jede Spur.

Der Stumme sah mir erwartungsvoll entgegen, unverständliche Laute ausstoßend, die aber unschwer als Fragen zu verstehen waren.

Offensichtlich sorgte er sich um seine Tochter. Ich hielt ihn mit dem Paralysator in Schach und ging ohne ein Wort an ihm vorbei ins Freie. Ich ließ ihn absichtlich über das Schicksal seiner Tochter im ungewissen. Vielleicht wurde ihm dadurch bewußt, wie leichtfertig er bisher ihr Leben aufs Spiel gesetzt hatte.

Mehr konnte ich nicht tun. Ich war kein Missionar, sondern hatte einen anderen Auftrag auszuführen.

Irgendwo in diesem Betondschungel saß eine Macht, die ich zu zerschlagen hatte. Und ich war ihr noch keinen Schritt näher gekommen.

Da ich noch nicht einmal auf eine der Banden gestoßen war, entschloß ich mich, dem Schicksal etwas nachzuhelfen.

30.

Eben lag die verwüstete Straße noch wie ausgestorben da. Die Verdummten fürchteten die aus dem Zoo ausgebrochenen Bestien und mißtrauten einander, deshalb verhielten sie sich zurückhaltend und wagten sich nur selten ins Freie.

Doch kaum war der Versorgungsgleiter gelandet, da kamen sie aus ihren Verstecken. Zuerst vereinzelt, dann in großer Zahl. Es war immer das gleiche Bild. Kaum landete irgendwo ein Gleiter mit Wasser oder Proviant, stellten sich auch schon die Verdummten in Scharen ein. Es gab unter ihnen ein ungeschriebenes Gesetz, wonach in solchen Situationen die Feindschaft begraben wurde.

Ich wartete eine Weile, bis sich eine ansehnliche Menschenmenge gebildet hatte. Dann näherte ich mich dem Gleiter in gemächlichem Schritt.

Galbraith Deighton hatte schnelle Arbeit geleistet. Ich hatte ihn erst vor einer halben Stunde gebeten, einen Wassergleiter in dieses Gebiet zu entsenden. Davon versprach ich mir einiges. Da auch die organisierten Banden unter der Wasserknappheit litten, hoffte ich, hier auf Mitglieder von ihnen zu treffen.

Ich hatte in einem geplünderten Warenhaus eine einzelne Tasse gefunden und an mich genommen. Jetzt stellte ich mich in der langen Schlange von Verdummten an. Sie waren mit Eimern, Krügen und Flaschen ausgerüstet – und einige fingen das kostbare Naß mit hohlen Händen auf.

Als die Reihe an mich kam, nickte mir der Mann am Wasserhahn kaum merklich zu. Wir kannten uns aus den Tiefbunkeranlagen.

Ich stellte mich mit meiner Tasse etwas abseits auf und schlürfte das Wasser bedächtig. Kaum hatte ich zwei oder drei Schlucke gemacht, als sich zwei Männer zu mir gesellten, die einen überdurchschnittlich intelligenten Eindruck machten. Ich erkannte sofort, daß es sich um Angehörige des Homo superior handelte, und zwar solche von der sektiererischen Sorte.

»Schlechte Zeiten, Bruder«, sagte der eine.

»Ja, schlechte Zeiten«, bestätigte ich einsilbig. Ich durfte nicht zu auffällig zeigen, daß ich von der allgemeinen Verdummung nicht betroffen war. Deshalb schien es mir auch ratsamer, nicht viele Worte zu machen.

»Das ist der Fluch der Technik«, sagte der andere Superior. »Es ist die Quittung des Schicksals für die Machtbestrebungen der Menschheit. Jetzt müssen wir alle dafür bezahlen, daß Perry Rhodan die Grenzen überschreitet, die dem Menschen von der Natur auferlegt wurden. Weil ein einzelner Mann die natürlichen Schranken nicht anerkennt, trifft uns alle die Strafe.«

Ich nickte. »Wir wurden bestraft.«

»Aber es ist noch nicht zu spät«, sagte wieder der erste von ihnen. Das war zugleich das Stichwort für den zweiten, fortzufahren: »Du bist kräftig und scheinst ein intelligenter Bursche zu sein, Bruder. Verlasse diese Stätte der vermodernden Zivilisation. Komm mit uns in die freie Natur. Wir werden dich lehren, die natürlichen Gaben dieser Welt zu finden. Und du wirst die Glückseligkeit kennenlernen.«

»Glück«, sagte ich verträumt und wirkte tatsächlich wie abwesend.

Denn in diesem Augenblick waren vier Verdummte eingetroffen, die auf ihre Rücken große Tornister geschnallt hatten. Es waren vierzig Liter fassende Behälter von der gleichen Art. Das ließ die Vermutung in mir aufkommen, daß die vier zusammengehörten und von ihrem Bandenchef ausgesandt worden waren, um Wasser heranzuschaffen.

Ich beobachtete sie, während ich mir das Gerede der beiden Superiors anhörte.

Plötzlich riß mir der eine meine Bluse auf. Dadurch kam der Gürtel zum Vorschein, in dem mein Paralysator steckte.

»Wirf die Waffe weg, Bruder!« rief mir der eine Superior mit lauter Stimme zu. Die Verdummten um uns wurden aufmerksam.

»Beweise uns, daß du an den Frieden glaubst!« rief der andere. »Entledige dich deiner Waffe.«

»Fällt mir nicht ein«, widersprach ich grinsend und zog den Paralysator.

Die beiden Superiors ließen sich nicht einschüchtern.

»Er ist ein Soldat!« schrien sie plötzlich den Verdummten zu. »Nehmt ihm die Waffe weg, bevor er damit Leben vernichten kann. Befreit ihn von seiner tödlichen Last und bekehrt ihn zum Frieden!«

Ich entsicherte den Paralysator und zielte auf die beiden Männer. Es lag mir nichts daran, sie zu lähmen. Aber wenn sie weiter gegen mich hetzten, konnte ich leicht in Teufels Küche geraten. Deshalb war ich fest entschlossen abzudrücken, falls sie sich mir weiterhin näherten.

»Bruder, bekenne dich zur Befriedung der Welt. Bekenne dich zur Befreiung von allem technischen Ballast!«

Ich drückte ab. Einmal, zweimal – und paralysierte ihre Beine.

Die vier Verdummten, mit den Vierzig-Liter-Behältern auf ihren Rükken, hatten gerade vollgetankt und beobachteten uns nun interessiert. Ich merkte, daß sie sich kurz besprachen, dann rief mir einer von ihnen zu: »Komm zu uns, da bist du vor den Idioten sicher!«

Die Verdummten ringsum zeigten noch keine Feindseligkeit. Sie standen nur abwartend da. Aber da die beiden Superiors, die bewegungsunfähig auf dem Boden lagen, immer noch lautstark gegen mich wetterten, war es nur eine Frage der Zeit, bis die Verdummten ihrem Drängen nachgaben und sich auf mich stürzten. Die beiden Männer, die den Gleiter vom Stützpunkt hergeflogen hatten, standen bereit, um mir notfalls beizuspringen. Ich hoffte, daß ihr Eingreifen nicht nötig sein würde.

»Komm zu uns«, drängte der Sprecher der vier Bandenmitglieder wieder.

»Ich möchte euch keine Schereréien machen«, erklärte ich und zog mich langsam zurück.

Die vier lachten. »Mit diesen Hohlköpfen nehmen wir es immer noch auf.«

Die vier brachten plötzlich Eisenstangen zum Vorschein, die sie unter ihren Umhängen versteckt hatten, und gingen damit drohend auf die Verdummten los. Ein Tumult brach aus. Die Verdummten schrien auf

und stoben wie eine Herde verschreckter Schafe in allen Richtungen davon.
»Jetzt nichts wie weg von hier«, sagte der Wortführer der Banditen.
Ich konnte mit der bisherigen Entwicklung zufrieden sein. Immerhin hatte ich Anschluß an eine Bande gefunden. Aber lange währte mein Triumph nicht.
Schon drei Häuserblocks weiter kam es in einer Querstraße zu einem Zwischenfall, der meinen Plan zunichte zu machen drohte.
Als das Sonnenlicht durch eine Wolkenbank brach, sah ich nicht weit vor uns ein silbrig schimmerndes Netz, das sich über die ganze Breite der Straße und bis hinauf zu einer Hochstraße spannte.
Ich rief noch eine Warnung, aber sie kam zu spät. Der Mann an der Spitze der Gruppe hatte sich bereits darin verfangen.
Kaum eine Sekunde später erschien in einer Fensteröffnung ein riesiger, behaarter Körper, der von zehn langen, dünnen Beinen getragen wurde.
Die drei anderen schrien auf und rannten davon. Ich stand nun vor der Wahl, ihnen zu folgen, um den Anschluß an die Bande nicht zu verlieren – oder den Kampf gegen die Riesenspinne aufzunehmen.
Mein Entschluß stand fest, als ich in das angstverzerrte Gesicht des im Netz gefangenen Mannes blickte.

Die Riesenspinne kam mit rasender Geschwindigkeit heran. Als ich meinen Paralysator in Anschlag brachte, war sie nur noch fünf Meter von ihrem Opfer entfernt.
Ich schoß einen konzentrierten Strahl ab, verfehlte jedoch den Kopf des Ungeheuers und traf nur zwei der haarigen Beine. Die Riesenspinne stelzte weiter, die beiden gelähmten Beine nach sich ziehend. Ich schoß wieder und traf diesmal ihren Kopf an der Seite.
Auch das schien der Spinne nicht viel auszumachen. Sie rannte weiter, die scharfen Mundwerkzeuge vollführten dabei hektische Bewegungen.
Sie hatte inzwischen ihr Opfer erreicht. Sie drückte den Leib gegen den Mann, umschloß ihn mit den acht gesunden Beinen. Dabei öffnete sie die Klauen des Oberkiefers weit, an deren Enden die Giftdrüsen austraten.
In diesem Augenblick schoß ich wieder. Der Paralysestrahl traf das Ungeheuer voll. Trotzdem konnte ich nicht mehr verhindern, daß sich die Oberkieferklauen in einer Art letztem Reflex in die Oberschenkel des Opfers bohrten.
Ich ergriff die auf dem Boden liegende Eisenstange und schlug so lange auf die Spinne ein, bis sie bewegungslos vom Netz baumelte. Dann befreite ich den Mann und schaffte ihn in das nächstliegende Haus.
Dort besah ich mir seine Wunden und bereute es, keine Medikamente

mitgenommen zu haben. Aber ich gab trotzdem nicht auf. Ohne lange zu überlegen, holte ich mein Funksprechgerät hervor und setzte mich mit Galbraith Deighton in Verbindung.

Ich hörte statt einer Begrüßung:
»Sie halten mich ganz schön in Trab, Staehmer. Was ist los?«
Ich schilderte ihm den Zwischenfall und fügte hinzu: »Ich muß versuchen, diesen Mann zu retten, denn er ist das einzige Verbindungsglied zu einer der organisierten Banden. Wenn er stirbt, kann ich von vorn anfangen. Können Sie sofort einen Medo-Gleiter schicken?«
»Ist schon zu Ihnen unterwegs.«
Ich stellte die Verbindung mit dem Medo-Gleiter her und dirigierte ihn zu meinem Versteck. Zehn Minuten nach dem Vorfall mit der Riesenspinne landete er. Ich schaffte den Bewußtlosen mit Hilfe eines Sanitäters aus dem Haus und in den im Medo-Gleiter untergebrachten Operationsraum. Dort erwarteten uns ein Arzt und eine Krankenschwester. Alles war bereits für die Behandlung vorbereitet.
»Wird er durchkommen?« fragte ich den Arzt, der die inzwischen bis zu den Hüften bläulich verfärbten Beine behandelte.
»Er wird«, bestätigte er. Bevor er ihn mir wieder überließ, sagte er: »Ich gebe Ihnen Pillen, die Sie ihm verabreichen, wenn er zu sich kommt. Er sollte mindestens bis morgen früh absolute Ruhe haben.«
Zusammen mit dem Sanitäter trug ich meinen Patienten zurück ins Haus.

»Guten Morgen, Kirk.«
Er betrachtete mich wie ein Gespenst. Dann schien die Erinnerung bei ihm langsam wieder einzusetzen.
»Wieso kennst du meinen Namen?« wollte er sofort wissen.
»Du hast im Fieber gesprochen«, antwortete ich. »Du hast auch andere Namen genannt. Wer sind Dada und Memo?«
»Dada ist der Boß, Memo seine rechte Hand.« Kirk stützte sich auf und blickte mich dankbar an. »Du hast mir das Leben gerettet ...«
»Ich heiße Serkano Staehmer.«
»Ein schwieriger Name. Ich werde dich Kano nennen. Bei uns tragen alle einfache Namen, damit man sie nicht durcheinanderbringt.« Kirk stand auf. Er war noch etwas schwach auf den Beinen, aber er hielt sich ganz gut. Als er den Wasserbehälter entdeckte, atmete er erleichtert auf.
»Ohne ihn hätte ich mich nicht zurückgetraut.« Plötzlich blickte er mich mit einer Mischung aus Bewunderung und Mißtrauen an. »Wie hast du es gemacht, Kano?«
»Ich brauchte nur die Riesenspinne zu erledigen, damit warst du gerettet«, erklärte ich.
Kirk schüttelte leicht den Kopf. Er sah mich fest an, als er sagte: »Ich

weiß, daß du klüger bist als ich, Kano. Aber auf den Arm nehmen lasse ich mich nicht. Ich weiß ganz genau, daß die Spinne mich gebissen hat.« Er zog seine Hosen herunter und deutete auf seine Schenkel, wo noch die Einstiche zu sehen waren. »Da, das ist der Beweis. Was hast du getan, um mich zu retten?«

Ich lachte nur. »Ich bin ein Glückspilz. Was ich auch angreife, immer habe ich damit Glück.«

»Tatsächlich?« fragte er mißtrauisch. »Und wie kommt das?«

»Ich trage einen Talisman«, erklärte ich, öffnete mein Hemd und holte meinen Talisman hervor, den ich an einer Kette um den Hals trug. Es handelte sich um ein strahlendes Amulett der Galwainesen von Pirrat. Ich legte es nie ab. Nicht nur weil ich es als Andenken schätzte, sondern weil ich die Kraft seiner Strahlung fühlte. Das hatte mit Aberglauben und Magie nichts zu tun. Ich hatte Beweise dafür, daß die Strahlung des Amuletts eine anregende Wirkung auf mich ausübte.

»Ja, es muß ein Glücksbringer sein«, sagte Kirk beeindruckt, als er das Amulett in den Händen hielt. »Ich habe gar nicht gewußt, daß es so etwas gibt. Dada sicherlich auch nicht. Wird der Augen machen, wenn ich ihm einen echten Glückspilz bringe! Er wird dich mit offenen Armen aufnehmen, Kano. Von nun an kann gar nichts mehr schiefgehen.«

Ich hatte den Wasserbehälter geschultert, weil Kirk noch zu schwach war. Wir brauchten zwar nicht lange zu marschieren, um das Versteck der Dada-Bande zu erreichen. Trotzdem machte mir der Weg zu schaffen.

Die Luft war von einem unglaublichen Gestank erfüllt. Die Kanalisation funktionierte in Terrania City nicht mehr richtig, denn die Konverter und sonstigen Abfallvernichtungsanlagen waren ausgefallen. Der Unrat häufte sich überall. Zudem war es noch ziemlich heiß. Ich schwitzte und war froh, als wir das Versteck der Bande erreichten: ein Kühlhaus des Zentralschlachthofes.

Dort durfte ich mir jedoch keine Abkühlung erhoffen, denn die Gefrieranlagen waren schon lange ausgefallen. Aber ich war immerhin froh, daß wir unser Ziel erreicht hatten. Bevor wir das Gebäude noch betreten hatten, zog über uns ein Gleiter hinweg, der Desinfektionsmittel versprühte. Deighton erhoffte sich von solchen Aktionen, daß eventuell ausbrechende Seuchen eingedämmt werden konnten.

Ich hatte das Kühlhaus kaum betreten, als sich jemand von hinten auf mich warf und mir eine Schlinge um den Hals legte.

»Laß ihn los, Vik, er möchte bei uns aufgenommen werden«, sagte Kirk.

Ich durfte passieren, kam aber nur durch die Eingangshalle bis zur nächsten Tür. Dort bekam ich einen Stoß, der mich zu Boden warf. Bevor ich noch wußte, wie mir geschah, stand ein bulliger Mann über mir und setzte mir einen Dreizack auf die Brust.

»Das ist Kano, er möchte bei uns aufgenommen werden«, erklärte Kirk wieder.

Der Mann mit dem Dreizack meinte: »Der fällt sicher durch!«

»Du mußt noch einige Prüfungen bestehen, bevor dich Dada aufnimmt«, sagte Kirk dazu. »Aber bei deinem Glück bestehst du sie leicht.«

Dein Vertrauen in mein Glück möchte ich haben, dachte ich.

Von nun an wurden wir nicht mehr angehalten. Wir ließen einen langen Korridor hinter uns, in dem die kleineren Kühlkammern lagen. Dann kamen wir in eine riesige Halle, in der sich Fließbänder befanden. In früheren Zeiten waren hier die tiefgekühlten Nahrungsmittel portioniert und verpackt worden – alles in Fließbandproduktion. Jetzt standen die Förderbänder still, die Zubereitungs- und Verpackungsmaschinen ruhten. Aber es stank nach Verfaultem.

Überall standen oder saßen Verdummte herum. Manche hatten sich auf den stillgelegten Förderbändern zur Ruhe gelegt. Sie trugen durchweg primitive Waffen wie Keulen, Brechstangen, Steinschleudern und Pfeil und Bogen. Ihre Kleidung war unterschiedlich. Manche trugen nur Lumpen, andere wiederum modische Anzüge, die sie aus irgendeinem Warenhaus geplündert hatten. Es waren skurrile Gestalten, die einer Anstalt für Geistesgestörte entsprungen zu sein schienen. Und genau betrachtet waren es auch Insassen einer Irrenanstalt – denn Terra war ein einziges Tollhaus.

Die ganze Galaxis war ein Tollhaus!

Plötzlich blieb Kirk stehen.

Ich sah den Grund sofort. Aus einer Tür in der gegenüberliegenden Wand war ein großgewachsener Mann getreten. Er war breitschultrig und dunkelhaarig. Sein Gesicht wirkte markant und männlich. Nur die unruhigen Augen unter den dichten Augenbrauen verrieten, daß auch an ihm die Verdummung nicht vollkommen spurlos vorübergegangen war.

Das mußte der Banden-Boß Dada sein!

Bei dem kleinen Mann an seiner Seite konnte es sich nur um Memo handeln. Er unterschied sich ebenfalls von den Verdummten, besaß aber auch jenen flackernden Blick, der zeigte, daß er einiges von seiner geistigen Kapazität eingebüßt haben mußte.

»Ich bringe einen Glückspilz, Dada«, sagte Kirk eifrig. »Er heißt Kano und besitzt großes Format.«

»Du lebst?« sagte Dada erstaunt. »Ich dachte, eine Riesenspinne hätte dich geschnappt.«

Kirk lachte. »Dazu wäre es auch gekommen, wenn mich Kano nicht gerettet hätte.«

Dada schaute mich prüfend an. »Ein Held also. Wenn du Kirk vor einer

Riesenspinne gerettet hast, besitzt du Mut. Und wie steht es mit deiner Intelligenz?«

Jetzt hieß es vorsichtig sein. Ich durfte mich nicht ausgesprochen dumm stellen, denn das hätte Dada oder sein Begleiter sofort durchschaut. Andererseits durfte ich mich auch nicht zu sehr hervortun, denn das hätte er als eine Herausforderung angesehen. Er duldete es bestimmt nicht, daß jemand in seiner Nähe intelligenzmäßig an ihn heranreichte.

Ich zeigte mein albernstes Lächeln. »Ich war nie eine große Leuchte, aber ich habe keine geistige Einbuße erlitten, wenn du das meinst.«

Dada nickte zustimmend. »Man sieht es dir an, daß du von der Verdummung nicht betroffen bist. Hast du eine Ahnung, woher das kommt?«

Ich wich aus: »Nein, nur eine Vermutung. Während meiner Ausbildungszeit als Dolmetscher bekam ich einen radioaktiv verseuchten Translator in die Hände. Ich erlitt geringfügige Strahlungsschäden. Vielleicht läßt sich darauf meine Immunität zurückführen.«

»Du warst Dolmetscher?«

Ich schüttelte den Kopf. »Für die Erlangung eines Diploms reichte es nicht.«

»Was hast du dann getan?«

»Ich verdiente mir meinen Lebensunterhalt als Reiseführer auf jungen Welten.«

»Wie heißt du?«

»Serkano Staehmer.«

»Ich könnte einen intelligenten Mann gebrauchen«, sagte Dada.

Ich glaubte schon, gewonnen zu haben. Der Trick von der Immunität durch Strahlungsschäden hatte auch plausibel geklungen. Ich fragte mich, wie Dada reagiert hätte, wenn er wüßte, daß ich mentalstabilisiert war.

»Was meinst du, Professor, nehmen wir ihn?« fragte Dada den kleinen Mann an seiner Seite.

»Ich hätte nichts dagegen, endlich jemand um mich zu haben, mit dem man sich vernünftig unterhalten kann«, sagte Memo.

Dada blickte mich an. »Meinen Segen hast du auch. Jetzt hängt alles von meinen Leuten ab.«

»Ich hätte nicht geglaubt, daß ich erst in eine Bande geraten muß, um zu sehen, was wahre Demokratie ist«, sagte ich spöttisch.

Dada ließ sich von meiner Bemerkung nicht irritieren.

Er sagte: »Du siehst doch ein, Kano, daß du dich erst qualifizieren mußt. Ich möchte sehen, was du alles kannst. Außerdem wollen meine Leute ein wenig Spaß haben.«

»Und wie sehen diese Prüfungen aus?« fragte ich.

»Das bestimmen die Männer selbst.«

Ich blickte mich in den Reihen der Verdummten um und wußte, daß sie trotz ihrer kindlichen Gemüter keine Kindergartenspiele mit mir veranstalten würden.

Das war die erste Prüfung.
Ich wurde in eine Kühlkammer gesperrt und mußte zusehen, daß ich den Schließmechanismus von innen öffnen konnte. Diese leichte Aufgabe erstaunte mich, doch dann sah ich ein, daß sie von der Warte der Verdummten aus gar nicht leicht war. Sie waren in der Regel zwar in der Lage, herkömmliche Schlösser und Verschlüsse mit Leichtigkeit aufzubekommen.

Die Verriegelung an der Außenseite der Kühlraumtüren stellte für sie ebenfalls keine Schwierigkeit dar. Aber von innen waren diese Türen nur durch einen speziellen Sicherheitsmechanismus zu öffnen.

Ich wartete in der stickigen Kühlkammer fünf Minuten, dann betätigte ich den mechanischen Sicherheitsmechanismus.

Die Verdummten empfingen mich applaudierend.

Die zweite Prüfung war gefährlicher.

Ich mußte einen Zweikampf auf Leben und Tod bestreiten. Mein Gegner war der Wachtposten, der mir am Eingang des Kühlhauses die Stahlschlinge um den Hals gelegt hatte.

Das waren die Kampfregeln: Wir wurden beide in einen überfüllten Abstellraum gesperrt. Zwei Minuten wurde das Licht eingeschaltet, damit wir uns einigermaßen orientieren konnten. Während dieser Zeit durfte es nicht zu Kampfhandlungen kommen – wir mußten warten, bis es dunkel wurde.

Kirk raunte mir zu:»Paß auf, daß du kein unnötiges Geräusch machst. Vik hat ein unglaubliches Gehör.«

Vik war mit nichts anderem als der Stahlschlinge bewaffnet. Ich durfte meinen Paralysator behalten.

Wir wurden in den Abstellraum gesperrt. Vik verschwand sofort außer Sichtweite. Ich bezog hinter einer Doppelreihe ausrangierter Arbeitsroboter mit annähernd humanoider Gestalt Stellung.

Dann holte ich mein Funksprechgerät hervor und setzte mich mit dem Hauptquartier in Verbindung.

»Schon wieder Sie!« stöhnte Galbraith Deighton. »Können Sie mir wenigstens ein positives Ergebnis liefern?«

»Wenn ich die nächsten zehn Minuten überlebe, vielleicht schon«, entgegnete ich. »Aber dazu benötige ich Ihre Hilfe.«

»Was soll es diesmal sein?«

»Haben Sie jemand zur Hand, der an Asthma leidet?«

»Nicht direkt. Aber ich könnte einen Aufruf an alle Asthmaleidenden der Galaxis erlassen ...«

»Für Späßchen habe ich jetzt kein Verständnis«, unterbrach ich ihn. In diesem Moment erlosch die Deckenbeleuchtung. »Sie müssen schnell jemand auftreiben, der hörbar atmen kann. Wenn Sie einen solchen Mann nicht sofort herbeischaffen, dann bin ich verloren.«

»Okay, ich stelle mich zur Verfügung«, erklärte Deighton ohne weitere Fragen. »Was soll ich tun?«

»Sie brauchen nur *hörbar* in Ihr Mikrophon zu atmen«, ordnete ich an. »Aber Sie dürfen erst damit aufhören, wenn ich es Ihnen sage. Und außer dem Atmen darf kein anderes Geräusch durchdringen. Beginnen Sie bitte *jetzt!*«

»Verstanden.«

Gleich darauf drangen regelmäßige Atemzüge aus dem Lautsprecher des Funkgerätes. Ich regulierte die Lautstärke und stellte das Funkgerät an einem der ausgedienten Roboter ab. Dann zog ich mich in sichere Entfernung zurück, darauf bedacht, kein Geräusch zu verursachen.

Ich legte mich auf die Lauer und wartete mit entsichertem Paralysator. Wenn ich angestrengt lauschte, dann vernahm ich die regelmäßigen Atemzüge. Es war nicht zu erkennen, daß sie lediglich aus einem Lautsprecher kamen.

Vik mußte darauf hereinfallen, auch wenn er ein noch so außergewöhnliches Gehör besaß, wie Kirk behauptet hatte.

Plötzlich war mir, als käme ganz aus meiner Nähe ein kaum wahrnehmbares Scharren. Ich spannte mich an. Das Geräusch wiederholte sich nicht. Ich glaubte schon, einer Täuschung zum Opfer gefallen zu sein, als ein Triumphschrei ertönte. Ein Ächzen und Krachen wurde laut, als sich ein schwerer Körper auf die Roboter warf. Ich schoß einen breiten Fächerstrahl aus dem Paralysator ab und zog den Finger erst vom Abzug, als das Triumphgeschrei in Stöhnen überging und schließlich verstummte.

Ich tastete mich vorsichtig zu Vik und suchte nach dem Sprechfunkgerät. Als ich es gefunden hatte, sprach ich ins Mikrophon: »Danke, Sir, Sie haben mir eben das Leben gerettet.«

»Man tut, was man kann«, kam etwas irritiert die Antwort von Galbraith Deighton.

»Jetzt möchte *ich* ein wenig Spaß mit dir haben, Kano«, sagte Dada, der Bandenführer, und ließ ein 3-D-Schach aufstellen.

Ich war kein guter Schachspieler und sah der Partie mit gemischten Gefühlen entgegen.

»Du beginnst, Kano«, sagte Dada und fügte hinzu: »Du mußt mit dem ersten Zug den Königsbauern aufziehen.«

Jetzt begann ich zu ahnen, daß es Dada nicht auf ein ernst geführtes und faires Spiel ankam. Ich befolgte seine Anordnung und wartete ab, bis er seinerseits gezogen hatte. Er ging mit dem Pferd nach C 3 hoch 3.

Dann blickte er mich gespannt an. In seinen Augen lag etwas, das mich vorsichtig machte.

»Zieh schon!« drängte Dada.

Plötzlich war Memo, den Dada nur Professor nannte, hinter mir und flüsterte: »Nimm deinen Turm, schlage damit deinen eigenen Bauern, der dir im Weg steht, und gehe auf H 5 hoch 6.«

Ich zögerte, aber als ich sah, wie Dadas Augen gefährlich zu funkeln begannen, da befolgte ich Memos Ratschlag. Ich konnte nur hoffen, daß ich durch diesen Zug nicht mein Todesurteil besiegelte.

Dada schaute irritiert in den Kubus. Er schwitzte.

Der Schweiß rann ihm in Strömen von der Stirn.

Seine Lippen bewegten sich wie in einem stummen Selbstgespräch. Dann schien er zu lauschen und nickte anschließend.

»Ja, ich werde sie schachmatt setzen«, flüsterte er und fuhr nach einer Weile fort: »Ich werde Danton-Deighton vom Brett fegen!«

Er sprang auf, schlug mit den Händen in den Kubus, der von Fesselfeldern zusammengehalten wurde, und trat mit den Füßen nach den Figuren. Als nur noch seine Figuren im Kubus waren, beruhigte er sich und sagte mit ausdrucksloser Stimme: »Ich habe gewonnen.«

Damit wandte er sich ab. Ich blickte Memo an.

Der kleine Mann kicherte. »Keine Sorge, Arlon ist nicht übergeschnappt. Aber Schach ist für ihn kein Spiel, sondern ein Kampf. Und er kämpft in jeder Disziplin prinzipiell nur gegen Danton und Deighton.«

»Mir ist aufgefallen, daß er sich in einer Art Rausch befand«, sagte ich.

Darauf reagierte Memo nicht. Er ergriff mich schweigend am Arm und zog mich mit sich in eine Ecke, wo wir ungestört waren.

»Ich finde, du paßt überhaupt nicht zu uns, Kano«, eröffnete Memo das Gespräch. »Du machst nicht den Eindruck eines Plünderers und Mörders. Deshalb würde es mich freuen, wenn Arlon dich aufnähme.«

»Habe ich nicht alle Prüfungen bestanden?« fragte ich.

»Bei Arlon weiß man nie.« Memo seufzte. »Bis morgen bleibst du aber auf jeden Fall bei uns. Was hat dich bewogen, unsere Gesellschaft zu suchen?«

Ich blickte ihn an und fragte dagegen: »Was hat Sie bewogen, mit Dada gemeinsame Sache zu machen? Sie sind intelligent, wahrscheinlich sogar akademisch gebildet und scheinen mir eher der Typ zu sein, der aufbauende Arbeit leistet statt zerstörerische.«

»Ich bleibe bei Arlon, weil ich für ihn verantwortlich bin.« Dann erzählte er mir davon, daß er eine Methode ausgearbeitet hatte, um durch Eingriffe in das Gehirn von Verbrechern deren Resozialisierung zu erreichen. Das hörte sich ziemlich unwahrscheinlich an, aber bevor ich meinen Unglauben noch ausdrücken konnte, fuhr der Professor fort:

»Ich kann Ihre Skepsis verstehen, was den Erfolg meiner Arbeit betrifft. An Arlon habe ich eindeutig versagt, sein Zustand ist eher noch schlimmer geworden. Früher war er zwar auch ein Gewalttäter, aber er war kein Mörder. Jetzt ist er eine Bestie.«
»Es wäre klüger, wenn Sie Ihre Worte sorgfältiger wählten«, ermahnte ich ihn.

Memo winkte ab. »Ich bin Menschenkenner genug, um zu merken, daß ich Ihnen vertrauen kann. Andernfalls würde ich Ihnen nicht meine Meinung über Arlon sagen. Die Gehirnoperation hat ihn nicht zu einem besseren Menschen gemacht. Trotzdem war sie kein Fehlschlag. Welchem Umstand, glauben Sie, hat er es zu verdanken, daß er nicht stärker verdummte?«

Ich schaute Memo ungläubig an. »Doch nicht Ihrer Operation?«
»Doch.« Memo deutete auf sich. »Ich habe die gleiche Operation durch einen Medo-Robot an mir vornehmen lassen. Das ist der Beweis. Es gelang mir zwar nicht, eine Methode für die Resozialisierung krankhafter Verbrecher zu finden, aber dafür fand ich durch einen unerwarteten Nebeneffekt ein Mittel zur Bekämpfung der Verdummung.«

Ich betrachtete ihn immer noch skeptisch, obwohl ich innerlich angespannt war.

»Sie glauben mir nicht?« fragte Memo.
»Was Sie sagen, klingt ziemlich unwahrscheinlich«, meinte ich.
»Ich habe Beweise«, erklärte er. »Ich habe den genauen Vorgang der Gehirnoperation von einem Computer aufzeichnen lassen. Und ich besitze diese Unterlagen!«

»Zeigen Sie her«, sagte ich gleichgültig.
Er zuckte zurück. »Sie wollen meine Arbeit wohl für sich auswerten, Kano. Sie ist Millionen wert – selbst während des Chaos. Und besonders jetzt! Ich habe nichts dagegen, wenn Sie zum Nutznießer meiner Arbeit werden. Ganz im Gegenteil, ich mache Sie zum Partner – wenn Sie mich unterstützen.«

»Wie stellen Sie sich diese Unterstützung vor?«
Bevor Memo mir noch darauf antworten konnte, erschien Dada, der in Wirklichkeit Arlon hieß.

»Bisher haben Sie einen recht willkommenen Entertainer abgegeben, Kano«, sagte er zu mir. »Aber es wird Zeit, daß Sie sich nützlich machen. Der Mensch lebt nicht nur vom Spaß allein, er braucht auch was zum Beißen. Ziehen Sie also los und besorgen Sie – na, sagen wir, einen halben Zentner Nahrung.«

Er wandte sich ohne ein weiteres Wort ab und ging davon. Nach zehn Schritten drehte er sich um.

»Verschwinden Sie schon!« herrschte er mich an.
Ich versuchte noch, von Memo irgendein Zeichen zu erhaschen, aber der kleine Mann blickte demonstrativ in eine andere Richtung.

Ich machte mich sofort auf den Weg, um nicht Arlons Zorn zu erregen. Als ich zum Ausgang kam, stand dort Kirk Wache. Ich klagte ihm mein Leid, aber er bedauerte mich nicht, sondern freute sich schon auf die Leckerbissen, die ich bringen würde.
»Ich habe einen Tip, Kano«, meinte er noch. »Wenn du bei Dada einen Stein im Brett haben möchtest, dann besorge ihm Welschfleisch. Darauf ist er ganz versessen.«
»Und wo kann man das kaufen?«
Kirk lachte. »Witzbold. In der Stadt läuft irgendwo ein Welsch herum. Du erkennst ihn sofort. Er ist gut zehn Meter lang, hat eine Menge Beine und auf der Stirn drei Augen. Er ist kein Fleischfresser, sondern saugt seinen Opfern das Knochenmark aus.«
Ich war beeindruckt.
»Den schnappe ich mir«, sagte ich und trat ins Freie.

31.

Der neue Tag graute bereits, als ich ein Versteck gefunden hatte, wo ich mir einige Stunden Schlaf gönnen wollte. Es handelte sich um das Dienstbotenzimmer im letzten Stockwerk eines der großen Hotels. Nachdem ich mit Schnur, einem schweren Gewicht und einem Eimer eine primitive Vorrichtung gebaut hatte, die mir sofort anzeigen würde, wenn sich jemand an der Tür zu schaffen machte, fühlte ich mich einigermaßen sicher.

Bevor ich mich jedoch zur Ruhe legte, setzte ich mich mit Imperium-Alpha in Verbindung. Dort leitete man mein Gespräch sofort an Galbraith Deighton weiter.

»Schlafen Sie denn nie?« erkundigte ich mich.

»Dafür sorgen schon Agenten wie Sie«, antwortete er. »Soll ich wieder einen Asthmatiker für Sie spielen?«

»Nein, das geht gar nicht«, sagte ich. »Denn bei dem, was ich Ihnen zu sagen habe, bleibt Ihnen der Atem weg.«

Und ich erzählte ihm alles über den Professor und dessen angebliche Methode, durch eine kleine Gehirnoperation die Verdummung aufzuheben.

»Das hört sich nicht schlecht an«, meinte Deighton. »Aber sehen Sie zu, daß Sie mehr über diese Methode in Erfahrung bringen. Wenn diese Gehirnoperation sehr aufwendige Vorbereitungen nötig macht, dann ist sie für uns nicht so interessant. Aber vielleicht handelt es sich tatsächlich nur um einen kleinen Eingriff. Wie dem auch sei, verlieren Sie die-

sen Professor nicht aus den Augen. Wenn möglich, bringen Sie ihn hierher.«
»Hoffentlich bekomme ich ihn noch einmal zu Gesicht«, sagte ich und berichtete von der mir gestellten Aufgabe.
Deighton blieb unbeeindruckt. »Wenn es weiter nichts ist, dann lasse ich Ihnen mit einem Gleiter den halben Zentner Nahrung schicken.«
»So einfach möchte ich es mir nicht machen«, lehnte ich ab. »Der Boß der Bande ist nicht leicht zufriedenzustellen. Wenn ich mit einer Ladung Konserven anrücke, dann wird er womöglich noch mißtrauisch. Nein, ich werde mich auf die Jagd machen müssen.«
»Viel Erfolg«, wünschte Deighton.
»Wie sieht die allgemeine Lage aus?«
Der SolAb-Chef gähnte herzhaft, dann gab er mir in Stichworten einen kurzen Bericht.
Roi Danton hatte sich entschlossen, von Olymp zum Medo-Planeten Tahun zu fliegen. Perry Rhodan hielt sich immer noch in der Nähe des Schwarms auf und war darauf aus, patrouillierende Raumschiffe der aufgesplitterten Flottenverbände zu finden, in denen sich mehr als nötig Stabilisierte aufhielten. Diese von der Verdummung nicht betroffenen Personen entsandte er nach Terra. Es kam zwar nicht oft vor, daß sich irgendwo mehr Immune aufhielten, als nötig waren. Aber immerhin hatte Galbraith Deighton seit meinem Weggang bereits das Eintreffen von einem Dutzend Intelligenter verzeichnen können.
Das Gespräch war kaum beendet, da fiel ich auf das weiche Lager und war sofort eingeschlafen.

Ein Poltern riß mich aus dem besten Schlaf. Bevor ich mich noch aufrichten konnte, preßte sich mir ein Messer an die Kehle.
Über mir war ein blasses Gesicht, in dem die unnatürlich roten Lippen und die schwarz unterlaufenen Augen hervorstachen.
»Den hätten wir«, sagte der Bleiche über mir.
Mitten im Zimmer standen zwei andere blasse Männer. Ihre Haut war fast grau. Sie waren vollkommen unterernährt und bis auf die Knochen abgemagert. Der fiebrige Glanz ihrer Augen verriet den fortschreitenden Wahnsinn.
Die Tür meines Zimmers war eingetreten, die Schnur meines Warnsystems gerissen. In dem Moment, als das schwere Gewicht in den Eimer geplumpst war, mußten die drei auch schon in mein Zimmer gestürmt sein.
Der Druck an meiner Kehle ließ nach.
»Luke, Ben«, sagte der Mann mit dem Messer, »bindet ihm die Arme an die Latte. Aber fix, sonst kommt er noch auf dumme Gedanken, und ich muß ihn töten.«

»Okay, Jim«, sagten die beiden wie aus einem Mund. Dann sahen sie einander an.

»Womit sollen wir ihn anbinden?« fragte der eine.

»Reißt Tücher in Streifen«, sagte Jim ungehalten. Er ließ mich dabei keine Sekunde aus den Augen. Wenn ich jetzt zu meinem Paralysator im Gürtel gegriffen hätte, wäre das Selbstmord gewesen. Ich hoffte, daß ich eine Chance bekommen würde, wenn sich die beiden anderen zwischen Jim und mich schieben würden.

»Jim, da ist eine Schnur«, sagte der Schwindsüchtige, der Luke sein mußte. »Meinst du, wir können sie verwenden?«

»Klar, macht schon.« Jim schob sich langsam an mir vorbei, das Messer stoßbereit an meiner Kehle. Als er hinter mir war, griff er mir in die Haare und bog meinen Kopf zurück.

Die beiden anderen kamen heran. Der eine hielt die Schnur, der andere eine zwei Meter lange Latte aus widerstandsfähigem Kunststoff. Sie legten mir die Latte quer übers Genick und bogen mir die Arme darüber. Dann banden sie sie an der Latte fest. Sie spannten die Fesseln so straff, daß mir alles Blut aus den Armen wich. Nachdem ich festgebunden war, ließ Jim mich los.

»Aufstehen!« befahl er und stieß mich in den Rücken.

»Was wollt ihr von mir?« fragte ich. »Ich besitze nichts – nicht einmal eine Brotkrume, die ihr mir abnehmen könntet. Aber ich könnte euch Nahrung verschaffen, soviel ihr wollt.«

»Das wirst du auch«, sagte Jim.

Als ich auf die Beine gekommen war, trieb er mich auf den Korridor hinaus.

»Wir sollten ihn anhören«, meinte Luke. »Vielleicht weiß er, wo sich Lebensmittel befinden.«

»Natürlich«, hakte ich sofort ein. »Laßt mich frei, und ich führe euch ...«

»Mund halten!« unterbrach mich Jim und versetzte mir wieder einen Stoß.

»Du wirst uns Nahrung besorgen«, behauptete Jim. »Aber auf eine Art, wie ich sie mir vorstelle.«

Die beiden anderen kicherten.

»Jim hat recht.«

»Klar. Der Kerl ist zwar nicht fett, aber er macht sicher eine gute Figur.«

»Sehen wir uns den Film noch mal an, Jim?«

»Das tun wir«, versprach Jim. »Wir wollen uns alles noch einmal genau einprägen, um keinen Fehler zu begehen.«

Sie führten mich über die Treppe in die Hotelhalle hinunter und von dort in die Spielhalle. Dort warf Jim einen Chip in einen Projektionsautomaten. Es handelte sich um einen jener Apparate, die für zehn Soli einen

Fünf-Minuten-Film ablaufen ließen. Das Spektrum der gebotenen Themen reichte von altterranischen Märchen über Pornographie bis zu Szenen aus der Zeit der Inquisition. Ich vermutete, daß Jim und seine beiden Kumpane sich vom letztgenannten Thema inspirieren lassen wollten. Doch ich irrte gewaltig.

Vor meinen erstaunten Augen lief ein Film über die primitiven Eingeborenen irgendeiner Pionierwelt ab. Es wurde in allen Einzelheiten gezeigt, wie die Eingeborenen eine kreisrunde Fallgrube aushoben, in deren Mitte einen Pfahl steckten, der weit über die Grube herausragte und daran einen lebenden Körper banden. Nach einer Überblendung wurde gezeigt, wie ein Raubtier aus dem Dschungel kam, sich in maßloser Gier auf den Köder stürzen wollte, dabei aber in die mit Reisig überdeckte Fallgrube stürzte.

Der Film hielt meine drei Peiniger in Atem. Nur ich konnte ihn nicht genießen, weil eine böse Ahnung in mir erwacht war. Sie wurde gleich darauf bestätigt.

»So werden wir es machen«, entschied Jim.

Ich hing die ganze Nacht über an dem Pfahl, ohne daß sich eines der aus dem Zoo ausgebrochenen Raubtiere hatte sehen lassen. Einige der Schnüre, die mich an die Querlatte fesselten, waren gerissen. Wenn die restlichen Schnüre nachgaben, dann würde ich fünf Meter tief fallen - direkt in die Fallgrube hinein, deren Grund mit spitzen Eisenstangen gespickt war.

Jim, Luke und Ben hatten sich irgendwo in den Büschen des Parks versteckt, in dem sie die Fallgrube ausgehoben hatten. Sie ließen sich nur selten blicken. Einmal waren sie mit wildem Gebrüll aus ihren Verstecken gestürmt, als ein einsamer Verdummter durch den Park gestreunt war. Dann waren sie herausgekommen, um die Äste und das Laubwerk zu kontrollieren, die sie in mühseliger Arbeit über die Fallgrube gebreitet hatten.

Der neue Morgen kam, und meine Arme waren schon ganz kraftlos. Mir war schlecht vor Hunger und Durst. Außerdem plagte mich ein Juckreiz, der mir meine Lage noch unerträglicher machte. Mein Magen hatte sich einige Male entleert. Jetzt krampfte sich in mir alles zusammen.

In meinem Gürtel steckte zwar immer noch der Paralysator – die drei Verdummten hatten ihn wie durch ein Wunder nicht entdeckt, – aber er hätte mir auch nichts genützt, wenn ich einen Arm freibekommen hätte. Jim, Luke und Ben kamen nie zu dritt zur Fallgrube. Selbst wenn ich zwei von ihnen erledigen konnte, war immer noch ein dritter da. Außerdem lag die Fallgrube zwischen mir und der Freiheit.

Meine einzige Rettung wäre das Funksprechgerät gewesen. Aber es lag in dem Hotelzimmer, in dem ich überwältigt worden war.

Während des folgenden Tages ereignete sich nur ein Zwischenfall. Ein kleines, kaum halbmeterlanges Raubtier hatte meine Witterung aufgenommen und näherte sich der Fallgrube. Es umschlich sie einige Male und setzte bereits eine Pfote auf das nachgiebige Geäst. Aber dann kamen Jim, Luke und Ben aus ihren Verstecken und verjagten es mit Geschrei und Steinwürfen.

Sie waren auf größere Beute aus.

In den Wipfeln der umliegenden Bäume hatten sich einige Geier niedergelassen. Als die Sonne langsam hinter den Hochhäusern von Terrania City verschwand, hatte sich bereits ein halbes Dutzend Aasfresser eingefunden. Sie saßen geduldig auf ihren Ästen und vertrieben sich die Wartezeit, indem sie ihr Gefieder putzten oder ihre spitzen Schnäbel an den Baumrinden wetzten.

Plötzlich wurde die Geierschar von Unruhe gepackt. Die Vögel stimmten ein Gekrächze an, spannten ihre Flügel und erhoben sich in die Luft. Sie begannen über mir zu kreisen.

Das schien mir ein untrügliches Zeichen dafür, daß sich etwas zusammenbraute. Ich fühlte, daß es bald zu einer Entscheidung kommen würde. Trotzdem schien es mir wie eine Ewigkeit, bis sich der Räuber auf die vom fahlen Mondlicht beschienene Lichtung herauswagte.

Es war ein dunkler, gut zehn Meter langer Schatten, der sich geschmeidig auf zehn Beinen bewegte. Auf der zurückfliehenden Stirn funkelten drei Augen. Der Mund war zu einem Rüssel gespitzt.

Der Welsch!

Der Welsch umschlich mich einige Male und kam dabei immer näher. Manchmal hob er den mächtigen Schädel, fletschte zwei Reihen messerscharfer Zähne und nahm Witterung auf.

Irgend etwas schien dem Raubtier nicht ganz geheuer.

Allerdings bezweifelte ich, daß es die Falle durchschaute. Denn selbst wenn es früher vielleicht überdurchschnittliche Intelligenz besessen hatte, so war es damit nun vorbei.

Der Welsch mußte irgend etwas entdeckt haben, das ihn zur Vorsicht gemahnte. Ich hoffte in diesem Augenblick, daß er mich links liegenlassen würde.

Aber daran dachte der Welsch nicht. Er umkreiste mich weiterhin, stieß gelegentlich ein Winseln aus und schnaubte. Als er nur noch zehn Meter von mir entfernt war und den Rand der Fallgrube schon fast erreicht hatte, streckte er den Schädel nach mir und spitzte die elastischen Lippen zu einem langen Rüssel.

Im nächsten Augenblick zog er sich jedoch zurück, bäumte seinen langen schlangenförmigen Körper auf und begann im Kreis zu laufen wie ein Hund, der seinen eigenen Schwanz zu fassen bekommen will.

Dieses Spiel dauerte fast eine Minute an. Dann brach es der Welsch abrupt ab und zog wieder seine Runde um mich.

Sein Verhalten irritierte mich. Was mochte diese monströse Raubkatze daran hindern, sich auf ihr Opfer zu stürzen und es zu zerreißen?

Mir fiel auf, daß der Welsch nun öfter als zuvor unwillig den Kopf hin und her warf. Er schien mit dieser Situation ganz und gar nicht zufrieden. Plötzlich stürzte er sich ohne Vorwarnung in das Gebüsch – genau auf jene Stelle zu, wo Jim, Luke und Ben lauerten. Ich hörte ihre überraschten Ausrufe, dann ihre Todesschreie. Gleich darauf wurden die drei Körper aus dem Gebüsch geschleudert.

Der Welsch folgte und stürzte sich auf sie. Ich wandte mich schaudernd ab.

Dann, nach einer Weile, hörte ich sein Winseln wieder in meiner Nähe. Jetzt schien meine letzte Stunde geschlagen zu haben. Mit geschlossenen Augen erwartete ich das Ende.

Das Winseln war lang anhaltend und kläglich – und wurde in der nächsten Sekunde von einem Bersten und Krachen übertönt.

Der Welsch schlug um sich, sein schlangenförmiger Körper zuckte verzweifelt auf und ab, der schwere Schädel warf sich hin und her. Aber er konnte sich trotz aller Kraftanstrengung nicht mehr aus der Fallgrube retten. Er brach ein und wurde von den Eisenstangen aufgespießt.

Ich befreite zuerst meinen rechten Arm und dann die Beine von den Fesseln. Dann klammerte ich mich in einer gewaltigen Kraftanstrengung meiner Beine an den Mast und befreite auch meinen anderen Arm. Vorsichtig glitt ich an dem Mast in die Fallgrube hinunter. Als ich unten ankam, zuckte der Welsch noch ein letztes Mal und war dann tot.

Ich brach vor Erschöpfung zusammen.

Es war Mittag des nächsten Tages, als ich wieder einigermaßen erfrischt und gestärkt war. Ich war die Nacht hindurch ohne Bewußtsein gewesen und wußte deshalb nicht, was um mich vorgegangen war. Es war mir auch gleichgültig. Ich lebte, und das allein zählte. Nach meinem Erwachen hatte ich in der Grube ein Feuer entzündet, hatte mir – wenn auch mit großem Widerwillen – Jims Messer geholt und anschließend ein Stück Welschfleisch gebraten. Trotz der widrigen Umstände aß ich mit Heißhunger. Danach hatte ich ein wenig ausgeruht und war schließlich darangegangen, den Welsch zu zerteilen.

Jetzt war ich blutbesudelt wie ein Schlächter. Ich war in einem Warenhaus ganz in der Nähe gewesen und hatte mich in den Trümmern eines Spiegels betrachtet. Allerdings war ich nicht aus diesem Grund hingegangen. Ich hatte mich für einen der Einkaufswagen interessiert, die einen Elektromotor besaßen und ihre Energie von einer kleinen, aber leistungsstarken Batterie bezogen. Ich fand auch bald einen solchen Wagen, mußte aber feststellen, daß die Batterie keinen Kraftstrom mehr abgab. Das störte mich jedoch nicht, denn auch als ich an die 250 Kilogramm Welschfleisch aufgeladen hatte, konnte ich ihn ohne besondere Anstrengung vor mir herschieben.

Als ich den Park verließ, dankten es mir die Geier mit heiserem Krächzen und die Schakale mit schaurigem Heulen. Ich blickte mich noch einmal nach dem Grabhügel um, den ich über Jim, Luke und Ben aufgeschichtet hatte. Sie lagen tief genug, so daß die Schakale nicht an sie herankommen würden.

Ich zog mit dem vollbeladenen Einkaufswagen weiter.

Das war anno 3441.

Genauer: der 1. September 3441 – früher Nachmittag.

Unglaublich. Wenn mir jemand vor einem Jahr diese Entwicklung prophezeit hätte, wäre er ausgelacht worden.

Und jetzt war es Realität geworden. Terrania City, die Hochburg der menschlichen Zivilisation, war ein Dschungel, in dem mit Keulen ums nackte Leben gekämpft wurde.

Ich machte einen Abstecher in das Hotel, wo ich das Funksprechgerät liegengelassen hatte, und nahm es an mich. Nachdem ich Galbraith Deighton gemeldet hatte, daß ich noch am Leben war, zog ich weiter zu jenem Kühlhaus, wo die Dada-Bande Unterschlupf gesucht hatte.

Aber als ich nachts hinkam, fehlte von der Dada-Bande jede Spur.

Da ich mich noch ziemlich schwach auf den Beinen fühlte, beschloß ich, mir ein Welschsteak zu braten und die Nacht im Kühlhaus zu verbringen. Vor dem Einschlafen lauschte ich noch eine Weile der Stimme Galbraith Deightons.

Ausführlich informierte ich mich wieder über die Geschehnisse in der Galaxis. Es war an allen Fronten immer noch das gleiche Bild. Die Notrufe aus allen Teilen der Galaxis rissen nicht ab. Aber Perry Rhodan wollte einstweilen noch nichts von einer Expedition in den Schwarm wissen. Diese Einstellung war verständlich, wenn man bedachte, daß ihm nur sechzig Mann auf der GOOD HOPE II zur Verfügung standen. Was sollten sie gegen eine milliardenfache Übermacht schon ausrichten?

Ich erfuhr auch, daß Perry Rhodan vorhatte, der Erde in der nächsten Zeit einen Besuch abzustatten.

Von Tahun wurde gemeldet, daß die verdummten Patienten des Medo-Centers sich ständig durch Wahnsinnstaten überboten ...

Das genügte mir für den Augenblick. Ich legte mich in einem sicheren Versteck schlafen. Nach dem Erwachen machte ich mich im Kühlhaus sofort auf die Suche nach Hinweisen über den derzeitigen Aufenthalt der Dada-Bande. Ich fand auch tatsächlich einen. Es überraschte mich auch

nicht, daß er statt vom Bandenboß von Memo zurückgelassen worden war. Es handelte sich um eine zerknüllte Schreibfolie.
Darauf stand:
WIR SIND WEITERGEZOGEN. UNSER ZIEL IST DIE BEZIRKS-POSTSTATION WEST 15. DADA WEISS NICHTS VON MEINER NACHRICHT. Gezeichnet waren diese Zeilen mit:
PROFESSOR »MEMO« GRIELMAN LONG.
Daraus ersah ich, daß der Professor immer noch an einer Zusammenarbeit mit mir interessiert war. Dada dagegen schien nicht viel von meiner Bekanntschaft zu halten. Oder lehnte er mich auf höheren Befehl hin ab?
Vielleicht erhielt ich darauf eine Antwort, wenn ich in die Poststation kam.

Das Gebäude war dreigeschossig, flach und langgestreckt. Ein Teil des Daches war als Landeplatz für Gleiter ausgebaut, auf der übrigen Fläche türmten sich die mächtigen Antennen des Hyper-Nachrichtennetzes.

Ich betrat die Poststation durch den Haupteingang, darauf gefaßt, mit einem von Dada aufgestellten Wachtposten konfrontiert zu werden. Aber niemand stellte sich mir in den Weg. Den Einkaufswagen vor mir herschiebend, kam ich in die Halle und wandte mich dem Orientierungsplan auf der linken Seite zu. Das Glas der Tafel war zersplittert, ebenso die meisten der Anzeigelämpchen.

Obwohl keine der Anzeigen funktionierte, merkte ich, daß die Orientierungstafel unter Strom stand. Als ich die Hand auf den Schaltkasten legte, spürte ich ein sanftes Vibrieren. Diese Tatsache hätte ohne Bedeutung sein können. Aber mir war aufgefallen, daß die Dada-Bande fast ausnahmslos nur solche Einrichtungen aufsuchte, die noch funktionierten. Das zeugte von Methode.

Ich fragte mich natürlich, woher Dada das Wissen hatte. Etwa von dem Drahtzieher im Hintergrund, von jener unbekannten Macht, die systematisch alle Überbleibsel der Zivilisation in Terrania City zerstörte?

Ich machte mich mit der Planübersicht der Poststation vertraut.

Gleich in dieser Halle waren die Schalter für kleinere Postsendungen untergebracht. Daran grenzten die kontinentalen Fernsprecheinrichtungen, die solaren Fernsprecheinrichtungen und die Hyperkomanlagen für lichtjahreweite Entfernungen. In den oberen beiden Etagen waren die Büros untergebracht. Die Transportbänder für konventionelle Warensendungen befanden sich in unterirdischen Räumen, ebenso die Module für alle Arten der Fern-Bildsprechverbindungen.

Das war die Übersicht über die eine Hälfte der Poststation.

Die andere Hälfte wurde von den Großtransmittern für Fernlastenbeförderung eingenommen. Diese Erkenntnis durchzuckte mich wie ein

Blitz. Ich ließ den Wagen stehen und rannte los. Während des Laufens stellte ich die Verbindung mit dem Hauptquartier her.

Die Hauptaufgabe dieser Poststation war es, Güter über eine Transmitterstraße zu fernen Welten zu schicken. Eine solche Fernverbindung war nicht nur zu normalen Zeiten von großer Wichtigkeit für Terra, sondern besonders jetzt, während einer Krise. Darum stand es für mich fest, daß diese Poststation immer noch besetzt war.

Das wurde mir von Imperium-Alpha bestätigt, als ich anfragte. Der Sol-Ab-Offizier, der mir diese Auskunft gab, hatte für mein Drängen, eine bewaffnete Einheit zum Schutz dieser wichtigen Transmitterstraße zu entsenden, nur ein trauriges Lächeln übrig.

»Ihre Warnung kommt um einen halben Tag zu spät, Staehmer«, sagte er. »Wir erhielten von der fünfköpfigen Mannschaft in der Poststation zuletzt vor elf Stunden und dreiundzwanzig Minuten einen Notruf. Dann riß die Verbindung abrupt ab.«

Mich überkam unsägliche Wut. Wieder waren fünf Immune einer Horde von vertierten Geschöpfen zum Opfer gefallen. Und warum? Nur weil sie versucht hatten, eine Bastion der verfallenden Zivilisation aufrechtzuerhalten. Nur weil ein offenbar entartetes Gehirn nach Macht und Zerstörung strebte. Fünf Menschen hatten ihr Leben lassen müssen.

Ich steigerte mich immer mehr in Rage. Und in dieser Verfassung erreichte ich die Transmitterstation. Sie waren alle da. Die ganze Bande.

Sie lungerten herum, grölten, lachten, waren ausgelassen. Die Kulisse für dieses Treiben bildeten die Überreste von drei gesprengten Großtransmittern, verwüstete Schaltwände, Trümmer von Containern - und die Leichen von fünf Männern.

Dada erblickte mich zuerst.

»Sieh an, du kommst mit leeren Händen?« sagte er.

»Nein«, rief ich aufgeregt. »Ich bringe den Tod für dich.«

Dada kniff die Augen zusammen.

»Mich tötet man nicht, Kano«, sagte er ruhig. »Mich kann man höchstens besiegen. Aber das gelingt dir nicht.«

»Ich werde dich vom Gegenteil überzeugen.« Ich war entschlossen, mich Dada im Zweikampf zu stellen. Dafür gab es außer einem emotionellen auch einen logischen Grund:

Wenn es mir gelang, Dada zu besiegen, dann avancierte ich automatisch zum Führer dieser Bande. Und dann würde ich vielleicht auch die Macht im Hintergrund kennenlernen. Eines hatte ich jedenfalls deutlich erkannt: Dada handelte nicht aus freien Stücken – er wurde beeinflußt. Den ersten Verdacht hatte ich während der Partie 3-D-Schach gehegt.

Dada schien irgendwie abwesend. Er hielt den Kopf leicht schräg, seine Augen waren auf einen fiktiven Punkt in der Ferne gerichtet. Es

kam mir vor, als erhalte er gerade Befehle von der unsichtbaren Macht, die ihn beherrschte.
Endlich fand er zurück in die Wirklichkeit.
»Wir werden kämpfen«, sagte er in einem Ton, als hätte er eben dafür die Erlaubnis bekommen.
Memo, der hinter Dada gestanden hatte, schaltete sich jetzt ein. »Kano hat das sicher nicht so gemeint«, versuchte er zu vermitteln. »Er war sauer, weil wir nicht im Kühlhaus auf ihn gewartet haben. Deshalb ließ er sich auch gehen. Nicht wahr, Kano, du wirst dich bei Dada entschuldigen!«
Dieser Aufforderung folgte enttäuschtes Gemurmel der Verdummten.
»Ich bleibe bei dem, was ich gesagt habe.«
Arlon grinste zufrieden.
»Wir kämpfen nach feststehenden Regeln«, erklärte er. »Ich gegen dich – sonst mischt sich niemand ein. Wir werden unsere Waffen ablegen – aber darüber hinaus kann sich jeder beliebiger Hilfsmittel bedienen. Als Arena steht uns dieses Gebäude zur Verfügung. Meine Leute werden darauf achten, daß du nicht fliehst.«

Ich hatte mich in die unterirdischen Regionen zurückgezogen, denn hier besaß ich die besseren Chancen.
Plötzlich erwachte die Poststation zu robotischem Leben.
Mir wurde klar, daß Arlon die Robotanlage in Betrieb gesetzt hatte. Er wollte mich ablenken und unsicher machen. Aber mich störten weder die Geräusche noch die arbeitenden Maschinen. Meine Sinne wurden nur noch mehr geschärft.
Trotzdem kam Arlons erster Angriff überraschend für mich.
Ich schlich einen Steg aus Eisengittern entlang und blickte suchend auf die unter mir dahingleitenden Förderbänder hinunter. Da gewahrte ich aus den Augenwinkeln eine Bewegung über mir. Ich warf mich zur Seite, konnte Arlon jedoch nicht mehr ganz ausweichen. Er prallte mit den Beinen gegen meinen Rücken. Dann hob er die Hand, in der eine schwere Eisenstange lag. Ich rollte mich blitzschnell ab und konnte dem tödlichen Hieb gerade noch ausweichen. Noch während Arlon die Eisenstange ein zweites Mal hob, war ich auf die Beine gekommen. Ich wollte dem zweiten Schlag ausweichen, stieß gegen das Geländer und verlor das Gleichgewicht.
Hinter mir hörte ich Arlons teuflisches Lachen, das mich bei meinem Sturz in die Tiefe begleitete. Ich hatte noch Glück, denn ich fiel einigermaßen sanft auf ein Förderband. Aber kaum lag ich darauf, als es seine Geschwindigkeit erhöhte. Ich sah etwas anderes!
Der Trichter war nur noch fünf Meter entfernt. Ich spürte bereits den starken Sog des Wirbelwindes, sah die rotierenden Greifarme. Gerade im

letzten Moment gelang es mir, mich mit beiden Händen an der seitlichen Barriere festzuhalten.

Mein Körper wurde vom Förderband geschleudert. Die Hände schützend vor das Gesicht haltend, schlug ich auf die gegenüberliegende Begrenzungswand des Zwischenganges.

Hinter mir ertönte wieder Arlons Gelächter. Ich kam benommen auf die Beine und flüchtete, als ich Arlons trampelnde Schritte hörte.

Ich blickte mich verzweifelt nach einer Waffe um, aber ich fand nichts. Die Roboter versahen auch während des Chaos ihren Dienst mustergültig. Gerade kam mir eine Reinigungsmaschine entgegen. Als sie mich ortete, blieb sie stehen und verstellte mir den Weg. Ich hätte über sie hinwegklettern können.

Doch da war Arlon bereits auf dem Steg über mir. Er schwang die Eisenstange. Kurz entschlossen kehrte ich um und rannte in die entgegengesetzte Richtung davon. Arlon folgte auf dem Steg über mir.

Nach gut fünfzig Metern entdeckte ich einen schmalen Durchlaß zwischen zwei Robotmaschinen. Ich zwängte mich hinein und mußte mich unter einem Greifarm hinwegducken, um von ihm nicht erschlagen zu werden.

Das brachte mich auf eine Idee. Ich wußte, daß einer Sicherheitsvorschrift zufolge jeder Automat auch manuell zu bedienen sein mußte. Deshalb suchte ich nach dem Schaltpult zur manuellen Steuerung des Greifarmes – und ich fand es.

Das Geklapper von Arlons Stiefeln ertönte auf der Eisentreppe. Er kam auf meine Ebene herunter. Ich umfaßte die Bedienungshebel des Greifarmes fest und konzentrierte mich.

Da erschien er in dem kaum einen Meter breiten Durchlaß. Sein Gesicht war zu einer Fratze verzerrt, in seinen Augen glitzerte die Mordlust. Das nahm mir alle verbliebenen Bedenken. Es hieß: er oder ich!

Ich gab dem Greifarm einen Impuls, der ihn ausholen ließ. Arlon sah die Gefahr und wich zur Seite aus. Aber da sauste der Greifarm herunter und traf mit voller Wucht Arlons Arm mit der Eisenstange. Ich hörte Arlons Schmerzensschrei. Er taumelte mir entgegen und rammte mir den Kopf in den Magen. Ich torkelte rückwärts und verlor plötzlich den Boden unter den Füßen.

Ich glitt eine Rutsche hinunter und wurde schließlich von einem Luftstau gebremst. Ich kletterte von der Rutsche.

Rund um mich waren riesige Kontaktbänke, über die die Gruppenwähler auf- und abglitten, ohne jedoch einzurasten. Die Leitungswähler blinkten, die Kontaktarme der Wählerwelle drehten unablässig ihre Kreise. Es klickte, wenn sie über die Kontaktsätze glitten.

Ich befand mich in der vollautomatischen Vermittlung für Hyperkomverbindungen. Aber ich war nicht mehr allein. Kaum hatte ich mich orientiert, da hörte ich Arlons stampfende Schritte und sein heiseres Gebrüll.

Er war für mich kein vollwertiger Gegner mehr, deshalb wollte ich es nicht mehr zu einem Kampf Mann gegen Mann kommen lassen. Ich setzte mich durch einen Seitengang ab und kam schließlich zu der Zentrale für das postinterne Interkomnetz. Dort stellte ich die Rundrufanlage an.

»Arlon, ergib dich!« sprach ich ins Mikrophon und hörte meine Stimme verstärkt aus allen Lautsprechern der unterirdischen Anlage. »Ich weiß, daß einer deiner Arme gebrochen ist. Du hast also keine Chance gegen mich.«

Ein irres Lachen folgte.

Dann brüllte Arlon: »Komm heraus! Ich bringe dich um!«

Ich konnte mir gut vorstellen, wie er zwischen den Kontaktbänken umherirrte und mich suchte.

»Es hat keinen Zweck, Arlon. Ergib dich!« forderte ich ihn wieder auf. Ich dachte jetzt nicht mehr daran, die fünf Männer zu rächen, die in der Poststation gefallen waren. Der angerichtete Schaden konnte dadurch nicht wiedergutgemacht werden, die Männer blieben tot.

»Komm endlich heraus!« fing Arlon wieder zu brüllen an. »Oder ich trage diese ganzen verdammten Anlagen so lange ab, bis ich dein Versteck gefunden habe.«

»Gut, wie du willst«, sagte ich über die Rundrufanlage. »Aber ich werde dich nicht töten.«

Ich trat aus der Zentrale und schritt entlang den summenden, tickenden Kontaktbänken. Und dann sah ich ihn, noch bevor er mich erblickte. Er hielt die Brechstange in der gesunden Hand, der gebrochene Arm baumelte kraftlos herab.

Plötzlich schien er den Verstand zu verlieren. Er heulte auf und schwang die Eisenstange.

Ich rief ihm noch eine Warnung zu, aber er hörte mich nicht. Er begann zu rasen, schwang das Brecheisen über seinen Kopf und ließ es gegen die Kontaktbänke prallen. Funken sprühten, als stromführende Verbindungsleitungen rissen.

Arlon starb, als er eine Starkstromleitung berührte.

32.

Die Verdummten akzeptierten mich ohne weiteres als ihren neuen Anführer. Für sie war es im Prinzip egal, wer sie leitete. Sie trauerten Arlon nicht nach, denn eine gefühlsmäßige Bindung hatte zwischen ihnen und ihm nie bestanden. Er war für sie nur die starke Hand gewesen. Er versorgte sie mit Nahrung, und sie gehorchten ihm als Gegenleistung bedingungslos. Wenn er im Kampf gegen mich gefallen war, so hatte ich dadurch bewiesen, daß ich stärker als er war. Davon versprachen sich die Bandenmitglieder einen Vorteil.

Memo war der Tod von Arlon nicht gleichgültig. Aber auch er fand sich mit mir als neuem Chef ab, weil er sich dadurch persönliche Vorteile versprach – vor allem, was seine Pläne betraf.

»Ich habe an Arlon gehangen wie an einem Sohn«, sagte er nach meiner Rückkehr. »Noch lange nach der Operation habe ich geglaubt, ihn auf den rechten Weg bringen zu können. Aber dann wurden wir von einer Bande überfallen, ausgeraubt und gefoltert – und von da an war Arlon wie ausgewechselt. Die alte Brutalität kam bei ihm durch. Aber vielleicht hätte ich immer noch einen guten Einfluß auf ihn ausüben können, wenn nicht ...«

»Wenn nicht was?« fragte ich.

Memo seufzte. »Eines Tages – Arlon hatte damals nur zehn Leute unter sich und beschränkte sich auf Plünderungen von Lebensmittellagern – kam einer der großen Bandenchefs zu ihm und führte ihn fort. Als Arlon am nächsten Tag zurückkam, war er ein anderer Mensch. Er sprach nicht mit mir darüber, was während seiner Abwesenheit mit ihm geschehen war. Aber ich merkte, daß er einer fremden, unheimlichen Macht verfallen war. Von da an zerstörte und tötete er alles, was sich ihm in den Weg stellte.«

Ich war hellhörig geworden. Memo hatte mir den Beweis für meine Vermutung erbracht, daß Arlon beeinflußt worden war. Um noch mehr darüber in Erfahrung zu bringen, stellte ich mich unwissend.

»Glauben Sie, daß der andere Bandenführer ihn irgendwie bedrohte und ihn sich so gefügig machte?« erkundigte ich mich.

Memo schüttelte den Kopf. »Keineswegs. Der Bandenführer ließ sich nie mehr wieder blicken. Aber ich glaube, er hat Arlon zu einem Unbekannten - oder zu einer Gruppe von Unbekannten – gebracht. Und von da an wurde Arlon zu Unternehmungen gezwungen, die er aus freien Stücken nie ausgeführt hätte.«

»Das klingt unwahrscheinlich«, sagte ich.

»Den endgültigen Beweis dafür, daß Arlon gegen seinen Willen handelte, bekam ich erst vor zirka einer Woche«, fuhr Memo fort. »Wir stießen auf jenen Bandenboß, der Arlon und mir zu Beginn der Verdummungswelle so arg mitgespielt hatte. Arlon wollte furchtbare Rache nehmen. Aber als es dann soweit war, als er die Chance hatte, Neiko Garnish zu töten, tat er es nicht. Er konnte sich einfach nicht gegen die fremde Macht auflehnen, die es ihm untersagte, den Mann zu töten.«

Ich mimte den Belustigten. »Warum sollte diese ominöse fremde

Macht Arlon daran gehindert haben, einen anderen Verbrecher zur Strecke zu bringen?«

»Weil diese fremde Macht alle größeren Banden in Terrania City beherrscht«, sagte Memo geheimnisvoll. »Bandenkriege bedeuteten eine Schwächung der eigenen Kräfte, deshalb wurden sie von den unbekannten Drahtziehern abgeschafft.«

»Das scheint mir ein wenig weit hergeholt zu sein«, meinte ich.

»Das ist es aber nicht«, behauptete Memo. »Du wirst sehen, daß man auch an dich herantreten wird.«

Hoffentlich, dachte ich.

Laut fragte ich: »Wie sahen Arlons Pläne für die Zukunft aus?«

»Er wollte zu den Bunkeranlagen, von wo aus Roi Danton und Galbraith Deighton die Erde kontrollieren«, erklärte Memo. »Das war auch nicht seine Idee. Sie kam von der Macht im Hintergrund. Aber in diesem Punkt versuchte ich Arlon nicht abzureden, sondern unterstützte seine Absichten sogar.«

»Und was lag dir daran, die Tiefbunkeranlagen zu zerstören?« erkundigte ich mich ein wenig belustigt.

»Mir ging es nicht um Zerstörung«, erklärte Memo.

»Worum denn?« Ich versuchte, meiner Stimme einen gleichgültigen Klang zu geben. Bisher war mir Memo als unscheinbarer Mitläufer erschienen, der möglicherweise eine große Entdeckung gemacht hatte. Aber plötzlich war er in den Mittelpunkt meines Interesses gerückt. Mir war aufgefallen, daß er eine äußerst undurchsichtige Rolle spielte.

Er schaute mich prüfend an.

»Ich weiß nicht, ob ich dir vertrauen kann, Kano«, sagte Memo schließlich. »Du scheinst weniger skrupellos und brutal zu sein, als Arlon es war.«

Ich lächelte spöttisch. »Das kann sich ändern.«

»Es wird sich auch ändern, wenn erst die Macht im Hintergrund sich deiner angenommen hat«, versicherte Memo. »Deshalb möchte ich dich jetzt schon warnen: Geh nicht mit, wenn einer der großen Bandenbosse dich abholt!«

War das ehrlich gemeint, oder wollte er mich nur prüfen?

Ich beschloß, vorsichtig zu sein.

»Und wie steht es nun mit deinen Motiven?« fragte ich.

Memo zögerte wieder, dann entschloß er sich zu sprechen.

»Ich wollte es nicht zur Zerstörung der Tiefbunkeranlagen kommen lassen. Ganz im Gegenteil, ich wollte Danton und Deighton warnen und ihnen meine Entdeckung anbieten.«

»Das hast du bereits angedeutet.«

»Nur aus diesem Grund bin ich zuletzt noch bei Arlon geblieben«, behauptete Memo. »Mich widerte schon lange alles an. Ich hätte Arlon schon einige Male umbringen können. Aber ich tat es nicht, weil ich

hoffte, er würde mich zu Deightons Hauptquartier führen. Allein hätte ich den gefahrvollen Weg nie geschafft.«
»Ich lachte. »Und nun hoffst du, daß ich dich hinbringen werde.«
»Als Partner, Kano«, beeilte er sich zu sagen. »Du bist kein Killer, das sehe ich dir an. Deshalb mein Angebot einer Partnerschaft. Was sagst du dazu?«
»Ich werde darüber nachdenken«, wich ich aus.
Bevor Memo noch etwas sagen konnte, trat Kirk zu uns.
»Da will dich einer sprechen, Kano«, sagte er aufgeregt.
»Was für einer?«
»Es ist Tilk.«
»Hat der Name eine besondere Bedeutung?«
Kirk war überrascht. »Tilk ist einer der ganz Großen! Ihm unterstehen dreihundert Leute. Er hat gesagt, daß sie rund um die Poststation postiert seien. Wir sind umzingelt, Kano.«
»Tilk soll kommen«, sagte ich.

Tilk war etwa in meinem Alter, also an die 50 Jahre alt, hatte lange Arme und Beine und einen etwas zu kurz geratenen Oberkörper. Sein Kopf war quadratisch und vollkommen kahlgeschoren. In seinen rötlichen Schweinsäuglein lag alles, was man an seinen Mitmenschen nicht schätzte: Hinterhältigkeit, Brutalität, Gemeinheit.
Wenn ich an ihm überhaupt etwas schätzte, dann die Tatsache, daß er nicht viele Worte machte. Er stand inmitten der zerstörten Transmitterhalle und ließ seine Schweinsäuglein über die Verdummten wandern, die sich die Bäuche mit Welschfleisch vollschlugen.
»Du kommst mit«, sagte er statt einer Begrüßung zu mir.
»So hat Dada auch einmal mit mir gesprochen«, erwiderte ich.
Ehe ich mich's versah, hatte er mir mit dem Handrücken ins Gesicht geschlagen. Aber die Überraschung war dann ganz seinerseits, als ich den Paralysator zog und ihm die Schlaghand lähmte.
»Wer schickt nach mir?« fragte ich.
»Du wirst schon sehen.«
»Und was wird inzwischen aus meinen Leuten?«
»Sie werden bewacht.«
Ich lächelte spöttisch. »Es hat sich ziemlich schnell herumgesprochen, daß ich Dada ins Jenseits befördert habe.«
»Das war keine Heldentat«, erklärte Tilk. Er wandte sich halb um. »Komm, wir haben keine Zeit zu verlieren.«
»Moment.« Ich wollte ihn am Arm zurückhalten, überlegte es mir aber anders. »Ich gehe nicht allein.«
Tilk fixierte mich. Es war eine stumme Aufforderung, mich deutlicher auszudrücken.

»Ich nehme Memo mit.«
Tilk blickte zu Memo, der am ganzen Körper zitterte.
»Meinetwegen«, sagte Tilk. »Aber vielleicht kommt er nicht lebend zurück.«
Memo räusperte sich, schaute mich unsicher an und sagte: »Ich ... ich komme trotzdem mit.«
»Gehen wir«, sagte Tilk. Auf dem Weg zum Ausgang stieß er zwei Verdummte beiseite, die ihm in den Weg kamen. Daraus ließ sich leicht schließen, wie er seine eigenen Leute behandelte.
Als wir ins Freie kamen, entdeckte ich zu meiner Verblüffung einen Gleiter.
»Wo hast du den organisiert, Tilk?« rief ich bewundernd aus.
»Ein Geschenk«, sagte Tilk nicht ohne Stolz. »Wenn du spurst, schenkt er dir auch einen.«
»Wer?«
Darauf gab Tilk keine Antwort.
Beim Näherkommen nahm ich den Gleiter genauer unter die Lupe und stellte fest, daß die seitliche Verschalung mit Farbe überspritzt war. Es handelte sich zwar um den Originallack, aber um keine Facharbeit. Unter der überspritzten Stelle waren deutlich die Konturen von Buchstaben zu erkennen. Also legte jemand großen Wert darauf, daß man nicht auf den ersten Blick sah, welcher Firma oder welchem Institut der Gleiter früher gehört hatte.
Warum?
Die Antwort darauf war nicht schwer zu finden: Wahrscheinlich stand der ursprüngliche Besitzer des Gleiters mit dem großen Unbekannten noch in irgendeiner Beziehung. Jedenfalls stand es für mich fest, daß Tilk mich zu jenem Drahtzieher im Hintergrund bringen würde, der die Banden in Terrania City dirigierte.
Memo und ich nahmen auf der rückwärtigen Sitzbank Platz. Tilk setzte sich ans Steuer. Der Gleiter ruckte an und erhob sich mit ohrenbetäubendem Dröhnen in die Luft. Der schlechte Zustand des Luftgefährts war ein untrügliches Anzeichen dafür, daß es dem großen Unbekannten an qualifizierten Kräften mangelte.
»Der Gleiter hat seine beste Zeit auch schon hinter sich«, meinte ich lachend.
»Aber er fliegt«, konterte Tilk humorlos.
Wir gewannen rasch an Höhe und ließen bald darauf die Hochhäuser von Terrania City unter uns. Tilk war klug genug, nicht weiter in den freien Luftraum hineinzustoßen. Denn wenn er den Ortungsschatten der Hochhäuser verlassen hätte, wäre er vom Radar des Hauptquartiers geortet worden.
Tilk ließ das Stadtzentrum hinter sich und flog in westlicher Richtung den Außenbezirken zu. Als uns ein Versorgungsgleiter entgegenkam,

tauchte Tilk in einer Häuserschlucht unter. Bei dieser Gelegenheit schaute ich Tilk forschend an.

Er war ausdruckslos, wie abwesend.

»Du bist ein wahrer Flugkünstler«, sagte ich und beobachtete ihn dabei. Er schien mich überhaupt nicht gehört zu haben.

Ich sprach eine Weile auf ihn ein und beschimpfte ihn auch. Aber er zeigte keine Reaktion. Von da an wußte ich alles. Tilk war nicht mehr er selbst. Irgend jemand – oder irgend etwas – beherrschte seinen Geist und lenkte seinen Körper.

Als wir die Villengegend am Rand von Terrania City erreichten, verlangsamte Tilk den Flug und ging in einem großen verwilderten Park nieder.

Wir verließen den Gleiter und gingen auf ein langgestrecktes, zweistöckiges Gebäude zu. Die Fenster waren groß, aber mit Polarisationsscheiben verglast, so daß man von außen keinen Einblick gewann.

Ich tippte sofort auf ein Privatsanatorium oder auf eine ähnliche private Institution. Diese Vermutung bestätigte sich, als wir das breite, mit einer Energiebarriere gesicherte Tor erreichten.

Auf einer Marmortafel an der Wand stand zu lesen: GROHAAN-OPINZOM-STIFTUNG.

Welchem Zweck diese Stiftung diente oder welche Leiden man hier heilte oder erforschte, stand nicht dabei.

Die unnatürliche Starre war von Tilk wieder abgefallen.

Memo, der zwischen uns ging, hielt sich recht tapfer, obwohl er seine Angst nicht verbergen konnte. Als der Energieschirm vor uns zusammenbrach und wir in die Stiftung eintraten, bemächtigte sich meiner eine ungewöhnliche Spannung.

Denn ich wußte, daß ich nun im Unterschlupf jenes Geheimnisvollen war, der das organisierte Verbrechen in Terrania City leitete.

Memo brach besinnungslos zusammen, kaum daß wir den Fuß in die Eingangshalle gesetzt hatten.

Bericht Grohaan Opinzom:

Für viele Menschen ist der Körper, in dem sie leben, etwas Wunderbares – ein nutzvoller, gesunder Metabolismus. Nicht so für mich. Mein Körper ist mir ein Gefängnis, eine Folterkammer.

Zumindest war er das früher.

Jetzt wußte ich, was mein Körper forderte, welche Bedingungen er wünschte. Und ich hatte sie ihm gegeben. Dadurch wurden mir zwar viele Einschränkungen auferlegt, aber ich brauchte wenigstens nicht mehr unsägliche Qualen zu erleiden.

Ich konnte mich bewegen wie jeder andere Mensch auch. Ich konnte Handlungen vollführen, konnte sehen, hören, riechen und schmecken –

wie jeder normale Mensch. Allerdings mit einer Einschränkung: Mein Körper gehorchte mir nur innerhalb eines bestimmten Raumes.

Hätte ich diesen Raum verlassen, wäre das einem Selbstmord gleichgekommen. Dieser Raum besaß eine Reihe von Einrichtungen, die nur dazu dienten, meinem Körper das zu geben, was er verlangte.

Der Raum war vollkommen steril. Hier gab es keine einzige Bakterie, kein Virus. Es gab keinen Fäulnisgeruch, keine Duftstoffe – die Luft war hundertprozentig rein. Das verlangte mein Körper. Ebenso wie er eine konstante Temperatur von exakt plus 12 Grad Celsius verlangte. Ein Grad mehr oder weniger machten sich durch Funktionsstörungen meines Körpers bemerkbar. Diese wiederum übertrugen sich auf meinen Geist.

Um diese Temperatur zu halten, war ein spezielles Klimagerät erforderlich. Es war eine Konstruktion, die nicht nur die Temperatur, sondern auch den Sauerstoffgehalt der Luft regelte – und zwar so regelte, daß kein Luftzug entstand. Jeder noch so geringe Luftzug schadete meinem Körper.

Ich merkte es schon, wenn ich mich bewegte. Schon der Luftwirbel, der durch eine Handbewegung entstand, ließ meinen Körper erschauern. Darum verbrachte ich die meiste Zeit reglos.

Oftmals verfluchte ich meinen Körper deswegen, diese überempfindsame Hülle, die meinen Geist knechtete und ihn an der Entfaltung hinderte.

Was wäre ich in einem anderen Körper geworden. Das Universum würde mir gehören.

So mußte ich meine Tage in diesem Raum verbringen und konnte meinen Geist nur in Grenzen umherziehen lassen. Wenn ich nur nicht diesen verdammten überempfindlichen Körper gehabt hätte, der gegen alle Umweltbedingungen allergisch war ...

Ein Beispiel demonstrierte das am anschaulichsten:

Jeder Mensch, jedes Lebewesen besitzt Hautsinne. Sie sind es, die Reizungen wahrnehmen und weiterleiten, die man als Schmerz, Druck, Kälte oder Wärme empfindet. Auf der Körperoberfläche eines normalen Menschen befinden sich ungefähr 1,2 Millionen Rezeptoren, die auf Schmerz reagieren, 700.000 Druckpunkte, 250.000 Kältepunkte und 30 000 Wärmepunkte.

Mein Körper besitzt dagegen 3 Millionen Wärmerezeptoren und fünfmal soviel Schmerz- und Druckrezeptoren wie die Norm.

Diese Übersensibilität meines Körpers machte mein Leben schon von Geburt an zur Hölle. Meine Hände konnten nur vollkommen glatte Gegenstände berühren, denn die Berührung mit rauhen Gegenständen leitete mein übersteigerter Tastsinn als Schmerz weiter. Deshalb umgab ich mich mit Kunststoffen, die sich durch ihre hervorragende Oberfläche auszeichnen.

Die Speisen, die ich zu mir nahm, waren so synthetisch wie das

Besteck, das ich benutzte. Der Boden, auf dem ich ging, war aus weichen, federnden Riesenmolekülen, die zudem noch die Eigenschaft besaßen, Schallwellen zu absorbieren. Mein Gehör vertrug die Stille am besten. Wenn es sich nicht umgehen ließ, Laute zu empfangen oder wiederzugeben, dann waren die tiefen Baßtöne für mich noch am erträglichsten. Deshalb waren die Kommunikationsmittel, über die ich mich mit meinen Helfern und Handlangern verständigte, Spezialanfertigungen, die alle hohen Töne schluckten. Das Licht, das meinen Wohnraum und den durch eine Panzerglasplatte getrennten Besucherraum erhellte, strahlte beständig auf einer Wellenlänge von 397 Millikron – also tiefviolett. Das schonte meine Augen.

Ich war nicht immer in diesem Raum – oh, nein! Es gab Zeiten, da mußte ich unter freiem Himmel unsägliche Qualen ausstehen. Erst als ich entdeckte, daß ich nicht nur eine physisch leidgeprüfte, sondern auch eine psychisch begnadete Kreatur war, verbesserte ich mein Leben.

Ich entdeckte, daß ich Menschen beeinflussen konnte. Ich konnte ihnen meinen Willen aufzwingen! Allerdings war es mir nicht möglich, meine geistigen Fähigkeiten voll auszunutzen, wenn mein Körper widrigen Bedingungen ausgesetzt war. Dann war mein Geist wie umnebelt, ich konnte nicht klar denken, geschweige denn meine Suggestionskraft einsetzen. Dann empfand ich nur Schmerz.

Ich erinnerte mich noch gut, wie ich als Kind in einer Klinik erwachte, von allen Schmerzen befreit und mit klarem Geist. Man hatte damals meine Allergie diagnostiziert und mich in einen Sterilisationsraum eingeliefert, der ähnlich meinem jetzigen Quartier war. Allerdings mangelte es in diesem Sterilisationsraum an Luxus. Trotzdem fühlte ich mich damals wie neugeboren.

Ich schwor mir, nie mehr so leiden zu müssen. Und ich setzte all meine Suggestionskraft daran, daß fremde Menschen gegen ihren Willen ihr Geld und ihr Können hergaben, um diese Stiftung zu bauen.

Jetzt hatte ich einen Platz, an dem ich ein erträgliches Leben führen konnte. Aber dieses Leben war nicht erfüllt. Ich war einsam und von innerer Unruhe erfüllt. Mein Zustand änderte sich auch nicht, als ich erfuhr, daß ich einer Menschengruppe angehörte, die allein auf der Erde zwei Millionen zählte.

Ich war ein Homo superior. Ich gehörte nicht zu jenen Individuen, die dem Götzen Technik huldigten, der sie dazu beflügelte, immer neue Methoden der Vernichtung zu erfinden. Ich gehörte zu jener Menschengruppe, die durch ihre pazifistische Lehre der Menschheit neue Werte geben wollte.

Und doch – ich gehörte auch wieder nicht zum Homo superior.

Denn ich erkannte, daß nicht alles am Homo sapiens verwerflich war, ebenso wie am Homo superior nicht alles gutzuheißen war. Ein Mittelweg mußte gefunden werden.

Und diesen Mittelweg zu ebnen, dafür fühlte ich mich berufen. Natürlich war der Anfang schwer, aber ich hatte ihn gemacht. Es gab nicht mehr viele Hürden zu nehmen, um ans Ziel zu kommen. Die allgemeine Verdummung hatte mich in meinen Plänen unterstützt. Mit Hilfe meiner Suggestionskraft würde ich mit den wenigen Normalen spielend fertig werden.

Natürlich gab es in Wirklichkeit mehr Gegner. Denn in diesen Reihen des Homo superior fanden sich viele, die ihre Ansichten über Pazifismus zu wörtlich, ja geradezu naiv ernst nahmen. Wie gesagt, der Mittelweg war richtig.

Ich beschritt ihn. Ich hatte vor, alle meine Gegner, sowohl die aus der Rhodan-Gruppe als auch die aus der Superior-Gruppe, auszuschalten. Dann konnte ich meine Welt aufbauen.

Allerdings war der Weg dahin schwierig und dornenvoll, und es war nicht immer leicht, das nötige Fingerspitzengefühl bei der Beseitigung der Hindernisse anzuwenden. Manche Götzen der alten Welt ließen sich ganz einfach nicht verändern oder abschieben.

Perry Rhodan zum Beispiel mußte vernichtet werden!

Ich war schon immer ein Suggestor – soweit ich zurückdenken konnte, war es mir möglich, Menschen durch die Kraft meines Geistes gefügig zu machen. Aber oftmals konnte ich die Fähigkeiten der Suggestion nicht anwenden, weil mir meine Allergie zu schaffen machte. Ja, wenn ich schutzlos den Gewalten der Natur ausgeliefert war, dann verlor ich meine Fähigkeit.

Andererseits hatte ich meine Fähigkeit vor der Verdummungswelle im Interesse des Homo superior geheimgehalten. Damals war ich auch noch naiv genug, die Ziele meiner Artgenossen als segensreich anzusehen.

Doch jetzt war meine Zeit gekommen. Nichts konnte mich mehr daran hindern, mein persönliches Ziel anzustreben, die Macht auf Terra zu ergreifen.

Ich hatte praktisch alle Anführer der größeren Banden in Terrania City in meiner Gewalt. Ich beeinflußte sie nach meinem Willen, suggerierte ihnen, was sie zu tun hatten, und koordinierte ihren Vernichtungsfeldzug.

Einer meiner fähigsten Leute war Arlon gewesen, den die Verdummten Dada nannten. Ich hatte ihn langsam aufgebaut und ihn mit immer schwierigeren Aufgaben betraut. Er besaß zwei Eigenschaften, die ihn von den meisten anderen Bandenführern hervorhoben: Da waren seine außergewöhnliche Intelligenz und seine verbrecherischen Instinkte.

Doch er lebte nicht mehr. Er war im Zweikampf mit einem anderen Bandenmitglied gefallen. Ich bedauerte es, trauerte ihm aber andererseits nicht nach. Denn wenn er besiegt worden war, dann hatte er eben seinen Meister gefunden, und der neue Mann, der ihn ablöste, war zweifellos stärker und klüger. Das konnte auch für meine Pläne vorteilhaft sein.

Nur mußte ich mich erst des neuen Anführers der Dada-Bande annehmen, ihn gefügig machen und ihn in meine Pläne einbeziehen.

Deshalb schickte ich Tilk aus, um den neuen Mann zu mir zu bringen. Ich brauchte nicht allzulange zu warten, bis ich Tilks Ausstrahlung und die des Fremden in der Nähe meiner Klinik verspürte. Die Wachtposten erhielten Anweisung, die beiden Ankömmlinge passieren zu lassen.

Dabei kam es zu einem Zwischenfall. Tilk hatte nicht nur Kano mitgebracht, sondern auch noch ein anderes Mitglied der Dada-Bande. Ich ärgerte mich über Tilk, weil er eindeutig gegen meine strikte Anweisung, nur Kano vorzuführen, gehandelt hatte. Ich streckte meine geistigen Fühler nach dem Fremden aus, bestrich sein Bewußtsein und schaltete es aus. Er brach auf der Stelle zusammen. Tilk würde ich später zur Rechenschaft ziehen.

Im Augenblick wollte ich mich mit Kano beschäftigen, dem aufgehenden Stern in der Unterwelt von Terrania City.

Tilk betrat mit ihm das Besucherzimmer. Im ersten Augenblick enttäuschte mich Kanos Erscheinung. Er war groß und mager, hatte unglaublich große Füße und war gut fünfzig Jahre alt. Aber dann wischte ich den Eindruck seines wenig einnehmenden Äußeren fort. Er hatte schließlich Arlon besiegt – und einen ausgekochten Fuchs wie Arlon konnte man nur mit List und Tücke bezwingen.

Ich trat an die Barriere aus Panzerglas und besah mir den Neuen. Er senkte den Blick nicht und sah mir fest in die Augen. Das gefiel mir, sein Verhalten zeugte von großer innerer Stärke. Ich konnte Männer mit großer Willensstärke gebrauchen, die sich in jeder Situation behaupteten. So stark war ihr Wille ohnehin nicht, daß sie sich mir widersetzen konnten.

»Du bist also Kano, der Arlon in der Dada-Bande abgelöst hat«, sagte ich kaum hörbar. Ich wußte, daß meine Stimme im Besucherzimmer gut hörbar war. Denn die empfindlichen Mikrophone, die überall in der Glaswand eingebaut waren, würden meine Stimme an die Verstärker weiterleiten und über die Lautsprecher eindrucksvoll tönen lassen. Ich fragte: »Wie heißt du mit vollem Namen?«

»Serkano Staehmer«, antwortete der Neue. Die zwischengeschalteten Regler übertrugen mir seine Worte als tiefes Flüstern. Das schmerzte meine Ohren nicht.

»Weißt du, welche Ziele Arlon ursprünglich verfolgte?« fragte ich Kano.

Er nickte. »Sein Ziel war das Hauptquartier von Roi Danton und Galbraith Deighton.«

»Du wirst Arlons Erbe antreten«, erklärte ich und wandte mich Tilk zu. »Du dagegen hast dich meinen Anordnungen widersetzt und wirst dafür büßen müssen. Wie, glaubst du, bestrafe ich Ungehorsam?«

Tilk begehrte auf. »Aber ...«

Ich hielt jedes weitere Wort für überflüssig, deshalb führte ich beide Männer ihrer Bestimmung zu: Serkano Staehmer sollte der neue Feldherr in meiner Armee der Marionetten werden. Tilk wollte ich einen Denkzettel geben.

Ich bestrich die beiden Männer mit starken Suggestivimpulsen. Tilks geistiger Widerstand brach schnell, er kapitulierte bereits in der ersten Phase. Ich sah, wie ihm der Schweiß ausbrach, als er merkte, daß seine Rechte gegen seinen Willen nach der Strahlwaffe in seinem Gürtel griff. Er schaute ungläubig auf seine Hand, die den Griff der Waffe umklammerte, sie hochschob und gegen seine eigene Schläfe richtete. Der Finger spannte sich um den Abzug und drückte ihn langsam nieder.

»Nein ... nein!« stöhnte er in Todesangst. Seine hervorquellenden Augen fixierten die Waffe, die sich kalt gegen seine Schläfe preßte. Ich nahm seine Emotionen befriedigt zur Kenntnis: Verblüffung, Schrecken und Angst. Er verspürte Verblüffung, weil die eigene Hand eine Waffe gegen ihn richtete. Er war erschrocken, weil diese Hand zu einem fremden Werkzeug wurde. Und Angst stellte sich ein, als er sah, wie der Zeigefinger den Abzug krümmte.

Doch ich wollte Tilk sich nicht selbst richten lassen. Ich wollte ihn gar nicht töten, weil er mir zu wertvoll war. Nachdem er genug gelitten hatte, ließ ich von ihm ab und wandte meine Aufmerksamkeit Serkano Staehmer zu.

Bei ihm erlebte ich eine unangenehme Überraschung. Er widerstand meiner Beeinflussung.

Ich suchte Staehmers Blick. Seine Augen blickten mir ruhig und gelassen entgegen. Welchen unterschiedlichen Anblick die beiden Männer im Besucherzimmer boten.

Hier der kraftvoll wirkende, energiegeladene Tilk, der steif und ohne eigenen Willen dastand. Dort der dürre, unscheinbar wirkende Staehmer, der keine Wirkung auf meine geistige Attacke zeigte.

Ich nahm einen zweiten Anlauf, stürzte mich mit verstärkter Vehemenz auf ihn – konnte ihn aber wieder nicht bezwingen. Sein Bewußtsein entglitt meinen suggestiven Einflüssen, ich konnte sein Ich nicht erfassen. Ich konnte es zwar in meiner mentalen Sphäre einschließen, aber es gelang mir nicht, es zu durchsetzen. Und dann brach sein Ich schließlich aus meiner geistigen Umhüllung aus und erstrahlte in seiner unverletzbaren Eigenständigkeit.

Staehmers Geist verhielt sich zu dem meinen wie ein Antipode. Mein Körper erzitterte unter dieser Erkenntnis.

Ich stieß erneut zu. Stärker als je zuvor, mit all der mir zur Verfügung stehenden Suggestionskraft. Diesmal zuckte Staehmer zusammen, aber

das war die einzige Reaktion, die er auf meinen parapsychischen Angriff zeigte.
»Sie müssen sich damit abfinden, mich als freien Mitarbeiter anzuheuern«, sagte er gelassen.
Ein freier Mitarbeiter! Wenn ich mich erst darauf verließ, daß meine Helfer freiwillig meine Position verstärkten und aus freien Stücken meine Macht aufbauten, dann konnte ich meine Eroberungspläne gleich fallenlassen.
»Ich werde deinen Willen brechen!« versprach ich.
»Ich widersetze mich überhaupt nicht«, behauptete Staehmer. »Aber vielleicht überschätzen Sie Ihre eigene Stärke.«
Ich hätte ihn auf der Stelle töten lassen können. Aber ich tat es nicht, weil ich dadurch meine Unzulänglichkeit eingestanden hätte.
»Ich werde dich beugen, Staehmer!« versprach ich. »Du wirst vor mir im Staub liegen und dich meiner Befehlsgewalt ergeben. Es wird dir ergehen wie Tilk, wie Dada – und wie Neiko Garnish.«
Der Name des letzteren kam mir unbewußt über die Lippen. Für einen Moment war es mir schleierhaft, wie ich auf ihn gekommen war. Aber dann spürte ich seine Nähe und wußte, daß er in der Klinik eingetroffen war.
Kurz darauf öffnete sich die Tür des Besucherzimmers, und der Bandenführer trat ein. Neiko Garnish war ein tüchtiger Mann. Er wurde von mir mit Aufträgen betraut, die nur mit besonderer Härte und Skrupellosigkeit durchgeführt werden konnten. Trotzdem hätte ich ihn beinahe durch einen Unglücksfall verloren. Wenn ich nicht im letzten Moment eingeschritten wäre, dann hätte ihn Dada in einem Rohrbahntunnel zermalmt.
»Sieh sie dir an, Staehmer«, sagte ich wütend. »Tilk und Neiko sind zehnmal so stark wie du, um vieles robuster und besitzen wahrscheinlich eine bessere geistige Konstitution. Sie mußten sich mir beugen – und an ihrem Beispiel ersehe ich, daß ich auch dich bezwingen werde.«
»Sie sollten sich damit abfinden, daß Sie an mir Ihre Fähigkeiten verschwenden«, erklärte Staehmer. Er stand zwischen Tilk und Neiko. »Warum strengen Sie sich an? Ich werde auch aus freien Stücken für Sie arbeiten.«
»Dazu kommt es nicht. Eher töte ich dich!«

Tilk zog den Strahler.
Er richtete ihn auf Staehmer und fragte: »Soll ich ihn erledigen?«
»Nein!« herrschte ich ihn an. Ich mäßigte mich. »Staehmer ist überhaupt kein Problem. Habt ihr verstanden? Er ist nicht der Mann, der sich mir in den Weg stellen kann. Ich werde ihn in die Knie zwingen. Aber das hat Zeit bis später.«

Ja, sagte ich zu mir selbst. Staehmer war nicht so wichtig. Ich würde meine Kräfte sammeln und dann plötzlich meine Suggestionsimpulse auf ihn loslassen. Dann würde er zusammenbrechen – egal wie stark sein Wille war! Aber jetzt wollte ich erst einmal demonstrieren, wie fest ich meine Leute in der Hand hatte. Das mußte auch Staehmer beeindrucken und ihn unsicher machen.

»Was hast du zu berichten, Neiko?« wandte ich mich an den untersetzten Bandenführer, den ich vor zwei Tagen mit der Erledigung eines Überfalls beauftragt hatte. Obwohl Neikos Anwesenheit davon zeugte, daß der Überfall gelungen war, bemerkte ich keine Beutestücke an ihm. Er hatte nur einen kleinen Beutel an seinen Gürtel gebunden.

»Da gibt es nicht viel«, sagte er. Obwohl ich ihn auch jetzt unter Kontrolle hatte, ließ ich ihm genügend geistige Freiheit, damit er seine Worte selbst wählen konnte. Es gehörte zu meinem psychologischen Schachzug, um Staehmers Abneigung gegen eine geistige Beeinflussung zu vermindern. Er sollte sehen, daß meine Leute, obwohl ich ihnen meinen Willen aufzwang, genügend eigene Persönlichkeit behielten und auch ausreichend Handlungsfreiheit besaßen.

Neiko fuhr fort: »Wie aufgetragen, habe ich mit meinen Leuten die Stadt verlassen und mich auf den Weg zu jener Farm gemacht, die von Danton und Deighton als einer der vielen Stabilisierungskerne unterhalten wird. Ich ließ erst einmal die Gegend auskundschaften und fand folgendes heraus. Auf der Farm wurden Ackerbau und Viehzucht betrieben. Es gab nur insgesamt sieben nicht ganz Verdummte, darunter zwei Superiors, die dreißig Verdummte bei der Feldarbeit beaufsichtigten. Waffen gab es weit und breit keine, auch Roboter waren nicht vorhanden, weil die beiden Superiors ihre Hilfe untersagt hatten. Mir war also gleich klar, daß wir mit keiner allzu großen Gegenwehr zu rechnen hatten. Nun, ich verteilte meine Leute ...«

»Halt!« unterbrach ich ihn. »Ich möchte keine Einzelheiten über den Überfall hören.«

Staehmer schaltete sich ein. »Wieso? Sind Sie etwa so zartbesaitet?« fragte er spöttisch.

»Ich hasse Grausamkeiten«, antwortete ich wahrheitsgetreu. »Ich kann kein Blut sehen. Mord und Totschlag stoßen mich ab. Wenn ich trotzdem drastisch vorgehe und in der Wahl meiner Mittel nicht immer wählerisch bin, dann nur, weil es keine Alternative gibt. Ich muß die alte Welt vertilgen, um eine neue aufbauen zu können.«

Neiko war sichtlich enttäuscht, daß er den Ablauf des Überfalls nicht detailliert schildern konnte. »Wir sind also losgestürmt und haben alle niedergemacht ...«

Mein Magen krampfte sich zusammen. »Neiko!« wies ich den Bandenführer zurecht.

»Schon gut«, sagte er und schaute mich scheu an, weil er wohl eine Bestrafung befürchtete. Dann berichtete er weiter: »Nachdem wir die Farm gesäubert hatten, schnappten wir uns zwei Kühe und brieten sie. Das ist alles.«

»Das ist alles?« wiederholte ich erstaunt. »Du weißt, daß ich nach jedem Überfall ein Beweisstück sehen möchte, an dem ich erkenne, daß er auch durchgeführt wurde.«

»Weiß ich«, sagte Neiko und senkte den Blick. »Und ich hab' mich auch daran gehalten. Nur ...«

Ich wurde wütend. »Was soll das? Hast du einen Beweis für den Überfall auf die Farm oder nicht?«

»Doch«, versicherte Neiko. »Er befindet sich hier in dem Beutel.«

»Warum weist du ihn dann nicht vor?«

»Ich dachte ...«

Er sprach den Satz nicht zu Ende. Ich schaute auf den Beutel und überlegte, was er enthalten mochte. In der Regel brachten meine Leute technische Geräte als Beutestücke mit, aber Neiko war geistig entartet, und man konnte bei ihm nie wissen, welche Überraschung er auftischte. Trotzdem entschloß ich mich, das Beweisstück zu betrachten.

»Zeige mir den Inhalt des Beutels«, verlangte ich.

Er zögerte, fingerte aber dann an der Verschnürung herum, löste den Beutel von seinem Gürtel und schüttete den Inhalt auf dem Boden aus.

Im ersten Augenblick wußte ich nicht, was ich von den seltsamen Gebilden halten sollte. Sie boten keinen schönen Anblick, das war alles, was ich feststellte. Aber dann ging ich noch näher an das Panzerglas und erkannte, worum es sich handelte. Ich zuckte zurück und schrie auf.

Ich taumelte rückwärts bis zur gegenüberliegenden Wand. Der Schock saß mir so fest in den Gliedern, daß ich mich kaum bewegen konnte. In meinem Kopf drehte sich alles im Kreise. Ich wollte ganz einfach nicht wahrhaben, was ich gesehen hatte – und doch wußte ich, daß es schreckliche Realität war. Mir wurde übel.

Nein, das hatte ich nicht gewollt. Ich wollte die Welt verändern, ja, aber verbessern, nicht verschlechtern. Ich wollte in meinem Imperium keine verrohten Untertanen, die toten Tieren die Ohren abschnitten und sie mir dann als Trophäen brachten.

Dieses schreckliche Bild würde mich bis in meine Träume verfolgen.

Ich redete mir ein, daß ich mir alles nur einbildete. Aber ich konnte mich der Realität nicht verschließen. Das Grauen hatte mich gepackt und ließ mich nicht mehr los.

»Was ist, Opinzom?« hörte ich Tilks Frage. »Sollen wir zu Ihnen kommen?«

»Nein, nur das nicht!«

Ich schickte an Tilk und Neiko den Befehl, sich nicht vom Fleck zu rühren. Sie konnten mir nicht helfen, nur schaden. Ich war froh, daß sie den Weg zu mir in den Sterilraum nicht kannten, denn ihr Eindringen hätte meine Situation nur verschlimmert. Ein Hauch, ein Luftzug, die Wärme eines menschlichen Körpers hätten bei mir unweigerlich zu Bewußtseinsstörungen geführt. Es war gut, daß Tilk und Neiko durch meinen Befehl auf ihre Plätze gebannt waren. Sie konnten sich nicht bewegen.

Serkano Staehmer dagegen unterlag nicht meinem Einfluß! War er ein Mutant?

Nein, das mußte ich ausschließen. Er mußte irgend etwas anderes an sich haben, das meine parapsychischen Impulse wirkungslos von ihm abprallen ließ.

Ich konzentrierte mich voll und ganz auf ihn, aber er lachte nur.

»Ihr Spiel ist aus, Opinzom«, rief er mir zu. Obwohl die Regler seine Stimme zu einem angenehmen Murmeln modulierten, erkannte ich eine unterschwellige Aggression darin.

»Ich merke Ihre jämmerlichen Versuche, mich in Ihre Gewalt zu bekommen«, schleuderte er mir entgegen. »Aber ich erkenne auch, daß ich immun dagegen bin. Ich brauche mich nicht anzustrengen, ich brauche überhaupt nichts zu tun – trotzdem widerstehe ich Ihrer Beeinflussung.«

Jetzt hörte ich aus seiner Stimme einen triumphierenden Unterton heraus.

War er wahnsinnig geworden? Das mußte die Erklärung dafür sein, daß er sich so seltsam benahm. Vielleicht war sein Geist durch den Anblick der abgeschnittenen Kuhohren getrübt worden. Warum sonst sollte er sich plötzlich gegen mich auflehnen?

»Komm zur Besinnung, Staehmer!« rief ich ihm zu. Ich mußte ihn umstimmen, mußte ihn erkennen lassen, daß ich der neue Herr der Erde war. Das konnte mir aber nur gelingen, wenn ich vorerst einmal meiner selbst Herr wurde. Ich mußte den Schock überwinden, den mir der Anblick der ...

Nicht daran denken!

»Habe noch Geduld«, bat ich Staehmer. »Ich habe mich gleich wieder in der Gewalt.«

Warum nur kamen so seltsame Worte über meine Lippen? Was war in mich gefahren, daß ich jemanden um Verständnis und Geduld bat? Das konnte nicht ich getan haben. Es mußte ein Irrtum sein! In meiner Verwirrung hatte ich die Worte eines anderen aufgenommen! Ja, das war die Erklärung.

Was tat Staehmer in diesem Augenblick? Warum machte er sich an Tilks Gürtel zu schaffen? Plötzlich hielt Staehmer Tilks Strahlwaffe in der Hand! Er würde Amok laufen, wenn man ihn nicht aufhielt.

»Tilk! Neiko! Haltet ihn zurück!«
Von Staehmer kam ein Hohnlachen.
»Sie können sich nicht auf mich stürzen!« rief er mir zu. »Sie können sich nicht bewegen, weil Sie sie mit Ihrem Bann belegt haben!«
Was redete dieser Wahnsinnige!
»Nicht ich, du hast diese abscheulichen Dinger gesehen«, klärte ich ihn über den wahren Sachverhalt auf. »Du hast diese abscheulichen Dinger gesehen und erlittest einen Schock. Versuch den Schock zu überwinden, Staehmer, bevor du eine Dummheit begehst.«
Ich näherte mich langsam dem Alarmknopf.
»Es ist genau umgekehrt«, behauptete Staehmer. »Sie sind krank, Opinzom. Sie gehören in ärztliche Betreuung.«
Das war der Scherz eines Irren. Ich lachte.
»Ich bin in Sicherheit, Staehmer«, sagte ich dann. »Hier in diesem Sterilraum bin ich vor allen Umwelteinflüssen sicher. Mir kann nichts passieren.«
Ich näherte mich dem Alarmknopf um einen weiteren Schritt. Staehmer schien meine Absicht erkannt zu haben, denn er hob die Waffe.
»Tun Sie das nicht, Opinzom«, forderte er. »Rühren Sie sich nicht von der Stelle, sonst zerstrahle ich die Panzerglaswand!«
Auf diesen Augenblick hatte ich gewartet. Ich wollte Staehmer durch dieses Manöver von meinen wahren Absichten ablenken. Und als es mir gelungen war, stürzte ich mich mit ganzer Geisteskraft auf sein Bewußtsein. Ich hüllte sein Ich ein, wollte es durchdringen – aber es entglitt mir.
»Geben Sie sich keine Mühe, Opinzom!«
Er verhöhnte mich! Dieser kleine Wurm wagte es, mich mit beißendem Spott zu übergießen. Aber ich mußte gute Miene zum bösen Spiel machen. Mein Körper ...
Was war mit meinem Körper? Nichts, alles in Ordnung. Ich hatte mich vollkommen in der Gewalt. Meine Paragabe funktionierte einwandfrei. Das sah ich an Tilk und Neiko, die wie zu Stein erstarrt dastanden. Serkano Staehmer würde schon noch sehen. Mein Geist war in Ordnung. Und mein Körper war in Ordnung. Die Temperatur im Raum betrug plus 12 Grad Celsius. Es gab keine Luftbewegung, keine schmerzhaften Geräusche, keine Übelkeit erregenden Düfte, kein blendendes Licht.
Ich war geborgen, warum sollte also irgend etwas mit meinem Körper nicht in Ordnung sein?
Plötzlich barst ein Blitz an der Panzerglaswand. Gleich darauf wurde vor meinen Augen alles schwarz. Meine Augen schmerzten. Ich konnte nichts sehen. Ich war blind!
»Jetzt komme ich«, hörte ich Staehmer rufen.
Bluffte er nur? Nein, dieser Wahnsinnige machte Ernst. Er schmolz mit dem erbeuteten Strahler die Glasbarriere. Mir blieb keine andere Wahl, als meine Karten aufzudecken.

»Bleib mir vom Leib, du Narr!« schrie ich in höchster Verzweiflung. »Komm nicht in den Sterilraum, du würdest mich töten. Wir können dann nicht mehr die Erde erobern!«

Staehmer hörte nicht auf mich. Mit der Sturheit eines Wahnsinnigen bestrich er weiterhin die Glaswand mit Salven aus seiner Strahlwaffe. Da traf mich die Hitze. Mein Körper schien zu brennen. Dann kühlte sich die Luft etwas ab. Glas barst mit ohrenbetäubendem Klirren. Ein Wind strich herein, der noch heiß genug war, um meinen Körper zu versengen. Ich schlug um mich, um das Feuer an meinem Körper einzudämmen, um die Tausende von haarfeinen Nadeln zu verscheuchen, die von allen Seiten auf mich einstachen.

Und dann sah ich Serkano Staehmer herankommen. Ich sah ihn in rotes Licht getaucht, dann von Flammen umhüllt, dann wieder grellweiß, gelb ...

Meine Augen!

Seine Stimme – sie war gellend – zerrte an meinem Trommelfell.

»Serkano Staehmer ruft Galbraith Deighton! Galbraith Deighton, kommen Sie sofort. Es ist dringend. Ich habe den Mann vor mir, der die Banden organisierte, ein Häufchen Elend. Ich wiederhole: Galbraith Deighton ...«

Ich bäumte mich auf, versuchte, die Stürme abzuwehren, die an mir zerrten, die Hitze einzudämmen, die Farben abzuwehren ... Ich war in einem Alptraum gefangen.

Tilk und Neiko bewegten sich plötzlich. Sie rannten davon. Ich versuchte, sie zurückzuhalten, aber ich konnte keine Gewalt mehr über sie ausüben.

»Verlaßt mich nicht!«

Meine eigene Stimme klang fremd. Ich streckte noch einmal meine Fühler nach meinen Leuten aus, konzentrierte mich auf Staehmer, der wie ein Koloß über mir stand – vergebens. Ich war verloren. Meine Gabe versagte, meine Leute ließen mich im Stich. Die Mauern der Sicherheit, die ich in all den Jahren um mich aufgebaut hatte, stürzten ein. Ich war den Umwelteinflüssen preisgegeben.

Ich rollte meinen Körper zusammen.

Die Geräusche, Licht und Farben, Hitze und Wind stürzten sich auf mich – und explodierten. Als die Explosion verklungen war, blieb ein stetes Pochen des Schmerzes in mir zurück.

Der Schmerz kam in Wellen, steigerte sich bis ins Unerträgliche, ließ nach, um gleich darauf mit verstärkter Wucht über mich herzufallen.

Ich rollte meinen Körper noch mehr zusammen. Aber es half nichts.

Ich schrie. Aber niemand war da, der meine Qual beendete.

33.

Bericht Galbraith Deighton:
In den letzten Tagen waren neuerlich Überfälle auf Versorgungseinrichtungen gemeldet worden, und erst vor knapp zwanzig Stunden hatte eine Farm außerhalb Terras um Hilfe gefunkt. Als ich wenig später mit einem Trupp bewaffneter Männer am Schauplatz des Geschehens eingetroffen war, gab es die Farm nicht mehr.

Von den fast vierzig Leuten, die auf der Farm gearbeitet hatten, lebte keiner mehr.

Wieder zurück im Hauptquartier, erhielt ich drei Anrufe. Zwei über Hyperkom, den dritten über Sprechfunk.

Zuerst meldete sich Roi Danton, der nach seiner Mission auf Tahun nach Olymp zurückgeflogen war und sich nun auf dem Weg zur Erde befand. Der zweite Hyperkomspruch stammte von Perry Rhodan. Er kündigte seine baldige Zwischenlandung auf Terra an. Ich erklärte, wie sehr ich mich auf ein Wiedersehen freute. Und das war selbstverständlich ehrlich gemeint. Aber meine Freude wurde ein wenig getrübt. Denn ich hatte gehofft, Rhodan bei seinem Eintreffen die Eliminierung der Banden melden zu können.

Daraus schien nichts zu werden. In diesem Zusammenhang dachte ich nicht sehr schmeichelhaft über Serkano Staehmer. Da erreichte mich sein Anruf über Sprechfunk.

»... Elend. Ich wiederhole: Galbraith Deighton, kommen Sie sofort. Ich befinde mich hier in der Grohaan-Opinzom-Stiftung, und – ich habe ihn endlich gestellt!«

Ich konnte mir eine bissige Bemerkung nicht verkneifen, obwohl sie nicht gerechtfertigt war.

»Wen, einen Asthmaleidenden?« erkundigte ich mich.

Staehmer überging meine Bemerkung einfach.

»Kommen Sie sofort heraus, bevor die Ratten das sinkende Schiff verlassen«, fuhr er fort. »Nehmen Sie Bewaffnete mit, es könnte zu einem Kampf kommen. Und denken Sie an einen Arzt. Ich habe den Mann vor mir, der die Banden organisierte. Es ist ein Allergiker, der auf alle normalen Umwelteinflüsse empfindlich reagiert. Von ihm droht jetzt keine Gefahr mehr ...«

Während Serkano Staehmer die Gegend beschrieb, in der die Privatklinik lag, ordnete ich an, daß sich dreißig bewaffnete Männer in fünf Gleitern startbereit machen sollten.

Staehmer sagte abschließend: »Vielleicht interessiert es Sie, Sir, daß es sich bei Grohaan Opinzom um einen Homo superior handelt.«
Und ob mich das interessierte! Nachdem ich das Funkgespräch mit Staehmer beendet hatte, setzte ich mich mit den fünfzig Ersten Sprechern des Homo superior in Verbindung und bestellte sie in die Grohaan-Opinzom-Stiftung.
Es wunderte mich nicht, daß sie die Stiftung kannten.

Wir ließen den Verbrechern keine Chance zur Flucht.
Gerade als wir in den Luftraum über der Klinik eindrangen, hob ein Schweber ab, auf dessen Dach das Rote-Kreuz-Zeichen prangte. Ich verlangte über Sprechfunk eine Identifikation. Die Insassen gaben sich tatsächlich zu erkennen – durch eine Salve aus einem Thermostrahler, der aus einem Seitenfenster geschoben wurde. Daraufhin deckten wir den Schweber unsererseits mit einer kurzen Strahlensalve ein. Er begann zu trudeln und stürzte auf eine verlassene Straße, die neben der Klinik entlangführte.
Dann schossen wir im Sturzflug auf den Park der Klinik hinunter. Noch bevor wir landeten, bestrichen wir das gesamte Parkgelände mit Paralysestrahlen. Die überraschten Flüchtigen brachen reihenweise bewußtlos zusammen. Meine Leute hatten später nur wenig Mühe, sie zu überwältigen. Sie brauchten sie nur einzusammeln und in die ausbruchssicheren Laderäume der Gleiter zu verfrachten.
Ich brauchte diese Routineangelegenheit nicht zu beaufsichtigen, sondern wandte mich mit fünf Leuten dem Gebäude der Privatklinik zu. Von dort kam keine Gegenwehr, denn die Banditen waren alle ins Freie geflüchtet.
Als wir durch den Haupteingang in die Halle kamen, erblickte ich sofort Serkano Staehmer, der auf dem Boden kniete und eine leblose Gestalt in den Armen hielt. Es handelte sich um einen kleinen, unscheinbaren Mann, der in Lumpen gekleidet war. Ihm war nicht mehr zu helfen. Der Schuß aus einer Strahlwaffe hatte ihn voll getroffen.
»Ist das der Suggestor?« erkundigte ich mich.
Staehmer schüttelte den Kopf. »Opinzom ist oben, in seinem zerstörten Sterilraum. Das hier ... war Memo. Er hieß mit richtigem Namen Grielman Long und war Professor für Extra Zerebrale Integration. Ich habe Ihnen von ihm erzählt. Er hat eine Methode gefunden, um durch eine Gehirnoperation den Verdummungseffekt auszuschalten.«
»Es tut mir leid ...«, sagte ich und unterbrach mich selbst. Ich konnte für den Professor nichts mehr tun. Er war schon seit einiger Zeit tot und konnte auch nicht mehr durch die Kunst der Ärzte ins Leben zurückgerufen werden. Ich räusperte mich und fragte: »Haben Sie seine Arbeitsunterlagen sichergestellt?«

Serkano sagte bedrückt: »Bevor Memo starb, hat er mir gesagt, wo er die Unterlagen aufbewahrte ... Ich war oben und hörte ihn rufen. Ich rannte sofort ins Erdgeschoß. Aber ich kam zu spät. Einer der beiden Bandenführer – ich glaube, es war Neiko – hatte ihn niedergeschossen, als er sich ihm in den Weg stellte ...«

Staehmer sah hoch. »Haben Sie Neiko und Tilk noch erwischt? Sie wollten mit einem Schweber flüchten.«

»Wir haben einen Schweber abgeschossen«, erklärte ich ungeduldig. »Was ist nun mit den Unterlagen?«

Staehmer lächelte bitter.

»Memo sagte mir, daß er die Unterlagen ständig bei sich getragen hatte. Er trug sie unter der Bluse, Sir. Sie befanden sich genau dort, wo ihn der Energiestrahl getroffen hat.«

Ich wußte darauf nichts zu sagen und wechselte das Thema. »Befindet sich der Suggestor in sicherem Gewahrsam?«

Staehmer ließ den Toten zu Boden gleiten und erhob sich.

»Grohaan Opinzom ist außerstande, irgend etwas zu unternehmen«, sagte er. »Durch den Allergieanfall besitzt er überhaupt kein Reaktionsvermögen mehr. Er büßte dadurch offensichtlich auch seine Fähigkeit ein.«

»Führen Sie mich zu ihm«, bat ich Staehmer.

Als wir in den ehemaligen Sterilisationsraum kamen, sah ich sofort, daß uns von Grohaan Opinzom keine Gefahr mehr drohte. Er lag in einer Ecke zusammengerollt, die Beine angezogen, die Hände schützend über den Kopf gelegt.

Sein Körper zuckte konvulsivisch.

»Er muß schreckliche Qualen ausgestanden haben, als er plötzlich normalen Umwelteinflüssen ausgesetzt war«, erklärte mir Staehmer. »Die Schmerzen waren so arg, daß sie schließlich seine labile Psyche zerrütteten. Ich injizierte ihm ein schmerzstillendes Mittel, bevor er endgültig in geistige Umnachtung verfallen konnte.«

Grohaan Opinzom machte einen mitleiderregenden Eindruck. Es war mir unmöglich, in ihm noch den Verbrecher zu sehen, der bis vor kurzem viele unschuldige Menschen in den Tod geschickt hatte. Er war in meinen Augen nicht mehr der Eroberer, dem es mit etwas mehr Glück vielleicht gelungen wäre, die Herrschaft über Terra an sich zu reißen. Er war für mich ein Kranker, von dem man für die begangenen Untaten keine Sühne verlangen konnte. Man mußte ihm helfen, seine Leiden lindern.

Aber ich war beim Anblick des zitternden Menschenbündels auch nicht ohne Bitterkeit.

»Am Beispiel Grohaan Opinzoms muß der stolze und arrogante Homo superior endlich erkennen, daß auch er nicht gegen menschliche Schwächen gefeit ist.«

Ich hatte dies kaum gesagt, als die fünfzig Ersten Sprecher in der Klinik eintrafen.

In ihren Gesichtern stand tiefe Erschütterung zu lesen, als ich über Grohaan Opinzoms verbrecherische Machenschaften erzählte. Ich scheute auch nicht davor zurück, grauenvolle Einzelheiten von Opinzoms Taten zu schildern. Es störte mich nicht, daß einigen der Ersten Sprecher dabei schlecht wurde. Im Gegenteil, ich wollte sie mit der Realität konfrontieren, ich wollte ihnen vor Augen halten, daß sie so wenig unfehlbar waren wie der Homo sapiens.

Und das gelang mir.

Harper Buroom, jener Sprecher, mit dem ich in letzter Zeit ständig in Kontakt gestanden hatte, zeigte sich zutiefst zerknirscht.

»Opinzom war schon immer das Geschwür in unserer Gruppe«, meinte er. »Wir hätten schon vor langer Zeit seine Gefährlichkeit erkennen müssen. Aber wir wollten ihm eine Chance geben. Wir dachten, wenn wir für ihn Bedingungen schaffen, die sein Dasein erträglicher machen, würde das auch seinen Charakter positiv beeinflussen. Es schien sich auch ein Erfolg eingestellt zu haben, aber offensichtlich hat uns Opinzom nur getäuscht. Ich kann gar nicht die Worte finden, um auszudrücken, wie schrecklich und abstoßend wir Opinzoms Verhalten finden. Ich möchte Sie hier im Namen aller aus unserer Gruppe um Verzeihung bitten.«

Ich konnte mir vorstellen, welcher Aufruhr in Harper Burooms Innerem herrschte, wenn er eine so demütige Haltung einnahm. Denn es mußte für einen Homo superior eine Erniedrigung sondergleichen sein, sich bei einem Homo sapiens zu entschuldigen. Aber gerade diese Einstellung zeigte die Achillesferse der Philosophie des Neuen Menschen auf.

»Buroom«, sagte ich unerbittlich. »Ihr Schäfchen hat kein Kavaliersdelikt begangen, er hat eine Schuld auf sich und auf alle Gesinnungsgenossen geladen, die durch einige verbindliche Worte nicht getilgt werden kann. Opinzom hat unzähligen Menschen die Freiheit geraubt und sie dazu angestiftet, ihre eigenen Brüder niederzumetzeln. Und Sie wollen diese Verbrechen mit einer Entschuldigung aus der Welt schaffen!«

»Gehen Sie mit dem Homo superior nicht so hart ins Gericht, Deighton«, bat Buroom. »Sie wissen, daß niemand in diesem Universum so sehr gegen Blutvergießen ist wie wir. Wir sind Jünger der Nächstenliebe, Apostel des Friedens ...«

»Und willst du nicht mein Bruder sein, so schlag' ich dir den Schädel ein!« sagte ich bitter.

Buroom war sichtlich verstört. »Wir wollen helfen, Deighton!« rief er fast flehend. »Wir wollen Gutes tun, eine bessere, schönere Welt aufbauen. Aber nie lag es in unserer Absicht, zu zerstören.«

»Worte! Worte!« brauste ich auf. »Sie reden von einer besseren Welt und tun nichts dafür. Was noch schlimmer ist – Sie lassen zu, daß jemand aus Ihren Reihen die letzten Bastionen der Menschheit zerstört und uns die letzte Hoffnung für eine Zukunft raubt. Reden Sie nicht, sondern helfen Sie durch Taten!«

»Das werden wir«, versprach Harper Buroom feierlich. »Wir werden helfen. Mehr denn je, tatkräftiger denn je. Ich gebe Ihnen mein Ehrenwort, daß der Homo superior von nun an mit allen zur Verfügung stehenden Mitteln dazu beitragen wird, das Chaos zu beseitigen. Wollen Sie mir glauben und mein Angebot annehmen, Mister Deighton?«

»Ich vertraue Ihnen, Mister Buroom«, versicherte ich nach kurzem Zögern.

Wir schüttelten einander die Hände.

Buroom wandte sich Grohaan Opinzom zu. Der Suggestor war von den Ersten Sprechern auf die Beine gezerrt worden. Zwei von ihnen hatten ihn in die Mitte genommen und führten ihn nun Buroom vor.

»Du bist ein gemeiner Verbrecher, Grohaan«, schleuderte Buroom ihm entgegen. »Beinahe bedauere ich es, daß wir keine Bestrafung kennen, die für deine schändlichen Taten angemessen wäre. Wir finden es barbarisch, an Rache zu denken, Sühne zu verlangen. Aber ich muß eingestehen, daß mir in deinem Fall dieser Gedanke nicht fernliegt. Trotzdem will ich unseren Grundsätzen treu bleiben und dich nicht bestrafen. Aber du sollst für immer und ewig ein Ausgestoßener sein.«

Opinzom stierte sein Gegenüber aus blutunterlaufenen Augen an.

»Nein«, stöhnte er. In seinem Gesicht zuckte es. Die Ersten Sprecher ließen ihn los, so daß er schwankend dastand.

»Nein«, wiederholte er wieder. Seine Hände fuhren richtungslos über den Körper. »Nein ... ich ... Farben und Hitze und Geschrei. Ich halte es nicht aus. Gebt mir Dunkelheit und Stille. Bitte, sperrt mich ein. Ich brauche Ruhe und Abgeschiedenheit ... und eine Temperatur von plus zwölf Grad Celsius ... Bitte!«

»Geh uns aus den Augen!«

»Nein!« Es war ein langgezogener Schrei. Grohaan Opinzoms Hände preßten sich gegen seine Schläfen, als bereite ihm seine eigene Stimme Schmerzen. Plötzlich rannte er los. Er schob die Umstehenden beiseite, schlug sie nieder, wenn sie nicht auswichen, und wandte sich dem abgedunkelten Fenster zu.

»Ich ... Nein! Nicht! Hitze – Wind – grelles Licht! Ich ertrage es nicht mehr!«

Mit einem letzten Aufschrei sprang er gegen die lichtundurchlässige Fensterscheibe. Glas zersplitterte, Opinzom brach durch und fiel in den Park hinunter.

Als wir zu ihm kamen, war er tot. Er hatte sich das Genick gebrochen.

Ich fühlte mich wie am Morgen einer neuen Zeit. Dabei passierte nichts Weltbewegendes – die Gefahr durch den Schwarm war nach wie vor akut, das All war erfüllt von unzähligen Notrufen. Aber eine Reihe von kleineren Ereignissen vollzog sich, die in ihrer Gesamtheit dazu angetan waren, meine Stimmung zu heben.

Ich blickte zur Seite, wo Roi Danton stand. »Empfinden Sie es auch?« fragte ich ihn.

Er nickte abwesend. Sicher hatte er meine Frage nicht einmal verstanden. Er blickte mit zusammengekniffenen Augen zum Himmel empor, der sich azurblau über den Gobi-Raumhafen Süd spannte.

»Die GOOD HOPE II befindet sich noch gut 20.000 Kilometer von der Erde entfernt«, klärte ich ihn auf.

»Das ist nur ein Katzensprung«, sagte er mit einem feinen Lächeln.

Seit er vor zwei Tagen von Olymp zurückgekommen war, lächelte er zum erstenmal. Er hatte auf Tahun, dem Medo-Center der USO, und der ehemaligen Freihandelswelt Olymp einige Dinge ins rechte Lot gebracht. Trotz seiner erfolgreich abgeschlossenen Mission war er als ernster und nachdenklicher Mann nach Terra zurückgekehrt. Jetzt lächelte er plötzlich, und ich wußte, daß er ähnlich wie ich empfand. Wir alle erhielten durch das bevorstehende Eintreffen Perry Rhodans einen mächtigen Auftrieb. Ich empfing die positiven Emotionen der Umstehenden, und das schlug sich auf meine Stimmung.

Ich wollte das in Worten ausdrücken, doch da kam einer der Offiziere heran, die ich mit der Absperrung dieses Sektors des Raumhafens beauftragt hatte.

Nach Grohaan Opinzoms Tod waren zwar die Überfälle schlagartig zurückgegangen, was nicht zuletzt auf Serkano Staehmer und die Männer zurückzuführen war, die ich ihm für eine großangelegte Säuberungsaktion zur Verfügung gestellt hatte. Aber immer noch zogen Gruppen der aufgesplitterten Banden umher. Da ich bei Rhodans Ankunft kein Risiko eingehen wollte, hatte ich verschiedene Sicherheitsmaßnahmen getroffen.

»Ein Funkspruch von Serkano Staehmer, Sir«, meldete der Offizier.

Ich hatte Bedenken. Hoffentlich befand sich der Dolmetscher nicht in Schwierigkeiten. Ich bereute es in diesem Moment, ihn für eine Aufgabe abgestellt zu haben, die nicht in sein Ressort fiel.

Aber meine Befürchtungen waren unbegründet.

»Auftrag ausgeführt«, berichtete Staehmer von der Mattscheibe des Bildsprechgerätes. Er schien erschöpft, aber zufrieden. Er fuhr fort: »Die Aufzeichnungen Grohaan Opinzoms haben uns bei der Suche nach den Bandenverstecken ausgezeichnete Dienste erwiesen. Die Organisation ist zerschlagen, und in nächster Zeit brauchen wir das Bandenunwesen nicht zu fürchten. Wir haben alle Anführer der großen Banden gestellt. In vier Fällen war es uns nicht möglich, Gefangene zu machen. Es kam zu Kämpfen, bei denen die Bandenführer ums Leben kamen. Die anderen befinden sich jedoch in sicherem Gewahrsam. Bei einigen habe ich das Gefühl, daß man sie durch psychodynamische Behandlung wieder rehabilitieren könnte.«

»Das würde mich freuen«, sagte ich. »Ich möchte Ihnen noch nachträglich versichern, daß Sie außergewöhnliche Arbeit geleistet haben, Staehmer. Nur ...«

»Danke, Sir.«

»... nur ist mir in Ihrem Bericht ein Punkt aufgefallen, der näherer Erklärung bedürfte«, fuhr ich fort. »Sie haben geschrieben, daß Opinzom schon bei der ersten Begegnung nicht in der Lage war, Sie zu beeinflussen. Haben Sie eine Erklärung dafür? Als Suggestor konnte er seine Fähigkeiten zweifellos auch bei Mentalstabilisierten anwenden.«

»Ich habe eine Erklärung«, sagte Staehmer zögernd. »Aber ich fürchte, ich komme in den Verruf, abergläubisch zu sein, wenn ich sie Ihnen gebe. Ich trage ein Amulett der Galwainesen von Pirrat bei mir. Ich bin davon überzeugt, daß seine Ausstrahlung Opinzom irritierte und es ihm unmöglich machte, mich in seine Gewalt zu bekommen. Das wollte ich nicht in den Bericht schreiben.«

»Verständlich. Aber warum soll es sich nicht so verhalten haben?«

Ich kehrte an den Rand des Planquadrates zurück, auf dem Perry Rhodans Raumschiff landen sollte.

Roi Danton deutete schweigend in den Himmel, wo ein rasch größer werdender Punkt zu erkennen war.

Die GOOD HOPE II war gelandet. Nachdem alle Triebwerke verstummt waren, herrschte eine Weile Schweigen. Der Wind und das Knistern erkaltenden Metalls waren zu hören.

Dann entstiegen sie nacheinander dem Schiff.

Zuerst Perry Rhodan in Begleitung Atlans. Dann folgten Joak Cascal und Alaska Saedelaere, Gucky watschelte hinter Ras Tschubai drein. Lord Zwiebus erschien, fingerte nervös an seiner speziell angefertigten Uniform herum. Takvorian und Merkosh der Gläserne kamen hinter dem Neandertaler ...

Der Jubel, der losbrach, war unbeschreiblich. Ich hätte nicht gedacht, daß eine so kleine Menschenmenge solchen Krach schlagen könnte. Wir empfingen Perry Rhodan und seine Schiffsbesatzung wie Retter. Ich spürte aus den Gefühlen meiner Leute heraus, welche unglaubliche Wirkung Rhodans Kurzbesuch auf Terra hatte.

Er trat zu uns, schüttelte Roi Danton und mir wortlos die Hand. Atlan trat heran. Wir lächelten einander an. Es wurden keine großen Worte gemacht. Die Zeit großer Worte war vorbei.

Wir setzten uns in Bewegung, auf die wartenden Gleiter zu. Ich räusperte mich. »Die Lage in Terrania City hat sich beruhigt«, sagte ich.

»Gott sei Dank«, versetzte Rhodan.

»In der übrigen Galaxis hat sich leider noch nichts geändert«, warf Atlan ein.

»Es *wird* sich ändern«, versprach Rhodan.

»Wie lange wollen Sie bleiben?« erkundigte ich mich.

»Nicht lange«, sagte Rhodan. »Wir müssen wieder hinaus ins All. Nur dort, in der Nähe des Schwarms, kann eine Lösung gefunden werden. Oder sogar im Schwarm. Wir werden sehen. Wir müssen abwarten – und trotzdem aktiv sein. Sie wissen, was ich damit meine, Deighton?«

»Ich verstehe.«

Rhodan fuhr wie im Selbstgespräch fort: »Diesmal wird die Menschheit gefordert wie noch nie zuvor in ihrer Entstehungsgeschichte. Wir sind nicht einmal David, der gegen Goliath zu kämpfen hat. Wir sind der Sterbende, der mit dem Mysterium des Todes konfrontiert wird. Wie können wir den Tod überlisten?«

Ich lachte ein wenig gekünstelt, um Rhodans düstere Worte abzuschwächen. »In dem sterbenden Körper Menschheit leben aber noch etliche Zellen, die sehr aktiv gegen den Exitus kämpfen. Ich zweifle nicht daran, daß diese wenigen Zellen des Lebens erfolgreich sein werden.«

»Vergessen Sie meine Worte, Gal, sie waren nicht ernst gemeint«, sagte Rhodan. »Manchmal werde ich einfach melancholisch – sozusagen, um den Optimismus zu kompensieren, der hier von gewissen Seiten auf mich einströmt. Laßt uns Realisten sein: Unsere Chance beträgt vielleicht eins zu einer Million. Aber wir werden alles tun, um eine günstigere Quote herauszuholen.«

»Die Menschheit vertraut Ihnen.« Ich deutete auf meine Leute. »Ihr Erscheinen allein genügt, um die Menschen neuen Mut schöpfen zu lassen. Es ist, als hätten die Männer und Frauen eine aufputschende Injektion erhalten.«

»Das ehrt mich«, sagte Rhodan. »Aber die Leute sollen auch wissen, daß ich alleine nichts bewirken kann. Allein ist jeder von uns machtlos. Aber jetzt, in der Stunde der Bewährung, sind wir eine geschlossene Einheit. Und das macht uns stark.«

Rhodan blickte mich an. »Sie wissen, daß sich der Schwarm auf Sol zubewegt. Ich habe Grund zu der Annahme, daß er früher oder später durch das Solsystem ziehen wird.«

Wir erreichten die Gleiter, bestiegen sie und flogen in die Tiefbunkeranlagen von Imperium Alpha. Die erfreuliche Bilanz, die Roi Danton und ich auf Tahun und auf Terra ziehen konnten, war nicht imstande, irgend jemand über die Gesamtsituation hinwegtäuschen zu können.

Sie war trist. Diesmal, so wußten wir alle, mußte mehr als ein Wunder geschehen, um den Untergang der Zivilisation, das Ende der Menschheit zu verhindern.

ENDE

Nachwort

Sie sind Zeuge einer Revolution. Der Zyklus »Der Schwarm«, dessen Auftakt Sie eben gelesen haben, hat bei seiner Erstveröffentlichung eine Umwälzung eingeleitet, die PERRY RHODAN komplett umkrempeln sollte. Der kosmische Touch, das Markenzeichen der größten Science Fiction-Serie der Welt, wurde mit der Geschichte um den Sternenschwarm geboren.

Viele Jahre lang folgte PERRY RHODAN einem verblüffend einfachen und verblüffend effektiven Grundprinzip: Am Beginn jeder Storyline, »Zyklus« im Insider-Jargon genannt, trat ein neuer Gegner auf den Plan, den Perry Rhodan im Verlauf der Story besiegte. Mit jedem Zyklus wurde der Gegner mächtiger, die Bedrohung gefährlicher. Doch irgendwann wurde klar, daß diese Steigerung nicht mehr funktionierte. Ein neues Konzept mußte her – das Resultat ist »Der Schwarm«.

Wieder tritt ein mächtiger Gegner an, doch der Schwarm ist kein simpler Invasor. Er tötet seine Feinde nicht, er verdummt sie. Wieso, weiß niemand. Auch nicht, wer der Herr (oder die Herren?) des Schwarms ist (oder sind?), wozu die Verdummung dient oder wieso ihm ausgerechnet die Milchstraße zum Opfer fällt. Fragen über Fragen.

Von ihrer Beantwortung hängt das Schicksal nicht nur der Menschheit, sondern das der gesamten Galaxis ab. Ihre Beantwortung eröffnet dem Universum von PERRY RHODAN – und damit Ihnen, den Lesern – eine neue Dimension: die Erkenntnis, daß es im Universum unbegreifliche höhere Mächte gibt, von deren Existenz die Menschheit bislang nicht einmal ahnte ... und die dennoch über ihr Schicksal bestimmen.

In diesen Band sind folgende Heftromane eingeflossen: *Sie kamen aus dem Nichts* (500) von K.H. Scheer; *In der Betonwüste* (501) und *Im Schwarm gefangen* (505) von William Voltz; *Planet der Digger* (503) von Clark Darlton; *Das Raumschiff des gelben Götzen* (504) von Hans Kneifel und *Die Banditen von Terrania* (509) von Ernst Vlcek.

Ihre PERRY RHODAN-Redaktion

Zeittafel

1971	Perry Rhodan erreicht mit der STARDUST den Mond und trifft auf die Arkoniden Thora und Crest.
1972	Mit Hilfe der arkonidischen Technik Einigung der Menschheit und Aufbruch in die Galaxis.
1976	Das Geistwesen ES gewährt Rhodan und seinen engsten Wegbegleitern die relative Unsterblichkeit.
2040	Das Solare Imperium ist entstanden und stellt einen galaktischen Wirtschafts- und Machtfaktor ersten Ranges dar. In den folgenden Jahrhunderten Bedrohung durch die Posbi-Roboter und galaktische Großmächte wie Akonen und Blues.
2400	Entdeckung der Transmitterstraße nach Andromeda; Abwehr von Invasionsversuchen von dort und Befreiung der Völker vom Terrorregime der Meister der Insel.
2435	Der Riesenroboter OLD MAN und die Zweitkonditionierten bedrohen die Galaxis. Nach Rhodans Odyssee durch M 87 Sieg über die Erste Schwingungsmacht.
2909	Während der Second-Genesis-Krise kommen fast alle Mutanten ums Leben.
3430	Um einen Bruderkrieg zu verhindern, läßt Rhodan das Solsystem in die Zukunft versetzen. Bei Zeitreisen lernt er den Cappin Ovaron kennen.
3437/38	Um Ovaron zu seinem Recht als Herrscher (Ganjo) über die Ganjasen zu verhelfen und einer befürchteten Cappin-Invasion zuvorzukommen, startet Perry Rhodan mit der MARCO POLO eine Expedition in die Galaxis Gruelfin. Nach Kämpfen gegen die dort herrschenden Takerer Entdeckung der angeblich ausgestorbenen Ganjasen. Ovaron wird von der Urmutter als Ganjo identifiziert. Der Riesenroboter opfert sich beim Kampf um das Solsystem selbst. Der Planet Pluto wird dabei zerstört.